袁世凯

张鸿福

著

② 肇基北洋

長江出版傳媒　長江文艺出版社

# 目 录

# 第一章

## 正军纪苦练新军　　受弹劾因祸得福

小站新军的训练十分严格。每月初一放饷,十五放假,除此之外,无一日不训练。初三、十三、二十三是全军合操;初四、十四、二十四是全军行军演习;初六、十六、二十六是各营分别练习打靶并考校;初八、十八、二十八,是两营联合演习;初十、二十、三十则是各营分哨分队进行演习拉练,其他时间则是场操并练考打靶。

不但时间安排得紧,而且纪律又十分苛刻,扎营、出操、行军、演习、防守、打靶都有严格的章程。士兵出错,连哨长、哨官甚至领官都要受处分,轻则训诫,重则有插耳箭、打军棍、罚扣薪水等。无论普通士兵还是各级军官甚至洋员,袁世凯执行处罚毫不手软。

一次,马队哨长演练走排时,帽子上的翎枝掉在了地上,一个士兵献殷勤下马拾取,结果被打二百军棍,哨长也被摘去顶翎。有个士兵出操路上,乘驴代步,被打二百军棍,他的哨官及两位哨长分别记过一次。有位哨长带兵在东寨门内一带巡逻,因为手下巡逻的兵丁带着刺刀擅离职守,结果士兵被打二百军棍,哨长扣饷。有位哨长在操演时呼唤对岸闲人,结果被责打五百军棍,并摘去顶戴。袁世凯对抽鸦片极为痛恨,有一次巡查,一位哨长躲在营中抽鸦片,被他撞个正着,哨长跪地磕头求饶,他不为所动,竟然亲手用佩刀斩下哨长的首级……两个多月的时间,袁世凯处分了二十余名官兵。

小站新军号令严苛,几乎无人不晓。

这天正是初一放饷的日子,军营照例上午放饷,下午放假半日,收到饷银的士兵可以出营购买需要的物品。这时候最容易违反营规,袁世凯带上四个护勇到营中巡察。快到右翼二营营房时,听到有人操着本地口音正在吵嚷,还夹杂着辱骂声。

"过去看看。"袁世凯加快了脚步。

等他到了近前,围拢着看热闹的士兵一看是督练大人到,立即纷纷行军礼,并自动让开一条道。那个天津人还不住嘴道:"嘛玩意儿新军,我看连旧军也不如。出门戴个大壳子帽,充那大尾巴鹰,原来尽是些嘎杂子。"

袁世凯对天津话不能全懂,但"嘎杂子"却是知道的,塘沽一带骂人常用,意思是不成器而且心眼坏。他含辛茹苦训练的新军却被人骂为"嘎杂子",血"轰"的一下就冲到头上道:"有事说事,不能在军营里信口胡扯。"

但这个天津人的性格属鸭子的,虽然被袁世凯的威势所震慑,但嘴上不饶人,冷笑一声道:"腻们(你们)新军坑蒙拐骗,还不许人说话?腻也别给我摆谱,我也不是老坦儿,被腻给吓倒了。"

袁世凯不理他,看到人群里有前哨的哨长,点着他的名问道:"唐仁清,怎么回事?"

袁世凯有一项特别的本领,与人见一面,就能记住姓名。新军各营统带、帮统、领官他全叫得上姓名,就是百余名哨官,他能叫上名的也有一多半。

哨长近前几步,向袁世凯报告事情原委。原来,前哨有一名士兵经常到营外商铺赊欠,说好发饷日就还。但今天发饷后并未去清欠,连同上月所欠共十两有余,所以这个广货店老板找上门来。但欠账的士兵并不在营中,而老板则一口咬定亲眼看到那个士兵进了营房,因此认定是新军士兵串通好了不认账。

"人到底在不在营中?"袁世凯皱着眉头问道。

哨长回道:"的确不在营中,发了饷后就没再见人影,午饭也未回营吃。"

"你立即着人找,找到后让他立即去把欠账清了。"袁世凯又对那个广货店老板说道,"人没在营中,你且等一等。我警告你一句,如果再敢信口辱骂新军,别怪我不客气。"

"我也不是棱子(指混横不讲理的人),可腻也不能跟我打二五眼。"广货店老板边走边说道,"到晚饭前还不见人,别怪我要滚刀肉。"

闻言,袁世凯又对哨官道:"叫你们吴统带到督练处。"

一会儿吴长纯跑步到督练处来了,袁世凯下令道:"你营中有人欠账未还,我新军被人骂成嘎杂子,这是往我这督练大臣脸上吐唾沫!限你晚饭前把人给我找回来,找不回来,你先把欠账给我清了。"

到了吃晚饭的时候,吴长纯来了,打报告道:"四哥,我撒出去一哨人找遍了小站,都没找到人,银子我已经替他还上了。不光欠广货店,餐馆、土产店都有欠账,不但赊欠,有时候还从店老板那里借银子,共十六两。"

袁世凯有些疑惑地问道:"在营中吃喝拉撒都不用个人开销,怎么欠了这么多银子?"

吴长纯回道:"据打听的情况,他嘴馋,而且还有赌钱的毛病。"

"当初募兵告示说,素不安分,犯有事案者不收。他赌的毛病恐怕不是一天两天了,这个兵是怎么募来的?"袁世凯最痛恨赌博,当年他到京中捐官,就是被人设赌局骗光了一千余两银子。

吴长纯当初负责募兵,但仓促之间如何能够细审有无赌博的毛病?他有苦难言,只好回道:"我把他的欠账都还了。"

"你把账还上就算完了?"袁世凯听了一脸的不悦。

"我打算派几个人到他家里找找看。今天他领了饷银后就出营往西去了,估计是回涿州老家了。"

"十有八九是当了逃兵!当初贪图新军的厚饷,混进我新军滥竽充数,如今受不了这份训练之苦,就起了逃走的念头,临走还要骗一笔银子,实在是可恶至极!按照当初募兵告示所定的律令,逃亡者斩!就是把你全营一千人给我派出去,挖地三尺也要把他给我捉回来。当初募兵的时候,他的邻居也是出具了保结的,他们的责任也要追究,人找不到,唯他们是问!你亲自带人去,如果人不在家,打听他的亲朋故旧都有哪些人,他可能去哪里。——给我派人去找,限你五天之内把人给我捉回来。"

小站到涿州,二百四五十里,五天把人捉回来,绝非易事。但吴长纯不敢犹豫,双脚后跟一碰,举手行礼大声道:"是,五天之内,一定把人捉回来。"

吃晚饭的时候,袁世凯还在想这件事,其他营还有没有这种情况?如果新军士兵经常在外欠账,而届时不能还清,恐怕骂新军是"嘎杂子"的就不仅仅是广货店老板一人。一想到老板当面辱骂的情形,袁世凯心头禁不住一沉。他打发人立即去传令各营统带、帮统晚上八时到督练处开会。

"我新军被人骂作嘎杂子了。"等十几名营官到齐后,袁世凯这样开场道,"如果新军训练的结果是被天津人骂嘎杂子,那还不如现在我就向朝廷负荆请罪,你们各位也回家抱娃子去!"

右翼二营有人欠账后当逃兵已经在全军传开,众位将领都知道事情的来龙去脉。姜桂题见状，想大事化小，便道："老四，你也别这样子当回事，个把逃兵总会有的。新军训练严格，是我从军以来不曾见识，训练的成效也是有目共睹。你可不要因为他们一句不知轻重的话，就认为咱新军上下没一片好肉。这个广货店老板也不是好鸟，让我见了他，一耳光扇得他满地找牙。"

姜桂题倚老卖老，仗着袁世凯叫他一声老叔，很少像其他人一样叫袁世凯大人，而是叫他"老四"。

"我担心的不只是这个广货店老板这样看我们新军，我担心小站的百姓都这么看我们。我担心的不是右翼这一个，而是其他营中还有没有？到底有多少人在外面欠账？"

众人都不作声，说明袁世凯的担心并非多余，于是他下令道："我今天叫大家来，第一件事，就是从明天起，早晨、上午照常出操打靶，下午各营各哨各棚逐一排查，摸清楚到底有多少人在外面欠账。执法营务处要参与清查，各营各哨都不得隐瞒。"

执法营务处总办响亮地应一声，各营统带也都应和。

"我想立条规矩。执法营务处起草一份禁令，禁止营兵向人赊欠，禁止商户赊予营兵，更不准进营索债。倘有违反者，对赊欠兵丁严惩不贷！商民擅进营门，以奸细刺探军情例，斩！"一想到广货店老板那副嘴脸，袁世凯心里就冒火，语气坚决而又凶狠。

众人心头禁不住都是一振！因为袁世凯执行军律从不打折扣，他说斩，将来若有商民不知利害，擅进营中，果真就会葬送性命。

"新军饷银不为不厚，如果精打细算，足可以补贴家用，许多人入我新军，也是抱着养家糊口的目的。所以我有个提议，那就是以后发饷时，每人暂扣一两半，每攒半年直接寄回士兵家中，避免他们年头年尾，一文不余。"

袁世凯这个提议其实并不新鲜，旧营中营官经常采用这种办法，但目的不纯，有的克扣下来是拿去放高利贷生利，甚至有的贪婪卑鄙的营官，百般刁难士兵，只等士兵不堪其苦开了小差，便将扣饷据为己有。

为了避免此弊，袁世凯又有一条对应的措施："我想改革一下发饷制度，以后发饷，不许营中各官经手，这样可以专心训练，也可断绝营私积弊。每届发饷日，由粮饷局员调集各营粮饷委员，按包称准，分往各营，会同营员按名点发。对操演生疏者，不能熟练报出履历者仔细查究，以防冒名顶替。病假者需由局员亲自验视，属实方可照发。倘涉舞弊，准各营员弁指控参追。"他又望了一眼坐在炉边的阮忠枢道，"老阮，这个稿子，你和粮饷局商量着起草。"

阮忠枢是袁世凯的文案主笔，下笔极快，很令袁世凯满意。但有一样，他是鸦片嫖赌样样都爱。袁世凯爱其才，网开一面。此时他状态极佳，两只眼睛像夜里的耗子一样贼亮，真正是耳聪目明。他也是极响亮地应了一声道："大人放心，你已经说得很清楚，一袋烟的工夫就可拟就。"

袁世凯这一发饷制度无疑夺了营官的财路，大家不免交头接耳议论。袁世凯又补充道："我改革发饷制度，不是不信任诸位，实在是其弊甚深。从前各营官长，扣军饷、喝兵血，司空见惯，而其害极深。甲午一战，我亲眼看见整营的兵勇一战即溃，甚至不战而溃。何故？其中一个重要的原因，就是官长平日克扣军饷，身拥巨资，自然惜命不敢战；而士兵则怀恨官长，又如何肯为官长卖命？我清除克扣军饷的积弊，从此兵敬官长清廉，官兵一心，不仅可提高战力，关键时候能救诸位的性命。我新军各级统领的薪水银和公费银已经十分丰厚，是其他各军的数倍。为什么如此？就是要让大家该得的好处拿到明处，不必蝇营狗苟，以养成我新军的浩然正气。"

"老四说得有道理，该拿的拿到明处，不该拿的一文不取。我支持。"姜桂题是新军中资格、年龄最长者，他一表态，众将无不诺诺。

"好，这事就定案了。明天晚上还是这个时间，诸位再到此集议，各营报告清查士兵赊欠的情况。"

情况并不乐观，各营统带心里清楚，士兵在外赊欠的大有人在。只是没想到一清查，人数之多出乎意料，最多的是姜桂题的左翼一营，竟然有五十余人，更令人惊讶的是，好几个营中竟然都有拿到饷银溜之大吉的兵油子！

袁世凯在晚饭前已经从执法营务处了解到详情，他下定决心要好好整顿，不惜杀人立威！等众人到齐后，他让执法营务处报告清查士兵赊欠及逃兵情况，然后道："号令不行，溃散之由也。历久生懈，废弛之基也。姑息情面，军家之忌也。"说完这几句文绉绉的话，他提高了声音，"看来不杀人不足以正军律！"他的意思是，对所有逃兵，由各营立即派人捕回，并当众斩首。

大家都倒抽一口冷气，因为逃兵有二十余人，一一处决，有些骇人听闻。众人都不敢吱声，眼睛一齐去看姜桂题。姜桂题也不敢再信口叫"老四"，而是斟酌着用词道："袁督办，我有个小提议，你看可不可行。这些逃走的士兵未必都是真的当逃兵，可能是拿着饷银回家看看，因为咱新军请假制度太严，有人怕请不下假来，擅自离营。对真当逃兵的，当然按律当斩，没什么好说的。这些没请假回籍的,可否网开一面,只要尽快回营,允其戴罪立功,插耳箭,打军棍,扣军饷,视情况而定。"

如果按这个办法,各营找到人后说明利害,只要回营便可免于一死,实在是个变通救人的好主意。众人都暗自佩服,这个"蜡杆"翼长果然手段高明。其实把二十几颗脑袋都斩下来袁世凯也有些心惊肉跳,巴不得有人出个两全的主意,所以他心里立即同意了,但嘴上却道:"老叔的办法不是不能考虑,只是尽快回营的说法太过笼统,自今日起,八天以内自动回营的可以免死。八天以后,无论是捉回来还是自己回来,斩无赦!"

各营自然是快马加鞭,去追各自的逃兵。马队营满员应当五百多人,但因为去东北买马的还没回来,只有二百余人骑,全被各营请求借调去追逃。到了第八天,只有三人因为老家是河南和山东,根本赶不回来。又过了几天,三个人先后被押了回来。当天下午,在校兵场举行全军集会,宣布对三个逃兵处以斩首军法。执法队的刽子手一人一把大刀,手起刀落,三颗人头落地,鲜血喷溅出十余步。前排的士兵,个个都惊得面无人色。

随后,执法营务处宣读修订的《简明军律》。宣读的人是专门挑选的,此前的营生是走街串巷戗剪子磨菜刀,嗓门极高,声音极其洪亮:

"临阵进退不候号令及战后不归伍者,斩!"

"临阵回顾退缩及交头接耳者,斩!"

"遇差逃亡,临阵诈病者,斩!"

"守卡不严,敌得偷过及禀报迟误,先自惊走者,斩!"

"行队遗失军械,临阵未经受伤抛弃军器者,斩!"

……

"骚扰居民,抢掠财物,奸淫妇女者,斩!"

"结盟立会,造言惑众者,斩!"

"有意抗违军令及凌辱本管官长者,斩!"

"在营吸食洋烟者,斩!"

有心人数了一下,新修订的军律,共十八斩。

宣布完《简明军律》,又宣布《查拿逃兵》制度:

照得本督办奉命练军,业就定武各营汰选归并,并仿照新章,具格派员,分募补额。士皆精选,饷复加优,不惮经营,昕夕靡暇。原期与众心同德,共励坚贞,力图报国,除犯法兵丁须严办外,所有军中疾苦,无不加意体恤,悉力代筹。数月以来,尔兵士应共谅此苦衷,宜如何感发奋兴,归诚率教。乃近间有不耐操练潜自遁逸者,是盖素习惰游,为贪重饷而来,因畏辛劳而去。本督办忝持军宪,安能以国家饷项,忍令此辈幸邀?现在各要道隘口,业经派员设卡,严行稽查,倘有逃兵被获解辕,定以军法从严惩办。至各卡员弁,拿获逃兵一名,各赏银二十两。如在距卡较远地方弋获,应更酌加赏银,以示奖励。本督办信赏必罚,绝无虚言。为此示仰尔员弁兵丁一体知悉,务各懔遵毋忽。

当天下午,姜桂题就到督练行辕道:"老四,今天这一家伙杀了三个逃兵,好多人吓破了苦胆。再加设卡严查,咱新军以后就没人敢当逃兵了。"

袁世凯叹了口气道:"但愿如此,我是处处从严,可仍然毛病不断。"

姜桂题打着哈哈劝道:"练兵练兵,要磨炼就得需要时日,咱才两三个月,训到这样已经相当不错了。这事不能太急于求成。"

"老叔,你好像有话,不妨直说。"

"没事,没事。"姜桂题虽是这样说,接着还是说起来了,"我是这么想,这一阵咱出了好几条禁令,都是要求兵丁遵守的,这当然必不可少。练兵嘛,还要固结军心,这就需要对士兵体谅关心。"

"老叔,说下去,我也在想这件事。"

"最近营中士兵生病的不少,我的左翼一营病了二十几个。原因一方面是操练严格,一场操下来,出一身毛汗,有些小鸟孩不知利害,在风中就解衣松扣,结果受了风寒;再有就是下操晚了,饭菜一凉,吃了难免闹肚子。还有营中污秽不堪,也容易传染致病。"

"所以,无论是管带还是帮统,尤其是哨官,应当关心士兵,不仅要尽到督责的职责,还要尽到保护的职责。"袁世凯怕忘记了,拿笔在纸上记下来。

"咱们新军中,不少是十八九岁的小鸟孩,不少人是第一次出门谋生,一生病的时候最容易想家,这时候,得让他感到家的热乎气。我营中士兵生病,我要求头目必须亲自侍候汤药,哨长、哨官要经常去看望,我至少要去看望一次。"姜桂题又道。

"好,老叔这个办法应当在全军施行。"袁世凯在纸上记下来,想了想又道,

"老叔,官长特别是哨官直接与士兵打交道,他们应当如何关心士兵,你仔细梳理几条,明天我让老阮去找你,你们商量起草一份训令,在全军执行。"

"行,我想不全的地方,再让其他统带补充。有些哨官、头目,在训练的时候一急起来就拳打脚踢,这很不好,也应当严禁。犯到军法,按军法查办,殴辱部下,实在有碍新军名声。"

袁世凯点了点头道:"老叔,你说的这一条很要紧,殴辱部曲成何体统?今日官长兵丁,即他日干城之选,不可不稍留局面,使有余地自容。这要单独起草一份禁令。"

"还有洋鬼子,也要对他们严加约束。洋鬼子伯罗恩前天在操场连抽一个号兵五六个大耳光,还有些洋鬼子雇用华人,动作慢了,就拳打脚踢,他还把咱中国人当不当人?"姜桂题提起来也是十分气愤。

"我与洋人签订的合同中有明文规定,严禁殴辱士兵及雇工,如有违反,轻则扣薪水,重则辞退。这个伯罗恩平时办事还算认真,让执法营务处扣他本月十分之一的薪水,你看如何?"

"好类很,好类很!"姜桂题拍着大腿,连亳州方言也脱口而出,"洋鬼子薪水高得让人眼红,眼里又没咱中国人,大家气不顺。把这个处分通令全军,也算对洋鬼子一个警告。"

"老叔,你别一口一个洋鬼子。"袁世凯也正色道,"洋员有毛病自然应当惩办,他们欺负中国人不行,可咱们也不能欺负人家。人家背井离乡不远万里来帮咱练兵,咱们也应当善待人家,这样他们才肯尽心尽责是不是?"

"对,不叫洋鬼子,叫洋员。"姜桂题笑了笑道。

袁世凯只要得空就到军营中去转,瞪大眼睛挑毛病。这天他发现还有人随便进入军营,捉过来一看,正是上次辱骂新军的广货店老板,他肩上搭着一个布褡子,显然是蹿进来卖货。

袁世凯问道:"我颁布的军令,有擅入军营者,以奸细刺探军情论斩,你看到了吗?"

"看到了,可是我不是奸细。"广货店老板回道。

如果老板低头求饶,袁世凯打算放他一马,但听他这样回话,心里杀机顿起,冷笑道:"你滥入军营,就是奸细。"

"滥入军营的不光是我,还有吴军门的亲戚,挑了一担子货进营去卖,如果袁大人秉公执法,一视同仁,腻(你)愿斩愿杀,随腻(你)的便!"

从前军营，军官亲戚时有运了土产进营，军官则勒派士兵购买，袁世凯在新军中专门行令禁止。他打发人把吴长纯叫来问是怎么回事，吴长纯回道："我姑父的确到营里来了，也的确挑来了土货。但我严守禁令，一文钱也没准他卖，都扣在我营中，大人可派人严查。"

袁世凯派人向士兵打听，的确没有卖什么土产，吴长纯姑父的一担货全封在签押房中。广货店老板无话可说，但仍然强词夺理道："都是进军营，吴军门的亲戚若是奸细，我也无话可说。"

吴长纯骂道："你他妈的没事找事，我姑父在门岗上已经登记，是来看望我，怎么不能进军营？"

袁世凯下令道："来呀，查门岗记录，如果没有记录，就是奸细。无论何人，立即斩首。"

这可不是闹着玩了。门岗立即把记录拿来，吴长纯的姑父的确有记录，而广货店老板仗着和门岗熟，根本没做登记，这样的时候从前很多。

"叫执法营务处派人来行刑。"袁世凯哼了一声。

这下广货店老板吓白了脸，磕头如捣蒜。袁世凯根本不拿正眼瞧他，边走边对吴长纯道："吴统带，今天就由你监斩，有任何问题我拿你是问！"

到了阴历四月，天已经有些热了。新军训练已经基本步入正轨，各项章制也称得上完备，袁世凯得以抽出手来，部署开办随营学堂的事情。

袁世凯最初向督办军务处上练兵的禀帖时，就提出练兵的同时应当设立学堂，培养将才。但那时只是个初步想法，具体怎么办，他心里也没切实的打算。等他到小站来主持练兵，千方百计延纳天津武备学堂的学生为各级统领，深得其力，他更觉得办学堂是培养人才的不二法门。忙里偷闲，他已经与王士珍、段祺瑞、冯国璋等人商议过多次，对如何举办学堂已经逐渐明晰了思路。时间过得太快，转眼就是三个多月了，办学堂的事情不能再拖延。今天他召集众人，就是要安排尽快开学的事宜。

"造就将才是练兵的第一要义。"袁世凯召集会议，向来是开门见山，"将才哪里来？当然是培养。培养的办法中西又有不同。西方各国的通例，是从小就习武备，从学堂里通过考试选拔武职官弁。所以洋人的军官，无论军职高低，无论是行军兵法，还是运用枪炮、测量绘图，都能通其奥妙。可是大清的军官们是怎么提拔起来的？他们大多是靠壮年奋勇，得以荐擢职衔，用他们的说法，头上的红顶子是用血染红的。应当说，他们这些人也都是当时军中出类拔萃的人物,人家戴上红顶子也是当之无愧。但,这只是自己窝里比。如今天下大势,只与自己比不行了,你得与洋人国家比,拿我们今天的部队、军官与洋人比,差距到底多大,诸位比我更清楚。中国之患,非无可用之兵,患在无将;也不是没有忠勇之将,患在不学,患在无西洋之学!所以必须学习洋人的办法,大办学堂。李中堂走在了前面,他开办了天津武备学堂,所以才有你们这些武备生成了我新军顶梁柱。所以我说,如今兴办学堂是练兵的第一要义!兴办学堂是多多益善,越早越好,不可再拖,必须立即兴办。"

姜桂题闻言,有些不解地问道:"督办说得自然有道理,可是要说多多益善,我就有些不理解了。现在各营各哨都已经有了管带人员,培养这么多学生干什么?让他们当个大头兵,耗费这么多银子,反而不值。"

"老叔问得好。我新军要培养这么多人干什么?其一,我新军目前是七千人,将来肯定要扩到一万人,再下去几年呢?也许朝廷会需要我们再训练两万人、三万人。其二,诸位放眼天下,如今练新军的可不仅是小站一家。张香帅在汉口也正在紧锣密鼓训练新军,也是请德国教练,也是用洋枪洋炮,也是以西法操练。听说两广也有此议。甲午一战已经证明,旧式营伍已经不足恃,将来全国各省必将大练新军。那时候,我们培养的学生就可以去给他们当教官,当哨官,甚至当统领!我们小站练兵,不仅练小站之兵,将来要有帮朝廷练天下之兵的准备。"袁世凯说到这里,看了一眼姜桂题道,"老叔,你说我的话有没有道理?"

袁世凯有如此远见,虽然未必切实,但其气魄的确令众人佩服。姜桂题窃以为是纸上谈兵,但他不能驳"老四"的面子,道:"有道理,学堂怎么办,你吩咐就是,反正我是办不了了。"

按袁世凯的计划,要办德文、步队、炮队、马队四个随营学堂。德文学堂由管带工程营的德国人魏贝尔为总教习,督操营务处学过德文的景启亮为监督,计划召五十名学生,学德文及武备知识,两年后派赴德国留学;炮队学堂由段祺瑞任总教习兼总监督,计划召八十名学生,学习测绘、垒台、炮法等知识;步队学堂由右翼三营的帮统梁华殿出任总教习兼总监督,他也是天津武备生,其精明干练不亚于王、段、冯。步队学堂也是招生八十名,学习行军、攻守、测算、绘图等知识。还有马队学堂,因为目前只有二百余人骑,因此暂时只选二十五人入学,由马队的德国人曼德加出任总教习,教授测绘、武备、马术各学。对学堂学生,每月、每季、每年都进行考核,袁世凯决定从自己的薪水中每月拿出二百两当奖金,给成绩优异者以奖励。学生考核奖励等事项由冯国璋负责,要求他尽快拿出办法来。

"专门盖学堂来不及了,各营先从现有营房中挤出学堂教室,所用书籍、文具、桌椅、油炭等项由粮饷局统一筹划。学生待遇,除每月应发正饷外,每人每月补助菜金一千文。各学堂限于四月初十开学,不可迟延。我近日将进京一趟,向督办军务处禀报学堂举办情况,并请帮助解决学堂所需费用。"袁世凯说完,扫视众人一圈后问道,"诸位可还有需要补充的,或者还有异议,不妨提出来共议。"

众人都说按督办的要求尽快办,这时王士珍说话了:"我有个想法,请督办及各位考虑。创办随营学堂很好,但入学堂的学生毕业总要两三年后,有些缓不济急。现在的哨官、哨长以及各棚的头目有不少人需要加强培训。我建议全军设讲武堂,就在练兵广场附近,每天抽调各哨的哨官或哨长轮流前去听讲,所讲内容要实用,主要是行军攻守等学问,尽快提高哨官们的统兵能力,将来一旦有机会就可从中选派帮统、统带。还应当考虑建立学兵营,从现有头目和正兵中抽调,进行短期集中培训,培训结束各回本营,充当头目之选。讲武堂、学兵营与各随营学堂互相补充,可解决当前及将来将佐人才的缺乏问题。这是我个人的一点想法,合不合适,请督办和诸位统带们参考。"

众人都点头,袁世凯也赞道:"聘清的建议很好,讲武堂的事情就由你总负责,尽快拿出个条规如何?"

王士珍立即答应道:"好,我与各位统带们商议,尽快拿出个章程。"

光绪的御案上摆着几份奏折,前几份都是例行公事,批"知道了"或"准",或者"着毋庸议",最后一份是密折,拆开一看,原来是参劾小站练兵的袁世凯。年轻气盛的光绪深受甲午之败的刺激,发愤图强,对小站练兵寄予厚望,因此看到这份参折,心头就是一堵。

上参折的御史叫胡景贵,他奏折开头就声明所参各节皆是"风闻"。所谓"风闻",就是道听途说,也没有确凿的证据。风闻奏事,是御史的权力。他在奏折中说,袁世凯在小站练兵,连士兵的服装都效法西洋的窄袖短款,实在没有必要。当年李鸿章创练洋枪队也是西法练兵,士兵依旧穿大清的服装,战斗力不一样很强?如果说穿短款衣服是为了操练方便,倒也说得过去,但军营也按照西式的建设就匪夷所思了。难道住了西式的军营,练兵就能取得成效了?胡御史认为西式军营的花费是中式军营的好几倍，他猜测袁世凯这样做的目的无非是为了粉饰外观，从中捞取好处。

接着，胡景贵笔锋一转，说小站练兵的军官很多，而能够成为军官的，不管才能的大小，只要跟袁世凯有交情，就能得到相应的位置，以至于从天津武备学堂毕业的学生个个心存怨气。小站新军军饷很高，但是层层盘剥后，能够落到士兵手里的还不到三两。而袁世凯给自己定的办公经费每个月一千两，其他的支出还不计算在内。

奏折还参劾袁世凯在天津以钦差大臣自居，在告示中频频使用"钦命督办军务处练兵大臣"的字样，这种提法是否曾经上奏皇帝，外间不得而知。同时，袁世凯拒绝接受北洋大臣、直隶总督王文韶的公文，不遵王文韶的调度。当袁世凯建造军营，强占民田后，天津商民曾经上告到王文韶那里，王文韶也曾多次提醒袁世凯，袁世凯不仅不听，还强词夺理。据说小站军营门外有卖菜的人与士兵发生口角，袁世凯听从一面之词，竟然将卖菜的给杀了……

光绪看完奏折，十分愤懑，提起朱笔批道：

前因天津新建陆军，特派袁世凯督练洋操，优给饷项，原冀壁垒一新，尽洗从前勇营习气。兹有人奏，袁世凯徒尚虚文，营私蚀饷，性情乖张，扰害一方。该员所练各军，饷项最巨，必应切实操练，饷不虚靡，方收实效。着荣禄驰赴天津，将该员督练洋操一切情形，详细查明，能否得力？断不准徒饰外观，毫无实际。其被参各节，是否属实，一并秉公查实具奏。原折着抄给阅看，将此谕令知之。

荣禄与袁世凯，一个前脚离京，一个后脚进京。袁世凯进京，是要向督办军务处汇报练兵情况，并请尽快增拨经费。他到京后还是住在嵩云草堂，立即打发人持他的名帖去约徐世昌晚上在广和居小聚。

徐世昌如约前来，一见面就道："四弟应该先打封电报，我做东才是。"

"大哥的盛情我领了，我手头方便些，自然我来做东，大哥不必耿耿于怀。"袁世凯体谅徐世昌的难处，因此总是安排好了才让他赴约。

袁世凯谈起自己练兵的成绩，兴致勃勃，意气风发。徐世昌好像有心事，只是不好打断，静听袁世凯侃侃而谈。等袁世凯谈到这次进京的目的，徐世昌才道："四弟此时来，大概正好不合适。"

"怎么了？"袁世凯见状疑惑地问道，"我先请大哥来，也是请大哥帮忙参谋。"

"荣中堂不在京中。"徐世昌说道。

"荣中堂？荣大人升协办了？"袁世凯惊喜地问道。

"这是前天的事情，邸报恐怕还未到地方。荣中堂真是双喜临门，先是升兵部尚书，又因为筱山中堂告老，因此得了协办。"徐世昌回道。

筱山中堂是指额勒和布，筱山是他的字。自光绪十年因中法战事不力，慈禧把颇有能力的恭亲王为首的军机全班撤换，额勒和布得以入值军机，随后晋协办大学士、体仁阁大学士、武英殿大学士，仅居李鸿章之后。他时年八十三岁，去冬几乎一命呜呼，因此奏讫告老。他空出来的武英殿大学士，由宗室文渊阁大学士麟书递补，下面依次递补，就空出来了个协办，结果大家都看好的翁同龢并未得补协办，而是由资历稍欠的荣禄占了先。

"那边还是一言九鼎。"徐世昌指指颐和园的方向，自然是指慈禧。荣禄是慈禧的亲信，翁同龢是光绪最倚重的师傅，亲信升协办，师傅干瞪眼，足以证明太后还是"一言九鼎"。另外，众人骂够了李鸿章，回头来反思甲午之败，觉得翁同龢也有愧职守，尤其是复出后的恭亲王奕訢对翁同龢主战极不以为然，曾说甲午主战是"聚九州之铁，难铸此恨"。翁同龢不得协办，乍听是意料之外，细想则是意料之中。

"那真得好好给荣中堂贺贺。荣中堂刚升协办就去天津，所为者何？"

"大家都不清楚，不过显然此行不是泛泛。刚升兵部而赴津门，想必与军务有关。"

"莫不是去巡视新军？那也应该提前谕知，好好准备……"袁世凯立即领会，但话未说完已感到不妙，惊惶地住了口。既然没有通知，可见是不想让有所准备。

"四弟那边，没出什么岔子吧？"

据徐世昌说，半个月前，御史彭述奏劾各营近来有军官层层盘剥，克扣军饷，光绪震怒，下旨告诫各地督抚将军，"如再有借端苛派等弊，或经纠参，或被告发，定即严行惩办，决不宽贷"。此时荣禄却突然去天津，不能不让人疑心，是否天津练兵大员受到密折参劾。天津练兵的大员，除了直隶总督王文韶，还有直隶提督聂士成，他也在编练淮军旧部，当然，最引人注目的就是天津小站的新建陆军。

袁世凯脸色不免大变，徐世昌安慰道："这只是猜测，四弟不必太过虑。"

"小心驶得万年船，看来我必须立即回小站。"袁世凯摆手道。

"最关键的是，四弟的新建陆军训练成效应当彰显出来，并让荣中堂看到。俗话说一俊遮百丑，现在朝野上下都希望能练出精锐之师，只要小站的新建陆军卓有成效，就是有人参劾，荣中堂也必定设法周全。"徐世昌一语点醒梦中人。

"对，外行看热闹，内行看门道。荣中堂是带兵的出身，会看热闹，更会看门道，必得好好准备。"

能来得及准备的，只能是在"热闹"上下功夫，首要的就是新军面貌。当天晚上，袁世凯拟了一份电报发给在小站主持军务的姜桂题，一是赶紧把营、队、哨旗帜连夜做好，配发各营；二是没有换领曼利夏枪的马上换领；三是赶紧熟习操枪问答、操炮问答；四是各营赶紧核准点名册，不得临时冒充。几个人又讨论了几项事情，由阮忠枢一一记录备忘，等安排妥当，已经有鸡鸣声了。

第二天一早，袁世凯一行匆匆出城赶往通州，再换乘小火轮直下天津。一回到天津，连夜召集各营统带及营务处人员开会，分派迎接荣禄的相关事宜。因为荣禄到底来不来小站，是明察还是暗访根本无从知道，因此准备起来颇费周折。王士珍出主意道："荣中堂来，除了常规的准备外，最好能有一样绝活，能让他感到闻所未闻，才能显出我小站练兵的非同寻常。"

众人都觉得有道理，但话好说，事情却难办。出洋操、放洋枪、按西洋阵法进行攻防，都算得上新鲜，但并非闻所未闻。于是袁世凯问道："聘清，你有什么好主意，不妨说出来听听。"

王士珍回道："工程营新到了一批架桥装备，桥桩是铁管制成，桥面是洋帆布制作，全是从德国购来的。这种桥在国外已不新鲜，但在国内却是闻所未闻，当年在武备学堂学习也只是在洋教材中看到过，见到实物，我也是第一次。如果能在荣中棠面前搭起这样一架桥，那定能获得赞赏。"

这个主意不错，只是工程营还没有正式成立，实在没有把握。工程营负责造桥梁、筑垒台、平道路、制地雷、设电线、修枪械，还要绘地图、搞测量、学化学，是新技术最多最杂的营伍，无论士兵还是统领，都不是一般人员所能胜任，因此到目前只挑选出了二百余人，编成一哨，让德国教习暂时管带。目前所习也只是挖地垒、平道路等技术要求不太高的项目。袁世凯想了想又问道："聘清，你有没有把握架起来？"

"有没有把握实在不敢说满话,只能先试试。如果能成,到时候就在荣中堂面前露一手,如果不行,大不了不显摆。"王士珍又看了一眼段祺瑞说道,"芝泉到德国留过洋,大约见识过,到时候帮帮忙吧。"

段祺瑞回道:"我在德国的时候的确见过,并且还从上面走过。这种桥属临时桥梁,好处是便捷,大约两三个钟头就能架起来;缺点是不够牢固,只能步兵单人快速通过,辎重是不能运的。"

"只要能过人就行,辎重当然不必非从这里过。芝泉,你炮营那边也是重头戏,再兼顾一下造桥的事。"最后袁世凯一锤定音。

当天夜里,王士珍就找到工程营的哨官,亲自到库房里,掌着西洋煤气灯,把那一批架桥用的钢管、帆布等物件搬到空地里。好在德国人办事仔细,里面有说明书,所有的物件都编号登记。天一亮,就督率工兵营的士兵按照说明书试架桥梁。忙了一整天,总算能够在平地里扎起来。但要到水里扎,却又无把握。因此第二天一早就到小站南的减河上去试,试了一天,到了晚上桥总算扎了起来。袁世凯亲自带着护勇从上面走了个来回,脚下有些绵软,没有踩在实地上踏实,但总算可以顺利行走。袁世凯吩咐王士珍连夜把桥拆掉,至于什么时候扎,等命令好了。"既然要给荣中堂一个惊喜,当然不能提前扎好。"他向有些困惑的王士珍解释。

因为没有接到荣禄要到小站的正式公文,因此袁世凯只能故作不知,只派出两批人分别去侦察,一批在海河边上,观察水上来往船只;另一批在陆路,观察往来车马。两批人马都没有报告,袁世凯却接到荣禄派出的快骑通报,钦命查办事件协办大学士、兵部尚书荣禄已经在咸水沽登岸,正向小站方向前来。咸水沽离小站只有十五六里地,袁世凯立即带着各营统带,骑马前往迎接。出小站往北不到七八里地,就迎到了荣禄一行。也怪不得派出的人马没有传消息,荣禄一行实在是轻车简从。荣禄着便装,仿佛一个走亲戚的阔财主,他身边连护卫在内总共只有七八人,也都是便装打扮,丝毫没有出京大员的派头。

袁世凯翻身滚落马鞍,跪地要行大礼。荣禄连忙示意稍等,因为他是钦差大臣身份,袁世凯必须请圣安。此礼不可马虎,因此找了个平坦之地,荣禄面南背北,接受袁世凯的叩拜。荣禄答一声"圣躬安!"这才走近两步,虚扶道:"慰廷,我奉圣命前往天津查办事件,顺便来看看你的兵练得怎么样。"

"卑职及各位统带盼中堂如望云霓。"袁世凯高声回答,各位统带一起给荣禄行礼。

荣禄又道:"我到小站只待一天,明天下午就返回天津。我要到营中转转,看看操,若有时间,也到镇上转转。"

这显然是要私访。袁世凯只作不知,回道:"一切听中堂吩咐。"

回到小站,已近午饭。吃过午饭后,荣禄小睡一觉,醒来后到演武场看操。他此时当然不再是便装,头上是红宝石一品顶戴,身上是一品文官仙鹤补服,胸前是一串价值不菲的翡翠、蜜蜡搭配的朝珠。跟在他身后的是兵部郎中陈夔龙,着五品顶戴。荣禄身材颀长,风姿俊逸,有美男子之称。年近四十岁的陈夔龙也是风度翩翩、器宇不凡,一主一从,令人注目。

袁世凯侧身带路,引导荣禄登上检阅台,但见空阔的演武场上空无一人。突然,十几柄洋号同时吹响,嘀嘀嗒嗒,十分响亮悦耳。刚才还是一片安静的军营,突然脚步声如雷贯耳,步兵、骑兵、炮兵从各自的营房中排着整齐的队伍向演武场集中,数千人浩浩荡荡,但秩序井然。督操营务处总办王士珍站在队列前面,先步兵、后炮兵,最后是骑兵各统带按次序前来报告出操人数。汇报完毕,彼此行西式军礼,王士珍高喊一声"归队",报告的人立正、转身,小跑归队。等报告完毕,王士珍跨到检阅台前,向荣禄敬军礼,报告出操人数,请假多少人,公差多少人,请荣禄检阅。七千五百人的新建陆军,只有八十余人因病假或公差未出操。

检阅开始,按照步队营、炮兵营、骑兵营的顺序进行。每营又分成数队。先是整齐的列队绕场,等到检阅台前时,突然抬腿踢起正步,同时目光向着检阅台的方向,打着西式军礼通过近五十米的检阅台。数百人步伐一致,场面十分震撼。荣禄挺直腰板,接受各军的注目礼,心中相当满意。

检阅完全军,再检阅打靶。袁世凯前面带路来到靶场,二十人一组已经准备就绪。荣禄看士兵手里清一色的洋枪,问:"慰廷,你的兵用的什么枪?"

袁世凯回道:"报告中堂,全是奥国造的曼利夏枪。我军每名士兵对枪械都十分熟悉,我们有严格的枪件问答,八十多个问题都要对答如流,中堂可随意挑个兵,让教官询问。"

荣禄并不从打靶的士兵中询问,他大约以为袁世凯是提前安排好的,所以指指远处正在拼刺的两个士兵说道:"把他们中的一个叫过来。"

那个士兵跑步过来,袁世凯问道:"中堂要考校你的枪件问答,有没有把握?"

"请中堂考校。"士兵高声回答道。

荣禄不必问,袁世凯让射击教官提问。

"手持军器为何名?"

"枪!"

"此枪何国所造?"

"造自奥国。"

"此枪何名?"

"曼利夏!"

"何名为曼利夏?"

"因造枪之人名为名。"

"此枪有几大件?"

"四大件。"

"哪四大件?"

"一、枪筒;二、枪机;三、枪码;四、枪托。"

"枪上零件都有哪样?"

"安卸机柱、子弹巢、护手、送子簧、卸子簧、停枪纽、管机、笋簧、枪箍、安刺刀鼻子及旁星、准星,并枪环、枪底、铁片、螺丝钉等!"

"枪筒是何材料所造?"

"炼钢!"

"炼钢有何好处?"

"坚固不易炸损!"

······

果然是对答如流!

袁世凯告诉荣禄,新军所用曼利夏枪是去年奥地利才开始装备的,是目前世界上最好的步枪。

巡视完打靶,又看骑兵马术表演,主要是表演马匹卧倒、跨壕。然后又看炮兵,因为演武场没有炮兵靶场,只能看炮兵操炮。炮兵也有操炮问答,也是对答如流。此时,右翼一营官兵在演武场集结,现场发饷。袁世凯向荣禄解释,今天是发饷日,本来上午应完全发完,但因为得到荣中堂巡阅的消息,特意改变计划,一营改为下午,请中堂巡阅指示。

一营一千余人,分列四队,每队前有一张条案,上面堆着已经封好的银包,粮饷局员监督,各队粮饷委员拿着花名册,点名出列领取。粮饷局员随时抽查,让前来领饷的人报出姓名、籍贯、家中兄弟姐妹情况以及入伍邻右保人,以免冒名顶替。荣禄带过兵,知道旧营中克扣军饷的弊端,对袁世凯的办法很感兴趣。他心血来潮,拿过花名册考校一名士兵,结果对答如流。再看这一营兵,个个年轻精壮,精神头十足,便笑着问道:"慰廷,这一营兵个个精壮,气宇轩昂,你该不会是从全军中挑了这一营,专让我看吧?"

"卑职哪敢在中堂面前要心眼?新军各营不敢说个个精壮,定武军中那些老弱疲猾之辈已全部裁汰。卑职派人到山东河南等地募兵,列了七项条件,一是年限二十至二十五岁,二是力限平托一百斤以外,三是身限官裁尺四尺八寸以上,四是步限一时行二十里以外,五是曾吸食洋烟者不收,六是素不安分、犯有事案者不收,七是五官不全、手足软弱、体质多病者不收。"

荣禄点头道:"从前募勇,往往滥竽充数,老弱疲猾之辈混入营中,一闻战事,先自惊溃,教训何其深。你能坚持从严募勇,很难得。"

"卑职募勇,是宁缺毋滥。至今马队、工程队还未成营,就是选人太难,必得精挑细选。"

随后,袁世凯带着荣禄登上城墙阁楼,小站附近地形地貌一目了然。他指着减河南边一个小山冈告诉荣禄,明天将在那里举行攻防演习,左翼防守,右翼进攻。

第二天天不亮,军营中洋号声此起彼伏,兵丁们赶早吃饭,除留守营房外,全部拉到减河南岸。袁世凯陪荣禄吃过早饭,一行人骑马出小站,到减河南岸山冈检阅攻守操演。到了减河边,一架钢管作桩、帆布为面的桥梁出现在眼前,荣禄诧异地问道:"慰廷,昨天下午登高远望,这河面上好像没有桥,怎么一夜之间生出一座桥来?"

袁世凯大声回道:"回禀中堂,是工程营连夜用德国陆军架桥法临时架起来的。这种桥行军结束就可拆除,随用随架,十分方便。河里有十几条船,来回巡弋,以资保护。"

荣禄问:"骑马可以过桥吗?"

"完全可以,中堂放心就是。"

荣禄策马上桥,感到略有些晃动,马的脚步也有些怯,但走了几步并无意外,人和马都大胆起来,荣禄策马一鞭,快速冲过桥去。到了桥头,他又下马到河边,饶有兴致地看了会儿,还拿马鞭敲了敲钢管,赞叹道:"洋人技巧百出,不服不行啊!"

荣禄随袁世凯登上山冈,见上面已经挖了好几道堑壕、坑道,用沙袋堆了掩体,姜桂题率一营防守,正在与队、哨官们研究防守策略。军官与士兵服装相同,只有袖口上有不同的红绣纹以区别。袁世凯向荣禄解释,这也是西洋军队通行的办法,为的是避免敌军从远处分辨出谁是军官。这些军官每人都挂一把佩刀,一把左轮六响手枪。荣禄感叹道:"小站新军,装备比神机营强多了。"

演习开始,攻方先派出骑兵侦察,然后派出小股部队试探守方的火力部署。然后才突然兵分数路,向山冈发起进攻。根据地形的变化,一会儿猫腰冲锋,一会儿匍匐前行,双方都用的是空包弹,但枪声激烈。荣禄拿着一架望远镜,饶有兴致地观察,洋教员则指指点点,现场点评,后面书记员飞速记录。一个多小时后,演习结束,洋教员进行点评,最后请荣禄做训示。

"新式练兵,果然与旧法有天壤之别,我简直是门外汉了。"虽然荣禄这样说,但他还是提出了好几条建议,袁世凯不得不佩服,果然是带兵的出身。

吃过午饭,荣禄回天津,因为使命已经完成,不必再以私访的身份,直隶总督王文韶派出的亲兵卫队二百人已经到了小站,袁世凯也亲率中军护送,一直送到海河边,目送荣禄登船,然后又骑马率军沿河送了十余里。荣禄在船头摆手,示意请回,他这才率军止步,等荣禄的座船走远,才回到小站。

荣禄此行对小站练兵肯定满意,这一点袁世凯颇为自信。但他此行目的到底是什么?荣禄守口如瓶,袁世凯也不敢自作聪明乱试探。幸好第二天就接到徐世昌的密信,原来是有御史参劾,罪名是"徒尚虚文,营私蚀饷,性情乖张,扰害一方"。袁世凯不禁心惊肉跳,如果依此治罪,最轻也是革职,永不叙用!但细细想想自己问心无愧,这几条罪状,哪一条能落实在他的头上?他练兵扎实,何来徒尚虚文?他千方百计杜绝克扣弊端,又何来营私蚀饷?所谓性情乖张,扰害一方,又是从何说起? 然而,欲加之罪,何患无辞!

袁世凯心情十分恶劣,一整天打不起精神,晚饭几乎未吃。到了半夜,他振作了起来,想自己不能坐以待毙,亲自给徐世昌写一封信,让他无论如何设法解救。第二天一早,他将一万两银票塞进信封中,派两名亲信专程到京中一趟。

徐世昌一听到兵部郎中陈夔龙回京的消息,当晚就去拜访。两人是同年进士,又都是寒门出身,关系极亲近。本来彼此登门几乎无须通报,但这次陈夔龙门房的老仆人却回道:"徐老爷,我家主人有吩咐,他是奉钦命办差,未交差前不宜见外人,请您谅解。我家主人说,最迟后天就可以交差,届时一定请您前来。"

徐世昌无奈，只好等到第三天晚上再去拜访。门上的老仆人把他径直引进院中，让他在客厅稍等。一会儿陈夔龙就出来了，相邀道："菊人兄，请到书房说话。"

进了书房，陈夔龙就道："我知道你是为慰廷的事着急，但我随荣中堂奉的是钦命，因此交差前不敢见你，请一定见谅。"

徐世昌不好意思道："规矩我本来懂的，只是关心则乱，当时竟然忘了你是办钦案。不知我四弟这次这一关能不能过得去，还请多多关照。"

"有惊无险！"陈夔龙回道。

有此四字，徐世昌悬着的心放了下来，从容听陈夔龙讲述经过。

据陈夔龙说，他和荣禄一行先到天津，直隶总督王文韶特意让所管辖的淮军和地方练军排队迎接，旌旗招展，颇有马鸣风萧之象。但到了小站，看了袁世凯的新建陆军，就看出差距来了。当天晚上，荣禄就问陈夔龙道："你看小站新军与过去的军队相比，怎么样？"

陈夔龙回道："我不知兵，不敢妄加评论。但仅从表面看，旧军不免暮气沉沉，新军参用西法，倒可以说是别开生面。"

"你说得不错，此人必须设法保全。"

听到荣禄有如此态度，徐世昌插话道："中堂如此看重，实乃慰廷之福！"

经过明察暗访，参折所奏"徒尚虚文，营私蚀饷，性情乖张，扰害一方"四宗罪，一条也不成立，唯有擅杀广货店老板一事属实。所以陈夔龙回来后拟就的复奏，是请下部议。荣禄看了奏稿后道："如果下部议，最轻也是撤差。撤了袁世凯，有谁能接手小站练兵？袁世凯统驭有方，部众倾服，再练两年，必有实效，不如乞恩从宽，严饬认真操练，以策将来。"

徐世昌感叹道："荣中堂如此庇佑，对我四弟真有再造之恩。"

陈夔龙微笑道："我当然知道一下部议，慰廷难免要撤差。我如此写，是给荣中堂留示恩的余地。"

"我替四弟谢筱石成全。"徐世昌离座郑重向陈夔龙施礼。

"谈不到谢字，我和荣中堂都是为国惜才罢了。何况，我又不是不知道你们兄弟的情谊。"

徐世昌从袖中抽出两张五千两银票，双手奉上道："四弟感激两位周全，但又不敢造次，特意派人送来，借我的薄面转至，请筱石兄笑纳。荣中堂那一份，我不便出面，一并相托。"

"菊人兄,此事万万不可。此时送银票,反而大大地坏事。"陈夔龙双手外推,是坚拒不纳的态度。

陈夔龙分析,反正荣中堂已经决心为袁世凯开脱,依他的身份和能力必定有惊无险。此时若收了银子,反而好像是徇私舞弊。

"等上谕颁布,慰廷再登门拜谢荣中堂搭救之恩,岂不彼此更加方便?届时这一万两都孝敬荣中堂也是应当的。我们兄弟的情谊,岂止是五千两?我若收了这五千两,反而把你我的情谊糟蹋了。"

陈夔龙与徐世昌同年进士,但他世事洞明,为人处世十分圆滑,官运亨通,从兵部主事升到员外郎,再升到正五品郎中,只用了四年时间,而徐世昌仍然是七品的翰林。最近,陈夔龙的夫人又拜庆亲王奕劻的夫人为干娘,他这准额驸的前程更加一片光明。但此人最大的优点是,不因自己一帆风顺而得意忘形,更不会看不起徐世昌这样的黑翰林兄弟。

徐世昌拱手道:"都知道筱石办事手面光亮,我听你的。"

"这就是了。菊人兄,你知道这次参袁慰廷的是谁?"陈夔龙又转换了话题。

"谁?只听说是有御史上了参折,实在不知道是谁。"

陈夔龙压低声音道:"上参折的是胡月舫,背后主使的是李师傅。"

胡月舫就是御史胡景贵,月舫是他的字;李师傅是李鸿藻。李鸿藻是很赏识袁世凯的,何以会成为背后主使?

陈夔龙分析,袁世凯在小站练兵,朝廷拨付巨饷,他又杀伐果断,大约有人看不惯,所以四处散布谣言。李鸿藻是清流领袖,向来以正人君子自居。他是袁世凯练兵的保举人之一,怕袁世凯一旦翻船会连累自己的声名,因此策动小老乡胡景贵上参折,为自己将来留一个清正耿直的名声打伏笔。

"李师傅样样都好,就是太顾惜自己的羽毛,这一点比荣中堂差远了。荣中堂为了练兵大计,全力庇佐袁慰廷,这才是真正的天下为公。"陈夔龙摇了摇头。

几天后,朝廷发布上谕:

前据御史胡景贵奏参袁世凯营私蚀饷各款,当经派荣禄驰往查办。兹据查明复奏:袁世凯被参各款,均无实据,即着毋庸置议。新建陆军督练洋操,为中国自强关键,必须办有成效,方可逐渐推广。袁世凯此次被参各款,虽经荣禄查明,尚无实据,唯此事关系重大,断不准徒饰外观,有名无实,为外人所窃笑。袁世凯勇往耐劳,于洋操情形亦尚熟悉,第恐任重志满,渐启矜张之习,总当存有则改之,无则加勉之心,以副委任。至委任人员太多,则费用太滥,尤其严加审择,勿涉虚靡。王文韶近在天津,该道必应随时禀商办理,该督亦当就近认真考察。总期精益求精,悉成劲旅,俾御侮确有把握,用副朝廷实事求是之意。将此谕知王文韶,并传谕袁世凯。

这份上谕一颁,袁世凯不但未被参倒,反而因祸得福,得了"勇往耐劳,于洋操情形亦尚熟悉"的考语。虽然有无则加勉的几条提醒,但朝廷庇佑、欣赏之意再明确不过。

李鸿藻没想到是这样的结果,又气又悔,大病一场,从此未再上朝,没过两个月就撒手归西了。而半年多后,袁世凯就升任了直隶按察使。他此前的实职是浙江温处道,正四品,而按察使则是正三品,就实职而言,是连升两级。

# 第二章

## 贪欲奢瓜分中国　太操切变法受挫

光绪二十三年(公元1897年)初冬的一个夜晚,天下着蒙蒙细雨,山东鲁西巨野县城西北十余里的小村张家庄,一片静谧。时近二更,十几个手持匕首或红缨枪的人悄悄接近村头的一户四合院。这是一个普通的中式四合院,不同的是门楼上有一个铁做的十字标志,这是一所德国天主教教堂。

1890年,德国获得在山东传教的权利后,教会势力迅速发展,偏僻贫穷的鲁西南小县巨野,短短几年间天主教堂就发展到二十余个。天主教与中国传统文化格格不入,尤其是只认上帝不认祖宗,中国人最不能接受,所以正统的人很少入教。教会为了发展教徒,难免不择良莠,吸收了一部分名声不佳者入会。一些不良教民依仗教会的势力横行乡里,民教矛盾因之日渐突出。因为朝廷不想惹纠纷,一旦有民教冲突,往往袒护教会,而百姓则视教民和袒护教会的官员为奸人。

张家庄教堂是巨野县的中心教堂,主教薛田资负责整个巨野的传教事宜,今晚十几个人就是冲他而来。他们有人负责守门,有人负责在外围放哨,有人负责破窗而入。当他们砸窗的时候,有人从里面开枪,但只开了几枪就没子弹了。他们得以破窗而入,杀死了里面的两个传教士,却发现其中并无薛田资。听到枪声的教民赶来,这帮人便匆忙逃走了。

原来,当天晚上有两个外地的教士路过张家庄教堂,薛田资把卧室让给客人住,自己去住南屋。他的卧室与更衣室相通,而更衣室的门并未关,他发觉有人进院后,摸了一根门闩躲在门后,结果搜他的人以为他已经逃走。他得以侥幸逃过一命,连夜逃到济宁,发电报给德国驻华使馆,德国使馆立即转电德国政府。

这就是著名的巨野教案。

清廷获悉消息，立即发出谕旨命山东巡抚李秉衡速派司道大员驰往巨野破案，限十五日将凶盗拿获惩办。李秉衡派臬司毓贤和兖沂曹济道锡良驰往查办，在巨野先后逮捕五十余人。一部分人随后放了，有些人经不住严刑拷打死了。最后是以入室盗窃杀人结案，处死了三个所谓正凶。

但不管清廷以什么样的结果结案，这个事件给了德国占据胶澳(青岛)的借口。甲午战争后，俄、德、法三国联合向日本施压，逼迫日本放弃割让辽东半岛的要求，大清得以三千万两白银赎回辽东。三国并非义务帮忙，都希望得到回报。德国看中的就是山东半岛的胶澳，希望据之为海军基地。巨野教案发生后，德国政府十分惊喜，德皇下令远东舰队强占胶澳。

德国舰队入胶澳时，清军守将章高元正在打麻将，认为他们是路过，不必大惊小怪。等他打完麻将时，已满街都是德国兵。他连忙召集士兵，但将士们手里都是空枪，大家连忙去库里取子弹，发现弹药库已被德军占领。章高元去和德军将领理论，德军将领却回答道："我奉本国之命进占，没有道理好讲。你只管率你的军队退出就是，我们不会伤害你。"章高元不敢擅离职守，被德军囚于舰中。

甲午战后，李鸿章出访俄国，奉旨与俄国签订《御敌相互援助条约》(又称《中俄密约》)，两国结成军事同盟，中国受到侵略，俄国将给予帮助。如今德国占据胶澳，李鸿章去与俄国人交涉。俄国借帮助中国为名，派军舰进驻了旅顺、大连，不但不帮助中国，反而拒绝出港。清廷这才明白，已经落入了德俄的圈套。

袁世凯从《申报》上看到德国占据胶澳的消息，已经是十几天后的事了。他认为这不是个好苗头，恐怕会引起连锁反应。这天，他收到康有为从上海发来的电报，说他即将乘轮北上，希望在津门一晤。袁世凯扬着电报对参谋营务处总办徐世昌道："菊人大哥，康南海满脑子主意，他来了正好，且听听他有何高见。"

徐世昌半年前应邀入袁世凯幕府。上年底他的母亲去世，丁忧在籍，没了俸禄，养家艰难，袁世凯以参谋营务处总办相邀，月俸一百六十两；而且他希望以文修武，给仕途带来转机，因此欣然入幕。袁世凯的小站班底中，进士出身唯徐世昌一人，除了担任参谋营务处总办外，还加"谘谋"的头衔，其职责包括考阅各学堂文卷、考核兵目操法、校订行军攻守阵式图说、改订讲训各兵官功课，而且袁世凯外出时，可以全权处理军务，俨然小站二号人物。

康有为要与袁世凯会面，这样重要的事情当然少不了徐世昌的参与。袁世凯估算了康有为的行程，和徐世昌等一行人提前赶到天津，特意在最有名的利顺德饭店给康有为预订了住处。知道康有为好热闹，袁世凯又提前约了天津水师学堂总办严复，北洋大学堂总办王修植，还有《国闻报》主笔夏曾佑。这几个人都是新派人物，见多识广，袁世凯只要到天津，必约他们相聚，畅谈古今中外，康有为热衷于办报讲学，与这几个人肯定能说到一起。

康有为所乘的轮船下午赶到，当天晚上入住利顺德饭店，主客加陪客共八个人。康有为身材高大，胡须修长，目光炯炯有神，初次相见的人无不为他的风采所倾倒。袁世凯所找的陪客果然正合康有为性情，他对每一位陪客都是抱拳鞠躬，朗声大笑，询问完姓名，又问籍贯郡望、有何物产以及乡里的长老、豪杰之士，有时候还取西洋铅笔记录下来，藏于夹袋之中。大家慷慨激昂，谈到德国强占胶澳，康有为仰面长叹，几乎落泪道："德人占我胶澳，他国必将效尤，如蚁慕膻，闻风并至，诸国咸来，瓜分豆剖。我大清好比地雷四伏，药线交通，一处火燃，四面皆应！大清真到了存亡之秋也！可惜当道诸公，高卧不醒，袖手熟视……"说话至此，康有为已经哽咽不能成声。

见状，袁世凯出言询问道："南海大哥，且慢伤感。你最有见地，且说说大清出路何在？"

"大清出路，舍变法绝无二途，我已经数次上书皇上，可惜皆如泥牛入海。我此次进京，就是要再上书皇上，但愿皇上能够觉醒发愤，果断变法，与民更始，振作国威。"

听了这话，徐世昌插言道："南海先生主张变法，国人尽知，先生打算推行哪些新法，愿闻其详。"

"方方面面都应当变。简而言之，破资格以励人才，厚俸禄以养廉耻；停捐纳，汰冗员，专职司，以正官制；变科举、广学校、译西书以成人才；悬清秩功牌，以奖新艺新器之能，创农政商学，以为阜财富民之本；改定地方新法，推行保民仁政，洁监狱，免酷刑，修道路，设巡捕，整市场，铸钞币，开矿学，保民险，重烟税，罢厘征。庶政尽举，则民心安定，国家富强，大清必转危为安。"

众人不得不佩服康有为好口才，一口气说下来，真正是如数家珍。不过，袁世凯认为要一口气变这么多庶政，实在是不切实际，便又问道："南海先生，这些庶政无一不需要变革,问题是守旧重臣太多,如何才能扎实推行?"

"上上之策便是皇上能够愤然觉醒,乾纲独断,效法俄皇和日皇,以俄国大彼得之心为心法,以日本明治之政为政法,只要皇上下诏明定国是,与海内更始,延见庶臣,尽革旧俗,一意维新,普天之下必然欢呼雷动,士气奋跃,群起响应,大事何愁不成!"

康有为把一切希望寄予皇上一道诏书,袁世凯绝不敢苟同:"如今朝中大员,多抱残守缺,即便皇上发布明定国是诏,恐怕也不会那么容易。"

"那简单得很,谁反对变法,便罢谁的官,一二品大员杀上几个便无人再敢阻挠。"康有为拿手在桌上一劈,仿佛已经刹下一个大员头颅。

众人都不作声,大约都觉得康有为视事太易,徐世昌转移话题道:"大清积贫积弱,弱肉强食的形势下,弱国自保之道,不少人主张应与强国结盟,互为声援。甲午战后,俄德法干涉还辽,不少人主张应当引俄国为援,可如今的形势,俄国是否真的能帮大清,实在没有把握,南海先生是什么看法?"

"与俄国结盟,无异于引狼入室。"康有为断然否定道,"如今在大清的强国,俄、德、法是一派,英、日、美是一派。俄、德、法三国因为帮助索回辽东,以李鸿章为首的洋务派以及部分封疆大吏都倾心于俄国,以为俄国可恃。其实大错特错。诸位回顾一下,便可知俄国割占我领土最多。诸位请想,结这样的强邻是自卫,还是引狼入室?最可恶之处,俄国每次总是趁火打劫,总说是为大清着想,戴着朋友的面具,行吞我国土之实。此次俄国军舰进入旅顺、大连,名义上是要帮助大清抵抗德国,我敢说旅顺、大连已入虎口,诸位不信,可待来日验证。"

袁世凯回道:"是,我和大家都为此担忧,南海先生有何高见?"

"俄德法靠不住,大清应当联英、日以抗俄德。"

严复摇摇头道:"英、日又如何能靠得住?尤其是日本,刚割我台湾,举国痛恨,南海先生何有此议?"

"正因为日本刚割我台湾,才对大清暂无野心。中日唇齿相依,大清亡,则日本必危。我在汉口曾会见日本参谋部大佐神尾光臣,他对我说:'贵国亡,必及我,我不联贵国,将联谁?今列国师舰,吮血磨牙,不于此时卧薪尝胆,练兵兴学,大清何以图存!日本极愿支持大清变法,一如日本明治维新,则大清必成亚洲强国,届时中日睦邻,声气互应,试看全球何国敢轻于一试?'他又对我说:'如联盟计成,日本当与英国一起,铁轨资焉,国债资焉,兵轮资焉,一切政学资焉。'我对英国历史也略有考察,康熙十一年,英国为救西班牙力主与法国开战,嘉庆元年,为救普鲁士再与拿破仑开战,光绪二年,又与法、奥、意三国联合抗俄,以救土耳其。由此观之,英国真救人之国也。如今英国在大清利益最多,因此必不愿他国逞威大清;俄、德国干涉还辽,日本对之抱恨甚深,因此联英日以抗俄德,是最可行之计。如此,则东、西、南三面金瓯永固,北之俄国必将暂敛利爪,暂藏锐齿,我可得数年变法图强之日。"

康有为的分析不能说没有道理,但大家觉得联日、英也非善策。但康有为对此颇为自负,滔滔不绝,众人连插话的机会都难得。

袁世凯回到小站,一直在思考德国占据胶澳、俄国进驻旅顺、大连的事情,也反复思考康有为的改革主张,有时想起康有为慷慨激昂的鼓动,也觉得心潮澎湃,如果大清如此快刀斩乱麻的一番变革,也许能日新月异,不数年间得以富强。但他很快又觉得康有为的主张有不妥之处,但到底问题出在哪里,自己也没有头绪。

此时又传来消息,朝廷与德国驻华公使的交涉并不顺利,德国不但坚持要赔款、修复教堂,还要占据胶州湾,并要求在山东境内修筑两条铁路,一条由胶州湾经潍县(今潍坊)、益都(今青州)、博山、邹平等地达济南,另一条由胶州湾经沂州(今临沂)、莱芜至济南,而且德商享有铁路沿线两侧三十里以内的开矿权。如果朝廷答应了德国的要求,整个山东就沦为德国人的势力范围,而俄国很有可能强占旅顺、大连,将对京津形成夹击之势!

朝廷一定正急于寻求救国良策,自己必须抓住时机上书朝廷,一则为国分忧,二则如果自己的建议被采纳,便是一个出人头地的良机。他觉得康有为的变革主张虽然鼓舞人心,但不免有些不切实际,无论是端正、持重的翁同龢,还是动辄把祖宗之法挂在嘴上的荣禄,恐怕都不支持。那么自己提出一个更稳妥、切实的方案来,也许会得到各方的认可,甚至会再次被皇上召见。自己如今已经是按察使,出任封疆或部堂也并非是白日梦。这样一想,袁世凯信心大增,关起门来,思考他的改革方案。

这样又想了一天多,又与徐世昌密议一上午,袁世凯总算拿定了主意。到了下午三时多,他估计阮忠枢已经起床,就着人把他叫到签押房道:"斗瞻,你怕是要辛苦一下了。"

阮忠枢回道:"四哥吩咐就是,我抽上几泡,一夜不睡也没问题。"

"我要你帮我写一份上翁师傅的禀帖,请他转奏皇上。"袁世凯把想法告诉阮忠枢,因为他是三品按察使,没有专折上奏的权力,所以必须通过有资格的人转奏。他反复思考,太后身边聚集的是老臣,张口闭口"祖宗之法",与他们谈变法,无异于对牛弹琴。如今对变法有兴趣的是皇上,而皇上最宠信的就是翁师傅,自己的禀帖上给翁同龢才最有可能递到光绪的御案上。

"这个禀帖先说清我对引强国为援的看法。现在有人主张引俄国为援,抵抗德国,南海先生说得不错,这是引狼入室,俄国唯利是图,又如何肯为我而仇德,更不愿把德国人赶到英国人的怀里;南海先生主张联日、英以抗俄,依我看也是五十步笑百步。如今俄国俨然认东北数省为其版舆,英国俨然视大江南北为其范围,日本窥浙、闽,法国图滇、桂,鹰瞵虎眈,择肉而食,大清再弹以夷制夷的老调,根本行不通。俗话说,求人不如求己,大清的出路,只有靠变法自强。"

阮忠枢大声赞同道:"四哥说得对,西人有瓜分大清之说,而且还有洋人画了图画,就登在《申报》上。他们好比是堵在大清门口准备抢劫的强盗,让他们来保护我们,岂不是缘木求鱼?当年甲午之战,他们大骂李中堂靠列国调停误国,如今他们倒要拾李中堂的牙慧,还以为是救国良策。"

"斗瞻,你说的这幅洋人瓜分大清图画很重要,你帮我找一找。大清的出路唯有变法自强,但到底该如何变法自强,南海先生的一些观点我不能苟同。"袁世凯一边想一边说道,"南海先生主张像日本明治维新一样,请皇上发布一道定国是的诏书,他认为就会万民欢呼,变法得行,这恐怕视事太易。大清变法,我以为应当由下而上,下面先试行,这样万一有什么不妥,朝廷有回旋的余地。我的想法是,先择三四个省作为试点,试点成功,再推行全国。

"第二点不敢苟同,南海先生主张把大清各项制度都推倒重来,官制、军事、赋税、经济、工商全面推开。这恐怕头绪太多,自乱手脚。我以为试点的省份应当选取几个重点事项先行变革,比如,用人、理财、练兵,这三项是事关国家兴亡的要政,先就此三项进行改革,纲举目张,其他改革随后跟进,似乎更有把握。

"第三点,南海先生太急于求成,主张把反对变法的罢官,甚至杀几个一二品大员,如此偏执的办法是树敌自困。最近我查了一下历史上的变法者,下场大多凄惨。要变法,必然有人利益受损,但最好尽可能地让受损的人少而再少。比如那些反对变法的一二品大员,南海先生主张罢斥甚至杀掉,我认为对这些人,可厚禄以养之,崇秩以荣之,把他们体体面面养起来,明升暗降,不让他们管事,自然也就不再挡道。斗瞻你想,假如上司要办一件事,咱们不支持,他就要杀掉我们,我们会怎么样?来个鱼死网破!"

阮忠枢回道:"四哥的说帖处处与康南海先生相比照,更显得切实可行,我想翁师傅应当更感兴趣。"

袁世凯摆手笑道:"这只是我们的一厢情愿,至于翁师傅会怎么想,实在无从推测。斗瞻,我是对照南海先生的主张来谈我的主张,你可别把我的说帖弄得像与南海先生打擂台,那就自讨没趣了,以后我怎么见南海先生?"

"这何须四哥吩咐,要连这点意思我也领会不准,这文案就该换人了。"

"好,你辛苦辛苦,到时候我请你一醉方休。"

康有为中进士后,授职工部主事,是个六品小官,没有上折的权力,因此他将《上清帝第五书》呈给工部尚书,请代为转递。但工部满汉两尚书审阅后,觉得狂悖之语太多,不肯代呈。康有为不甘心,在京中频繁活动,上自军机大臣、总署大臣,下至翰林、台谏官员,只要得到机会,他就侃侃而谈,宣传变法主张,或者把他的《上清帝第五书》抄件塞给人家。老成持重的人都视之为轻狂,根本不屑与之交谈。军机大臣、总理衙门大臣中,只有他的老乡张荫桓对他的主张颇感兴趣。最佩服康有为的是翰林、台谏官员,尤其是兵部掌印给事中高燮曾读过康有为的上书抄本后,十分佩服他的才学,呈上《请令工部主事康有为相机入弭兵会片》,认为康有为学问淹长,才气豪迈,熟谙西法,具有肝胆,于将来中外交涉为难处,不无裨益,奏请光绪破格录用康有为,派他出游各国,通过外交手段化解列国瓜分大清的危局。当时光绪正被德国占据胶澳事件弄得不胜其烦,而军机大臣总理衙门大臣又都拿不出好主意,翁同龢、张荫桓与德国公使谈判,德国寸步不让。而康有为的出现让光绪看到了一线希望,所以召见军机大臣时,决定传旨召见康有为。首席军机大臣恭亲王奕訢很看不惯康有为的轻狂,劝说道:"本朝成例,非四品以上官不能召见。今康有为乃小臣,皇上若有所询问,命大臣传问即可。"

军机大臣中,排在恭亲王之后的是礼亲王世铎,从无主张,而后就是翁同龢。而翁同龢为人稳健谨慎,对康有为的乖张也有些看不惯,对他操切的改革主张也存疑虑,因此由大臣传问康有为的事情也就拖了下来,一拖就拖到了小年,各衙门马上就要封印放假了。

翁同龢就是在腊月二十三这天收到的袁世凯说帖,当时与德国公使交涉很不顺利,心中正焦躁不安。看了袁世凯的说帖,觉得对列国形势的分析很有见地,反对引列强为援的主张也颇有道理,但如何变法,如何破解危局,又太空泛。他心里觉得,袁世凯练兵有模有样,谈变法不过是凑热闹罢了,因此顺手把这份说帖撂到了一边。

康有为迟迟得不到召见,光绪有些着急了,下旨总理衙门大臣尽快召见。正月初三下午,康有为来到总理衙门西花厅接受询问。参加问话的大臣有五人:总理衙门大臣李鸿章、兵部尚书荣禄、户部尚书翁同龢、刑部尚书廖寿恒、户部左侍郎张荫桓。首席军机大臣奕訢、总理衙门王大臣奕劻因为会见英、法公使没有参加会见。

荣禄首先问话:"大清制度行之最久,最为完善,为什么一定要改变祖宗的成法呢?"

康有为回道:"祖宗之法,以治祖宗之地也。今祖宗之地不能守,何谈祖宗之法?譬如这总理衙门是外交之署,也系祖宗之法所未有,因时制宜,不得不变。"

刑部尚书廖寿恒对变法不甚了了,但又十分感兴趣,因此问道:"变法绝非易事,应该如何着手?"

"宜变法律、官制为先,应开制度局作为立法机构,尽快变更故有的律例和各部院衙门,只有建立新政局,才能推进新变法。这是最重要的事情,是改良新政的基础,日本明治维新便是如此。其他各国维新变法,也无不如此。"

闻言,李鸿章插问道:"你的意思是,六部尽撤,则例尽废吗?"

康有为回道:"今日列强并立,强狼环伺,大清旧有制度不仅无法适应世界新局势,而且弊政重重,大清所以积弱,正是这些旧机构、旧律例、则例所造成。大清要获新生,必须将这些旧制度全部废除,这些旧衙门即使不能尽撤,也应斟酌的改定,唯有如此,新政才能推进,否则,处处掣肘,难见实效。"

"要推行变法,必须有经费做保障,变法所需款项又该如何筹措?"翁同龢是户部尚书,最关注经费问题。

"其实简单得很,日本设立银行发行纸币,法国实行印花税,印度征收田税,都非常有效。大清幅员广大,只要改变了制度,税收可立增十倍。此外,还可大借洋款,以行新政。"康有为成竹在胸,接着,他慷慨激昂又阐述了法律、度支、学校、农商、工矿、铁路、邮政、会社、陆海军之法,"日本维新,仿效西法,法制甚备,与我相近,最易仿摹。我正在编纂《日本变政考》《俄彼得变政记》,可为新政参考。"

这次会见从下午三时一直持续到六时，天已经黑透了。荣禄不愿听一个六品小官的信口雌黄，不到一半就离席。李鸿章对康有为的评价是"说的比唱的好听"。翁同龢则认为康有为"狂甚"。就大部分人而言，都觉得康有为口才极好，但对他的改革主张，其实说不上支持还是反对，因为大家对如何变法都是门外汉，自然无从评价。

第二天光绪召见军机，询问昨天五大臣会见康有为的情况，恭亲王虽然未参加会见，但已经与荣禄等人有过沟通，因此建议让康有为上个条陈，若其主张有可采纳之处，再召见不迟，其实这不过是拖延之策。

翁同龢和张荫桓与德国公使经过两个多月的谈判，最后仍然未能阻止德国占据胶澳。光绪二十四年二月十四日（公元1897年3月6日），中德签订《胶澳租界条约》，胶州湾租与德国九十九年，其间完全归德国管辖；胶州湾沿岸百里内划为中立区，但德国军队自由通行；准许德国在山东境内修两条胶济铁路，沿线三十里以内开矿权归德商。而在俄国的强逼下，李鸿章主持签订《中俄旅大租地条约》，旅顺、大连及其附近水面租与俄国，为期二十五年，期满可"相商展限"。俄国在租借地内享有治理地方和调度水陆各军等全权，清政府无权驻军。整个辽东半岛，未经俄方许可，中国军队不得进入。中国同意俄国从中东铁路修一支线到旅顺、大连，此支路经过地方，（中国）不将铁路利益给与别国人。也就是说，整个东北，沦为俄国的势力范围。而法国也提出要求，中国不得将云南、广东、广西等省让与他国，并承建法属越南至云南昆明的铁路，还提出租借广州湾。英国则在动议拓展香港租界，并提出租借山东的威海卫……列国瓜分中国已成事实。

翁同龢作为光绪最倚重的大臣，面对国家被瓜分豆剖的形势几乎束手无策，自然万分焦灼；更令他难堪的是，当年李鸿章签订《马关条约》，他率领一帮清流群起而攻之，如今自己也亲手签订租地条约，李鸿章几次含沙射影讥讽，自己只有故作糊涂。

这天下午，袁世凯求见，更令他徒增焦躁。

寒暄过后，袁世凯从衣袋里掏出一张《申报》，上面载有一幅《时局图》。地图上，东北是一只北极熊，这是指沙俄占据东北；南边是一只青蛙，把两广和云南揽入爪中，这是指法国占据西南；而长江流域，则是一只猛虎，这是指英国占据长江……漫画的两边，写着"不言而喻，一目了然"。列国瓜分中国的形势的确一目了然。

"中堂,大清真是到了万分危急的关头。卑职夜不能寐,希望能为国家尽力,为朝廷分忧。卑职一个多月前曾上书敬陈管见,不知中堂是否寓目?"

"哦,我已经看过了。对列国形势的分析,很有见地。"翁同龢想了想,是有那么回事。

翁同龢再无下言。袁世凯明白,自己的禀帖翁同龢并不欣赏,或者没有认真阅读,但这并不影响他继续表白:"中堂,依卑职浅见,大清目前唯有变法一途,才有民富国强之日。"

"这已经是天下人的共识。朝廷也在考虑变法,但如何变,尚未有头绪。"

"卑职以为,变法虽然迫切,却不能操之过急,更不可头绪太多。应当先在三四省试点,先在用人、理财、练兵三大端上取得经验,而后在全国推行。"

"先在这三大端上变法,半年多前盛杏荪就有此议。而且如何变革,他说得十分详细、具体。"翁同龢言外之意,袁世凯的建议太过空泛、笼统。

"卑职一定好好向盛大人请教。朝廷要变法,必然要由中堂主持大计,卑职愿为中堂驱策。若中堂能在数省先行尝试,卑职极愿前往,不计荣辱,不避斧钺,为变法大业蹚蹚路子。"

翁同龢终于明白,袁世凯何以一而再再而三提议要在三四省试行变法,原来他有意出任封疆。真是不知天高地厚,一个捐班出身,竟有此妄想!翁同龢是"状元宰相",最看重两榜出身,对袁世凯这样连举人功名也没有的人是很不以为然的。因此对袁世凯谋求封疆的野心感觉十分可笑。他有爱才的名声,但耻于受人请托、为人谋职,他认为非君子、贤臣所为。袁世凯滔滔不绝,讲他试点变法的主张。翁同龢耐着性子听了几分钟,并不去接袁世凯的话茬,而是转移话题道:"慰廷,朝廷派你去练兵,寄予厚望,你要把全副心思放到练兵上,为朝廷练出一支劲旅,不要辜负大家的期望。"

翁同龢的意思已经十分明白,袁世凯如果再有所言,便是自讨没趣,就识趣地告辞了。

在光绪的一再催促下,康有为的《外衅危迫,分割洊至,急宜及时发愤,大誓君臣,开制度新政局,革旧图新,以图国祚折》也就是他的《上清帝第六书》,由总理衙门呈递到御前。康有为的建议,主要是借鉴日本明治维新,大誓君臣以明革旧维新之志;设制度局于宫中,并下设十二分局,专责新政事宜;许天下人上书言事，博采众议。光绪听说康有为还著有《俄彼得变政记》《日本变政考》，便命总署大臣催促呈来。康有为对著作再进行修改，每一卷前都加按语或评论，每完成一卷便进呈一卷，光绪则如饥似渴呈一卷读一卷。

对到底谁来主持变法，帝后心中各有人选。光绪对康有为的才能已十分欣赏，他所期望的应当是翁师傅主持，康有为等人具体操办；慈禧并不反对变法图强，因为她也不愿大清一再受到列强的欺凌，但变法的前提是不能丢了祖宗的大法，不能有损满洲的权势。她希望老成、持重的人来辅佐皇帝，现成的人是恭亲王。但恭亲王身体一直不好，阴历二月后几乎不能正常入值。接下来就是翁同龢，但她对翁同龢不能放心，因为他与光绪的关系太密切，光绪对他太倚重，将来难免会挟天子而令诸侯。三月底，大学士徐桐出奏"请调张之洞来京面询机宜"，慈禧和光绪对这个建议都不反对，如果由多年封疆、洋务自强搞得有声有色的张之洞入京辅政，的确是个不错的选择。可就在张之洞整装北上的途中，却发生湖南船帮放火烧汉口海关并延烧到日本领事住宅的事。并不愿张之洞进京的翁同龢借机向光绪建议，令张之洞立即回任，妥善处理，以免再引起国际纠纷。张之洞因而与变法失之交臂。

恭亲王的病情加重，慈禧和光绪先后多次前去探望。在恭亲王临去世前一天，光绪在病榻前询问"六叔"，朝中人物谁可大用？恭亲王推荐了两个人，一个是李鸿章，认为他有经世致用的学问，久经磨炼，不是只耍嘴上功夫的人；另一个是张之洞，有多年的封疆经验，躬身地方改革，且有维新之才，中西学问贯通，可做变法主持人。

"六叔"没有推荐翁同龢，光绪有些不甘心，又问道："六叔以为翁师傅如何？"

恭亲王硬撑着病体坐起来，郑重地说道："皇上重用此人，是聚九州之铁，不能铸此错也。"

恭亲王以为翁同龢在甲午战争中不了解敌我情势，一味主战，聚集一帮书生交章弹劾，只图整垮李鸿章，而不顾国家安危。他给翁同龢下了八字考语——居心叵测，怙势弄权。

恭亲王如此评价翁同龢，大出光绪的意料。但将死之人的劝告，不能不特别重视。回想二十余年来的君臣际遇，他一直感激师傅，但仔细想想，"六叔"的评语也并非全然偏见。对变法的人选，光绪越来越看好康有为，户部侍郎张荫桓也一再推荐，但翁同龢则一直不表态；此前有调张之洞入京的上谕，后来翁同龢又从中阻挠。联系起来思考,光绪开始对一直敬重的翁师傅有所不满了。

翁同龢的得力助手、户部侍郎张荫桓曾出使日本,是有名的洋务派,他与康有为是同乡,对康有为联日、英御德、俄以及全面变法的主张都十分支持。翁、张两人在变法问题上便产生了分歧。张荫桓建议光绪,变法非翁师傅主持不可,不妨逼着他向前迈一步。

于是第二天,光绪让翁同龢传知康有为,再进呈一套《日本变政考》。

翁同龢回道:"臣与康有为没有来往。"

"为什么?"

翁同龢回道:"此人居心叵测。"

光绪十分惊讶,问道:"从前为什么不说?"

"从前不甚了解,近来了解多了,发觉其人狂甚,善伪诈。"

次日翁同龢并没有进呈康有为的《日本变政考》,光绪十分生气,翁同龢回禀道:"皇上如果非要看康某人的书,让总署进呈好了。"

翁同龢很少有违抗圣意的时候,但为了表达他对康有为的态度,再次拒绝进呈康有为的书籍。

光绪十分不悦,由此认为翁同龢是嫉贤妒能,已成为变法的障碍。

光绪决心已下,但要变法,非有慈禧的同意不可。这天他召见奕劻时说道:"朕决心已定,绝不做亡国之君,若不予我权,朕宁愿逊位。"

奕劻跑到颐和园转达光绪的意思,慈禧听了十分生气道:"他不愿坐此位,我早就不愿他坐之。"

荣禄见状又问奕劻道:"皇上到底想怎么样?"

"看皇上的意思,是要变法自强。"

荣禄道:"几千年之法,如何能够轻易变掉?若如康有为所言,无异于痴人说梦。不妨让他们乱闹几个月,闹得天下共愤,那时候太后再收拾不迟。"

慈禧对奕劻道:"好,那你去告诉皇上,变法自强也是我的夙愿,当年曾国藩、李鸿章、左宗棠他们要搞洋务,遇到那么多困难我都支持了他们。皇上要变法自强,可以,但祖宗的大法不能丢。"

奕劻走后,慈禧问荣禄道:"翁同龢这些天在干什么?是不是他从中撺掇皇帝?"

"那还用问?自从他掌了军机印钥,得意忘形得很。"

军机处有枚方形银印锁在印匣中,而印钥则由军机领班佩带。礼亲王世铎久病不入值，恭王即逝，王府将印钥转交翁同龢，象征着大权已经转移。此前军机处当家的实际是刚毅，他有时直接奉慈谕办理奏折，翁同龢连奏折也不能全阅。如今印钥在握，刚毅休想再敷衍。翁同龢十分激动，像变了一个人。刚毅本来是翁同龢引入军机，用以制衡李鸿藻的，没想到很快反目为仇，成为太后面前的红人。翁同龢与张荫桓联手推荐康有为，意欲借康有为之手、借变法之名夺取朝廷大权的说法，就是刚毅在荣禄、太后面前放出的风声。

"此人不能留在皇帝身边。"慈禧考虑了一番道，"皇帝对他依赖太深，又有一帮清流视他为马首，他要挟天子而令诸侯，不知要闹到什么地步。"

如果罢掉翁同龢，按资历，军机上就排到刚毅了。刚毅为人粗率，经常念白字，必须找一个资历让刚毅无话可说，又为太后所易驾驭的人入军机作秉笔之人。想来想去，最后决定调有"琉璃球"之称的北洋大臣、直隶总督王文韶入值。他是进士出身，任过湖南巡抚，早在光绪四年至光绪八年就曾入值军机，资历足够，如今年近七十，老成持重，为人又善权变，慈禧能够放心。由他入值军机，递补翁同龢罢后空出的协办大学士、户部尚书。

那么直隶总督、北洋大臣派谁去？荣禄毛遂自荐道："奴才愿去直隶，给太后守京津门户。"

何止守京津门户？政局诡谲之际，直隶总督手握最精锐的北洋大军，将左右政局！

"我实在舍不得你出京，朝中这一摊子事没有老成持重的人佐理实在不能放心。可直督又太紧要，不是随便可以坐的，也只有你去坐镇，我才能放得下心。"说完这些，慈禧又问道，"袁世凯这人如何？你有把握拿得住他？"

"太后放心，当初推荐他去小站练兵，后来他被胡景贵参劾，他都知奴才的情。再说，北洋也不只他的七千余人，聂士成的几万人也可以依靠。"

"大局在握，无非人、财、兵三权。兵权由你出镇直隶，财权有王文韶掌握，就是怕皇帝将来所用非人，神器滥授，就难免骑虎难下。"慈禧还是有些不放心。

"奴才以为太后不能放任，尤其一二品大员补缺，太后必须能干预得到。"荣禄又建议道。

"这几件事你心里有数，几道上谕也不妨先有所准备。不过，万勿为外人所知。"慈禧叮嘱荣禄道。

"嗻！"荣禄响亮地应一声，"奴才遵旨。"

礼部侍郎徐致靖、山西道监察御史杨深秀上折，建议朝廷明降谕旨，著定国是，宣布维新之意。光绪深以为然，在获得慈禧支持后召见军机，让翁同龢拟《定国是诏》。

1898 年 6 月 11 日（光绪二十四年四月二十三日），翁同龢所拟定的诏书正式颁布，历史上被认为是戊戌变法开始的象征。翁同龢拟定的诏书并非康有为所主张全面变法，更没有康有为的偏执激烈，一言以概之，是"守旧图新"。诏书中最关键的几句话说："嗣后中外大小诸臣，自王公以及士庶，各宜努力向上，发愤为雄。以圣贤义理之学，植其根本，又须博采西学之切于时务者，实力讲求，以救空疏迂谬之弊。专心致志，精益求精，毋徒袭其皮毛，毋竞腾其口说，总期化无用为有用，以成通经济变之才。"很明显，翁同龢主张把圣贤义理之学作为根本，并非全盘西化。

对这个《定国是诏》，康有为等人不满意，光绪也觉得未尽其愿。但总是开了个头，开了头，就有步步深入的机会。康有为急于辅佐光绪推行变法，因此他策动徐致靖上书推荐人才，所推的人都是后来著名的维新派，除康有为外，还有张元济、黄遵宪、谭嗣同、梁启超。张元济是总理衙门章京，倾心变法维新；黄遵宪此时人在湖南，署理湖南按察使，他曾经出洋担任过驻日参赞、旧金山总领事、驻英参赞、新加坡总领事等职，与当时湖南巡抚陈宝箴是支持变法的新派人物，曾与梁启超、谭嗣同等人在上海创办《时务报》，此时全力帮助湖南巡抚陈宝箴推行新政；谭嗣同也深受康梁的影响，此时在黄遵宪的支持下兴办时务学堂，宣扬的正是维新变法。这份荐折，幕后捉笔其实是康有为，他对自己的推荐当然是不吝笔墨，"其才略足以肩艰钜，其忠诚可以托重任，并世人才实罕其比。若皇上置诸左右以备顾问，与之讨论新政，议先后缓急之序，以立措施之准，必能有条不紊，切实可行，宏济时艰，易若反掌"。显然，康有为是想通过徐致靖的上奏实现主持变法。

光绪在徐致靖的奏折上御批，黄遵宪、谭嗣同送部引见，梁启超由总理衙门考察，康有为、王元济则着于二十八日引见，这一御批使翁同龢被罢加速。因为慈禧以为再不行动，翁同龢将与这些年轻激进的变法派混到一起，那时候就更加被动。

为了争取慈禧对变法的支持，光绪将《日本变政考》《俄彼得变政记》《各国兴昌记》《泰西新史揽要》《校邠庐抗议》五本书呈给太后。太后不怎么爱读书，便道："皇帝，你就把这些书的内容讲给我听听。"

　　光绪先后两天都跑到颐和园给慈禧讲书。前四本全是康有为的著作，只有《校邠庐抗议》是冯桂芬早在三十多年前著就的，全书内容涉及政治、军事、文化、生产、经济等，其中采西学、制洋器、改科举等多项建议早被洋务派李鸿章、张之洞等人所采纳。如何处理中西关系，冯桂芬提出的原则是"以中国之伦常名教为原本，辅以诸国富强之术"，并不主张全盘西化。慈禧听后说道："这五本书，依我看唯有《校邠庐抗议》最好。"光绪见太后对此书感兴趣，立即表示将重印该书，京官们人手一本。

　　母子二人，一个读，一个听，偶尔还发表一下议论，关系少有的融洽。休息的时候，慈禧慈祥地说道："皇帝，咱大清屡受洋人欺压，如今又面临瓜分豆剖的形势，你心里着急，不好受，我理解你的心思。变法自强，不光你这样想，我也这样想，大清上下也都在盼着国富民强。我说过支持你变法，只要不违背祖宗的大法，不损害咱满洲的权势，我无不赞成。可是有一样，翁同龢必须罢黜。"说到这里，慈禧的表情复又凛然，"有你六叔在，还能牵制得住他，如今你六叔不在了，他在军机难免怙势弄权。你是他的学生，不好严厉约束。这一条你若不答应，也行，那我就再恢复训政，帮你看住翁同龢。"

　　恢复训政，那岂不是又夺走了皇权？光绪没有过多的犹豫，答应道："这一条，我听亲爸爸的。"

　　"上谕你亲笔写好，就在明天宣示天下。"慈禧又道。

　　"亲爸爸，明天是翁师傅的六十八岁生日，可否过了明天？"光绪好像早就有罢黜翁同龢打算，只是时间比太后的要求晚一点。

　　"不能迟于明天。你若觉得心里不安，不妨赏得厚一些。我也赏他点东西，嗯，那就一柄折扇好了。"夏天赏扇本是常有的例子，只是临罢翁同龢前赏扇，则有"到一边凉快去"的意思。

　　此事帝后算是达成了共识，慈禧又道："康有为这个人你可以用，但不能重用。昨天荣禄与他在朝房相遇，问他历代变法都会有人反对，他打算怎么办？他竟然说杀几个一二品大员就行了。皇帝听听，这是办大事的人该说的话吗？但凡变法，总会有人反对，对反对的人尽量说服、争取，若实在不能争取，不过罢他的官就是了。动不动就要杀一二品大员，戾气是不是太重了？"

　　想到那些顽固大臣，光绪也恨不得杀一两个立威。但也只是想想而已，康有为又怎么能挂在嘴上，而且是讲给太后最为倚重的一品大员荣禄呢？

　　"这个人，我听说最近你要召见。天子召见小臣，必定要赏给高一些的官职。如今康有为是六品主事，你要赏，至少是五品京堂。且不急，等你看清了他的面目再赏不迟。你六叔没了，当初督办军务处是由你六叔领班，如今他没了，这个督办军务处也没必要再摆在那里。康有为变法，不是要精简机构吗？我看先把这个机构精简了吧。”

督办军务处是甲午战争开始、恭亲王复出后成立的机构，当时海陆军节节失利，朝廷调来各省勤王的练军，云集京师，归督办军务处调遣，练兵的事宜也归这一机构。光绪通过这一机构可直接过问、指挥军事，从而削弱了李鸿章的作用。甲午战争结束后，督办军务处并未撤销，重点转向练兵，因此袁世凯的小站新建陆军，虽然在直隶的地盘上，直隶总督王文韶却无权过问。如今荣禄出任直隶总督，撤销督办军务处，袁世凯的小站新军则归于荣禄节制。光绪当然明白这其中的利害，但慈禧的理由搬得上桌面，因此他只能同意。其实，即便太后的理由搬不上台面，光绪多年养成的逆来顺受的性格，也难得反对。

“我不能不对朝廷用人有所监督，这也是对你好。”慈禧又拿出两张纸来道，“这两道旨意，你就抄一抄发下去吧。”

抄一抄发下去，就是光绪御笔抄录，再给军机，以示是皇帝本人的意思。从前太后的意思经常以这样的方式发挥作用。

光绪一看，第一道是：

> 嗣后在廷臣工，仰蒙慈禧端佑康颐昭豫庄诚寿恭钦献崇熙皇太后赏项，及补授文武一品，暨满汉侍郎，均着于具折后恭诣皇太后前谢恩。各省将军都统督抚提督等官，亦一体具折奏谢。

这就是说，京官二品以上，要具折向太后谢恩，也就表示系太后恩赏；而诣太后前谢恩，更带有监督考察的意思了。地方官不必到京谢恩，但也要具折向太后奏谢。这意思就是，二品以上大员，非有太后首肯不可。

再看第二道：

> 命直隶总督王文韶，迅即入觐。以大学士荣禄暂署直隶总督。

“翁同龢罢相，总要有合适的人顶上去。荣禄和王文韶，老成持重，忠诚可靠，有这两个人辅佐，你省心不少。”

这次会谈,帝后达成一个默契,即光绪得到推进变法新政的权力,而慈禧则拥有兵权和用人监督权。

翁同龢在生日的当天接到被罢黜的上谕。不但翁同龢没想到,就是大多数朝臣也深感意外,因为没有任何征兆。出乎大家意料的还有一件事,就是康有为被皇上召见后,竟然没有升官。几乎所有的官员都认为,康有为深受光绪的赏识,他要做大官了。但召见后对他的任命,是总理衙门章京上行走,只是从工部调到总理衙门,而其品级还是原来的六品。

众人对变法维新还是充满期待的,因为康有为到处宣讲,西方列国讲求变法三百年而治,日本施行三十年而强,大清地大人多,只要按他的办法维新三年便可自立,蒸蒸日上,富强可驾万国。国富民强,是大清人人所愿,因此,变法开始的时候,除了少数一二品大员担心自己利益受损外,大多数人都是支持的。可以说,举国上下,大多数人是变法派。

变法在万众期待中推行着。所有的改革措施,都通过上谕下发,变科举、兴学校、办实业、改兵制,精简机构,保护传教,这都是实的;虚的也不少,教育大臣们不许因循守旧,警告各衙门,不许无故请假,要求官员们认真学习西方的新理论,号召疆吏们要让变法谕令做到家喻户晓……一个多月的时间,便下发四十多道上谕。每一道上谕都要求速办,各级官员们从最初的兴奋转而迷茫,因为每一项改革的要求还弄不清楚,如何能够速办?

第一项引起全国震动的变法新政是废除八股。八股取士弊病实在太多,天下士子皓首穷经,耗尽心血,所学知识却是百无一用。尤其是西方技术引进后,八股更显得迂腐不堪。在维新变法前,贵州学政严修提出了开设经济特科的建议,那些不懂八股而通西学、洋务的人才,经保送、考试后,量才授官,以解决西学不足的问题。在李鸿章等人的支持下,经总理衙门议定,光绪已下旨批准。但康有为认为这个方案太保守,他上书的同时以御史宋伯鲁的名义上折,建议光绪特下明诏,永远停止八股,他认为此明诏一宣,则举国数百万士人,立可扫云雾而见青天矣!光绪果然发布明诏,宣布自下科开始,乡、会试和生童岁考,一律废除八股。但事情并没有像康有为说的那样,数百万士人不是扫云雾见青天,而是觉得天塌了。因为他们从小孜孜于八股,全部心血耗于八股,而突然之间八股废掉了,他们前途何在?而新政又未对他们的未来做出任何安排,结果是人人痛恨康有为、梁启超,直隶的士子甚至放言要行刺康有为。

到底依靠什么人推行变法?康有为三番五次上书,请在中央设制度局,下设法律局、税计局、学校局、农商局等十二专局,新政皆交十二局施行;地方则设新政局,负责一切新政的筹划施行。光绪觉得这项新政关系最为敏感的人事权很难获得慈禧的支持,他不敢贸然下旨,而是让总署先行讨论。因为总署是与外国人交涉的机构,总体上思想比较开化,容易获得通过。总署讨论了十几天,回奏认为现有的部院衙门完全可以承担变法事项,没有必要叠床架屋,再设制度局和十二专局。光绪对这个结果很不满意,要求总理衙门与军机处再议。

康有为的这个官制改革设计,其实质就是要夺取实权,制度局可把军机处、总署架空,十二专局则可以把六部九卿架空,而地方新政局则把督抚藩臬架空。可他的小九九明眼人一眼就可看穿,何况是历经宦海、老于世故的军机大臣?军机处的办法就是拖,议而不决。

拖了二十多天,光绪生气了,每天都逼问结果。军机领班是礼亲王世铎,但他正在病中。接下来就数刚毅,他回奏道:"康有为这是要废弃我们军机处,我们宁可忤旨,也绝不同意开设。"

王文韶是汉军机里面资历最老的,且最善变通,也附和道:"皇上心意已决,必定按康某人意思办,我们若全部驳回,则皇上可直接明发上谕,那我们更没办法阻止了。我们只有用略作敷衍的方式办理。"

王文韶的办法就是偷梁换柱。比如,康有为建议选二十余天下通才进制度局议定制度,议奏改为从翰詹科道中选二十人以备顾问;再如康有为要求开设法律专局,军机处则回复,六部明确专人负责修改律例;对设学校局的建议,奏称京师已办大学堂,各省已奉旨办中小学堂,不必再设局;康有为要地方设新政局,军机处奏议由督抚责成州县妙选人才参与新政……这样,没有一条驳回,但没有一条按康有为的设想进行。唯有赞同设立的是农工商总局,用以推进农工商业。

康有为十分愤怒,再上书建议裁撤詹事府、通政司、光禄寺、太仆寺、鸿胪寺、大理寺六个衙门,光绪下旨令李鸿章拿出裁撤办法。李鸿章认为全然裁撤这些衙门,原有的官员必然生计无着。他的办法是詹事府并入翰林院,通政司并入内阁,太仆寺并入兵部,大理寺并入刑部,光禄寺、鸿胪寺并入礼部。人员整体并入,将来慢慢消化。然而,光绪认为李鸿章的办法是形撤实未撤,不同意他的并入方案,下旨不但撤掉这六个衙门,而且还要裁撤督抚同城的广东、云南、湖北三省巡抚,裁撤各省中没有粮运任务的督粮道和没有盐场的盐法道,而对这些官员如何安置则没有拿出措施。京中一时谣言纷飞,甚至盛传六部九卿也将裁掉。被撤掉的衙门人心惶惶,作鸟兽散,无人过问,甚至有些衙门的门窗也被人卸走。

然而康有为一而再亲自上书或通过支持维新的御史、翰林上书,提醒光绪各级不能速办,是因为有顽固派,与维新势不两立,"或年老不能读书,或气衰不能任事。不能读书,则难考新政,不能任事,则畏闻兴作。唯一己之利禄为事,故不思外患。朝廷必使用赏罚之大柄,严惩守旧之徒"。他认为变法不能有片刻的迟疑和停滞,"方今不变固害,小变仍害,非大变、全变、骤变不能立国也"。如何应对反对意见,他认为最有效办法,是请光绪御门誓众,他天真地认为,只要皇帝与大臣们在乾清门共同宣誓,就能使内外臣工尽弃旧习,彻底变法。最为疯狂的是,他在以杨深秀的名义上的《请御门誓众,更新庶政折》中,说当年赵武灵王为了实行改革罢免了公叔成,秦孝公为了实行改革罢免了甘龙,日本天皇为了改革罢免了幕府藩国,俄国彼得大帝为了实行改革而诛杀了近卫大臣。所有这些措施,就是为了使改革大见成效。这份奏折传出来,众官员都传,康有为鼓动皇上诛杀近卫大臣!

杀近卫大臣,康有为还没有能力做,但策动御史参劾官员,对他来说却并非难事。他策动御史宋伯鲁、杨深秀上折,参劾礼部尚书、总理衙门大臣许应骙,罪名是"守旧迂谬,阻挠新政",证据是朝廷下旨在科举中增加经济特科,许应骙却在礼部大堂嚷嚷经济特科无用,腹诽朝旨;朝廷下令推行的新政,许应骙都多方阻挠。结果许应骙大呼冤枉,因为经济特科正是他和李鸿章支持增设,怎么可能反对?而且腹诽朝旨,证据何在,简直是欲加之罪。最后光绪仍下旨警告许应骙,以后要谨慎奉职。参劾许应骙,背后的主持正是康有为,这很容易让人认为他是要参倒许应骙,得到他的礼部尚书、总理衙门大臣一职。他以莫须有的罪名整人,很让人鄙视。

这时候康有为的好友、御史文悌上了一个《严参康有为折》。文悌是正黄旗人,参加过康有为组织的保国会,是满人中知名的维新派,与康有为交往十分密切。文悌此时参劾康有为,一方面对康有为四处托人甚至为御史捉刀自荐的行为不屑;再就是康有为曾经让他鼓动御史伏阙痛哭,力请变法。文悌认为此举有结党之嫌,没有做。最主要的是两人在变法的思路上也产生分歧,尤其是对康有为以莫须有的罪名整人看不惯,"以康有为一人在京城任意妄为,遍结言官,把持国事,已足骇人听闻;而宋伯鲁、杨深秀身为台谏,公然联名庇党,诬参朝廷大臣,此风何可长也"!

按文悌的说法,他是看不惯康有为所为才具折弹劾;但康有为则认为,他是受许应骙的唆使而出头。光绪相信康有为,下旨说文悌受人唆使,不胜御史之任,退回原衙门。御史退回原衙门,例不补缺,不派差,与革职无异。康有为鼓动御史参劾大员未受任何处分,文悌参劾康有为却被免职,为文悌不平者大有人在。也有人拍手称快,认为是康有为一伙狗咬狗。

这时,受到光绪表彰的变法模范、湖南巡抚陈宝箴也具折参劾康有为。陈宝箴支持康有为、梁启超的变法主张,他主政下的湖南变法新政成效颇著,被康有为引为同道。而陈宝箴参劾康有为主要问题出在《孔子改制考》。康有为著这本书是为了寻找变法理论依据,论证孔子是极力提倡并践行变法者。他考据牵强,甚至不惜作伪,令正统士子所鄙视,而他倡导民权、抨击封建纲常,不但思想守旧的大臣不能接受,就是热心变法的陈宝箴也不能接受。陈宝箴认为《孔子改制考》伤理害道,奏请光绪让康有为自毁其版。

维新派之间的纷争还在继续。当时上海有一份非常有名的民报《时务报》,康有为、梁启超的大量文章正是在这张报纸上发表,康、梁也对该报给予了资金上的扶持。自变法开始后,康有为没得到升迁,而他的弟子梁启超也没有得到升迁。为给弟子谋个好点的前程,也为变法创造舆论载体,康有为策动宋伯鲁,上折奏请将《时务报》收为官办,报社移到北京,由梁启超主笔。光绪让老师孙家鼐议复,结果孙家鼐建议干脆把康有为派到上海去督办,光绪竟然答应了。

康有为当然不愿去上海,对光绪让他离开变法的中心感到十分委屈,他拖延了十几天没有起程,后来想了个理由,说既然是督办,也可以不去,遥领其事即可,办报还是让梁启超去。但《时务报》办报人汪康年也不是省油灯,如何肯把办得风生水起的报纸拱手相让?结果他在报纸上发个声明,既然改为官办,那"时务"二字不敢用了,改为《昌言报》继续出版。康有为折腾了半个多月,结果只得到"时务"两个字,十分生气,发电报给两江总督刘坤一,并致信湖广各省,说汪康年抗旨,让他们查禁《昌言报》。刘坤一推给总理衙门,光绪又让黄遵宪去查办。沪上的报刊同行都不齿于康有为的倚势凌人,湖广总督张之洞也写信给孙家鼐支持汪康年,不同意查封《昌言报》,孙家鼐也是如此态度。双方僵持着,隔空打笔墨官司,维新派这番内讧,使康有为的名声更受影响。

# 第三章

## 受超擢焉知祸福　党争烈政变在即

康有为变法太过操切，不仅守旧大臣反对，即便是极力支持维新变法的官员也与康有为产生了分歧。礼部主事王照，就是其中之一。

王照是直隶宁河县人，1894 年考中进士，散馆后授礼部主事。当年公车上书时得以结识康有为，为他的渊博知识所吸引，成为崇拜者。可当康有为真正开始主导变法后，两人分歧越来越大。他觉得这样变法太急躁，劝康有为道："任何一项新政策，一定先要在朝廷进行一番计划，并在官员、士子中进行讨论，如果这项政策要推行，那么开头怎样，结尾会怎样，全国各地情势又有哪些不同，都应该考虑周全，而后由朝廷发令，朝廷大员衷心响应，州县官实力奉行，士子和百姓也都理解，这样才能有实效。哪能靠皇上一道上谕，就当作一项新政已经实行？"

"如今列强瓜分在即，按你的办法，如何来得及？大清变法，缓变不可，必当速变；小变不可，必当全变！"康有为听后很不以为然。

王照又道："大清好比一个重病的人，你开的药方太过刚猛，不但不能救命，反而有可能加重病情。"

"神医下手，最擅长的就是猛药救命。你的办法是日拱一卒，不待过河，老巢已倾。我是一子将军，治本之策。"

"老康，无论是治本还是治标，都要得到大多数人的支持。"王照与康有为年龄相仿，又关系极密，因此称他为老康，"你的规模太广，志气太锐，包揽太多，同志太孤，这样变法，恐怕欲速不达。"

"如果能让那个老女人闭嘴，一切都会顺利。"康有为大摇其头，他认为新政推不动,主要是顽固守旧大臣暗中阻挠,而这些守旧大臣背后就是慈禧。

"其实,太后对西洋文化颇感兴趣,经常召驻外公使的女眷们进宫询问外邦诸事。最好的办法,应当是让太后、皇上一起推动变法。把推行改革的功劳让给太后,让改革以太后的名义推行,那样守旧大臣们也会转而支持改革。"王照大惊失色,他劝康有为应该尽力协调帝后的关系。

"你这是引狼入室!那个老女人好不容易松了手,绝不能让她再出来。"

王照认为康有为有意刺激帝后矛盾,是十分不智的行为。他起草了一份上书,希望有助于疏解紧张的帝后关系。他的主意是,让皇上陪太后到日本去考察,直接了解日本之所以后来居上的原因。这样,皇上是以孝治天下,天下臣民就不会有异议;太后得以直接感受日本变法的成效,会对变法更加支持;而天下人也都认为,变法也是太后立志要做的,变法的荣誉归之于太后,而天下人也不会埋没皇上推进变法的功绩。

帝后的矛盾,怎么可能通过帝后同游日本就能化解?这不过是王照的书生之见,他兴冲冲把上书交到礼部请代为呈递。礼部满尚书怀塔布、汉尚书许应骙看到请皇上奉太后去日本以及列国游历的建议,十分愤怒,认为这实在太出格,不予呈递。而不久前,光绪刚刚下诏,让天下臣民皆可上书提建议。王照认为,无论如何礼部堂官应当把他的上书转呈上去,与怀塔布、许应骙争论起来。最后他说,如果礼部不呈递,他就请都察院代递。最后礼部勉强同意,但怀塔布、许应骙联合四位侍郎附奏,说王照"妄请乘舆出游异国,陷之险地,且日本素多刺客,此前俄皇太子出游日本及李鸿章奉命出使,皆遭毒手。王照用心不轨,故臣等不敢代递;王照则咆哮公堂,蔑视上宪"。

变法以来,光绪希望借廷议的方式得到众臣的支持,也得以堵住太后的嘴巴,因此一有新政就交廷臣先议,但廷臣们议驳者十居七八。光绪积郁不平,于是大开言路,让大小官员都可通过本衙门上书,希望从下层官员中得到对变法的支持。但一个多月了,上书却寥寥无几。他本来就怀疑六部九卿的堂官们有意压制上书,王照的上书被阻恰好证明了他的怀疑。他勃然大怒,谕令将礼部堂官下部议处。刑部议降三级调用,光绪不同意,下谕全部革职。而对王照大加赞赏,褒奖他不畏强御,勇猛可嘉,赏给他三品顶戴,以四品京堂候补。随后又任命了新的礼部堂官,汉尚书李端棻,汉侍郎王锡蕃、徐致靖,满侍郎阔普、通武均为支持维新变法的官员。尤其是徐致靖,与康有为关系十分密切。如今由从二品的内阁学士闲职,一跃而为正二品的侍郎。

罢官惩戒并不罕见，但一次把某部堂官全部罢免，有清以来不曾有过；如果理由充分，也无不可，问题是只因不予代递上书，就全堂罢免，实在出乎常理。怀塔布等六名堂官跑到颐和园向太后痛哭诉屈，这不仅使守旧大臣觉得过分，就是支持维新变法的官员也觉得太过分。

罢黜礼部堂官不久，光绪又下旨罢免李鸿章和户部满尚书敬信的总署大臣之职。起因是光绪面谕军机大臣停止海防捐。海防捐就是以筹办海防经费的名义卖官，这部分收入开始的确用于海军，但后来主要用于修园子及驻守北洋的淮军军饷。如果停止海防捐，淮军立即面临无饷的局面。李鸿章作为淮军的创始人当然要力争；敬信作为户部尚书，则担心不但淮饷无款可筹，而且新政创行，无论是办学堂还是兴工商，诸多费用更难筹措。两人再三请求稍缓再停，光绪大怒道："一面裁官，一面又捐官，有这样的政体没有？"

两人跑到太后那里诉苦，慈禧回道："我已经答应皇帝推行新政，我不能言而无信。"

总署大臣是李鸿章唯一的实职，一旦罢免则又形同赋闲。李鸿章办洋务多年，其实他与张之洞等洋务派大员一样，对变法并不反对。但他反对的是康有为这样的人、以这样的方式变法，所以他好几次发牢骚。所谓没有不透风的墙，光绪对他可以说是积愤已久。

李鸿章是三朝老臣，而且最善于与洋人打交道，竟然也被罢黜总署之职，那些几无所长的大员又该如何自处？这时候，不但是守旧大臣，就是一些同情、支持变法的官员心思也开始倾向颐和园，他们觉得能给官员以公正和保护的，只有退居园中的老太后了。

连续罢黜大员都得以顺利落实，康有为信心更足，光绪的胆子也更大了。康有为又上书说要想变法，唯有提升任用小臣，广为举荐，由皇上亲自提拔，不吝惜爵位赏赐，破格升用。那些守旧的人姑且听其在位，只用京卿、御史等，内外诸事皆可办理妥当。

光绪采纳这一建议，决定先拿军机处开刀，任命了军机四卿，内阁侍读杨锐、刑部候补主事刘光第、内阁候补中书林旭、江苏候补知府谭嗣同均赏加四品卿衔，在军机章京上行走，凡有章奏都由四卿阅览，凡有上谕皆由四卿拟旨。原来的军机大臣，则被晾到一边。

无论光绪还是维新派，都觉得这个办法实在高明。皇帝不是没有任命二品以上官员的权力吗？那我就任命二品以下的官吏，让他们来办事，二品以上的都一边凉快去。办法的确痛快,但无异于将帝后矛盾公开在朝堂内外,也就难怪大员们都跑到颐和园围在了太后身边。军机大臣们被晾在一边,看着四个年轻人指手画脚,心里的憎恶可想而知,只盼着他们尽快玩火自焚。

军机四卿的确太年轻。林旭,福建侯官人,是著名洋务派沈葆桢的孙婿,时年只有二十三岁;谭嗣同,湖南浏阳人,时年三十三岁,这两人都是康有为的弟子。刘光第,四川富顺县人,时年二十九岁;杨锐,时年四十一岁,四川绵竹人,曾经参加过康有为组织的强学会,与刘光第都受到张之洞的赏识,是张之洞通过陈宝箴推荐给光绪的。未经宦海起伏的年轻人骤获大任,难免会得意忘形,尤其是越过军机参与国家大政,无异于四位新宰相,要想他们做到笃定、谨慎,那可真是难上加难。

四人当中,年龄最长的是杨锐,也只有他保持着一份谨慎和小心,而且也只有他在被任命为章京后感到了其中的危机。他在给家人的信中说:"我们军机四章京,每天对发下来的条陈恭加签语,是否可行,分别提出看法供皇上参考。一块值班的同行很不容易相处,刘光第和谭嗣同一班,我和林旭一班。谭嗣同是康有为的死党,但在值班时还算安静;林旭则随便什么事情都要投机取巧,他在条陈上的签语有很不妥当的地方,我强迫他改换过三四次,这样下去恐怕将来很难相处了。他们喜欢放言高论,什么衙门该撤,什么样的人该罢免,口无遮拦。每天收到的条陈,都是争着讲变革、讲新法,多数都是揣摸皇上的意思,然后巧语逢迎,甚至有些建议万不可行。我一旦干一点遇事补救、稍加裁抑的事情,同事们就都有意见。刚刚相处没几天,事情就已这样,时间长了,更待如何相处?我很想在方便的时候就抽身而退,此地实在是难以久留。"

皇上任命了四位新"宰相",不但老臣侧目,康有为也不能心静。他受到光绪召见,本来以为必升官,但没想到只调了下职位;礼部六堂全免,本来以为有他的份,没想到又没动静;如今军机四卿有他的两个弟子,而他这当老师的又没份,让他如何能够淡泊得下来?他又策动御史上折建议开懋勤殿,推荐通达之才作为新政顾问。其实,这不过是设制度局没有通过后的变通策略。礼部侍郎徐致靖推荐入懋勤殿的人才中,第一位就是康有为。

光绪将徐致靖等人推荐的懋勤殿人选下发到军机处,让军机处议复,并打算向太后报告,得到支持。他去颐和园陪了慈禧一天,等晚上看完戏后,趁她高兴的时候,提出开懋勤殿的建议。慈禧听光绪奏完,久久没有说话,鼻孔里只喷冷气。光绪感到情形不妙,果然,慈禧厉声警告道:"我支持你变法,可也提醒过你,祖宗大法不可违。九卿重臣,非有重大缘故不可废弃,这一阵你以新人代替旧人,以外人代替亲贵,我都一忍再忍。今天,你竟然想以开懋勤殿的名义,把那些年轻躁进之辈全引到你的身边,把军机、总署、内阁重臣皆弃之不用,只顾顺着自己的心意而坏了家法,祖宗会怎么说我?"

光绪匍匐在地痛哭道:"祖宗到了今天,其法度也无法保持原样;儿宁坏祖宗之法,不忍弃祖宗之民、失祖宗之地,为天下后世嘲笑。"

"你也不要做出一副为天下百姓请命的样子来,你倒是睡不着的时候仔细想想,那些撺掇你罢斥老臣的人是不是全为你的天下着想?他们参这个参那个,是不是为了把实权夺到手中?你这个皇帝是大清国的皇帝,不是那几个躁进之辈的皇帝!"

自变法以来,慈禧一直没说过什么,光绪还以为她真的放心放手让他变法,而今天的严厉呵斥,给他兜头浇了一瓢凉水,以致整个晚上睡不着。他提醒自己不可再在人事问题上有轻率之举,但也不想就此放弃,他给自己打气,作为爱新觉罗的子孙、大清国的皇帝,面对国家将瓜分的危局,必须敢于担当,变法的决心不能动摇,脚步不能停。

其实康有为也逐渐感到了形势不妙,虽然变法在热热闹闹地推进,不到百日已经发了二百余道上谕,但热闹中却透着一股戾气,仿佛随时将会来一场暴雨,熊熊燃烧的烈火将被浇灭。京中八旗驻军及内城步军都加强了戒备,而荣禄也频繁到颐和园面见太后。

康有为连夜草拟方案,提出四策:一是请仿照日本设立参谋本部,选天下虎贲之士、不二之臣于左右,皇上则亲自身穿甲胄统率他们;二是更改年号为维新元年,以新天下耳目,并仿效日本变易服饰,以绝旧党守旧之望;三是请客卿以备顾问,可聘请日本明治维新功臣伊藤博文入懋勤殿,以日本变法之举措尽施于中国;四是仿日本天皇迁都江户(东京)以摆脱守旧幕府的办法,迁都上海。康有为认为,北京连年水灾,城垣屡次崩塌,尘土漫天,水质败坏,王气已绝。而且周围全是旗人,旧党充塞,下则有市侩胥吏,中则是烦琐的繁文旧礼,种种全是亡国之象,不易扫除,非迁都不能维新。而上海四通八达,洋人居之数十年,百姓见识广,绝无守旧之弊。而且洋人对中国变法之事十分支持,必然全力护持。皇上只要以巡幸为名居于上海,只率通才数十人跟从办事,以军队、铁甲为营垒和护卫,旧京自废,变法自然能快速推行。

光绪竟然为之心动,并下谕邀请伊藤博文。此事又令守旧大臣大起恐慌,到颐和园告状。慈禧鼻子里直喷冷气："且让他闹去。"

恰在此时，国子监助教、湖南人曾廉上书，揭露梁启超在湖南办时务学堂时，曾经鼓动学生反清。他参劾康、梁师徒是"舞文诬圣，聚众行邪，假权行教"之徒，请光绪杀掉康、梁。

时务学堂是湖南巡抚陈宝箴1897年8月在长沙举办的，为的是培养新式人才，聘请梁启超任中文总教习。那时候康有为、梁启超都有通过革命推翻清王朝的想法，结果梁启超把这些思想写在了学生札记的批语中，而曾廉又恰恰看到了这些批语，并一条条记录了下来。如今他向光绪上了一个七千余字的奏折，历数康、梁在集会、教学中如何鼓动仇清、反清，而且把梁启超反清的批语作了附片。因为奏折太长，光绪大约没有仔细看，而且也不相信康、梁会反清，发下来让军机四卿议复。负责议复的谭嗣同和刘光第都以性命担保，康、梁绝无反清的言行，并把曾廉的附片销毁。

这件事情总算应付了过去，但康有为、梁启超无论如何也平静不下来。因为虽然附片销毁，但曾廉肯定还有底稿，或者还有更确凿的证据在手。如果这些证据提供到慈禧面前，他们将难逃杀身之祸，就是光绪也保不了！

这个致命的漏洞已无法弥补，康有为认为唯一可靠的办法，就是把能要他们性命的慈禧除掉。而要除掉慈禧，非发动政变不可，而要发动政变，则必须有军队的支持。九门提督是崇礼，管理圆明园官兵的是怀塔布，西山健锐营的统领是刚毅，他们都是满洲贵族，也都是慈禧面前的红人。直隶的军队有三大支，都掌握在荣禄的手中，一支是董福祥的甘军，驻扎在京郊，一支是聂士成的武毅军，驻扎在天津芦台，第三支就是袁世凯的新建陆军，驻扎小站。康有为认为，北洋三军的统领都是汉人，如果能从荣禄的手中争取一支站在光绪身边，那政变就有取胜的可能。他们反复商讨了若干次，觉得只有一个人有可能，那就是袁世凯。因为袁世凯当年对强学会十分支持，曾经捐银五百两资助，而且与康有为多次聚饮。但荣禄有恩于袁世凯，不知他到底有无摆脱荣禄、站到皇上一边来的想法。

必须有个人去试探。派谁去呢？康有为认为王照正合适。因为王照与袁世凯的第一谋士徐世昌关系十分密切，两人对办新式学堂十分感兴趣，去年曾经在天津在芦台合办八旗奉直第一号小学堂。康有为派谭嗣同、徐致靖去劝说王照赴天津面见袁世凯，但王照认为此举极为不妥，三次固辞。

徐致靖与王照的父亲是同年进士，是王照的"年伯"，他很生气，教训道：

"你如此怕事,只为自己考虑。你受皇上大恩,却不趁机图报,于心能安吗?"

王照答道:"我以为这是置皇上于危险境地,如此行事,我心更难安。大家见解不一致,总不能强人所难吧?"

最后,徐致靖的儿子徐仁铸自告奋勇,愿到小站一试。

徐仁铸时年三十八岁,去年以翰林院编修出任湖南学政,当时梁启超、谭嗣同在长沙办时务学堂,宣扬新学,主张变法。他对梁启超、谭嗣同的见识十分佩服和赞同,在湖南推行新学,提倡学习西方科学,培养实用人才。他与徐世昌曾经同为翰林院编修,因此也算得上熟悉,由徐世昌牵线,很容易见到了袁世凯。

袁世凯虽然人在天津,但对京中如火如荼的维新变法一直十分关注。天津都传康有为深受皇上的信任,皇上颁布的所有上谕都是他起草。要想升官快,就要与康有为的人搭上线。袁世凯的心根本静不下来,有几次跃跃欲试,都被徐世昌所劝阻。他的意见是手里有小站这支最精锐的新建陆军,无论是谁得势,最终都要用他。徐仁铸的到来,恰恰证明了这一点。

寒暄过后,徐仁铸缓缓道:"康先生对袁臬台印象十分好,几年前袁大人就慷慨捐助强学会,康先生尤为感念。"

"南海先生学富五车,人人佩服。"袁世凯也不捅破窗户纸。

徐仁铸又道:"康先生很看重袁臬台的看法,他很想知道自己在袁臬台眼里是如何形象。"

袁世凯趁机吹捧道:"南海先生有悲天悯人之心,经天纬地之才。他这些年来一直宣传变法、推动变法,正是为了大清之前途,这是他的悲悯之心;他能把变法运筹得如此神速、生机勃勃,靠的正是他的经天纬地之才。"

"康先生听到袁臬台如此抬举,一定非常欣慰。其实康先生对袁臬台的才能也是非常了解,非常佩服的。康先生和梁卓如数次向皇上奏荐于你,可皇上说,荣禄认为袁世凯专横跋扈,不可大用。我真不知道,袁臬台是如何得罪的荣中堂?"

"我也是莫名其妙。"袁世凯当然听得出徐仁铸离间之意。

"还有一件事,翁师傅曾建议给你增加一些兵马,可是荣中堂说袁某人是汉人,因此不能带重兵。翁师傅说:'曾文正、左文襄都是汉人,何尝不能久握重兵?'但荣中堂一直不答应。"

这件事袁世凯知情,但与徐仁铸所说正相反,提出给他增兵的是荣禄,因为饷银难筹,翁同龢主张暂缓,但袁世凯故作糊涂道:"哦,怪不得这事黄了,原来如此。"

"他们这些人脑子里全是不合时宜的念头,且不去理他们,像袁臬台这样的千里马,是谁也困不住的。皇上常说,变法是为天下人,但也要得到天下人的支持。袁臬台对变法,是否真心支持?"徐仁铸又转换了话题。

"这是当然,变法也是我最盼望的事情。不瞒徐学台,几个月前我曾经上书翁师傅,希望能到地方上去推行变法。可惜翁师傅刚开始变法就告老了。"

"一言难尽。"徐仁铸一副惋惜的表情。

"我有一事不明。既然皇上如此欣赏康先生,为什么一直没升他的官?别人一封上书就可连升数级,而康先生至今还是六品。"

这是康有为及维新派百思不得其解的一个问题,不但康有为,就是梁启超也没有得到提拔,而且皇上召见过康有为一次后就再也没有召见他。康有为对大家的解释是,他和梁启超名声太大,人人皆知变法是康梁的主张,所谓树大招风,皇上不提拔康梁,而采纳康梁主张,恰恰是为了保护康梁。于是徐仁铸解释道:"康先生入都后,推荐他的奏书雪片一样堆上御案,皇上也曾经数次要超擢康先生,但康先生固辞了。他说只求变法成功,却不求个人功名。不升他的官,说话反而更方便,更无拘束。"

袁世凯赞叹道:"康先生真乃伟人耳。"

徐仁铸回到京城,向康有为等人详细汇报天津之行。

"袁慰廷看来还能指得上。"康有为点了点头又对徐致靖说道,"徐大人,再劳你大驾写一封荐章,请皇上召见袁慰廷如何?"

"好说,只是恐怕还要靠康先生的巨笔,到时我抄一份,署名就是。"

康有为笑了笑道:"我早为大人备好了,不过还要请你润色。"

"何敢润色,妙文共赏。"徐致靖接过来看到精彩处,情不自禁念出声来——

> 窃臣以为,督办新建陆军、直隶按察使袁世凯,将门世家,深娴军旅,于西方各国军制及我国内治外交诸策,无不深察有得,动中机宜。其于小站练兵,精选将士,严定饷章,赏罚至公,号令严肃,一举足则万足齐发,一举枪则万枪同声,动则如奔涛,立则如植木。其士卒无一日不操练,其将领无一日不深研西学,虽在驻军,如临大敌。

……

袁世凯年力正强,智能兼备,血性过人,其器识、学问久在圣明洞鉴之中,现正是为国出力之时。惜练兵仅七千,为数太寡,力嫌单薄,虽曾奉旨添募,徒以粮饷无措而迁延至今。该臬司曾言:"假使西兵一倍于我,与之作战,可以获胜;两倍于我,也可获胜;若使数十倍于我,唯有捐躯而已。"言之慷慨而泪堕。

袁世凯曾出使高丽,今又统率劲旅,谋勇智略,久已著名。惜其官位仅一臬司,且受命于直督,位卑权轻,呼应不灵,兵力不增,皆因于此。窃臣以为,皇上得一将才如袁世凯者,而不能重其权依为重镇,臣实惋惜。跪乞我皇上深察外患,俯察危局,特予召对,并予超擢,使之增练新军,或予封疆,或授职六部堂官,使之独当一面,永镇畿疆。

折上,当天就有旨:电寄荣禄,着传知袁世凯,即行来京陛见。

康有为接到谭嗣同抄来的召见袁世凯的上谕时,正在与刚从湖南赶来的毕永年商议事情。

毕永年字松圃,时年二十岁,是湖南善化人。出身大户之家,性豪杰,喜结纳,又好声色犬马,继承的财产不数年挥霍大半。他在长沙结识谭嗣同后,捐资设湘学会,天天高谈阔论,是湖南有名的新派人物。康有为请谭嗣同约他到北京来,正是看中他的豪杰性情,想把他作为对付慈禧的一把快刀。

此时两人一北一南,在康有为的书房兼密室中对坐。康有为语气平静地说道:"松圃,你知道今日面临的危机吗?太后打算于九月天津阅兵时杀害皇上,到时候怎么办?我想效法唐朝张柬之废武后之举,然而天子手无寸兵,很难举事。我已奏请皇上召袁世凯入京,想借助他的小站新军。"

毕永年闻言反问道:"袁世凯是李鸿章之党,而李鸿章又是太后之党,恐怕难以为我所用。还有,我曾经听人说,甲午战前袁世凯在高丽自请撤回,极无胆量,这样的人如何能够成大事?"

"我已派人到天津行反间计,袁深信不疑,已深恨太后和荣禄。而且我已奏请皇上在召见袁世凯时,隆以礼貌,抚以温言,再当面赏给茶食,这样袁世凯必生感激而图报答了。你且等着,我还有重要的事情用你来办。"

此时,宫中的光绪则是心神不定,坐卧不宁,召见袁世凯肯定会引太后生疑,自己又该如何打消太后的疑虑?光绪虽然亲政十年,但驾驭臣子、应对宫闱之变的能力却很有限。此时,他最需要一位老成持重的心腹大臣以备顾问。他非常怀念翁师傅,如果师傅在,他必定会有好办法,自己不致被架到火上烤。他有些后悔当初轻率的举动,只图一时痛快,把师傅罢回老家。但很快他又安慰自己,那也是没办法的事情,太后的意思,何时能够违拗得了?前思后想,最后他决定请四位"小军机"帮他出出主意。四人之中,杨锐最稳重、可靠。光绪写好密诏把杨锐招来,故意大声道:"这里有几份折子,你们拿回去好好议议,尽快复奏。"

等杨锐躬身低头走过去接折子时,光绪却紧紧捏着折子不松手,杨锐抬头,正遇上光绪示意的目光,他立即明白,上面那份折子是极紧要的密折。因为担心殿外有耳目,光绪不能不特别慎重。杨锐把那份密折藏到夹袋中,然后高举着那几份折子退出殿外。

回到军机处值房,他把领到的折子分给值班的同事尽快复议,然后关上房门打开密折,原来是皇上的密谕:

近来朕仰观皇太后圣意,不想将旧法尽行改变,并不愿将此辈老谬昏庸之大臣罢黜,而升用英勇通达之人令其议政,以为恐失人心。即如十九日罢免礼部堂官之事,皇太后以为过重,固不得不徐图之,此近来之实在为难之情形也。朕岂不知中国积弱不振,全是被此辈所误。但必欲朕降旨将此辈尽行罢斥,旧法尽变,则朕之权力实有未足。果如此,则朕位尚且不保,何况其他?今朕问汝,可有何良策,俾旧法可以全变,将老谬昏庸之臣尽行罢黜,登进英勇通达之人令其议政,使中国转危为安,化弱为强,而又不致有拂慈谕。尔与林旭、谭嗣同、刘光第及诸位同志妥速筹商,密缮封奏,候朕熟思审处,再行办理。朕实翘首盼望之至。特谕。

杨锐读完密诏,得出皇上的核心意思,是要变法,但不能违背太后的意思。而康有为的意思,行变法就与太后势不两立,他一再劝告皇上的,就是让皇上乾纲独断,以皇权强力推进变法。而另外的三位军机章京,谭嗣同、林旭都唯康、梁马首是瞻;刘光第尚稍持重,但也是康有为的崇拜者。如果与其他三人商议,其结果不问可知,必定是劝皇上宜将剩勇追穷寇,必使帝后更加不可调和,局面更加糟糕。所以他决定自己写一份独奏,尽快密奏皇上。

荣禄接到令袁世凯进京请训的电报时,正好袁世凯也在天津。日本首相伊藤博文应光绪之邀,进京路过天津,荣禄会见并宴请他。袁世凯作为直隶臬司,自然前来作陪。宴席散了,荣禄这才宣示上谕,挤出一丝笑意道:"慰廷,简在帝心,可喜可贺。你此次进京,肯定要大用了。"

袁世凯十分激动,因为皇上召见外臣,一般会升官。他如今是三品按察使,最差也要给个从二品,是真正的红顶大员了,因此喜气洋洋道:"都是中堂栽培的结果。"

荣禄冷冷地回道:"我可不敢居功,皇上这次召见,与我没有任何关系。"

袁世凯以为荣禄知道徐仁铸到小站的事情,不敢再多说一句话,强按下心头的激动道:"卑职入京,实在不知皇上召见所为何事,更不知如何奏对才能称旨,还请中堂多指教。"

"这实在谈不上指教,我也不知道如何指教。总之你本着一颗忠心说话办事就行。我没什么好交代的,快去快回,小站这里离不开你。"荣禄依然是面无表情。

因为上谕要求袁世凯即行来京陛见,必须见旨即行,不得拖延。他吃过午饭,便乘火车赶往京城。陪他同行的还有徐世昌,另外还有几个护勇。同乘这辆车的,还有被皇上邀请进京的伊藤博文,两人不在同一节车厢,因此同路却不同行。其实,还有另一个人,也在这趟车上。他是荣禄派出的心腹密差,专程去见庆亲王奕劻,有一封厚厚的密信相呈。

袁世凯到京城后,雇了两辆马车直奔海淀,因为皇上驻跸颐和园,就近住下可免于路途奔波。他入住的地方就是法华寺的裕盛轩。而徐世昌则直奔颐和园,先到宫门报到,递请安折,联系皇上召见前的准备事宜。办完事情,天已近晚,在颐和园宫门外,与老朋友王照不期而遇。

因为王照不久前刚由礼部主事一跃而为四品候补京堂,徐世昌拱手祝贺道:"小航老弟,真是士别三日当刮目相看,皇恩浩荡,真是可喜可贺。"

没想到王照一脸愁容,低声道:"菊人兄,塞翁失马,焉知祸福?"

徐世昌诧异道:"老弟何出此言?"

"一言难尽。你住在哪里?晚上我去找你,有极紧要的事情与你商议,千万千万。"

"在法华寺,具体哪个院子,我忙了一下午,还没来得及过去。到时候我把住处告诉门房,你直接去就是。"徐世昌想了想又说道,"何必如此麻烦,我们一起吃晚饭，有什么话不好说？"

"今天恐怕不行了，我的事情还没办完，还是我去找你。"

随后，两人匆匆告别。

徐世昌去法华寺找到袁世凯，报告了接洽的情况。两人在寺内吃了饭，一天车马劳顿，袁世凯早早地休息，明天还要早起；徐世昌因有约在先，就到大门上去等。刚等一会儿，王照就来了，一见面就道："到你屋里说话。"

进了徐世昌的房间，先是关上门，看窗户半开，又让徐世昌关上窗户。徐世昌见此疑惑道："小航，何事如此慎重。"

"事关身家性命！你也不必惊慌，且听我详细说来。你知道我是支持变法的，不变法，大清便无希望。正因为如此，当年我对康南海极为敬仰。但你也知道，我向来主张，变法不宜太操切，最重要的是先开启民智。而开启民智的办法，就是大办学堂。咱们两人在直隶办小学堂，就是为此。"

徐世昌点头道："这个我知道，正是英雄所见略同，所以才共襄其事。"

"可是，康南海变法，是想一夜醒来就旧法尽除，新法尽施！他太操切，操切得简直不可思议。皇上又正是年轻有为的年纪，相信了康南海变法三年中国就可强盛于列国的鬼话，也跟着失去了方寸。本来废八股后，把新学堂的事情扎扎实实办起来才是正着，可此事尚未认真办理，就急于成立制度局，夺军机、总署的权，随后又想把老旧大臣全数尽换。最不该的是极力怂恿皇上忤逆太后，非要闹得势不两立！真后悔我的上书，本是想缓和帝后矛盾，没想到引来礼部六堂官全数尽罢的乱子，再加起用军机四章京，又罢免了李中堂，以致到了不可挽回的地步！"

徐世昌知道帝后之间在变法上有分歧，但绝没想到竟然到了水火不容的地步。

"菊人，我给你打个比方，皇上推着大清这辆重车，在下坡路上走得很欢，最缺的是有人在一边扶一把，阻一把，就要成脱缰之势！"王照是一副痛惜的语气，"当初如果张香师进京辅政就好了，他毕竟有封疆经验，又办洋务多年，可惜天意不凑巧；如果翁师傅没被罢就好了，他是正人君子，一定会调和帝后，尽力维持母慈子孝，不至于皇上被人撺掇到目前局面；如果没有罢免李中堂就好了，他是三朝老臣，也是办洋务多年，对变法其实并不反对，他又是太后看重的人，由他来辅佐皇上变法，慢则慢矣，但必定一步一个脚印，不至于摔大跟头！可惜，甲午惨败皇上创痛巨深，不肯原谅李中堂！"

徐世昌感叹道："啊，你这么一说，我也算明白了。老臣皇上不用，而康南海众弟子又都是纸上谈兵的新进少年。怪不得三个多月发了二百余道上谕，把下面的人都搞糊涂了。"

"这还不是最紧要的。"王照压低声音道，"让皇上召袁臬台陛见，是一件顶坏不过的事情。太后历经宫闱风涛，难道看不出康有为他们的真意？太后最在意的是兵权和人权，尤其是兵权的任何异动她都会特别敏感。菊人你说，袁臬台此时奉诏入京，岂不是火上浇油？"

"小航，有什么妙计可以扭转？请务必设法。"徐世昌听了脊梁上直冒冷汗。

"天子相召，袁臬台不能不来。来了，便如飞蛾扑火。我如今有个瞒天过海之计，今天到园子里，就是为此。"王照的计划是奏请光绪派袁世凯带兵到直隶南部一带驻扎，因为这里土匪正闹得凶。这样袁世凯被召见可以理解为是平乱，便可以掩盖维新派的真实意图，打消慈禧的疑虑，为帝后缓和关系留有余地。当然，这是王照的一厢情愿。

对王照的这个办法，徐世昌亦深以为然，如果帝后能够和谐，袁世凯也可避免夹于两派之间为难。

送走王照，时近十时。徐世昌去找袁世凯，随行的仆从道："袁大人刚刚睡着，有事请徐先生明天说如何？"

徐世昌大声道："十万火急，必须今晚就商议。"

袁世凯大约没有睡宁，便相邀道："菊人大哥，你进来说话。"

仆人进门点上灯，袁世凯披衣而起，徐世昌让人关上门窗，并让护勇远远放哨，没有允许，不准任何人接近袁世凯的房间。

听徐世昌说完与王照见面的情形，袁世凯恍然道："没想到帝后闹到这种地步。我今天听寺里和尚说得更玄乎，说太后皇上到天津阅兵是后党的一个阴谋，就是为了到天津，在荣中堂的地盘上把皇帝废掉。菊人大哥你说，这不是胡扯吗？天津阅兵，是变法前就定下的事情，如何成了阴谋？再说，京城九门提督、驻京旗兵、西山健锐营都在太后手上，太后要废掉皇上，发句话就够了，何必到天津大动干戈？还有更离奇的，说康南海给皇上进贡了一种药丸，皇上服用后性情大变，急躁异常，下一步要变衣冠，地安门外开估衣店的都急于把旧衣服卖掉，怕改了衣冠旧衣赔钱。还有的说，皇上要设鬼子衙门，请日本鬼子、英国鬼子来当军机大臣。这不是胡扯吗？真不知道是什么人造的这些谣。"

"不外乎两种人。一种是反对变法的人，一种是急于变法的人。种种谣言满天飞,正说明变法与守旧两派之间,矛盾已经不可调和。换句话说,帝后矛盾已经到了摊牌的时候。四弟,你是一脚就踏进了是非中。"

"是啊,这可真是个要命的是非。"袁世凯又看了看徐世昌问道,"菊人大哥,你是什么想法?"

"我们不蹚这浑水,四弟最好是尽快脱身回天津。"徐世昌回道。

"如何能够脱身?皇上召见,总要召见后才说得上回津。"袁世凯也没有好主意。

"是啊,皇上召见的时候,你就提出来军营事情烦琐,希望尽快回津——对了,阅兵日期临近,你要回去准备,这就是最好的理由。"

"我们好不容易搭上了这条线,如果皇上变法成功,不是错过了时机?"

徐世昌明白,袁世凯还是把这次陛见视为一次机会,便劝道:"依我看,皇上变法成功的可能性不大。"

"那我们就两面不得罪,且看情形再说如何?"

"现在还没有旨意,我估计明天陛见的可能性不大。在皇上召见前,四弟可置身事外,帝后两面的人一概不交往。"

"行,我明天就在寺里睡觉。无论什么人来,都说我出城去了。"

第二天,袁世凯闭门谢客。到了下午,圣旨下,着袁世凯于明天也就是八月初一陛见。袁世凯穿上陛见的官服,在室内演练陛见的礼仪,如何跪拜,已经专门请教过太监。

八月初一天交四鼓,也就是西洋钟的二时左右,袁世凯就起来了,雇了一顶骡车,早早赶往颐和园。这正是京城最好的季节,不冷不热。东方出现一道红霞的时候,太监前来传唤,袁世凯跟着他进了昆明湖畔光绪的寝宫玉澜堂。这是一座三合院,正殿东暖阁是光绪进早膳的地方,西暖阁是寝宫,中间的明堂则是召见臣子的地方。袁世凯进门后被太监领到御座前五六步的地方,跪拜后俯首帖耳,不敢抬头。

只听光绪和蔼地问道:"袁世凯,你今天起得很早吧?"

"臣是刚交四鼓起的身。"袁世凯回道。

"这么早起,还习惯吧?"

"回皇上话,臣在军营,每天五鼓左右就起身,习惯了。"

"西法练兵,是洋人来操练,还是营哨官来操练?"

"回皇上的话,洋人负责教练、督操,主要是营哨官跟洋人学会了再操练士兵。这也是为了权自我操，不让洋人掌握了军权。"

"如此甚好。朕早就听说，你训练新军很有一套，将士对西洋军械、西洋操法都很熟练……"

光绪对军事非常感兴趣，问得很仔细。趁问话间隙，袁世凯回道："九月有巡幸大典，荣中堂命臣督修操场，并先期商议演练方阵，亟须回津料理，倘若没有征询事件，请即训示。"

光绪闻言愣了一下道："你先在京城待几天，四五日后请训，不会耽误事的。"

袁世凯出宫回到法华寺，吃了些早点，与徐世昌大体谈了陛见的情形，呵欠连连。徐世昌道："今天起得太早，你先睡个回笼觉再说。"

袁世凯觉得刚睡下就被叫醒了，醒来一看，桌上的西洋钟已经是九时多。宫中派出的苏拉太监前来传旨，袁世凯已经升任候补侍郎，并转来军机处通知，奉旨初五一早请训。

清代官员的任用，向来是"内重外轻"，即官品相同，京官比地方官身份要贵重。比如袁世凯按察使这样的三品官，出任京官的话一般只能屈居四品甚至五品。如今袁世凯以直隶按察使擢升为二品候补侍郎，可以说是恩出格外。护勇仆从以及寺里的和尚都来道喜，但袁世凯却高兴不起来，他对徐世昌道："菊人大哥，你给我备个折子，我要上疏辞谢。"

消息传得很快，与袁世凯相识的官员都纷纷前来祝贺，他回谢道："无功受赏，恩出格外，自知非分，有何可贺。我正在备折辞谢。"

众人都劝，皇上天恩浩荡，哪有辞谢的道理？徐世昌也劝道："如果非要力辞，反而有些不识好歹，四弟不妨听听各位大佬的意思。"

所谓各位大佬，当然主要是后党的中坚人物。两人密议，需要拜访的首先当然是庆亲王奕劻，然后是刚毅、裕禄、王文韶三位军机大臣，还有他的老荐主李鸿章。他们都有午睡的习惯，怎么也要二时多后才能拜访，时间相当紧张。而维新派那边，康有为也不能不应酬，因为这次超擢，显然是维新派下的功夫。但时间是来不及了，他亲自给康有为写封信，派人送到南海会馆。

袁世凯先去拜访的是庆亲王奕劻，但他不在府上。于是又拜访军机大臣刚毅、裕禄。袁世凯陈述自己无功受赏，万不敢当的心情。两人只是打官腔，刚毅嘴角则挂一副冷笑，显然把他当成帝党新宠而由衷地憎恶。袁世凯又拜访了王文韶，王文韶因为任过直隶总督，两人打交道较多，算是熟人。他告诉袁世凯，既然出自特恩,辞谢也没有用,反而让人觉得矫情。两人交情还不到能够直言隐忧的程度,袁世凯只好告辞,其时已近傍晚,实在没时间拜访李鸿章了。回到法华寺,徐世昌已经给他备好谢恩折,只待明天面圣谢恩。

袁世凯为升官而忐忑不安,康有为则极为兴奋。他扬着袁世凯的信对梁启超和胞弟康广仁说道:"卓如,天子真圣明,比我们所献之计还要隆重,袁世凯必感恩图报。"他又着人把毕永年叫来说道,"松圃,这下事情好办多了。皇上已经超擢袁世凯为候补侍郎,真可谓一步登天。袁世凯极可用,我已得到他允诺的确切凭据。松圃你看,袁世凯说出这样的话来,意思已经很明确,他不惜牺牲自己也会支持变法维新,这样的人还不可为我所用吗?"

康有为把袁世凯的亲笔信给毕永年看,信中除了表达感激之情外,还有一句话说"先生如有吩咐,凯赴汤蹈火,亦所不辞"。在毕永年看来,这本是极平常的客气话而已,因为与人投契的时候,他也经常说这样的话,何曾真打算赴汤蹈火?但他不愿扫康有为的兴,转移话题问道:"袁可以用了,只是不知道,先生打算给我什么任务?"

"我推荐你到袁世凯幕府做名参谋,暗中监督他如何?"

毕永年回道:"我一个人到他幕府中恐怕没用。如果他有异志,我又有什么办法能管得住他?此事我实在不能胜任。"

康有为笑道:"那到时候给你一百余人,袁世凯围园的时候,你奉诏去园中捉住慈禧把她废了就是了。松圃,这是立下不世之功的天赐良机,你有没有胆量?"

"这一百人是用袁世凯的新军吗?我该什么时候去见他?"这显然是激将法,毕永年是豪杰情怀,当然不会说自己没有胆量。

"这个不急,到时候再商议。"

梁启超这时插话道:"袁世凯那边肯定没问题,松圃你有没有胆子干?"

毕永年还在犹豫,康广仁也说话了:"松圃向称沉毅果决,今天怎么有点婆婆妈妈?这可不像你的为人。"

年轻气盛的毕永年架不住众人的激将,一咬牙道:"好,我跟康先生干。"

但是毕永年回到自己住处,越想越觉得此事风险太大,他又去敲康广仁的门,进了门道:"我觉得这件事有些不妥当。我与袁世凯并无深交,恐怕没法一起干这种大事啊。"

康广仁一脸怒气道:"你们这些人都是书呆子,平时没事的时候议论纵横,到了让你们干事情的时候,又拖泥带水。"

毕永年也是语带不满道:"不是我拖泥带水,康先生想使用我,可以,但得告诉我怎么去干吧?我的命虽然没有你们值钱,但也总不能糊里糊涂就让我去送死吧。而且还有几天就要举事,却还没有确定让我见袁世凯的时间,仓促之间,如何能够行事? 我是为了办成此事才提出疑问。既然让我参与这件惊天的大事,我为什么竟然连一句话也不能说,一个问题也不能提? "

见状,康广仁只好安慰道:"不是不能提不能说,因为事情明摆着,袁世凯已经答应了,你还有什么好担忧的?届时他负责围园,你负责捉拿慈禧,这是把最大的功劳让你来立,之所以交给你,也是因为你是最可信任的兄弟。"

毕永年没被这顶高帽套晕,又说道:"康先生让我带一百人去抓太后,这件事必须慎而又慎。我是南方人,乍到北方的军队中,率领那些我根本不认识的士兵,不过几天时间,我如何能够把他们收为心腹,让他们心甘情愿赴汤蹈火?就算是孙子、吴起复生,恐怕仓促之间也不能行此大事! 我打八岁起就在父亲的军营中,知道军中是怎么回事,没有平日的恩义相结,关键时刻不会有人为你卖命的。我不过是个秀才,让我去带兵,不但士兵不服,就是同军的将领,恐怕也会觉得这是天方夜谭。"

"你说的也不是没有道理。但这些困难不是不能克服,如果袁世凯向他的将士下一道命令,这一切并不难解决。好了,你不必说了,你提的问题我替你去说,该做的准备你好好准备。"

康广仁去见康有为,认为毕永年不可靠,而且此事的确变数太大。

"变数太大也得干!听说荣禄最近频频入园,刚毅、怀塔布等死顽固天天与老女人密议,如今已经是箭在弦上,不得不发。现在只能给毕永年打气。"康有为认为时间仓促,没别的办法。

康广仁无奈道:"我明白,但袁世凯那里必须问他句结实话,就凭他信中的一句客气话就认为他肯帮我们,这有点不踏实。"

"你不必着急,到时候自然要向袁世凯讨句准话。"

八月初二一早,袁世凯到颐和园谢恩,本来是例行公事,没想到光绪又召见。袁世凯谢恩后表示自己无功受厚恩,惭愧万状。光绪说道:"人人都说你练的兵、办的学堂都很好,往后你和荣禄可以各办各事了。"

这话好像是不经意间说出来,袁世凯却心跳不止。因为这意味着,以后他不再受荣禄的节制。不受荣禄节制是少了个管他的婆婆,若在正常的政局下是求之不得,但此时却预示着祸事不远,因为不受荣禄节制,荣禄和慈禧都可理解为他已经完全投向帝党。

出了玉澜堂,在昆明湖边正遇上庆亲王奕劻,还有御史杨崇伊。昨天袁世凯前去拜访没见到人,此时便将自己无功受赏的不安向奕劻说明,奕劻听了之后道:"我都知道了,皇上恩出格外,你且领恩就是。"

"请王爷体察卑职惭愧不安之意。"袁世凯的话外之意是,这个赏并非我巴结来,实在身不由己。

这时天突然下起雨来,奕劻挥了挥手道:"我还要进宫,有话以后说。"

奕劻进宫是去见慈禧,有件天大的事情等着拿主意。他接到荣禄的密信后,连忙与端王载漪商议,两人都同意荣禄的意见,非请太后训政不可。请太后训政,必须有人上个折子奏请,亲贵重臣才好借机说话。奕劻找到御史杨崇伊商议,杨崇伊与李鸿章的长子李经方是儿女亲家,光绪二十一年(公元1895年)刚授御史,第一折就是参劾康有为、梁启超在北京所创设的强学会,蛊惑人心,结果奉旨查禁。第二折则是参劾珍妃的老师翰林院侍读学士文廷式,结果文廷式被革职逐回原籍。

变法开始后,康、梁的弟子日渐得势,杨崇伊则惴惴不安,只怕康、梁鼓动光绪报当年强学会被查禁之旧怨。奕劻找他,真是找对人了。他很快就草拟了奏折,题目是"为大同学会蛊惑士心、紊乱朝局、引用东人,深恐遗祸宗社,吁恳皇太后即日训政,以遏乱萌"。大同学会是文廷式回籍后办的维新学会,宣传变法,杨崇伊把此事写进折中,为的是继续牵连打击文廷式。引用东人,则是指维新派请伊藤博文进京,并准备聘为顾问之事。因为慈禧对洋人深恶痛绝,尤其痛恨日本人,以此说是非,最容易说动太后。今天,奕劻就是带杨崇伊到太后面前递折子。

慈禧所居的乐寿堂,就在昆明湖边。奕劻觐见的时候,端王载漪、内务府大臣立山、被革礼部尚书怀塔布等人已经早到了。奕劻与端王交换一下眼色道:"启奏太后,御史杨崇伊有折言事。"

慈禧故作糊涂道:"有折子递皇上那边就是了。"

"此折是向太后请命。"

"哦?我一个归政的老太太还能有什么用?闲着也是闲着,宣他进来吧。"

杨崇伊呈上奏折,慈禧看了一会儿,边看边读出声来:

康为有、梁启超以讲学为名,蛊惑士心,紊乱朝局,是天下所共知也。不知何种缘故,引入内廷,两个月来,变更成法,斥逐老成,借口广开言路,用以安插党羽。风闻东洋前首相伊藤博文已经到京,将要专权执政。臣虽得自传闻,然而近来传闻之言,无不应验。果真用伊藤,则祖宗所传之天下,不啻拱手让给外人。臣身受国恩,不忍缄默,再四思维,唯有仰恳皇太后,追溯祖宗缔造之艰难,俯念臣子呼吁之恳切,即日训政。

慈禧勃然大怒,问道:"奕劻,皇帝真的要用这个伊藤为顾问?"

"外间都有此传闻,还说要请伊藤入军机。伊藤博文前日已经到京,初五也就是后天皇上将召见。风闻传言虽不足全信,但也不能不信。如果万一皇上让伊藤博文在军机大臣上行走,那可是我朝定鼎以来不曾有的奇闻。那时候太后再出面,驳了皇上的面子事小,引起国际干涉事大,日本已经割取我台湾,强占琉球、朝鲜,贪心不足,蛇可吞象,如果日本以此为借口,再起衅端,何以御之?"奕劻回道。

载漪也跪下磕头请道:"如今能救大清的,唯有皇太后,请皇太后训政。"

"请太后训政。"立山、怀塔布也都跪下磕头。

其实,请太后训政的要求守旧大臣们早就提出来过。荣禄一个多月前就提,礼部六堂官被免职后早就哭求好几次。但慈禧推说已经归政,绝无再训政的想法。她并非不想训政,而是认为火候尚不足:"你们的心思我都懂,不愿祸及宗社,我又何尝不是如此担心?可是,我既已归政,再出来训政,天下人岂不指责我揽权?你们也要为我想一想不是?"

"揽权之说,只能责之臣子,皇上也是奉太后慈命继承大统,太后训政,又何来揽权之说?变法图强,也是太后素志,所以太后支持皇上变法,朝堂上下,也都对变法寄予期望。但两个多月来,康梁党徒,蛊惑皇上,借变法之名,行尽弃祖宗之法之实,借制度局之设,尽夺军机、六部之权;八股废,而尽失天下士子;因小过而罢免礼部全堂,尽失六部九卿之心;近日又下旨,要夺天下寺庙兴办学堂,尽失天下僧众之心;如今又要请洋人入军机,更有易服、去发之谣传,则尽失天下人之心。内则人心惶惶,外则强国觊觎,大祸将起,绝非杞人忧天,太后若不采取断然措施,只怕宗社不保!"

这帮人环跪太后身边,放声痛哭。

慈禧也是一脸戚然道:"你们都起来吧,你们这样逼迫我有什么用,这事总要好好商议,也容我再细细想想。"这就是已经答应训政了,接下来就该商讨具体的步骤和细节。

大事已定,李莲英这时才道:"太后,袁世凯前来磕头谢恩,已经在外面等了大半天,是否让他觐见?"

"你们跪安吧。"慈禧又对李莲英道,"让袁世凯进来吧。"

袁世凯自幼胆大心雄,在官场中混迹多年,形成了从容不迫的气度,即便见光绪也并不紧张。但进了慈禧的乐寿堂,他心却提了起来,两腿竟然有些发软。他跪在地上不敢抬头,慈禧见状问道:"听说皇上很赏识你,已经召见你一次,皇上都说了些什么?"

袁世凯回道:"皇上只是问臣练兵的事,并让臣好好整顿小站的新军。"

"整顿新军这是该好好办的事情。皇上最近办的事情太急躁了些,没在训练新军上再下什么操切的谕旨就好。好吧,你下去吧。皇上以后再召见你,到我这里知会一声。"

袁世凯本来想借机表述一下他无功受赏的惶恐不安,让太后了解他的心思,没想到几句话就把他打发了。他退出乐寿堂,后背全被汗湿透了。他回味太后召见的经过,好像对皇上超擢他并不是太在意。回到法华寺,他对徐世昌道:"菊人大哥,我有个想法。如果能有个老成持重的大臣前来辅政,皇上的变法不至于太过操切,或许帝后间的误会能慢慢化解。那样变法得以推行,大清富强可期,那可真是天下之幸。"

徐世昌觉得这恐怕是一厢情愿,因为这几天他通过与熟人了解,感到变法与守旧之间的纷争已经到了不可调和的地步。但他不愿给袁世凯泼凉水,道:"四弟有何良策,不妨说来咱们议议。"

"后天我要进宫请训,想趁机奏请皇上召张之洞进京辅政,朝局或可得以转机。"袁世凯说出了心中所想。

"如果有张香帅辅政,比之康、梁肯定老成持重得多,只是张香帅是否愿意进京,必得先听听他的意思。不然贸然推荐,你是一片好心,也许会落一堆埋怨。"

"对,先听听他的意思。"袁世凯回道。

要想试探,必得有一位中间人。徐世昌有个举人同年,如今是候补知府,在京中久居，出手十分阔绰，与御史台谏打得火热，与三教九流也有交往。据说他是张之洞在京中的眼线，专门打听朝野秘辛。徐世昌找到他说明袁世凯的苦心，这位候补知府很痛快，立即给张之洞发了电报：

新擢候侍袁，初五请训，欲荐帅入军机。

这位候补知府对徐世昌说，只要张之洞回电，他一定立即转至。没想到不到一个时辰，电报就送来了：

袁侍欲荐举入京，请千万力阻。我才具不胜，性情不宜，精神不支，万万不可。千万，千万。

电报虽短，但张之洞避之犹恐不及的心态跃然纸上。

徐世昌在一旁劝道："张香帅洞明朝局，因此不欲跳这个火坑。我们不能不慎之又慎。"

张之洞电报中连用两个"千万"，让袁世凯也冷静了下来。

# 第四章

## 六君子血溅刑场　袁世凯从优议叙

初二这天下午,也就是袁世凯在等张之洞电报的时候,杨锐的复奏递到景仁宫光绪的御案上。此时,光绪已经回宫。本来天子正寝在养心殿,但光绪专宠珍妃,经常在景仁宫。

按照前天光绪给杨锐的密诏,他们军机四章京应当共同商议复奏。但杨锐因为担心林旭、谭嗣同等人事机不密,因此自作主张独自复奏。他给皇上提了三条建议:一是皇太后亲手把天下授予皇上,因此皇上遇到什么事情,应该顺着皇太后,事情不太顺利的时候,皇上不要固执己见;二是皇上要推行变法,应该有个轻重缓急,有些事情不妨放缓一步;三是提拔新的大臣,撤换守旧大臣,不宜太急太多。

光绪近来检讨变法以来的一些做法,的确失之于急躁。尤其是没有听取太后的意见,撤换礼部堂官,罢掉李鸿章的总署之职,徒然加深了太后的成见。所以收到杨锐的复奏,深以为然,立即召杨锐面商。君臣几乎是促膝而谈,杨锐将外间对变法的种种误解以及他的担忧如实奏报。他又向光绪建议,为了能够缓和帝后关系,减少守旧大臣的抵触情绪,最好能让康有为立即离京。让他到上海办报就是一个最好的理由,这也是对他的保护。

按照朝廷制度,上谕原件都要交回。尤其是杨锐所奉为密诏,他直接面呈光绪。光绪说道:"这道密诏就赐给你吧,你还是要让他们几个人都看一看,知道朕无意违背太后之苦衷。"

杨锐走后,光绪深思他的建议,觉得不愧是老成之见。最后他决定采纳杨锐的建议让康有为立即出京,亲笔写了一份给康有为的密诏:

朕今命你督办官报，实有不得已的苦衷，非笔墨所能尽谕。尔可迅速出外，不可迟延。你一片忠心热肠，朕所深悉。尔须爱惜身体，善自调摄，将来还可更效驰驱，共建大业。朕有厚望焉。特谕。

杨锐和林旭是一班，光绪知道林旭是康有为的弟子，因此将密诏交由林旭带出宫去尽快交给康有为，并告诉他还有一份密诏已经交给杨锐，请他们军机四卿及康梁等同议。林旭回到军机章京值房立即去找杨锐，问他密诏在哪里，为什么不拿出来同看，语气有些咄咄逼人。

"密诏已面呈皇上，但我已经默记于心，我写一份给你，但请一定慎之又慎，千万不要泄露给不相干的人。"林旭实在太年轻，杨锐担心他事机不密。

林旭回道："那是自然，何须叮嘱？"

杨锐关上房门，抄录一份密诏，交给林旭。

林旭出宫后立即去南海会馆找康有为，但康有为、梁启超等人到御史宋伯鲁家喝酒，久等不来，于是留下一张纸条，让他明天一早务必不要出门，有要事相告。

初三一早，林旭带着两份密诏来到南海会馆。康有为、梁启超、康广仁等人齐聚康有为的书房，看到光绪的密诏中有"朕位尚且不保"的话，几个人都是痛哭流涕。在康有为看来，两份密诏说明局势已经相当严重，皇上面临着皇位不保的危险。如果皇上位且不保，变法大业也将难以推行，他们这些变法维新的志士命恐不保！幸亏有袁世凯这枚棋子可用，不然他们只有束手待毙了。他认为目前要突破危局，只有兵变围园一途。

但他的胞弟康广仁首先反对，因为皇上的密诏中并无此意。皇上的意思，是让大家谋划让太后不反对变法的办法。

"让那个老女人支持变法，你们认为可能吗？皇上既然让我们想办法，我们当然要帮皇上想一条切实有用的办法，围园是釜底抽薪之策。"

梁启超也不同意围园，因为风险太大。

"卓如，变法维新，本来就是一件风险极大的事业。自古改革者，从来没有一帆风顺的。从前有此想法，可以说是纸上谈兵。如今有袁慰廷的支持，这条路肯定走得通。"

康有为主意已定，众人反对也无用，于是接下来考虑怎么用好袁世凯。商议了整整一个上午,最后决定由谭嗣同夜访袁世凯。康梁不能出面,军机四卿是皇上最信任的新宠,由他们中的一人去策动最有说服力。而刘光第、杨锐都非康门弟子,实在不敢托以重任;林旭虽然是康门弟子,但毕竟太年轻。谭嗣同有豪侠性情,且其父又是湖北巡抚,自幼浸染官场,熟知官场情伪,与袁世凯打交道最为合适。

袁世凯这天上午到贤良寺拜望李鸿章。他几年间将小站新军训练成最精锐之师,连外国记者都在报上大加赞赏,李鸿章对他也是颇为欣赏,两人谈了整整一上午。当然,袁世凯并非只为兵事,在闲谈中他乘机了解李鸿章对变法的态度。李鸿章对废八股等新政深以为然,但对康梁等人的变法方式却大不以为然:"我修铁路、办电报、开煤矿,三十余年才小有所成,耗费了多少心血?大清怎么可能在三五年内就能雄视天下? 真是痴人说梦。"

袁世凯在李鸿章那里吃了午饭,下午又去拜访庆亲王奕劻。奕劻当时正在颐和园里,但留下话来让他等,结果袁世凯等到天色傍黑也未等到奕劻回城。而此时又接到荣禄的电报,说英俄两国已经失和,将于近期开战,两国军舰云集渤海湾,让袁世凯尽快回天津。

袁世凯回到法华寺,与徐世昌商议,起草一份奏折请求提前请训。原定请训日期是初五,也就是后天,如能明天上午请训,则下午就可以乘火车赶回天津。两人正在商议,仆人拿着名帖进来通报:"军机上有位谭老爷来见。"

袁世凯接过来一看是谭嗣同,皇上面前炙手可热的人物。他不敢怠慢,连忙和徐世昌出门相迎。

谭嗣同身着便衣,两眼炯炯,真正是英气逼人,拱手道:"久仰袁大人大名,冒昧来访,实在迫不得已,有几句要紧的话,需要单独向大人请教。"

徐世昌拱手道:"你们谈,我去给大人办公事。"

进了屋,谭嗣同盯着袁世凯看了一会儿道:"我略知相面之术,看袁大人面相有大将格局,此次超擢侍郎,恐怕还仅仅是个开头。"

袁世凯客气地回道:"都是各位关照在皇上面前抬举,袁某无尺寸之功,却得此格外恩赏,实在问心有愧。"

"袁大人要建功立业有的是机会,袁大人以为皇上为人如何?"谭嗣同问道。

袁世凯赞道:"旷代圣主。"

"皇上如今有难,只有袁大人可救,而且只要袁大人愿救,必能救得了。"

"我世受国恩,本应力图报答,况且自己又受不次之赏,肝脑涂地,在所不辞,但不知难在何处?"

"荣禄与太后密谋,将于近日行废立之举,足下知道吗?"

袁世凯惊道:"外间偶有传闻,知道帝后失和,不至于到如此地步吧?"

"形势已经十分危急。最近荣禄与诸守旧大臣天天赴园密议,巨变就在眼前,如今能救皇上的只有足下一人而已。足下若救,就能救得了,若不救,也可到园中向太后出首我,可得大富贵。"

袁世凯听了一副愤怒的表情道:"你把我袁某当成什么人了?皇上是我们共同侍奉的圣主,我与足下同样受到非常知遇,救护之责,不只足下一人之事。若有所教诲,我当然愿意与闻。"

"如今有一个办法,与足下商议。"谭嗣同的办法,是让袁世凯回到天津,带兵诛杀荣禄,并立即代理直隶总督,然后率所部迅速进京,兵围颐和园。

"兵围颐和园干什么?"袁世凯听到这个计划,真正是心惊肉跳。

"当然是废掉老太后。变法之所以难以推行,追根溯源,皆因她为守旧派撑腰。我已经招募勇士数十人,到时候废后的事由他们去办,你只需出兵围园即可。"

"没有上谕,我如何敢杀总督?再说,直隶总督是天下督抚之首,且担北洋之责,中外关注,总督突然被杀,没有充足的理由恐怕不能服众。"袁世凯大惊道。

"皇上已经有上谕。"谭嗣同拿出一份密诏给袁世凯看:

> 荣禄密谋废立弑君,大逆不道!着袁世凯驰往天津,宣读密谕,将荣禄立即正法。其遗缺即着袁世凯接任。钦此!

袁世凯吓得心怦怦直跳,但很快强压下心头的不安道:"皇上无论密谕还是明诏,都是朱笔书写,除非在国丧之期才以蓝笔代朱。这样一份墨笔,谁人会信?"

"朱谕的确有,在杨锐手上。如果足下实在不信,我可设法让皇上在你请训时给你一份朱谕。现在我有一个顾虑,荣禄待足下有恩,不知足下有没有决心。报君恩,救君难,立奇功大业,在于公。公如果贪图富贵,告变封侯,害及天子,也在于公。"

“你以为我是什么人？我三世受皇恩，断不至于如此丧心病狂，贻误大局，只要能有益于皇上和国家，必以生死承当。现在的问题是，本军粮饷子弹均在天津，营内所存极少，必须先将粮弹领取储备足用，方可动兵。”袁世凯假装慷慨激昂。

“那要多长时间？”

“总要有十天半个月吧。我到时候准备妥当，再给你个信如何？”

“形势紧迫，时间太久了恐怕不行。”

“我尽快办理，这件事情绝不可三两天能办好。皇上和太后不是要到天津阅兵吗？那时候如果皇上疾驰到我营中，传号令以诛杀奸贼，杀荣禄如屠狗耳。”

谭嗣同还是希望提前，袁世凯则坚持从容布置，因为统领中思想守旧的人也不少，必须撤换一些。谭嗣同只好同意袁世凯的意见，两人又将细节细细商议，一直到桌上自鸣钟连响十二下。谭嗣同告辞时向袁世凯揖拜道：“足下真是奇男子，变法大业、皇上安危，系足下一身。”

“这些话不必再说了。我二人素不相识，你夤夜相访，我带来的人必然生疑，假设泄露于外人，将会说我们有密谋。你是天子近臣，我是带兵的人，最容易招疑。你从现在起可称病不赴大内，也不要再来见我。”

谭嗣同点头称是，这才告辞而去。

谭嗣同一走，袁世凯立即着人去请徐世昌。等徐世昌听袁世凯说了康梁的密谋，吃惊道：“四弟，这事太离奇，怎么可能行得通？”

“谁说不是。可我若不应付他，他必不罢休。”

“这帮人真是疯了。不要说你杀不了荣禄，就是你杀得了，带兵到京城，二三百里地，聂功亭(聂士成)的大军已经调到天津，董星五(董福祥)的大军已经驻到京南，京中还有数十营旗营，就凭小站七千人，如何能够成事?这样明白的局势，皇上该不会如此糊涂吧?”徐世昌自问自答，“万一皇上真有朱谕给四弟，你是奉诏还是不奉？”

“是啊，这才是难处。如今谭某人拿来的是墨笔不是朱谕。那就有两种可能。一是他们伪造的上谕，哄我给他们当枪使，万一失败，他们可将一切责任推到我头上。二是可能真是皇上的意图。如果皇上真有此意，请训时再交我一份朱谕，那可真把我架到火上了。”

“兵权在太后手上，而且朝中大小官员，大多认太后为女主，尤其是变法操切,皇上威信更受影响。与太后较量,没有取胜的可能。"

袁世凯刚获超擢,虽然战战兢兢,毕竟是红顶大员,因此得失成败更难慨然自决:"据谭某人说,他们已经招募数百人,如果万一他们成功了呢?"万一成功了,而袁世凯却未能奉诏参与,刚变红的顶子有可能不保不说,脖子上的脑袋能不能保得住实在没有把握。但若参与兵变,则失败可能更大,那时候不但自己脑袋要搬家,忤逆大罪,恐将祸及九族。

那到底该怎么做?诛荣禄、兵围颐和园是行不通的,自己就当没有谭嗣同夜访一样,让这个秘密烂在肚子里如何?当然不行,康、梁一旦败露,袁世凯知情不报就坐实了同谋的罪行。把谭嗣同夜访的事情向太后告密如何?光绪倚重、信赖的康、梁等人必遭大难,而且如果"诛杀荣禄"果真是皇上的意思,自己却出首告密,便是背叛皇上!刚刚受到皇上超擢之恩,转头就去告密,世人会如何评价?不,维新派竭力保荐,就是为了拿自己当枪使,自己出首告密,不是害皇上,而是救皇上,免于皇上陷于不孝不义的境地,更是为了国家政局稳定……袁世凯拿不定主意,弄得头昏脑涨,最后摇摇头道:"菊人大哥,旁观者清,你帮我拿定主意。"

徐世昌出主意道:"皇上虽一国之主,但当国日浅,势力脆薄,太后则是两朝实际的掌权者,廷臣疆帅,均其心腹,成败之数,不问可知。四弟不宜再迟疑,应当向太后出首,这是唯一自救之策。"

天已经亮了,还未拿定主意,袁世凯只好道:"只好先请了训再说。提前请训不可能了,今天一夜未睡,哪里也去不得了,先好好睡一觉再说。"

袁世凯疲惫不堪,谭嗣同比他还疲倦。他也是一夜未睡,回到南海会馆时天已经亮了。他向康有为报告了会见袁世凯的情形。

"袁慰廷虽然没有答应,但也未拒绝,希望还是有的。"康有为是这样一个结论,"我们不能在一棵树上吊死。我上午打算去拜访英国公使,还有伊藤博文,请他们想办法救皇上。"

康有为出门后,谭嗣同回到自己的寓所正准备睡一觉。毕永年来了,问道:"谭大人,事情办得怎么样?"

谭嗣同一边梳头一边道:"袁世凯还没有答应,不过,他也没有决然推辞。看来,他想从缓办这件事。"

"袁世凯究竟可不可用呢?"

谭嗣同摇摇头道:"此事我和康先生争论过几次,但康先生一定要用此人,真是无可奈何。"

"大人把我们的计划都告诉袁慰廷了吗？"

"据康先生之意，我已尽言矣！先生以为，不尽言不足以获信袁慰廷。"

"完啦完啦，事情完蛋了。这是何等事情，怎么可以随便告诉一个是否可用都不确定的人？天哪！我们恐怕马上就要遭到灭族之祸啦。我不愿和你们这样一起毫无道理地送死，请让我搬出南海会馆，到别的地方住吧。我还要劝谭大人一句，你老兄也赶紧自谋出路吧，跟着康先生这样行事只有同归于尽而已，这有何益处啊？"毕永年很感惊讶，他想了一会儿又对谭嗣同说道，"我搬到宁乡馆去吧，那里离此只隔一条街，谭大人如果有事，可以去那里找我，但最好别告诉康先生。"

谭嗣同点点头，又无奈地摇摇头，毕永年是请来办大事的，他如今是这样态度，诛荣禄、围园计划几乎是天方夜谭了。

康有为上午先去英国使馆，天真地希望公使出面劝说慈禧支持变法，但不巧英国公使到北戴河避暑了；他又去拜访美国公使，但美国公使去了西山游玩。到了下午三时，他又去日本使馆，拜会伊藤博文。他向伊藤博文详述了变法遇到的困难，希望伊藤博文在召见时能够劝说太后回心转意："请您见太后时，极言皇上贤明，他推进的各项改革，你们各国都很喜欢。"

"是。"伊藤博文回道。

康有为又相请道："您见太后的时候请特别指出，各国相迫，外患甚急，断行改革，则大清尚能自立，不然，祸害不可胜言。"

"是。"

"您见太后的时候，请特别指出，我们这些倡导改革的人，都是忠心为国家谋富强，没有一个有别的意思。实行改革，不独汉人享其利，满人亦享其得。不改革，则不独汉人受祸，满人亦受其害。"

"是。"

"您见太后时，还请特别指出，满人、汉人同为大清赤子，如一母生两子，岂可认兄为子，而认弟为贼！满汉界限，切不可分。"

伊藤博文依然只回答一个"是"字。

"您如能对太后逐一把我的话转告，则一席话足救我大清四万万人。这样一来，不仅我们大清得福祉，东方局面，地球转运，关系在您一人身上。"

"如果太后能召见我，我一定把您的话转告。我将把过去对我们日本国的忠心转移一下,尽忠于您的国家。"

康有为从日本使馆出来时,已经是薄暮时分了。回到南海会馆,回想一天的奔波,几乎是一无所获。伊藤博文答应得很好,太后能否召见他也未可知,就是真的召见,他是否能实心帮忙实在说不准,回想他的态度,答应得那么痛快,反而令人怀疑纯粹是敷衍。

吃过晚饭,林旭来了,告诉康有为太后原本定于初六回宫,不知何故于今天傍晚提前回宫,住进了宁寿宫。康有为心中暗惊,怀疑太后是否已经有所警觉。第二天凌晨三时,他带着仆人李唐匆匆出城而去,连胞弟康广仁也没来得及招呼一声。

在康有为仓皇出京的时候,袁世凯已经早早起身,与徐世昌作最后一次商讨后道:"菊人大哥,我已经拿定主意,无论皇上有没有朱谕给我,请训后我都要尽快离开这个是非之地,回天津面见荣中堂。"

徐世昌稍用心思就明白,所谓面见荣中堂就是向荣禄告密。荣禄于袁世凯有提携、庇护之恩,而且维新派首要除掉的人物也是他,袁世凯向他告密最为恰当,无论帝后若有任何怪罪,也只有荣禄可能为他辩解。

徐世昌回道:"此事不必再犹豫,速见荣相最好。我暂时留在京中探听消息,一有情况会设法告诉你。"

袁世凯拍拍徐世昌的肩膀,大有诀别的意思。徐世昌送他出门,看他登上骡车,车夫清脆的一声响鞭,骡蹄踏着石板,"嘚嘚嘚"地远去。

皇上已经回宫,请训的地点在养心殿。袁世凯进东华门,由仆人打着灯笼,在太监的带领下向西然后向北,沿着三大殿的东墙根,一直到了景运门外,此处关防极严,有护军和御前侍卫值岗,仆人被挡在门外,袁世凯由太监带领到乾清门东侧的朝房等候。袁世凯是第三起被召见,因为已经有一次面圣的经验,因此一切都还从容。他跪在地上听光绪问话,光绪嘱咐他好好为朝廷练兵。说话声音虚弱,比起上次召见时的兴趣盎然,真是判若两人。

等回答完光绪的问话,袁世凯鼓起勇气把昨晚与徐世昌商议的意思趁机奏陈:"皇上为变法殚精竭虑,宵衣旰食,臣尤为感奋。臣以为古今各国的变法,都不是轻而易举的事情,不是有内忧,就是有外患。臣请皇上一定忍耐,等待时机成熟,一步一步经营料理,如果操之太急,必会产生流弊。而且变法尤要得人心,必须有真正明达时务、老成持重如张之洞这样的人赞襄主持,方可上承圣意,下顺民情。至于新进诸臣,固然不乏明在勇猛之士,但毕竟阅历太浅,办事亦不缜密,倘若有什么疏忽失误累及皇上,关系非轻。总求皇上十分留意,天下幸甚。臣受恩深重,不敢不冒死直陈。"

光绪没有回话,袁世凯以为他将有朱谕面交,紧张得不得了。但光绪沉默了一会儿便道:"你跪安吧。"

袁世凯退出大殿,满心的疑惑。这次请训皇上只是例行公事问了几句,几乎没有任何训示。其实,皇上也不可能再有任何训示。昨天傍晚慈禧由颐和园回宫,立即把皇上叫去,为了不让他"胡闹",决定军机四章京批答的奏折一概呈请她阅览;今天召见伊藤博文,太后将于御座后监听。这是一个很不好的苗头,太后恐怕将从此直接干政。光绪十分愤懑,却无可奈何。

袁世凯掏出怀里的打簧表一看,刚十时,还赶得上火车。他在仆人和两个护勇的陪同下赶往火车站,十一时四十火车开往天津。三个多小时后在天津老龙头火车站下车,因为他获天子超擢,津海关道、府县官员、地方名绅及候补官员一百余人前来迎接。火车站设有专门供大员使用的接待室,里面水果、香茗已经备好。大家簇拥着袁世凯进了接待室,因为人太多,官小的只好站在外面的廊道里。众人七嘴八舌,询问陛见的情形。袁世凯心事重重,但不能在众人面前露出任何破绽,因此强打精神,满面笑容,讲三次陛见的经过。这一套应酬下来,耗去了一个多小时,等他赶到北洋大臣行辕已是薄暮时分。递上名帖,荣禄传出话来,先吃饭,饭后再见面。

吃罢饭,袁世凯到西花厅等,却迟迟未有接见的消息。他对负责接待的官员道:"请转告中堂,我有十分紧要的事情面禀,请中堂务必拨冗接见。"

一会儿,有人来请。袁世凯跟着前往荣禄的签押房。签押房外,两排亲兵执洋枪夹道而立。自从荣禄出镇直隶后,袁世凯来拜见过多次,从来未有今天这样的情形。

进了签押房,门外又有两名武巡捕寸步不离。荣禄的身边除了一个侍候水烟的下人,还有一个身材魁伟的男仆,名为奉茶,显然是为保护荣禄。

难道荣禄已经有所察觉?维新党人事机不密,荣禄京中又有眼线,听到风声的可能不是没有。正在想着,荣禄说话了:"慰廷,天子赏识,恩出格外,真正是可喜可贺。"

袁世凯连忙回道:"都是中堂栽培的结果。"

"这都是皇上的恩典,与我真是没有半点关系。"

一听这话,就有些拒人于千里之外的意思。如果再寒暄下去,话不投机,让荣禄起疑，反而麻烦。袁世凯趋前一步道："中堂，卑职有几句紧要的话，需要向中堂密禀。"

荣禄扫一眼身边的两人，向门口一颔首，两人垂手出去。

袁世凯从怀里掏出谭嗣同给他的那张墨笔"密诏"，递给荣禄。荣禄看了一眼，眉头一跳。袁世凯盯着荣禄的脸色，想从他的脸上判断他的心思，自己则随机应变。如果荣禄吓得人慌无智，不妨趁机要挟，讨价还价；如果荣禄只是面有忧色，那就不妨替他出出主意，卖个人情；或者荣禄早有预料，但至少也应当说几句感谢的话，自己也就索性推心置腹，表达知恩图报的品性。

袁世凯转过这番心思，荣禄也一字不漏地读完了上谕，脸上是一副事不关己的表情，他把"密谕"扔到袁世凯面前道："天子上谕概用朱笔，你拿这一份墨笔出来是在路上捡的，还是测字先生杜撰的？"

"中堂，卑职有几个脑袋，何敢开此玩笑！"袁世凯无论如何没想到荣禄会来这一手，自己反而立即成了居心叵测的人。

荣禄淡淡地说道："就算你这张字纸有来头，朝廷办事向来有朝廷的规矩，承旨责在军机，定罪有吏部、刑部，问斩也要押到菜市口。如果我有罪，也要出示证据，哪凭你从袖管里抽出一张字纸，就可以要我荣某的脑袋，夺我的直督？矫诏之罪你该知道是什么后果吧？"

袁世凯扑通一声跪到地上道："中堂于卑职有再造之恩，卑职何敢做忘恩负义之辈！卑职正是不愿有负中堂，这才急匆匆返津。请中堂容卑职密禀！"

荣禄只凭几句话便把两人位置来了个颠倒，袁世凯本来希望荣禄有求于己，瞬间变成袁世凯有矫诏的嫌疑。荣禄冷眼旁观，见已经收服了袁世凯，态度也来了个大变，伸手拉起他道："慰廷，你是我赏识的人才，本来不该怀疑。可是如今情形不同，京中政局不明，我担心你受人蛊惑，不能不多加小心。你起来说话，把事情的来龙去脉说清楚，有天大的事，我担得起。"

袁世凯说完，荣禄问道："你请训的时候，皇上可有朱谕给你？"

"没有，皇上没说几句话。"

"那就是了，谭嗣同矫诏无疑。真是可恶至极，皇上待他们不薄，他们却要将皇上置于不孝不义的境地。所用非人，岂不痛哉！"

袁世凯满头大汗道："卑职最担心的也是怕累及皇上，请中堂务必周旋。"

"你这么说可见还是有良心的。谭某说已经募了几百死士，要对太后不利。他们到底招募了多少人，都是些什么人，藏在什么地方？你可心中有数？"

"卑职当时只顾心惊,没来得及细问。不过看谭某人的做派,十有八九言过其实。"

"宁信其有,不信其无!这是谋逆的大罪!太后危险,必须尽快提醒,不然若太后有个三长两短,你我都罪不可恕。"

荣禄即刻传电报房的主办听训:"你听清楚,这是封绝密电报,你亲自去办,发给兵部电报房,立即转给庆王爷。"

主办拱手回道:"大帅请吩咐,保证不让第二个人知晓。"

荣禄已经斟酌好了,一字一顿地说道:"康党欲对太后不利,务必提防。翌日赴京面禀。"

主办领命而去,荣禄仍觉不安,让人问火车站晚上可否能发车去京城。等了半个多小时,回话说不行,京津火车刚通不久,没有夜间行驶的经验,火车也没有照明设备,实在不能冒险,而且机师也都回家,无人值夜班。荣禄吩咐明天一早就走,提早准备,不要按正常的钟点。他又吩咐下人去准备消夜,对袁世凯说道:"慰廷,今晚你要辛苦一下,我让人备个折子,具体详情你和他们商议着起稿。我先去睡一觉,稿子完了立即叫醒我。我看稿子的时候,你就去眯一觉,明天一早随我一同进京。"

庆亲王奕劻打算早点睡,明天一早要去宁寿宫,布置慈禧训政的大事。虽然万事俱备,但需要面商的事情依然很多,不敢有一分疏忽。

爱新觉罗·奕劻,是乾隆皇帝的曾孙,他爷爷是庆僖亲王爱新觉罗·永璘,因为不是铁帽子王,封爵递减,到奕劻这里,就只有一个辅国将军的爵位,家道衰落,日子十分窘迫。奕劻十分平庸,却写得一手好字,经常帮桂公爷——也就是慈禧的弟弟桂祥写信,因此为慈禧所知。就是这一点渊源,先封贝子,后来是贝勒,同治大婚,又加郡王衔,被授为御前大臣。到了1884年,甲申易枢,慈禧借口中法战争清军失利,把恭亲王为首的军机全班撤换,奕劻被封为庆郡王,入值总理衙门,代替了恭亲王在外交上的位置。他才能平庸,常受人讥讽,但太后需要的就是这种平庸却只听招呼的奴才,所以到了甲午战前,太后六十大寿的时候,奕劻又被封为庆亲王,真正是草鸡变凤凰。恭亲王死后,虽然他的才能与名声都无法与恭亲王相比,但对太后的忠诚却是无可挑剔,因此慈眷日隆,谁也挡不住。

自从维新变法后,奕劻也被归于老谬昏庸之列,虽然皇上并未与他为难,但眼见得禄位不保,因此也极愿太后出来训政。内则奕劻,外则荣禄,两人很快成为策划训政的中坚。训政实行起来并不一帆风顺，因为太后顾忌清议。好在皇上的变法越来越离谱，竟然传出要让伊藤博文入军机的说法，更有谣言说要剪发易服，太后终于勃然大怒，打算出面训政。正在这节骨眼上，竟然收到康党要图谋太后的电报，让端坐椅上读电报的奕劻惊得一跃而起，眼镜也摔到了地上。只是电报太短，无法得知详情。但无论如何，此事来不得一点大意！他立即吩咐去请九门提督崇礼，此事非与他商议不可。等崇礼来了，奕劻迎到滴水檐下叫着他的号道："受之，这么晚叫你，实在事情紧急。"

"王爷这时候叫我，我预料必是事出非常。"

两人进了内室，奕劻又交代没有招呼，任何人不得靠近。他拿出电报让崇礼看，崇礼也是吓了一跳，低声道："王爷，要不要派人先把康有为抓起来？"

"未曾奉旨，当然先不要抓。但可以先派人去监视着，别让他跑了。"奕劻随后又道，"最要紧的是太后的安危。受之，你要受些累，从今日起，内城要严加巡查。"

"是，我估计王爷必有吩咐，已经把两翼总兵叫来，这会儿差不多到了。"

步军统领衙门不仅负责内城九门内外的守卫和门禁，还负责内城巡夜、救火、编查保甲、禁令、缉捕、断狱等，人员多而精干，有三万之众，统领下面又设左右翼两总兵，崇礼把两人叫进来听奕劻吩咐。奕劻说道："辛苦你们二位和手下弟兄今夜起要严加防范，具体你们听受之的吩咐就是。"

崇礼接下来吩咐，那就非常专业了，哪里应加派人手，应当对什么人严加盘查，出现什么情况应该如何处理，足足说了二十分钟。听完吩咐，左翼总兵问："军门，我们到底是防备什么人，或者说重点护卫哪位大员或者亲贵，可否方便透露？"

奕劻闻言截住话头道："现在还不能说，你们尽心办差就是。将来事了，就是大功一件，请功的事包在我身上。"

两位总兵"喳"了一声，喜滋滋出门而去。他们最喜欢的就是有人可抓，因为只要有差使，不但将来有赏，办差之中的敲诈勒索也是一笔大收获。

宫外的巡查安排妥当，两人决定立即进宫去见太后，但崇礼却别有疑虑道："王爷，康党与宫中素有联系，太后是否要改驻跸的地方？"

所谓康党，当然不仅指康有为，军机四卿也包括在内。军机四卿就在宫内军机处南值房当值，当然与宫内素有联系；皇上倚重康党，宫内自然有太监攀附，他们要收买几个心腹太监也很容易，因此必须严防有人内外勾结，对太后所居的宁寿宫有所图谋。

奕劻警醒道："哦，受之所虑极是。要不，请太后再回园中？"

所谓园中，是指颐和园。因为明天有训政的大事要公布，临时改到颐和园则显太远，崇礼建议不如就近到西苑。西苑护卫是怀塔布负责，因此奕劻让崇礼先去宫中与李莲英接洽面见太后的事情，他则等怀塔布前来商议。

等了半个多时辰怀塔布才到，寒暄过后，奕劻开门见山道："深夜把你叫来，是太后明天一早可能要到西苑驻跸，这一阵不素静，西苑那边怎么样？"

"怎么，袁项城有什么动静？"所谓不素静，怀塔布自然能明白其中的含义，尤其光绪召见袁世凯后，后党大佬都提心吊胆。

奕劻连连摇手道："没有没有，我只是提醒你多加小心，小心驶得万年船嘛。你辛苦一下，亲自到西苑，安排放心的人当值。"

怀塔布被撤了礼部尚书，要复职的希望完全寄托于太后，因此自然乐得效力："王爷放心好了，今夜我就驻到西苑。"

奕劻这才驱车进宫。平时进宫，要走东华门，但自东华门入宁寿宫，要路过文华门，左翼门，也会搅到景运门，实在不方便。他驱车直奔紫禁城的后门，也就是北门神武门，崇礼已经打好招呼，神武门护军见到奕劻就放行，进门左转东行不远就是宁寿宫的后门贞顺门。崇礼和李莲英已经在贞顺门等候，崇礼低声道："莲英已经叫醒太后，随时可以叫起。"

李莲英请道："王爷，有需要提前预备的，请王爷示下，以免到时抓瞎。"

奕劻道："太后有可能移驻西苑，到时候你恐怕要先行一步安排妥当。不过，总要请过懿旨再说。"

这时小太监来叫，说太后见起，请奕劻去乐寿堂。慈禧召见臣子，向来是一丝不苟，虽是深夜，却已重新穿戴起朝服。奕劻跪倒磕头道："深夜惊扰太后，实在有一件大事不能不面奏。"说罢把荣禄的电报递上去。

慈禧看罢电报后问道："语焉不详，消息准确吗？"

"宁信其有，不信其无。狗急了会跳墙，不能不防。"

慈禧太后冷着脸问道："奕劻，你说，这件事皇帝知道吗？"

康党是皇帝所倚重，所谓皇帝知道吗，其实是问光绪是否参加密谋。这话可不能乱说，奕劻只好避而不答："无论知道不知道，太后都不宜于宫中驻跸，奴才请太后移驾西苑。"

"当年擒拿肃六，我都没怕过，难道怕几个狂妄的书生？"话虽如此，慈禧还是转头对李莲英说道，"莲英，你先去西边预备着。"

李莲英"喳"一声退出去。

"我养了他二十年，他竟然算计起我来，真是白眼狼！"慈禧是一副伤心的面容。其实她的心里，却又暗自高兴。因为明天的训政，虽然是诸臣所请，但毕竟只有杨崇伊一人上折。而且只因皇帝召见外臣而夺回权力，无论怎么说都难免揽权的嫌疑。现在好了，康党竟然如此丧心病狂，而皇上自然难脱干系，她收回权力不但应该，而且是迫不得已。这份心思当然不能挂在脸上，所以她的伤心和愤怒，要在奕劻面前表演得更充分一些，"他四岁进宫，我怕太监照顾不好他，把他抱到我床上，夜里起来把屎把尿。他怕打雷，每到雨天我就特别担心，看到打闪，先把他耳朵捂起来……"慈禧说到伤心处，真挤出了几滴泪。

奕劻劝慰道："太后不必难过，也许皇上并不知情。"

"即便他不知情，重用这样丧心病狂的东西也难辞其咎！"慈禧收起泪，额角青筋暴跳，这是盛怒的预兆，"让步军衙门的人立即把康有为看起来，别让他跑了。"

"喳，奴才已经吩咐崇礼预备。崇礼就在宫外，太后是否召见？"

"不必了，让他盯好了就是。"

奕劻又问道："其他的人，要不要抓？"

其他的人，自然包括军机四卿，除军机四卿外，上蹿下跳的还有很多，哪些人要采取措施，范围不能不由慈禧来确定。

"先把军机上的四个年轻狂生给我看住了就行。至于其他的人，总要等荣禄见过面了再说。"慈禧并未失去理智。

奕劻道："喳，康有为及军机四章京先看起来，一有旨意，立即抓捕。"

"你去预备吧。"

奕劻"喳"了一声退出。

慈禧又问道："谁在外面？"

大总管李莲英已经去了西苑，二总管崔玉贵响亮地应了一声："奴才崔玉贵侍候太后。"同时进到殿里。

"你带上人跟我去景仁宫。"去景仁宫干什么，慈禧有一番吩咐。

景仁宫在乾清宫正东，是东六宫之一，如今是珍妃所居。光绪宠珍妃，大多数时候在此安寝。慈禧带着崔玉贵等一班太监宫女赶到的时候，珍妃提前得到消息，到景仁门跪迎。慈禧连看也不看，径直进了宫吩咐一声："给我搜！"

崔玉贵已经事先安排好，吩咐太监宫女道："你们仔细搜，凡是带字儿的无论折子还是信函统统带走。"

崔玉贵原本是奕劻府上的太监，自幼习武，武功很好，宫中太监成立戏班，因崔玉贵武功好得以选入宫中。后来得太后赏识，如今地位直追李莲英。他为人与李莲英不同，李莲英很善笼络属下，崔玉贵则属少城府而又跋扈一路，仗着太后宠信，平日便有些颐指气使。众人怀恨，却又不敢有任何违拗。

这时，外面太监高声报道："万岁爷到！"

光绪今天朝服"阅祝版"，也就是阅视祭祀时的祝文。这套仪式结束，他到景仁宫来换便服，准备在养心殿召见军机四卿。刚到景仁宫，看到慈禧的软舆心头就陡然发紧，但要避开已经不可能，硬着头皮进宫，正赶上慈禧怒气冲冲坐在御座上，监视太监宫女搜查。他进去双膝一软，不知慈禧所为何事，战战兢兢请安："儿子给亲爸爸请安。"

慈禧不答，鼻子里先哼了一声道："康党要谋害我，你知道不知道？"

这话从何说起？光绪脸色苍白道："儿子不知，谅他们不敢！"

"那我倒是冤枉他们了？"慈禧厉声道，"我一再提醒你，康有为不可信任，可你却唯命是从，如今把他们骄纵得丧心病狂！我抚育你二十余年，你却听小人之言来算计我！"

"儿子绝不敢。"

"你也不必强辩，等荣禄和袁世凯来了，一切就都真相大白。傻子，今天没有了我，明天还有你吗？"

光绪听出是荣禄、袁世凯兴风作浪，恨得咬牙切齿。荣禄倒也罢了，他向来是太后的人。而袁世凯是自己倚重的人，到底编了什么理由来诬陷又不得而知，更不敢询问，唯有脸色铁青，两股战战。

此时，搜检已经结束，包了两大包，由两名太监提着。慈禧对光绪宠信的珍妃一直看不入眼，甲午战争时就是她怂恿着主战，这次变法闹得越来越离谱，十有八九少不了她的撺掇，所以厉声问道："这里的总管太监是谁？"

总管太监孙得禄报名进来，跪到一边。

"你们的主子闹得太离谱了，从今往后她的月份银子没了，省得她打扮得花里胡哨，把皇帝迷得不知东西南北。"慈禧说完，又对光绪说道，"走吧，跟我到西苑去。"

光绪被两名太监扶持上了软舆，跟在太后的凤舆后面，一直到了西苑勤政殿前。殿前朝房中,奕劻、世铎、载漪等亲贵,王文韶等军机大臣还有御前大臣都已经等候多时。

慈禧坐在御座上,奕劻为首,诸位大臣跪在右边,光绪跪在左边。御座前设有实行家法的竹杖,这是要审讯皇帝。慈禧厉声讯问道:"天下者,祖宗之天下,你怎敢任意妄为?这些朝廷大臣都是我多年历练,留下来辅佐你的,你竟然任意罢斥不用。还敢听任叛逆蛊惑,变乱祖宗成法。康有为什么东西,能胜过我选用的人吗?你怎么如此昏聩?"又转头对跪在地上的王公大臣说道,"皇帝年轻无知,你们怎么就不力谏?以为我真不管,听他亡国败家吗?今春奕劻再三说,皇上肯励精图治,说我可以省省心了。你们看,他这个样子,我怎么省心?他是我拥立的,他若亡国,其罪在我,我能不问吗?你们不能力谏,也难辞其咎。"

军机大臣刚毅回道:"奴才可是多次劝谏过皇上,可每次都遭到皇上训斥。其他大臣也有谏过的,没用。"

慈禧又问光绪道:"变乱祖法,如果是臣下犯的,你知道是什么罪名吗?试问是祖宗重要,还是康有为重要?你背弃祖宗而行康法,为什么如此昏聩?"

光绪觉得必须为自己申辩几句,战战兢兢地说道:"都是儿子糊涂,洋人逼迫太甚,欲保存国脉,通用西法,并不敢听信康有为之法。"

光绪的辩解惹来的是慈禧更严厉的指责:"难道祖宗不如西法?鬼子反重于祖宗吗?康有为叛逆,图谋于我,你不知道吗?还敢回护他?"

光绪被吓得一哆嗦,嗫嚅不能答。

慈禧穷追不舍道:"你是不知道,还是同谋?对这样的逆贼,按大清律,该怎么办?"

"拿杀!"光绪回道。

慈禧抬头问道:"崇礼来了吗?"

"奴才在。"崇礼在外面高声答道。

"康有为结党营私,莠言乱政,立即革职。听说他还有个弟弟,着步军统领衙门拿交刑部,按律治罪。"

崇礼"喳"了一声出去安排。

"我不能任由你胡闹,不然非断送了大清江山。除非我咽了气,不然怎对得起列祖列宗?"慈禧看着灰着脸的光绪,又问众臣道,"你们说,该怎么办?"

这话例由领班军机大臣回,但世铎很少在御前陈述意见,何况又是事关皇上的处置?王文韶重听,根本不知道慈禧在说什么,那就轮到刚毅了,他粗鄙无文,说话向来是直来直去,道:"新党胡闹得太不像话了,奴才等商量,只有请老佛爷重新把权柄拿过来,才能保住大清江山。"

这话过于粗率,但请太后训政的话题却是引出来了。

慈禧叹了口气,惺惺作态,拿出手绢擦擦眼角道:"皇帝四岁抱进宫,身子不好,是我一手抚养,白天睡在我床上,晚上由嬷嬷带着,睡在我外屋,一夜要起来几回看他。皇帝胆子小,怕打雷,一听雷声就会吓得大哭,要我抱着哄个半天,才会安静下来。这样辛苦抚养他成人,你们看,他今天是怎么对我的?这不叫天下做父母的寒心吗?本朝以孝治天下,我把皇帝教成这个样子,实在痛心,实在惭愧,真不知道将来如何有脸去见文宗。"

载漪大声道:"自然非老佛爷管不可,今天的事就这样说定了,老佛爷出来训政,皇上凡事有所秉承,实为国家之福,请皇上明白降旨,诏告天下。"

载漪是惇亲王的儿子,与光绪是堂兄弟。瑞亲王无嗣,载漪得以继承他的郡王,但军机拟旨的时候笔误将瑞写为端,因此将错就错,成了端郡王。他揣摩慈禧的意思是恨不得废了光绪,那时候再议储位,他认为溥字辈里他的儿子溥儁恰好合适,因此当太上皇的奢望早就埋进心里。如今光绪闹到这个地步,他真是求之不得,所以在宗室中率先劝进。

刚毅也附和道:"奴才附议,请军机上即可拟旨。"

其他的人也都附议。

"你们都跪安吧。"慈禧太后不置可否。

众臣都退出来,光绪也退出来。过了一会儿,李莲英跟出来小声道:"万岁爷,太后口谕,请您先到瀛台候旨。"

瀛台是勤政殿南的一个孤岛,位于南海的北侧,四面临水,只有一座石桥与北面相通。瀛台的主体建筑是涵元殿,光绪便在此候旨。等了大约半个时辰或者更长,李莲英来了,说道:"万岁爷,接懿旨。"

光绪在殿中跪下,李莲英走到御座前东侧朗声说:"太后懿旨:有一道上谕,交皇帝朱笔抄一遍。"

所谓朱笔抄一遍,便是太后的意思以皇帝的上谕形式颁发。李莲英拉起光绪道:"万岁爷,请您快抄一份,太后等着呢。"

李莲英城府颇深,在帝后关系调和上下了不少功夫,无奈何如今闹成这般局面,看看皇帝可怜的样子,禁不住心生怜悯。他帮着光绪铺开上谕专用的黄纸,又拿镇纸压在上面。光绪看那份上谕,一边抄,一边眼泪就下来了。

现在国事艰难,庶务待理,朕勤劳宵旰,日综万机,兢业之余,时虞从脞。恭溯同治年间以来,慈禧端佑康颐昭豫庄诚奉恭钦献崇熙皇太后两次垂帘听政,办理朝政,宏济时艰,无不尽美尽善。因念宗社为重,再三吁恳慈恩训政,仰蒙俯如所请,此乃天下臣民之福。由今日始,在便殿办事。本月初八日,朕率诸王大臣在勤政殿行礼,一切应行礼仪,着各衙门敬谨预备。

这份上谕一颁,便表示大权从此重新回到太后手中,皇帝连个傀儡也算不上了。等光绪抄完,李莲英便接了过去:"万岁爷,太后还有旨意,您身边的太监要换掉了,要奴才仔细甄别,有毛病的恐怕要吃些苦头,没毛病的也要逐出宫去。"

光绪抬头泪眼汪汪道:"李谙达,请你尽力保全他们,都是苦命人。"

李莲英也是太监,也是苦命人出身,对光绪这番拜托十分感动,回道:"万岁爷放心,奴才一定尽心尽力。"

出了涵元殿,李莲英对候在外面的二十个新太监道:"你们留在瀛台侍候万岁爷,小心当差。"又对跟随光绪过来的太监说,"你们立即去慎刑司报到,不要耍小聪明,当心聪明反被聪明误。"

到了瀛台北面的桥头,他对两个守桥的太监道:"从今往后,非奉慈谕任何人不得出入瀛台。"

光绪从即日起,就被软禁了。

荣禄和袁世凯及随行人等一下火车,就有奕劻派来的几辆马车过来,领头的正是庆王府的总管,他给荣禄请了个安道:"中堂,王爷让小的在此等候,接您直接去西苑。"

到了西苑,早有太监在昌德门等候,引领着荣禄和袁世凯去仪鸾殿(今怀仁堂),那里是太后的寝宫。奕劻正在恭候,见面便道:"太后今日训政了。"

"不出所料。"荣禄丝毫不感惊讶。

奕劻引着荣禄到了东配殿,听荣禄要言不烦地讲了袁世凯所出首的情况后问道:"仲华,不知道是否会牵连到皇上?"

"好在没有朱谕,总算还有开脱余地。王爷,我有两句话请您鉴纳,一是不可谋废立,二是不可广株连。"荣禄认为无论光绪是否会被牵连进围园密谋中,都不可被废,因为内忧外患之际,国本动摇,将有不测之祸;人心思定,支持变法的人不少,但不能大肆株连,只办首恶就可,不然有可能激出大变。

奕劻回道:"我正是此意!只是如今有人巴不得乱中渔利,废立之心颇炽,仲华务必在太后面前直谏,千万不可兴大狱,更防有人兴风作浪。"

慈禧一进完午膳就立即传荣禄见起。荣禄把密折呈上,慈禧只看了前面一页,原来康党的阴谋不仅要杀荣禄,还要兵围颐和园,真是丧心病狂,便问道:"到底怎么回事,你说吧。"

荣禄把事情的来龙去脉一口气说下来,慈禧听了便道:"袁世凯知道康党的阴谋后竟然拖延一天多不肯出首,他分明是首鼠两端。此人比康党还可恶,万不可留!"

荣禄连忙磕头道:"太后,袁世凯不能杀,亲痛仇快的事情不能做。"

慈禧一想也是,告密的人先被砍了头,最高兴的岂不是康党?她点了点头道:"不能杀,那就要大用,你能拿得住他?"

"拿得住。"荣禄连忙打保票,"袁世凯之所以拖延一天多,一则是要向皇上请训,二则是在京中没有合适的人,怕事机不密反而误事,因此一出宫就回到天津。"

袁世凯所奉的密谕是杀荣禄,因此向荣禄告密实在最正常不过,何况荣禄是他的荐主,向荣禄告密也易于见好荣禄。慈禧洞悉世道人心,便道:"你可要好好地训导他,别将来成尾大不掉之势。"

"太后放心,袁世凯人才难得,而且忠心可嘉。"荣禄最担心的就是保不下袁世凯,如今有惊无险,极力为他铺陈,"他在小站练兵,首要的就是培养士兵忠孝思想。他编的《劝兵歌》开头就说:'谕尔兵,仔细听,为子当尽孝,为臣当尽忠。'朝廷出利借国债,不惜重饷来养兵。如再不为国出力,天地鬼神必不容。"

"好吧,我饶了他。可是,你可得好好管住他。"

接下来,荣禄力陈不废立、不株连的建议,慈禧没有明确答应,但显然是听进去了。

当天崇礼去捉康有为,但康有为那时早就从天津乘重庆轮南下上海了,只捉住了康广仁还有两个仆从。梁启超则逃进日本使馆,在日本人的帮助下逃亡日本。谭嗣同本来有机会与梁启超一起逃走,但他却道:"各国变法无不以流血而成,今日中国未闻有因变法而流血者,此国之所以不昌也。有之,则自嗣同始。"

王照和毕永年都辗转逃到了日本，但因政治见解不同，对康有为人品不满，与之分道扬镳。王照在日本专门发文，揭露康有为伪造密诏之事。此后他埋头创制"官话字母"（汉语拼音），1901年后回国向朝廷自首，被清廷开复原衔。毕永年不满于康有为的"保皇"立场，后来投奔孙中山，加入兴中会。

军机四卿则是在搜查南海会馆中发现杨锐带出的密诏抄件，四人皆名列其中而被下令逮捕。户部侍郎张荫桓、礼部侍郎徐致靖因为连上奏折、支持变法也被刑部捉拿。徐致靖在变法期间最为活跃，与康梁联系十分密切，但他父亲与李鸿章是同年，李鸿章出手相救，竟然把他救下来了。军机四卿外加康有为的胞弟康广仁无人敢救，另外还有御史杨深秀竟然上折责问太后为什么要软禁光绪，惹恼了慈禧，结果与康广仁及军机四卿未经审讯，拉到菜市口问斩。这就是为变法而牺牲的戊戌六君子。

之后的政局，可用"以旧换新"来概括。军机处有变法倾向的钱应溥、廖寿恒退出军机，新进入军机四人：载漪是满口祖宗家法，荣禄自然不用说，启秀则是以孝闻名、以礼仪为甲胄的顽固大臣，还有一个赵舒翘是刚毅引入军机，唯刚毅马首是瞻。所以整个军机处，成了守旧派的天下。总理衙门大臣徐荫桓是出使过日本，有外交经验的人才，但因为支持变法被发配新疆，李鸿章没有恢复总理衙门大臣的职务，而是被派去山东治理黄河，新入署的大臣中，除许景澄、联元、裕庚等人曾任驻外使节外，其他如桂春、瑞洵、吴廷芬、赵舒翘等人全无外交经验。更不可思议的，各省的督抚将军竟然全部兼任总理衙门大臣，总理衙门大臣一下增加到三四十人，而且遍及全国十几个行省，外交怎么办？意见如何统一？这样只是便于太后将来操纵外交而已。

政变后有人要倒霉，也必定有人要红得发紫。首先是荣禄，他被任命为军机大臣，而在上谕中特别说明，荣禄虽然不任直督了，但北洋各军仍归他节制：

> 现当时事艰难，以练兵为第一要务，是以特简荣禄为钦差大臣，所有提督宋庆所部毅军，候补侍郎袁世凯所部新建陆军以及北洋各军，悉归荣禄节制，以一事权。该大臣务当统率有方，认真督练，随时稽复，毋稍疏懈，俾各军悉成劲旅，用副朝廷整饬戎行之至意。

不任直隶总督而掌直隶军权，荣禄是集军政大权于一身。

袁世凯也是获利者。荣禄内调军机大臣，朝廷令袁世凯署理直隶总督，虽然只有十几天，但他为朝廷所信任已经毋庸置疑。随后袁世凯又上奏，认为驻直隶的各军互不统属，不能联络一气，建议合编为武卫军，由荣禄统领，并由荣禄另募万人作为亲兵。当然，这个建议必定是他与荣禄事先沟通过的。朝廷很快旨准，将直隶军队编为武卫军，驻天津芦台的直隶提督聂士成所部编为武卫前军，驻扎蓟州的甘肃提督董福祥部甘军编为武卫后军，驻扎山海关的四川提督宋庆统率的毅军编为武卫左军，袁世凯的新建陆军编为武卫右军。荣禄另募旗丁一万人作为武卫中军，驻扎南苑。武卫军的军饷全部由户部核拨，成为朝廷依赖的柱石，而这五支武卫军中，袁世凯的右军最为精锐。

武卫右军编成不久，十一月二十五日，在荣禄的极力推荐下，太后召见袁世凯。到了十二月初一，慈禧又恩赏福字荷包、银钱、银锞、食物等项。过了年，内阁又奉上谕：

> 荣禄奏，新建陆军，训练三年，卓有成效，请将出力员弁，择优保奖一折。新建陆军，经候补侍郎袁世凯悉心擘画，照泰西操法，训练精勤，现已历三年，确卓有成效，该侍郎勤明果毅，办事认真，深堪嘉尚。袁世凯着交部从优议叙。所有该军得力员弁，着荣禄传知该侍郎，准其择优酌保，毋许冒滥。钦此。

只是光绪对袁世凯恨之入骨。他经常在纸上画一只王八，大写一个"袁"字，以小弓箭射之，射中则开心一笑。逃过一劫的变法支持者也深恨袁世凯，编成童谣在京津传唱——

> 六君子，头颅送。
> 袁项城，顶子红。
> 卖同党，邀奇功。
> 康与梁，在梦中。
> 不知他，是枭雄。

# 第五章

## 义和团燎原山东　袁世凯严酷镇压

巨野教案中侥幸逃生的薛田资生于德国南部，因为家境贫寒，入的是不收学费的教会学校，除了接受神学教育外，学校更多的是组织他们频繁参加祈祷活动，严格遵守律条，培养他们的献身精神，目的是将来派他们远赴中国传教。薛田资到中国时只有二十多岁，被派到贫困的鲁西北传教。巨野教案发生后，他在鲁西北待不下去，又调到了日照。

日照街头村李姓家族的一个女子死在了杜姓家族的山林中，杜姓势大，李姓无可奈何，于是二十余户人家全部参加了教会，以求靠山。德国教士趁机在此设立教堂，附近村民纷纷入教，令当地人十分恐慌。教民中有一个无赖曾勒索当地富户未遂，竟然唆使教士去官府状告富户诽谤教堂，结果更令民教矛盾激化。但官府向着教民，因此非教民们决定自卫。街头村有个叫厉用九的人靠贩卖花生、帮油坊运油谋生，颇有梁山气概，交游又广，很有号召力。他慨然发动两千余人，准备教训一下德国鬼子和街头村的二鬼子。

薛田资年轻气盛，又觉得肩负使命，自告奋勇到街头村协调民教纠纷，希望彼此能够和睦相处，这样他的传教大业也可以打开新局面。他在四名手无寸铁的士兵和一名衙役的护送下来到街头村，刚进村不久就得到消息，附近有几千人正在赶来，要捣毁教堂，教训教民。不甘坐以待毙的教民翻出抬枪、长矛和土炮，并在街上赶修工事，准备抵抗。薛田资劝教民放弃抵抗，因为人数悬殊，抵抗也无用。他请护送他的衙役前去沟通，看有无和解的可能。

经过商量，对方要求交出薛田资和六名教民，并答应不会虐待他们。但六名教民交出后就被捆绑起来遭群殴，薛田资也被搜了出去，被人揪着大胡子拖到一个院子里。众人痛殴他一顿,把他的衣服剥光,胡子和头发被撕掉大半,用一根绳子牵着游街。游街过程中赤裸的身体上被吐满了唾沫,不断有人拿刀在他脖子上挥舞,做出砍头状,人群中则爆发出热烈欢呼。薛田资被牵着走村串巷,晚上被押在山中的一座破庙中,冻得瑟瑟发抖。当他索要衣服时,押他的人点起火堆威胁要把他烧死。

第二天一清早,经日照知县与村民谈判,薛田资写下"保证不控告"的字据后被释放,他蹲在地上号啕大哭。县令接他到县城休养了十几天,这期间德国副主教来到日照,与知县谈判后议定,由街头村百姓代修教堂五间和厢房四间,教民被抢财物由村民交出,倘有短少,由日照县赔偿,并速拿为首滋事者惩办,薛田资则被德国汽船接到青岛。

但事情又生波折。德国主教安治泰认为这个处理办法太温和,只能助长仇教情绪。他以薛田资受惊伤脑为由推翻前案,到省巡抚衙门呈告,勒索了两万五千两白银作为薛田资养伤费用,并由官方帮助择地在县城修盖教堂一所。街头村与县城的教堂完工后,知县率领乡绅赴教堂祝贺赔礼。

教会的出尔反尔令民教冲突更加严重,因此不但日照,沂州府其他州县也相继发生了多起冲突事件,安治泰向德国胶澳总督和驻华公使提出应当出兵予以平息。结果德军百余人攻打日照城,侵入兰山县,放火烧了三百余间民房。袁世凯认为德国人借日照教案擅自出兵,是为深入腹地做试探,他致信山东巡抚张汝梅,建议他应当有所应对:"时局危急,山东逼处英、德,为京畿近援。似宜在青(州)、潍(县)一带,集成大枝,认真操练,切忌零星分散,进防威、胶,退固济南,并可遇事勤王。"

两江总督刘坤一也持相同观点,他向军机大臣、武卫军总统荣禄致函道:"德人占我胶澳,意在割山东全省及黄河之南。德国前借小故,径以兵队侵扰日照、沂州,姑为尝试,且以察看道路险夷、内地虚实,狡焉思逞,如见肺肝。德若据我沂州,则南北中断,不唯河南可危,中原亦难措手。宜于武卫军中,抽拨一支劲旅赴沂,与两江成掎角之势。若再忍让,则德人得步进步,必至蚕食山东,各国效尤,择肥而噬,中国何以自主?"

荣禄深以为然,密奏太后,决定派袁世凯带兵赴山东。于三月二十五日先下一道旨意,派袁世凯带兵到德州操练,借以弹压匪类,保护教民。同时下一道密旨给袁世凯,说明真实意图:

　　德军进犯日照，意大利兵舰多艘游弋烟台等处，殊为巨测。东海边防，尤应及时筹备。着袁世凯酌拨所部各营，选派得力将官，统带操演行军队，先赴德州，迤逦而前，绕往沂州一带地方，相机屯扎，随时操练，藉可就近防范。该侍郎务当严饬派往统带将官，认真约束兵丁，毋得稍涉疏纵，致滋事端，是为至要。将此各谕令知之。

　　袁世凯奉旨后十分高兴，练兵三年，总算等来了磨刀一试的机会，立即做出师的准备。

　　出师需要立即办理两件事，一件是奏留徐世昌继续留办营务。徐世昌自光绪二十二年十一月二十三日在京丁母忧，到光绪二十五年二月二十三日已满二十七个月，照例应起复回京供职。但袁世凯实在舍不得这条臂膀离他而去，两年多来，徐世昌除总揽一切文书之外，对操练事宜也是躬身其事，为了洞悉西法练兵，他以四十三岁年纪攻读英语，阅读外文书籍。尤其是他为人处世坚守中庸之道，遇事善调和，与袁世凯一刚一柔，使各方面关系都处理得很顺妥。袁世凯奏请朝廷俯准徐世昌仍留军营，襄办营务，并保留原资原俸，免扣资格。

　　第二件事则是借赴山东之机，把运辎重的车辆配备起来。当初练兵时，营制规定，遇有征调，各营均配置随军粮械官车，但因为经费问题一直没有配置。袁世凯上奏朝廷，他共有步队五营，炮队、马队各一营，工程队半营，总计需官车二百八十辆。考虑到户部款项紧张，拟减四成，先置一百六十余辆，连同拉车骡马，共需银两万一千两。这个计算当然大有虚头，以备朝廷核减。

　　两份奏折于当天拜发。第二天，袁世凯又想起来应该借此机会建议朝廷扩大西法练兵的规模。如果朝廷允准他的武卫右军扩募，那是再好不过。即便不让他的武卫右建扩军，能让各省西法练兵，他则可乘机派部下去当教官，给他们谋一个立功升迁的机会。

　　袁世凯是想到就办的脾气，让人立即去请阮忠枢。可老阮竟然不在，再问他的下属，说因为这两天办折子，礼拜日没得空休息，所以一办完折子以为没事了，就去天津了。经再三追问，原来老阮在天津侯家后有一个相好的妓女，每礼拜日或六必去相会。

　　袁世凯只好安排别人先起草，却不能如意，只好等老阮回来。阮忠枢次日晚上才回到小站，立即前来见袁世凯，本想撒谎隐瞒，不料袁世凯已经摸到底细，只好老老实实承认。袁世凯笑骂道："老阮，你可真够荒唐。你要是武职，我非打你二百军棍不可。你是文职,可也不能没有说法,罚俸一个月,你服不服?"

"四哥要罚,哪有不服的道理?服,坚决服。"阮忠枢嘻嘻一笑,拿着下属起草的稿子回到住处,抽足了鸦片,半夜不睡,第二天一早就呈给袁世凯。

袁世凯一看,稿子相当不错。从嘉庆的圣训入笔,"窃臣伏读嘉庆十五年七月仁宗睿皇帝圣训,曰:国家经理大事,总当握其要领,专心一意,方克有济。即如医家治病,遇有棘手之症,若不究其受病根源,率行下药,虽多方疗治,其病不除"。接下来便说当今洋人交逼,"近日德人复进踞日照,焚杀要挟,种种欺侮,条约不可行,公法不可诘,情理不可谕。推求其故,各国之所以蔑视夫中国者,病根由我之兵力不竞也"。这个入笔立意极好,练兵一事的重要性一下提到国家存亡的高度。

"中,中!"袁世凯高兴得连拍大腿。

阮忠枢得意道:"四哥继续看,更好的在后面。"

往下说西洋各国重视操练,而大清旧式操法,弊端丛生,"即如甲午之役,我以数十万众,不能当日本一旅之师,尤前鉴之。夫有兵不练,与无兵同,练不如法,与不练同。如再不加认真训练,办求实际,则军籍等于虚设,饷项同于虚掷,其何以张国威而服远人。窃恐横逆之来,日益滋甚,蚕食鲸吞,不堪设想。臣诚虑之,臣诚痛之"。接下来又对筹饷、造械提出建议,是上次奏对时已经说过的。最后又道:"臣弱冠从军,土操洋操均经考究。深悉洋操之难,百倍于土操。苟非利害实在相悬,臣亦何苦就其难而避其易。合无仰恳皇太后、皇上,垂念时艰,宸衷独断,饬下统兵大臣,参仿各国戎政,详拟兵法、操法、军规、器械,立定划一章程,请旨颁发各直省军营,一体遵照,认真训练,既不得有名无实,尤不可稍参成见。"

袁世凯再让徐世昌过目,徐世昌也是赞不绝口:"这个老阮虽荒唐,文才却是了得,真正是下笔有神。"

"我要给他个意外之赏。"然后袁世凯与徐世昌商议,他也是极赞同。

第二天,袁世凯、徐世昌、阮忠枢还有军械局总办到天津去。下了火车,往西沿北马路向北一转,到了一条不甚起眼的胡同,北边连着锅店街。这条通衢胡同不足百米,却名声大噪,因为小站新建陆军的军服就由这条胡同南端的"春华泰棉布庄"承做。这一带很早就有做军装的布店,刘盛藻的盛军、宋庆的毅军、聂士成的武毅军都托布庄寻找加工户加工军服。袁世凯到小站练兵后,军服改为西式上衣,中式便裤,戴的是大檐军帽,这非一般布庄所能加工。"春华泰棉布庄"专门请了西洋制作军装的裁缝前来授艺,仅靠给小站新军做军衣一项就发了家,新上了西式缝纫机,更是其他布庄无可比拟。后来连京中八旗禁军也前来订做军服。喜极而忧,老板手下的几个襄理有两个自立门户,而且生意立即风生水起,其他几个人也都跃跃欲去。今天老板王鼎臣宴请袁世凯,就是希望生意不能让独立出去的人抢走。

请客的地方就在运河南岸的侯家后,离此不远,向西北走几百米就到。这里酒家饭庄遍布,歌榭妓寮丛集,最有名的八大成饭庄都聚集在此。但今天未去八大成,而是去了隐藏在胡同里的一家小院。小院是住家的布局,门里门外都披红挂彩,窗户上也贴了大红的剪纸。阮忠枢看了饶有兴趣地问道:"这是谁要结婚?不是王老板又纳小了吧?"

"袁大人,菜是聚庆成饭庄现做现送,您是行家,一品就知道。"王鼎臣笑而不答,引着众人进了客厅,酒菜已经布好。

袁世凯笑道:"不用问,一闻就知道是聚庆成的手艺。客人都到了,女主为何不出来?"

这时,一个身着粉红衣裙如花似玉的姑娘被两个女仆扶着,袅袅娜娜走出来。阮忠枢抬眼一望,禁不住瞪大了眼睛,那女子正是他的相好荷香。

王鼎臣这时才哈哈笑道:"老阮,今天新郎官不是我,是你。是袁大人亲自安排的。"

袁世凯解释道:"这院子是王老板送的,荷香的赎身钱是我们几个人凑的,知道你手指缝宽,手里没几个钱。"

阮忠枢这才明白过来,竟然扑通一声跪倒在地道:"四哥,你和诸位如此待兄弟,让我如何报答?!"

众人拉他起来,袁世凯又道:"老阮,哪个要你报答?当年我在上海一分钱难倒英雄汉的时候,是你请我吃饭喝酒,又赠我银两,那时候你何曾想过要我报答?这是咱兄弟的缘分。要说私心也有,我要依仗你的大才把你牢牢捆在我身边。我这些天回想,我到小站来练兵,能够逢凶化吉,做成今天的局面,多亏有诸位兄弟相助,依仗的就是诸位的高才。要没了诸位,我袁世凯算什么?能做什么?什么也做不成。"

"四哥放心,无论什么时候,我都跟在四哥身后。"

袁世凯哈哈笑道:"你这么说我很高兴,我也不能让兄弟们白跟了我,但凡有机会就要给兄弟们谋前程。俗话说,水往低处流,人往高处走。如果跟我混不出前程,谁又肯跟我?王老板最近比较烦心,他手下的兄弟要自立门户。我在想,如果咱们小站的兄弟将来都要自立门户,我岂不成了光杆将军?"

徐世昌闻言笑道:"四弟放心,咱们小站是铁打的营盘,也是铁打的兄弟,唯四弟马首是瞻。"

"兄弟们对得住我,我也要对得住兄弟。老阮你知道,我为什么要向朝廷上奏讲求练兵折?既是为朝廷打算,也有为兄弟们打算的念头在里面。如果朝廷推广西法练兵,咱小站的兄弟可以推荐出一大批,去各地当教官;如果朝廷能准武卫右军扩军,那兄弟们便有了做统领、统带、帮统的机会。兄弟们有机会,比我自己有机会更心安。"

王鼎臣拱手道:"袁大人对兄弟那真是掏心掏肺,我该怎么笼络我的兄弟,袁大人也帮我出出主意。"

袁世凯摆摆手道:"老王,那是两回事。你们经商的,我弄不懂。"

徐世昌笑道:"好了好了,菜都凉了。再说,新娘子都等着行礼呢。"

袁世凯所上的奏折很快有了回音,徐世昌留营的事朝廷照准,但编修的资俸却必须扣除,不能尽如人意。袁世凯已经决定亲自带兵去山东,留军防守的事情交给徐世昌。购办运输车辆的答复是,要的钱太多,只给一半。事前已经留了余地,只给一半也能勉强应付,不足之数再雇用部分民车。讲求练兵的折子,军机大臣奉到的上谕是,着将该军平日训练情形,详悉陈奏,并将各种操法绘图贴说进呈备览。

虽然上谕对是否扩大武卫右军以及将来是否在各省推行西法练军只字不提,但袁世凯认为依然是一个莫大的机会。由小站上呈各种操法图说,就意味着小站的练兵操法有可能成为全国练兵的标准。将来各省练兵少不得向小站请援,那时候派出随营学堂的毕业生或哨官、兵头,小站新军的影响势将遍及全国。袁世凯立即召集徐世昌、姜桂题、王士珍、段祺瑞、冯国璋等人商议,他认为新军的训练,包括训和练两部分,训能固结兵心,练以精其技,不训不知忠义,不练不知战阵。他的想法是,要把小站练兵的章制、训条、禁令、训练、考核等内容都进行系统地梳理。好在平日都注意保存,分门别类,稍加整理就可成书;另一部分,对操练、演习等绘图说明,自成一部。大家深以为然。

徐世昌建议道:"可以编成两部书,一部暂名《新建陆军兵略录存》,一部《训练操法详晰图说》。"

最后确定步队、炮队、马队、工程队的统带都参与编纂,最后由徐世昌总纂定稿。至于时间，当然是越快越好。袁世凯意见是两个月内，冯国璋则认为不如趁此机会，对新建陆军的训练经验进行总结，同时再系统参考一下各国兵书，扎扎实实编成一套教材，将来随营学堂可直接搬用，这样总要半年才能完成。

袁世凯斟酌了一会儿道："这样好是好，但时间太久恐怕也不合适。我看这样，三个月拿出呈递朝廷的书稿来。至于作为随营学堂的教材，当然内容可更丰富一些，时间放到半年后。"

眼看就要到山东去，袁世凯的意思是行军与编书两不误，各位统带搜集整理的材料随时送到小站，交由徐世昌编审。

等一切安排妥当，袁世凯带兵开拔的时候已是五月上旬。因为所购大车不足，运输较为麻烦，等他到达德州时已是六月初。此时，山东的义和团已闹得不可收拾。

义和团原叫义和拳，是山东、直隶、河南以及安徽一带民间秘密会社，一直是为官府所禁止。至于其起源于何时，无从考证。拳民大多会点武术（民间称为会打拳），通过设立神坛、画符请神等方法秘密聚众，相信念咒喝符水后能够刀枪不入。山东自古出响马，民风彪悍，又加黄河连年泛滥，百姓苦不堪言，这就为江湖人士大行其道创造了条件。又加山东是孔孟之乡，儒家文化根深蒂固，对洋教传播更加难以忍受，民教纠纷不断，遂成一大乱源。一有民教冲突，官府为免洋人干涉，因此往往庇护教民。百姓觉得官府不能依靠，自然要寻找自己的保护方式，义和拳这样的江湖组织便成首选。

山东义和拳野火燎原，发展迅速，与毓贤关系极大。毓贤是汉军正黄旗，二十多年前就到山东做官。十年前当上了曹州知府，是个有名的清官；但更是有名的酷吏，任知府四年得了个"屠户"的外号。他当时对付义和拳十分残酷。然而他自去年当上布政使后，态度却来了个大转弯，因为此时山东民教冲突已经防不胜防，而且杀教民、杀教士在民间被视为英雄。去年冠县的义和拳打出了"扶清灭洋"的旗帜，毓贤从中发现了机会。像他这样虽不图利却逐官声的人，认为把江湖力量引到仇外上，是治理山东的一步妙棋，也是获得好官声的捷径。所以他向当时的山东巡抚张汝梅建议，应当收编义和拳，"直隶、山东交界各州县，人民多习拳勇，以之捍卫乡间，缉治盗匪，颇著成效。应请责成地方官，谕饬绅众，化私会为公举，改拳勇为民团，既顺舆情亦易钤束"。

正被义和拳搞得焦头烂额的巡抚张汝梅认为此计甚妙，义和拳变为义和团，朝廷眼中的"拳匪"问题就不存在了，而且借纳入乡团之机对拳民进行约束,也许能够收到奇效。因此他采纳了毓贤的建议,一面下令各地办理保甲团防,将拳民列诸乡团,听其自卫身家,守望相助;一面上奏朝廷,赞扬毓贤志趣正大,果毅性成,可担巡抚之职。义和拳从前被剿,如今成了自卫身家的乡团,因此得以光明正大的发展壮大,到处打出神拳义和团的旗号,民教冲突也因之更加激烈。

张汝梅放任义和团的施政引起了德国、意大利、美国的不满,它们频频向清廷施压,清廷只好采取一贯做法,将张汝梅革职以应付各国,而继任者就是毓贤。毓贤一当上山东巡抚便公开支持义和团,在济南按察司街设厂广招拳众,并请"大师兄"做他抚标营的教头。他路过兖州的时候,义和团持械出迎,绵延数里,给足了面子。他十分高兴,不但赏下一千两银子,而且鼓励道:"你们好好练习神功,早晚要为国家大用。"随后他下令山东各地拳会一律改为民团,团建旗号,皆署毓字。他的巡抚衙门里住有义和团大师兄,竖起一面大旗,上写"扶清灭洋"大字。

袁世凯就是在这种形势下进入山东。刚到德州不久,他的大哥袁世敦陪同平原知县蒋楷前来拜访。

袁世敦是袁家长子,与袁世凯同父异母。他没有功名,捐了个盐大使虚衔。同是河南人的张汝梅出任山东巡抚后,袁世敦因岳丈门上与张汝梅是亲戚,因此调到山东,被保奏为候补知府,同时兼巡河工,统带负责黄河河工的河防营。

蒋楷是湖北荆门人,刚从莒州知州调任平原县。一到任就发现此地义和团势力实在太大,而且与茌平的朱红灯联系密切。朱红灯率义和团接连攻打教堂、抢劫教民、勒索富户,受其影响,平原的苗头也很不好。尤其是李庄的里长李长水年已七十,却雄心万丈,在李庄设坛组团,扬言要效法朱红灯攻打教堂。蒋楷闻讯,特向济南府呈请派兵备乱,袁世敦奉命前来。河防营根本不是打仗的料,因此受蒋楷鼓动来找袁世凯,希望到时候能伸出援手。

袁世凯对大哥解释道:"大哥你可别怪我驳你的面子,武卫右军属荣中堂调遣,不奉帅令,何敢私自行动?就是毓巡抚也无调动之权。"

袁世敦张着嘴巴无话可说,更是无地自容。袁家五兄弟,袁世凯与袁世敦关系最差,当年他赴京捐官,向大哥借银子被一口回绝。不过,袁世凯并没打算让他老哥丢尽脸面,话锋一转道:"不过,大哥亲自来了,何况还有蒋邑尊的面子,我虽然不能出兵,但可以借你们几十条枪,用完再还回来就是。"

这个结果,不算好,但总算没有白跑。

不知不觉，已经说了快一个时辰，此时饭菜已备好，袁世凯请两人入座。下午两人回去的时候，袁世凯派军械局的委员带着四个护勇，把暂借的二十条枪和三百发子弹送到平原县衙。

如何处理民教冲突的问题，也是袁世凯进山东后一直在考虑的问题。这些年来，许多不平等条约的起因正是民教冲突，本来是小纠纷，处理不当，事情闹大，列国趁机要挟，惩凶、赔银、新建教堂，几乎成了成例。到底该如何解决？

袁世凯还曾带着几个护勇扮作商人，到平原县的义和团坛口打探实情。经过这一番调查，袁世凯认为把义和团说成是无恶不作的拳匪有失公允，但鱼龙混杂，相当一部分人趁机作恶、劫财也是实情。如果不严加防范，将可能使县治瘫痪，或制造出更大的教案来则可能引来外患。而大清目前，外患万万不可轻启。因为甲午一战，北洋水师覆没，李鸿章的淮军溃散，新练各军规模太小，到时何以卫国？经与阮忠枢数次商议，五月二十七袁世凯上《强敌构衅侵权亟益防范折》，开篇先说上折原因：

> 窃维德人窥伺山东，蓄志已久，分布教士，散处各邑，名为传教，实勘形势，而构衅之由，亦即阴伏于此。今又与英人分界造路，德之工匠员司纷至沓来。该省民性刚强，仇视非类，稍有龃龉，德人即由胶澳借口遣兵，侵权自治。日照之事甫息，高密之变又起，接踵而至，竟成惯技，不但骚动民心，尤足损我国体。如按各国交际通例办理，德兵入我内地，戕我居民，即为衅自彼开，立应兴兵击逐。唯现值时艰方殷，朝廷郑重邦交，顾全大局，自不得不曲予优容。然敌情无厌，后患伊于胡底。且东省居南北要冲，海程陆路悉由于此，倘滋他族逼处，我之漕运饷源势必梗阻，利害所关殊非浅鲜……

袁世凯提了四条建议。第一条是慎选守令。他认为山东省官员，不是视洋人如仇，就是畏之如虎。仇洋者难免鼓动百姓生事，畏洋者难免偏袒洋教，导致百姓积怨生变。官员这两种态度都不足取。他认为，"良民、教民本属一体，既为长官，即有约束惩治之权，判案但循律例，原不必分良教为两歧。倘有教士、洋人干预词讼，自可据理驳斥，其教士之不安分者，亦可查照条约，列其实迹证据，详请上司照会该国领事官，查明驱逐"。尤其是一些官吏，"遇有教案，但欲责惩良民，敷衍了事，冀可偷保目前之安，而教民之气焰益张，良民之激怒愈甚,一旦变生仓促,势同决川。民间多一教案,即公家多一亏损,甚至挑衅于强敌。星星之火,可终至燎原,未始不由于办理不善"。所以府县官员至关重要,他建议朝廷,"不拘常格,慎选牧令,须求谙练约章明达时务者,分别补署,以期遇案持平,不激不随。久之民教自可相安矣"。

第二条则是讲求约章,建议朝廷饬总理衙门,将条约公法,办理教案的程序办法等,印成书籍,分颁各守令,奉为准则。

第三条是分驻巡兵。一方面对过往的教士、洋人保护,一方面也杜绝洋人觊觎。

第四条是遴员驻胶。即派出代表常驻青岛,遇有交涉就近与德国人协商,避免动不动就派兵深入内地。

袁世凯的建议不为无见,但奏折上去却是留中——既不说对,也不说错,束之高阁。因为他的观点与山东巡抚毓贤支持义和团、用以牵制洋人的观点相背,而朝廷对毓贤的观点认同的大有人在。毓贤对袁世凯率军到山东甚为不满,派人秘密到德州,密查袁世凯部有无违反军纪的行为,结果被袁世凯的稽查队抓获。袁世凯十分愤怒,上书荣禄,说毓贤甚无用,偏且乱。

此时,平原县连续发生抢案,商家庙、董路口、新庄、冈子李庄最为严重,蒋楷、袁世敦带人东奔西走,但义和团消息十分灵通,所到之处都是人去坛空。李长水自恃团勇众多,摆开阵势与官府对抗。平原县的衙役都是本地人,不敢与义和团硬碰硬,袁世敦所带的人也是军纪松弛,吓唬一下老百姓行,真上阵也指望不上。双方在村口摆开阵势,蒋楷劝李长水把抢劫教堂和教民的财物归还,自行解散,则既往不咎。但李长水不听,双方僵持不下。袁世敦手下有名防勇不小心枪支走火,其他的十几人也一起放枪。他们未经训练,准头是一点谈不到,子弹都打到树上或墙上。没想到义和团大都是第一次见识洋枪,一听枪响,四散而逃。袁世敦勇气大增,督队猛冲,结果抓住了六个跑得慢的,全都押到平原县衙。

袁世敦大功告成,率队回到济南。只等着卢知府上报受赏,可是等了二十几天也没动静。终于沉不住气,办了一桌花酒向毓贤的文案师爷打探情况。文案师爷叹道:"袁统领,你们办事怎么不抬头看看毓抚台的脸色?京中有个御史已经告了御状,让毓抚台明白回奏。"

袁世敦禁不住"啊"了一声,回过神来问道:"毓抚台怎么回奏的?"

师爷拿出几页稿纸道:"我估计您老就是问这事,我把关键几页拿来了。"

袁世敦看后大呼道："这是颠倒黑白！我立功不受赏倒罢了，怎能撤职？"

"袁大爷，你这么大呼小叫不成事体。"师爷连忙拿手去捂他的嘴。

袁世敦这才压下声音道："师爷，我比窦娥还冤枉。不行，我得找毓抚台说理去。"

"袁大爷，你省省心吧，毓抚台这样上奏已经给你面子了，他是看袁侍郎的面子才把你发交到武卫右军的。你从袁侍郎那里借枪的事毓抚台都知道了，他认为朝廷花重金买的洋枪应该去打洋人，如何能够打义民？其实今天这些话我不该告诉你，你可别到处嚷嚷去。"师爷又压低声音道。

第二天，袁世敦快马加鞭赶到袁世凯营中求道："老四，这回你得伸把手，我混到这个统带不容易，立功不赏倒也罢了，怎么能撤我的官？都知道你是荣中堂的亲信，荣中堂如今是军机首辅，就是一句话的事。"

袁世凯一听已经出奏，知道恐怕难以挽回，回道："你说得轻巧，荣中堂又不是咱家的伙计，说句话他就能听。"

"好，你见死不救，等着看我笑话吧。我要再求你，就不姓袁。"袁世敦以为袁世凯有意看他的笑话，说罢气冲冲回济南。袁世凯派人去追，也追不回来。他写封信给徐世昌，让他立即进京看有无办法可想。

但已来不及了，军机处很快奉上谕：

> 毓贤奏：平原民教忿争一案遵旨查明复陈一折，览奏情节殊属支离。其掩护情形，难逃洞鉴。营官袁世敦，行为孟浪，纵勇扰民，著一并革职。该抚仅请将袁世敦发交袁世凯军营历练，显系意存瞻徇，岂封疆大吏所宜出此？毓贤着传旨申饬。将此谕令知之。

毓贤顺便还告了袁世凯一状，说他自率军到德州后，山东教民更加有恃无恐，民教冲突因此益加激烈。毓贤在京中颇得清流好感，因此有好几个御史上折，认为武卫右军操演既然结束，应当回小站驻扎。荣禄一看他的爱将已成众矢之的，而且慈禧的口风越来越流露出对义和团的赞许之意，因此连忙下令袁世凯撤回小站。

山东教案几乎到了遍地开花的地步，德国公使致信总理衙门，如果山东巡抚无力保护教民，他们将率军西进。各国公使联名向总理衙门提交照会，要求解决山东民教冲突，总理衙门先后收到七份照会。这天美国公使康格来到总理衙门,当时当值的总理衙门大臣是吏部侍郎许景澄,他曾经出使德、俄、法、奥等国,是懂外交的大臣。

许景澄以为康格又有照会要交,康格却表示今天只是来闲谈:"现在贵国的山东,拳匪闹得十分厉害。这是贵国政府在自己制造混乱,给有野心的国家一个武力干涉的借口。山东的毓巡抚公然支持拳匪,这样的巡抚是严重的失职,应当撤职查办。"

许景澄回道:"贵使是外交行家,应该知道这样的干涉为公法所不容。"

"贵国俗话说关心则乱,请贵使能够了解,我这是出于善意的建议,绝无干涉贵国内政的意思。贵国最好能派一个能干的人去山东,以平息民教纠纷;假如没有足够武力的话,可把天津操练得很好的军队调去协助。"康格其实是不点名推荐袁世凯代替毓贤。

许景澄回道:"这不在我能答复的范围内。不过,我可将贵使建议奏报。"

荣禄早有以袁世凯代替毓贤的想法,他将美国公使的两张照片密呈慈禧。山东局势到了如此地步,慈禧不能不有所顾忌。因此作为袁世凯代替毓贤的先声,朝廷下旨令袁世凯再次派军进驻山东,先到德州,然后相机到沂州。袁世凯派姜桂题率步军两营,骑兵二队,炮队一队共三千五百人分两批开赴德州。

五天后,也就是光绪二十五年十一月初四(公元 1899 年 12 月 6 日)军机处奉旨:

> 山东巡抚毓贤来京陛见。以工部右侍郎袁世凯署山东巡抚,即行来京请训。

袁世凯奉旨进京请训,次日慈禧召见,说起山东的形势连皱眉头,希望袁世凯能够尽快让山东安静下来,不要给洋人以借口。袁世凯表示到山东去首先要安静地方,安静地方的关键就是持平办理民教冲突,只论是非曲直,不论是民是教。其曲在民则责民,其曲在教则责教。坐在一侧的光绪恨透了袁世凯,一句话不说,但听袁世凯的奏对,也不能不承认他办事十分明白。

徐世昌一个多月前已经回到翰林院。袁世凯请他吃饭,说起山东的局势,袁徐两人看法非常一致。徐世昌道:"四弟如今成了封疆大吏,到了山东自有用武之地。如果能够尽快安定山东的秩序,中外钦服,则一切都好说。京中的舆论十分浮躁,不能不顾及,又不能为之束缚手脚。"

袁世凯微微一笑道:"那是自然,我最看不惯那帮不明大势、只耍笔头子的清流。"

毓贤于十一月底到北京。北京的舆论普遍认为义和团是扶清灭洋的英雄,毓贤保护义和团,所以他也是应当受到尊敬的英雄。京中舆论如此,除了国人几十年来受洋人的欺压而形成的仇洋外,还与慈禧的态度关系极大。慈禧如此仇视洋人,可以说是一场废立光绪的阴谋而引起来的。

为什么会兴起这样一场阴谋?首先是慈禧有废立之心。当年康梁有杀荣围园的阴谋,她确信光绪必定参与其谋,心中的憎恨可想而知。推动废立的还有那帮顽固守旧大臣,光绪在位,对他们而言无异于脖子上始终悬着一把刀。光绪只有二十多岁,太后已届七十,而光绪一旦重新秉政,必定清算他们。所以扳倒光绪是守旧大臣确保身家性命的釜底抽薪之策。而最起劲的,恐怕要数载漪一帮人,一旦行废立,他认为自己的儿子当皇上的可能性最大,他则像当年的醇亲王一样大权在握。有这三股势力的推动,废立就势不可当。

最早的苗头是宫中传出皇上生病的消息,后来又每隔五天向督抚通报一次皇帝的病情,仿佛已到了病危的地步。为了把皇帝生病做得更像,宫中煞有介事地向社会上公开征求名医和药方。结果,英、法等国使馆都提出推荐洋医给皇上看病。既然朝廷如此关心皇上,就没有拒绝的理由。结果洋医生给光绪检查一番,得出的结论是皇帝身体并不强壮,却没有任何影响他执政的症状。更可恨的是洋人有各种详细的数据,全在报纸上登了出来。这让所有推动废立的人恨死了洋医生,但自己弄巧成拙,只好哑巴吃黄连。

慈禧不死心,还是想摸摸洋人的底:如果真的废除光绪,洋人到底会是何种态度。这件事交由荣禄去办,荣禄则找李鸿章。李鸿章极力反对废立,并提醒荣禄若有此举,必起内忧,内忧起则外患必至!荣禄表示他也正是此意,无奈太后不肯死心。历经风涛的李鸿章已经发现京中已成是非窝,他三十年来热衷洋务已成人家的眼刺肉钉,正好借此机会寻个避祸的地方,便道:"我如今不是总理衙门大臣,无法光明正大见洋人,自然也无法为太后解忧。如果外放我为两广总督,则洋人必然给我送行,那时我旁敲侧击,则一定能够摸到洋人的底。"荣禄立即向太后密禀,很快就发布了李鸿章出任两广总督的消息。

果然,英国公使窦纳乐给李鸿章送行的时候打探中国是否有废掉光绪的打算。李鸿章矢口否认,并试探道:"刚才你所说,我实在毫无所闻,假设不幸真发生了这种事情,也是我国内政,岂有友好邦交干涉他人内政之举?"

窦纳乐回道:"邦交国当然没有干预内政之权,然而遇有交涉事件,我英国只认光绪二字,其他事情非我所知。贵国大皇帝陛下有志变法,深知世界大势,唯有他能把中国带往希望之路。"

荣禄把这番话告诉太后,太后对洋人更加恨之入骨。荣禄最后给太后出了个主意,不废而立,即光绪还是皇帝,但因为他没有子嗣,因此从近支亲贵中选立一个大阿哥,将来大阿哥成年,皇上禅位也无不可,那时名正言顺,洋人就没有干涉的理由。因此从下半年开始,就为立大阿哥做铺垫。

载漪本来有望立即当上太上皇,如今让荣禄一搅,只能当大阿哥的阿玛,真是凤凰变草鸡。这一切说到底都是洋人搅坏了,如果有办法治住洋人,或者把洋人赶出大清去,则他当太上皇依然可即可望。对付洋人得有兵,但兵权握在荣禄手里。他正急得恨不能上房揭瓦,忽然听说山东的义和团能够刀枪不入,而且扶清灭洋。他立即看到了希望,这不就是老天送给我的天兵天将吗?于是,他对毓贤自然是百般袒护,而在守旧老臣策动下,京中清流更对义和团的神功无比向往,形成了一股保义和团的强大力量。

光绪二十五年十一月二十四日(公元 1899 年 12 月 26 日),毓贤到达京城的时候,署理山东巡抚的袁世凯到达济南。

进了巡抚衙门,大堂之前的旗杆上挂着一面大旗,上写"扶清灭洋"四个大字,圆圈当中绣一个"毓"字。毓贤已经调走,竟然还悬毓字旗,袁世凯直皱眉头,但他忍住暂不发作,先去大堂接印。

进了大堂,早已设好香案。他于案前站立,济南知府卢昌诒、抚标中军参将刘云会将山东巡抚印、临清关监督印及盐政印共三颗一一递到袁世凯手上,袁世凯再放到条案上,然后以他为首北向磕头谢恩。撤去香案,他在条案后落座,众官员行礼拜见。这套仪式一完成,便表示山东军政大权正式移交。

接下来,他则以山东巡抚的身份问话,军政皆不问,先问道:"院中的大旗,是怎么回事?"

布政使张人骏正在病中,未能前来,接下来就排到按察使胡景贵——就是当年参劾他的胡御史出列回话道:"本来已经公议撤掉,但大师兄不肯,说是奉旨扶清灭洋。"

"哪来的什么大师兄,公堂之上何由称兄道弟?"袁世凯嘴角一撇,一副不屑的表情。

胡景贵一说话就碰了个大钉子,料到袁世凯必找麻烦,果不其然。

袁世凯抬手冲天，叭叭叭连打三枪，那面毓字大旗哗啦一声落到地上。大家都听说袁世凯有一手好枪法，今天总算见识了。随后他站到大堂的台阶上对面面相觑的众官员道："我在这里明白地告诉各位，本巡抚不信什么神功，让义和团立即解散，不解散，则以匪类坚决剿除！"

袁世凯吃了午饭，睡一觉起来，带上两个护勇，又叫上衙门里一个武巡捕，四个人便衣出门。武巡捕姓吕，第一次侍候袁世凯诚惶诚恐，只怕哪里出错。袁世凯笑道："老吕，今天我转转济南府，你来当向导，听说你是老济南。"

"回大人话，当年丁宫保巡抚山东时，我爹就在衙门里当武巡捕，到我这里已是第三十三个年头。"丁宫保是同治年间的山东巡抚丁宝桢，因为诛杀安德海朝野闻名，授太子少保，因此人称丁宫保。

袁世凯点了点头道："哦，你是子承父业，那真是名副其实的老济南。"

巡抚衙门北面便是颇有名声的大明湖，老吕头前带路。大明湖东西很长，袁世凯只在南岸转了一阵，便问道："按察司衙门远不远，若不远，咱们顺路过去走走。"

大明湖东侧南面，有一条按察司街，正是按察使司衙门所在，亦不甚远。到了按察使衙门前，吕巡捕请示道："大人，这里就是臬台衙门，要不要小的通报一声？"

"中，你让他们头前带路，就说我来看看胡臬台。"

老吕与臬台衙门的门房十分熟悉，听说新任巡抚到了，立即行礼相迎，同时早有一个腿快的前去报告。袁世凯放慢脚步，为的是留给胡景贵更衣准备的时间。走到仪门的时候，胡景贵匆匆迎出来，一边走一边整理顶戴，趋前一步恭迎道："大人突然来访，恕下官迎接不及。"

袁世凯摆摆手笑道："胡大人，我逛逛济南城就逛到你衙门口了，顺便来看看。我是便服来访，你也不必这么郑重，快换上便服自在些。"

胡景贵头前带路，将袁世凯延入客厅。奉茶、上果盘，好一通忙活。三年前胡景贵任御史，袁世凯在小站练兵，胡景贵弹劾袁世凯跋扈、擅杀等罪名。袁世凯有惊无险，反而成为荣禄的心腹。胡景贵当年严参，如今又成了袁世凯手下，关系实在不好处。袁世凯正是虑及这一点这才有意前来，主动破除两人之间的尴尬。他喝了一口茶道："胡大人，今天在众人面前有些话不好细说，怕你有顾虑，所以专程来拜访。"

袁世凯的善意胡景贵能感受得到，虽然还怀着小心，但人敬我一尺，我敬人一丈,是他的做人信条,所以复离座拱手道:"当年景贵听信人言,弹劾大人,至今心有不安。"

"咦,胡大人可不能这么说,当年你是御史,风闻而奏,职责所在,我何敢有半点埋怨?你当年的一纸弹劾也的确给我提了个醒。再说我也算因祸得福,要不荣中堂不会到小站,到不了小站,也就没有展示小站军容的机会。说起来,荣中堂对我的一再扶持,还是源自大人的一封奏疏呢!"袁世凯肯这样说当年事,真有些推心置腹的意思。

胡景贵也不是不识抬举,恭维道:"后来对大人小站练兵有了更多了解,心里实在佩服大人治军有方。"

"我今年驻军德州,也曾经便服出行,民间对老兄治理黄河、救灾扶贫之善政赞不绝口,我也是十分佩服。山东近年来黄河屡屡泛滥,沿河百姓深受其苦,幸得老兄实力经营。如今拳匪之祸,我看不亚于黄河泛滥,也请老兄救民于水火。我初理民政,很想听听老兄的看法。"这才是袁世凯今天到访的目的。

"毓抚台的办法不敢苟同的大有人在。难处在于他们打出了一面扶清灭洋的旗号,反对义和团,你是不愿扶清,还是不愿灭洋?"胡景贵说出了其中关键。

"最可恨的就是打着冠冕堂皇的旗号办坏事的人,咱们做地方官的,为官行政直接关系百姓生计,也关系地方治与乱。我的想法,对焚烧教堂、抢劫教民者,坚决剿灭,对依势欺压良民的教民也绝不姑息,协调民教,尽快平息乱源。不然模棱两可,山东何时能够安静?"

胡景贵回道:"只是义和团中也的确不少人是激于义愤,抱着一片爱国心,似乎不宜一概而论。"

"那是当然,我想出份告示,责令州县先行督责各地拳坛,自行解散,既往不咎。再派地方乡绅劝解,晓以利害,我想但凡良民,必然散去,顽固不散者必另有所图。再有攻打教堂、擅杀行凶者,必按律究办;胆敢结团抵抗官军者,则以大兵痛剿。"

"大人的想法甚善,只是有时众说纷纭,是非曲直各有说法。"

"天下事要想是非尽明,无丝毫情弊,实在难以做到。尽量摸到实情,办理个八九不离十,还是能做到的。我有个想法,今天与老兄探讨。"袁世凯的想法是,每遇是非纷歧的事件,将派出专人便服查访,同一件事至少要派两拨人,若两拨人所说一致,则以此说参纳;若两拨人说法有异,则再派两拨人去探查。这样下来,实情大约能够摸清,"做一个官员,最要紧的是洞悉下情,只有这样,才能举措得当。如果受着下边的蒙蔽,就成了瞎子、聋子,哪有不做错事的?"

袁世凯希望按察使衙门也能如此办理。对这一设想,胡景贵极为赞同。

次日,袁世凯便召集幕僚,商讨解散义和团事宜,让文案与布、按两司沟通协调,尽快起草办法和告示。

然而京中的舆论却对袁世凯十分不利,御史言官们在载漪等辈策动下只听片面之词,交章弹劾,建议朝廷把袁世凯调离山东。翰林院侍讲学士朱祖谋奏称:"袁世凯此次到山东,如果宣布皇恩,众怨既平,群情自服。及轻信浮议,大军所临,诛谬过重,拳会之势虽敛,教堂之风益张。拳会仇洋,犹是朝廷赤子;既入洋教,岂复为朝廷有哉?"朝廷将此折抄给袁世凯看,并下谕"着袁世凯严饬各属,遇有民教之案,持平办理,不可徒恃兵力,转致民心惶惑"。

接下来的一天,竟然同时有三位御史弹劾袁世凯。如此众多的御史言官在数天内交章弹劾,明眼人都明白,与甲午期间对付李鸿章一样,必是有人背后策动。看他们的意思,非把袁世凯挤出山东不可。天下没有不透风的墙,首先是巡抚衙门里开始有人窃窃私语,而道府官员在巡抚衙门里都有自己的心腹,与巡抚同城的济青道、济南府首先得到消息,他们判断袁世凯的巡抚恐怕署理不下去了。

一天早上,巡抚衙门的照壁上有人贴上揭帖,只有两句话——赶走袁圆蛋,我们好吃饭。旁边还有一幅画,画着一只乌龟昂着头,舔一个洋人的屁股。阮忠枢是那种到任何地方都自然熟的人,虽然到济南还不到一个月,但他在济南城中已经有不少朋友,所以听到的各种离奇的谣言最多。他找到袁世凯道:"四哥,现在外边说法很多,这样下去,义和拳少不得要卷土重来。"

"怎么说?"袁世凯问道。

"外间都说恐怕四哥这个署理的椅子坐不久了。新巡抚一到,必然要推翻四哥的举措。这个消息一传,下面的府县官员必然心存观望,义和拳自然要卷土重来。"

"山东好不容易开始安静了,绝不能再走回头路。像烙饼一样翻来覆去地烙,山东百姓还活不活?"袁世凯恨透了这些风闻而奏、纸上谈兵的书生,"老阮,你帮我起草个折子,把咱们的措施和效果奏报朝廷。我再给荣中堂写封信,请他主持公道。对了,胡桌台是御史出身,清流当中他有不少死党,你说让他想想办法,也请几个御史言官为咱说几句话如何?"

阮忠枢想了想道:"四哥,这事暂且不做为好。胡桌台本有清流性情,他肯不肯出头两说,就算他出头,请几个文人写几篇奏章,反而容易落下痕迹。如果咱们陷入打嘴架的局面,那不是咱所长,必败无疑。"

袁世凯恍然大悟道:"有道理。只要我能确保山东不乱,洋人就不会给朝廷出难题。"

两人商量半天,阮忠枢秉烛夜战,第二天就呈上奏稿,袁世凯十分满意。奏稿开头一段先说明几十年来,只要是发生教案,吃亏、赔累的必是百姓和官府,"多一教案,即增一漏卮,无益于民,徒病于国"。

接下来说明教堂教民及平民受害情形:"秋冬以来,济东各属,焚劫大小教堂十处,抢掠教民三百二十八家,掳害教民二十三名,蔓延十数州县。较之沂、曹两案,滋扰弥甚。将来索偿,更不知几何。以公家有限之财力,一年内再三输偿,其何以供。""彼辈四出抢掠,波及良善。综计扰害平民之案,据报者已有十九起,共二十八家,民人之被掳架伤毙者七名。"

奏折又分别从治标、治本两方面,说明了他在山东采取的措施。最后说明效果,"自出示晓谕以来,又仰荷皇太后、皇上如天之福,东境连需大雪,有业之民多已解归。济泰一带,渐就安谧。仅余枭悍游匪,到处勾结,此拿彼窜,散漫而无定踪,绑票勒赎,抢劫以为生计。幸党类尚不甚多,已分饬各守令营汛,仍分别解散胁从,密购首要。近数日未接各邑告警禀报,当可渐次就绪"。最后表示决心,"臣受恩深重,未报涓埃,蒿目时艰,夙心忧叹,天良具在,深惧材轻任巨,致涉陨越,仰负生成。断不敢参用私心,贻误公事。复不敢畏避嫌怨,扶徇欺朦。唯有懔遵谕旨,慎重筹办,以期勉尽一分心力,或可稍得一分补救。区区愚忧,谅邀圣慈垂鉴。是否有当,不胜惶惶待命之至"。

袁世凯这份奏折于光绪二十五年十二月二十五日奉朱批:

> 所奏颇中肯。着督饬印委各员,随时随地认真办理,以戢人心,而消隐患。勿徒为纸上空谈也。钦此。

等袁世凯收到时已是腊月二十八,此时衙门早已放假。但他还是下令将朱批通谕全省,让阖省上下明白,朝廷完全赞同山东的治理,义和团不要抱任何幻想,各级官员也不要再等待观望。

袁世凯过年期间也不让衙门消停,因为过年是国人团圆的时候,正是劝解义和团的好时机。忙了一个正月,山东基本安定下来。教会虽然对袁世凯鼓动教民退教不满,但毕竟传教士和教民的人身财产得到了保障,所以各国公使反馈给总理衙门的都是对袁世凯的赞美之词。慈禧终于决定实授袁世凯为山东巡抚,光绪二十六年二月十四日(公元 1900 年 3 月 14 日),朝廷下旨:

> 调山西巡抚邓华熙为贵州巡抚。山东巡抚毓贤为山西巡抚。实授袁世凯为山东巡抚。

袁世凯既然已经实授山东巡抚, 则表示朝廷对他治理山东的措施是肯定的,因此,他对义和团的态度更加强硬。

义和团在山东几无立足之地,而此时直隶总督裕禄却献媚于载漪等亲贵,将义和团大师兄待为上宾,北洋大臣衙门里也立起义和团的大旗,并请大师兄当他督标亲军的教练,一如毓贤在山东。而出任山西巡抚的毓贤一到任即公开支持义和团,令各州县帮义和团解决粮饷。所以直隶、山西义和团迅速发展,山东的义和团大师兄不甘一呼百应的好日子一去不返,因此纷纷投奔直隶,有的则不远数千里投奔毓贤。

# 第六章

## 定章程护修铁路　　顺时势东南互保

直隶日渐混乱起来，而山东的局势日渐好转，警报再不像从前一日数至，袁世凯得以腾出时间来谋划一件倾心已久的大事——整编山东军队，扩张武卫右军。这一想法他已给荣禄写信，荣禄深以为然。如今局势趋稳，而恰好朝廷下旨，让各省督抚就筹饷练兵提出意见和建议，真是天赐良机！袁世凯与幕僚们几经商议，由阮忠枢主笔，于三月初七(公元 1900 年 4 月 6 日)上《遵旨筹饷练兵酌拟办法折》。为了说服朝廷支持他练兵扩军的计划，他得先将山东的重要性说透彻：

> 窃维山东为京畿左辅，居南北要冲。自胶、威议租，两大逼处，强邻日谋进步，几若无复顾忌，可以为所欲为。而内地教堂林立，计逾千数，勾结生事，所在多有，若不亟图防范，万一狡敌得逞，则南北隔绝，海陆并阻，全局震动，何堪设想。且人方经营铁路，千里咫尺，入我堂奥，瞬息可达。控制抵御，势难疏缓，而武、沂、登、莱、青五府，滨海洋面，绵亘几二千里，扼要设防，尤关紧要。衡量形势，权度机宜，非有重兵不足以资保障；非有厚饷，不克以练精兵。臣所部武卫右军，仅七千人，只可专备一路，实属不敷分布。

接下来再说山东的三十余营军队，因为饷银太少，纪律不严，带来了诸多问题，袁世凯计划参照武卫右军的营制饷章进行整编、训练。但这又需要一大笔钱，银子从哪里来？这个问题如果不为朝廷想出办法来，他的计划就难得支持。经与布政使张人骏及幕僚们商议，想了几条筹饷的路子：从地丁税由钱折银的差价中筹措十六万两；从漕粮折色盈余中提取九万两；盐运司盐斤加课近四万两；裁汰绿营兵二成省银三万两；截留山东海关两万两，运库银一万两；督粮道库中筹措一万两；临清关筹措一万两；烟台海关从两成洋税中拨解四万两。这几条路子，大约可筹四十万两。另外，山东驻军中还包括十二营河南的嵩武军，是甲午战争时调援山东的，饷银是由河南出。这一笔银子，继续由河南足数拨付。

袁世凯计划把山东三十六营去弱留强，保留二十营规模，轮流到济南训练，"如能将山东省所有营勇一律化弱为强，则建威销萌，自足以外戢戎心，内靖伏莽。设有战事，而山东有两支劲旅扼要布扎，相机因应，或战或守，均可较有把握。即使邻省有警，而留一军固守，分一军赴敌，亦不致顾此失彼"。

至于新练军队的名称则奏请朝廷恩赐。过了十几天有了结果，朝廷完全同意整编山东军队，赐名武卫右军先锋队，由荣禄刊发关防。

朝廷批准后，袁世凯组织人手紧锣密鼓忙了半个月，将食盐加课以济饷、裁汰绿营以腾饷、划拨山东旧营底饷归于新军等事情办妥后，立即启用了"钦命总统武卫右军先锋队之关防"，袁世凯兼任先锋队总统。先锋队下面设左右两翼翼长，左翼翼长是登州镇总兵夏辛酉，右翼翼长是陕西汉中镇总兵孙金彪，两人都是山东军队原来的将领。下面的营哨将官，除了留用部分将领外，袁世凯将武卫右军中的张勋、王世清、雷震春、孟恩远、何昭然等人升职后派过去。

先锋队的事情一办出眉目，袁世凯便集中精力解决胶济铁路的问题。

一年多前，中德签订《胶澳租界条约》，允许德国在山东修造两条铁路，一条由青岛经潍县、青州等地到济南，再一条则由青岛到沂州府再北上到莱芜而后至济南。德国的银行和公司为山东的筑路权激烈竞争，最后，这十余家竞争对手联合成立德华银行，并于1899年6月组建德华山东铁路公司，负责在山东投资、修建胶济铁路。德国政府要求三年内要开通青岛到潍县，五年内要全线修通。根据当初中德签订的条约，应当设立德商、华商公司，各自集股，各自派员管理。但德国人不愿中国商人参与其事，因此德华公司一手包办了胶济铁路的修建，不与地方官府打招呼，就派出工程师、勘查人员及帮工勘查线路，树立路桩。他们自恃有德国人撑腰，十分蛮横。当时潍县一带的地价大约一亩要百十两银子，但德华公司每亩只付三十两左右，其他补偿费用也不过三四两。就是这点钱款，还要被通事等讹诈、私扣一部分。而且他们在竖立路桩时，又不事先讲明地价，百姓都担心赖以为生的土地被无偿侵占，因此人心惶惶。有的铁路小工行为不检点，遇到稍有姿色的村妇就打口哨甚至污言秽语相戏。有一个小工在高密县城南集市买鸡，当众调戏妇女，结果激怒众人，群起而殴之，并拔去了多根路桩。结果德国胶澳总督叶世克派兵至高密，打死百姓二十余人，打伤三四十人。毓贤派人去交涉，结果是赔四千余两了事。他的办法可以一个字概括，就是"拖"。他不愿德国人修胶济铁路，但又没办法阻止，所以希望借百姓之力让德国人望而却步。

毓贤这样糊弄并不能解决问题，而且德华公司更不可能停止修筑铁路，结果到了年底，又发生了大规模的阻路事件。这次还是在高密，首先起事的是西部的两乡。这里地势低洼，为高阳、五龙、柳沟等河环绕，雨季山洪暴发，瞬间便成泽国。如今胶济铁路横亘其中，高厚的路基阻断了泄洪道，雨季洪灾势必更甚。百姓要求铁路公司改道或多开涵洞，但德华公司置之不理。当地有个叫孙光的人，在当地颇有号召力，结果他召集了一百余村的百姓反对继续修路，并带人到工地上烧掉了铁路公司的工棚，夺取了他们的粮物，铁路被迫停工。这时的巡抚已经是袁世凯，他立即调防营前去弹压，同时派莱州知府前往查办。百姓勉强散去，但等官兵一撤走，孙光又号召百姓起事，又将德国人的工棚烧掉，铁路再次被迫停工。袁世凯派军队去维持秩序，当时朝廷一再要求，不可徒恃兵力，转致民心惶惑，并且警告袁世凯若办理不善，以致腹地骚动，唯他是问。孙光再率一千余人焚掠了铁路公司的窝棚。德国工程师见袁世凯派去的军队依然没能阻止闹事的百姓，鼓动德军再次出动大开杀戒，打死打伤二十余人。袁世凯再派臬司胡景贵及候补知府石祖芬前去调查。

调查了十余天，胡景贵、石祖芬回济复命。听了两人的报告，袁世凯认为百姓一再阻止修筑铁路，既不能全怪当地百姓，也不能完全归罪于铁路公司，他认为最重要的问题是双方没有商定详尽的章程，双方无所依凭，必然问题丛生。

胡景贵说道："百姓虽然烧掉德国人的窝棚，可并未伤及他们一根毫毛。但德国军队开进高密公然向村庄开炮，而我们的军队却袖手旁观，如此下去，会失尽民心。"

"德国人的确欺人太甚，可是我们能与德国人开战吗？若办理不善，以致腹地骚动，朝廷又唯我是问。所以，我们不得不一忍再忍。如今可行的办法，就是尽快与德国人商定详细章程,将来有所遵循,尽量减少冲突。"

胡景贵虽然心有不甘,但的确也没有更好的办法。与德国人决一死战,也只能嘴上说说,根本不可能付诸行动。

袁世凯给德国胶澳总督叶世克写信,请他派员到济南来商定详细章程。铁路公司觉得高密人正在火头上,此时到济南谈判对他们很不利,因此犹豫了半个多月,最后才派了一名军方人员和铁路公司总办到济南谈判。中方则派胡景贵及候补知府石祖芬。结果,谈了二十余天却僵持下来,袁世凯所希望的几条很难达成共识。

胡景贵向袁世凯建议道:"我和石太守都不懂德文,要凭通事中间传译,有时候驴唇不对马嘴,彼此的意思都不能准确了解,所以谈来谈去难得进展。如果有个懂德文的人直接开谈就好了。"

袁世凯叫着胡景贵的字道:"月舫,你该不是要知难而退吧?"

胡景贵连连拱手道:"绝无此意,我不懂德文,也不了解德国人,谈起来的确是事倍功半。袁大人有没有懂德文的朋友,请一个来帮忙也行。"

袁世凯一拍脑袋道:"你这一提醒,我还真想起来了。北洋武备学堂的荫总办,他到德国留过洋,与德国皇太子也就是现在的德皇关系极为密切,由他来谈,应当会事半功倍。"

"真是踏破铁鞋无觅处,得来全不费工夫。抚台赶快发电相请吧。"

袁世凯于是给直隶总督裕禄发电,请准北洋武备学堂总办荫昌到山东暂时帮忙数十天。荫昌到济南时,袁世凯亲自率王士珍、段祺瑞、冯国璋等武备学堂出身的将领迎接,见面握住他的手不放道:"午楼兄,总算把你请来了。你来了就好了,胶济铁路引起的麻烦,把我闹得焦头烂额。"

中午袁世凯做东宴请,相陪的除了布政使张人骏,按察使胡景贵,还有王士珍、段祺瑞和冯国璋。席间袁世凯就谈起德国人修胶济铁路的事,问道:"午楼兄,你说现在咱悔约,不让德国人修胶济铁路,行不行得通?"

众人都愕然,从没听袁世凯说过有此设想。荫昌则连连摇头道:"绝对行不通。德国人现在就盼着有机会深入腹地,如果悔约,正好给他们借口。而且我在德国的时候,德国人就说中国人不讲诚信,签订的条约总是不遵守。比如我国此起彼伏的教案,他们就认为是大清有意放纵民间所为,是中国人不遵条约的例证。我在天津接触的洋人多,他们也大都是如此观感。"

"胡臬司到高密去查案,到处听到百姓质问,为什么朝廷要支持德国人修铁路,为什么总是站在洋人一边,不帮自己的百姓。这种想法恐怕不少官员也有。依我看,遵守条约,是目前中国保护百姓的最好办法。比如高密事件,三番两次烧了德国人的工棚,结果是德军杀人放火,最后我们还要赔他们的损失。归根到底,是我们国力太弱,没到与洋人翻脸的时候,现在翻脸,挨打的总是自己。我希望山东的官员先要明白,所谓韬光养晦,就是忍得眼前一口气,求得将来能够扬眉吐气。"

荫昌一拍桌子道:"袁大人是明白人。"

袁世凯叹息道:"要依我的脾气,洋人欺我如此,恨不得与他们翻脸。但翻脸之后如何?李中堂经常对我说:慰廷,翻脸是要本钱的,光有理不行。这个世界,认理更认势。我们总是向洋人让步,实在是形势所迫。这个道理,必须向各级官员讲明白,他们明白了,才可能让百姓明白。"

众人这才明白,袁世凯这番话是有意说给布、按两司听的,因为张人骏和胡景贵受毓贤的影响,时有与德国人"翻脸"的念头。

接下来,袁世凯又谈胶济铁路章程的想法。既然不能悔约,那就只能让德国人修下去,但大清并非一无可为,而是要依据当初与德国签订的条约,最大可能地争取山东的利益,最大可能地避免发生冲突,以免德国军队再借口生事。袁世凯的想法,一是胶济铁路,华商要参与,如果华商集股多了,山东就要派员进入铁路公司,详订章程,会同办理,这是当初条约规定的,据理力争,德国人不能不允;二是铁路公司雇请小工,得由地方官和通明事理的缙绅帮同办理,不能任由德国人雇请无赖之辈,徒生事端;三是铁路经过的地方凡是遇有应留水道、道路的地方,或造桥梁,或留涵洞,不能影响泄洪,不能影响百姓出行;公司购地,必须与地方官及缙绅商议,所付价款,直接付给地的主人,并张榜公布,不能任由经手人自肥;四是铁路沿线要多雇本地人,可减少阻力;如果公司所用华人有违禁之事,由地方官审办,公司不得袒护、阻拦;外国人违禁犯法,公司也应当严查,不能宽贷;五是青岛百里的范围内,修筑铁路的各项安全事宜由德国人负责,百里之外,不准外国军队进入,由山东派兵保护,铁路公司应当适当给予津贴;六是将来铁路修成,遇有灾荒或者变乱,中国所运粮米、军械、行李,应在运费上给予优惠。

胡景贵补充道:"还有一条,将来大清若有实力,可以将此条铁路购回。"

"这恐怕有些难,好在胡大人已经与德国人谈了二十几天,我再续把火而已。"荫昌这是向胡景贵表明,将来如果谈得成,他绝不会贪为己功。

荫昌与德国人再谈，他因为懂德国法律，逐条与德国人争辩，又加上他与德皇有交情，就是胶澳总督也不得不给他几分面子。结果谈判颇有成效，十来天下来包括交涉章程七款，煤矿章程二十款，铁路章程二十八款全部谈妥，袁世凯的意图基本得以实现，虽然中国损失利权的问题不能从根本上扭转，但毕竟通过详细的章程争回部分利益。有此章程，将来双方都有遵循，可减少摩擦和冲突，在袁世凯看来，这就是对山东百姓和国家利益的最好保护。德国人也较为满意，因为铁路修筑山东地方官如何配合支持也有详细的规定，减少麻烦顺利开工也正是他们所盼。

铁路章程即将签订，袁世凯突然有个新主意，想请德国胶澳总督叶世克到济南来亲自参加签约仪式。一则双方见一面，增进友谊，将来有事好商量；二则他想借机向叶世克盛陈军威，让德国人不要一语不合就想动武。

"叶世克是军人，请他检阅山东军队是相当大的礼遇。那时候北洋新军趁机展示一下，让他知道我训练的军队决然不会中看不中用。"袁世凯转脸问荫昌，"午楼兄，你以为如何？"

荫昌赞同道："此计可行。不过要让他们好好准备一番，别到时候露脸不成丢了丑。"

袁世凯召集王士珍、段祺瑞、冯国璋等人商议，拿出了一个训练、检阅计划，以十天为期，届时邀请叶世克前来。三个人忙了七八天，感觉到万无一失，请袁世凯向叶世克发出邀请。荫昌自告奋勇，亲自到青岛走一趟，不久就拍回电报，叶世克欣然应邀。

荫昌陪同叶世克由青岛坐军舰到青州府的寿光县，小清河在此县的羊角沟入海，由此换乘小火轮溯流而上，直达济南城外的历城码头。袁世凯亲自出城迎接。当天晚上是欢迎宴会，第二天请叶世克检阅北洋新军。与袁世凯并列站在检阅台上的叶世克频频点头，恭维道："袁大人的军队果然十分出色，尤其是亲自带队的三位将军，真是杰出的军事人才。"

他这话由翻译说给袁世凯则变成了："叶总督说，袁大人的军队真是精锐之师，三位将军真可称北洋三杰。"

"你对总督说，感谢他的赞扬，北洋三杰的说法太抬举他们了。"袁世凯满脸笑容回道。阅兵结束，王、段、冯被德国总督赞为北洋三杰的说法已不胫而走。

当天下午签订铁路章程，一切都很顺利。仪式结束，叶世克告诉袁世凯，说双方能够达成共识,荫昌功不可没,又说他很愿意与荫昌这样明事理的人打交道。

送走叶世克后,袁世凯对荫昌道:"午楼兄,叶世克对你大加赞扬,我现在不能放你回武备学堂了。你知道在山东我最头疼的一是义和团,他们像掉进灰里的豆腐,吹不得,打不得;再一个就是德国人,他们就是俗话说的茅坑里的石头,又臭又硬。如今他们修铁路,同时还要开矿产,游历内地,加上教堂大小一千三百余处,教士二三百人,民教案件,无一日清静。我手头事情一大堆,吏治、河工、盐漕、营务都要过问,实在无力处理交涉问题。你留在山东帮我办理交涉事宜,专驻青岛,一有纠纷可就近与叶世克交涉,我的头疼病就去了一半,你看怎么样?"

"薪俸的事你放心好了,必定比你的总办要优厚。"荫昌有些犹豫,袁世凯以为他担心报酬问题,又加了一句。

荫昌还是有些不舍道:"京津毕竟近一些,老小都在京中呢!"

"这有何难,你把他们都搬到青岛住就是了。我听说德国人在青岛修马路、造公园、盖别墅,还弄了自来水,尤其是道路下面的下水道,听说能跑得开马车,彻底解决胶澳的内涝问题。你是出过洋的,到洋人堆里去住,不正如你所愿?"

荫昌被说动了。

"一言为定,我奏请把你调到山东来。"袁世凯不给荫昌反悔的时间,立即把阮忠枢叫来,让他起草奏调荫昌赴山东襄办交涉事宜折。

荫昌见状又道:"我若驻青岛,与叶世克交涉当然方便。但将来胶济铁路越修越深入腹地,非有专人负责不可。"

"是,我也正在物色人选,既要能与外国人打交道,又能了解铁路事宜,这样的人不好找。"

荫昌笑道:"远在天边,近在眼前。袁大人有个大熟人,再合适不过。"

袁世凯想了想,眼前的熟人,并无这样的人选。

"唐绍仪不是再合适不过吗?他留学过美国,跟你到朝鲜办了十几年交涉,如今又任关内外铁路总办。"

"啊!"袁世凯恍然大悟,"我刚到山东时他还来过信,怎么把他忘了?"

唐绍仪跟随袁世凯在朝鲜待了近十年,甲午战争爆发后撤回国内。《马关条约》签订后,日本取代了大清在朝鲜的地位。中朝之间藩属关系已废,但新的关系却未明确。朝鲜急于展示自己独立国家的地位,希望中朝互派使节;大清虽然已经失去对朝鲜的控制力,却不想视之为平等之国。这好比从前是父子,而忽然儿子要与父亲称兄道弟,这如何能够接受得了?但大清还有商人在朝鲜经营,也有大量的商业利益需要有人前往维护。当时的直隶总督王文韶认为,唐绍仪在朝鲜表现出色,经验丰富,实为大清第一等的朝鲜问题专家。因此《马关条约》签订后,唐绍仪重赴朝鲜,头衔是"朝鲜通商各口华民总商董",职责是照料在朝华商,并随时向国内报告朝鲜的内情及各国在朝的动态。不过,大清不允许朝鲜派使臣驻北京,很令朝王不快,所以借口两国未订商约,也不承认唐绍仪的身份,遇有交涉事件,唐绍仪只能请英驻朝领事代理。唐绍仪身份尴尬,办起事情来处处掣肘。过了两年,他建议朝廷不如派遣四等使臣赴朝,以议定商约的名义,驻扎朝鲜办理外交。朝廷采纳他的建议,决定改派他为驻朝使臣,但恰巧丁母忧,于是回国。

唐绍仪丁忧期间,李鸿章外放两广总督,召入幕府帮办交涉事宜。当时慈禧深恨康有为、梁启超,令李鸿章派人掘康梁祖坟。李鸿章拿不定主意,召幕僚集议,众人议论纷歧,唐绍仪坚决反对,认为掘人祖坟,形如禽兽。李鸿章十分生气,结果唐绍仪一怒之下辞幕。后来李鸿章还是采纳唐绍仪的建议,上奏朝廷说康梁正在香港组织勤王,他正与港督密议阻止,此时不宜再掘人祖坟,以免过激生变。他赞赏唐绍仪的胆量和骨气,专门写信向裕禄推荐唐绍仪出任关内外铁路总办。关内外铁路就是原来的津(天津)榆(榆关,即山海关)路与津芦(芦台)路,1898 年时被英资侵夺,又向关外延伸,在延伸的过程中,也是受到沿途百姓的抵制,唐绍仪居中交涉,颇为得力。有此经历,让他来办理胶济铁路中的交涉问题再合适不过。

袁世凯在奏调荫昌的折子里,顺便也奏调唐绍仪,十多天后便有了结果:唐绍仪着准其调往差委。荫昌着毋庸留于山东,遇有紧要交涉事件,准其随时奏请派往。这个结果不尽如人意,好在朱批留下了余地,目前与德国人交涉高密事件及商定章程实施,都可以归之于紧要事件,因此袁世凯便留荫昌处理完后再说。反正不等处理完定然会有其他交涉事件,那时候再奏请不难获准。

唐绍仪十几天后到了济南,走的是水路,因为陆路闹义和团。他乘轮船先到烟台,然后再从烟台乘小火轮直达历城码头。

"天津已经乱得不成样子了。"唐绍仪见到袁世凯,第一句话就这样说道,"这都是裕总督办的好事。"

直隶总督裕禄视请大师兄入天津帮助守城,大师兄入城后住进总督府,这里俨然义和团总部,扎着红头巾的义和团员出出进进,比众官员还要方便。

唐绍仪临走时,天津的义和团开始拔电报线杆,又开始扒铁路。朝廷调聂士成率军保护京津铁路,最后双方动了刀枪。义和团三千人毁廊坊铁轨,聂士成率军前往,遭义和团袭击,聂士成下令还击,义和团伤亡惨重。裕禄命聂士成回驻芦台,天津义和团常击杀武卫前军士兵,荣禄害怕聂军哗变,写信安慰聂士成。聂士成回信称:"拳匪害民,必贻祸国家。某为直隶提督,境内有匪,不能剿,如职任何?若以剿匪受大戮,必不敢辞。"义和团则十分痛恨聂士成,称他为聂鬼子,说他是洋人收买的奸人。

袁世凯听了之后怒道:"真是颠倒黑白,含血喷人!甲午之役,聂军门在摩天岭血战倭军,他是打得最好的将领,怎么到了义和拳嘴里就成了奸人?拳匪害民,必贻祸国家,聂军门说得一点不错。等着瞧好了,裕大帅早晚要搬起石头砸自己的脚。"

朝廷实权逐渐被载漪等辈掌握,而他孜孜以求的是利用义和团达到排挤洋人、儿子尽快继承大统的目的。

清流领袖、在士林中最具影响的大学士徐桐以仇洋著名,一听议论洋人就掩起耳朵。他的家就在从前被称为东江米巷如今使馆聚居的东交民巷,出门难免与洋人相遇。为了表示气节,他把大门堵上,走后门绕个大圈子上朝。

于是有言官为讨好载漪、徐桐等辈便上折道:"义和乡团,练习拳棍,保护身家,以仇教为名,并无作奸犯科之为。近来直隶、山东拳民殆遍,其势几不可遏。莫如用因字诀,因其私团而官练之,派道府大员,为团练局总办,择公正绅士为团总,申明专备大敌,不得私斗,遇有教堂,共相保卫,一切供支不费民间分文,庶可化无用为有用,并可化有事为无事。"在载漪、刚毅等辈操纵下,朝廷下旨"所奏是否可行,着裕禄、袁世凯各就地方情形,通筹妥议,据实复奏"。

袁世凯一眼看出朝廷中有人要把义和团合法化。如果此议得行,则义和团势必风起云涌,而他在山东严禁义和团的行政岂不是大错特错?交章弹劾,还没坐热的山东巡抚交椅势必易主!他与幕僚商议,最后由阮忠枢起草复奏,把官办私团的提议完全否定。

但朝廷已经听不进袁世凯的建议。慈禧派军机大臣刚毅和赵舒翘分别出京到良乡、涿州考察义和团的真实情形。刚毅顽固守旧自不必说,赵舒翘人虽明白,却是刚毅引入军机,因此不得不看他的脸色。他在涿州看了义和团表演神功,心知此法术不可恃,但又不想与刚毅唱反调。他要了个小聪明,回京向慈禧复旨时,一遍遍向太后表演义和团的神功,希望慈禧能明白,他则可以超然事外,不致得罪刚毅。可慈禧想用义和团来对付洋人,但又怕尾大不掉,所以只问了一句话:"你看义和团闹起来,会不会搞得不可收拾?"

赵舒翘只好回道:"不要紧,臣看不要紧。"

刚毅回京后,他的结论和建议是"其术可恃,抚而用之,统以得帅,编入行伍,扶清灭洋"。

此时,大沽口外列强军舰云集,数国联军强行登陆,要乘火车进京。慈禧十分愤怒,下令召义和团进入京城,她希望洋人看到大清民意不可违,能够有所收敛。正如俗语所说,请神容易送神难!义和团涌进京城后随处设立拳场、神坛。开始时是一街一坛,或二三街一坛,后来则发展到一街三四坛,甚至五六坛。开始只有拳民供拜神坛,随后有钱人和平民也纷纷加入,上自王公百官,下至倡优隶卒,几乎无人不团,无地不团。并非没有明白人,并非人人都相信所谓神功,而是只有入了神团,才可免于丧失身家的危险。

慈禧开始有些慌神,为了约束义和团,命载漪、刚毅为统率义和团大臣,用兵法部勒,希望不致失控。同时,任命刚毅为总理衙门总管大臣,又让徐桐、崇绮等与军机大臣会商一切事宜,内政外交大权完全落入守旧大臣手中。九门提督崇礼被免职,庄亲王载勋接任,载漪之弟载澜奉命掌管虎神营,京城兵权自此全被守旧大臣接管。

义和团进城后尚未对洋人动手,后来为了展示神功,在刚毅的率领下前去攻打西什库教堂,结果数万人的神团竟无法攻破数十人的防守,反而死伤惨重。

6月20日,德国公使克林德在去总理衙门的路上被杀,义和团在继续攻打西什库教堂的同时开始进攻东交民巷的使馆区。而这一天,联军已经攻占大沽,并开始进攻天津。

光绪二十六年五月二十五日(1900年6月21日),在慈禧的主导下,清廷向英国、美国、法国、德国、俄罗斯、奥匈帝国、日本、意大利、西班牙、荷兰、比利时共十一国宣战。宣战诏书历数大清怀柔远人,而列强恃我国仁厚,欺凌我国家,侵占我土地,蹂躏我人民,勒索我财物,是可忍孰不可忍,"与其苟且图存,贻羞万古,孰若大张挞伐,一决雌雄"。号召朝野上下,"彼仗诈谋,我恃天理;彼凭悍力,我恃人心。无论我国忠信甲胄,礼义干橹,人人敢死,即土地广有二十余省,人民多至四百余兆,何难灭此凶焰,张我国威。其有同仇敌忾,陷阵冲锋,抑或仗义捐资,助益饷项,朝廷不惜破格懋赏,奖励忠勋。苟其临阵退缩,甘心从逆,竟作汉奸,朕即刻严诛,绝无宽贷。尔普天臣庶,其各怀忠义之心,共泄神人之愤,朕实有厚望焉"!

袁世凯是收到宣战上谕最早的地方疆吏,因为直隶境内的电报线被破坏殆尽,上谕及一切文报都已不能通过电报发出,只能恢复从前"六百里加急"或"四百里加急"的驿递方式送到济南,再由济南转电江南各省。袁世凯收到宣战上谕的同时还收到了另一份招抚上谕,"现在中外已开战端,直隶天津地方义和团会同官军助剿获胜,业已降旨嘉奖。此等义民,所在都有,各省督抚如能召集成团,借御外侮,必能得力。如何办法,迅速复奏"。

袁世凯看到这两份上谕时正在吃饭,他扔掉手里的筷子连拍大腿道:"坏了坏了,大局要崩溃了!"他顾不得吃饭,连忙召集幕僚商议,"朝廷向十一国宣战,真是疯了!甲午年时李中堂麾下还有北洋舰队,对付日本一国尚不能取胜,今日要一国战群雄,必败无疑。"

胡景贵看起来并不担心,说道:"如今朝廷所依仗的是义和团,听说京中义和团已经有数十万之众,也许会有意想不到的战果。"

"月舫,义和拳的神功,你又不是不知道底细。靠这样的神功去对付训练有素的军队,那不是让他们去送死吗?依我的判断,打不了几仗,拳民必溃逃无疑!"袁世凯摇了摇头。

胡景贵还想辩解几句:"他们当中亦不乏爱国英雄,梁山好汉。"

"哼,我是不敢苟同。如果仅仅因为他们竖了'扶清灭洋'的旗帜而不详察其作为,不能理智清醒,那真是吾国之悲哀。神拳不暇自哀,而后人哀之;后人哀之而不鉴之,亦使后人而复哀后人也。"袁世凯读书不多,唯独对兵书和《阿房宫赋》这类气势磅礴的雄文爱不释手,因此大发感慨。

胡景贵则认为袁世凯对义和团偏见太深,反驳道:"一个国家在外敌入侵时能有人慷慨赴死、抛颅洒血,总比万马齐喑要强得多!"

袁世凯看胡景贵面红耳赤,一副盛怒的神情,连忙解释道:"咦,月舫何必如此生气?我也只是一家之言。"

阮忠枢这时插言道:"依我看,两位大人在这里争,彼此都说服不了对方。不如向李中堂、刘砚帅、张香帅请教,看他们怎么说。"

袁世凯赞同道:"中,到时萧规曹随,总比咱们在这里闭门造车要得当。"

胡景贵这会儿气也下去了，一省巡抚对他这按察使如此客气，他也不能不给面子，便道："只是朝廷皇皇上谕，总不能抗旨吧？"

"且等我好好想想再说。"

袁世凯吩咐将两份上谕转发上海电报总局，由他们发给各督抚，同时他又分别致电李鸿章、刘坤一、张之洞道："时局已是大裂，从何收拾？贵处有无此项义民？如何办法，乞示。"

袁世凯的电报首先转到坐镇上海的盛宣怀手中。对京中的形势，他了如指掌。自从京津兴起义和团，他就预感到形势不妙。电报、铁路等洋务都是他最倚重的事业，如果义和团波及全国，他的事业必将全军覆没。好在有袁世凯在山东阻挡，不然与洋商交易最为集中的东南各省将不堪设想。他曾致电荣禄，建议调李鸿章督直，由他替代纵容义和团的裕禄，必能平定内乱，劝阻洋兵进军京津。但荣禄已经自身难保，是爱莫能助。盛宣怀最为担心的是朝廷任由载漪之流胡闹，放手发展义和团。然而，他最担心的事情还是来了！

盛宣怀与幕僚商议，决定两份上谕只发给各省督抚，并建议督抚暂不外泄。他在发给李鸿章、刘坤一、张之洞的电报中说道："朝政皆为拳党把持，文告恐有非两宫所自出者。北事不久必坏，留东南三大帅以救社稷苍生，似非从权不可。"如何从权，他希望三大帅能够出个主意。

等发完电报，他立即约上海道余联沅密议。余联沅是湖北孝感人，任过巡城御史、河南道监察御史、四川道监察御史，刚直不阿，人称铁面御史；后又出任福建盐法道、上海道，在任兴利除弊，民声颇佳。盛宣怀的父亲盛康当年曾任湖北盐法道，与时任御史的余联沅多有交往，因此盛宣怀与他算是老相识。如今两人都驻上海，交往更密。

盛宣怀叫着余联沅的字道："晋珊，京津已乱得不像样子了，你知道吧？"

余联沅叹了口气道："唉，新闻纸上全是义和拳杀人放火的消息。"

盛宣怀又问道："如果两江、特别是上海也闹起义和团，你认为如何？"

"那还了得？上海一乱，商业停顿，海关税收立马锐减，你让我这海关道喝西北风去？"余联沅立即瞪着眼睛道。

"哦，晋珊只着眼海关道的一亩三分地。如果有人想让他们到江南来扶清灭洋，你欢迎不欢迎？"盛宣怀又笑问道。

"啊，那可真是疯了。"

"他们可是刀枪不入的英雄好汉，打出的是'扶清灭洋'的旗号，我没想到你这为民请命的铁面御史也会反对。"盛宣怀行的是欲擒故纵之计,因此要多绕几句话。

"真是岂有此理。杏荪,铁面御史也要论是非。他们是打出了'扶清灭洋'的旗号,可是要说他们是英雄好汉,我不敢苟同。我是听其言,更要观其行。向手无寸铁的教民开刀算什么英雄好汉?烧教堂、攻使馆、杀害外交人员,更不是泱泱大国所为。再说,天下何来刀枪不入的神功,若有此神功,又何必孜孜于洋务,办船厂、造兵舰,岂不是多此一举?"

"偏偏有这样的傻子。"盛宣怀把两份上谕递给余联沅道,"当然,朝中的拳党未必真傻,也未必真相信什么神功,但他们却愿朝野上下都相信,都成为任他们摆布的傻子。"

"幸亏还有明白人。亏得袁慰廷还算有见识,把义和团挡在了江北,不然祸及东南,大清国真正要体无完肤了。"余联沅赞道。

"袁慰廷也没辙了,接到朝廷的上谕也急得团团转。"盛宣怀又把袁世凯的电报递给余联沅道,"不奉诏便是抗旨。抗旨是什么罪?谁担得起来!"

"奉诏便是害国。你既然赞我一声铁面御史,所谓铁面,不惧权贵、不怕恶人是铁面,关键时候能豁得出顶戴和身家,为国为民鼓与呼也是铁面。杏荪足智多谋,必已有良策,不妨明言。"

"晋珊有此胆识,话就好说了。现在的局势,幸而上海没有乱。但只保上海没有用,上海是百货云集的大码头,而这些货是由整个长江两岸源源运来。所以,要保,就要保住长江两岸,保住整个东南。"盛宣怀娓娓道来。

"这话对头。如果能够有良策保住东南,那就为大清保住了半壁江山,更为大清保住了命脉。"余联沅赞同道。

"现在的危险有两个。"盛宣怀伸出两个手指,"第一不必说,是拳匪殃及江南的风险;第二,则是洋人趁机搅乱江南的风险。长江是英国人的利薮所在,他们已经向两江刘砚帅和湖广张香帅提出,要派兵舰进入长江护商。如果任由他们的兵舰进入长江,恐怕会得陇望蜀,埋下无穷巨患。所以我有个想法,与洋人来个互保,我们保证不让拳匪闹到东南,保证中外商人身家性命安全;洋人也保证,除上海外,不派一舰一船一兵一卒入长江。这样中外两不相扰,必能确保东南稳定。"

"好极了!如果东南互保能够办成,真是举国之幸!"余联沅兴奋道。

"不见得。"盛宣怀摇头道,"袁慰廷在山东严禁拳匪,骂他奸人、洋奴的大有人在,听说还有人在他巡抚衙门前画了一只舔洋人屁股的乌龟。我们要是搞东南互保,必有人骂我们是卖国贼。被骂也是轻的,万一将来那些纵容拳匪的人当政,恐怕要拿你我项上人头!晋珊,这可不是闹着玩的,一家老小的性命都挂到裤腰带上了。"

"我不入地狱谁入地狱?"余联沅一副豁出去的神气,"我已将身家性命置之度外。"

"好!要办成这件大事,一方面要说服东南督抚们支持,严禁拳匪等一切匪类,保持地方治安;另一方面则要说服洋人,让他们不要火上浇油,不要派兵进腹地。与督抚们沟通的事,我来办;与洋人沟通的事情就拜托你这海关道了。办理外交是你海关道的职责,也是晋珊所长。"

"好,与洋人谈前,咱们先要商量个条目。"

到了第二天,盛宣怀再给李鸿章、刘坤一、张之洞发电报:

> 今为疆臣计,如各省集义和团御侮,必同归于尽。欲全东南以保宗社,东南诸大帅须以权宜应之,以定各国之心。仍不背各督抚联络一气以保疆土之旨。

上谕的要求是集义和团御侮,而东南互保的办法则是剿义和团以结好列强,所谓仍不背旨不过是掩耳盗铃。虽然违旨,却是保疆土的办法,从保疆土的角度来说,不违旨也不是没有道理。短短数十字,却别有玄机,盛宣怀不愧是刀笔吏出身。

盛宣怀的倡议很快得到响应,张之洞首先回电,"鄙处意见相同,愿列鄙衔以上奏朝廷,敢恳杏翁帮同与议,指授沪道,必更妥速。长江一带只有会匪,并无可恃义民"。刘坤一复电说,"欲保东南疆土,留为大局转机,非照杏翁办法不可"。而李鸿章的回电更妙,"此矫诏,粤断不奉"。既然是矫诏,必不是出自两宫,而是出自拳党;既然是矫诏,不奉诏也就谈不到罪不罪。盛宣怀不由得感叹,姜还是老的辣!

上海道余联沅经过数次协商,与洋人达成了《东南互保章程》,主要内容包括:上海租界归各国共同保护,长江及苏杭内地均归各督抚保护;各口岸已有的外国兵轮照常停泊,但士兵水手均不可登岸,如不待中国督抚商允派兵轮驶入长江等处,以致百姓怀疑,毁坏洋商教士的人命产业,事后中国不认赔偿;吴淞及长江各炮台,各国兵轮不可近台停泊,不可在炮台附近地方练操,彼此免致误犯;内地如有各国洋教士及游历洋人,遇偏僻未经设防地方,切勿冒险前往。

盛宣怀不满足于仅互保长江流域,而是扩大互保的范围,达到"保东南,挽全局"的目的。他将李鸿章、刘坤一、张之洞已联络一气、力保东南的消息先后电告闽浙总督许应骙、浙江巡抚刘树棠、四川总督奎俊,他们都表示愿意附衔画押,互相保护。山东位置独特,在阻挡义和团向南发展上发挥着重要作用,盛宣怀单独给袁世凯发电,邀请他参与互保。

袁世凯收到盛宣怀的电报时,正与胡景贵密议山东藩、臬的人事变动。

载漪、刚毅等人见动不了袁世凯,就改为剪其羽翼的办法。山东布政使张人骏、按察使胡景贵已成袁世凯的得力助手,因此皆被调任。张人骏已经先后任过广西、广东、山东三省布政使,论资历、论能力都该往前升一升,因此可算因祸得福,出任漕运总督,由从二品升正二品。新任命的山东布政使是湖南按察使胡廷干,他对洋人向来强硬,很对载漪、刚毅的胃口。胡景贵则被调往湖南,接胡廷干的按察使。

"你是布政使的大才,怎么能再任按察使?朝廷用人真是莫名其妙!"袁世凯大发牢骚,"月舫,我知道有些时候你看不惯我,可我对你的才能和人品十分感佩,很希望你能在山东再帮我一把。我就问你一句话,你还愿不愿帮我袁某人。"

山东布政使出缺,本来是胡景贵递补升职的一个好机会,没想到朝廷把他平调到湖南,因此情绪十分低落,回道:"我当然愿意与袁大人共事,无奈德才不济,如之奈何?"

"你只要愿留在山东,我就有办法给你腾挪。"

袁世凯的意思是让胡景贵署理山东布政使。理由是山东当要冲之地,又值多事之秋,佐治需人,布政使升调,按察使再调走,藩臬两司同时易生手于地方行政极不利。再说胡廷干从湖南到山东尚需时日,因此应当留胡景贵署理藩台。按察使一职,则请胡景贵推荐人选署理。署理布政使,虽然将来难免要把位子让出来,但署理期间大有可为,安插私人,腾挪平衡,其中机巧颇多,好处当然也不少;胡景贵是正人君子,不屑于谋利,但署理布政使也算是仕途上的一个重要资历,因此乐于接受袁世凯的建议。

"好了,你安心署理藩司,随后我就奏请,若无意外,必定获准。"袁世凯把盛宣怀的电报递给胡景贵，"现在有件大事与你商议。"

"东南半壁尽行互保，可见拳党不得人心。"胡景贵看完电报后问道，"那你的意思怎样，是站在南边与他们亦步亦趋，还是站在北边支持义和团勤王？"

"我两边都站。江南十余督抚愿列衔名，可见人心思定，而且这也是保国护民的切实之策，当然赞成。"

胡景贵建议道："此中风险极大。我建议咱们可仿效他们的办法，在山东与洋人推行互保，却不必在电报上列衔。"

与十余督抚列衔上奏，尤其是与李鸿章、刘坤一、张之洞这样举足轻重的疆臣站到一起，袁世凯认为是一个难得的扬名机会。但胡景贵的建议也有道理，行互保之实，而不急于向朝廷亮明自己的态度，便道："好，我要给上海的英国领事发封电报，表示山东将与东南诸省一样中外互保，维持和平。同时再让唐少川、午楼与各国驻烟台、胶澳、威海的领事联络，签订互保协议。"

胡景贵又建议道："形势紧迫，瞬息万变，最好把洋人都送到烟台或威海或胶澳，避免有洋人伤亡，把洋兵引到山东来。"

"中，这样最保险。让各州县务必在三天内将洋人护送到通商口岸，鲁北、鲁西的可集中到济南，再乘轮船到烟台。其他地方，只能走陆路了。"

胡景贵又有些疑惑道："最近境内义和团受京津影响，又有复燃的苗头，朝廷又有这样的旨意，你说两边都站，我不明白你是如何打算？"

袁世凯诡异地一笑道："朝廷的上谕再好不过，我得好好利用。上谕中说，让各省召集成团，以御外侮。那好啊，现在外侮在哪？在京津！京津官军正与洋兵大战，如果是义和团，那就到京津前线去；如果国难当头，却不肯到前线效命，必是假团，必是土匪冒充，本抚必当痛剿！"

胡景贵不得不佩服，袁世凯随机应变的能力实在无人可比，他这是要借上谕的名义痛剿义和团，便提醒道："大人不能一味用剿，人皆有父母子女，或为人子女，脑袋掉了可就再也长不出来了。"

袁世凯对胡景贵的提醒不以为然道："我不剿义和团，我只剿不去御侮的假团。"

两天后，袁世凯下令给全省司道府县和驻军：

本部院风闻直隶保定、河间一带，有义和团聚会，多各自称能避枪炮，可御强敌。现在天津、津沽等处洋兵麇集，侵扰甚急。该拳民等应克日前往,奋勇助战,以践前言,绝不致窜回山东省。倘若有畏葸不前,托词观望,分散流窜山东沿边一带,必是土匪冒充义和拳会之名,希图结党滋事,趁机抢掠。此辈为乱民,并非义民,应即刻查拿首领,严加惩办,以靖地方而安良民。须知拳民、土匪本有区别。迅往天津前敌助战者,即是拳民义士;回窜内地滋扰者,即是土匪。盖当时局艰危,果然是义民,必有赴汤蹈火而唯恐落后者,怎肯扰害地方? 其到处扰害地方,必是土匪无疑。万不能因其冒充拳民,遂从宽典。

袁世凯如今是按"召集成团,借御外侮"的上谕行事,所以只要有人打出义和团的旗号,一概强令到京津去与洋人作战"御侮",如果不肯奉命,则毫不客气当土匪剿。因此不出十天,山东义和团基本偃旗息鼓。

这天,有位号称来自端王府的大师兄手持王命令箭非见袁世凯不可。袁世凯让胡景贵先去接见,摸清他的底细。一会儿胡景贵回来了,禀道:"端王派他持王命令箭前来,要在山东设坛。"

袁世凯一口回绝道:"那不行,他要一设坛,义和拳非死灰复燃不可。"

"如今端王是统率义和团王大臣,不让他设坛,怕是有违王命。端王行事霸道得很,得罪了他对你的前程……"

袁世凯当然很看重自己的前程,他口中"嗯嗯"应着,想了一会儿道:"有了,我不妨学一下李中堂。"

怎么学李中堂,他没说,只让人安排"升大堂"。

巡抚大堂很少用,只有众僚属"堂参"或遇有大案堂审时才"升大堂"。袁世凯升大堂不用衙役,而是用武卫右军,洋枪加水火棍,十分别致。但这吓不住大师兄,他怀捧王命令箭,大模大样站在堂上道:"请大人接统率义和团王大臣端王令箭。"

"且慢,我要验下令箭真伪。"令箭呈上来,袁世凯把玩良久才说道,"令箭果然不假。"

"大人接王命,端王口谕……"大师兄如释重负。

袁世凯摆手问道:"且慢且慢,你有王爷手令?"

"没有。令箭在此,何须手令?"

"可有兵部行文?"

"没有,王爷委派,何须兵部行文?"

"那么有军机处的札子也行。"

"也没有。"

闻言,袁世凯一拍桌子道:"好大的胆子,竟然偷窃王爷令箭招摇撞骗,推出辕门立即斩首。"

武卫右军天天练操,难得有杀人机会。袁世凯一声令下,早有六七个人拥上来,任大师兄跳脚大骂,不管三七二十一推到辕门外当街枪毙。

袁世凯当堂写了一封信,说有人偷了王府令箭到山东招摇,已被当众正法,令箭璧还,然后派武巡捕老吕亲自送到京城。

胡景贵大悟道:"大人这分明是学丁宫保。"

当年慈禧派宠监安德海到江南,在山东被丁宝桢当众斩首,借口就是没有内务府的"勘合",是私自出京。

"甭管学谁,反正不能让他们在山东设坛。"

袁世凯又把武卫右军派出大部到直鲁边界,严令义和团不得进入山东境内。再加上他把洋人全部护送到了烟台、威海等地,因此没有再发生一起洋人被伤的事件。无论是德国人还是英国人、美国人,都对袁世凯赞不绝口,认为他在山东施行了卓有成效的管理,是真心维持和平的封疆大吏。

袁世凯在封疆大吏中,也成为万众瞩目的人物,因为山东的地位陡然提高了。京津电报线已经完全被割断,朝廷下发上谕,必须驿递到济南,再由济南转电各省;而疆臣有所奏陈、驻外使臣有所奏报,必得发电至济南,再由袁世凯派驿卒驰递京师。因此山东几乎成了另一个行政枢纽,他也因之与各督抚建立起特殊关系。

7月14日(六月十八日),他与两广总督李鸿章、两江总督刘坤一、湖广总督张之洞、闽浙总督许应骙、四川总督奎俊、署两广总督善联、大理寺少卿盛宣怀、浙江巡抚刘树堂、安徽巡抚王之春、护理陕西巡抚端方联名上奏《时局危迫谨合词敬陈四事折》,一是请明降谕旨,饬各省将军督抚仍照约保护各省洋商、教士;二是请明降谕旨,德国公使被杀,切实惋惜,并致国书与德主,以便别国排解;三是请明降谕旨,饬顺天府、直隶总督查明,除因战事外,此次匪乱被害之洋人、教士等所有损失人命、物产开具清单,请旨抚恤,以示朝廷不肯延及无辜之恩义;四是请明降谕旨,饬直隶境内督抚、统兵大员,如有乱匪、乱兵,实系扰害良民,焚杀劫掠,饬其相机力办。

这四条要求完全否定了朝廷的宣战上谕,全国督抚二十人,如今有十二人联名列衔,这在大清历史上绝无仅有。第二天,他们又联名上折,请保护使馆,并请宋庆派兵保护各国公使到天津;五天后,又再次联名上奏,还是要求保护使馆和在华洋人。慈禧看到十二督抚的联名陈奏,其震惊、悲凉和愤怒可想而知,但又无可奈何。其实她已经有些后悔,所以在攻打使馆的同时,又密令荣禄给使馆送瓜果蔬菜,留一线谋和的希望。但此时,谋和已经不可能。

自从宣战后,董福祥的武卫后军和荣禄的武卫中军就开始抢劫,因为二毛子、洋教堂和百货店已经被抢光了,所以他们专抢官员和富户,京城完全失控。天津的洋人军队不断增加,聂士成率武卫前军与洋人血战,而义和团却乘此机会劫持了他的家人;他忧愤交加,身穿甲午战争中御赐的黄马褂,策马到前敌督战,结果被洋炮炸死在天津城南门外的八里台。聂士成一死,官军士气大挫,天津城被联军攻破。联军与教民奸淫掳掠,大肆报复。宋庆、马玉昆的武卫左军及直隶总督裕禄所部退到城郊的北仓。联军兵力再次得到补充,总数达到四万余人,留一半防守天津,另派一万八千余人一路北上,连克北仓、杨村、河西务,官军及义和团一溃再溃。直隶总督裕禄自杀,帮办直隶军务、奉命统率义和团作战的钦差大臣李秉衡退守通州后自杀。

朝廷屡次急催袁世凯派军增援,但他不想拿鸡蛋碰石头,尤其是他的武卫右军是他的命根子,更不能派出去送死。后来实在推脱不过,他派武卫右军先锋队夏辛酉率三千人赴援,但走走停停,天津失陷后才赶到沧州;朝廷再令夏辛酉部与马玉昆会合,袁世凯以找不到马玉昆搪塞;直到联军逼近京城夏辛酉才向荣禄报到,与联军接触打了一仗,就随荣禄退到了保定。这支援军从济南赶到北京用了一个多月的时间,显然是有意拖延。不然,夏辛酉胆子再大,也不敢如此贻误军机。

8月13日,联军开始进攻京城,此时防守京城的还有武卫中军大部、八旗驻防营、载漪统率的神机营、载澜统率的虎神营以及直隶练军,总数不下十万,而会神功的"义民"则不下二三十万,但他们却抵挡不住联军进攻。15日,联军攻入内城,来不及出城的义和团遭到了联军疯狂的报复,仅在庄王府一处就有一千七百余团民被杀戮。联军大掠三日,当时上自联军将军、下至普通士兵、公使及传教士,还有随联军进城的教民都参与了抢劫和屠杀。日军从户部抢去白银三百万两,并纵火毁灭罪证。各衙门所存库款、财物都被劫掠一空。

在联军进攻京城的次日早晨,慈禧携光绪、大阿哥以及载漪、载澜等亲贵大臣换上百姓衣服,出宫经西直门逃往昌平,开始了"西狩"。因为实在太匆忙,既没带银两,更没有换洗衣服,而且百姓已经逃光,要找一口吃的也很难,平时御膳上百个菜的慈禧也只能喝凉水、啃生玉米。一直到了怀来,才遇到第一位前来接驾的官员——曾入李鸿章幕府的曾国藩孙女婿、怀来知县吴永。吴永千方百计准备的食物被溃兵抢光,只勉强护住了一锅小米粥。慈禧等人用高粱秆做筷子,顾不得体面,狼吞虎咽得以饱餐。吴永又将自己家眷的衣服献给太后及跟随的妃嫔,慈禧才得以换下已经馊臭难闻的衣服。

袁世凯得到两宫西行的消息已经是数天后。向山西打听消息最方便,但山西巡抚毓贤支持义和团,电报线全部破坏。他只能舍近求远,发电报给陕西巡抚端方,得到消息说两宫已经进入山西境内,三两天预计可到太原。袁世凯料到两宫路上一定十分狼狈,立即下令从布政使、盐运使等各衙门库中凑集现银十万两,并截存安徽、江苏解京饷银十六万两,一并派人送往山西。另外时近中秋,山东的例行贡品包括香橼、佛手、恩面、凤尾菜及羊皮等,每年于八月初送进京中。但因为战争原因,派出的专差又折回德州。香橼、佛手等如果再送到山西,必定全部烂掉。袁世凯考虑到天气很快转寒,山、陕地方穷困,设法采购了绸缎一百六十匹,派专差解送到行在。他把胡景贵叫到签押房道:"月舫,有一个差使辛苦异常,不知你是否愿意走一趟?"

胡景贵问:"什么差使,大人吩咐就是。"

"哪谈得到吩咐,是送银物去行在的差使。解银和送贡礼都已有专差,但我对他们不放心,总得把咱们的一番心意表达清楚。另一个原因,则是让你能够见到两宫,将来有机会我上荐折,也好铺陈一笔。"

这趟差使辛苦不说,还有性命之虞,因为路上一则有义和团,二则有联军士兵,押解银钱贡物最容易"劫纲"。但正如袁世凯所说,这是一个讨好太后的难得机会,胡景贵不能不领情,回道:"大人如此用心,我没有推托的理由。我收拾一下,大人说什么时候起程?"

"当然是越快越好。最好赶在其他省份的前头,将来各省银物陆续解到,就不稀罕了。"

袁世凯着人起草了两份奏折,奏明派员赍饷及进贡绸缎的情况,以六百里加急送往行在,而胡景贵则随后出发,一路西去。随后袁世凯又续拨藩库银四万两,东海关京粮银三万两,粮道库边粮银三万两,共计十万,再次派员解往行在;同时又采购时鲜果品四十桶,一并解往。

原来,联军占领北京后,以追剿义和团为名四处派兵烧杀抢掠,但一到山东边界便不再进兵,因为联军元帅瓦德西有令不许踏进山东半步。山东的百姓也大都改变了对袁世凯的评价,认为幸亏袁巡抚头脑清楚。

李鸿章与洋人的谈判并不顺利,因为各国要求惩办祸首,而慈禧则一方面希望自己不列入祸首名单,另一方面又希望亲贵大臣能够保住命。但洋人不肯让步,最后结果是慈禧免于列入祸首,新年一过,庄亲王载勋赐自尽于蒲州;流放新疆的毓贤正法于兰州途中;英年、赵舒翘自尽;启秀、徐承煜(大学士徐桐之子)被杀,刚毅于数月前病死于途中,但仍然判赐死;载漪、溥儁由于身份特殊,总算保住性命,但一年后仍被判流新疆。除此以外,各省凡是祖护义和团的官员,不少人被革职、查办。

年底前,朝廷下诏宣布改弦更法:"世有万古不易之常经,无一成不变之治法,不妨如琴瑟之改弦。""深念近数十年积习相仍,因循粉饰,以致成此大衅。现正议和,一切政事,尤须切实整顿,以期渐图富强。懿训以为取外国之长,乃可补中国之短;惩前事之失,乃可作后事之师。""着军机大臣、大学士、六部、九卿、出使各国大臣、各省督抚,各就现在情形,参酌中西政要,举凡朝章国故、吏治民生、学校科举、军政财政、当因当革、当省当并,或取诸人,或求诸己,如何而国势始兴,如何而人才始出,如何而度支始裕,如何而武备始修,各举所知,各抒所见,通限两个月,详悉条议以闻。"

朝廷改弦更法,袁世凯十分支持。当年他告密,其实并不是反对变法,而是反对康梁式的变法。何况如今他已经跨入疆吏的行列,当然要展示自己参与朝廷大政的能力。他是个极善把握时机的人,与幕僚们三番五次讨论,总结了戊戌变法及近年来的教训,于光绪二十七年三月初七(公元 1901 年 4 月 25 日)上《遵旨敬抒管见上备甄择折》。奏折首先谈办理新政的一个基本原则,那就是不能急于求成,"现或苦于人才之不敷,或绌于财力之不足,而又有浮议挠之,锢习蔽之,虽有良法美意,未易一概施行。臣权衡轻重缓急,通盘筹划,其骤难兴举者,贵乎循序渐进,不可操切以图;其亟须变更者,又贵乎明断力行,不为庞言所动。核其要在于熟审治法,能慎始乃能图终"。

袁世凯提了十条建议,一是"慎号令"。这其实是针对光绪变法时一天连颁数道上谕的教训而言,他认为,号令者,国之大权,"必精审详度,计天下实可遵行者,而后毅然出之,决无反汗,期在必为,始可风动四方,日臻上理。倘不慎之于始,或发一号而窒碍多端,势将半途中辍。或施一令而流弊丛出,又将易辙而行"。二是"教官吏"。他建议在京师设立课官院,精选官员入院学习,课以本国史学、掌故、政治、律例以及各国约章公法、西政西史。各行省也要设立课吏馆，令候补人员入馆学习吏治、时务、交涉等项。对入学者严加考核，量才使用。三是"崇实学"。"百年之计，莫如树人。古今立国，得人则昌。作养人才，实为图治根本。查五洲各国，其富强最著者，学校必广，人才必多。中国情见势绌，亟思变计，兴学储材，洵刻不容缓矣。拟请饬将京师本有之大学堂认真整顿，竭力扩充。并饬下各行省厚筹经费，多设学堂，或仿照各国学校章程，区分等次，依次推广。务使僻壤穷乡，皆有庠序。"接下来又建议"增实科"，即改革科举制度，拿出百分之二十的名额，专设实学一科，让那些精通外语、善于办洋务的人获得正途出身；五是"开民智"，建议各省一律官办报纸，发行至穷乡僻壤，用以启发民智，耳目日新，既可利益民生，并可消弭教案；六是"重游历"，建议"简派王公，分赴外洋各国，慎选留心时务之京朝官随从游历，考究各国政治、学术、风土、人情，既资以广见闻，亦借以观敌势，濡染既久，智慧日生"。同时鼓励各衙门人员到外洋游学；七是"定使例"，对外交人员加强培训和管理；八是"辨名实"，就是提高官员俸禄以养廉，同时加强厘税管理，以杜绝贪腐；九是"裕度支"，也就是广开财源，采矿产、造铁路、兴商务、通货币及一切生财之道，凡利国利民者，官方皆提倡保护。最后一条是"修武备"，虽然放在最后，但袁世凯用心颇多。他建议各省多设武备学堂，广储资材。并建议朝廷简派知兵大员，详定营制操法及选将募兵各条规，请旨颁发各省遵照办理，并分调各省军营弁目，遴派大员，督率训练。其实只要一用心，就知道袁世凯想借此进一步扩大他武卫军的影响力。因为如今能督率训练的，当然是他的武卫右军将官为佳！

讲完十条建议，袁世凯笔锋一转，谈他对大清未来的认识。自甲午以来，大清积贫积弱，变法失败了，义和团又溃败了，数万联军如入无人之境，横扫京津，创剧痛深，财绌力竭，朝野上下一片悲观。他认为朝野上下首先要振作精神，才谈得到希望，因此不吝笔墨，大谈对未来的信心，也算是给朝廷鼓劲，这也正是慈禧所喜欢的。

袁世凯的复奏递到行在，又在慈禧面前讨了个好彩头。原来，慈禧当年不惜发动政变，反对变法，如今偏居一隅，发这样一个上谕，到底是真心还是应付列强？封疆大吏摸不准太后的真实心思，都不敢贸然复奏。眼看已经两月又十天，却没有出现热议新政的局面，实在令慈禧有些尴尬，所以袁世凯的复奏可谓正当其时。

袁世凯不仅第一个率先复奏，他还决定山东要在新政上先行一步。应当举办的新政颇多，但他认为最急需而又易见成效的就是兴办学堂。他召集幕僚们商议，唐绍仪已经出任山东洋务局总办，他及手下的几个会办是必不可缺的人。其中有一个叫周学熙，是周馥的四儿子。他十六岁即考上秀才，但后来参加顺天府乡试时卷进了一场科举舞弊案。朝廷彻查，核对考卷，最后查实了三人，周学熙有惊无险，但由此对官场生畏。后来捐了个直隶候补道，三年前出任了开平煤矿的会办。能得此优差，除了他本人能干外，主要是与主政开平煤矿的张翼有姻亲关系——周学熙的七弟娶了张翼的女儿作为继室。如今京津义和团闹得鸡犬不宁，周学熙随唐绍仪一起投奔袁世凯，被安排到洋务局。他对外国的教育颇有了解，对举办新式教育也多有所献议。

外国教育的惯例是小学升中学，中学升大学。袁世凯与众人连番商讨，大约有了个设想。他的计划是小学由州县办，中学由府里办，而大学则在省城先办一所。但如果等州府的中学办出眉目，学生再升入大学，则势必要等上若干年，袁世凯如何等得及？所以他主张在济南办一所从小学到大学一贯制的学校。学生大致设四级，第一级为蒙养学堂，挑选七岁至十四岁的幼童入学，学习八年，专读经史，并授以简易的天文、地舆、算术知识。毕业后选入第二级"备斋"，除温习经史外，再学习浅近政治，大约相当于州县的小学。备斋毕业后入第三级"正斋"，学时四年，分科为中国经学、中外史学、中外政治学、商学、工学、矿学、农学、测绘学、医学等十门，大约相当于各府的中学。正斋毕业后升入第四级"专斋"，相当于国外的大学，学习二至四年，所学内容将来慢慢规划。至于经费，暂定六万两，将来山东财赋宽裕，随时补充。

袁世凯让唐绍仪推荐举办山东大学堂的人员，唐绍仪笑道："远在天边，近在眼前。"他所推荐的正是周学熙，袁世凯也有此意。其他人员则由周学熙筹划，洋教员的聘任则请唐绍仪的洋务局帮忙。具体到学制、管理等各项制度，概由周学熙负责。

袁世凯托付道："缉之，俗话说'十年树木，百年树人'。我把山东大学堂看得很重，你可不要把自己当个教书先生不以为意。重任在肩，山东新政全由你来开篇呢。"

周学熙回道："大人放心好了，办新式学堂也是我的夙愿，定然全力以赴，不负所托。"

兴矿业、办金融、整财税，袁世凯还有好些计划想展开，但他的母亲刘氏却于节骨眼上去世了。袁世凯的生母刘氏和嗣母牛氏一直生活在乡下，去年嗣母去世后，他才将生母接到济南。但义和团闹得厉害，各种流言传入老太太耳中，老太太以为儿子杀伐太重，日日念阿弥陀佛，但心病难去，积郁成疾，又加冬天受了风寒，病情加重，四月二十九日于济南病逝。

袁世凯立即交代政务，上奏朝廷准备丁忧守制。此时和议尚未签字，山东官员又请求朝廷夺情，因此朝廷下旨：

> 袁世凯现丁降服忧，理应守制，唯山东伏莽尚多，交涉尤关紧要，袁世凯抚东以来，办理均臻妥协，正赖该抚通筹全局，以济时艰。着赏假百日，即在抚署穿孝，假满后改为署理，照常任事，用副委任。山东巡抚着胡廷干暂行护理，遇有要事，仍着商同袁世凯，妥为筹办。钦此。

# 第七章

## 署直督恭迎銮驾　寻奥援贿交权贵

袁世凯丁母忧，朝廷夺情，只给百日假期，到八月初九假期已到，次日他就上折销假谢恩。袁世凯一复任，就赴黄河险工勘查。黄河淤积严重，山东段每年都出险情，今年有两处决口，一再漫决。若不尽快合龙，一到十月凌汛到来，则更无从措手。袁世凯调武卫右军及先锋队数千人分赴两地，严限两月内合龙。他在河工上待了二十余天，抢险、救灾安排妥当才返回济南。

当时《辛丑条约》已经签订，赔款四亿五千万两，国人人均一两；分三十九年还清，本息高达九亿八千万两。这笔巨款当然由各省理赔，山东分到的任务是每年赔款九十万两。这笔突然增加的支出如何办理，朝廷要求各省必须切筹办法。袁世凯与司道幕僚们商议，救急的办法是成立筹款总局，专门负责整饬杂税厘捐各事宜，并在地方设立分局，名头是杜绝地方中饱侵蚀，其实是加大搜刮，与地方争利。而长远治本之策，则是举办自强新政。他在奏折中说："国债永无了期，国势更难自立。譬之重疾之人，血气大亏，疮疖遍体，不思服药以培气，徒恃剜肉以补疮，疮未合而肉已先消，疾日增而气愈不固，一旦更为风寒所袭，遂至不复能支。为今之计，偿债固属急务，自强尤为要图，必须统顾兼筹，始可勉为善图。况东省强邻逼处，铁路纵横，久已受制于人，不啻据我堂奥，尤当力筹防范，冀可隐杜侵陵。凡营伍、器械、学校、商务、制造各端，在在均关紧要，亟须因势利导，逐渐振兴。"

袁世凯的奏折深得慈禧的赞赏，很快军机大臣得旨：筹办极有条理，具见公忠，殊堪嘉尚。各省皆能如此认真，何难妥筹巨款？

朝廷自年初推行新政，颇有些动静，袁世凯要求山东的新政必须走在全国前列。他丁忧期间,几项新政一直在紧锣密鼓地筹办。九月二十四日这一天,他连上两折三片,全都事关山东新政。

一是奏呈山东试办大学堂情况。经过数月筹备,山东大学堂将于近期开学,首批招收学生三百人,由周学熙任总办,聘请美国人赫士任总教习。袁世凯在《订美国人赫士充大学堂总教习片》中说:"各种西学,必须延聘洋人,为之师长以作先路之导。现由臣访订美国人赫士派充大学堂总教习,该洋人品行端正,学术淹通。曾在登州办理文会馆多年,物望素孚,实堪胜任。"这是摆在桌面上的理由,不能摆到桌面上说的,是英国人租借了威海,德国人占据了胶澳,他希望通过聘任赫士来加强与美国人的联系,将来借势美国对英、德能有所牵制。

二是创设山东商务局。袁世凯出任地方后,与洋人打交道多了,对各国情况也更加了解,对各国以商致富感受颇深。"考泰西各国,待商甚优。各埠均设商会,国都设总商会,以爵绅为之领袖,其权足与议院相抗。并特设商务部专理其事。其经商他国者,则为置领事以统辖之,驻兵舰以保卫之。有大利害则领事以达于公使,而争诸其所经商之国,务逞其欲而后已。故商人有恃无恐,贸易盛而国以富强,论者至以商战目之,非虚语也。"大清则对商业不够重视,商人地位也很低。"中国商人力薄资微,智短虑浅。官吏复轻为市侩,斥为末民,平时则听其自为懋迁,遇事辄不免多方抑勒。故良商畏避官吏几如虎狼,自保弗暇,何暇远谋?若不亟图整顿,恐中国商利外溢,将益重江河日下之忧。"袁世凯在省里设商务局,在府县分立商会,公举董事。"其局员务痛除官场积习,其董事务熟悉商业情形。要使官与商可呼吸相通,商与商可臂指相使。有弊则易以革,有利则易以兴,有限于财力权力者,则为之扶掖以助成之,有受人抑制欺凌者,则为之纠察而保护之。庶民皆知商之可为,商皆知业之易保。从此风会日辟,知识日增,商务日兴,货物日阜,内之而生计不忧终窘,外之而利权不尽旁倾。"

三是设课吏馆。袁世凯在年初就建议,朝廷在京师设课官院,各省分设课吏馆。山东候补正佐各员一千多人,山东课吏馆已经开课,分批培训,教授政治、洋务、财赋、河工等知识。袁世凯计划通过考试考核,奖优罚劣。特别优秀的他将亲自传见考察,酌情委用。

四是设校士馆。朝廷已经下旨,明年开始,乡试、会试皆废八股,改试策论,兼试中外各学。但大量士子一直是在八股文上用功夫,对各国政治、艺学很少涉猎,就连中国政治、史学也不能贯通,转瞬应试,如何应付?所以袁世凯要求各府县都设校士馆,由省里统一赶印书籍教材,分发各属。举人、秀才都可以前往学习。这一举措令手足无措的士子们犹如抓住了一根救命稻草,颇获赞誉。

此时,两宫銮驾已经进了河南,少则一月多则两月必能到京,为了加强京畿治安,他上奏请派甘肃提督姜桂题率军三千北上,驻扎近郊。经八国联国一战,驻扎直隶的武卫军及淮练各军已经崩溃,只有袁世凯的武卫右军因随他调至山东躲过一劫,如今成了朝廷的唯一依赖。两宫回銮在即,但京师并不安定,袁世凯主动派兵,也是间接向慈禧献媚。慈禧曾对军机大臣王文韶道:"袁世凯行事,总是能赶在前头。"

北方冬天来得早,天气已十分寒冷,而随驾的官员家中大都遭到了抢掠。亲贵大臣有来钱的门路,不致受大难为,但下级官员则愁肠百结,不知入都后如何过冬。袁世凯打算捐银接济这些官员。这是好事,但如果让太后以为他有意收买人心,那就弄巧成拙了,所以他又专发一封电报请示荣禄。荣禄正在陪驾北上,请示他与请示太后无异,他也必定向太后密禀。荣禄回电,极力支持。袁世凯为了撇清收买人心的嫌疑,又与张之洞、刘坤一相商,两人也是慨然应允,结果三人筹了三万两银子派专差解往行在,专门发给五品以下的官员。此举广受好评,作为首事的袁世凯更是被人赞不绝口。

李鸿章与列国谈判期间,受尽屈辱和磨难,身体已经垮掉,签订条约前就开始吐血。更为严重的是,俄国人要在条约之外谋取在满洲的更大利益,以道胜银行的名义提出了旨在掌控满洲一切权力的合同,而当年李鸿章与俄国人签订《中俄密约》时,又收受俄国的贿赂,所谓拿人手短,吃人嘴软。俄国公使和道胜银行的代表连番凌逼,态度相当霸道,李鸿章因此病势加重。

李鸿章死后,谁出任天下督抚之首的直隶总督?中外都十分关注。外国人尤其关注,他们当然不愿裕禄、毓贤这类保守、顽固而又愚蠢的官员出任,几乎无一例外,最欣赏的是袁世凯。这个意见由德国公使在武昌向湖广总督张之洞转达,并希望他能将列国的意见奏知朝廷。久历封疆的张之洞如今要被只当了两年山东巡抚的后辈袁世凯超越,其心中的酸楚可想而知,但他不得不佩服袁世凯,其人之见识、胆略非比常人!他电告军机处,说年来各国提督领事皆盼以袁世凯为北洋大臣。

光绪二十七年九月二十七日(1901年11月7日),李鸿章终于在俄国的凌逼下吐血而死。追随李鸿章大半生的老友兼下属周馥电禀朝廷:"大学士直隶总督李鸿章于本日午刻出缺。所有总督关防,敬谨封存。特电禀。"

接到电报时，两宫行驾正在河南荥阳，上自慈禧、光绪，下至随扈各员及宫监侍卫，无不相顾错愕，知道大清这座大厦已经失去了顶梁柱，即便曾经交章弹劾李鸿章的翰林清流也不能不为之扼腕。如何厚恤李鸿章，其实朝廷早有准备，当日下旨："李鸿章着先行加恩，照大学士例赐恤，赏给陀罗经被，派恭亲王溥伟带领侍卫十员前往祭奠，予谥文忠，追赠太傅，晋封一等侯爵，入祀贤良祠……"

李鸿章之死固然引举国关注，最令人关注的则是他遗下的直隶总督兼北洋大臣之缺。与厚恤李鸿章旨意的同时，朝廷还有一道上谕：

> 以山东巡抚袁世凯署直隶总督，兼充北洋大臣，电饬迅速赴任。未到任前，以直隶布政使周馥暂行护理。漕运总督张人骏为山东巡抚，电饬迅速赴任。未到任前，以山东布政使胡廷干暂行护理。

得此重任，袁世凯真是喜出望外。当天夜里，他彻底失眠，从日落到重新日出东天，没有合眼。太激动，实在睡不着。他干脆不睡，吃过早饭就把老阮叫来，让他立即起草一封电奏，请朝廷收回成命。这显然是官样文章，做做样子。果然，朝廷第二天就回电，说现在时事方殷，直督之任关系尤重。袁世凯经朝廷特简，着即速赴新任。务当移孝作忠，勉副委任，毋许固辞。于是袁世凯不再辞，上谢恩折子，奏报朝廷，将山东省营务、洋务及地方经手各要事尽快办完后，就束装北上，星驰赴任。

阖城文武和绅商代表都来道贺。官员们除了礼节上的祝贺外，有些人希望能跟袁世凯到直隶去谋个高就，有的则希望袁世凯临走前能够再提携一把；绅商们则感到可惜，因为袁世凯成立商务局、办官银号是一副大办商务的架势，可他一走，后任未必能够锦上添花。忙到深夜巡抚衙门里才静下来。

袁世凯要走，交代的事情不少，首要的是为官员请功，临走前示惠于人，也为得力部下谋个升迁。连夜与心腹们密议，安排起草五六份折、片，次日下午同时拜发。一份奏折是《汇保山东迭次剿匪出力各员折》，山东民俗强悍，伏莽素多，尤其近年来义和团野火燎原，他所统带的武卫右军及先锋队再加各州县文武，驰骤于枪林弹雨之中，异常劳苦。袁世凯列了一个长长的名单。武职提督衔记名简放总兵任永清，请以提督简放；两江补用副将吴长纯、山东补用副将王世清、陈泰交、方致祥，请以总兵记名简放，并加提督衔；参将陈万清、吴大英以副将补用;副将衔游击徐邦杰、赵国贤等六人都以参将补用;以都司升游击、以守备升都司、以千总升守备更以数十人计。文职候选道刘永庆,交军机处记名简放并加二品衔,唐绍仪请加二品衔并赏戴花翎;补用知府阮忠枢、刘恩驻以道员补用并加二品衔;以文职而带兵的知府王英楷、王世珍以道员尽先选用并赏戴花翎;他的爱将试用同知段祺瑞升知府补用并加三品衔,直隶州知州冯国璋以知府补用并加盐运使衔,倪嗣冲、雷震春、张怀芝、段芝贵、江朝宗等都得升迁。这一保案,文武总计一百七十余人。

选官用官本是朝廷神器,例不准虚掷。但自曾国藩创设湘军,出任两江总督后,朝廷依赖日重,给予了保荐功臣的权力,左宗棠、李鸿章、张之洞、刘坤一等封疆大吏相沿习,滥保的问题日益突出,但还没有到袁世凯这个程度。袁世凯善以功名驱人,他在小站练兵时,尚限于保荐武职部下,到出任山东巡抚后,便得以文武通保,这次保荐人数如此之众,相当一部分不过是办了些鸡毛蒜皮的小事,实在谈不到多大功劳,不过是奔走门路,得以列名。

对于功劳特别大的,还要附片荐保。文职他保的是唐绍仪,理由是山东教案丛出,棘手万分,唐绍仪依次磋磨,逐渐清理,一律就绪,尤其各国因教案索赔八十四万两,经唐绍仪再四驳斥,以十七万九千两结全案。"该员才识卓越,血气忠诚,谙练外交,能持大体,洵为洋务中杰出之员,环顾时流,实罕其匹。兹又议结巨案多起,未便没其功勋,拟破格恩施,俯准将唐绍仪以道员交军机处记名简放藉资鼓励。"

武职则是附片保荐张勋。张勋是山西人,出身于清贫农家,自幼顽劣,十三岁时父亲去世,染上了赌博恶习,母亲管教他,他竟然拳脚相加。母亲一气之下悬梁自尽,族人公愤,要开祠堂行家法。但一个姓曹的秀才却认为张勋将来必成大器,将女儿嫁给她,并资助他远走省城。他在南昌臬司衙门站了几年门岗混口饭吃,后来经衙门师爷推荐,到湖南投潘鼎新进抚标营当了兵。中法战争的时候,随潘鼎新到了广西,归隶到广西提督苏元春部下。后来立了点小功,当上了亲兵什长。有一年苏元春打发他带万两银子到上海购洋货给朝中权臣送礼,结果他一到花花世界,吃喝嫖赌,把银子全花光了。他向人借了几十两银子回到广西,向苏元春负荆请罪。苏元春念他没有一逃了事,还算得上有点担当,因此并未责罚,推荐他投奔辽东的宋庆。后来见姜桂题投奔小站练兵的袁世凯,不久他也投到小站。在剿杀义和团中,张勋十分卖力,因此袁世凯要附片单保。"副将张勋胸裕韬钤,有胆有识,血诚忠勇,精悍绝伦。上年剿办直东各匪,厥绩最多。每至一处,必先规划形势;每动一著,辄能制贼死命。往往以寡击众,迭著奇功,声威烂然,士民交颂。平时抚驭卒伍,亦能恩威并济,众乐为用,有古名将风。"袁世凯奏请"副将张勋以提督衔总兵交军机处记名简放,并赏加勇号"。

隔日又上一折,为黄河抢险人员请功,奏请因黄河出险被降革的官员予以复职,推荐升职、升衔的则达到八十余人。袁世凯数天内前后奏保的人员达到二百五六十人,朝廷都是"着照所请"。

袁世凯如今是平步青云,推源溯流,李鸿章是他最大的恩人。如果没有李鸿章的赏识,他如何能够在朝鲜扬名天下?虽然后来有些闹得不痛快,但在严禁义和团、东南互保上又得到了李鸿章的盛赞,"幽蓟云扰,齐鲁风澄",这句考语出自朝廷倚为柱石的李鸿章之口,比保荐折子还管用。何况,李鸿章经营直隶二十余年,门生故吏遍布朝野,如今袁世凯去接掌直隶,不能不对李鸿章表示出特别的敬重。所以他专上一折,历陈李鸿章在山东与捻军作战、赴烟台交涉马嘉礼案以及晚年治理黄河等功勋,请宣付史馆,采入传记。

此外还有洋务、军务上的几件事情,安排妥当后将巡抚关防、武卫右军先锋队关防移交护理巡抚胡廷干,奏报朝廷,将于十月十一日起程赴直隶。随这一奏折,又附片奏调唐绍仪到北洋,帮他办理交涉事件。袁世凯的打算是让唐绍仪出任专司洋务外交的津海关道,如今先打个伏笔下去。

袁世凯于十月十一日带着唐绍仪、阮忠枢等心腹幕僚由济南起程。天津城尚在洋人手中,又因战火毁坏严重,他不能到北洋大臣驻地天津接任,而只能暂到保定。保定是直隶省城,藩、臬等官员皆驻于此。一路上快马加鞭,六天后到了保定府东南的高阳县。护理直隶总督、布政使周馥派天津知府凌福彭、保定营参将韩廷贵将北洋通商大臣钦差、直隶总督、长芦盐政印信及王命旗牌文卷等送来等候。第二天一早,恭设香案,袁世凯正式署理直隶总督兼北洋大臣。

高阳到保定,不足七十里,袁世凯一行赶早起程,下午一时多就到保定城外。周馥率阖城文武及绅商名流数百人在城外相迎,袁世凯拉住他的手道:"世叔,劳您出迎,实在不安。"

"不敢当,如今你是上宪,我是属官,出城相迎天经地义。"周馥将按察使、道、府、首县及保定营统带等重要文武官员向袁世凯介绍,袁世凯一一与他们打招呼,目光炯炯,面带微笑,在众人看来,他们的新上宪干练、威严,将来未必好侍候。

众人给袁世凯接风，他虽然不喜欢喝酒，但礼节上总要过得去，推杯换盏，耗去一个多时辰。众人散去，袁世凯独留周馥说话。因为周馥的四子周学熙就在袁世凯手下当山东大学堂的总办，同时还兼银元局总办，周馥首先问道："犬子在大人手下当差，不知成器不成器？"

袁世凯摆手道："世叔不要这样叫，叫我慰廷好了。"

"这怎么行！你觉得我叫你大人不入耳，你叫我世叔也不合适。从前你叫我一声世叔，我倚老卖老也就应了。如今你是上宪，再这样叫就不合规矩了。"周馥也推辞道。

"当年我三叔与您是兄弟相称，我叫一声世叔天经地义。"

周馥连连摇手道："那是从前，那时你年轻，私下来都好说。如今你已是封疆大吏，我不敢当这一声世叔。不如私下里我们兄弟相称，你叫我一声老兄，我叫你一声老弟，这样都自在。"

官场尊卑，唯官为大。除了父子、师生外，因一人升官，义结金兰的把兄弟交回帖子，再交弟子帖的大有人在，周馥坚持如此，袁世凯也就不再勉强，改口道："兰翁如此坚持，我是恭敬不如从命。说起缉之来，那可是我的得力臂膀。山东大学堂亏他一手经理，银元局更是办得风生水起。缉之精明有条理，从文、致仕、经商都拿得起放得下，真正是多面手。他是碍于你在北洋，又加山东大学堂、银元局接手乏人，所以让他暂屈居山东，等北洋这边有眉目了，我定然把他调来，洋务商务，都要借他大力臂助。"

"老弟真是太抬举他了。靠着大树好乘凉，犬子的前程都托在老弟肩上了。"周馥拱手道。

袁世凯当仁不让道："兰翁放心，我有一样好处，爱才如命，只要有才能，我就要放手使用。我来前，刚刚向朝廷奏保二百余人。"

周馥真是吓了一跳，因为他跟随李鸿章多年，李鸿章文治武功，大仗恶仗打过不少，办洋务更是无出其右者，但一次奏保二百余人，从未有过。

袁世凯笑道："把兰翁吓到了？一个人要成事，不是自己有多少本事，关键是把有本事的人用起来。你能用人，能保人，才会有人聚过来，聚过来的人才能真正帮你办事。有些人把抽屉里的官印摸来捏去，棱角都磨平了还不舍得授人，这样的官是糊涂官，遇到这样的上宪，算是倒了八辈子霉。还有，我用人用其所长，不较细故，如果一味苛求，只用四平八稳的人，那就把真正的人才漏掉了。"

周馥是方正之士，他认为李鸿章用人已经够滥，袁世凯更是青出于蓝。但偏偏就是这样的人才能成事，真正是无可奈何。

话不投机，袁世凯话锋一转问道："直隶如今的情形到底如何？"

周馥回道："情形不太好。一是大乱初平，无论贫富之家，损失都很严重，恐怕一时恢复不起元气；又凭空加了一笔庚子赔款的支出，财力更是捉襟见肘。二是伏莽甚多，虽然没有大股作乱，但四处都不能安静。"

袁世凯插话道："这一条最要命，两宫车驾不久就要进直隶境内，是一点儿纰漏也不能出。翰卿已经入直几个月，他给我回信，总说小毛贼不足虑，我担心他大意了。"翰卿就是甘肃提督姜桂题。

"这倒没有，自他率军入直，京城周边已经安定。"

"光京郊安定不够。我再派张少轩（张勋）带人到直豫边境，沿御路两边进行清剿。两宫行驾一入直隶，就让他率军随行护驾。他这个人虽然粗率一些，却很有担当，很有决断，答应的事情很能用心。"

周馥拱手道："幸亏老弟手下猛将如云，不然接驾这事真把人愁坏了。"

"这一阵其他的事情先放放，先集中精力安排接驾的事。接驾的事，兰翁必定已经安排妥当。"

"妥当不敢说，不过不敢大意。文忠公在时，我已经奉命成立了大差总局，我总司其事，下面又分派了十余人各司其职。圣驾自磁州（今磁县）入境，过邯郸、顺德（今邢台）、内邱、栾城然后到正定，再换乘火轮车过保定，再到正阳门。迎接圣驾是千头万绪，但要紧的三大端，一是路上的安全，你带兵过来我就不必愁了。二是一路上的御膳及随行众人伙食，御膳我已经安排出资交由御膳房包办。三是一路上的交通工具。銮舆及亲贵、军机所乘用的轿子，我已经派人与河南那边接洽，届时按他们的规矩或者略高于他们的规矩，给付薪资，也免于咱们另行雇觅的麻烦。"

袁世凯赞道："好得很，兰翁已经考虑得很周全。到时候你先行一步，到彰德府（今安阳）设法见到李总管，再与河南负责大差的官员接头，请教大差的事项。我到直豫边界或者邯郸去迎驾，跸路上的行宫都不要太寒酸了。两宫这次西狩吃尽了苦头，不能再在直隶吃苦。"

"我也是这样安排的。不过，到时候最好还是请你去看看才能放心。"

袁世凯听完又问道："从正定坐火轮车，是铁路上安排还是直隶也负其责？"

周馥回道:"一切都由盛杏荪操办,从订购花车及车厢到沿途警戒,再到铁路洋员的安排,都是铁路总局负责。"

"无论谁办理,总归是在直隶的地面上,出了差错我们难逃干系。到时我要到铁路上看看。"袁世凯想了想又说道,"銮驾自十月初二到了开封,已经半个多月,却没有启銮的消息,何以在开封久驻?"

"大约是要办理的事情太多。两宫已召庆王爷去见驾,有些事情要商议。"周馥也一时说不清楚。

袁世凯沉思良久后道:"两宫召庆王去商议,商议什么呢? 或者说,太后担心什么事情?我想,应当是洋人态度。我们应当摸清列国对太后的态度,换句话说,我们应当设法让列国能让太后面子上好看些。"

慈禧当初贸然向十一国宣战,纵容义和团烧教堂杀教民,虽然在李鸿章的周全下没把她列为祸首,但列国对她的不满则是肯定的。如今回銮在即,如果行事向来任性的洋人表现出对她的不敬,一辈子最要面子的她如何能受得了。特别是洋人自始至终对光绪持赞赏的态度,这更让她如鲠在喉。

"从前李文忠公在,这些事情都还好办。如今总理衙门那帮人都怕与洋人打交道,庆王爷也是一筹莫展。"周馥回道,"而且,外务部如今是瞿大军机负责,别人不好插嘴。"今年春天入军机的瞿鸿禨算是正人君子,但人无完人,心胸有欠开阔,很容易开罪。

"不然,当年文忠公任直督,与洋人交涉都是他在办,总理衙门反而居于幕后。我们没有文忠公的本事,但该办的事还是要办。津海关道至关重要,该道得人,则大有可为。如今天津道是谁?"

"前任津海关道被盛杏荪奏调到南洋办理交涉后,一直由天津道张连芬兼署。"

咸丰八年(公元1858年)始,大清海关由外国人管理,称税务司,清廷则命道员监督海关,称海关道。海关道共有十五个,唯有津海关道为专职,余皆为兼任。袁世凯一听津海关道还是兼署,正好可以让唐绍仪出任,便道:"天津道地方事务繁忙,恐怕无力兼顾交涉。"

"老弟囊中有高人?"周馥立即明白袁世凯有心腹要安排。

"就是唐少川,当年跟我在朝鲜办了十几年的交涉,还和缉之一块会办过开平煤矿,到山东后与德、英、法等国领事交涉,全赖此君。"

周馥点头赞同道:"的确是不错的人选。"

"他是曾文正公派出的第一批留美学生，与洋人打交道自有他的一套本事。如果让他出任津海关道，借上任去拜访列国公使，摸清各国的意图，设法让各国给太后些面子，这件事情办好了，便是天大的功劳。"

"这就去了太后的一块心病。不过，瞿大军机如今兼任外务部，只怕他会拈酸吃醋。"

袁世凯是想到就做的人，不肯拖泥带水，干脆道："这就看唐少川的本事了，既能摸清洋人的底细，又能不着痕迹最好。"

周馥见袁世凯主见已定，就赞同道："那好，唐少川出任津海关道，正好让他去办理讨回天津的事情。天津还在洋人手里，直隶就不能算得上完璧归赵，想来总是添堵。"《辛丑条约》签订后，联军已经如约撤出北京，但天津却迟迟不肯交还。

"岂止是添堵，一日不能收回天津，我这直隶督署便一日无颜见直隶父老。天津不收回，我就驻在保定，何时洋人撤走了，我何时移督天津。兰翁你想，堂堂总督驻在洋兵枪炮下，仰人鼻息，成何体统？"

"谁说不是！"周馥叹息道，"洋人贪图天津的税收，不愿撤走，又涉及多国，彼此意见纷歧，办理起来很麻烦。"

"办事得人，便无甚难头。我到直隶算是两眼一抹黑，有好的人才兰翁给我推荐几个。尤其是跟文忠公办交涉的，最好能够留下几个。"

"人才凋零！当年文忠公幕府之盛雄冠天下。甲午一役，文忠公失势，幕府星散。等裕寿山总督直隶，迷信拳匪，视洋务为仇寇，从前文忠公笼络的洋务人才更是纷纷逃避。文忠公北上议和，手中只有杨氏两兄弟，颇得信任。兄弟两人都极为聪明，都善弄笔墨，老四杨莲府为人端正些，老五杨杏城则善于结交，诡谲多智，机巧百出。"

周馥所说的杨氏两兄弟是安徽泗县人。他们的祖父任过漕运总督，其父则自幼残疾，未能入仕，对儿子的教育很上心，八个儿子，五人登科。老四杨士骧，字莲府，光绪丙戌科(公元1886年)进士，任过翰林编修，曾入湖广总督李瀚章的幕府。老五杨士琦，字杏城，光绪八年(公元1882年)中举人，进士则是屡试不第，后来便花钱捐了个道员，在关内外会办铁路事宜十余年。李鸿章被授两广总督，南下时幕府乏人，听说杨士骧曾入二哥幕府，对广东情况较熟，因此将他招入幕中。杨士骧又推荐五弟杨士琦一同入幕，随同李鸿章南下。

两兄弟随同李鸿章南下广东，杨士骧靠一笔漂亮的小楷受李鸿章赏识，所有章奏全由他抄写;杨士琦则因善于结交,外场的事情李鸿章便多托付给他,一内一外,俨然臂膀。到奉旨北上议和,又将两兄弟带到京中。杨士骧依然负责章奏,而且极善侍候人,年老体衰的李鸿章愈加依赖,今年初由他推荐出任通永道;杨士琦则负责与奕劻联络,不但被奕劻所信赖,而且结交了留京的不少权贵,和洋人的关系也很好,成了人人皆知的"杨五爷"。

袁世凯感叹道:"这两兄弟真奇才也,兰翁传个话,让两兄弟尽早来见。"

周馥回道:"你今天鞍马劳顿,我让杨莲府明天上午来见你。杨老五临时屈就我幕中,我打发他进京办差去了,两三天内也就回来了。"

"不必等到明天,今天晚上就让莲府来见我。"

晚饭后,杨士骧如约前来。他时年四十二岁,正是年富力强的年纪,双目炯炯,但衣着却不甚周正,且有个大酒糟鼻子,看上去有些好笑。袁世凯善相面,盯着杨士骧看了良久,让他很不安,以为脸上有灰垢或嘴上有饭粒。袁世凯笑了笑道:"我看老兄相貌不凡,将来必可发达。"

"发不发达,全看大人的提携。"

"只要你有真本事,我肯定不遗余力。文忠公赏识的人,自然错不了。"

提起李鸿章,杨士骧眼圈竟然红了:"外人不知道文忠公议和所受的屈辱,我天天在他身边,感同身受。"

听了杨士骧的话,袁世凯更确信太后之所以久驻开封不肯起銮,症结就在洋人的态度,于是感叹道:"直隶的官不好做,一头是朝廷,一头是洋人,文忠公纵横捭阖,一任直隶二十余年,无可望其项背。其他人便如匆匆过客,即便是文忠公的老师曾文正公,也只做了两三年。"

"大人想坐稳,也并不难。"

"咦,何出此言?你可不要用现成话恭维我,我不缺这样的闲话。"

"曾文正首创湘军,其后能发扬光大者有两人,一个是左文襄,一个就是文忠公。左文襄收复新疆后,迁徙调革,不能掌握兵柄,以致纵横十八省之湘军仅剩一名词罢了。李文忠却始终掌握淮军,须臾不曾离手,朝廷倚为干城,固有直隶一任二十余年。如今轮到大人总督直隶,恕卑职妄言,一则大人能和揖中外,一如文忠公;二则大人手中有武卫右军。文忠公曾对我说,袁慰廷将武卫右军尽数带往山东,真有远见。不然留在天津,虽然右军称得上精锐,但与乌合之众为伍对敌,恐怕也难免溃败。总督直隶,有军则能站稳,无军则如流水。如今朝廷欲扩新军,大人若能抓住时机扩练新军,并能掌握新军到底,则朝局重心,则倚北洋如泰山！将来业绩可与曾、李二公争短长，南皮又算得了什么！"南皮是指张之洞，他是直隶南皮人。如今资历能挑战袁世凯的大约只有张之洞了，而在杨士骧看来，张之洞根本算不了什么。

这番话正说到袁世凯心里，尤其是把军队牢牢抓在手上，正是他深藏于心的秘密，竟被杨士骧一语中的。他拍着桌子大声道："真是高见！如今朝廷痛定思痛，决心扩建新军，北洋自然不能落后，不然何以对浩荡皇恩！只是现在还抽不出精力来。等銮驾回宫，一切就绪，我就伏下身子好好研究一番练兵的事情。"

杨士骧没让袁世凯失望，袁世凯对老五杨士琦更充满期待。杨士琦次日下午办差才回来，立即前来拜见袁世凯。袁世凯问道："听说老弟与庆王爷关系极密，文忠公外场的事情也都托以老弟。"

"帮文忠公应付外场而已。庆王爷对在下的确是略有信任。"杨士琦波澜不惊地回道。

"将来怕要借老弟的面子，多请庆王爷关照。经过这次大难，当初红得发紫的亲贵杀的杀流的流，从此庆王要一枝独秀了。"

"那是当然。这次与列国议和，全靠文忠公主持，但毕竟庆王参与其事，有此大功，太后必将更加倚重。宗室亲贵中，将无出其右者。"

这一点袁世凯早就虑及，便问道："我与庆王只是泛泛之交，若想登堂入室，老弟可有良策？"

杨士琦笑了笑道："这极简单，只要有银子就行。"

袁世凯点头，若有所思道："我愁的就是银子。此次大难，直隶为最，民生凋敝，又加八九十万两的庚子赔款，我还想练兵、办学校、兴商务，这些最缺的都是银子。"

"直隶有两大笔银子，若善加利用，将为大人锦上添花。"

"哪两笔银子。"袁世凯眼睛一亮。

"一笔是淮军银钱公所的存银，那是文忠公数十年扣建、截旷所积，有八百万两之巨。"

所谓"截旷"，是军队兵员出现缺额，募兵替补，但替补的新兵到营总要时日，这段时间的粮饷当然就要扣除；所谓"扣建"，兵勇的粮饷是以三十天通算，遇到小月只有二十九天，这一天的粮饷也要扣掉，小月又称小建，所以称扣建。

"文忠公积下的这笔巨款，原本不必交代，按例装入私囊也无甚异议。但文忠公爱财,取之有道。他卸任直督时,一文不少地交代给王夔石。"王夔石即继李鸿章而接任直督兼北洋的王文韶,"王夔石曾说过,如果是他带兵,此款应否交出尚且要费一番斟酌,然而文忠公竟然漠然置之。王夔石离任时又交代给荣中堂,从此成为一笔公款,历任直督只取用利息。"

"联军入天津,听说道府库皆被洗劫一空,此款何以能保存?"

杨士琦解释道:"这笔款项并非存银,文忠公不愿让朝中有人知道有此巨款,因此都存在洋人银行。"

"银子本来就是要花的,根本不该存。"袁世凯笑道,"甲午之败,开始都怪文忠公一味求和而贻误,后来又有一种说法,是翁常熟有意倾轧,不肯拨银给北洋,以致北洋舰队成军后未增一舰一炮,尤其开花炮弹严重不足,才导致北洋水师全军覆没。有这笔存款,岂不说明北洋缺弹药之说纯属子虚?这于文忠公反而不利。"

"这是两回事。这笔银子本来就是可公可私,如果视为私款,当然没有拿私款去装备北洋水师的道理,翁常熟依然不能卸责。"

"话是如此说,不过毕竟有一笔巨款摆在那里。银子是用来办事的,放在那里生息看似节俭,其实最不可取。洋人的观点是,钱是用来生钱的,存银行虽可生息,却最不合算的。你说还有一笔银子,又在哪里?"袁世凯坚持己见后又问。

"这一笔有些特别,能不能用得到要看洋人的态度。这笔钱就是天津都统衙门成立以来所收的税。"杨士琦回道。

天津都统衙门是八国联军攻陷天津后设的机关。当时各国在天津争割租界,彼此闹得意见纷纷,后来由联军司令部下令成立管理机构,全称叫"暂行管理津郡城厢内外地方事务都统衙门",任命出兵最多的俄、英、日三国各一人组成三人委员,均称都统,后又增加德、法、美代表各一人,下设巡捕队、财务处、发审处、卫生局、粮食局、中国私人财产管理处等机构,对天津、静海、宁河等地区实行统辖,洋人极善经营,听说所入甚丰,总有几百万两。

"这笔银子恐怕只能画饼充饥,洋人到嘴的银子又怎么可能吐出来?"袁世凯连连摇头。

杨士琦建议道:"话虽如此,不过洋人办事认真,一是一,二是二,这笔银子收自大清,除去已经用掉的,剩下的当然应该还大清。何况这个衙门涉及多国,他们互相监督,也许不会挥霍一空,将来接收时作为一个条件提出来,能收多少是多少。"

"有道理,将来与洋人谈判,这是其中一条。"袁世凯点了点头。

杨士琦一走,袁世凯就把唐绍仪叫来,交代他先以商谈收回天津城的名义摸清各国对太后回銮的态度,争取各国不要让她太难堪:"少川,这件事你办妥当了,实授海关道绝无问题。"

"四哥放心好了,没有十成的把握,七八成还是有的。因为洋人向来遵守条约,既然已经与大清签订和约,就没有再为难太后的道理。"

当天,袁世凯向朝廷奏报暂缓裁撤直隶淮练各军的同时,附片奏报委任唐绍仪署理津海关道,"现正筹议收复天津之时,头绪纷繁,天津道张连芬有地方专责,势难兼顾,亟应遴员专署,以重责成。查有北洋委用记名道唐绍仪,谙练交涉,胆识兼优,堪以署理。除咨呈外务部并咨吏、户部外,理合附片陈明。伏乞圣鉴"。

唐绍仪整装北上,袁世凯则带人南下。第一站是正定火车站,銮驾要在这里换乘火车回京,盛宣怀购备的花车、车厢都停在这里。盛宣怀因为在病中,委托他的一名心腹、卢汉铁路局会办陶湘总司其事。此人出身洋行,对外洋饮食起居一套十分熟悉。盛宣怀一共购备了五辆花车,太后、皇上、皇后、瑾妃和大阿哥各一辆,另有十七辆上等客车厢,供亲王、军机大臣等乘用。其余还有一百余节车厢,用以运行李杂物。袁世凯叮嘱道:"刚刚接到上谕,大阿哥已经废了,大阿哥的花车可以免了。"

陶会办回答道:"是,大帅,盛大人已经来电指示,正与大人不谋而合。盛大人意思,多出的一辆花车让太后用作卧车。"

"我去看看花车。"袁世凯暗叹盛宣怀行动迅速,所派之人也十分得力。

陶会办于是头前带路,陪着袁世凯登车。这五辆花车车厢全部为德国进口,蓝色钢甲,擦拭得一尘不染。慈禧的花车装饰极尽奢华,内壁均以黄貂绒、黄缎铺设,地面则铺洋地毯。入门为玻璃屏风,居中安设宝座,上覆黄缎绣龙围垫,脚下是五色洋毯,宝座后有左右两门。进左门便是内室,装修中西合璧,古玩、玉器、法书、名画,皆为珍品。陶会办向袁世凯介绍,皆由京城一家古董铺承办。内室居中是一架宽大的欧式铜床,袁世凯问道:"太后用洋人的东西,用不用得惯?"

当然用得惯。为了这张床,盛宣怀颇费心思。他打听到慈禧自从西狩后,开始抽鸦片,鸦片非有大床不可,而火车门宽度有限,要抬一张中式大床登车不太可能,他就从上海订购了这张欧式铜床,可以拧下螺丝,拆解后抬上火车。他特意向李莲英请教过,李莲英也认为此主意很好。陶会办当然不能将其中的缘由告诉袁世凯,只回道:"中式木床抬不进来,盛大人专门请教过李大总管,李大总管说主意挺好。"

铜床一侧有一门,推开门内有如意桶——就是恭桶,里面装的是水银,便溺落入水银中,便了无痕迹。

另一节花车,算是慈禧的会客室,所用茶具都是专门烧制,上印"臣盛宣怀恭奉"。袁世凯看到这六个字,心里像别了根门闩。盛宣怀如今把铁路、电报、轮船等诸多洋务抓在手上,财大气粗,想来可恨,无论电报、轮船还是铁路,都是前任直督李鸿章任上创办,北洋拨付了许多银子,也实行了不少保护、让利的举措。李鸿章在时,盛宣怀唯李鸿章马首是瞻,也一直是李鸿章的心腹,李鸿章也是操纵自如,听说这些洋务企业中李鸿章及京中权贵有不少股份甚至干股在里面。如今北洋易主,盛宣怀却未有只言片语给他这署督。不指望他认认真真地报告这些洋务,至少从面子上客气一番,表示接受调遣的意思也行。可是,连这样几句场面上的客套话也没有,根本未把他这署理直隶总督放在眼里!袁世凯一边参观花车,一边在心里想:"姓盛的,等着瞧好了。等我的直督兼北洋实授了,就与你见个高低。"

看完火车站,袁世凯一路南下,查看各处行宫。因为费用充足,又加周馥办事认真,袁世凯十分满意。一路看下去,到了邯郸的时候,接到了唐绍仪的电报:"列国皆友好,并将出都迎迓,乞告行期。"

袁世凯立即亲自起草一份电报,密发开封行在的荣禄,荣禄则立即单独请见太后。慈禧接过袁世凯的电报,寥寥数语,却使她心花怒放:"臣派署津海关道唐绍仪与列国交涉交还天津事宜,并告太后将回銮喜讯,列国公使、领事态度均友好,并将出都迎迓銮驾,望告嘉期。"

慈禧脸如盛菊道:"荣禄,洋人要出都迎接咱们,你觉得可能吗?"

荣禄回奏道:"袁世凯办事向来稳妥,绝无虚言。"

慈禧点着头说道:"你这个人是荐对了!这个唐绍仪有多大年纪,看来真是办外交的好手。"

"比袁世凯年轻四五岁。他跟袁世凯在朝鲜办过十几年的外交,人才难得。"荣禄其实并不知道唐绍仪的年龄。

"这次大难能够转危为安,全靠你们这些人忠心赞襄,匡扶大局。尤其刘坤一、张之洞、袁世凯,共保东南大局,不至于拳乱燎原,我看他们仨都可赏加宫保衔。”

“太后圣明。奕劻、李鸿章与洋人议和，也是功不可没。”荣禄顺便提醒了一下。

“那是当然，还有你们随扈行在的军机大臣也都有大功于朝。回銮在即，凡有功人员，都当加赏。你们军机上商议个办法。”

袁世凯是在保定行宫接到的上谕：

> 谕内阁：朕钦奉慈禧端佑康颐昭豫庄诚寿恭钦献崇熙皇太后懿旨，现在大局渐定，回京有期，奕劻、李鸿章会同妥议和约，转危为安；荣禄保护使馆，力主剿拳，复能随时赞襄，匡扶大局；王文韶协力同心，不避艰险；刘坤一、张之洞、袁世凯共保东南疆土，尽心筹画，均属卓著勋劳，自应同膺懋赏。庆亲王奕劻着赏食亲王双俸。大学士荣禄着赏戴双眼花翎，并加太子太保衔。王文韶着赏戴双眼花翎。两江总督刘坤一着赏加太子太保衔。湖广总督张之洞、署直隶总督袁世凯，均着赏加太子少保衔。已故大学士李鸿章，着再赐祭一坛，伊子李经迈着以三四品京堂候补。

袁世凯对太子少保衔非常看重，尤其让他欣慰的是，张之洞已经任封疆二十余年，今日与自己同得此衔，可见他在朝廷中的分量已与张之洞不相上下。但得意不可忘形，因此他没有上谢恩折，而是上请收回赏加太子少保衔成命折。

同一天，还收到密谕，銮驾将于十一月初四从开封行宫起跸北上。算算日期，十天内当可进入直隶。袁世凯的计划是周馥到磁州接驾，他则到顺德府行宫接驾。奕劻很有可能会到保定或者正定接驾。为了那时见面好看，他决定先让杨士琦送上一份大礼，便把他叫到签押房叮嘱道："听说庆王爷已经回京，与各国商量迎接銮驾的事。你辛苦一趟，到王爷府上代我拜见，将这份礼呈上。"

袁世凯递给杨士琦一个红封套，上写足纹十万两。杨士琦虽是见过送大礼的人，但如此一笔巨款还是把他吓了一跳。袁世凯见状笑道："要送就送得让王爷终生难忘，也要让他对你刮目相看。我倒要看看，以善结交而鼎鼎大名的杨五爷，能不能送得出去。"

杨士琦嘿嘿一笑道："大人放心好了，要账难要，送礼岂有送不出去的？"

卢(卢沟桥)汉(汉口)铁路北段已经由马头沟修到了正定以南,坐火车也就一个多小时,十分方便。杨士琦奉命唯谨,当天乘火车去北京,第二天就回来了,事情办得十分顺利。袁世凯有些奇怪,问道:"你是怎么说服王爷的?"

"这很简单。"杨士琦简单说了一下过程——

见到奕劻,杨士琦说道:"太后即将回銮,袁大帅知道王爷开支浩繁,特让我送一笔礼敬,供王爷赏人。"

奕劻一看红封套上赫然写着足纹十万两,两眼放光,却连连摇手口中道:"每年冰敬炭敬都已经极丰厚,何敢再受如此厚爱。慰廷太费事了。"

"袁大帅说,此次庆王爷在京与洋人议和,费尽了周折,终于为百姓谋了个和平,为大清保住了国祚。这是何等大功,朝廷必酬功勋,各种赏赐定然应接不暇。那时候王爷要谢赏,又是一笔可观的银子。两宫回銮后,朝廷必然要刷新政局,各种新政亦将次第举办,王爷兼差不用说将更多,追随王爷效力的人,难免也要酬功打赏,这又是一笔大开支。拳乱期间,王爷家里损失也不少,如何筹措这笔开销?袁大帅请王爷务必先收下,将来王爷手头宽裕了,愿还这笔银子还不容易?"

杨士琦说得头头是道,又弄了个"借"的名义,奕劻借坡下驴:"如此说来,我倒不能白了慰廷的一番心意。你告诉慰廷,我届时到保定迎驾,那时再见面致谢。"

"这趟差你办得好,不愧杨五爷的大名。"袁世凯听罢哈哈大笑。

"谢大人谬赞。"

"如今关内外铁路还在俄国人和英国人手中,我打算将来把它们收回来。你会办了多年的关内外铁路,到时候这份重任就交给你了。"

袁世凯要讨还铁路,少不得与洋人讨价还价,这里面必有一份大油水好赚。杨士琦乐得合不拢嘴,拱手道:"谢大人栽培。"

袁世凯于十一月十二日出保定南下,十四日在赵州途中,接到不许他固辞太子少保的上谕,于是再上一份谢恩折。当日赶到顺德府,军机首班章京已经先期赶到,同时接到周馥派人送来的信,銮驾明天可到顺德。

十五日下午一时多,迎銮的队伍便在顺德城南门外集结,除袁世凯为首的直隶布、按两司、顺德府县官员、绅商名流外，还有真除、候补道员，再加其他省派出的接驾官员，翎顶辉煌，绵延数里。姜桂题奉命率两千人负责御路两侧五里内的治安，顺德府城外，特意挑选了五百名高矮胖瘦整齐划一的步军，肩背清一色的曼利夏步枪，这是特意摆在这里给袁世凯长脸。

三时多，前导马队赶到，太监次之；到了近四时，领侍卫内大臣头前开路，簇新的卤簿仪仗迤逦而来，后面是四顶黄轿，第一乘是皇帝，第二乘是太后，第三乘是皇后，第四乘是瑾妃，都打起轿帘，一任迎驾的官员百姓瞻望。然后是军机大臣，亲贵王公，或车或马。最后是行李车，重车数百辆，除了各衙门档案，还有一年多来的各类贡品。

随扈的张勋骑马跟在亲贵大臣后面，他的部下则随护大臣及行李车。慈禧的黄轿到南门外，袁世凯率众官员跪倒，高声报称道："臣太子少保、署直隶总督兼署北洋大臣袁世凯，率直隶司道官员及绅商百姓恭迎太后皇上！"慈禧向他们笑着点点头，但轿子并不停，一直进城抬往行宫。

袁世凯让周馥去见荣禄和李莲英，告诉他们自己尚未觐见太后皇上，不便前去相见。太后皇上召见后他会赶去请安。张勋来见袁世凯，袁世凯问道："怎么样，没出什么纰漏吧？"

"大帅放心，绝无纰漏。"

袁世凯又问道："太后知道是谁随扈吧？"

"这就不知道了。"张勋老实回答。

"这怎么成？我派你一个好好的机会，不能白白错过，起码得让太后知道你的名字。你从今往后，每天夜里都到行宫亲自带队巡查。"袁世凯叮嘱道。

"是，大帅放心，从今天开始，我夜里不合一下眼。"

当天夜里下了一场大雪，因此銮驾决定在顺德驻跸两日。早膳后即召见袁世凯。袁世凯十分忐忑，这是他戊戌告密后第一次见光绪，真没有勇气面对。不管自己以什么样的借口自我安慰，但一想到光绪当年召见他时温语嘉勉、寄予厚望，就感到芒刺在背。因此进宫后跪在地上，不敢抬头。

慈禧首先问道："袁世凯，你怎么穿了一身戎装？"

袁世凯穿的是武卫军的军服，西式窄袖上衣，中式军裤，脚上是西式皮靴，因此回道："臣率军为太后皇上护驾，形如侍卫，因此着戎装前来。"

慈禧笑道："难为你一片忠心，护驾有你派的武卫军就行了，你别再像个兵头似的，如今你也是封疆大吏。"

"臣的一切荣耀都是太后皇上所赐,臣不敢以封疆大吏自许。"袁世凯以头碰地,诚惶诚恐。

慈禧又问道:"这次大难,直隶尤重,又加旱灾,这副担子很重。直隶地面还平静吧?"

"托太后皇上洪福,直隶还算安静。天子脚下,臣不敢大意,已经挑选武卫右军精锐到直隶弹压地面,目前大小匪盗都已平复。"

慈禧听了赞道:"你练兵是好的。昨天夜里,我没有睡好,看到窗外有个矮胖军官冒雪值夜,在行宫里往复巡查。我问他深夜为何不睡,他说:'臣奉袁大帅将令护驾,怕雪夜值哨的懈怠,车驾在途,警戒宜严,当通宵巡视,免生意外。'我问他姓名,说叫张勋。管中窥豹,可知你练兵是好样的。"

"国步艰难,武卫右军是朝廷于万难中筹饷训练,臣不敢有愧职守。能够护驾是臣子的荣幸,张勋向来办事认真、严谨职守,不敢有任何大意。"

"如今最要紧的是练兵,最难的也是练兵。这些年来,朝廷在练兵上投入何止万万,可是效果又如何呢?"慈禧边说边生气,"甲午一战,北洋水师全军覆没,李鸿章的淮军也是溃不成军。荣禄又练武卫军,可是庚子一战,又是溃不成军。唯有你的武卫右军还算完整,就是洋人也都在报纸上说,武卫右军堪称精锐。朝廷已有旨意,要练新军,你有何打算?"

"七月上谕,'着各省督抚将军,将原有各营,严行裁汰,精选若干营,分为常备、续备、巡警等军,一律操习新式枪炮,认真训练,以成劲旅。'臣打算新定招募章程,参照外洋办法,改募兵制为征兵制,设常备、续备、后备各军。同时广开武备学堂,以便在营将士随时教习。"

慈禧对募兵制和征兵制以及常备、续备、后备各军不甚了了,袁世凯要言不烦地做了介绍:"募兵制是拿饷银吸引有志军旅的丁壮从军,征兵制则是按户丁人数,只要身体健康,数丁抽一,都有应征入伍的义务。不是你愿不愿从军,而是必须从军。洋人国家都采取征兵制,就是要增强国民的国家意识。常备军是正在服役的,续备军是退役后三年的,后备军则是退役后六年内的。续备、后备军各酌量发饷银,每年定期进行数次训练。一旦国有征伐,则续备、后备须立即复为现役。这样,养一万人便有三万人可征调。"

慈禧听了十分高兴,又问道:"嗯,这个办法好,免得临时招募,连枪也不会放就上战场。练兵需要筹饷,你打算怎么筹?"

"眼前的办法,顺直善后赈捐已经筹到两百万两,臣奏请暂取一百万练兵,不知是否合适。"

"合适,练兵是最要紧的。"慈禧这次是毫不吝啬。

"从长远来说,要通过举办新政增加收入,臣打算在直隶大兴商务,整顿税厘,培植财源。"

慈禧点头叮嘱道:"你在山东的新政举措都很好,你到直隶来也要好好办一办,给天下督抚做个表率。"

"臣遵旨,定当好好筹划举办。"

慈禧话锋一转又问道:"现在天津还在洋人手里,一直不肯还。天津是京师的门户,被洋人攥在手里算怎么回事?你要加紧和洋人交涉,尽快把天津要过来。你委唐绍仪出任津海关道,让他去办交涉,想来是办洋务的一把好手,他才能操守如何?"

"他是曾文正派出的第一批留美学生,对洋人习俗十分熟悉,又跟臣在朝鲜办交涉十余年,其人忠于职守,虑事周详,办事圆通,是不可多得的外交好手。"

"明天你让他来见,是否来得及?"

"来得及,臣已经电令他到保定。臣令他连夜赶到行在。"

"皇帝可还有话问?"慈禧转脸问一语不发的光绪。

"没有。"光绪面无表情地回道。

"你跪安吧。你不必再随驾,明天回正定看看火轮车准备得怎样。我是第一次坐火轮车,皇帝也是,不要出纰漏才是。"

"臣遵旨,明天就赴正定查看。"袁世凯大拜之后告辞。

# 第八章

## 争主权收回天津　创巡警东仿西效

袁世凯北上,奕劻南下,两人在保定相遇。銮驾后天才到正定,奕劻不急于南下,决定在省城住一天,对前来迎接的袁世凯道:"慰廷,午饭后到我住处坐坐。你已见过驾,正好有许多事情和你商量。"

午饭是袁世凯亲自带人抬一桌上等的燕菜席送到奕劻行馆的, 奕劻十分客气道:"慰廷,又劳你破费。"

袁世凯回道:"王爷难得出都,我署直隶,正可一尽孝心。王爷,行馆安排是否得当? 哪里不合适,您尽管提出来,也让下面的人学学礼仪。"

奕劻的行馆紧挨行宫,是仅次于行宫的建筑。桌布、窗帘、椅垫全遵亲王规制一律用金黄色,所有用具也都是新定制,奕劻十分满意道:"一切都是尽善尽美,哪里谈得到不合适。"本来奕劻是打算饭后见袁世凯,如今他亲自上门,因此改了主意,"慰廷,我正好有话要找你谈,干脆你也不必回去了,在这里陪我吃午饭如何? "

袁世凯当然求之不得。奕劻把下人打发走,只有两人一上一下享用一桌丰盛的燕菜席。

"慰廷,你太破费了,我真是受之不安。"

袁世凯还有些担心奕劻会把十万两银子退回来, 听他如此说, 完全放了心,嘴巴也特别赶趄:"王爷,您为国事日夜操劳,这次又调和列国,为国家谋一个和平的局面, 这中间所费的心血外人何曾体会! 我尽一份心那也是应职应分。"

"我和李文忠,真是受尽了洋人屈辱。"奕劻叹息一声说到这里,真是有感于心,险些落泪。

奕劻以亲王之尊,低头向洋人说话自然倍感屈辱。除此之外,李鸿章经常自作主张,许多事情并不与他商议,也让他感到委屈。但他并不比李鸿章高明,也只能让他主导谈判。这份委屈又不可对外人言,那样岂不让人笑话?他的策略是力赞李鸿章,李鸿章的功劳越大,他的功劳也自然水涨船高。

"总算公道自在人心。京城百姓尤其感念李文忠揖和中外的功劳,有五六百名绅商联名,要求在京师为文忠建专祠。"奕劻又道。

功臣去世,例在原籍及立功省份设专祠,京城算满人的原籍,因此有清以来京城从没有汉大臣的祠宇。

袁世凯听了这话后道:"这对文忠公自然是莫大的安慰,但恐怕有些难,除非王爷力争。"

"我当然要力争,我这次见到荣仲华,先和他谈。"

袁世凯竭力把话题往自己的心思上引:"经过这次磨炼,王爷内政外交无人可比,亲贵中更是出类拔萃,声望将直追恭忠亲王。"

恭亲王奕訢去世后,朝廷予谥"忠"。他当年与慈禧一起发动政变,扳倒肃顺为首的辅政八大臣,从此与慈禧联手执政二十余年,内政外交大权集于一身。恭亲王头脑清楚,思想开明,李鸿章等人推行洋务运动全赖他的支持。奕劻有自知之明,忙辞道:"我哪能望六爷项背。"

"恭忠亲王千般好,唯有收门包一事受人诟病。不过,这实在是不得已而为之,王爷将来恐怕也面临这个难题。"

恭亲王大权在握,慈禧为笼络他,经常有封赏。一有封赏,就要打赏送赏物的太监,而这些太监依仗太后的宠信往往狮子大张口,堂堂亲王又特别顾惜面子,赏出的银子比赏物不知多破费多少。后来有人给恭亲王出了个主意,让王府门政大收门包,王府则从中提成。王府、衙门收受门包是一项陋规,为的是下人能谋一点外快,朝廷不严禁也不公然允许。所以恭王府门包之重,屡受诟病。

"咳,六爷那也是没办法。"奕劻引己推人,为恭亲王鸣不平。

"虽然如此,但毕竟于清名有损,王爷可不要再蹈覆辙。我打算给王爷谋划一个妥当的办法。"袁世凯又道。

一听有妥当的办法,奕劻双眼放光,望着袁世凯问道:"慰廷头脑灵活,有什么好法子,说来听听。"

"我到直隶有许多新政要举办,这些新政一旦办成,直隶的财源将十分可观。偌大的直隶，为王爷承担点费用算得上小菜一碟。将来王爷所有下赏、轿班、幕府的开销，以及王爷、福晋、贝勒、格格们生日、过节等项开支，都由直隶包圆。"

这相当于王府的大项开支从此都无须奕劻支付了，那是一笔多大的开销！奕劻喜出望外道："慰廷，这真是意想不到，无功不受禄，你有什么要我办的，不妨明说。"

"王爷，这就见外了。我已经声明，是为王爷排忧，哪能给王爷出难题。将来直隶各项新政，王爷能够为直隶说句话，新政得以展布，增收何止十万百万？这样算下来，沾光的还是直隶。"袁世凯这样说，是给奕劻一个安心纳贿的理由。

"那我就却之不恭了，具体怎么接头？"

"这件事让杨老五办好了，我听说王爷对他也颇为欣赏。他办事得力，王府那边与谁接头合适，王爷直接交代老五就成。"奕劻果然是贪财好利，这是急于把事情敲定。不过，他越是如此，袁世凯越是高兴，感觉自己手中有条绳子，已经把眼前的王爷捆起来了。

"好，老五办事靠谱。关于迎驾和收回天津，我还有好些问题要向慰廷请教。"奕劻满意地点着头，痛快地喝了一杯酒后开始向袁世凯"请教"。

直隶总督本来驻保定，而北洋大臣驻天津。自从李鸿章起，直督兼北洋大臣，开始的时候每年天津近海封冻后，他就回驻保定；来年开冻后再回天津。但后来交涉事情日多，封冻后也多不回保定，天津事实上成为直隶总督兼北洋大臣的驻地。天津如今在洋人手里，袁世凯署理总督兼署北洋大臣，只能驻在保定，面子上实在很难堪。而且各国在天津扩大租界，涉及划界、购地、拆迁，事情极其繁杂，所以慈禧一回銮，袁世凯就打发唐绍仪到天津去与洋人交涉。当然，重中之重还是交涉归还天津。

在京城方面，袁世凯则致函外务部出面敦促各国公使尽快交还天津。外务部尚书是瞿鸿禨，因为袁世凯抢在外务部之先报告了各国将欢迎慈禧回銮的消息，他很不高兴，便对人道："袁慰廷手下有唐某人，不愁与各国打交道，收回天津何劳外务部画蛇添足？"

这话传到袁世凯耳中，他恨瞿鸿禨小肚鸡肠，发信给唐绍仪一定要争一口气，尽快把天津要回来。同时又写一封亲笔信，给洋人的"都统衙门"询问交还天津问题。结果"都统衙门"拒绝接收这封信，联军总司令德国将军瓦德西认为，"天津应当永久置于国际社会的管理之下"。天津都统衙门的军官们则认为,他们根本没有与中国军队开战,他们只是为了保护使馆和教民,帮助中国镇压了义和团,清廷才得以保存下来,他们很好地维持了天津的秩序,中国人应当感激他们。要归还天津,必须等各国协商统一后提出归还的条件,但归还天津的条件却又迟迟不予讨论。其实各国的态度不问可知,他们希望继续占据这个京城的咽喉之地,以有效地控制清廷、压制中国。看来收回天津要好事多磨!袁世凯也只能沉下心来,劝自己不要急于求成。

天津收回无期,袁世凯于是专注于军务。此时已经到了腊月下旬,各衙门即将封印,几件事情必须抢在前面办完。清廷在半年前发布上谕,要各省整顿、裁汰绿营制兵,省出粮饷募练新军。但直隶大乱之后并不安定,何况还负有守护陵寝等职责,实在不宜尽行裁撤。腊月二十三袁世凯上《直隶绿营制兵请暂缓裁减折》。当时袁世凯有五六营武卫右军留在京城附近驻守,他随折上一片委任徐世昌办理留京营务。

当然,最紧要的还是募练新军,扩充实力。在回銮路上,袁世凯觐见慈禧时,曾经面请动用顺直善后赈捐练兵,慈禧一口答应。他必须趁太后还有印象尽快办理,因此又上《动拨顺直善后赈捐各款募练新军片》:

> 再:叠奉谕旨,饬各省整顿营务,汰弱选强。仰见圣谟远大,力图振兴,薄海臣民,同深钦服。查直隶幅员辽阔,又值兵燹以后,伏莽未靖,门户洞开,亟须简练师徒,方足以销萌固圉,必须先募精壮,赶速操练,分布填扎,然后依次汰去冗弱,始可兼顾,而免空虚。现拟在顺直善后赈捐结存项下,拨款一百万两,作为募练新军之需。俟训练数月后,即将应裁各营,分别遣撤,以所裁之饷,移归新军支放,自不须力筹的款。而募练之始,不得不设法另拨,以资腾挪。际此帑绌时艰,臣忝握兵符,责无旁贷。总期实事求是,养一兵得一兵之用,庶可稍尽职守,借以仰答生成。
>
> 是否有当谨附片具陈。伏乞圣鉴,训示。谨奏。

顺直善后赈捐是李鸿章在世时奏请设立,已经筹到两百万两,户部原打算抽三五成,但回銮后发现需款实在太巨,因此又有加抽提成的说法。袁世凯如果不赶紧动手,想用一半也难。他不等上谕批准,就趁武卫前军将领前来拜年之际,交代王士珍、段祺瑞、冯国璋等人商议募练新军章程,并要求年后就要拿出来上奏朝廷。

朝廷在腊月二十九批准他动用善后赈捐募练新军,因为奕劻通过杨士琦刚收到一笔丰厚的年敬,因此特别卖力,立即将这个好消息密电袁世凯。袁世凯十分高兴,他有一个雄心勃勃的扩军计划,如今开了个好头,便如成功了一半,因此光绪二十九年的新年,过得特别痛快。

过了年初八,他就请王、段、冯三人齐聚保定,连续商议数天,由王士珍起草,阮忠枢润色,于正月十三上奏《拟定募练新军章程请敕部立案折》《北洋创练常备军厘订营制饷章折》。袁世凯认为,近年来武备松弛,主要原因就是在选募时没严格章程,往往滥竽充数,不是市井游惰,就是革勇逃卒。操防稍严,就远飏潜逃,结果带兵的也虚应故事,一旦有警,仓促出师,兵刃未交,望风而逃。失伍之后,恃众结伙,到处扰民。所以这些年来,国家岁糜巨饷,却不获一兵一卒之用,反而使百姓深受其害。他参照西方的征兵制,制定《募练新军章程》十一条,并附《募兵格式》八条,比小站募兵标准更严,士兵、家属、军营的联系更加紧密。

章程规定,新军的兵源,由各府、直隶州督同各州县查明所辖村庄若干,每村庄户口若干,责令各村庄庄长、首事、地保等保举,必须确系土著,均有家属,倘或滥保溃勇游民,查出就要重究。为了解除新兵的后顾之忧,章程又规定,其家属人等,原籍地方官自应妥为爱护,毋任土豪、痞棍肆意欺凌。家属遇有涉讼案件,官府则帮助打官司。兵丁入伍三个月后,查明堪胜操练,即准免差徭三十亩。如果兵丁潜逃,原籍地方官、庄长、地保及家属等都要配合查拿,一个月抓不到人,地方官、家属就受到追究。

募兵的标准与小站练兵差不多,年龄要求二十至二十五岁,能平举一百斤以上,身高四尺八寸(一米七)以上,一小时能行路二十里,同时规定,吸鸦片的、素不安分有案底的、五官不全有疾者都不收,应征时还要登记三代家口、住址及箕斗数目。

北洋常备军的营制饷章,则参照德国的军制,把军队分为常备军、续备军和后备军。正在服役的为常备军,发给全饷。训练三年各回原籍,作为续备军,月给饷一两,每年十月份操练一个月,操练时发全饷。历三年后,退为后备军,月饷为续备兵一半,每隔年操练一次。后备军三年后便为平民。这样六七年后,常备、续备、后备军均已有人,则以五千人之饷,相当于养二万候调之兵,永无仓促招募、乌合成军之弊。常备军的军制也是参考德国,最高作战单位是军,一军分为两镇,每镇分为步兵两协,每协分为两标,每标分为三营,每营分为四队,每队分为三排,每排计兵三棚,每棚计兵目十四名。两镇又附炮队一标,计各三营,马队一标计各四营,工程、辎重各一营,共成四十二营。军、镇、协、标、营、队、排、棚的建制,与德国的军、师、旅、团、营、连、排、班也是基本一致。

袁世凯扩军,当然要趁机为自己的部下谋到升迁的机会。武职实缺,历来都在经制之师绿营之中。而且缺分都有定额,非有人出缺不能得以实授。比如姜桂题的甘肃提督,就是前甘肃提督董福祥攻打使馆、纵部抢劫被革职后才落到他的头上。至于心腹爱将王士珍、刘永庆、段祺瑞、冯国璋等人,都是文职道、府官员且系候补,更非实缺。朝廷已经下旨,要对绿营进行裁汰,但兵可裁,武缺可不能同时被裁掉,袁世凯附上《改设武职员缺片》,建议将来绿营裁汰后实缺陆续调剂到北洋常备军中。他的常备军计划设总统一员,秩仿提督。两镇翼长,秩仿总兵。各协统领,秩仿副将。标统则秩仿参将。依次类推,都有相应的武缺对应。同时还建议,文职人员曾习武备的,则准按升衔品级借补武职。这就为徐世昌这样的文员,以及段祺瑞、冯国璋等候补文职的将领留出了将来出任较高武职的余地。而武职如另有功绩,保奖升阶,即可不拘年限。这一条,又为袁世凯保举部下越级快速升迁留下了余地。

两折一片拜发后,王士珍则认为既然有大练常备军的计划,则应当成立专门机构专责练兵。袁世凯深以为然,让他们参照外国人的办法提出个方案来。不过三天,关于直隶设立军政司的方案便制定了出来。

军政司负责施行军政,全面负责兵制更定、策划战守、训练教育各事宜。设督办一名,由袁世凯兼任,阖省在营文武员弁都归他统辖。另外设参议官一二员赞佐,暂时只设一员,由王士珍充任。军政司下设三个处,每处设若干股各司其职。一是兵备处,秉承军政司办理施行军政,更定兵制事务。下设考功、执法、筹备、粮饷、医务等股。二是参谋处,负责办理策划、战守事务,下设谋略、调派、测绘等股。三是教练处,办理训练、教育事务,下设学务、校兵两股。三个处都设总办一名,帮办一员,下属各股,则各设提调一员,委员两名三名不等。兵备处为三处之首,职任较重,其他两处行使职权,都要会商兵备处办理。这个关键职位,袁世凯委任在朝鲜时就追随他的心腹刘永庆充任总办,"查有军机处记名留直补用道刘永庆才识卓越、条理精详,堪以委充总办"。参谋处次之,"查有留直补用知府段祺瑞志虑沉密,晓畅戎机,堪以委令总办"。教练处又次之,"查有分省补用知府冯国璋才具明通,谙练武备,堪以委令总办"。

很快这些折片都获批准。袁世凯立即派王英楷、王士珍到正定、大名、广平、顺德、赵州等地招募新兵六千人,打算编齐步队十二营,炮队三营,马队四营,工程、辎重各一营,合计二十一营之数,先尽快练出一镇北洋常备军。

袁世凯既要扩军,又要大办新政,正准备拉开架势大干一场,直隶南境景廷宾却率众造反,他不得不亲自调兵遣将,前往弹压。

景廷宾,号尚卿,直隶广宗县(今属河北邢台)东召村人,是梅花拳第十一代传人,二十四岁时考中武举,为人慷慨好义。像他这样的人,在乡村往往颇具号召力,大家有不平事,也愿找他商议。他之所以造反,追根溯源,则是《辛丑条约》带来的负担。这笔赔款分摊到各省,直隶分摊八十万两,当然又要分摊到各县。除这笔赔款外,直隶因为义和团闹得厉害,烧教堂,杀教民,相关州县又要赔一笔银子,称为"小赔款"。本来百姓承担各项正粮正差杂税已经难负其重,又平白增加两笔赔款,负担之重,前所未有。景廷宾的家乡广宗县,法国传教士和知县议定的小赔款是京钱二万吊,折合纹银二万两,按照地亩强摊到各村。更加不能服众的是,没有烧教堂杀教民的村子也负担"洋捐",百姓就觉得太不合理,找到景廷宾为大家主持公道。他在村里组织了联庄会,联合附近村庄拒交地丁摊派。结果数十里纷纷效法,景廷宾率联庄会数千人到县城外操演枪炮,向知县示威。这件事发生在腊月里,当时两宫刚刚回銮,袁世凯只求尽快了事,所以派正定镇总兵和顺德知府赶到广宗县,将借机摊派中饱的知县撤职,又将应摊捐项一律免除。百姓见不再纳洋捐,大多数散去,大家总算过了个安生年。

但过了年后,散去的人复又聚集,并在景廷宾的率领下,挖壕筑寨,操炮训练,这次拒交的是大赔款。袁世凯闻讯十分生气,再派正定镇总兵董履高、署大名镇总兵郑国俊前往弹压,这些绿营兵全是花架子,结果被景廷宾率部打死四人,打伤四五十人。董履高不敢轻敌,急求救兵。景廷宾好汉不吃眼前亏,率众连夜撤走,转移到了西邻巨鹿县厦头寺,竖起"官逼民反""扫清灭洋"的大旗。结果巨鹿、广宗、威县那些不甘于被盘剥的人闻风而来。

聚集到巨鹿县的景廷宾部,招募工匠打制兵器,日日操练。恰巧王士珍招募的新兵路过巨鹿,结果被景廷宾率部围困,被杀五十余人,财物也被抢光。首战旗开得胜,景廷宾知道朝廷不会轻饶,一不做二不休,派人向附近州县传送柬帖、符咒,告诉众人刀枪不入的义和团又起事了。他又自命大元帅,竖起景字帅旗,身穿黄马褂,对手下有功的人员,发给五品、六品奖札,并按金、木、水、火、土编列营伍，率众誓师，攻打了数处教堂，杀死了一名教士。

"扫清灭洋"的旗号把传教士、教民吓坏了，所以英、美、法等国传教士都让本国公使向清廷施压。慈禧对"扶清灭洋"的义和团心有余悸，如今一听是"扫清灭洋"，更紧张得不得了，一想到西狩时的狼狈便不寒而栗，所以严令袁世凯添派营队，从速剿灭，务绝根株。若再任蔓延，唯袁世凯是问。懔之！

袁世凯不敢轻敌，派武卫右军统带段祺瑞、马队管带吴凤岭率军两千从保定南下；调驻防山东的先锋队第二营抽调七百人马由马龙标统带，从德州向西进军。全军由段祺瑞总指挥，同时加派营务处道员倪嗣冲会同布置。同时大名、正定练军一千余人也赶往助阵。这是武的一路。文的一路则派署清河道袁大化会同大顺广道庞鸿书前往巨鹿，调查民情，预筹善后办法。景廷宾见官军势大，率部回到广宗县老家件只村。官军各营齐集广宗，段祺瑞召集众统领商议战略，认为景廷宾死党都聚集到广宗，正可一鼓全歼。考虑到以件只村为中心，数十村庄都与景廷宾互通声气，如果节节攻取，则会旷日持久，不如捣穴擒王。于是令大名、正定练军负责保护教堂、并在外围截断景廷宾的外援和退路，段祺瑞率两千人，以炮队居中，分三路进攻，又将马队布置在两翼，以便掩护和包抄，连夜赶到件只村外。件只村筑有四米高的寨墙，挖有深壕，景廷宾颇懂兵略，凭坚据守，并不出战，计划到夜里突袭。段祺瑞怕陷入重围，下令炮队开炮猛轰，景廷宾部和无辜百姓伤亡惨重。一连轰了半个多小时，段祺瑞下令各军进攻。那时候寨里伤亡已超过一千余众，哪里还有战斗力？对捉到的俘虏，稍不顺眼的，就当逆首头目就地正法。这一仗，段祺瑞部仅阵亡两人、伤十几人。

景廷宾侥幸逃脱，但已元气大伤，一个月后被捕到处死。同时袁世凯又派袁大化等人带去两万两银子抚恤地方，广贴告示，谕令缴械散团。结果造反的百姓纷纷缴械，具结悔过。四月底，袁世凯上奏朝廷，广宗、巨鹿等处已经一律平定。慈禧接到捷报，一颗悬着的心终于落地，她对袁世凯的剿抚兼施十分满意，五月初四朝廷下旨，袁世凯着补授直隶总督兼北洋大臣。

袁世凯上折谢恩，然后上《剿办逆匪景廷宾等出力各员请奖折》，朝廷照准，六十余人因此升官或者升衔。对段祺瑞等人是附片单保，二品衔留直补用道段祺瑞赏戴花翎，并赏加勇号，三品衔分省补用道倪嗣冲赏加二品衔，留直隶补用，副将吴凤岭以总兵补用，三人均交军机处记名简放；游击马龙标以参将留直隶补用，同知段芝贵以知府留于直隶实用。

此时，经唐绍仪周旋，收回天津的事情也有了眉目。

唐绍仪曾经在美国留学,熟悉西方文化和西方人的思维方式,善于与西方人打交道,尤其是与美国人的关系更亲密。各国对何时撤出天津意见并不统一,美国主张尽早归还中国,甚至提前退出都统衙门;日本人为了拉拢袁世凯,尤其主张尽快归还天津。当时日本在天津都统衙门任都统的青木宣纯,是日本对中国谍报机关的鼻祖,他广泛结交中国官绅,袁世凯在小站练兵时,两人就结为至交,他定时到小站帮助督练,袁世凯多有借重。袁世凯经常对同僚讲,青木是"唯一可靠的日本人"。袁世凯亲自给他写信,说明自己急于收回天津的意思。青木宣纯认为与其与列国共享天津,不如与袁世凯处好关系,将来日本便可独享大利,所以极力主张尽快交还。

天津都统衙门的辖区,包括整个天津县以及宁河县所属新河以南地区,东至渤海边,西到天津城以西大约二十五公里处,均被纳入其管辖范围,并将整个辖区划分为城厢区、城北区、城南区、军粮城区、塘沽区五个行政区,各行政区区长由占领该区的外国军队指派人员担任。由于各国有独立的辖区,享有绝对独立的权力,常常不服从"都统衙门"的管理,并总是向"都统衙门"提出一些非分的要求,因此,"都统衙门"与各国司令官、领事之间经常发生矛盾,各国为了各自的利益更是钩心斗角,互不相让。而另一方面,中国人对洋人占据天津当然不会无动于衷,天津东局子火药库被炸毁,"都统衙门"夜里被烧,一支日本军队在南郊高家村一带遭到义和团的伏击,并有传闻义和团将重新聚集万人准备攻打天津城,"都统衙门"不得不考虑移交权力。

唐绍仪写信给袁世凯,联军司令会议提出了有关交还天津行政权力的通牒,共计二十九条。其中最主要的条款包括:拆除天津到入海口的炮台,禁止再建;禁筑天津城墙;天津城区周围二十公里内中国军队禁止驻扎;外国军队在天津驻地周围三十公里内,不用照会中国政府可以操练、射击和野外演习;外国军队必要时可以在北京的西山和北戴河自由设置夏期避暑营地;中国政府必须承认天津都统衙门所做出的各项决议、发布的各项法令、签订的所有合同,并要严格认真执行。

袁世凯对军事方面特别敏感,他认为这些条款如果都答应,无疑会给列国军事干涉大清内政埋下隐患,如果允许各军到西山设夏期避暑营地,便是变相地准许列国在京西驻军,朝廷如何会答应?至于他这个直隶总督,更关注的是天津城周围二十公里内不能驻扎军队,不要说天津的治安无法维护,就是他这个总督兼北洋大臣的安全也无从保证。真是岂有此理!

　　袁世凯决定请日本人出面，约请日本驻华公使内田康哉到保定详谈交还天津的问题。内田康哉三十五六岁的年纪，他从东京帝国大学法科毕业后进入外务省，一直追随日本外交家陆奥宗光，后来又到北京日本驻华使馆工作，半年前出任驻华公使。他是个中国通，讲一口流利的汉语。除了公使的身份，他还负有绝密使命：对中俄关系进行秘密侦查。日本对俄国在中国东北获取巨大利益极为不满，已经酝酿与俄国在辽东半岛决战。日俄若在中国土地上开战，中国的态度十分重要，因此他奉命在中国建立情报网，随时掌握中俄关系，并尽可能地使中国人能够弃俄亲日。内田康哉注意到袁世凯是一颗正在升起的政治明星，与他搞好关系对日本至关重要。因此，他与天津都统衙门的青木宣纯互通声气，尽量帮助袁世凯，以获取他的信任和依赖。

　　内田康哉看了天津都统衙门的通牒后道：“我本人及本国政府也认为，这个通牒是非常繁杂而苛刻。”

　　袁世凯一拍桌子道：“真是岂有此理！如果不准大清军队在此驻扎，治安如何保证？如果大清不能在天津驻兵而列国军队反而可以驻扎，那么《辛丑条约》第十款规定的弹压民众排外的责任，本督概不能负。”

　　“阁下的担心我能理解。据我所知，天津不允许中国驻军一项恐怕很难通融，大约不许驻军的范围还可以商议。至于天津的治安，应当由警察来维护，而不是军队，这是欧美各国的通行办法。警察与军队为国家两大实力，不可一日缺之。警察所重在治安，军队所重为国家安全。目前中国以军队兼理地方治安，非常不可取。因为军队随时调防，对地方情形不能扎实了解，且军队兼理治安，也不利于军队的专业训练。我国自明治维新后就效法欧美，建立警察专责治安，鄙国治安井然，警察功不可没。我国军队进北京后，三浦喜传君协助庆王爷和前总督李鸿章大人在京城建立了巡警局，深得庆王的欣赏。”三浦喜传是日本警视厅警官，娴熟汉语，在随同八国联军侵入北京后，鼓动日军占领区军政事务长官谋划治安警察事宜，招聘了一批旗人充当京城巡警，日本占领区治安首屈一指。占据天津的各国联军并不负责城市治安，也专门成立了巡警局，雇请训练了一千余华人巡警负责。

　　见袁世凯没有搭话，内田康哉又道：“我建议阁下先在省城试行巡警制度，尽快训练一支巡警队伍，到时候一接过天津，就可把巡警带过去接管治安。”

　　袁世凯“哦”了一声，脑子飞快地转着。京城和天津洋人都设有巡警局他早就听说过，去年上谕中也提过，要把巡警作为一项新政，他并未放在心上。如今经内田一提醒,他从中发现了扩充实力的一个绝好机会。他把自己的新军抽调一部分训练为巡警,前往维护天津的治安,然后就又可以堂而皇之地扩充北洋常备军!他当然不能在内田面前承认自己对巡警一无所知,便遮掩道:"唐少川已经有此建议,我也正在物色人选。"

内田康哉听了趁机建议道:"本国很愿在巡警训练上给予大力支持。如果阁下需要,我可把三浦喜传介绍过来,帮助阁下推行巡警制度。"

"对贵使和贵国的善意,本督深表谢意。届时若有需要,我会向贵公使提出请求。"袁世凯话题一转说道,"我深知贵国和美国对大清颇怀善意,在归还天津一事上还要拜托贵公使给予帮助。我想请贵公使转告各国公使,都统衙门提出的这个通牒,是《辛丑条约》之外的横生枝节,已经超过了前约的规定,这样苛刻的条件,大清朝廷不指望收回天津,本督宁愿继续住在保定,慢慢等待时机成熟。也希望各国公使能够发挥作用,遵守《辛丑条约》,对都统衙门的武官们有所限制,不要一再拖延交还天津。"

袁世凯还让内田康哉向各国公使转达他的要求:天津城内需三千名巡警维持治安,他本人还需带一千军队,才能确保安全。

内田康哉回道:"我一定把阁下的意思转致各国公使,并极愿为阁下奔走。"

袁世凯同时给外务部发电报,希望外务部与各国公使交涉,"天津系中国地方,各国均有驻兵,反不许地方自行其权,殊非公道。且津郡内外盗贼充斥,多有利器,现各国驻兵甚多,仍不免抢劫迭出,我如无兵,断难治理"。

袁世凯留内田康哉在保定玩了两天,一送走他后,立即找赵秉钧来见他。

赵秉钧是河南汝阳人,算是袁世凯的老乡,至于他的年龄就是他自己也说不清楚,不但年龄,就是姓氏也不能确定。因为他很小就父母双亡,靠流浪乞食为生。别人问他姓氏,他就以天下第一大姓"赵"自许,生日也是最大的正月初一,名字也很狂妄,秉钧,秉国器之钧嘛!他人很聪明,慧黠、强悍而心细。他曾经在大户人家当过书童,陪主家幼童读书,因此得以粗识笔墨。十八岁的时候考秀才不中,也像袁世凯一样投笔从戎。当时张曜正率河南的嵩武军在新疆追随左宗棠与阿古柏作战,他就投奔而去。他马术很好,被派为侦察骑兵。随大军过星星峡的时候遇到风雪,战马跌下悬崖,连他也一同拽了下去。他在雪中埋了三天三夜,几乎丧命,幸好被压在马腹下,被后续部队灌了鹿血酒才苏醒过来,却失去了男人的能力。从西北回来后,他捐了个直隶典史的微末小吏,负责缉捕、刑狱，后来又升任天津北仓大使兼两沽巡检。北仓是直隶驻军粮仓，两沽又是沿海要地，因此缉捕、治安责任很重。很快，赵秉钧以长于缉捕而闻名直隶。

此时袁世凯在小站练兵，手下的军官经常请赵秉钧帮助追缉逃兵，他善于侦察、追缉的才能也为袁世凯所知。天津兴起义和团时，赵秉钧以署理知县兼任直隶保甲局总办，坚持对义和团以拳匪缉捕。后来李鸿章再任直隶总督北上谈判，对赵秉钧十分赏识，便委他统带巡防营。如今袁世凯要办巡警，首先想到的就是深谙缉捕、侦探之道的赵秉钧。

赵秉钧此时被袁世凯召见，无异于喜从天降。他受李鸿章赏识，被委以统带巡防营，负责京郊治安。可是直隶大难之后，本就匮乏的饷银更难措手，结果是一拖再拖，李鸿章一去世，他更是失去了靠山，生计都成问题。但赵秉钧有一样好处，处境再难，也绝不颓唐，极讲仪表，又加他形貌俊朗，因此一见面给袁世凯的印象就不错。

袁世凯有意考校他，问道："直隶大难之后，治安不靖，我很早就知道你长于缉捕，不知你有何高见？"

"高见实在不敢当，蒙大人下询，卑职知无不言，言无不尽，错误处还请大人山海包容。要想长治久安，非有大的更革不可。我国目前治安现状，保甲废弛，捕役通匪，防营则扰民有余、治安不足。"赵秉钧小心翼翼地回道。

中国长期以来是自然自足的农业社会，商业欠发达，人口分散在农村，官府力量势难达到，因此数千年来城乡都实行保甲之制。清廷入关后，视保甲制为弭盗安民的良规继续推行，十户为一牌，设牌长；十牌为一甲，设甲长；十甲为一保，设保长。凡发觉内有偷盗、聚赌、谋逆、邪教、窝逃、奸拐等作奸犯科之事，牌甲保各长及邻里，皆有向有司报告之责，其效果还是不错的。但随着吏治日渐腐败，尤其是晚清商业开始发展，人口流动频繁，而地方官疲于案牍，事事假手胥吏，根本不能掌握户籍人口的真实情况，徒费民财，形如废纸。当然，各级地方官也都负有整饬治安的责任，尤其是基层州县，专门有捕役、民壮负责治盗安民。但捕役、民壮人员很少，大县数十人，小县十数人，且其地位极低，连普通百姓也不如，三代内不准参加科举考试，更不准入仕为官。官府甚至连工食亦不提供，他们只能通过陋规、赏金等收入为生。正直之辈若从事此业则难以为生，所以充当捕衙之人多为市井无赖之徒，或为土棍游民之类，平日欺压良善、仗势欺人、横行霸道，遇有案件或敲诈勒索，或逼良为盗，或敷衍塞责，索贿则争先,逐贼则居后,甚至与盗贼狼狈为奸,挟盗自重。

赵秉钧当过典史、巡检,又任过保甲局总办,带过巡防营,所以对其中弊端了如指掌,说起来头头是道,袁世凯也是连连点头道:"那照你这么说,目前的办法是靠不得了,那该如何办理?"

赵秉钧一口咬定道:"非查照西法办理巡警不可。卑职曾去过上海,买了一本英国人关于警务的书籍。英国人认为,备军所以御外侮,警察所以清内匪。清查户口、禁暴诘奸、昼巡夜查、防患未然,都由警察专职来办,社会治安才可望好转。"

"你原来早就留意过警务。我打算在省城创设警务总局,推行巡警制度,开办学堂,训练警兵,不知你敢不敢挑起这副重担。"

赵秉钧腰板一挺道:"大帅放心,只要交给卑职,必不辱使命。"

"你可不要视事太易。"

"卑职不敢。欧美国家都已经实行警察制度多年,东洋日本也效法欧美,卓有成效,我们只要把他们的章程拿来,再参酌我们的实际稍加更改,就可照葫芦画瓢。"赵秉钧胸有成竹。

"那好,我委你办理警务事宜,给你两个月的时间,如果办出眉目,我上奏朝廷,由你出任省城警务总局总办和警务学堂总办。如果办黄了,可别怪我革你的职。"

赵秉钧一听要被袁世凯委任为总办,心花怒放道:"大帅擎好了,两个月内卑职必定办出眉目。可是,有几样事情非请大帅允准不可。"

"哪几样,说来听听。"

"一是要设法请驻外公使帮忙,翻译英国的警务章程;二是要设法请几个洋顾问,要办学堂的话非请洋教员不可;三是经费要宽为筹备。"

袁世凯听了一锤定音道:"好,不但要翻译英国的警务章程,日本的也要翻译,东西洋查照才能更妥当。至于洋顾问,日本公使已经答应推荐几人过来,不久就可到省城。经费你放心,只要花的是地方,我无不支持。"

赵秉钧行事非常迅速,很快招募了助手,并与驻英使馆联系上,又把三浦喜传请到保定,参照欧美、日本的警务章程文件,拟定保定警务局及警务学堂章程。当时欧洲的警务章程是通过驻英使馆翻译后发电到保定,驻英使馆嫌电报费太贵,不想全文翻译。赵秉钧请示袁世凯,袁世凯大声道:"借鉴人家办法事半功倍,何必吝惜这点费用?你告诉他们好了,电报费直隶一文不少他们的。"

赵秉钧又报告袁世凯,他已经招募了五百巡警,说明了情况:"巡警不同于上阵的兵勇,是为管理人民而设,以防患未然,排难解纷,所以必须是性情和平、朴实、耐劳者始可胜任,血气方刚、好勇斗狠之辈绝不能录入。其他条件,则与大帅手订北洋常备军招募标准一致。"

袁世凯赞道:"中,巡警毕竟不是常备军,与百姓绅商打交道,不为上阵杀敌,性情平和很要紧。不然说不上三句话就动刀动枪,就与游勇兵痞一个德行了。"

"总局及分局的设置也反复商讨,大体有个方案,卑职先向大帅面禀。"

赵秉钧计划在保定城北关附近设总局,按东西南北四街冲要地方各设一分局,另外专设一局,负责保定城四关,共五个分局。各分局设巡官、巡弁、巡记各一名,巡长四名,正副巡目及巡兵八十名。总局负责管理、调度,只设总办一名,提调一名,文案两名,收支、考功、医官、卫生各一员,局役八名,总人数不到二十人。巡警的职责,除负责治安外,还要负责打扫街道、洁净厕所、安设路灯。

赵秉钧还说明道:"各国警察,职责略有不同,清扫街道、管理厕所、安设路灯有的专设一局负责,我以为这些事情事关街市观瞻,与治安也是息息相关,先由巡警负其责也无不可。"

袁世凯对这一设想十分赞同:"举凡职责、奖惩,都要定好章程,有章可循,便可事半功倍。"

"警务学堂至关紧要,是巡警新政成效如何的关键。办理学堂,可概括为四个字:东仿西效。"赵秉钧的意思,招募起的巡警稍加训练就可上街值勤,但要轮流到警务学堂受训。

所谓东仿,就是仿照日本的警务制度和章程;所谓西效,就是参考欧美的成法,这其中东仿又是重点。东仿西效的措施,赵秉钧总结为三条。一是聘请外籍教员和教官;二是将来要派留学生专学警务,并派警务官员出洋尤其是赴日考察;三是从留学生中选拔师资。

袁世凯对赵秉钧的这一长远打算深以为然道:"这三条在办理学堂中可逐步实行,当前你尤其要多留意那些聪明颖悟上道快的,重点培养几十名将来给教员当助手。区区五百人太少,将来还要将巡警向全省推广。另外,进驻天津,我也要带巡警去。"

经过外务部和唐绍仪的反复谈判,天津都统衙门仍然不同意大清在天津驻兵,但可带两千巡警维护治安,另外总督府可保留三百人的护卫军队。

"区区三百人的军队,于天津治安起不到作用,将来天津的治安就只能靠巡警了。我打算从武卫右军中选调三千人,交给你的警务学堂训练,一旦接手天津,就让他们随同前往。"

赵秉钧一听自己这个总办将来有三千余人可以调遣,心跳得要蹿出胸口,他努力按下心口的激动道:"大帅放心,不出两个月,定然给您训练出三千出色的巡警。"

外务部和津海关道唐绍仪与各国公使及天津都统衙门反复交涉,讨价还价,最后就交还天津城的条件勉强达成协议,主要条款一是消平大沽炮台及有碍京师到海通道的各个炮台,费用由都统衙门公库中支付;二是联军仍然驻扎原处,不允许驻扎中国军队的范围由二十公里缩至二十华里;三是铁路沿线六里范围内外国军队有弹压治罪之权;四是津城不许重建;五是凡都统衙门已定之案,无论系犯罪,或钱债涉讼,均不能重新审理;六是中国可派两千巡警维持治安,总督可带三百人护卫小队。此外,还规定中国官府不能重收以往的赋税,对在外国军队和机构工作的中国人不能歧视,等等。

袁世凯急于收回天津,虽然这些条款依然苛刻,但他还是电告外务部,"目前条款已经较原议减轻甚多,闻各国武官多方刁难,利在延宕,经各使一再驳斥,始成现议。我如再向辩论,恐各武官又借会议为题拖延时日。目前之计,似可先同意条款,俟交还后再相机设法依次辩明,冀可两全"。

外务部尚书是瞿鸿禨,但在他之上还有总理外务部事务王大臣奕劻,而奕劻与袁世凯声气相通,虽然瞿鸿禨等人心有不甘,却还是上奏表示,"天津为畿辅要区,直督治所,唯期早日收回,妥筹善后"。

朝廷很快批准了奕劻的奏请,袁世凯则派津海关道唐绍仪、长芦盐运使杨宗濂、天津道张连芬、天津镇总兵吴长纯等人先期赴津,与都统衙门衔接接收事宜。双方议定,阴历七月十二日正式交接,都统衙门所设的五个区及内部办事机构均等待中方派员接替。保定训练的三千巡警选调两千预先开进天津,准备接手治安。原来各国在占领区雇请的华捕一千余人,全部留用,将来编入巡警。天津城二十里内由巡警负责治安,二十里之外,则由天津镇总兵吴长纯派兵扼要屯扎。

布置停当,袁世凯进京请训,向慈禧面奏接收天津的各项准备工作。

"天津收回来了,我总算向祖宗有所交代。"慈禧并无特别叮嘱,只是话锋一转道，"津海关的税收怕是都被洋人糟蹋了，你接过来后要好好整顿。朝廷要办新政，宫里经过这次大难，需要添置维护的地方也要花钱，可是部库和内务府都叫穷，真不知道怎么办。"

袁世凯一听这是向他这个直隶总督要钱，便回道："大难之后，直隶也是百废待举，臣正筹划遵旨举办新政都需要银子。但臣受恩深重，鞠躬尽瘁尚不能报万一，臣当设法筹划先顾部库。直隶善后赈捐除留一百万两练兵外，暂时都解交部库。此外，臣再设法筹划几十万两先解内府以应急需。"

慈禧闻言喜上眉梢，赞道："天下督抚，都能像直隶一样顾全大局，朝廷的事情就好办多了。你到了天津，先安靖地方，再举办新政，要好好做出个样子来，让洋人看看，咱们国人办事不比他们差，也给天下督抚做个榜样，你袁世凯不愧天下督抚之首的称号。"

袁世凯出宫分别拜访了荣禄和奕劻，荣禄身体很不好，已不能正常上朝。但交代他要好好弹压地方，千万不要再酿出一场庚子拳匪之祸："大清像我这身子骨，经不得风吹草动。慰廷，如今你一身系天下安危，要好自为之。"

实际上荣禄对袁世凯并不放心，曾私下里对人道："袁慰廷有大志向，我在，尚可以驾驭得住，我若不在了，恐怕没有谁节制得了。"这话已传进袁世凯的耳朵里，让他心惊肉跳，如果荣禄在慈禧面前造膝密陈，自己好不容易坐上的直督之位怕有不保之虞。

他对荣禄又敬又怕，无论如何要打消他的疑心，跪倒在地回道："中堂，卑职得有今天，全赖中堂再造之恩。卑职一定追随中堂，对大清忠心耿耿，有卑职做直督一天，必定为大清守好京津门户，中堂但请放心好了。中堂一身真正系天下安危，望中堂保重身体。卑职这次看中堂愈加消瘦，须发皆白，卑职心如刀绞，万分……"说到这里，袁世凯伏地磕头，泣不成声。

荣禄虽然知道袁世凯善表演，但如此动情，毕竟令人感动，他欠了欠身子道："慰廷，不要如此，不要如此。"自己的泪也流下来了。

袁世凯抹抹泪道："卑职知道，中堂最担心的就是天津的安危。中堂放心，卑职一到天津，一则与洋人和睦相处，二则对匪类痛加剿除，必使天津乾坤朗朗，绝不再起波澜，更不给洋人干涉的机会。"

荣禄轻拍床沿，表示赞赏。袁世凯唯唯退出，他留下一张银票，让府上打赏郎中。

袁世凯去天津前，有一个人必须见，就是翰林院的徐世昌。两人见面后，徐世昌直奔主题道："宫保此去天津，真是千头万绪。但我认为，只要把握好三个字，当能站稳脚跟。"

"是哪三个字，愿闻其详。"

徐世昌说的第一个字是"中"，指中枢。直隶总督屏蔽京师，能够忠心不贰是朝廷第一位的要求，因此袁世凯必须自始至终不能让朝廷对他的忠心有任何的怀疑。关键中的关键，当然是慈禧的态度，一切功夫都要下在这里。好在与荣禄、奕劻、李莲英等太后最信任的人关系都到了共机密的程度，这层关系无论如何要维护好。

第二个字则是"外"。洋人驻兵天津，京津之间所有要地炮台都已经拆毁，京师如同不设防，朝廷最担心的就是洋人的风吹草动。因此袁世凯到天津，必须保证洋人安静；外国势力对大清内政的干预已成事实，从个人前途而言，袁世凯也必须得到列国的赞赏和支持。

第三个字则是一个"稳"。治安要稳，人心要稳，尤其严防民教纠纷，引起中外交涉。

袁世凯深以为然。他于七月十二日七时从北京登火车，四个多小时后赶到天津，都统衙门的都统都到车站迎接，华捕二百余人站班、护卫，绅商百姓夹道欢迎，商铺住家纷纷升起龙旗，悬起红灯。袁世凯带着文武各员赶到都统衙门，都统衙门及所设机构人员当场将所有公事一一移交，包括会议记录、财务簿、银款票据、案犯卷宗、工程卷宗、合同底卷，都由袁世凯与各都统签字画押。交割完毕，各国洋捕一律撤走。洋人设午宴欢迎袁世凯，袁世凯则于晚上在海防公所——袁世凯新定的直隶总督兼北洋大臣衙门回请各洋人都统。至此，天津正式回归大清治下。

李鸿章出任直督兼北洋通商大臣后，因大多数时候在天津，因此天津城东北、海河边的北洋通商衙门也就被称为直隶总督行馆。这里经数次扩建后，达到四五百间房屋。后来王文韶、荣禄、裕禄出任直督兼北洋通商大臣，都驻在这里。联军攻占天津城后，把都统衙门也设在这里。但袁世凯却将这里改为津海关道的衙署，而他的直隶总督行馆兼北洋通商衙门则改到了海河北岸的海防公所，离此大约一里多路。

袁世凯上奏朝廷的理由是庚子之乱中直督行馆被毁大半，而实际的原因是他觉得在洋人的都统衙门里当总督，想起来总觉得憋气。而隔海河而望的海防公所是李鸿章专为北洋海军在天津建的办公地方，有时候他也到这里办公。这里地势略高,没有水患之虑,而且戊戌年间,慈禧、光绪曾经计划到天津阅兵,已将这里扩建为行宫。后来发生政变,阅兵未能成行,但行宫已经改建完了,战争期间破坏又稍轻一些,袁世凯事先派人前来修复,陆续再扩建一下,便是一个崭新的直隶总督兼北洋通商大臣衙门。

入住新衙门的袁世凯,第一件事就是与赵秉钧商议维护地面的事情。这是天津百姓最关心,也是事关他这个总督面子的大事。如果他袁世凯入主天津而地面不靖,岂不让刚刚撤走的洋人看笑话?于是他叮嘱道:"最紧要的是地面上不能出任何问题。出了问题,我唯你是问!"

赵秉钧提前率巡警入天津,对天津城内外已经勘查得清清楚楚,在日本顾问的帮助下,他拿出了一个巡警机构设置计划。计划是设立两个巡警总局,南段巡警总局负责运河南岸天津城厢及附近地方治安,下设五个分局,每分局设有直属的马巡队、河巡队、拘留所、差遣队、消防队、军乐队、电线巡警队和侦缉队,近三百人,五个分局再加总局一千五百人左右。天津城外的塘沽、西沽、山海关、秦皇岛等地方,则设立北段巡警总局,下面也设五个分局,也是一千五百人左右。从保定带来巡警两千人,留用的洋人所雇华捕近千人,正好够两个总局定额。

袁世凯吩咐道:"先把南总局成立起来,警员要保证够用,暂可不必限于一千五百人。北总局过一阵再成立不迟。南总局的总办就由你出任,你要立下军令状,不可出任何问题。若有盗案奸案,或者洋人教堂、教民之家被烧,不必我说,你就该卷铺盖走人。"

赵秉钧回道:"非常时期,要用非常之法,卑职请宫保给一项特权。"

"咦,你是要讨价还价?"袁世凯对部下敢于提出请求并不反感,既不敢提要求,又不能肩负其责的下属他才不喜欢,"说来听听,只要于安良除暴有助,我没有不答应的道理。"

"请宫保给卑职对匪类就地正法的特权。"

赵秉钧说天津民风强梁,盗风素炽,兼之兵燹之后,土匪游勇以及海洋大盗时有出没,商民受害无穷。洋人有军队有巡捕,秩序维持得还好,如今洋人撤走,二十里内又不准大清驻兵,除暴安良全赖巡警,若不杀人立威,恐怕一发不可收拾。他要求获有匪盗解交发审处立即提审,情罪重大者,照土匪定章即行就地正法。

按照大清律例,判处死刑必须由按察使和督抚上奏刑部,押解京城复审后秋决,只有罪大恶极的匪类督抚可请王命旗牌就地正法,这是为了防止滥杀。赵秉钧要求这项特权,就如同把按察使和他这总督的大权拿到了手上无异。但袁世凯是行事果断的脾气,既然交给赵秉钧一副重担,那就给他挑起这副重担的权力:"好,我上奏朝廷给你这项特权。但限于两个月,两个月后规复旧制,照例审办。"

赵秉钧要到了这项特权,有把握治住所有地痞混混,很响亮地回答道:"宫保放心,若不能安靖地方,卑职提头来见。"

赵秉钧信誓旦旦,但袁世凯还是放心不下。当天晚上处理完公事,他带上两三个贴身护勇,便衣小帽到街上去转。一路上街区要道,都有巡警站哨,拦住他们查问。越问得仔细,袁世凯越高兴。等他转到鼓楼附近时,路灯下看到赵秉钧一身巡警制服,带着三四个人也在巡查。袁世凯示意大家不要作声,躲到胡同里。鼓楼这里有一个岗亭,安排两个巡警,有个巡警正来回巡查走动。赵秉钧看了很久,带着人走过去道:"我看你巡查很久了,你很认真。不过,却没有发现我,可见还不够机警。咱们当巡警的,不能只当摆设。"

赵秉钧多次给巡警训示,这个巡警立即认出他来,打了个军礼大声回道:"是,总办大人!"

赵秉钧问道:"你们这个岗位应当有巡警两人,为什么只有你一个?"

巡警回道:"报告总办大人,他说肚子不舒服,拿药去了。"

"哦,那他去了多久了?"

巡警老实回道:"一个多时辰了。"

赵秉钧闻言厉声责问道:"分明是无故脱岗,你还要为他掩饰?"

"报告总办大人,他说肚子不舒服就走了。我不是大夫,也不敢说他没病。"

"你是个办事认真的人,很好。"赵秉钧从口袋里掏出两块银元道,"我赏你两块银元,并记名注册,将来一有巡目出缺,你立即顶缺。"

对无故缺岗的巡警,赵秉钧立即下令,将此人捉回总局提讯,若确属有病,则另当别论,否则杖责二百,革除递解回籍。

见状,袁世凯小声对随从道:"赵秉钧办事如此认真,我可以放心睡觉了。"

# 第九章

## 建天津洋规袁随  开财源双管齐下

新官上任三把火。正式进驻天津的袁世凯虽然不是新官,但他从洋人手中接过天津,当如何治理,不但天津百姓拭目以待,就是洋人也十分关注。

袁世凯进驻天津的第二天,就叫上津海关道唐绍仪、巡警总办赵秉钧、总文案阮忠枢以及天津府县官员,陪他到天津城走走。

天津城其实已经无城。洋人占领天津后,因为战争期间天津城墙上曾经安放大炮,居高临下威胁租界区,因此都统衙门一成立立即决定拆掉天津城墙。用了不到一个月的时间,天津城墙完全拆掉,完整的砖块归拆墙的承包商,碎砖则归都统衙门,拆出的土则归天津百姓随意取用,所以很快就清理干净。而后洋人在原四面城墙的位置,修了四条马路,环天津城一周,天津成为当时中国第一个有环城马路的城市。都统衙门又在城内连接东西、南北四门修两条十字形马路,马路两侧又拆除了四五米,种植草皮、灌木,修建人行道。新修的马路全部是细石子铺路,比之从前条石或黄土铺筑的路面,减轻了颠簸,又无雨天泥泞之苦,商民赞不绝口。

众人陪着袁世凯走了一段,他不再坐轿子,而是招呼一辆东洋车要亲自体验一下。东洋车来自日本,十多年前就由上海引到天津。袁世凯在小站练兵时,到小站的人多坐东洋车前往。不过几年的时间,东洋车又有改进,从橡胶轮变成了可充气的轮胎,靠背也模仿椅背的造型进行了改造,坐上去舒服多了,跑起来也不像从前那样颠得屁股坐不稳。他坐在东洋车上,回头对跟在后面的唐绍仪道:"少川,东洋人奇巧百出,日新月异,不服不行。"

唐绍仪回道:"国人最缺的就是这一样。等国人能够孜孜求新,所产商品能够精益求精之时,便是大清振兴之日。"

转到东南角,袁世凯摇摇手铃,东洋车停了下来。他走下东洋车,指指整齐干净的道路说道:"天津城如此干净,真是出人意料。"

洋人雇请的巡警华人金捕头被赵秉钧叫上同行,赵秉钧示意他上前答话:"宫保大人,当初洋人为了治理街道,真费了不少功夫,也下了狠心。"

据金捕头说,街道秩序属巡警负责,洋人立下规矩,禁止商户无故侵占马路任意摆摊设点,防止车辆行人阻碍交通,遇到在街道及各公共场所有碍公共秩序和公共卫生的不良行为,巡警有权施以体罚,包括顶砖、鞭打、罚款等方式,处罚极严,毫无通融余地。

袁世凯吩咐赵秉钧道:"洋人管理得井井有条,不要到你手里就成了一团麻。洋人这些规矩,只要合适的都保留下来。"

"是,宫保放心,卑职正在参照天津洋人巡警的章程,修改在保定制定的章程。天津绅商百姓,也都希望洋人的一些好办法不要废止。"

"当然不能废止!我来天津前进京请训,太后说有御史上折,要求我到天津后,洋人的所有办法都要扫地出门,完全恢复大清的办法,这样才表明主权在我。我当时就觉得这样的想法可笑,什么是洋人办法?什么是大清的办法?洋人办法有效,难道就不能效法?现在看,这些御史简直是井底之蛙,如果我这样行事,那才是中外的大笑话。"袁世凯高声道。

金捕头受了鼓励,又道:"其实洋人的许多办法很好,千万不能都废掉。"

"你放心吧,我可不是那种糊涂人。洋人修马路,拆迁不少房屋,想来费了不少功夫。不知洋人用的什么办法?"袁世凯又问道。

"说起来宫保可能不相信,洋人拆迁并未费多少周折,百姓反而希望能拆到。"

"咦,那倒是怪了,洋人用的什么奇妙办法?"袁世凯饶有兴致地问道。

"洋人要拆什么地方,会先派人去测绘,画出图来,标明每户的户主、面积。会在其他的地方拨给同等面积的土地,而且每亩还再补给至少七十五两的补助,如果原房屋位置好,补助则更高,超过八十两,甚至达到九十两。土地主人可前往都统衙门出示土地所有权及确切面积的证据,办理各种手续和领取费用。各户补助情况,全部在都统衙门影壁墙上贴单公布。公共工程局要给拆迁户一个月的时间做好搬迁的准备。"

"哦,洋人办事认真,为拆迁户考虑得也很仔细。补助款项敢于公开,便没有营私之弊,这些都是可取之处。七十五两的补助是一笔不小的钱,怪不得百姓都愿意搬迁。这么多银子支出来是一笔巨款,洋人又是哪来的银子?"

金捕头回道:"洋人的办法当然是征税。洋人在天津城里,实际修了六条马路。马路沿线,都成为经商开店的好地方,紫竹林一带,洋人修建了大码头,洋行已经开了几十家,上海、营口、烟台的大清商人也都看好这片地方,已经有三十余家新店开张,这都是新增的税源。洋人税种也多,比如车、船、鸦片烟馆、妓院等都收牌照捐,食品入市要收税,值百取一;买卖营业要收营业税,当铺每月十两或二十两、票号、钱庄每月三两或四两,商店视规模每月一两到二十两不等,茶馆每月十两,戏院每月二十五两。"

"昨天晚上我看洋人移交的账目,不到两年,都统衙门各项收入竟然达到二百九十余万两。我不明白大难之后的天津何来如此高的收入?原来诀窍在这里。"

唐绍仪此时插话道:"洋人的说法叫经营城市。我在美国留学时,就常听美国人这样说。就是官府出钱或者委托商人出资,把一个地方的环境改造好了,然后再吸引商人前来经商办实业,新增加的税收,再拿一部分去改造城市环境。这样往复循环,城市会越变越好,而官府的税源也越来越广。"

袁世凯仰着头想了一会儿道:"少川,你的意思用一句话来说,洋人是把城市当作赚钱的工具来治理。"

"宫保说得太精彩了。"

"这里面大有学问,大有文章可做。咱们真得好好当洋人的学生。"

袁世凯明言要当洋人的学生,接下来的几天,又到洋人租界、老龙头火车站、天津城北老商业区巡察。晚上则翻阅洋人都统衙门留下的会议记录及各类合同。这样忙了六七天,袁世凯召集布按两司、津海关道、天津府县及幕僚开会,宣布他的"新政":"新官上任三把火,天津百姓和各级官员都在等着看我袁某人会放哪三把火,我告诉各位,我的三把火可概括为四个字,那就是'洋规袁随'。我在山东的时候,就有拳匪画了一幅画,骂我是跟在洋人屁股后头的洋奴。我不怕他们骂,学洋之长,这样的洋奴我乐此不疲。诸位进天津比我还早,天津的面貌大家都看到了,可以用'日新月异'一词来形容,我看了天津的变化,实话对诸位说,深感震惊!唐少川对我说,大难之后,天津情形在直隶可称首屈一指,又说天津在都统衙门治下,两年的变化可顶从前三十年。此言不谬。你们布按两司对直隶的民情治安比我清楚,大难之后,各州县地方官逃的逃,亡的亡，一任匪盗横行，再加洋军队和教民报复，真正是民不聊生。唯有天津很快稳定了秩序，而且无论城市面貌还是商业民生，都随之改善。我们不能因为洋人曾经占据过天津，就罔顾实事。都统衙门好些做法，是把洋人国内的办法引到了天津，好些办法就是比我们高明，我们不出国门能学到洋人的经验，这是多好的事情！有人主张一复旧制，据他们说，这样才显得有骨气，才算是主权归我。这真正是一派胡言！"

参与会议的众人，都纷纷鼓掌。

"我知道你们虽然都鼓掌，有人是心甘情愿，有人是敷衍我罢了。不管你们怎么想，洋人好的东西要学，要留下来，这一条我是坚定不移，在这里给诸位说清楚。至于当前最紧要的，有三件事。"

第一件事，就是给巡警特权，以期维护天津治安。

"洋人入驻天津，很快就稳定了治安，他采取的是什么办法？就是咱们中国的老办法，乱世用重典。我看了都统衙门的有关规定，凡私藏军火者，限期交出，不交出，一旦查出，则立即斩首。为此被斩首的不下十人。再比如，晚上出门，必须掌灯笼，不得于暗巷中隐身，一旦被巡警查到，也是立即斩首。此外，对抢劫、奸淫等罪行，也是重典惩治。就是洋人在天津城里犯事，也要交发审局审理，不像其他开埠城市，有治外法权。我已经奏请朝廷，天津巡警要有治匪的就地斩决权，就是为了在我接手天津后，治安不至于反弹。若宵小之辈以为洋人撤走，有机可乘，作奸犯科，那他可就打错了算盘。至少两个月内，天津要实行严刑苛法，对惯匪恶霸，就地斩决，不必发审。"

赵秉钧响亮地回道："宫保放心，卑职对匪盗决不心慈手软！用数人脑袋换来天津的平安，总比博取宽仁的虚名，以致乱不可治、百姓遭殃要强得多。"

"好，我辈绝不可沽名钓誉。"

第二件事，就是洋人建设天津的几项措施都继续接办。都统衙门办移交时，要求不得在都统衙门修建的道路和堤岸、围城马路、北门至运河的道路上开设店铺、搭盖帐篷，不得反对已经达成的市区排水协议和在租界修建联结海河两岸的旋转式铁桥，地方官员还应保证完成都统衙门尚未完工的工程项目，继续施行对道路的养护和城市清扫。

袁世凯说道："这些工程中，最大的要数海河疏浚工程。都统衙门先后已经投入三十多万两银子，工程已经初见成效，不能半途而废。"

海河下游淤塞严重，吨位稍大的轮船无法直航到天津，结果货物需要从大沽口再驳运。几年前中外双方就成立了一个海河疏浚委员会,下设工程局,负责解决海河疏浚问题。这个委员会主要成员有津海关道、轮船招商局、津海关税务司、各个航运公司和驳船公司的代表以及各国租界和洋商总会的代表。几年来海河工程局已经分别在芦台运河、军粮城以及大沽建造了三个水闸,还修浚平直了几道河湾,对一些较浅的河道也用木桩和侧面防波堤的方法加以整治,使天津和大沽间从九十公里缩短到七十六公里,通航能力提高了不少。都统衙门又支持海河工程局兴办了三项开河工程,总长七公里,尚没有完成。袁世凯的意思是,必须继续筹款,完成这三项开河工程。

"天津大乱之后未发生大疫,卫生局功不可没。洋人开办的卫生局,也要继续办下去。"

都统衙门下设的卫生局负责改造厕所、水质检测、妓女体检、饮食卫生、疫苗接种等事项。负责卫生局的是法国军医和日本军医,两人都已经归队。

"卫生局的人才实在奇缺,除原有的人员留用外,可以再把日本军医请回来。军医人才太缺乏,不但军队需要,地方也需要。我有个想法,先开办一个军医学堂,学堂的总办正巧自己送上门来了。"

袁世凯物色的北洋军医学堂总办叫徐华清,字静澜,广东梅州人。少年时代就到香港打工,备尝艰辛。后来得到教会资助读书,辗转赴美,获哈佛大学学士学位,后来又赴德国学习医学。二十七岁时获医学博士学位回国,屡次治愈疑难重症病人,特别是曾治好慈禧的痼疾,被任命为御医,官封一品花翎顶戴。徐华清志不在做官,更不愿受御医的种种束缚,他最大的希望是办学,传授西医。但国人对西医误解颇多,谣传洋医挖眼剖心,是为提炼丹药。徐华清了解到袁世凯办事果断、有担当,而且又对洋人的东西感兴趣,所以专程跑到天津来,毛遂自荐,希望能办一个洋医学堂。袁世凯于是委任他为北洋军医学堂总办。

第三件事,则是继续办理善后,袁世凯希望借此示惠百姓。善后的事项很多,急于办的,一是奏请朝廷豁免天津钱粮,天津县应征光绪二十八年上忙,二十七年上下两忙,及二十六年下忙以及海防经费、河道钱粮屯谷等项,一律豁免。二是成立天津教养局。因为天津义和团闹得最凶,联军攻占后报复得又最狠,前后计有百分之四十的人死亡,大量贫困儿童无家可归,流落街头。袁世凯决定成立天津教养局,将这些贫困儿童收容起来,在教养局里开办织布、地毯、染色等工艺,传授给他们。

第四件事,便是刷新吏治。这是新官上任通常的动作,袁世凯亦不例外,让大家感到意外的是他的几项措施,都是前人所不愿行、不敢行的。

第一项措施,是裁汰冗员。天津是京师门户,水陆要冲,尤其是每年三百余万石漕粮,沿运河或海运到天津,再由天津运到通州存仓,历来直隶漕运事务较繁。但自从京津之间通火车后,漕运就简单多了,袁世凯要奏请朝廷取消境内的漕运机构。同时,又以天津县为试点,大幅裁汰书吏衙役:"吏治之坏,首在胥吏。诸位也都知道,各衙门胥吏,多连工食银也没有,全靠他们搜刮百姓。天津大乱期间,官员逃避,胥吏星散,正好借此机会,严加裁汰。留下来的,则发给工食银,严禁勒索,这是刷新吏治的治本之策。"

刷新吏治的第二项措施,则是成立直隶吏治调查处,除陆军官弁及道府大员外,其他官员一律在调查范围。这个办法袁世凯在山东就采取过,但都是临时起意。专门成立吏治调查处,则把调查官员作为经常性的一项措施。此事他与按察使周浩商议过多次,由周浩向众人介绍:"根据宫保的要求,调查拟分为平时调查和临时调查两种。平时调查是指随时留心官员的政绩,采访百姓对官员的评价和舆论;临时调查是指通过暗查、明访、查取卷宗或人证等办法,对于上谕查办事件、宫保要求查办之件、官员之间互相攻讦之事、绅民控告官员之案进行调查。凡暗查,则由宫保札派委员三两名,分别先后前往密查,各开具所查实在情形,如二人所查事由相同,即由本处据情呈请核办;倘所查情节歧异,应另派干员一人前往复查,仍由本处核实具呈。凡明查,派委一员前往调查,亦将所查实情报明本处,由本处核实具呈。"

等周浩介绍完,袁世凯补充道:"官吏考核是一件大事,也是一件难事,不能考核官吏优劣,提拔使用便难以公正服众。不能服众,优者下,劣者上,便是最大的吏治腐败。成立吏治调查处,就是希望能对官员的职守情况有更多的了解。将来调查处的调查,将作为对官员进行赏罚、奖惩的参考。"

第三项措施,则是道府厅州各项陋规一律取消,改为公费。

所谓陋规,是下级借各种节令给上司奉送"规礼"。清代官员廉俸很薄,而保持官员的体面,需要雇轿班、常随,帮助处理刑案、钱粮又要招募师爷,这些费用都是官员所出。因此"规礼"之始实在是不得已而为之,久而久之,便视为平常,尤其贪墨官员,更以此为自肥的手段。所以新官到任有费,各种节日有费,冬有炭敬,夏有冰敬,上司生日或官太太生日或者生孩子满月,都要送规礼,婚丧嫁娶更是不必说,也要有一份贺仪或丧仪。袁世凯认为上司收受下属规礼,便不能破除情面,据实纠参,甚至被下属挟持,吏治之弊,皆源于此:"平心而论，道府厅州官员，公费开支很大，如果不让大家收陋规，而又不给办公经费，便没法要求大家治理地方。总之，先要养廉，才能止贪。我的办法是，将每年应得属员规费，摸清底数，大体按这个数目酌给公费。这样化私为公，上司不必受下属挟持，下级也不必为孝敬上司而到处搜刮。各级公费银，已经大体有个设想，老阮你给大家说说。"

阮忠枢正在打瞌睡，被身边的人捅了一指头，这才一激灵挺起来脖子来，因为事先袁世凯已经有交代，知道是让他说公费银的事，所以大声道："刚才我又默想了一遍，感觉官保所定的公费银只高不低，对各级官员都是个福音。"

袁世凯所定的标准，大顺广道月支公费银一千两，清河道每月九百两，通水道七百两，天津道六百两，口北道五百两，霸昌道三百五十两。保定、永平、河间各府均月支公费银六百两，天津、正定、顺德、大名、广平、宣化各府均五百两……各州县将向来应出节寿等规礼，一律解到布政司库，道府厅州应支公费，按月赴司库请领。不足部分，则由布政使向袁世凯报请设法筹措。

这个公费标准相当优厚，与会的人员除了天津道府官员外都非受益者，他们不免咋舌羡慕，有些失落。袁世凯见状道："在座的诸位也不必觉得吃了亏，你们也都有一笔车马费补贴，由藩库设法解决。"

众人一听，无不欢欣鼓舞。袁世凯此举，无异于示惠各级官员及幕僚。

"实在事情说完了，再说几句虚的。这些天我在想，有人说，甲午一战，证明三十年的洋务运动失败了，我以为此言大谬。甲午一战不是证明三十年洋务不能救国，而是恰恰证明，我们洋务办得还不够。诸位想一想，李文忠公三十年孜孜于洋务，给大清带来了多大的变化！当年林文忠公在虎门销烟，洋人启衅广东，中外开战，我们以大刀长矛对付洋枪，以木船去对抗洋轮巨舰。可是甲午之战的时候，我们定镇两舰在黄海与日舰对战一天，日舰被迫退出战场；陆军的洋枪洋炮也不逊于倭寇。甲午败了，但败因并不在兵器上，而是另有原因，我今天不再细说。我要说的是，李文忠公倡导的洋务，让大清的军备基本跟上了世界的步伐。除此之外，还有火车，还有轮船，还有电报，还有机器采矿，哪一样不是李文忠公的功绩？所以，举国痛骂他数年后，到庚子乱起，文忠公奉旨抱病北上议和，就连当初骂他最狠的人也不能不承认，李文忠公有功于大清，洋务大业绝非一无是处！"说到此处，袁世凯深吸了一口雪茄后继续道，"李文忠公在直督的交椅上坐了二十余年，可以说勋绩卓著。如今我忝居此位，如果不能把洋务大业——现在叫新政，其实与李文忠公推行的洋务是一回事——如果我不能把新政向前推进，便愧对李文忠公的识拔之恩，更愧对朝廷的恩典！何况如今开展新政，有诸多的有利条件。"

袁世凯认为，当年推行洋务屡屡受制于清流顽固派的抵制，庚子之乱后，只会动嘴皮子的顽固派彻底清除出朝堂，举办新政再也没有从前的种种阻挠。这是第一大有利条件。

从前推行洋务是从下往上推动，是地方提出要求，恳请朝廷允准。如今则是朝廷提出举办新政的要求，督促督抚们举办。这又是一大有利条件。

"如此诸多有利条件，若不赶紧行动，在新政上办出点名堂，岂不白戴了顶戴花翎？就直隶而言，尤其是天津，可以说面临着千载难逢的大好机遇。诸位可知道是什么吗？"

众人都没想过这个问题，一脸茫然。

袁世凯指指唐绍仪道："少川，你是懂洋务外交的人，你说说，目前大清最发达的地方是哪里？"

唐绍仪回道："当然是上海，然后是广州、烟台。"

"好，就以这三个地方为例，我给诸位好好说说。在开埠前，大清与洋人交往只有广州一口，洋人要买国人的货物，要卖给国人货物，只能通过广州的十三行。一切洋货皆源自广州，无论内陆还是沿海的茶叶、瓷器或者土产，要卖给洋人，也都要汇集于广州。所以开埠之前，广州富甲天下。但广州一地不能满足洋人的要求，因此先后有南洋五口、北洋三口开埠通商。广州离北京太远，洋人要与朝廷打交道，实在不方便。而京津一带朝廷又不许洋人前来，因此上海成为洋人会聚之地，再加有长江航道，因此上海开埠后迅速发展，取广州而代之，由一个小小的县城成为万货云集、日进斗金的十里洋场。如今，各国公使已经允许驻京，皇上可以沿用列国通例召见各国使臣。而洋人又在紫竹林建起了大码头，可以说，京津一带的开明、开化程度已经与上海无异。洋商、洋货、洋人的投资都将向京津尤其是天津集中。诸位请想，这是不是天津的大好机会？"

众人恍然大悟，异口同声发出"哦"的感叹声。

"上海毕竟有长江航道，上海虽是一隅，但背后却有数省的财富集聚。"唐绍仪却有点不赞同。

"是，少川说得不错。天津的海河无法与长江相比，但如今京津都通了火车，关内外铁路将天津与东北连为一体，京津铁路又将京津连为一体，京汉铁路又将直隶与腹地数省连为一体，将来朝廷还计划开通津镇铁路，天津可直通镇江,与江北数省连为一体。少川你想,天津是不是也可成为百货云集之地?"

"对对对!宫保所见,的确不是我辈所能预料!"唐绍仪及众人对袁世凯的远见卓识也是佩服得五体投地。

"太后召见我的时候,说希望直隶新政能为各省做出个表率,要我无愧于天下督抚之首的称号。直隶的新政能不能表率天下,就看各位能不能实心实意、扎扎实实地去办,我能不能对得住天下督抚之首的称号,就全看直隶的新政到底如何。诸位,我有一番雄心壮志,希望直隶样样走在前面,尤其是天津,不但治安要做到天下最好,马路、桥梁、卫生也要样样做到天下最好,更要紧的,天津的工商业将来也要做到天下最兴旺发达!那时候天津百工云集、百货云集、日进斗金,要超越上海也不是没有可能。"袁世凯又拿雪茄指指周馥和唐绍仪,"你这津海关道,还有布政使衙门,那时候库里堆满了白花花的银子,让你们梦里都笑醒!"

闻言,众人同声大笑。

奕劻密电袁世凯,说署理河南巡抚锡良将可能调任热河都统,问他是否有得当的人推荐。袁世凯大喜,不仅仅是他又有推荐心腹出任封疆的机会,而是奕劻在重大人事调整时事先通气,说明他在奕劻身上的投资开始见效。

不过,袁世凯对山东巡抚的关注超过河南巡抚。山东是他官运转折之地,这是其一;山东战略位置关键,而且有烟台海关,又有正在开通的胶济铁路和淄川煤矿,将来财源必旺,这样的省份如果能安排自己人去当巡抚,当然是再好不过。直隶的官员,资格最老的当数周馥,追随李鸿章多年,无论洋务还是治河,都是一把好手,如果他巡抚山东最好;他遗出的布政使由按察使递补最好,那样,深受他赏识的通永道杨士骧则可升任按察使。真正是牵一发而动全身,如果运动得当,便相当于直隶有三大员升职。

袁世凯找周馥密议,因为周馥重听,因此延入密室方可大声沟通。周馥对袁世凯的关照自然十分感激,但对钻营仕途却有些不屑,道:"慰廷老弟,我追随文忠公四十余年,办营务、办洋务,救灾治水,扶贫济困,问心无愧,我如今六十有五,只问耕耘,不问收获。"周馥因受李鸿章的牵连,屡次受到弹劾,虽然资历很老,如今却只是布政使,所以有这通牢骚。

袁世凯劝道:"老哥,你不能只为你自己考虑。你淡泊仕途,只求随遇而安,可你不升一升,下面的人就不得升迁不是?还有,我早就想把缉之调到直隶来,碍于你们父子得回避,至今不能如愿。你如果能够巡抚山东,父子对调,各得其所,岂不妙极?"

牢骚归牢骚,周馥不能不对出任封疆动心。袁世凯告诉他要想办得稳妥,得花笔银子,周馥便问道:"我筹一万两银子够不够?"

一万两当然不够,但袁世凯不再让他为难,遂道:"老哥,你要信得过我,把银子交给我,我来办这件事好了。"

"我当然信得过宫保,人人都知道,宫保敢花银子,却不贪银子。"

周馥所说一点不假,袁世凯与李鸿章都是热衷名利的人物,但他不像李鸿章那样乐于营私聚财,他有一个口头禅:"银子是用来花的。"为达目的花起银子让人瞠目结舌,却不屑于聚私财。

打发走周馥,袁世凯把杨士琦叫来道:"老五,有一个差使非你亲自出马。"

听袁世凯说完事情原委,杨士琦说道:"宫保的意思是一箭三雕,一万两银子恐怕不够打点。"

"的确不够,不如先从银钱所提一笔用着,总之不要放过这个机会。老庆能如此关照,我们不能办半吊子事,来日方长嘛。"

杨士琦又道:"宫保此次也为我四哥筹划,无论成不成,我四哥出笔银子是应当的。"

袁世凯听了连连摇手道:"君不密则失臣,臣不密则失身,机事不密则害成。这话你总该听说过吧?此事只限于周藩台和你我知道,就是你四哥,也不能透露半个字。"

"宫保放心好了。"杨士琦当然知道其中利害。

"这次你还要办一件大事。上次请训时,太后说起宫中窘迫,我已经答应直隶筹一笔银子。这次你带二十万两去,请李总管直接交太后,是入内库还是怎么处理不必过问。同时让李总管转奏太后,直隶正在设法,将来还会有奉献。"

"李总管那里,是否也要打点?"杨士琦的意思,这次谋划周馥出任山东巡抚,不能只靠庆亲王。

"那是当然。荣中堂那里,你替我去问候,从同仁堂带些上好的细药。"

三天后杨士琦回到天津向袁世凯复命,听奕劻的意思,把握很大。

但好事多磨,在这节骨眼上,却有御史参奏周馥,说他昏耄营私,贻误地方,巧于营谋规避,广树私人,兼之老迈龙钟,诸事废弛。朝廷把原折发给袁世凯,让他确切查明,据实具奏,毋稍瞻徇。

袁世凯细读参折抄件,参劾周馥甲午战争期间,升任直隶臬司,却称病乞退,巧于回避;时局一定,又携金至京营谋四川藩司。此事袁世凯十分清楚,当初他与周馥为李鸿章分忧,到前敌营务处分任总办和会办,说周馥巧于回避,真是昧着良心说话。又参他八国联军入京后,作为直隶藩司的他不到省城支持危局,却恳请李鸿章让他留京办事。这事袁世凯也清楚,是李鸿章把他留到身边的。还参他"老迈龙钟,两耳重听,属员回事,不准多言,偶有敷陈,动加呵斥,以致下情不能上达,诸事废弛,唯以不升巡抚,时怀怨怼,大庭广众之中,肆言无忌,其跋扈嚣张又复如是"。又参他对拳匪太姑息,以致养匪贻患;久仕直隶,用人理财不孚众议;对待下属有亲有疏。这些参劾多半是捕风捉影,甚至颠倒黑白。至于对属员有亲有疏,是任何官员都难以避免的。

袁世凯怀疑是不是他运动庆亲王的事情泄露了,有人故意坏事。他首先怀疑的是瞿鸿禨,因为当初他奏报洋人欢迎太后回銮一事,瞿鸿禨耿耿于怀,两人关系已经难以挽回。追问杨士琦,他表示绝无泄露的可能。

"那么,就真是无巧不成书了,大好的机会不能让这一纸参劾坏了好事。周藩台的为人你们也都知道,真正是兢兢业业,这样的人不得升迁,天理何在!"袁世凯发完脾气又道,"你去告诉老阮,让他去和臬司商议,我的态度是四个字,对这个参折,'一字不认'"。

数天后阮忠枢把复奏稿呈了上来,对每一条参劾逐一反驳,人证事证,真正做到了"一字不认"。但袁世凯觉得还不满足,因为没把周馥的功绩说清楚。于是他亲自捉笔,补叙了一段,阮忠枢稍加润色,再呈了上来:

> 伏查该藩司周馥,在直年久,如果该藩司昏耄营私,贻误地方,难逃公论。臣受恩深重,断不敢稍涉瞻徇,上副朝廷付托之隆。唯该藩司公正廉明,励精图治,考之案牍,证以人言,并派员逐一查访,绝无情弊。且该藩司久在直省,夙著贤能,所有北洋办理海军、电报、铁路、矿务、水师武备各学堂及海防紧要事宜,皆其参预创办。当时北洋人才,无能出乎其右。已故大学士李鸿章倚如左右手。前年冬奉命入都随办议约,兼办京城教案,其时各国使臣、统将,多方要挟,棘手万分,大局几至决裂。该藩司禀承全权大臣,百计磋磨,心力交瘁。又以李鸿章衰年多病,步履维艰,遇各洋员有会商事件,多由该藩司相机因应,坚苦维持。上年夏间,款议就绪,奉饬到任。其时各国联军,尚踞省垣,中国

兵队,不能到防,土匪蜂起,民教寻仇,局势几为一变。筹办善后,极难措手。乃复酌拟办法,不数月间,匪徒敛迹,民教相安。迨銮舆回京,腹地已一律平靖,该藩司历经盘错,劳苦功高,实为同僚所不及。臣抵任以后,复能遇事匡助,不遗余力。唯其性情朴直,论事不顾忌讳,率属力斥浮夸,劳怨不辞,或滋物议,而实心任事,人所难能。当此时局方艰,需才孔亟,倘迁就原奏,模棱登复,殊不足以彰直道之公,尤恐任事者相率寒心,转多顾虑。该藩司被参各节,既经查无确据,应诸毋庸置议。

袁世凯连读两遍,十分满意,拍着桌子道:"老阮,你的文笔是越来越老辣痛快!'倘迁就原奏,模棱登复,殊不足以彰直道之公,尤恐任事者相率寒心,转多顾虑。'真是痛快至极。你的车马费,每月再加十两。"

阮忠枢连连摇手道:"宫保,已经够多了,不敢再奢望。"

袁世凯笑了笑道:"是不敢再奢望,不是不愿。可见还是不够多。"

阮忠枢也笑道:"多少是多?直隶百废待兴,宫保又是雄心壮志,花钱的事项多得很。"

"这个我自然知道。老阮,我再给你说一句话,钱是挣出来的,不是省出来的。有本事的人在开源上动脑筋,没出息的人才在节流上动心思。我准备把山东周缉之调过来,让他帮我大办工商实业。"

"他老爷子任藩台,怕是他有顾虑。"

袁世凯此时不便说破,笑了笑道:"活人总不能让尿憋死。"

复奏上去后不久,便有了结果,周馥如愿出任山东巡抚。但他缺出的直隶布政使,却未能由直隶按察使周浩递补,而是调江宁布政使吴重熹填缺。这个结果也不算太糟,因为吴重熹是袁世凯的老熟人,袁世凯曾经对他执弟子礼。袁世凯的老家项城县属陈州府,而吴重熹曾做过一任陈州知府。当时袁世凯继承嗣父袁保中陈州府驻地的家产,办诗社,交名流,吴重熹也是袁府的座上宾,给足了袁世凯面子。袁世凯在陈州立住脚跟,与吴重熹的捧场关系极大。所以袁世凯对他十分敬重,如今归到自己治下,当然没有不欢迎的道理。

袁世凯在迎接吴重熹的宴席上,仍然要执弟子礼。

"不可,万万不可。当年在陈州,你递门生帖子,本来就属勉强,那时候我是陈州父母官,也就厚着一张老脸收下了。如今你是上宪,我是属下,何敢再以老师自居。"吴重熹是有备而来,当即从怀中抽出门生帖子,"今天也请直隶的诸位同僚做个见证,我将门生帖子璧还,从此以后,再无师生名分。"

"老师当年在陈州给我莫大面子和关照,如今到了直隶,我总算能够有机会报答一二,老师有什么想法,不妨直说。"等散了席,袁世凯留下吴重熹,有一番体己话要谈。

吴重熹再次声明道:"我已经璧还了门生帖子,宫保无论如何不能再自降身份。我对做多大的官倒不计较,你也知道,我有收藏古书拓片的爱好,最费的就是银子。将来有机会,你能给我个报酬优厚的职位就再好不过。"

吴重熹是山东海丰(今山东无棣)人,他的父亲吴式芬和岳父陈介祺都是收藏界知名的人物,吴重熹受家传影响,对古书、拓片收藏十分痴迷,据说遇到喜欢的古书,卖家具、当衣裳也要买到手。

"啊,你是这么一番想法。那倒好说了,将来有这样的位置我一定力荐。不过眼前有件急务,还有赖老兄设法。"

袁世凯所说的急务,就是直隶尤其是天津的钱荒和银荒。所谓钱荒是由于铜价暴涨,铸造制钱——也就是外圆内方的铜钱——的成本暴增,于是铸钱的便纷纷减铸,结果市面上制钱减少,发生钱荒。百姓平日衣食住行,不会是大额支出,尤其需要小额制钱,钱荒后便造成商家和百姓两不便,影响货物流通和日常生计。

银荒的原因比较复杂,自从鸦片贸易开始后,中国白银大量外流,尤其开埠后,除了鸦片大量输入,随着洋人而来的还有洋银元,有日本的龙洋(币面饰有龙纹)、英国的站洋(正面有不列颠女神站像)、墨西哥的鹰洋(币面花纹有鹰鸟),此外还有美国的贸易银元、法国的安南银元等,这些银元都在大清流通,造成币制混乱。尤其《马关条约》《辛丑条约》相继签订,巨额赔款都要求以白银付款,进一步加剧白银外流。经营钱庄的没有现银给付,就发行钱帖和银帖——写有抵顶制钱若干枚或抵银若干两的票据。钱庄以实力做后盾,适当发放钱帖、银帖,便于流通,方便交易,这本来是行之已久的办法。但如今发放过多,便大幅贬值,持钱帖或银帖去换现银或交易,就必须在票据之外再加钱或银若干,才能认可票据的价值,这加出的一部分就称为贴水。如今天津的贴水,一千两银帖开始要加贴水一二百两,如今二三百两,而且是有增无减的趋势。商旅闻之而裹足,百物价格猛涨,处理不好,便会引发金融风潮。金融不稳,什么新政,什么工商实业,都无从谈起,袁世凯为此愁肠百结。虽然他万事精明,无奈金融这一套根本看不透,更弄不明白。

周馥职责所在,正在想解决办法,也是不得要领。如今他又调任山东,更无心于此。袁世凯希望吴重憙能有所作为,但他也是一副茫然的神情道:"缺什么补什么,既然是钱荒,除了赶铸制钱,似乎没有更好的办法;银荒的办法,也只能从藩库及各司道库中筹银,暂借给钱庄渡过难关。"

这些办法周馥和天津府县也都提过, 办法是好办法, 却没法从根本上见效,因为直隶也缺现银。铜价猛涨,铸制钱便要赔钱,铸得越多,赔得越多。袁世凯现在是想生钱的门路,要他先往里赔垫,如何行得通?他知道再与痴迷收藏的吴重憙谈金融,无异于对牛弹琴,因此只好打住道:"好在来日方长,慢慢地想办法。"

十几天后,袁世凯盼望的周学熙从山东乘轮船赶来赴任。见面之后,就把自己遇到的难题向他请教。周学熙好像知道袁世凯必有此问, 显然已经深思熟虑,回道:"此事的确棘手。如果双管齐下,这个危局也并不是不可解。"

"双管齐下,怎么个下法?"袁世凯盼望周学熙有神机妙策。

"就眼前来讲,就是尽快铸铜元。以铜元取代制钱,便可解钱荒。"周学熙回道。

袁世凯听了却有些失望,道:"缉之,铜价飞涨,所以才减铸制钱。要铸铜元,岂不同样赔累?"

周学熙摇头道:"不然,铸铜元不但不赔累,还有大利可赚。"

"啊?有这等好事?"袁世凯一副怀疑的神气。

"宫保听我细说。"

铜元与制钱不同,制钱本身的成本与它的币面价值相近,因此一旦铜价上涨就会赔累。但铜元却是一种名义货币,按当前的规定,一枚铜元当十枚制钱用,而实际铸一枚铜元只需熔化不到四枚的制钱,换句话,铸造铜元至少有六成的赢利。

"当前一两银子的官方牌价是一千制钱,也就是一百枚当十铜元,而铸这一百枚铜元需要不到四百个制钱,换句话说,铸一百枚铜元,就有六钱银子的赢利。如果铸一百万枚,那就有六万两的赢利,铸一千万枚,则有六十万两的赢利。宫保请想,是不是有大利可图?"

袁世凯仰着脸想了一会儿,明白了,的确有利可图,但他还有一项顾虑,又道:"如果钱庄都纷纷私铸铜元,便又无利可图了。"

周学熙笑道:"宫保忘了,铜元是要用洋机器才能铸得成,一般小作坊私铸制钱行,铸铜元,他们办不了。"

袁世凯一拍脑袋大悟道:"对对对!"

"宫保要想铜元畅通无阻,必须下令废止制钱,一律改用铜元。这样市面上的制钱都用新铸的铜元换回,又可重铸铜元。铜元畅通直隶,不但解决了钱荒,而且有六成的赢利,何乐而不为!"

袁世凯离座郑重向周学熙拱一个长揖,周学熙连忙躲到一边道:"宫保如此,真是折杀我了。"

"你这一策解了我数月的愁肠,当得起这一揖。"

"要想市面上资金融通裕如,除了铸铜元,非办银行不可。洋人国家,公私都可办银行,这为他们的实业发展提供了极大的帮助。"

"你是说办钱庄?"袁世凯对银行如何帮助洋人发展实业不甚了了。

"银行与钱庄相似,但与钱庄又大有不同。"周学熙尽可能把复杂问题简单化,"钱庄规模小,且唯利是图,支持小商人小买卖行,支持大实业、办大事则行不通。银行实力雄厚、信用可靠、经营规矩、薄中取利,国外银行往往数个商家甚至十数商家合股成立,像修铁路、疏浚河道这样的大工程,也有实力支持。"

"哦,这个我明白,比如卢汉铁路,就是比利时国的银行贷款修筑。"

"宫保,咱们直隶也可以办一个银行。"

袁世凯双眼炯炯,问道:"怎么办? 哪来的巨款?"

"直隶的信用就是一笔巨款。"

周学熙的办法是,把直隶藩库、盐政库及各道府的官库统一起来,成立直隶官银号,用官库的收入作资本和信用,吸引百姓商家存款,同时又对重大实业项目给予借款支持。

"银行的根本就是信用,信用有了,出一张支票,可一万,可十万,甚至数十万。商家又可拿这几万的银票去购买其他商家的东西,其他商家再拿这张票去采购自己需要的货物,宫保请想,就这样一纸支票,在市面上产生了多少流动?洋人国家,大都不像咱们流通要用银子用制钱,他们用的就是纸票,靠的是什么?就是洋人国家、银行的信用。只要宫保把直隶的信用做足了,不愁没处来银子。"

袁世凯感叹道:"这可真是大开眼界了。缉之,你先把造币厂和直隶官银号办起来,解决银钱两荒。"

"宫保放心,当年李文忠公曾经造过铜元,机器都还在,稍做修理就能开工铸币,两个月内,保证直隶用上铜元。"

"好极了,一个造币厂,一个官银号,好一个双管齐下。"

"这只是其中一管,可以概括为金融手段。还有一管,就是大办实业。银行要靠信用,而国家的实力却非靠实业兴旺不可。宫保对洋人国家的商家颇有研究,商战商战,以商品为战。这些年闹银荒,银子去哪了?被洋人赚走了。洋人靠什么赚走?靠的还是商品。鸦片是害我国人的毒品,但在洋人看来,也是国人需要的商品。不管洋人的逻辑多荒唐,这些年来我国进口洋药数量年年剧增这是事实。除此而外,洋人把大量洋货一轮船一轮船运到大清,包括日用百货,也包括电话、电报、轮轨、火轮车等设备,不一而足。而大清能出口到洋人国家的除了茶叶、土产外,哪还有一件像样的东西?大清进口的洋货远远超过出口的土产,这是大清银荒的根本原因。要想抵制,只有兴办实业,生产有竞争力的商品。如果有更多的商品出口到洋人国家,我们便赚回洋人的银子。即便不能出口洋人国家,国人用国货,洋货销量减少,也是减少银荒的一策。所以,无论如何,大兴工商实业,宫保必须当成头等的大事。"

"中,中,中。"袁世凯高声道,"前一阵我说天津将来要与上海争长短,如何争,就是大办实业! 将来办实业,要多多倚仗了。"

"我也正有此志。要办实业,闭门造车不行。东洋日本自明治维新后,实业大兴,东洋货已经后来居上,要办实业,非到日本去实地考察不可。"

"我也正有派人出洋的打算。不过今年怕是来不及了,等造币和官银号办出眉目,最迟明年上半年,我就派你去日本考察实业。"

周学熙深受鼓舞,就实业救国,又与袁世凯畅谈良久。

九月份醇亲王载沣大婚,福晋是荣禄的女儿,小名叫大妞。男女两方,袁世凯都要花一笔贺礼,尤其是荣禄这边,当然要更重一些。他早已派人赴上海,买了足有四万两银子的珠宝首饰,准备送给荣禄的女儿。这件事袁世凯打算让办事圆通的杨士琦去,但杨士琦出关与俄国人谈收回关内外铁路事宜,原来预计九月初就能回来,谁知道好事多磨……

关内外铁路是指从北京丰台经过天津、山海关再到沈阳的铁路。这条铁路加上到营口的支线,全长八百多公里,目前已经修通六百余公里。八国联军入侵后,这条铁路分别由英国和俄国军队占据,迟迟不肯交还。朝廷任命袁世凯为督办关内外铁路大臣,分别与英国、俄国交涉交还事宜。英国人占据关内铁路,是想阻挡俄国人南下,以防威胁长江流域的商业利益,因此提出的交还条件是,所有的支线都不能交由任何他国修筑,而由中国自造。中国当然是求之不得,因此中英较顺利地签订了协议。但俄国人理所当然地认为,关外是俄国人的势力范围,铁路支线该怎么修,别国无发言权,所以磨来磨去耗掉了好几个月。最后,在合同中只规定北京到张家口、天津到保定的支线由中国修筑,且不用任何外国资本,并不得作为向外国借款的抵押。至于关外支线,暂且不作规定。各方终于达成一致,关内铁路交还袁世凯亲自与英国人谈;关外铁路交还则由杨士琦出关与俄国人交涉。等杨士琦谈妥回到天津时,已经是九月十一日。

“老五,你总算回来了。你马上进京一趟,把我收回关内外铁路的奏章递上去,同时,还有一项差使也得你办。”

袁世凯交代清楚后,杨士琦回道:“宫保,淮军银钱所的银子已经花了不少。这总是一笔死钱,花掉就没了,得想开源的新法子。”

“开源的新法子已经想了好几条,缉之正在加紧办理。短期见效的是铸铜元,长期见效的是大办实业。”

“大办实业自然是开源的根本之策。但不能只指着将来新办,眼下该北洋的实业也应该实至名归才是。”

袁世凯瞪着眼睛想了一阵后道:“你是说盛杏荪抓在手上的轮船和电报?”

“正是。盛杏荪抓在手上的实业一大把,哪一项不是当年北洋李文忠支持创办的。尤其电报、轮船两项,收入十分可观。按照当初北洋与他商定的办法,每年他应当交两成的赢利给北洋,作为军饷和办学堂的费用。可是自从文忠公失势后,盛杏荪便把这些洋务抓在手上,北洋节制名存实亡,两成赢利的话提也不提。宫保请想,别的暂且不论,这两成赢利是不是就得与他好好论一论。如果把这几年的积欠再让他补交过来,那可是一笔巨款。”

“我早有此意,别人主政北洋怎么对待轮船和电报我不管,如今我当这直隶总督兼北洋大臣,就必须让它们重归北洋治下。我打算向朝廷请假回籍葬母,借此机会我到湖广、两江都走一走,也到上海与盛杏荪见一面,听听他怎么说。”

袁世凯母亲去世后,朝廷只赏假百日守孝,百日之后,他便除服办事,母亲遗体则运回河南,却一直没有下葬。不久他又受命总督直隶,两宫回銮,安定地方,公务实在太忙。如今已是深秋,关内外铁路已经收回,直隶、天津也都日趋平静,估计这次无论如何朝廷会准假。

　　果然，这次朝廷准了，上谕赏袁世凯四十日假，回籍葬亲。说该督之母刘氏，加恩赐祭一坛，并着河南巡抚派员前往致祭。

　　袁世凯临走前，军务政务都要做一番交代，之后又将阮忠枢叫来吩咐道："老阮，前一阵商议的那个保案，我起程前拜发吧。"

　　袁世凯所说是《直隶防军迭次剿平拳土各匪汇案择优请奖折》，以剿匪为由，奏保请奖二百余人。

　　"宫保，今年保折已经办了六七批，不下五百人次，是不是太多了。"

　　阮忠枢说得一点不假，年初，袁世凯就以办理回銮差务为名，为三十余名官员请奖；二月又以办理直隶善后出力为名，保奖出力文武员绅中外教士二百余人；三月再以黄河安澜为名，为三十余出力人员请奖；四月又以三年考绩，补行大计，保奖直隶二十余官员；五月底又以武卫右军随营学堂两届期满为优秀学生请奖，一次超擢三十余人；七月又为剿办直隶南部景廷宾造反的文武官员七十余人请奖；九月初又为永定河抢护有功人员十七人请奖。这还不包括单独上折个别保举的人员。袁世凯的军中心腹王士珍、段祺瑞、冯国璋、刘永庆等人，幕府及文职心腹阮忠枢、杨士琦、杨士骧、唐绍仪、赵秉钧等都是数次获保。段祺瑞三个月内两次受保，由候补知府到二品衔留直补用道，并赏戴花翎，赏加勇号。这要放在别人麾下，恐怕要熬个三五年。

　　"老阮，人才难得。要成大事，没有人才怎么行？将来咱们要大批募练北洋常备军，又要举办各种新政，急需大批人才。要吸引人才，非让他们看到希望不可。我经常说，不能把官印锁在抽屉里，棱角都磨平了还不舍得授给下属。你不保举，不给他们攒资历，将来有了空缺，无论文武，你没有够资格的人，朝廷是不是就给直隶派人来？那又是何苦来哉。何况这次保案，主要是为了照应一下直隶淮练各军，听我的，办！"

　　"宫保说办那就办好了，折子是现成的。宫保是否要再斟酌，这一个保案，一共保了二百余人。"阮忠枢还是有些犹豫。

　　"老阮，我已经看过了，再斟酌什么？别啰嗦。"

# 第十章

## 盛宣怀把持利权　　袁世凯谋夺轮电

袁世凯奉旨获假四十日回籍葬母,尚未起行,上海的盛宣怀又遇到父丧,他的老父亲盛康在上海英国人的医院去世。早就料到有这一天, 但没想到会来得如此快,所以让盛宣怀有些措手不及。

他措手不及的并非是老太爷的后事,后事早就都做了充分准备和安排。让他措手不及的是手里的实业。父亲去世,他必须遵制丁忧二十七个月。这期间,所有的官职差使都应当辞去。此时他的主要差使有轮船招商局督办、电报局督办、汉阳铁厂督办、卢汉铁路总办、集成纺织公司首董。而其中尤其是轮、电两局,利润最为丰厚。朝野中不知有多少人觊觎,如果他遵制丁忧,辞去的官职则很可能永远不再属于他。

这并非杞人忧天,而是从这些企业创办开始就一直存在的担忧。

自从开埠后,洋人企业纷纷进入中国,尤其洋轮先是垄断近海航运,之后侵入长江、珠江等内河航运,中国旧式运输木船很快被挤垮。当时中国商人纷纷要求买轮船办轮运,与洋人竞争,但朝廷担心轮船多了,一旦被洪秀全式的人物利用,装上火炮就成了难以对付的军舰,因此一直不准民间创办。李鸿章提出北洋官办轮船招商局,朝廷答应了,但北洋却没那么多钱买轮船,于是李鸿章想了个变通的名目,叫官督商办。以商人的资金为主,同时北洋出一点启动资金,另外在税厘、货物等方面给予关照,北洋大臣则有权委派督办或总办,招商局的重大事项需要报请北洋批准。结果轮船招商局办得很成功,盈利不断提高。但既然叫"局"而且沾了个"官"字,衙门作风就难以避免,吃闲饭的人自然就多。这还不是最主要的,最主要的问题是,产权不清。商人认为股金主要是他们的,应当按商业规矩办事;但朝廷的官员,尤其是翰林清流之辈,则认为国家让之税厘,派给漕粮运输,完全是在国家扶持下发展壮大,分明是官办企业!所以轮船招商局一开始盈利,就不断有收归国有的呼声。

1877年,轮船招商局成立的第五个年头,山西道御史董儁翰上奏说"轮船招商局关系紧要,急需整顿",提出要收归国有,由南北洋大臣统辖。三年后,国子监祭酒王先谦又上奏弹劾招商局,认为"归商不归官,局务漫无钤制,流弊不可胜穷",再次提出要收归官办。那时候李鸿章坐镇北洋,在他的庇护下,安然度过危机。到了甲午战争后,李鸿章因甲午大败而为万民所指,被清廷投闲散置,大权尽失。1896年,御史王鹏运认为时机来临,上奏请特派官员到招商局"驻局办事",实际意图仍是收归官办。当时朝廷正在忙于应付甲午善后及赔款,一动不如一静,没有收归官办。后来王文韶、荣禄、裕禄先后出任直隶总督兼北洋大臣,时间都较短暂,也没有改变前例。盛宣怀则趁机加强控制,把轮船招商局、电报局等企业紧紧抓在手上。

现在情形又有不同,因为庚子赔款,朝廷入不敷出,将轮、电、铁路收归国有的议论复又浮起。如今盛宣怀面临着近三年的丁忧,三年不算长,但对风云变幻的官场而言又足够长,如何继续把轮、电大权抓在手中,是盛宣怀最大的心事。

盛宣怀与心腹密议,认为当年李鸿章坐镇北洋,屡次伸出援手,使轮、电度过危机,如今要断绝他人的觊觎,还是得从北洋入手。一则名义上轮、电都是北洋创办,当然不愿他人染指,二则以盛宣怀与袁世凯的交情,袁世凯也会伸出援手。

盛宣怀和袁世凯都是李鸿章这根藤上结出的瓜,好比武林中的同门师兄弟。所不同的是盛宣怀跟随李鸿章最久,他的业绩主要在洋务企业。袁世凯是后起之秀,从驻扎朝鲜开始声名鹊起。他们两人在李鸿章失势后,又都各找靠山,又都得以乘势而起。而且,两人在对重大问题的认识上又经常不谋而合,英雄所见略同,而成为思想上的知己。比如,甲午战后,袁世凯立即把精力投入到编练新军上,盛宣怀则随袁世凯之后向朝廷上奏《条陈自强大计折》,提出练兵、理财和育才三大要务。康梁在光绪的支持下发动维新变法后,盛宣怀和袁世凯都不认同康梁的过激做法。在对待义和团的态度上,两人完全相同,剿拳、惩凶、护使以及东南互保,两人亦步亦趋,配合极为密切。

经过东南互保,盛宣怀对袁世凯十分推崇,李鸿章病重的消息传出后,盛宣怀就给袁世凯写信表示道:"合肥老矣,旋转乾坤,中外推公。北门锁钥,非公莫属。"而且他还密电军机大臣王文韶,"俄约未定,天津未还,直督一席,慰廷颇负众望。"袁世凯顺利出任直隶总督,盛宣怀也是尽了力的。

盛宣怀是真心支持袁世凯出任直隶总督,在他看来,抛开其他因素不说,单就他执掌的洋务企业而言,这是最好的人事布局。由一个思想和意见总是不谋而合的人出任直督,他和他的洋务企业前途都将更加光明。如今,守制在即,轮、电两局面临被他人夺取的危险,向袁世凯求援也就是最现实的选择。所以,他借给袁世凯发电报丧的时机,表达求援的意思。

> 家严体气素健,入秋胃纳渐减,并无疾病,忽患关膈不通,医治无效,痛于二十三日弃养。宣怀遭此事变,万死莫赎。生平知己,文忠而后,莫如我公。现在商约尚未竣事,铁路、商务责任重大,均宜遴派贤员,迅速接办。伏乞密电政府主持。叩头感泣。

盛宣怀在这封电报中将袁世凯列为仅次于李鸿章的第二号"生平知己",当然目的是让他在朝廷面前说话,铁路、商务、洋务等主持人不要易主。而且这事也的确只有袁世凯说话最方便。

当时袁世凯还在天津,尚未起程。盛宣怀焦急地等待着袁世凯的复电,急欲知道他的态度。到了下午五时多,终于收到了袁世凯的复电:

> 时艰方殷,我公遽悲失怙,凯分居犹子,南天引领,涕泗交流。凤稔孝思哀痛,曷其有极。务望为国自重,勉相抑制,是所至祷。商约商务铁路诸务,均关重要,即公自揣,亦复难得替人。凯明早即当首途,仰屋踌躇,徒增时事之感。倚装奉唁,不尽欲言。

单从电报看,袁世凯看重盛宣怀,希望他继续主持商约、商务、铁路诸务的意思,再明确不过。北洋这边,盛宣怀放心了。然而,朝廷那边的安排却非常不妙。户部拮据,早就想把轮、电二局归入户部筹饷,现在盛宣怀请求开缺,正是一个天降的好时机,因此对轮船招商局、电报局等企业,打算均准盛宣怀开缺或改为署任,并打算派张翼前来督办轮船、电报,仅仅给盛宣怀保留一个铁路督办的职务。袁世凯将此意透露给盛宣怀,并安慰他"以忧去官,心安理得",意思是让他听从朝廷的安排。

盛宣怀十分失望,大权旁落不说,朝廷派来的这个张翼是个败家的东西,如何能够把自己视如生命的轮、电两局相托?张翼本是老醇亲王奕譞的长随,靠着这层关系,当上了开平矿务局的督办。八国联军入侵后他躲进天津租界,天津税务司德璀琳和英国墨林公司的代表美国人胡佛勾结,以张翼放鸽子给义和团送信为把柄,逼迫张翼将开平矿务局低价转让给英国人。张翼一直隐瞒朝廷,还正式上奏要求加招洋股,改为中外合办,说是可以扩大开平矿务局的规模和实力。但纸里包不住火,月前此事暴露,袁世凯已经上折弹劾张翼,建议朝廷赶紧收回利权。正因如此,盛宣怀把抵制张翼南下的希望也寄托到袁世凯身上,他发电报给袁世凯,先说张翼督办的危害,"顷接津电,轮、电两局将派燕谋侍郎督办。开平华商正在聚讼,轮、电股商闻此消息,票价顿跌,难保不转贾外人"。然后再说轮、电与北洋的渊源,"查轮、电发端于北洋,宣怀素系文忠所委,并非钦派"。这是告诉袁世凯,轮、电的人事,北洋说得上话,朝廷不该插手。然后又诉说自己辛苦经营,却只落得埋怨,"二十余年,不过坚忍办事而已,至于利息盈亏,皆股商受之,局外不知,辄以独揽利权为诟病。时局如此,亦甚愿借此卸肩"。这是发牢骚罢了,实际目的当然是希望袁世凯阻止张翼南下,"公督办商务,此为中国已成之局,公既意在维持,愿勿令其再蹈开平覆辙。伏乞主持公论。速电略相,俟公到沪面商,再定办法"。

"略相"就是荣禄,他号"略园"。盛宣怀不但希望袁世凯能阻止张翼,而且希望他能让荣禄出来说话。

袁世凯此时人在开封,安葬完母亲,他打算沿长江出海,乘海轮回天津,途中计划在金陵拜访张之洞,到上海拜访盛宣怀。他发电报向张之洞、盛宣怀通报行程,同时专发一电给盛宣怀:

> 留侯接局,鄙人断不谓然。在津尹曾劝北洋收回,辞以不暇兼顾,因而自谋,亦在意中。然内未必予之。当电京阻止。

这封电报虽短,却意味深长。"留侯"是汉初的张良,这里借指张翼。袁世凯向盛宣怀表明态度,断不会同意让张翼之流接管轮、电两局,而且将发电报阻止。同时又有意向盛宣怀透露在天津的时候,张翼就劝北洋收回轮、电两局,我没有答应,现在他自谋接办,我已在意料之中。这好像是在说朝廷为什么会有派张翼接管的起因，其实不然，袁世凯的意思是在告诉盛宣怀，轮、电两局是北洋的产业，原来我顾及你的面子没有接管，现在张翼竟然要接管，那我北洋就要出面了。出面不仅是阻止张翼，阻止之后是北洋接管。

盛宣怀接电，这才发现情况不妙，请袁世凯出面，张翼南下的危机可以解决，却又引来了袁世凯对轮、电两局的觊觎。真正是前门拒狼，后门入虎！他有些后悔请袁世凯出面了。但后悔也没用，如今袁世凯羽翼丰满，他要收归北洋，自己又有什么办法阻止？不过他还不死心，希望袁世凯收回北洋后，仍然能像李鸿章一样，只是委派个总办，督办的大权仍然能掌握在他盛宣怀的手中。因抱这一线希望，不能不特别巴结袁世凯。当时卢汉铁路尚未全线通车，但南边已经从汉口通到信阳，袁世凯计划十月二十一日从信阳乘火车南下武昌，盛宣怀派他的心腹助手、京汉铁路南段总办郑孝胥到信阳的长关火车站迎候袁世凯，同时派轮船招商局总办沈能虎率"快利"轮船到武昌迎候。

袁世凯回籍之行，亦忧亦喜。忧是为家事。袁世凯是个孝子，对生母十分孝敬，因为自己国事缠身拖了一年多才得以归葬，心中十分不安。他希望把母亲与生父合葬，也算是对生母的安慰。但大哥袁世敦却坚决反对，理由是袁世凯的生母并非正妻，只能葬在祖陵边上。而袁世凯则认为，自己的生母虽是妾，但后来也成为继室，因此也是正室的身份，与生父合葬理所当然。袁世敦与袁世凯是同父异母的兄弟，袁世敦的母亲是正室，他认为这个地位不能动摇，因此坚决不肯通融："老四，你如今官比我大，可是嫡庶有别，长兄为父，你官再大命令不到我这个大哥。"

当年袁世敦在山东镇压义和团，朝廷将他革职，他认定袁世凯有意不伸援手，与袁世凯几乎要断绝兄弟关系。袁世凯没法，堂堂直隶总督只能为生母另寻风水宝地安葬。这件事实在窝囊得很，却又无可奈何。

忧中之喜，是为公事，也就是收回轮、电两局出现了难得的机会。盛宣怀丁忧，张翼要南下接管，他正可利用这个机会施展手段，达到收归直隶的目的。他之所以在匆匆的行程中，要到武昌参观汉阳铁厂，又要到南京会晤署理两江总督张之洞，一方面的确是想开开眼，看看张之洞大办洋务的成就，另一方面是示好张之洞，使两人关系更上层楼，为他收归轮、电铺垫。

九月初两江总督刘坤一去世，朝廷派张之洞署理两江。他这是第二次署理。第一次是甲午年，刘坤一率老湘军北上驰援辽东，战争一结束，刘坤一回任，署理半年多的张之洞回任湖广。这次刘坤一去世，按理说张之洞这二十年的封疆大吏直接实授就是，没想到又是署理。有人认为他实授两江总督只是时间问题，也有人认为，恐怕好事多磨。袁世凯认为要拿住盛宣怀，非与张之洞处好关系不可。总局设在上海的轮、电两局毕竟都在两江的地盘上，如果盛宣怀策动张之洞干预，则收归北洋恐怕要生波折。

所以袁世凯一到武昌，立即在署理湖广总督、湖北巡抚端方的陪同下参观汉阳铁厂，一路看一路赞不绝口，对陪同的郑孝胥说道："规模如此宏阔的铁厂，也只有张香帅能够办得起来，真是让人佩服得五体投地。"

郑孝胥曾出任日本神户、大阪总领事，甲午战争前回国，闲居南京，被张之洞赏识，引入幕府，视为心腹，百政无不参预。袁世凯在他面前有意盛赞张之洞，当然相信这些赞语很快会传到张之洞的耳朵里。

满洲正白旗人端方，算满人中的能员。他对新政很有兴致，戊戌变法时受到光绪的赏识，让他出任农工商局督办。慈禧发动政变后他赋闲一段时间，但随后就出任陕西布政使，慈禧逃亡西安的途中接驾有功，被任命为陕西巡抚，一年前又出任湖北巡抚。他一到任，就办起了六十余所新式学堂，并派出大批的留学生，连他的儿子也派赴美国留学。袁世凯对派赴留学生也十分感兴趣，就此问题两人谈得也很热闹。

由于时间太紧，袁世凯在武昌逗留半日，当天晚上就乘盛宣怀派来的轮船顺江而下。北洋一艘兵轮也先期赶到，一路护航。第二天上午十一时多到了南京城外的下关码头，张之洞按惯例亲自出城，带着轿子前来迎接。总督府中门大开，放炮相迎。

进了总督府，已经是午饭时候，宾主稍做寒暄，更衣就座，相陪的是藩臬二司等大员。因为袁世凯在南京只有半天时间，下午还要继续赶路，因此宾主边吃边谈。张之洞是除李鸿章之外洋务最见成效的封疆大吏，在湖北创办汉阳铁厂、大冶铁矿、湖北枪炮厂等，尤其汉阳铁厂，规模宏大，包括炼钢厂、炼铁厂、铸铁厂大小工厂十余个，卢汉铁路更是在张之洞首倡主持下得以动工修筑。此外他尤其注重新学，办了两湖书院、经心书院，又设立农务学堂、工艺学堂、武备自强学堂、商务学堂等。袁世凯请教处颇多，当然最要紧的还是办洋务的银子怎么筹。

张之洞捋着他的长须道："一言以蔽之，官督商办而已。"

张之洞办汉阳铁厂，开始全靠官办，但后来投资巨大，无以为继，将盛宣怀请去出了官督商办的主意，这才有汉阳铁厂今日的局面。

"小本买卖,尽可商民自办,而投资巨大的局厂,非官督商办不可。官督可解决官商隔阂办事难的问题,商办又有两层好处,其一是可吸纳商人股本,解决资金问题;其二是由商人按经商之道经营,更容易获利。经商毕竟与当官不同,商场更不同官场,非素习商务者不能得其窍门。"

袁世凯听张之洞的意思,对盛宣怀颇为赞赏,心里感到不妙,脸色却是一副茅塞顿开的表情:"我在北洋也想大兴实业,正为资金发愁,效法宫保的办法,资金问题便可迎刃而解。只是京中的舆论,似乎对洋务之利全被商人把持颇有看法,很有一些人主张收归官办。"

张之洞如今是太子太保,因此袁世凯称他"宫保"。

"商人投资,当然要取得商利。靠商人股本经营,却又对人家盈利眼红,此小人心术。至于收归官办,也无不可,可是官府要拿出足够的银子来买回商人手中所持股票,不然一切免谈。"

"我对股票实在一无所知,听说股票的价格时常变动,是不是可以理解,商人手中的股票有很多虚头?"

"你这么说也不是没有道理。一个局厂的股票价格受多种因素的影响,比如大家对它将来盈利看好,人人争相购买,价格则可能高;反之,如果有什么风吹草动,对它的盈利缺乏信心,则会股值大跌。"

闻言,袁世凯请教道:"哦,如果刚开始买的时候,大家对它的盈利并不太看好,可是后来却盈利可观,是不是手里的股票就会大大地升值?"

"就是这个道理。比如轮船招商局、电报局的股票,如今与刚发行时相比,已经翻了不止一倍。汉阳铁厂的股票,因为卢汉铁路即将全线开通,涨势已现。"

袁世凯想的却是如果要把轮、电收为官办,不妨在股价上大砍一刀。

张之洞是同治二年(公元 1863 年)的老进士,自命为李鸿藻、翁同龢之后的清流领袖,又多年出任封疆,在李鸿章死后,资望无人能望其项背,自视甚高,架子颇大。对袁世凯这种虽然位居督抚之首但连秀才功名也没有的人,他也不以为然。见袁世凯对洋务似乎一窍不通,一再请教,早生厌倦。而且他有午后睡觉的习惯,一直睡到晚饭时方起。陪袁世凯吃饭,吃到一半就困得不得了,有几次说着话就半闭着眼要睡去。袁世凯心中不快,吃罢饭他就去下关码头,张之洞登上他的八抬大轿相送,在路上就睡着了。到了码头,他睡得正香,也没人敢叫醒。他的亲随跑到袁世凯面前,说明这个时候正是张之洞午睡时间,正睡得香,是不是把他叫醒。有此一问,显然是不敢叫醒,袁世凯摇摇手道:"何必,让宫保好好睡就是了。"

袁世凯登上轮船,汽笛长鸣。张之洞一惊而醒,连忙下轿,袁世凯的船已经快到江心,他只好站在码头上,向袁世凯挥手致意。袁世凯站在甲板上,挥手告辞。张之洞钻进轿中,复又鼾声如雷。

袁世凯乘坐的是轮船招商局为他备的专轮,安全第一,因此比平常速度要慢一些。等他到达上海,已经是次日下午二时多,路上行程花去十七八个小时。

正在上海与盛宣怀一起与英国人"商约"的吕海寰,上海道府县各级官员,轮船招商局、电报局的官员,驻吴淞、崇明的驻军以及上海的著名绅商,齐聚码头,鹄首恭迎,翎顶辉煌,好不热闹。盛宣怀正在守制,不能亲自到码头接,特派他的心腹送上名帖及亲笔信。上海海关道设宴接风,安排在浦江边洋人开办的礼查饭店,开的是西餐。袁世凯不想太过招摇,以丁忧为由——虽然他被朝廷夺情,但理论上二十七个月内仍然算丁忧期——不肯到礼查饭店,改到海关道衙门就餐。这样一折腾,开席时已经到了下午三时多,吃完午饭已经快五时,轮船招商局已经来请赴晚宴。

赴宴前,袁世凯亲自起草一份电报发给张之洞:

> 道出金陵,渥荷优待,频年饥渴,为之大快。以公谋国之忠,任事之勇,见机之明,忧时之切,为生平所未见。而规画鄂省各政,苦心孤诣,尤为五体投地。凯虽不敏,愿效步趋。尚祈随时教诲,匡我未逮,无任盼祷。凯叩。

袁世凯的这份电报并非全然恭维之词,他对张之洞在洋务、新政方面的成就的确是十分佩服。在张之洞面前如此谦下,也是为了博取张之洞的好感,彼此引为同道,将来不至于有意为难。尤其是在收回轮、电两局时,不打横炮、出难题。

官员过境上海,经常住的是天后宫。因为使用多年,各项设施已经破落不堪。盛宣怀给袁世凯预备的住处是在通商银行后面的一座洋楼,离外滩不远,是闹中取静。这是盛宣怀新建的一处房产,刚刚装修完毕,完全按西式风格,内中陈设,从餐具到卧具再到盥洗用具无一不是洋货。

盛宣怀提前赶到等候,袁世凯一到,先说明不能出面接待的歉意,又亲自带他去看过卧室,然后延入客厅,除留一个心腹下人侍候茶水、咖啡外,其他人等一律不许靠近。

寒暄过后,袁世凯装作无意道:"盛侍郎真正是财大气粗,去年两宫回銮,五辆花车尤其是太后的花车,布置的那份精致讲究,当时就让我大开眼界,心里想,大清上下,也只有常驻沪上的盛侍郎有这种能力。"

盛宣怀的底缺是工部右侍郎,所以袁世凯一口一个侍郎。

"盛侍郎"对置办花车一事也是相当自豪:"在直隶的地盘上,我兼着铁路的差使,花车置办不好,差使办砸了个人受处分事小,实在不敢给袁宫保丢人。"

"人有钱是一回事,会不会花又是一回事。乡下土财主,银子再多又会办什么事?比如这处洋楼,无论其规模还是内里的布置,大清上下也只有盛侍郎能承担得起。外间相传,盛侍郎办轮、电、铁路、银行、纺织,盈利累累,果真是名不虚传。"

盛宣怀这才发觉,袁世凯的话头一直在他财大气粗上打转转,连忙补救道:"轮船、电报近年来的确盈利可观,至于铁路还未贯通,借了巨额洋债,暂时谈不到盈利。纺织、银行也是刚刚起步,只见投入不见回报的时候,也谈不到盈利。何况,就是轮、电二局,其盈利也是按商业规矩办理,按商股分利,盈利的是商人。我这督办,不过拿点薪俸而已。外人不知,动辄以独揽权利为词,实在有口难辩。这些意思,我也在电报中向宫保诉过苦。"

人人都知道盛宣怀在所有的企业中都有股份,他既是督办,更是大股东,说只拿点薪俸,鬼也不信。但袁世凯并不点破,接着盛宣怀的话头道:"局外人不懂局中事,对当年盛侍郎所付的心血未必能知道,如今看到有利可图,就说三道四,像张翼之辈意图夺取者,大有人在。我与张香帅谈起来,他也是义愤得很,说这都是小人心术。无奈天下小人居多。"

"有宫保主持公道,绝不能让此辈得逞。"

"这个问题不大。"袁世凯有一双骗死活人的眼睛,目光炯炯望着盛宣怀,一副推心置腹的表情,"杏翁,解决张某人的觊觎问题不大,但这不是治本之策。此行察看内情,公受病唯在船、电,何不化商为官,杏翁可免受累受谤?以杏翁的才资,早就该开府封疆,在钱眼里折跟头,实在可惜!"

封疆开府的话盛宣怀当然愿听,当年李鸿章给他策划的道路是"办大事、做大官",教训他要先办成几件大事,不愁不能封疆开府。办轮船、电报、铁路、银行这都是大事,却没做到大官。为此他对李鸿章颇有牢骚。眼前的这位天下督抚之首,论资历何如他盛宣怀?但官场的事,上哪里说理去?

不过,要让盛宣怀丢开轮、电,他又如何下得了决心?困于庶事,受累受谤不假,却又有大利大益。只是自己已经在电报中向袁世凯诉苦,并表示愿趁此机会卸肩,本是牢骚,袁世凯却故作糊涂,反来相劝,自己如何能够出尔反尔,想了想道:"化商为官,说起来容易,真做起来就不那么简单了。轮船招商局自始就是以商股起步,只能商办;电报局将来可以考虑官办。沪上巨商听说张某人要南下接办轮、电两局,商情浮动,谣言纷传,一动不如一静。"

袁世凯不容盛宣怀改口,趁机道:"轮船招商局先归商办,当务之急是安定人心;电报局可归官办,我回去就将杏翁的意思奏报朝廷。"

盛宣怀只想抽自己几个嘴巴,千不该万不该说出电报官办的话来,如今被袁世凯坐实,反成了自己积极要将电报局化商为官,真是哑巴吃黄连。

袁世凯看盛宣怀连咽唾沫,把手边的咖啡递上去,依然是双目炯炯,让人无法怀疑他的诚意:"杏翁是李文忠公最得力的臂膀,文忠公麾下封疆开府的大有人在,我就不信杏翁一点也不动心?杏翁如果有什么想法,南洋的张香帅自然不必说,一定会为杏翁说话;我这北洋大臣,胳膊肘更不能往外拐。我袁某人无论走到哪里,敢于举荐属下是人人都知道的。我当然不敢把杏翁当属下,但你我都是李文忠公这棵秧上结出的瓜,自然当互相扶持。"

洞悉官场情伪、精明透顶的盛宣怀又被袁世凯的真诚打动了,说道:"今年我十余月都耗在与英人的商约上,聚议六十余次之多,舌敝唇焦,不遗余力。如今总算有了个结果,洋货裁厘加税,写入条款,于大清有利的还有外加三条,实在是大清强弱转换的一大关键。我这商约大臣,真正是问心无愧。"

盛宣怀所说的与英国"商约",是由《辛丑条约》引出来的一件交涉。《辛丑条约》第十一款规定:"大清国国家允定,将通商行船各条约内诸国视为应行商改之处及有关通商各地事宜,均行商议,以期妥善简易。"这一条是谈判时英国首先提出来,并最终加进了条约中,为列国扩大在中国的贸易埋下了伏笔。《辛丑条约》签订不久,英国立即提出按这一条款进行"商约",并派定总理印度事务大臣政务处副堂马凯为谈判全权代表,率代表团来。因为英国人的商业利益主要集中在长江流域,因此指定上海为谈判地点。清廷不敢怠慢,任命盛宣怀和刚卸任回国的驻德兼驻荷公使吕海寰为商约事务大臣,湖广总督张之洞、两江总督刘坤一为督办商务大臣,盛宣怀、吕海寰商约中有紧要事件,随时就商张、刘两督办。

英国人提出了一大堆扩大通商利益的条款,其核心就是裁厘。自从曾国藩创率湘军与太平军作战起,为了解决军饷问题,想出了厘金的搜刮办法,就是对商品运输值百抽一, 也就是价值一两的货物抽取一厘的费用作军饷, 称厘金。实际后来不止是一厘,抽取四五厘、七八厘的都有。而且这种厘卡遍地都是,重复抽厘问题十分突出,尤其是长途运输的货物,厘金之重出乎想象。洋人入口货物在交税后,中国商人运销到各地,还要交各项厘金,因此成本很高,影响了销售洋货的积极性。英国人对中国的厘金制度深恶痛绝,借此机会,一定要达到裁掉厘金的目的,要求清廷下令各地一律取消厘卡。

厘金已经是地方的一大财源,当然不愿一律取消,何况《辛丑条约》规定的赔款都由地方赔付,所以无论是地方还是清廷,都不愿取消厘金制度。后来几经议驳,想出了一个针对洋货裁厘加税的办法,就是厘卡不取消,但洋货不再收取厘金,但要增加进口税。增加多少进口税为宜? 双方争执不下。中国厘金制度混乱,根本无从测算厘金负担到底是多少。最后双方在增加一倍进口正税上达成一致。洋货进口正税百分之五,子口税百分之二点五,再加一倍正税,合计百分之十二点五。这比起土货要缴纳的厘金轻得多, 洋货的竞争力必然提高,因此英国人最终满意。而地方督抚得以继续保留厘金制度,因此也无大的意见。厘金变为正税,进入海关收入,而海关收入是入户部的,因此朝廷也满意。

裁厘加税的同时,英国人还获得了轮船进入内河,以及进一步增加长江及珠江流域通商口岸的权力。作为所谓的"平等",商约中增加了三条对中国有利的条款:一是英国禁止吗啡出口到中国;二是中国改革律例,以期与各西国律例一致,中国做到这一条后,英国即允许放弃其治外法权;三是如中国与各国派员会查教案教事,英国应派员会同查议,尽力配合,以期民教永远相安。

盛宣怀解释道:"各国在中国有治外法权,外国人犯法,国人却不能审理,实在是对大清主权的极大干涉。迫使洋人放弃治外法权,以大清今日国势,竟允此条,可谓立自强之根,壮中华之气,实为意料所不及。"

袁世凯赞道:"听杏翁一谈,此次商约真是为大清挽回不小的利权,杏翁更是功不可没。"

"我不敢贪天功为己有,但此中吃了极大辛苦却是千真万确。"盛宣怀话题一转道,"各国如此重视商约,实乃商务是国家富强之一大关键。我国应当在六部之外再设商部,专责商务,实在是巩固国本之要策。张香帅久有此意,宫保若能与张香帅联衔入奏,以南北洋举足轻重的地位,朝廷必然鉴纳。"

袁世凯立即明白,盛宣怀觊觎的是将来商部成立后的尚书一职!他如今是工部右侍郎,并不到部办事,与虚衔无异,但有此资历,届时出任商部尚书却够资格。于是,他不动声色道:"此议不错,洋人国家讲究商战,我督直隶,也有大办商务的想法。朝廷如能成立商部,对我国商务实业的发展必有大益。将来这商部尚书一职至关紧要,不但要懂商务,而且要懂交涉。"

"是是,还要善于与洋人打交道。就这一点来说,无人比宫保更合适。但宫保如今是天下督抚之首,对此区区一尚书,当然不会放在眼里。"

"不是不放在眼里,实在是有人比我更合适。"

"宫保属意的是哪一位?"盛宣怀紧张地问道。

袁世凯盯着盛宣怀的眼睛,诚恳地说道:"除了杏翁,你还能提出更合适的人选吗?"

这正是盛宣怀所期望,由袁世凯亲口说出,他便趁机谈条件:"宫保到时候如能帮我说句话,那真是感激不尽。若真能出任商部,那时候轮、电都恐无力兼顾,尤其电报恐怕要多劳北洋分心。"

这就是说,如果他能出任商部,则电报收归官办的事他也将极力促成。

"我当然会极力为杏翁说话。不过你也知道,如今能一语定乾坤的是太后。外臣提议促成是一回事,你还得在太后身上下下功夫。尤其是李总管,太后对他的话是很看重的。"话说到这份上,也就更显得袁世凯有十足的诚意。

"我与李总管还多少有些交情,我想到时候他不至于坏事。"

袁世凯这下摸到盛宣怀的底了,他打算走李莲英的路子,谋求商部尚书一职,便笑了笑道:"杏翁可不要大意,光靠交情是不行的。"

两人会心一笑。李莲英爱财,哪个不知?

接下来袁世凯又向盛宣怀请教办银行的事情,盛宣怀办的通商银行正在风生水起,因此谈起来十分得意,说了不少行中机密。这一谈,一直到自鸣钟敲了十二响才罢。

第二天,袁世凯参观轮船招商局、电报总局、江南制造总局。下午,专邀商约大臣吕海寰了解与英国议约情况,并请他将中英新签订的《续议通商行船条约》全文给他一份。

次日一早,袁世凯即乘轮北上,四天后到达天津,其时已是深夜。与朝廷准他的四十天假,是一天不差。

袁世凯回来的第一件事就是把他从上海带回来的《续议通商行船条约》交给唐绍仪,让他找懂商务的人仔细推敲,对大清好处都有哪些,有没有像盛宣怀所说,大清之强弱此为一大关键。

当天他得到一个颇为意外的消息,张之洞的两江总督竟然又黄了。新任的两江总督更出乎意料,竟然是云贵总督魏光焘!倒不是说魏光焘人不好,人是不错,湘军老将,跟随左宗棠征战新疆,甲午之战时又奉命随湖南巡抚吴大澂北上,在海城之战中表现还算不错。之后任过陕西巡抚、陕甘总督,两宫回銮后任云贵总督。他出名的是军务,魏大帅看操勤是人人皆知。每天一早,披衣下床,就到军营走一遭。政务上也有些作为,比如设课吏馆、办新式学校,尤其是派赴日本留学生,在西南偏僻之省算是开风气之先。不过与两江总督的地位相比,他实在太勉强,近数十年来两江历任总督都是声威赫赫,曾国藩、沈葆桢、左宗棠、曾国荃、刘坤一,哪一个他能比得上?

袁世凯真是为张之洞可惜。两次署理两江,如今又被魏光焘夺走,该是多么委屈和愤懑?他立即给张之洞发一封电报,报告他已经回津,同时表示,"公竟回鄂,为大局忧,惜哉"。

张之洞未能出任两江,从他个人角度讲的确可惜,但对袁世凯而言,又未尝不是一件幸事。他一直担心盛宣怀借势张之洞难以对付,如今好了,一介武夫魏光焘出任两江有什么好怕的?所以他立即对招商局下手,在上《恭报销假回任接印日期折》的同时,上了一片——《轮船招商总局要务由北洋经理片》:

查中国轮船招商总局向设上海,此外各埠均设分局经理运载。前北洋大臣李鸿章经手创办,委举员董,召集商股,经营多年,颇著成效。嗣经李鸿章经委升任道员盛宣怀督办局务,而一切要事,悉禀承北洋大臣主持。历年议定,按商股盈利提出二成归公,作为报效之款,分解北洋以充饷项及学堂各经费,曾经奏明在案。臣于本年二月间,因大乱以后,商情观望,曾奏委丁忧通永道沈能虎赴沪,会同各员董妥筹维持并司稽查。臣此次道经上海,适值盛宣怀丁忧守制,沪埠浮言朋兴,商情颇为摇惑,股票因之跌落。当经臣面饬各员董等,嗣后仍恪守定章,官商互相维系,认真经理,所有应提报效银两核实分解,一切要务,随时禀承臣核示遵办,其常行局务仍就近禀承盛宣怀妥慎办理,务期保全商本,扶持利权,无堕数十年商务已成之要政。

　是否有当,谨附片具陈。伏乞圣鉴,训示。谨奏。

袁世凯的这一片看上去好像完全为轮船招商局着想,为的是保全商本,扶持利权,但其实其核心只有一句,"一切要务,随时禀承臣核示遵办"。只要朝廷旨准,那么将来什么是要务,什么不是要务,全是他袁世凯说了算,轮船招商局虽是盛宣怀督办,却只能唯北洋之命是从。

到了初八,袁世凯得旨,令他于初十入觐。朝廷下旨入觐,必然是太后有所垂询。会问什么?必须切切实实做一番准备。借入觐的机会进言,为直隶的新政铺铺路、打打伏笔,更是要好好筹划。所以袁世凯召集心腹们齐聚一堂,各陈所见。

袁世凯首先说他此番南行的感受:"感受最深的还是工商业。尤其是上海,百货云集,日进斗金。追根溯源,还是工商实业发达。外滩沿黄浦江,商号林立,尤其是洋人商号,规模宏大,只看它们的门脸,就知道实力非同一般。一路上,我看了汉阳铁厂、汉阳枪炮厂,到上海又看轮船招商局、电报总局、江南制造总局、通商银行。要说我的心情,真是深受震撼。刚进天津时,我提出来要以上海为目标,来规划天津的未来。不看不知道,一看吓一跳。津沪的差距何止一点两点!千头万绪,从哪里下手?只有从工商实业上下功夫。这一点,半年前我这样提,现在更是这样提。"

周学熙接着道:"考察东西两洋,世界各国,凡是强国,必定是靠工商实业强国。各国之政府机构,都有专门的商务衙门,规划商务大计,保护商人利益,对外则与他国竞争、商战。我国要与各国竞争,必须效法东西洋,专设商务衙门,而且应置六部之首。"

"缉之说得对极了,真是英雄所见略同!"

袁世凯所说的英雄,还包括盛宣怀,这次入觐,不妨向太后提出建立商部的建议。

至于商部的职掌,周学熙建议包括商务及与商务息息相关的铁路、轮船、电报、矿务等诸洋务新政。因为盛宣怀正在谋取商部尚书一职,到底该不该建议成立商部,袁世凯心中尚无定见,如果把铁路、电报、矿务都归于商部,万一商部落入盛宣怀之手,自己岂不是搬起石头砸自己的脚?因此,他含糊其词道:"这些都当从长计议。缉之,你还有什么好主意?"

　　"银元局的进展十分顺利,对缓解钱荒必见成效,对稳定天津市面也必定有效果。此事已有着落,我建议宫保应当考虑建立银行。就是我曾经提议的,天津官银号。地点我都选好了,就在东北角洋人修建的转楼。"周学熙说的天津东北角的转楼,是天津都统衙门修建的办公楼。都统衙门设在直隶总督行辕,本来很宽绰,但去年冬天洋人使用铁炉取暖,总督行辕所有房间都是木结构,哪经得起铁炉的烘烤,结果烤燃家具失火。时值三九严寒风大物燥,再加之门前御河结冰取水不便,衙门大火从凌晨一直烧到下午,共烧毁殿堂百余间,以至于都统衙门的例行会议大都在私人宅邸举行。洋人发觉要修复总督行辕中的中式古建筑对他们来说难于登天,所以通过了一项决议,命令公共工程局在城区东北角修建一幢办公楼。这座西式建筑主体三层,再加上面的钟楼,则有五层,楼上安装了自来水,楼前又修了马路与环城区的马路相接,位置相当不错。都统衙门向袁世凯办交接时,工程尚未全完,但移交给他四万多两白银的支票,希望他能完成后续的工程。袁世凯已经新建总督衙门,当然不会在这里办公,如今周学熙提出来作为官银号的办公楼,倒是不错的主意,"银行的根本就是信誉,信誉是以实力做后盾。官银号有这座西洋楼撑门面,会让中外殷商更加信任,对开展存贷业务都有好处。"

　　袁世凯当即拍板道:"好,办银行也是我这次南行的一大感受。黄浦江边,最像样的建筑就是洋人的银行。渣打银行、丽如银行、花旗银行就有十余家。洋商为什么有实力?实力强大的银行做后盾是个重要原因。目前上海的中国银行只有一家,就是盛杏荪创办的通商银行,我去参观过,也向他请教了一番。我总算弄清了银行与钱庄的区别,要办大实业,非有实力强大的银行不可。天津不能落后,缉之,直接办北洋银行如何?"

　　"当然也可,但大清商人对外国银行的实力都不怀疑,对大清开办的银行却未必能买账。叫官银行,一听是官家府库为资本,容易获信,所以先叫官银号,等商民认可了,再改银行不迟。现在的章程,就照银行章程来。"

　　袁世凯点头道:"明白了,那就照你说的办。"

　　周学熙又道:"官保此次入都,如果说服户部在天津设银行则再好不过。国家银行若能设在天津,对稳定天津市面、发展天津工商业都大有裨益。"

　　袁世凯对此却有疑虑,问道:"如果户部银行设在天津,会不会把天津的存款吸引过去,天津的官银号会不会受影响?"

　　周学熙笑道:"这要从两方面看。户部银行若设在天津,则全国的资金就会聚于天津,正如同洋人银行汇集上海,上海反而资金更充裕。比如说,山东有一笔银子存入户部银行,我们天津商家近水楼台,就可先贷得到,天津的实业就可先行一步。"

"哦,是这么个道理。"袁世凯若有所思。

"卢汉铁路很快就要全线通车,沟通南北的大通道,盈利必更可观。如今被盛杏荪抓在手上,未免可惜。"杨士琦则建议应当趁此机会把铁路大权抓到手上。他被袁世凯派出关去接收关外铁路,经过个把月的历练,对铁路经营已经颇有心得,据他测算,关内外铁路全年可盈利八十万两左右。

盛宣怀有张之洞力挺,卢汉铁路又是张之洞首创,要把卢汉铁路抓过来,恐怕没那么容易。袁世凯不置可否。

杨士琦又道:"那至少把直隶段抓在手上总有可能,再不济,北段的会办应当由宫保派人出任。"

袁世凯听了,含混回道:"此事可从长计议。"

接下来,唐绍仪说中外交涉,赵秉钧说巡警制,各人都有所献议。等会议散后,袁世凯看杨士琦好像有话要说,便单独把他留下来,问:"老五,你好像话犹未尽。"

杨士琦字斟句酌道:"有些话不方便说——听说荣中堂的身子更不好了,据西医的说法,能不能过年都成问题。荣中堂身后,谁主军机,关系极大。"

"哦,有这么严重?"这的确是个大问题,袁世凯在朝廷最大的靠山是荣禄,其次才是奕劻,如果庆王能够接掌,当然是最好不过,"庆王接手应当是水到渠成的事。其他人,没有够格的吧?"

前年八国联军入北京、两宫仓皇西狩的时候,首席军机大臣世铎没来得及随赴行在,后来慈禧召他前往,又因为生病未能成行,结果帝眷尽丧,半年后以久病为由被罢,荣禄成为领班军机。荣禄的下面,顺序排序为王文韶、瞿鸿禨、鹿传霖。慈禧掌权四十余年来,向来是满人掌军机,因此无论王文韶还是瞿鸿禨绝无掌枢的可能。而满人当中,庚子之后,只有奕劻最得太后信赖,其他满人实在无出其右者,因此袁世凯认为奕劻领班是板上钉钉。

杨士琦却不以为然道:"太后用人,出乎意料的还少吗?满人中,有资历的还有东阁大学士昆小峰。"

昆小峰是东阁大学士昆冈,小峰是他的字。李鸿章死后,荣禄继任文华殿大学士,成大学士之首。接下来是文渊阁大学士王文韶,然后就数东阁大学士昆冈。不过袁世凯以为昆冈实无所长,纯属熬资历熬到东阁大学士,不足为虑。

"还有一个人,小醇王。"

杨士琦说的小醇王就是载沣。《辛丑条约》中有一款要求,中国必须派出亲贵王大臣到德国就穆麟德被杀一事致歉。完成这一使命的就是载沣,在驻德公使吕海寰的斡旋下没有向德皇行下跪礼,总算不辱使命,又借机在欧洲转了一圈,大开眼界,回来后很受慈禧待见,涉及外交时常会让他说话。但袁世凯认为载沣年不足二十,说话又有些磕巴,领班军机根本不可能。

"宫保,万不可大意。您认为水到渠成,庆王也以为非他莫属,那可就大意失荆州了。不怕一万,就怕万一。如果太后垂询荣中堂何人可替,荣中堂万一没有提及庆王,或者有私心让他的女婿出头,那可就大事不妙。"据杨士琦说,光绪认定是袁世凯出卖了他,载沣受光绪的影响,对袁世凯成见很深,有一次酒后狂言,说他有朝一日大权在手,先拿袁世凯试刀。

袁世凯只觉得脖颈子发凉,愕然很久后才道:"老五,你提醒得对。此次入京,我当重重提醒庆王。"

袁世凯于十一月初九乘火车赶到京城,先到宫门递上请安折,然后入住北洋公所。又打发杨士琦分别到荣禄和奕劻府上请安,说明奉旨入觐,未进宫前不便前去请安之意。并分别请示两人,有无要事吩咐。荣禄在病中,并未见杨士琦,但让养子良揆传出话来:"慰廷怎样想的,怎么奏就是了。"奕劻则让杨士琦传话,明天出宫后,务必到府上用饭。

第二天一早,袁世凯第一个被叫起。慈禧先问他南行的情况,什么时候起程,路上是否安静等等。这些泛泛之问后,慈禧眉头一拧道:"盛宣怀丁忧,朝廷曾经打算派张翼去督办轮船招商局和电报局,他连番给荣禄和王文韶发电以为不可。这次你见到盛宣怀了,他心里到底是怎么个意思?"

袁世凯解释道:"盛宣怀的意思有两层。一是张翼的确不适合接手轮、电,庚子期间,他落入洋人圈套,开平矿的主权让英人攫取,臣已经上折参他。让他再接手轮、电,难免再步开平后尘。二是盛宣怀有继续把持轮、电的想法。轮、电两局,近年来盈利可观,虽说是商办,但巨商不过是那么几个人,他们年年获大利,当然不愿朝廷接管。"

慈禧哼了一声道:"这可真是岂有此理。当初办这两个局,李鸿章又是投银子又是把漕粮交给他们承运,朝廷的电报也都专门交给上海电报局,为的是扶持他们发展。到了最后,只有少数人得利,这算怎么回事?"

"太后慈谕极是，臣恳请将轮、电两局恢复旧制。"

慈禧对旧制不甚了了，问："按旧制又当如何？"

"按李鸿章主政北洋时的旧制，轮、电两局紧要事件，必须禀请北洋核准。每年要将盈利的两成交给北洋以充军饷和办学堂的费用。近年来北洋人事更调频繁，轮、电两局几乎已成独立局面。臣此次与盛宣怀见面，已经议定对轮船招商局严加整顿，将电报局收归官办。这两条，盛宣怀都已经面诺。"

"可他最近又给荣禄和王文韶发电报，说电报收归官办不好。如果与洋人起衅，官线必被洋人占据；洋人重商，而对商线则予以保全，仍可通电毫无阻滞。盛宣怀以为如果电报官办，非有强兵不能自守，此军务之又一弊也。"慈禧把盛宣怀上奏朝廷的意思说了出来。

"盛宣怀这话没有道理。如果中外启衅，电报与军务至关重要，洋人必设法占据，何分官办商办？他已经当面向臣表示，电报宜官办，怎么能出尔反尔？臣可当面驳他。"

"电报收归官办，不必再议。怎么办，你出宫后找奕劻商议。他是外务部王大臣，洋务这一块是他的职责。"

电报官办已成定局，袁世凯十分高兴，却把窃喜压下去，平静而响亮地应一声："喳，臣遵旨。"

"你练兵是好样的，荣禄前一阵还夸你，说新招募的北洋常备军已经开始训练，明年即可成军。"

太后必问练兵，也在袁世凯意料之中，他扼要报告了北洋常备军招募训练情况。

"荣禄有一个提议，从八旗中挑选兵丁，交给你来训练。你得像北洋常备军一样严加训练，期成劲旅。"

这件事荣禄并未与袁世凯议及，对袁世凯而言无异于意外之喜。在练兵上他是多多益善，何况朝廷把训练旗兵的事交给他，这是多大的信任。而借训练旗兵之机，他又可以安插自己的部属。但朝廷最担心兵权旁落，尤其是旗兵，向来是朝廷的禁脔，所以他道："臣可派员帮助训练，但旗营必须简派满臣前往统带，以一事权。"

"这件事，你与荣禄商量好了。在练兵方面，荣禄还有些想法，你们不妨一并商议。"

袁世凯磕头领旨。

慈禧见了又问道："听说你在北洋办了好几个军事学堂，荣禄说颇著成效。"

袁世凯不知慈禧为何有这一问，不能不小心回答，万变不离其宗，让太后以为他皆为朝廷着想，就不会闯出祸来："臣兴办的军事学堂，大体有三种。一种是短期培训性质，比如北洋行营将弁学堂，招收淮练旧军军官入堂学习七八个月，他们曾经带过兵，再学以新军知识，考核优秀者，可酌委军职，也算给旧军将弁一个出路。第二种是专业培训性质，比如参谋学堂、测绘学堂、军医学堂、马医学堂、陆军师范学堂，为的是培养参谋人才、测绘人才、军医人才及师资人才等。第三种则是正规的军事学堂。臣正在筹划开办北洋陆军武备学堂，分为小学堂、中学堂、大学堂，招收学生除在职年轻将弁外，也招收弃文从武的秀才举人和其他文职人员，系统学习武备课程，由小学而中学而大学，历时十二年，毕业考核优秀者，可直接担任中下层军官。臣之所以大办军事学堂，以为练兵之要，首在人才。"

"你这种想法，自然不错。"

"臣还有一项提议。现在练兵，各自为政，章程纷歧，军制、操法、器械不能一律，西洋各国练兵从无这样的情形。臣以为，练兵为国之要政，必须统一于中枢，以期划一。朝廷应设练兵处，作为全国练兵总汇之处，以一事权，统筹规划，并随时考察督练。将来军令、军政皆操于中枢，令行禁止，征调顺畅，方可事半功倍。"

袁世凯这番建议，听上去全是为朝廷着想，就是老谋深算的慈禧也挑不出毛病。尤其光绪当年指挥甲午战争，李鸿章的淮军自行其是，让他极其痛恨。兵权收归中央，他当然极力赞同。所以光绪破天荒地不待慈禧问话便说道："此议颇中时弊。"

"这件事，你还是与荣禄去议——练兵就要筹饷，还有庚子赔款，如何筹饷，你有什么好办法？"

太后必问筹饷，也在袁世凯预料之中。所以，他要言不烦地说道："简而言之，臣以为举国必重商务。商务者，古今中外强国之一大关键。上古之强在牧业，中古之强在农业，至近世则强在商业。商业之盈虚消长，国家之安危系之。西洋强国，无不是商业发达；东洋日本，数十年间国力大增，重商兴商是关键。所以致强之道，关键在兴商。我国自古重农轻商，士农工商，商人排在最末，这于我国兴商强国很不利。"

"重农轻商,是中国千百年来的传统,中国一直是泱泱大国。为什么到了近世,重农轻商就不行了,非要重商才能富民强国?"

慈禧这一问,完全出乎袁世凯的意料,虽是寒冬季节,他粗肥的脖颈上却冒出汗来。不过,他向来有急智,绝不会让太后问得理屈词穷:"重农轻商,这一传统原也不错。农为百业之基,农业稳固,百姓就有饭吃,所以历代重农。土地又是一切财富的来源,所以土地广、农人勤,便民富国强。我朝定鼎以来,国土面积辽阔,育民四万万之众,因此富倾天下,为世界之最强国。但近世以来,洋人发明了机器,以机器代百工,生产各种物品,成本奇轻,又靠轮船运到世界各地,赚取他国的金银。所以国之强弱,国土之广阔与否,人口之众寡与否,已经不是最重要的因素。像英国,弹丸之地,机器遍布,彻夜轰鸣,商人则将英货运销世界各地,各地财富于是集聚于伦敦,英吉利就成为世界最强之国。"

袁世凯曾就此问题请教过洋人,说得又深入浅出,慈禧是一副恍然大悟的表情:"是啊,怪不得这些年一些蛮夷小国从前连名也没听说过,竟然都冒了出来,都敢把军舰开到大清来。照你这么说,我大清幅员辽阔,反而没什么用了?"

"当然不是。我大清幅员辽阔,资源丰富,如果再重工商百业,与洋人在商务上一较高下,则可有望成为天下最富强之国。如果仍然守着重农轻商的传统不变革,则幅员再辽阔,也难以与强敌争高低。"

光绪对兴工商实业本来就极感兴趣,维新变法时更把大兴工商作为重要举措,只是政变后一概废止。如今见袁世凯有如此见识,不禁暗自点头。

"李鸿章、张之洞、左宗棠他们大兴洋务,也大概就是这个意思。兴商务,怎么兴?你有什么好法子?"慈禧又问道。

"臣以为最要紧的是开阔眼界,让各级官员脑筋上都转一转。臣建议尽快派亲贵大臣到东西洋国家考察商务,尤其是日本,与我一水之隔,一苇可航,同文同种,应当好好向他们学学。"

"你这些论调,与康梁一样。"慈禧忽然起了警惕。

袁世凯一惊,但随即平静地辩白道:"臣是讲兴商务的办法,实不敢苟同康梁的论调。康梁急于求成,纸上谈兵,又怀野心,不忠不孝,故不能成大事。"

慈禧听袁世凯这样评论康梁,心里痛快了些,道:"这是件大事,你出宫后与荣禄、奕劻他们都好好议议。你有好的想法,也可以上折言事。"

而后又谈铸铜元、设银行等事,这次觐见整整费去了一个小时,是近年来召见疆臣所少有的。

# 第十一章

## 荣中堂寿终正寝　庆亲王领班军机

袁世凯出宫立即到荣禄府上。荣禄请袁世凯进内室，他背后垫着一床锦被，半靠在炕头上与袁世凯说话。

"慰廷，实在懒得动，而且怕冷，没法在客厅会客，真是抱歉得很。"脸色灰黄的荣禄先表歉意。在内室相见，可见他没把袁世凯当外人。

袁世凯拱手道："中堂说哪里话，卑职是何人，哪里担得起抱歉二字。"

"是的，我们之间不用这些虚文。慰廷，这次见起一个多小时，可见帝眷更深了。"荣禄虽是病中，宫中动向尤其每日见起情况却是纤毫毕见。

"全托中堂维护关照。要论帝眷，中堂真是独一无二。我每奏一件事，太后必让卑职向中堂请教。"

这话让荣禄很伤感，帝眷正深，他却行将就木，叹息道："可惜天不假年，我想效犬马之劳而不可得了。"

"中堂何必如此悲观？中堂是积劳成疾，今冬好好休养，明年开春必定好转，再过一个夏天培起元气，来年此时必定是康健如初。"

"借你吉言，但愿再给我一两年，能看到大清的常备军粗具规模。如今门户洞开，京津形如无防，经不起任何风吹草动。慰廷，你肩上担子很重。"

"有中堂在，再重的担子卑职一定挑起来。"袁世凯转入正题道，"太后说，中堂提议让卑职训练旗兵，卑职特来请教。"

训练旗兵，的确是荣禄的建议，他的本心是以精锐的旗兵牵制袁世凯。北洋练兵，当然规模还要扩大，但全掌在袁世凯手中绝非善策。拱卫京师，除八旗驻防营外，还有神机营，但庚子一役证明都是绣花枕头。袁世凯的训练的确得法,那就借他的手训练出一支精锐的旗兵,但他说出来的话却是另一番初衷:"满汉之防根深蒂固,我希望你能借训练旗营的机会,多交结几个满人,将来对你有好处。"

人之将死,其言也哀,当然其言亦可信,何况袁世凯也做此想,因此对荣禄的苦心十分感激道:"中堂栽培的苦心,卑职没齿不忘。只是对旗将卑职实在不了解,何人可统领旗营,还请中堂把夹袋里的将才推荐出来。"

"这次挑选旗兵的是魁斌、溥伦、荣庆、铁良等人,要论将才,铁宝臣当数佼佼者。"

铁宝臣就是铁良,宝臣是他的字。他是镶白旗人,祖父曾做过一任江西吉安知府,但在他七岁时祖父就去世,十岁时父亲又去世,家境败落,最贫苦时曾一度断炊。当时奉母命拿三方旧砚台出售买米,终日未得一钱,喝了一肚子凉水。无奈之中,天资极好的铁良也不得不放弃科举,入神机营当了月薪一两的"书手",后来又到户部任笔帖式。铁良很上心,把整理文书当作学习的机会,遇到不明白的问题便请教前辈,或者查阅书籍。他的阅读范围日广,举凡财政、军事、洋务书籍无不悉心研究。所谓腹有诗书气自华,他在笔帖式中脱颖而出,谈吐也很不俗,结果被荣禄赏识,把他延入自己的幕府,从此仕途一路顺畅,此时已是从二品的内阁学士。

"啊,宝臣那可是再妥当不过的人选,才长心细,有大将之才。"袁世凯当然认识铁良。

"铁宝臣将来还要靠你多加提携。"荣禄看中铁良,不仅因为他有本事,更因为他强硬、果决,敢于担当。荣禄以为,也只有他这样的人将来能对袁世凯说个"不"字。

"卑职更需要宝臣的臂助。"袁世凯并非虚言,多几个满人知己,他是求之不得,"京旗兵不同其他常备军,无论人数多少,肯定要单设一个翼长。这个翼长就由宝臣出任,是中堂出奏还是卑职出奏?"

荣禄回道:"当然你来出奏,一则朝廷将旗兵交由你来训练,你出奏是职责所在,天经地义;二则也让铁宝臣知道,他这一步是你的提携。"

"不敢当,都是中堂的栽培。"话虽如此,但袁世凯还是一口答应,"好,卑职回去后立即出奏。"

接下来,袁世凯谈他成立练兵处的建议。荣禄是带兵的出身,立即明白袁世凯的意图,是希望借成立练兵处的机会,把握全国的练兵事宜。荣禄与慈禧曾经造膝密议,认为袁世凯是把好手,但既要用又要防。直隶和京津门户需要袁世凯的北洋军来屏障,但又要避免形成尾大不掉之势。因此荣禄提出的练兵建议,是同时培植湖广和北洋两支势力:"此事我与太后已经议过,太后的意思,张香涛的新军也练得有模有样,不好太冷淡他。打算是江苏、江西、安徽、湖南选派将弁头目,赴湖北张香涛那里学习操练,河南、山东、山西各省,派将弁到你那里训练,学成后回各省负责练兵。将来这些省份兵练得怎么样,也由你和张香涛派人前往考核校阅。至于其他各省,只能稍晚一步,因为军饷实在不支,不能不分个主次先后。"

听到张之洞与他平分秋色,袁世凯多少有些失望。但事在人为,为各省培训将弁,也是渗透北洋影响力的机会,何况将来校阅考核也由他负责,这里面可供布展的空间大得很。

然后谈轮、电经营的事情,荣禄说道:"盛杏荪连番来电,看他的意思,无非不想放手。电报收归官办,已成定局,将来朝廷要派督办电政大臣来办理。收回官办就是一句话的事,但要把商人手中的商股买回来,所费不细,先要核实商股价值几何,然后再筹拨款项,发还商股。"

收归官办有两种办法,一种是收归北洋官办,当然是北洋负责发还商股;另一种则是收归朝廷,由户部发还商股。袁世凯当然要收归北洋官办,便回道:"中堂,轮、电两局当初都由李文忠筹办,发还商股,当然也由北洋来发还。"

荣禄赞同道:"我明白你的意思,轮、电两局与北洋渊源很深,自然不宜变迁。"

"电报与军务关系极密,收归官办天经地义。其实轮船、铁路都与调兵运饷关系密切,兵练得再好,到时候调度不灵,也要大打折扣。所以铁路、轮船将来都要统筹。"

荣禄对此并不搭腔,而是说道:"铁路的事,暂不去动它。张香涛为支持盛杏荪,很下了一番功夫。"

袁世凯很见机,不再谈铁路的事,转移话题道:"治国要参照西法,中西兼用。中堂的病,似乎也应当中西医参用。北洋军医学堂聘请了几位洋人医生,医术很不坏,可否请他们来为中堂瞧瞧?"

荣禄摇头道:"你的好意心领了,请西医大可不必了。我这病是本元有亏,治标不治本的西医恐怕无济于事——慰廷,我听说你幕府里有不少洋人,快赶上李文忠幕府了。"

李鸿章幕府中有不少洋人,天下皆知。袁世凯学李鸿章的办法,也聘请了不少洋人,帮助他办理军务、警务、学校、商务。但与李鸿章最大的不同是,李鸿章多用西洋人,而袁世凯用得最多的是日本人,这与日本甲午战争后对中国采取的示好态度有关。甲午战后,辽东半岛落入俄国人之手,随后整个东北都成俄国人势力范围,日本觊觎东北已久,当然咽不下这口气,这些年一直在积聚力量,准备与俄国见个高低。而与俄国在中国的土地上开战,能争取到中国的支持十分重要,因此对中国特别示好,无论是在签订《辛丑条约》还是归还天津等问题上都有意帮忙,博取清廷的好感。尤其是对坐镇北洋的袁世凯,更是千方百计笼络。袁世凯所聘请的外国人中,日本人占了十之六七。

此刻,袁世凯想起一个十分严重的问题,立即回道:"中堂,我从日本人那里了解到,日俄恐将决裂,将来很有可能要在辽东见个高低。"

"这消息准吗?"荣禄闻言相当关切。

"反正听日本人的意思,绝不坐视东北被俄国人所据。"

荣禄叹道:"日本人也没安好心,无非是想把东北占为己有。"

"是,以日本人的贪婪,当然不会赶走俄国人后把东北再交给我们。"

"如果真有那一天,我们该怎么办?"荣禄相当忧虑。

"恐怕只有保持中立。我们帮一方必定得罪另一方。"

"咳!"荣禄长叹一声道,"两个贼入室行窃,互相打起来,主人却要保持中立,想起来真是让人无地自容!"

"这也是没办法的事。当然,我们还可以明面上保持中立,暗中帮助一方,将来这一方胜利了,我们可以趁机挽回部分利权。"

"这恐怕很难。首先是哪一方必胜无从揣测,就是帮的一方胜了,如果他趁胜利之威,得寸进尺,由辽东而侵入辽西,兵锋直指山海关,那可真是骑到我大清脖子上屙屎了。"说到这里,荣禄连连摇头,竟然滴下几滴浊泪。

"中堂千万不要伤心,真有那一天,卑职亲提北洋新军,到辽西去与他们决一死战。他们要过辽西,先踏过我袁世凯的尸体。"

荣禄拍了拍袁世凯的手道:"慰廷,你这样说我很欣慰,我和朝廷都没有看错你。可你北洋麾下顶用的也不过区区三万余人,这点兵力如何敷用!"

接着这个话题,再谈北洋扩军是水到渠成,但袁世凯陡然起了警惕,如果真谈这个话题,让荣禄误会他是为扩军而有这番表白,那就画蛇添足了,所以他立即转移话题:"中堂,不说这些糟心事。是不是真会打起来,现在说为时尚早。不必作杞人之忧——中堂,生病的人最需要的是静养,可是你手头的事这么多,如何能够静得下来。你在军机上真该物色个帮手,现在军机上一满三汉,是历来人数最少的了。"

"咳,我荣某人无能,可是放眼朝廷,能当我替手的人又在哪里!庚子闹的那场大乱,载漪、载澜、刚毅之流推波助澜,祸乱国家,丢尽了满人的脸。如今的小辈,多是提笼遛鸟、声色犬马之徒。"

袁世凯恨不能说庆亲王就不错,可这话是万万不能说的。本来他与奕劻关系密切,已经令荣禄不悦,他若多嘴,反而坏事。

看看时候不早,荣禄又道:"慰廷,就在我府上用饭如何?你如果还没去庆王那里,我就不留你了。"

袁世凯与奕劻有约,要到奕劻府上用饭,但荣禄有此一说,反而不能走了,便道:"卑职已经派人告诉庆王爷,上午卑职来看中堂,下午去给他请安。"

"那好,你陪我吃顿饭,有事咱们边吃边谈。"

从荣府出来,袁世凯先到北洋公所稍稍休息,然后乘轿赶到西城定阜街北的庆王府。袁世凯是庆王府的常客,熟门熟路,直奔奕劻的客厅"契兰斋",一会儿奕劻到了。袁世凯先为中午未能赴约致歉,奕劻却不以为意道:"晚上在我这里吃饭一样。"

自然还是先说轮、电的事。奕劻道:"仲华已有定见,就好说了。唯一可能提异议的,就是瞿子玖。"

瞿子玖就是军机大臣瞿鸿禨,他以清流自居,久有清廉之名。军机大臣中,王文韶年事已高,且双耳重听,又加久历官场风涛,最善明哲保身,有时装聋作哑;鹿传霖排名最后,难得发表自己的意见。瞿鸿禨因此在军机处分量日重,又与同样在两宫西狩时得宠的岑春煊关系极密,如今岑春煊出任两广总督,几乎每半月就有一封信,一内一外,互为奥援,虽然不敢挑战荣禄的权威,但遇事颇有主见。他对才智平庸的奕劻则有些不放在眼里,而对袁世凯这种连个秀才功名也没有的督抚本能地厌恶,认为不过是工于心计之辈。同为翰苑清流出身,瞿鸿禨对张之洞则亲近得多,而张之洞力挺盛宣怀,因此他阻止从盛宣怀手中夺食的可能性很大。

袁世凯请求道:"王爷,北洋要练兵,又要办实业,开销很大。我之所以力争轮、电两局,筹饷是主因。本来就是北洋的产业,我这北洋大臣却不能掌握,岂不让天下人笑话?所以,请王爷无论如何要想办法,确保归于北洋。"

"我尽力而为就是。没有十成的把握,八九成还是有的。有荣仲华和我在,他翻不了天。"

奕劻有这话,袁世凯放心了,不过他又问道:"王爷,荣中堂如今还在,有些事还好办。如果荣中堂不在了,王爷该怎么办?王爷难道没想过再续恭、醇二王的彪炳勋业?"

恭亲王当了二十余年的领班军机,掌握着大清军政外交大权。当政期间平定太平天国、捻军造反,收复新疆,大办洋务,大清从里子到面子都发生了不少变化,所以朝野对恭亲王的执政能力还是颇多赞扬。醇亲王因为是光绪的生父,没有入军机,却是事实的军机领班,虽然没有恭亲王的胆识和能力,但在他当政时,北洋海军成军,铁路、电报兴办,也算小有功绩。所谓再续恭、醇二王的彪炳勋业,就是劝奕劻将来当领班军机。

"慰廷,你觉得我的机会有几成?"奕劻当然有这样的想法。

"王爷如果力争,便是十成的机会。如果掉以轻心,则恐怕只有五六成的机会。"

"你以为怎样才算力争?或者说,怎么样才算没有掉以轻心?"

"王爷当然心中有数。我想有三个人王爷无论如何不能忽视。"

"你说说看。"奕劻已经猜到大半。

"第一是荣中堂那里,万一有一天太后有所垂询,他能立即想到王爷才好。以王爷之尊当然不宜委屈自己,只能委屈振贝子多辛苦。"袁世凯所谓多辛苦,就是经常到荣禄府上探视。

"这也算不上委屈。第二呢?"

"第二当然是大总管,王爷不妨直接把心事说给他,让他见机行事。"

"这也没问题,我与莲英的交情够这份上。"

"第三就是王爷的宝贝格格。"

这有些出乎奕劻的意料,他本来以为袁世凯要说的是慈禧。

"王爷,要让太后随时都能想起王爷来,唯有四格格有这本事。"奕劻的四女儿模样漂亮,又聪明机智,很讨慈禧的喜欢。她嫁给裕禄的儿子,不料年轻守寡,因此经常到宫中陪伴太后,所以袁世凯建议道,"王爷,太后对西洋玩意十分感兴趣,王爷不妨经常留意使馆洋人又有什么稀罕东西,到时候不妨买下来献给太后。"

奕劻讨好太后的办法,就是让女儿、福晋陪太后打牌时多输少赢,袁世凯这一招实在没有想过。但钱多的人越是心疼钱,于是便道:"洋人实在可恨,他如果知道你非要这件东西不可,必定漫天要价。"

"他们漫天要价,咱们坐地还钱。万一王爷不方便的时候,让北洋公所来办好了。"

"你已经破费不少了,这怎么可以!"在奕劻口中,袁世凯听到最多的就是"这怎么可以"。他说这句话的时候,表示的并非拒绝,而是默许,"这个办法好是好,但得把握好分寸,不留痕迹。不然会弄巧成拙。"

当然要把握好分寸,不然四格格不几天就献一洋玩意,开支上吃不消不说,若太后想奕劻哪来的这么多钱?看来真是贪了不老少!那可真就赔了夫人又折兵。袁世凯笑了笑道:"分寸由王爷把握,当然不会弄巧成拙。"

这件事袁世凯算是尽到了提醒的义务,接下来谈成立商部的事情。听说盛宣怀有意谋取尚书一职,奕劻疑惑道:"既然是盛某人的如意算盘,你又何必为人作嫁衣?"不过奕劻心里想的是,如果盛宣怀肯在他这里破费一笔,他也未尝不支持。

"我倒不是为杏荪作嫁衣,成立商部实在是推行新政的要招,不能因为我反对他就连他的好主张也反对。"于是袁世凯再给奕劻讲一番他已经在慈禧面前讲过的道理,"我的意思,成立商部,但不一定非要盛杏荪来把持。"

"倘若朝廷真的成立,你有什么好的人选?盛杏荪的条件和资格还是蛮够的。"

袁世凯心中本来没有现成的人选,他与奕劻商议,只是想阻止盛宣怀崛起。不过当他的目光扫到奕劻博古架上的一幅照片时,却有了主意。

那幅照片是奕劻的长子载振出使英国时与英国政要的合影。今年英王爱德华七世行加冕典礼,邀请中国派亲贵作为专使出席盛典。因为奕劻是总管外务部的王大臣,又是宗室亲贵,于是慈禧赐恩道:"载沣去了趟德国,长了不少见识。这次让载振去英国,也让他长长见识。不过,奕劻你可要提醒载振不能只顾看热闹,枉费我的一片期望。"

这真是天大的喜事。不过,知子莫如父,奕劻知道载振声色犬马在行,要他出使一次拿出点像样的东西来,实在难为他。但并非没有办法,那就是找个顶用的枪手。外务部榷算司主事唐文治任过多年的总理衙门章京,精通通商、关税等事务,而手中一支笔也很拿得起。于是奕劻专门派他为载振的随员,临行前就告诉他此行的任务,是帮载振弄出个像样的稿子来。唐文治提议最好记一部出使日记,期间的见闻、感想可以随时记录,既能表现出此行时时上心,下笔也比较容易,各类新鲜事物都能方便地记载,就是太后看了,也能读得下去。奕劻深为嘉许。载振一行于三月初由北京启程赴沪,经香港转道南洋群岛赴英国,参加完典礼又转访法、比、美、日等国,行程八万余华里,历时近半年,刚回京不久。以载振的名义著了十二卷《英轺日记》,记载访问各国有关外交礼节和参观活动,以及各国的政治、学术、律令、典章、商务、学校等情况。因为早有准备,一式两份,回来后呈给慈禧一部。慈禧虽然没有仔细看,但对载振此行十分满意。慈禧召见载振,询问他西方何以富强,载振早有准备,回答以商务、路矿、学堂三事奏对。慈禧很满意,认为载振大可造就,下旨赏加贝子衔。

载振这次出使,外国报纸多有报道,他都一路搜集。尤其是在英王加冕仪式上与政要的合影,专门加印了十余张赠送要人。奕劻对载振此行很满意,特意在客厅摆一个相框。袁世凯指着这个相框道:"王爷,商部的尚书还用找别人吗?振贝子再合适不过。"

袁世凯此言大出奕劻的意外,他眼睛一亮道:"慰廷,你真的以为小振有这资格?不是开玩笑吧?"

"这怎么能开玩笑!商部主持的都是实业、新政,当然应当由年轻人来主持比较合适,让那些老古董主持,这也不行,那也不敢,反而误事。再说,振贝子是天潢贵胄,又出使过英、美、法等国,这资格谁比得了。"

"让你这么一说,倒是不妨一试。不过盛杏荪的资格似乎很有力量,他刚与英国完成商约,张香涛极力褒扬,说是大清此约得利颇多,是由贫弱转富强的一大关键,太后也很以为然。"

"王爷,没他们说得那么好,倒像是王婆卖瓜。我专门找人研究过新约全文,对英国人的好处是现成的,对我们的好处不过是个空心大汤圆。"

根据袁世凯的说法,这次通过裁厘加税,中央的财政收入略有增加,这是益处。不过,洋货因为裁厘而负担大为减轻,土货却税厘依旧,与洋货更没法竞争,洋货必然大销特销,我们在商战上先输了一招。所以此次裁厘加税,实在与实业强国的目标南辕北辙。至于洋人放弃治外法权,那是有条件的,就是中国律例与各西国律例改同一律,一切相关事宜皆臻妥善。怎么样才算皆臻妥善?英国人要想赖账,容易得很。

"王爷,我敢说,盛杏荪想让英国人放弃治外法权不过是黄粱一梦。其他的两件所谓大利大清,也都是画饼充饥而已。"

"啊,原来是这么回事。这段真相,真应该让太后知道。"

"这不难,南边的报纸上已多有批评之声。王爷只要设法让上面看到这些报纸就够了,盛杏荪打肿脸充胖子的把戏就玩不下去了。那时候他再想以此邀功,还能玩得转吗?"

奕劻闻言连连点头道:"不过,小振的资历还是有些浅。"

"资历是可以积累的。王爷,有一个机会要善加利用。"

袁世凯所说的机会是日本将于明年春举办第五届大阪劝业博览会,照例会向中国发邀请函。前几年内忧外患,何暇顾及?如今国内已经安定,与英国商约已成,而且朝廷向外洋学习、推行新政已成共识,日本近在咫尺,派员前往十分便当。而且日本这次博览会将专门设馆,展览各国新产品。袁世凯以为派员到日本参会,对开阔眼界大有好处,尤其是要振兴工商,参观各国创新产品尤其必要。袁世凯的想法是届时请派载振率团参会,回来后再提议设立商部,则由载振主持商部就水到渠成。

奕劻对这个建议十分欣赏,但如何派自己的儿子去却没有现成的借口。袁世凯出主意道:"这个好说,往年的赛会日本人只将请帖送到东南各省洋务局。这次不妨策动内田公使向外务部提交邀请函,并且邀请王公亲贵参会。那时候王爷怎么向上面说,都方便得多。"

"如此甚好,不过这件事由外务部出面好像不妥,就拜托慰廷如何?"

"小事一桩,就由我和内田说好了。不过,振贝子还应该再有所铺垫。"

袁世凯的意思,载振虽然已经呈上使英日记,也蒙太后召对,但还可以再上个折子,除陈述各国详情外,不妨建议创设商部统筹商务全局。这样明年赴日本考察、将来谋取商部尚书一职,都更顺理成章。

奕劻深以为然。

接下来又谈在天津开设大清银行的事。奕劻以此事自己不便插手为辞,建议袁世凯可与户部侍郎那桐谈。那桐是奕劻的亲信,在户部能做一半主。袁世凯退而求其次道:"就算银行暂时不能开设,开办银元局铸铜元是有利无弊的好事,似乎可以先办起来。"

奕劻听了铸造铜元的好处,大感兴趣,立即邀那桐前来。因为李鸿章主政北洋时,曾经在天津设过户部造币厂,机器应该还能用。如果户部造币厂设在天津,袁世凯自然有办法从中取利。所以当晚在奕劻府上用饭,与那桐边吃边谈。

袁世凯回到天津,几件事情陆续有了结果。

练旗营的事,上谕说现在八旗挑选兵丁,已逾万人。先派三千人,交袁世凯认真训练,期成劲旅。俟著有成效,再行轮次分派前往,俾资练习。

袁世凯一面让冯国璋赶紧制定训练章程,一面上奏朝廷,保荐铁良出任京旗练兵翼长:"查有内阁学士臣铁良,才长心细,器识宏通,于兵事尤能留心考究,可否仰恳天恩,将该员派为京旗练兵翼长,俾得与臣同心协力,认真经理,庶旗营将士易资联络,而微臣亦藉收臂指之助,洵属裨益匪浅。"

同一天还有一道明发上谕,也是关于练兵——

练兵之道最忌纷歧,曾经叠次降旨,饬各省督抚整顿兵制,期归一律。乃近来各省奏报,仍多空言搪塞,绝少切实办法,殊难望有成效。查北洋、湖北训练新军,颇具规模,自应逐渐推广。所有河南、山东、山西各省,速即选派将弁头目,赴北洋学习操练。江苏、安徽、江西、湖南各省,选派将弁头目,赴湖北学习操练。俟练成后,即发回各原省,令其管带新兵,认真训练,以资得力而期画一。每年由北洋、湖北请旨,遴派大员,分往校阅,按其优劣,严加甄别,用副朝廷整饬武备、实事求是之至意。

这件事荣禄已经与袁世凯谈过,这是北洋势力向外省扩张的很好机会,美中不足是湖北也得此机会,聊以自慰的是,北洋排在前面,说明在朝廷心中北洋练兵还是略胜一筹。为三省训练将弁,不仅需要教官,还需要食宿安排等诸多事项,袁世凯将此事交由兵备处刘永庆与教练处冯国璋一同商议,拿出章程,由此说道:"你们可不要小看了训练将弁,通过训练,你们与他们便有了师生情分,山不转水转,说不准什么时候就有彼此照应的时候。何况将来还要对他们进行校阅考核,这是多大的干系!你们要善加珍惜,别浪费了大好机会。如果这些将弁出了北洋的门,一拍两散,那你们这训练就算完全失败了,懂不懂?"

刘永庆回道:"四哥放心,我们懂你的意思。"

冯国璋也道:"制定章程的时候,就把宫保的意思好好地体现在里面。"

电报局收归官办的事情也有了进展,第一步是要求购回商股,上谕是给袁世凯和张之洞的："各国电报线，多归官办，凡遇军国要政，传递消息，最称密捷。中国创自商办，诸多窒碍，亟应收回，以昭郑重。着袁世凯、张之洞迅将所有电报线，核实估计，奏请筹拨款项，发还商股，即将各电局悉数收回，听候遴派大员，认真经理，以专责成而维政体。"

从上谕的意思看，收归官办并非由北洋收回，而是直接由朝廷收回。这出乎袁世凯意料，连忙发电报给徐世昌，让他登门拜访奕劻。徐世昌很快回电，上谕所说的"大员"将由袁世凯出任，会办也由北洋酌派，因此北洋得其实，何乐不为？

袁世凯放了心，与张之洞、盛宣怀函电交驰，商议收回商股的事。盛宣怀统算后提出了二百六十万两的巨额商股，要现银给付。这一招击中了袁世凯的要害，因为无论如何朝廷是拿不出这笔银子。户部的意思，就是一半之数也尚嫌太贵。但盛宣怀认为，现在电报通达全国各地，并有津沪海线，恰克图出洋线，报费年胜一年，以后无大工程，只需数年即能归还二百六十万两之款。国家坐收现成之利，而商人得归票值之本，系两全之法。

袁世凯没钱，但他有应对办法，他提出商人们可留一半股份在局内，这样只需筹资一半，就可实现官办。盛宣怀则回电表示，商人们怕官办后多提报效，更怕不如商办时股票可随时押卖变现，因此都不愿附股，只愿把手中的股票变作现银。

袁世凯被逼到墙角，最后与周学熙、杨士琦等人商议，想了一个"商股官办"的办法，就是商股暂不买回，继续留在局中按股分红，但电报局则是官办。官办的标志，则是朝廷下旨派出督办电政大臣，袁世凯则再派会办驻扎上海。奕劻也同意这个办法，因为除此之外并无他法。

袁世凯决定派吴重熹出任会办。这是个肥差，正可满足恩师但求手头宽裕能买古籍拓片的愿望。吴重熹大喜过望，唯一担心的是自己不懂电报，制不住盛宣怀。

袁世凯打气道："老师放心好了，我再给你挑几个电报内行给你打下手，业务的事情你不必过多费心。至于盛杏荪，你是翰苑前辈，你中进士时，他连举人还不是。他若有不敬之处，你不妨拿这个身份毫不客气地回敬他。"

吴重熹得此要领，自觉有对付盛宣怀的法宝。只等朝廷下谕，就前往上任。

到了腊月十七日，上谕到了：

前因电务为国要政,应归官办,已谕令袁世凯、张之洞筹还商股,将各电局悉数收回,候派大员经理。着即派袁世凯为督办大臣,直隶布政使吴重熹着开缺以侍郎候补,派为驻沪会办大臣。该局改归官办之后,其原有商股,不愿领回者,均准照旧合股。朝廷于维持政体之中,仍寓体恤商情之意。该大臣等务当通筹全局,认真办理,将从前积弊一律剔除,以期上下交益。

吴重熹喜气洋洋,表示电政事大,他愿春节前就赴任,"竭力通筹,认真经理"。袁世凯知道节前到任,电报局便有一份年敬,而且所值必不菲,因此让他办完交接,立即赴任。

盛宣怀看到这份电报,骂道:"袁慰廷玩的空手套白狼把戏,什么'商股官办',与从前'官督商办'有何二致?不过就是夺了我盛某人的权罢了。"

无奈皇皇上谕已颁,胳膊已经扭不过大腿了。他怪自己瞎了眼,没看清袁世凯的面目,让他那双骗死活人的眼睛骗了。

心腹幕僚劝道:"大人不必烦恼,袁慰廷毕竟已经羽翼丰满。不过,三十年河东,三十年河西。他未必有李文忠的本领,能稳坐北洋二十年,将来大人定有机会报此一箭之仇。"

袁世凯并不满足于仅把电报局抓到手上,过了年,又派杨士琦去整顿轮船招商局。

杨氏两兄弟都得以飞黄腾达,杨士琦已经保到道员,杨士骧则因为周浩接任吴重熹缺出的直隶布政使,如愿以偿由通永道升任按察使。

过了年,载振如愿以偿,奉旨率团参加日本大阪劝业博览会。除他之外还有署外务部左侍郎、户部右侍郎那桐、外务部左丞瑞良、左参议陈名侃、翰林院侍读学士宗室毓隆。上谕还要求各海关道晓谕工商界人士,积极参加博览会,或者提供物品参会。因为博览会在阴历的三月份举行,因此各省必须在二月十五日前将参会人员及物品列单详报。

派人参会的事袁世凯让唐绍仪物色人选,他点名周学熙必不可少,交给他的任务是考察日本的"工商币制"。到了二月上旬,人员确定了下来,洋务局、农务局、工艺局各派一名会办,银元局则派人最多,除了总办候补道周学熙外,还有书记委员训导刘荫理、机器委员都司李祥光、匠目千总杨秀龙三人。因为袁世凯的目的是考察工商币制,因此除银元局外,工艺学堂派了二十名学生,农务学堂派十名学生。

天津府知府凌福彭则上书袁世凯,要求随同前往考察日本的监狱。凌福彭是广东人,在总理衙门当过章京,与康有为是老乡。康有为得以被光绪赏识,就是由他介绍给最得光绪信任的张荫桓,再由张荫桓引荐给光绪。不过戊戌政变后,世人只知康有为是张荫桓所荐,张荫桓下狱,而凌福彭安然无恙。八国联军进北京后,李鸿章北上主持和议,他受李鸿章赏识,出任天津知府。但天津在洋人手中,不能立即赴任。到袁世凯接收天津时,他才与唐绍仪等人先期进入天津。他见袁世凯一心推行新政,并把天津作为试点,就全力推行新政,而且颇得门道。赵秉钧的巡警制颇著成效,就得力于凌福彭的大力支持,而且还以巡警为依托,把天津府的人口进行了登记,摸清了底数。他上书袁世凯,说"内政之要,首在刑律,监狱一日不改,则刑律一日不能修"。他希望到日本重点考察监狱,并希望借鉴日本的办法,创办"犯人习艺所"。袁世凯对他很赏识,对他的这一要求当即答应。

周学熙他们一行定于三月初起程赴日本,袁世凯则于二月底就离开天津,先去验收新易铁路,然后再南下保定检阅旗兵。

新易铁路是从直隶新城的高碑店到易州良各庄一条新修的铁路,完全是为慈禧祭西陵而建。慈禧在回銮的时候就曾经说道:"此次劫难,多亏列祖列宗神佑,回銮后一定要祭祖。子孙不孝,使大清遭此涂炭,自当去请罪。"去年她已经祭扫过东陵,往返五百余里,十分辛苦,因此将祭扫西陵推迟到今年。想起从西安回銮,自正定坐火车回京,慈禧意犹未尽道:"要是去西陵能坐火车去就好了。"

当时从北京沿卢汉铁路可到高碑店。高碑店到太行山下的易州西陵,还有八九十里路。如果接修一段铁路也不是不可以。李莲英连忙私下里与奕劻商议,奕劻问袁世凯还来不来得及修筑一条新易支线。袁世凯于是咨询主持修建中国第一条铁路——唐胥铁路的英国工程师金达。金达算算时间,说有七八个月就能修完。但奕劻觉得,如果八个月才能修通,那时候天已经很热,岂不是扫兴?所以最后以六个月为限。袁世凯决定就请金达来主持修筑,没想到法国人十分不满,提出抗议,要求由法国工程师主持。袁世凯为了难,问计杨士琦。杨士琦反问道:"难道非用洋人不行? 咱们自己试试如何?"

由国人主持修筑,英、法两不得罪当然好,但国人能不能修得了?杨士琦鼓气道:"我估计能行,我出关接收关外铁路时,发现梁如浩手下有个得力帮手叫詹天佑,也是留美学生,如今在铁路公司任帮工程师,关内外铁路他都参与设计,而且人很有主见。"

梁如浩和詹天佑一起来见袁世凯。梁如浩与唐绍仪、詹天佑都是留美学童出身,归国后唐绍仪和梁如浩都去了朝鲜,而詹天佑却很不顺,到福州船政局当实习船员,后来又到广东博学馆任教习,用非所学,学非所用,郁郁不得志。直到光绪十四年(公元1888年)由开平矿务局留美同学介绍,到刚成立不久的天津中国铁路公司任帮工程师,作为英籍总工程师金达的助手,从事塘沽到天津铁路铺轨工程,开始了他所热爱的铁路筑造事业。此后他参加建筑关东铁路,建造滦河大桥,建造津卢铁路、关外锦州段铁路以及从沟帮子到营口的支线铁路等,由天津到关外的铁路,他几乎参与了全程建造。有这番经历,袁世凯对他自然是刮目相看,不过毕竟一直是金达的助手,能否独当一面实在没有把握,因此问道:"西陵铁路必须在六个月内完工,由你来主持,有没有把握?"

詹天佑老实回道:"如今已是十月,马上天寒地冻,再就是材料短缺,六个月左右有点紧张。"

"钦命工程,自然不能有半点犹疑,到底六个月行不行,你得给我准话。"

詹天佑回道:"行,而且我能保准行车安全,但是如果有人非要挑剔的话,必能找出这不足那毛病来,我怕担不起。"

"只要你能保证安全通行,其他任何挑剔,由我担当。"

于是,以梁如浩为新易线总办,詹天佑为总工程师,于阴历的十月底开始动工。正如詹天佑所说,其时已经天寒地冻,施工难度非常大。袁世凯是没空到工地上去,打发杨士琦和唐绍仪去过几次,回来都说在詹天佑的主持下,昼夜施工,而且他保证能在六个月内通车。

袁世凯当然不能完全放心,无奈他实在太忙,而且就是去看看又能如何?心里始终吊着,只怕詹天佑说了大话,不能如期完工,那时可真就没法向太后交代。没想到,过了年梁如浩就发来电报,说大约二月中旬就能通车。袁世凯屈指一算,从施工到竣工,才四个多月。这下他放心了,又让梁如浩与詹天佑切实回话,二月底能否完成。若能完成,他则向太后奏明,可赶在清明节祭扫西陵,太后必然高兴。结果是詹天佑言出必诺,赶在二月二十日前完工,并已经试通车,特请袁世凯前来验收。

袁世凯于二月二十七日从天津乘火车赶往新城县高碑店,由高碑店转上新易线,行二十七里到涞水,由涞水西行三十四里到易州,再由易州行十七里,便到终点站良各庄。全程共计七十八里,设涞水、易州、良各庄三个车站。走完全程,用了一个半小时。詹天佑告诉袁世凯,因为是新造之路,土性较松,还需要往复垫压,因此目前最高速度只有正常速度的一半。袁世凯感觉除了稍慢点,几乎没什么毛病。于是问詹天佑用什么妙策,能够比计划提前近两个月完工。

詹天佑直言道:"除了督责工人昼夜施工外,还有些变通办法。这就是需要宫保担待之处。"

"说来听听。"

"按国外铁路建筑标准,需要在路基建成后风干一年才能在路基上铺轨钉道,西陵铁路当然不能按这个标准。二是因材料赶运不及,又不能停工待料,所以在地基牢固且较为平坦之处,所铺枕木略为稀疏;岔道则借用关内外铁路的旧钢轨;三是所有桥梁跨度都不太大,因此都是木质。西陵铁路本来只载客,并不运行载重火车,这些变通办法并不影响行车安全。等祭陵后再回头加固就是。不过,若有人鸡蛋里挑骨头,这些尽可以挑剔、批评。"

袁世凯点了点头道:"我知道了,我会将这些不足向朝廷奏明,以免到时有人挑刺。这次差使办得不错,这些变通的办法恰好说明你心中有数,既要赶工期,当然就不能求全责备。你们放心好了,我一定会向朝廷请功。"

第二天由良各庄返回,袁世凯又就所有木桥勘查一遍,十分牢固,这才完全放心。当天他的专车从高碑店改上卢汉铁路,天黑前赶到保定,准备次日检阅旗兵。

铁良为翼长的京旗已经挑定一千二百人,先期开赴保定先行训练,请袁世凯前往点阅。虽是旗营,但袁世凯当然不会放过安插下属的机会,他便以于训练为由,将何宗莲派去当统制官,曹锟则去当协统。

次日早饭后,袁世凯亲赴校场调齐一千二百人,按名点阅。这次挑选旗兵的标准很高,都算得上精壮,军纪也颇为整肃,列队操练也有模有样。袁世凯很满意,铁良也觉得很有面子,请袁世凯讲几句。袁世凯也不推辞,张口就来。铁良此前与袁世凯交往并不多,只知道袁世凯连秀才功名也没有,只是官运比较好,又善于巴结,这才当到了封疆大吏。今天见他阅兵是一个个点名,不是虚应故事。再听他给士兵训话,比科甲出身的人讲得还动听。铁良是自视甚高的人,也不得不暗服袁世凯绝非平凡庸俗之流。

袁世凯还要在保定住一天,因为要查勘保定行宫的布置情况。这次慈禧祭扫西陵，兴致很高，本来不必到保定，却计划于祭扫之后南下巡幸。此次陵差，花车还是由督办铁路的盛宣怀负责，袁世凯有所巴结，唯有在保定行程上下点功夫，尤其是行宫当然不能比花车逊色，所以必得现场看了才能放心。陵差是按察使杨士骧总办、盐运使汪瑞高会办，之所以交由杨士骧和盐运使汪瑞高来办，就是为了在开支上方便。因为陵差上户部下拨的款项，实在杯水车薪，朝廷又下旨不得摊派扰民。袁世凯明白如果以为上面给多少钱就办多少事，那就大错特错了。但让布政使动用藩库，必得有堂皇的开支理由，何况布政使周浩并非袁世凯的心腹。交给杨士骧来办，再让盐运使会办，必然差使办得好。果然两人不负所望，行宫及太后、皇上要上香、巡幸的庙宇都安排点缀得十分堂皇。

袁世凯放了心，沿卢汉铁路北上，到京城与盛宣怀碰头，一起验勘花车。花车还是上次回銮时所用，当时车内装点的瓷器、字画都已献给慈禧，这次盛宣怀又重新装点，字画、古董所费不菲。两人为了控制轮、电两局，明争暗斗，恨不得把彼此一口吞下，但官场中人，最擅长的就是喜怒不形于色，两人相见，还是满面笑容，显得相当亲切。盛宣怀一口一个大帅，叫得很起劲。在争夺轮、电中袁世凯占了上风，心理上已是居高临下，因此表现得更亲热、大度，他对盛宣怀装点的花车大加赞扬，看看满车古董挂屏灿然满目，很关切地说道："杏荪，点景甚佳，不过车行震动，稍有倾跌，即是大不敬的罪名，所关不细。"

盛宣怀很有把握地回道："今天请大帅亲自勘验，开最快车试一下，如有移动，再想办法。"

火车由西站开至定兴往返二百里，只用一个时辰，满车陈设浑然一体，毫无移动跌落。袁世凯赞道："杏荪办差真是尽心至极，可以奏请择日启銮了。"

三月初八，天色未明，袁世凯、杨士骧、盛宣怀及部院大臣早早来到永定门外的火车站，恭候两宫銮驾。光绪的銮驾先到，旌旗华盖络绎不绝，身后是王公大臣乘轿前来。稍等片刻，慈禧的銮驾到了，紧随銮驾的是后妃及荣寿公主和奕劻的女儿等几位得宠的格格，光绪和百官跪迎慈禧。慈禧和光绪在太监搀扶下进入各自的花车，随扈王公大臣、袁世凯及盛宣怀、杨士骧等负责陵差人员随后登车。这次祭陵专列由十七节车厢组成，外皮都漆成黄色。机车也特地装饰一新，车头前交叉固定两面大清国国旗——杏黄色的龙旗。列车上全体工役，从司机到打扫夫，都穿着朝靴，戴着朝帽，模样与宫中的太监一样。一路上所有客货车都给专列让道，一直到了高碑店，太后下车，在车站用膳，皇上同桌侍食于下，后妃立侍于后。御膳亦如回銮的办法，袁世凯重金包给御膳房承办，菜品比起宫中来毫不逊色。太后尝过的菜感觉不错,便道:"赐奕劻。"太监高声传宣,奕劻则磕头谢恩,外面的太监高声喊:"庆亲王谢恩!"这次蒙太后赏菜的还有袁世凯、盛宣怀等宠臣。

祭陵一切顺利,初十太后皇上乘火车南下保定,在这里巡幸数天。十四日夜里袁世凯被叫醒,一看西洋钟才一时多,他昨晚十一时多才睡,正入梦乡,被人唤醒,心里是大不悦。但一看电报局发来的密电,"荣中堂已于子时三刻过世"。他睡意全消,立即安排发电京城北洋公所,即刻派人到荣府致丧;再是叮嘱电报局的来人,有致军机处的电报,等天亮后呈进;然后叫藩司衙门的人前来吩咐:"你立即备十万两银票。"想了想,又让人立即去找杨士骧。

慈禧的行宫设在保定莲池书院。袁世凯在保定有总督府,但他并未入住,而是在莲池书院南侧,把一户富商的院子借过来暂住,为的是近水楼台,侍候慈禧方便。藩、臬及保定府县官员也都以袁世凯住处为中心,就近侍候。

杨士骧很快到了,睡眼惺忪,等看了袁世凯递过来的电报,知道何以半夜叫他。

"四哥,"杨氏两兄弟人前称袁世凯宫保,但私下里都这样叫,"关键的时候到了。"

"是,不知会不会有意外?"当然是指奕劻入主军机。

"应当不会,该做的事情大佬都做了。"杨士琦派到上海后,与奕劻的机密联系就换成了杨士骧,他对奕劻的情形了解颇多,"不过,越是这样越不能大意。"

"估计军机上的电报还要过一阵才能到,我已经吩咐电报局,若有急电也要压到天亮。就用这个把时辰的时间差,让大佬有所准备。"

袁世凯的电报是派驻京城的坐探直接发来,军机处的电报则需要留京的军机章京接到丧报后再转发行在军机处。这样一耽搁,个把时辰就会过去,袁世凯是督办电政大臣,他的吩咐电报局当然是奉命唯谨,压到天亮不成问题。

军机领班是朝廷中枢首要,不同于一般部院大臣,久拖不决,会大大影响朝局,所以必是很快就会发布继任者。奕劻能不能领班,今天就能见分晓。这种关键时候,能帮上他的,只有深受慈禧信任的李莲英。

"匆忙之中,大佬未必备款,我打算给他送十万两银票应急。就由你立即去见他。"

杨士骧建议道:"四哥,十万两恐怕不够用。光李总管那里,大佬大约就要送此数。反正已经花了不少,这时候不能小气,不如就送二十万两过去。"

袁世凯点头,又转头问外边道:"藩台衙门的人来了没?"

人来了,但银票没有拿来,因为如此巨额款项,非报藩台周浩不可。而周浩住在藩台衙门,一去一复颇费时间,何况又是夜间。藩台衙门的人只好撒谎,说正在筹办。

"滚!"袁世凯一听大怒,狠狠一拍桌子。他当然知道当差的难处,也不是生当差的气。

杨士骧却心细如发,有备无患道:"我就怕陵差上有临时的开销,备了几十万两。只是没有大额的,怕要凑十几张才行。"

"那不碍事,你立即带去找大佬。"

袁世凯恨不能帮上奕劻的忙,但他必须见到太后才有机会。即便太后召见,他也不能多嘴,只有太后征询他的意见,他才能为奕劻说话。话该怎么说?当然不能像俗吏那样直白。

袁世凯呆坐在椅子上想心事。他四十余岁当到疆臣领袖,一个贵人是李鸿章,另一个贵人就是荣禄。他从李鸿章身上所学,主要是举办洋务、新政,而从荣禄身上,他以为最大收获就是办事应当详审利弊,谋定而后行。荣禄办事,从不会想到即行,而总是要想一想,如果这样可能会出现怎样的后果,又应该如何化解,这完全是他年轻时的教训和多年磨砺而积成的阅历。

荣禄一去世,满人中再无人威望可与之相匹,将来朝局不知会出多少变数。对大清而言是一大损失,对袁世凯本人来说,也是失去一座靠山,瞿鸿禨的倾轧自然会变本加厉。好在早有预见,靠上庆亲王奕劻。如果他能顺利领班,以他的平庸、贪婪,袁世凯有把握将他抓在手中。当然,这一切都要以奕劻能够如愿领班为前提。

到了下午,慈禧和光绪召见袁世凯,一脸戚容,可知荣禄的去世在她是一件很难过的事情:"李鸿章去世不到两年,荣禄如今又去世,名臣凋零,真是让人痛心。"

袁世凯磕头道:"无论公义私情,荣中堂对臣教导支持都很大,臣闻讯也是心如刀绞。"

"你能如此,还算有良心。荣禄有知,也会欣慰。荣禄去世,保持安定是最要紧的。京城和天津地面都很紧要,你要妥善布置。洋人会不会趁机妄动,天津海口十分紧要,你更得好好布置。"

"太后皇上放心,如今已经与各国修好,不会有什么事。臣已经严令沿海及驻扎直隶的各军,停止一切军事操练活动,一律驻扎营中,非有军令不得擅出一步。京城这边,也已严令姜桂题确保京郊安静。同时严令天津的巡警加强巡察,不让宵小之辈有可乘之机。"

"你安排得还算妥当,我和皇上都放心。倒是朝廷这边,还有许多事情没有就绪。军机领班,你看何人可当此重任?"

"用人行政,恩出于上,何况是领班军机,全凭太后皇上乾纲独断,臣不敢妄议。"

"是听听你的想法,算不上妄议,你大胆说就是。"

袁世凯当然不会贸然推荐奕劻,而是斟酌道:"具体谁可当此重任,臣实在没有成见。不过当今朝廷要政无外乎两项,一是外交,揖和各国,才能为大清谋一个从容自强的环境;二是新政,只有新政卓有成效,大清才富强可期。这两件事缺一不可,就好比中医的表里同医,标本兼治。朝廷考虑人选,从这两大端去考虑,所用之人必能不负所托。"

"你说得有道理,我和皇上会考虑的。"慈禧又转头问光绪,"皇帝,你还有话问吗?"

光绪平静地说道:"没有。袁世凯,你跪安吧。"

当天傍晚,有两道上谕,一道是关于荣禄的恩典:"荣禄着先行加恩照大学士例赐恤赏给陀罗经被。派恭亲王溥伟带领侍卫十员前往奠酹,赐祭一坛。予谥文忠,追赠太傅,晋封一等男爵。入祀贤良祠。赏银三千两治丧。"

另一道旨意很简单却十分重要:"命庆亲王奕劻为军机大臣。"

以奕劻的地位,入值军机,当然是领班。

袁世凯终于放了心,亲自到奕劻的"值庐"去道贺。两人已是熟不拘礼,奕劻拱了拱手道:"多蒙臂助,一切尽在不言。"

"我是来向王爷请示,看有没有差遣。"

"太后已定十八日回銮,明天就有旨意,不妨先做准备。"

# 第十二章

## 谋新政直隶揽才　争满洲日俄欲战

周学熙等一行数十人赴日本参加大阪劝业博览会后回到天津，就接到通知，说晚上袁宫保请大家吃饭。

这个大家当然不会是所有人员，除银元局总办周学熙外，还有洋务局、农务局、工艺局的三个会办，他们四个人都是候补道。还有天津知府凌福彭，他是考察日本监狱，行程较短，已经回津十几天，也在赴宴之列。

袁世凯一入席，第一句话就问道："这次赴日本，诸位观感如何？"

这一桌人中，周学熙与袁世凯关系最为亲密无间，所以率先回话："四个字概括：不虚此行。"

"对对，不虚此行。"其他人也都附和。

接下来还是周学熙简要向袁世凯报告考察行程。他们是三月初七从天津起程，十六日到达长崎港口。五月初三考察完毕登轮回国。算起来共历时六十五天，扣除往返途程，实际考察四十六天。这四十多天中，除在博览会上参观外，还先后参观考察日本的工矿企业、金融机构和学校共计四十四处。有时一天参观考察两三处，有的地方感觉意犹未尽，再做重复考察。他们还乘车到几百里的山中考察采矿业，除此之外还走访了东京《朝日新闻》和《每日新闻》，所以日程相当紧凑。

袁世凯听了之后叹问道："嘻，你们行程可真够紧张的。这番考察，收获想来必定丰硕，缉之你感受最深的是什么？"

"收获的确很大，我感受最深的是日本发展之快、国力之强真是出乎意料。日本幅员不过一百三十五万方里，然而其内港、外海商轮大小一千二百余艘，铁路纵横一万二千数百里,电报、德律风则无村、无市无之。其民生改善,教育发达,民智日增,一项善政,朝廷号令一发,全国响应,如鼓之有桴,斧之有柯,新政易行,收效之速,实在出乎想象。"

"日本国富民强,我是早有所闻,也听人分析过缘由,但总觉得隔靴搔痒。说起来日本明治维新比起大清的洋务运动还晚了好几年,为什么日本成为强国,而大清却差点被瓜分。你们如今亲自到过日本,所见所闻必有真知灼见,你倒说说看,日本这数十年迅速强盛,原因何在?"

这是考察团一路考察一路思考的问题,因此周学熙回道:"正如宫保所说,我也看过、听过一些关于日本明治维新何以速见成效的说法,真是众说纷纭。依我看,就是三大端:练兵、兴学、制造三事。练兵要靠国家之实力,这方面宫保最有体会,不必我多说。练兵要有饷,饷则来自工商实业,尤其是制造业。"

袁世凯又问道:"说到工商实业,李文忠、曾文正、张香帅也都孜孜埋头搞了数十年,为什么还是不如日本?"

"这也是我们考虑讨论最多的问题。家父追随李文忠公,在直隶搞洋务数十年,电报、轮船、矿山不谓无效,但多是官办,或者官督商办,民间自谋者少之又少。"

轮、电两局袁世凯刚以官办的借口收归掌握,他认为"官督商办"或他提出的"商股官办"也不失为有效办法,所以又问道:"商力微薄,官督商办宜于集众商之力,不是发展工商之一途?"

"官督商办的确是振兴工商之一途,但不能作为正途,振兴工商尤其制造业,更重要的是调动起绅商的积极性。官办是一枝独秀,商办才能众木成林。日本无论学校还是工厂,民间自谋者居多,十数年间增十倍不止。现全国男女,几无人不学,所需日用洋货,几乎都是本国所仿造,近年更是贩运到欧美,以争利权。"周学熙为人爽直,不屑于屈己献媚。

袁世凯叹了口气道:"兴工商、倡工艺也是朝廷新政,已经屡降明诏,可总是雷声大雨点小,应者寥寥,集股兴商,多是观望,只有上海、广州、汉口等地情形稍好,奈何?"

"我也在想,难道是日本之民天生开化,而大清之民天生顽固吗?其实不然。明治以前,日本民情之顽固甚于大清,而一旦幡然醒悟,庸夫俗子之心志陡然灵敏。何以有如此大的变化?就在于明治以来,日本致力于大开民智!大开民智之法,就是大办学校!"袁世凯在当山东巡抚时就大力提倡大办学校,而且以周学熙为总办开创了山东大学堂。到直隶后他也提倡办新式学堂,但效果却很有限,一方面办学经费不足,另一方面入学者并不踊跃,"宫保,学校不兴,根本就在于科举未废。科举一日不废,则学校一日不兴,学校一日不兴,则民智一日不开!"

"啊,你是要废科举!"袁世凯认为这一提议太过大胆。他对科举在制约人才方面的弊端深恶痛绝,他与张之洞等封疆大吏上奏要求变通,前年总算废除了八股,改试策论;今年春天,他又与张之洞联衔奏请递减科举中额,以达到逐渐废除科举的目的。这已经惹起了许多人的憎恨,如果真像周学熙所说,奏请废止科举,他必将成为众矢之的,"缉之,我和张香帅不一样,他是翰苑前辈,我却连秀才功名也没有。我奏请废科举,别人会说我是吃不到葡萄就说葡萄酸。何况朝廷将于今年开经济特科,也算是科举的改良和补救。"

周学熙责依然坚持己见道:"宫保,科举制度无论怎么改良,与新式教育毕竟两途。要大开民智,培育人才,非大兴新式教育不可。日本的新式教育是从幼儿就开始,小学、中学以至预科、大学,各个阶段学什么,都有系统的规划,所用教材也都是组织专门人员编写,以求循序渐进,逐次提高。科举制度靠的是私塾,是旧学,私塾先生如何能够教出新式人才?兴办新式学堂,朝廷三番五次下旨,可连教材都没有统一编制,如何真正有效地推行?如何培养新式人才?山东新式教育算是好的,可是山东也没有一套从小学到中学到大学的系统教材,新式教育是不是还是一句空话?所以,要兴新式教育,必须立即废止科举,朝廷应该调集专人研究推行新式学堂的切实办法,岂能只发几道上谕了事?"

"缉之,朝廷也有难处,因为不愿废科举的大有人在。别的不说,废了科举,翰林们放考差的机会就没有了,损失一笔可观的赞敬不说,更没有学生可收,将来连个奥援也没有,那翰林还有什么滋味?再说,废止科举,就意味着那些两榜出身的官员们已经落伍,你想,他们向来以正途自居,在我这样的异途出身的官员前何等趾高气扬?你突然要废科举,说科举培养不出人才来,他们岂能甘心?这些都是明摆着人人皆知的利害,废科举的话暂时不好说。不过,你说的调集专人研究推行新式学堂,倒是个不错的主意。朝廷我们且不去管,直隶不妨先做起来,比如可以先成立学校司,督办全省新式教育,督促各州县大办学堂。"袁世凯知道现在时机还不成熟,只能退而求其次。

"这样办教育必有成效,这也是各国通行的办法。除了办学校,要开民智,当务之急是先开官智。"周学熙认为州县是亲民官,他们是不是开化,对新政成败关系最大。但有些州县官吏，平日漫无见闻，甚至抵制兴办实业。往往有民间创一新业，官府抑制之，胥吏鱼肉之，"如果这些州县一如故我，推行新政难见成效，劝民兴办工商更无从谈起。宫保，我有个建议，州县官日后无论是实缺或补选，一律先赴日本学习考察三个月，有此经历方可委派。"

"赴日本考察看来确实是开阔眼界的良方，你这个建议很好，不妨写个条陈，我们议一下。"

袁世凯从善如流，周学熙大受鼓舞道："要开民智，官方要做示范。老百姓不喜空言说教，凡事他能看得见、摸得着才肯相信。我还有个提议，就是建立直隶工艺总局，作为振兴工业的总机关。"直隶已经成立了工艺局，但主要召集流民从事简单手工业，着眼于安置流亡，与大兴工商目标相去甚远，"直隶工艺总局，要在工艺局的基础上大力拓展。一是考求直隶全省土产，及进口所销的洋货，凡是可以仿造的，大力提倡仿造，而且要学习日本的做法，对成效卓著者发给奖牌，予以鼓励。可以设立考工厂——或称商品陈列所，精选直隶自产的商品，或者从外洋进口的货物予以陈列，便于绅商参观、研习。二是设立官厂，为民示范，比如机器纺织、缝纫、造胰、牙粉、玻璃、印刷等都应当购置机器建厂生产，供绅商仿行。官办工厂不在于盈利，而在于传授技术，开风气之先。三是大办工业学堂，开始先办初等，而后再办高等学堂，培养技术人才。学堂要与官工厂互为依托，学生在学堂学到新知识，就到工厂中去实习；工厂遇到的难题，又可请学堂师生予以设法解决。"

"缉之，这些想法你都写到条陈中。"袁世凯边听边点头。

"宫保，我还有个想法，将来要派工业学堂的学生，或者洋人教师，带着机器、产品到各州县、乡村演示、宣教。如今时势不同了，百姓靠农业根本不能致富，国家单靠农业也不能求强。遍观世界强国，无一不是工业兴、商业强，靠工业制造产品，然后靠商业行销各地，聚他国财富于一国，这是如今的强国之道。所以，不但要鼓动城里的商人要把股金投入制造，还要让乡下的土财主也把财富投入制造。如果直隶无分城乡，处处机器轰鸣，那时候直隶一定强于天下！那时候上海也要望尘莫及！"

这话袁世凯最愿听，满脸笑意。但农务局总办黄璟不高兴了，便插话道："缉之，你这话我不敢苟同。民以食为天，十之八九的百姓靠种田吃饭，岂有不重视农业的道理？"

周学熙连忙拱手道："玉山，你误会了。我的意思不是农业不重要，是工业更要振兴。"

黄璟也有话说道:"农业也要振兴。宫保,我这次参观也颇有些想法。"

阮忠枢看看菜要凉,而众人谈兴正浓,就笑道:"各位有什么好想法,写好条陈呈给宫保就是。菜也凉了,咱们边吃边谈如何?"

袁世凯摇摇手道:"斗瞻,不急,让大家说。错过了这个机会,大家也许就没这么高的兴致了,好主意都是在兴致高的时候才想到的。富国裕民之道,农、工、商三者,相为表里。玉山说得不错,民以食为天嘛。我不能只为工而丢了农,玉山,说说你的想法。"

于是黄璟讲他的建议,他要建农事实验场,推广新技术,引种新作物,当前最应当引进的就是长纤维棉花;他还想编农报,翻译农书,利用乡集的机会,派人演说劝农,发放传单……

等大家说完感受时,菜真的凉透了。袁世凯却很高兴,说道:"果然是不虚此行。斗瞻,让他们把菜热热,咱们边吃边谈。"

周学熙行动很快,几天后就呈上了创办直隶工艺总局的条陈。这个条陈除了说明创办的缘由外,先办哪几件事情也都列出了具体计划。袁世凯认为条陈可行,而且希望尽快行动起来,只是有些问题条陈不可能穷尽,必须面谈才能得其要领,因此把周学熙叫来,两人做一次长谈。

袁世凯开门见山道:"缉之,看了你们的条陈,这些天我一直在想,农工商三者,到底是什么关系?我以为,农、工是商业的根本,商业要发达,必须依赖农业之物产,工艺之制造。而农业与工艺关系又极密切,外洋农产品加工非常细致,价格因之翻倍,可见将来农业要大见成效,也离不开工艺制造。再看外洋进口的物品,大到轮船、机车,小到钟表、日杂,无一不是靠工艺制造。所以工业制造发达,才能与人商战。欧、美、日以商战立国,基础则是工业精益求精。大办工业还有一个好处,这些年兵燹而加天灾,元气大伤,民生困敝,流民日多。流民得不到安置,便是一大乱源,欲求治安而不得。如果工业大兴,制造繁荣,便可为流民谋一养家糊口之途,所以又是安抚流民的治本之策。总而言之,我以为农、工、商三者,工为根本,最为紧要。"

周学熙闻言赞道:"宫保所想真正是高屋建瓴,我只就工业论工业,的确没有宫保想得深远。"

"你也不必恭维我,我是在你条陈的基础上做此感想。总而言之一句话,我希望直隶工艺总局尽快成立,直隶工艺制造尽快见到成效。要办成这件事,为首之人不但眼界要开阔,而且办事要扎实。我想让你来总办工艺总局,银元局那边已经步入轨道,工艺总局这边就多偏劳,如何?"

"欲兴工艺,非设专局不能收效。既然我向宫保提出建议,当然没有推辞的道理。"

接下来,就谈当前急需破题的具体事项。周学熙认为,要振兴实业,发展工商经济,需要大量的专业人才,非科举所能培养,于是建议道:"学堂为人才根本,工艺为民生之计,工艺非学不兴,学非工艺不显,发展工艺必先兴教育。如今是商战之天下,而商战的背后则是学战,每办一事必设一学,兴学为振兴工商业之基。"周学熙建议立即开始筹建高等工艺学堂,招收十五岁以上,资质聪颖、身体健壮且学习英文二三年者入学,"工艺之学以理化为基础,大清物产地质胜于泰西各国,而制造却大为逊色,主要就是不知化学工艺之法。所以,高等工业学堂课程设置上,以理化为主,参照日本高等学堂的课程,至少包括英文、算学、汉学、物理学、矿物学、制造学、机器学等科目。可胜任教学的人才,大清最为缺乏,必须不惜重金、高价聘请英人、日人技术专家,不论其出身、资格,只重真才实学。"

袁世凯点头道:"将来洋员的聘任,由你具体安排人操办。"

周学熙认为培植工艺人才,必须注重讲授理法,继以实验,有实际操作能力,因此道:"办学不能纸上谈兵,必须工学并举,在创办学堂的同时,要创建实习工场,募中外各专门技匠,招收工徒,实地练习。这样实习工场与工艺学堂联络一气,两相促进。"

袁世凯对这个建议也很赞同。

"这两条是针对培养人才而言,而要大兴工艺,更要开导全省绅民勃兴工业思想,建立考工厂也是当务之急。"周学熙认为,考工厂在搜集陈列本省土产、外省货物及外国制品的同时,应附设工商研究所,研究新法,仿制洋货;还要附设工商演说会,每月举行两次演说;为了开通民智,将来还要举办劝工展览会。对有志兴办工业的绅商,官银号要给予资金扶持,同时还要在税厘上给予减免,"宫保,如果按这些办法扎实推行,三五年内,直隶工业必有可观。"

"缉之,咱们立个君子协定,你的计划我全力支持,所需开办经费从银元局盈利项下提取。我的要求是,直隶工艺总局今年内必须小有所成,三年内直隶工业必须有所改观,五年必须大见成效。这个军令状,敢不敢立?"

"开弓没有回头箭,我就与宫保立军令状!"周学熙找纸笔真立军令状。

"缉之，我们是君子协定，不必见诸笔墨。我不过是激将，希望你能理解我大办工业的迫切心情。"

"宫保放心，我必竭尽所能，鞠躬尽瘁。"

谈完了直隶工艺局，袁世凯又问道："缉之，你说科举培养不出新式人才，此议颇中时弊。北洋将来延揽人才，必须着眼一个新字。朝廷马上要开经济特科，想来里面会有不凡之辈。我想从中寻几匹千里马，原来打算托你去办这件事，你忙于工艺局，就不能再耽误你的时间。这件事交谁办合适？"

"交给菊翁好了。他就在京城，又是翰林前辈，他出面为北洋延揽人才，再便当不过。"周学熙说的菊翁，就是兼管北洋京郊驻军营务处的国子监司业徐世昌。

"我也是这么打算。我想把前面两三名都挖过来，怎么样？"

"哦，宫保是这样一副雄心，那就得让菊翁着实下番功夫。薪俸要优厚自不必说，更要有一番打动人家的说辞。听说湖北张香帅也在打这批人的主意，他又是特科主考，近水楼台，比我们更便当。"

袁世凯笑了笑道："那就更要把人挖过来了！要和这位翰苑前辈争人才，看来要好事多磨了。"

"如果宫保还不放心，可以请另一个人出山，有他和菊公做说客，把握则十有八九。"

"咦，还有这样一个能人？"袁世凯问，"缉之所说是何人？"

"他姓严名修，字范孙，号梦扶。他祖籍是浙江，不过他本人出生在天津，要说他的科甲仕途真是一帆风顺，二十四岁就中进士、点翰林，甲午年后就任贵州学政。但他对科举取士很不以为然，到了贵州并不让学子们孜孜于旧学、八股，而是自掏腰包设官书局，购置大量西学书籍，在考试中还要考西学，他本人亲自执教数学。"

"哦，这位严范孙，还真不是凡人。"

"在学政任上第二年，他就上书皇上，建议改革科举，录用在政治、经济、外交、算学、格致、制造等方面有专长的经世致用人才，并提议设立经济专科取士。说起来今天的经济特科，创始人就是严范孙。"

袁世凯仰脸望着天棚，显然是在想事情。周学熙便住嘴，让他静心想。过了一会儿，袁世凯平静地说道："缉之，我想起来了，这位严范孙，当年我在小站练兵时，菊人领他来见过我。好像他们是同年进士。"

周学熙惊道："对啊，他们是同年。人都说宫保阅人有过目不忘的本领，今天我算是领教了。七八年前一面之交，宫保竟然还能想得起来。"

"如今他在哪里高就？好像没在官场上听说过他。"

"他如今远离官场，在家办私塾呢。他因为提议设特科取士，又对科举不以为然，翰林院的同事们颇疏远他。戊戌年变法失败后，有人要把他列为康党，他见机不好，就辞官回天津办起家塾来。"

严修家族是盐商世家，家境富足，自然不必为生计犯愁，一门心思把家塾当成他教育改革的实验地。一个崇尚西学的人，所办家塾当然与普通家塾不同，课程有英文、数学、理化等。上半天读经书，下半天读洋书，不但如此，每周还有两个半天或者带着学生骑脚踏车，或者跳高、跳远，还踢足球，真是让天津人大开眼界。开始只有他的子侄五六人，后来亲戚邻居的孩子都争相入塾，已经颇具规模。

"他所请的先生叫张寿春，字伯苓，是北洋水师学堂出身，在北洋舰队时正赶上甲午海战。日本人占据威海不还，后来英国人又强租威海卫，当初去办理接收和转让手续的随员中就有张伯苓。船到威海卫的头一天，降下日本的太阳旗，升起大清的黄龙旗。第二天，又降下大清的黄龙旗，升起英国的米字旗。两日之间，国帜三易，张伯苓大受刺激，回来就退役，在天津靠教家塾糊口。张伯苓与严范孙一样，都认为科举不出人才，非痛加改革不可，所以两个人把家塾当成了新式教育的实验场，真正是乐此不疲。"

袁世凯感叹道："依我看，这两个人还真是了不起。缉之，你与范孙熟不熟，你替我传话给他，我想在直隶大办新式教育，准备成立学校司，想让他来当总办，他肯不肯出山？"

"我与他只能算认识，我试一下，若不成，再请菊公出山。"

过了几天，周学熙回话道："宫保，我是请不动严范孙的大驾。"

"他怎么说？"

"他说自己对新式教育还是半瓶子醋，不敢出来献丑。"

袁世凯又问道："他是不是有翰林清流的毛病，看不上我这异途的总督？"

"绝然不是。范孙为人十分谦和中厚，有人评价他，如一罐高汤，清而有味，不是那种拈酸拿醋的酸文人。"

"难道要请菊人兄出面？"

当时，袁世凯最为宠信的段芝贵也在座，便道："何必舍近求远？要让严范孙出山，找王益孙好了。"

段芝贵是安徽合肥人，李鸿章的小老乡，给李鸿章当过书童，人很机灵，很受李鸿章喜欢。后来北洋武备学堂创立，李鸿章就派他入学。他学习不太上心，正经的军事本领没学到多少，却有一样长处，极善于处理各种关系，而且乐此不疲。段芝贵的父亲是淮军军官，与袁世凯相识，于是把段芝贵送到小站新军中。袁世凯用其所长，让他做了督操营务处提调，其实并不到督操营务处公干，一直待在袁世凯身边负责接待客人。袁世凯当了山东巡抚，段芝贵就出任文巡捕，所有文武官员要见袁世凯都要经他安排，结果井井有条，众口称赞。如今他本职是天津北段巡警总办，但依然很少去巡警局，还是在袁世凯身边。

袁世凯听了望着他说道："香岩，你可别信口雌黄，缉之没有请动严先生的大驾，你怎么视事如此之易？"

段芝贵对周学熙拱手说道："周观察，您别怪我多嘴。严范孙是盐商世家，与同是盐商世家的王益孙观察是世交，王家的家塾也学严家的样子，听说严、王的家塾要合为一塾，照着日本学校的样子来办。两家既然是这种关系，由王益孙出面是不是更容易？"

周学熙赞同道："对，王益孙出面成与不成不好说，但肯定能摸到实底。"

王益孙大名王锡瑛，是有名的盐商，捐了个道台，因此段芝贵称他王观察。王锡瑛与严修是世交，要他出面相劝，严修起码不会给句客套话敷衍。而段芝贵与天津的三教九流都有交往，与王锡瑛这样的富商更是酒食征逐，熟到同嫖共赌的程度。

袁世凯笑道："香岩，这件事交给你了。办不妥，看我怎么收拾你。"

段芝贵蛮有把握地回道："宫保放心好了，我让严范孙亲自登门来见。"

段芝贵果然没有食言，三天后，严修亲自登门来见袁世凯，一身布衣，恬淡从容，果然不凡。一见面，袁世凯就高兴道："听说范翁在办新式家塾，极其仰慕，今日总算能向范翁面教了。"

"大帅真是谬赞，都是外人轰传，我不过是在家里闹着玩而已。"

袁世凯认真地向严修说他大办新式教育的设想，包括将来从小学到大学堂的教材，都希望托给严修来编纂。严修被打动了，办新式教育是他多年的愿望，但没有遇到肯实心办理的督抚。如今袁世凯如此诚恳且决心极大，他岂能不动心，回道："我去年带着犬子去了一趟日本，回来后才开始参照日本的教材推行新式教育，好些问题我也没把握，所以实在不是推辞，的确是需要时间。"

以袁世凯对严修的了解，这话是实情，而不是推托，便问道："范翁要多少时间？半年够不够？"

"半年实在没有把握，如果能再去日本一趟最好。"

"我答应范翁，你什么时候需要去，去考察多长时间，都随你的意，由北洋公费好了。但范翁要给我一句准话，何时能出任直隶学校司？"

严修见状没有退路了，只好答应道："半年后如何？半年后先成立学校司，步入正轨后，我立即去日本做一番考察，回来后对直隶的新式教育拿出个像样的计划。"

袁世凯一拍桌子道："好，我与范翁一言为定。"

此事确定下来，袁世凯谈经济特科的事："范翁，经济特科马上就要开试了，其中必有新学翘楚，我想从中挖几个人才，届时请你去京里一趟，和徐菊人一起给我挖几个过来。"

经济特科是严修创议，但好事多磨，因为戊戌政变，正准备举办的特科取消，而且成了严修的一条罪名，险些因此受牢狱之灾，庆幸的是政变后在荣禄的建议下并未大肆株连，这才躲过一劫。经过八国联军入侵，朝廷痛定思痛，决定推行新政，经济特科才得以恢复。严修自然很想去一观盛举，所以对帮袁世凯挖人才的安排很爽快地答应下来。袁世凯把段芝贵叫进来吩咐道："香岩，你安排一下，开特科前侍候范翁去京城，就住在北洋公所。"

段芝贵响亮地应一声："是，宫保放心好了，一定让范翁满意。"

经济特科在保和殿举行的时候，正是一年最热的时候。面阔九间、进深五间的保和殿本来相当宽敞，无奈一百八十余考生再加监场，近两百人挤在殿内，便显得拥挤和闷热。好在特科考试只考两场，每场只需一天。正场考罢，阅卷三天，第五天奉谕公布结果，拟定一等四十八名，二等七十九名，准予复试。

应试经济特科的，当然西学为优。这就为京中士林所侧目，发榜后谣言四起，最有力的攻击就是说他们多系康党。这些谣言自然会传进大内，或者说有人就是要让这些谣传传进太后的耳中。果然，慈禧问瞿鸿禨道："外间传言特科品流庞杂，心术不端，你听说过吗？"

瞿鸿禨当然看不惯以学西幸进之辈，便回道："第一名梁士诒是广东人，梁启超的弟弟，其名末字与康有为相同，梁头康尾，其人可知。"

康有为原名康祖诒，两人名字最后一字相同，所以瞿鸿禨污蔑梁士诒是梁头康尾。慈禧对康梁恨之入骨，因此对特科应试者印象大坏，怒道："这还了得，朝廷取士,是为国储材,怎么能为奸佞之辈开幸进之门?"她迁怒于主考,结果八名主考被撤换了四人。

消息传出,就变成了考得好的都有康梁之嫌。第一名梁士诒虽非梁启超之弟,却是梁启超的同学,且二人同一年中举,因此好友都为他担心,劝他赶快离京避祸。他却回道:"我既非梁任公之弟,名字也与康南海不同,何来康党之说?事之真伪不久自白。我既不离京,也绝不再参加复试,以免累及他人。"

第二名湖南人杨度,在谭嗣同、梁启超办的长沙时务学堂里听过课,从此对新学大感兴趣,而且在策论中大谈新政,对朝廷保守敷衍多有批评,结果吓得连复试也不敢参加,匆匆离京避祸。

第二场复试,一等只取九人,二等只取十八人,被淘汰者百余人,即便录用的授职也很勉强。

复试的第一名,本来应该是江苏吴县人张一麐,他在论财政问题时引用亚当·斯密的《国富论》,受到主考张之洞的欣赏,将其列为第一名。但启封后发现只是一名举人,因此把一名翰林置为第一,让他屈居第二。张之洞的打算是将他分发湖北任职,张一麐虽不满意,但没有更好的去处,而且也不好辜负张之洞的赏识,勉强同意,只等分发。

徐世昌与严修肩负为袁世凯挖人才的重任,认为第一名虽为翰林,要论新学远不及第二名张一麐,因此两人连夜登门拜访。

徐世昌一见面就道:"如今两位封疆大吏都向老兄伸出橄榄枝,不过到底谁更适合老兄,且听我一言。南皮是翰苑前辈,清流领袖,多年出任封疆,资望无人望其项背。正因如此,保荐人才,极其严格。考其所荐人才,至今最崇者不过是道府而已。香帅,性骄好谀,士人登门求见者,有去七八次不得接见者;或引到花厅等候,一等数小时见不着面者;或虽见面,谈不及数语,即哈欠连连,端茶送客。因此真正君子望风远避,平时赏拔者仅是一二浮华浅露之辈。而袁宫保用人,则不论资格,不拘出身,不分畛域,不限流品,上自翰林进士,下至贩夫走卒,三教九流,五湖四海,唯才是举。比如杨氏两兄弟,老四一年前不过是个通永道,如今已是直隶布政使,换上了红顶子;老五也当上了电政驻沪会办大员。"

杨士骧当上直隶布政使,是最近的事情。因为陵差有功,慈禧下旨说"此次祗谒西陵,乘坐轮车,盛宣怀备办一切,甚属周妥,着交部从优议叙。直隶按察使杨士骧、盐运使汪瑞高,办理差务,诸臻妥洽,着以应升之缺升用,以示奖励"。很快江西布政使出缺，经袁世凯筹划，先是杨士骧得以实授江西布政使，然后以杨士骧熟悉直隶情形为由，与直隶布政使周浩对调。

经徐世昌这番鼓动，张一麔已经犹豫，严修则趁热打铁道："别人不说，以我为例。我不过是在津避祸之人，与宫保真可是素昧平生，因为办新式家塾多少有点名堂，宫保两次派人登门，让我出任直隶学校司总办，督办全省新式教育和学校。张香帅当然也爱才，以老兄的文采和见识，本来把老兄置于第一名，后来拆封发现老兄是举人功名，因此让贤给翰林。可见香帅重视科名胜过真才实学。去湖北还是留在直隶，孰优孰劣，何去何从，一目了然。"

"只是我想留直隶，恐怕也由不得我。"这下张一麔完全被打动了。

徐世昌打包票道："这就不必老兄费心了，一切包在我身上。"

拿下了张一麔，徐世昌和严修都很高兴，回到住处全无睡意，商议应该把初试的第一名梁士诒也挖到北洋。徐世昌想了想道："梁翼夫是广东人，与唐少川必定熟悉。让唐少川出面，必定手到擒来。"

于是当晚给唐绍仪发电报，让他亲自来一趟。第二天唐绍仪就来了，两人都是广东老乡，叽里呱啦一通，梁士诒就答应出任北洋编书局总办。

"这是临时的差使，将来必有大用。"唐绍仪把袁世凯原话告诉梁士诒。

唐绍仪、严修带着梁士诒、张一麔到天津拜见袁世凯。经济特科事实上的两个第一名都被网罗到帐下，袁世凯十分满意，大张宴席，盛情相迎道："或许有人以为我大张旗鼓招贤纳士是沽名钓誉之举，其实我真不是为了这种虚名。如今从朝廷到地方，最重要的就是推行新政，而推行新政，必待有新学新知之人。埋头于八股之辈，对新政口是心非，只有热衷新学、热衷西学的才俊，如你们——"袁世凯指指梁士诒、张一麔、严修，"只有像你们这样的才俊才有能力推行新政，也只有借力诸位，新政才能有效验。直隶各项新政真是如火如荼，诸位前来相助，我北洋真是如虎添翼。"

三人都离座拱手，表示愿意效力，同时谦虚一番。

"有个词叫除旧布新。除旧不易，阻力太大。布新则天地广阔，大有可为。我有个体会，一个有本事、有眼光的人，不应该恋旧守旧，更不能贪恋旧框框中的名利，而应该去办新政新事，那里戏台更大，机会更多。"

在北洋的确如此，袁世凯面前的红人，无一不是办理新政之辈。梁士诒、张一麔、严修这些人已经被士林视为叛徒，立足都难，更不用说求发达。听袁世凯一席谈，他的见识的确非自命清高、顽固守旧者所能比，投到他们门下真是明智之选。

袁世凯对梁士诒道："翼夫，你是翰林出身，又在国史馆编过书，北洋成立编书局，大凡农工商及警政、学校等所需书籍，都由你那里统筹编印。你是广东人，得风气之先，和少川又是老熟人，少川那边的洋务外交事情颇繁杂，你给他搭把手。我的总督衙门里有你办公的地方，海关那边也给你留个办公的地方，你根据需要来去自由，绝不以点卯这样的俗务来烦你。"

袁世凯又叫着张一麐的字道："仲仁，听说你文笔极好，就委屈你到文案上。我文案中的西席，缺你这样满腹西学的人。你到文案上只润色文字，不必亲自操刀，将来新政，都要参赞。"

作陪的阮忠枢听了笑道："仲仁来了就好，我将来可以偷懒了。"

袁世凯也一笑说道："你们都偷不了懒。振贝子从日本回来后，奏请尽快成立商部，可是有人主张先修完《商律》再成立商部。《商律》内容所涉极广，哪能是三五月能修完？这是有意阻挠罢了。振贝子正在主持修订《商律》，我给他提了个建议，不妨多参酌外洋商律，尤其是多参照《日本商法典》，先拿出个章程来，堵上某些人的嘴，将来再据实修订就是。振贝子很以为然，让北洋帮忙。这事少川多费心，文字斟酌仲仁多劳神。"

文字的事当然不必袁世凯劳神，但商部官员的组成他不能不上心。从前六部设置是设满汉尚书各一员，左右侍郎满汉各一员，一共是六员堂官。但自从两宫回銮后，有意加强满人的势力，新设部不再设满汉尚书，名义上是破除满汉界限，实际上减少了汉人出任堂官的机会。新设商部也是如此，拟设立尚书一员，左右侍郎各一人，侍郎之下又设左、右丞，左、右参议各一人，这七人是商部的首脑。下面又设保惠司、平均司、通艺司、会计司及司务厅，这四司一厅负责具体的业务。其具体业务则并不仅限于商务，是农工商皆隶其中。如平均司专司开垦农务、蚕桑、山利、水利、树艺、畜牧等生植事宜；通艺司则专司工艺、机器制造、铁路、街道、行轮、设电、开采矿务、聘请矿师、招工等事宜；会计司则专司税务、银行、货币、各种赛会、禁令、会审词讼、考取律师、校正权、度、衡等事宜。商部可以说统揽工农商利权，这样一个部，袁世凯当然要设法安置自己的人。

尚书当然是载振，而左右侍郎，一个必定属于唐文治，他多次出国考察，深受奕劻和载振父子的赏识；顺天府尹陈璧任过多年御史，以正直敢言闻名，出任顺天府尹后，在新式教育和实业等新政上大有作为，先后创办京师工艺局、顺天中学堂、金台校士馆及五城中学,各项新政风生水起。陈璧既能干事又会来事,对奕劻父子很巴结,与袁世凯关系不错,正在谋取侍郎一职。

袁世凯要为徐世昌从商部七首脑中谋取左右丞之一。左右丞是正三品,如今徐世昌才是正六品的国子监司业,所差非细。不过,在两宫西狩的时候,他随驾西行,慈禧对这些官员都是另眼相看。而且徐世昌兼任北洋新军留京各营营务憩,按北洋新军的军制,相当于三品官员,谋取商部左右丞中一职,也并非不可能。

功到自然成。到了阴历七月初,朝廷下旨成立商部,载振任尚书,伍廷芳、陈璧任左右侍郎,徐世昌、唐文治任左右丞,绍昌、王清穆任左右参议。其他司员则主要从内阁、六部司官中选调或升调。

徐世昌新官上任就给袁世凯来信,一是商部开办经费紧缺,希望北洋暂借十万两。袁世凯知道这其实是载振的意思,因此立即安排杨士骧设法解决。第二件是商部已经与美国达成商务续约,开放沈阳、大东沟为商埠。俄国非常不满,听说正在与日本秘密交涉,想联合日本向大清施压。日本到底是什么态度?请袁世凯设法打探。

日本在京中设有驻华使馆,向他们打听不是更方便?其实不然。驻华使馆是代表日本政府,说话表态当然十分谨慎;而袁世凯幕府中有许多日本人,私下里向他们打探情况,彼此说话更方便大胆,反而更容易得到真实情报。当年李鸿章坐镇北洋,外交的事总是交给他先办理,原因就在这里。

中、日、俄以及朝鲜之间,关系像乱麻一样,错综复杂。甲午一战,大清的藩属国朝鲜成为日本的势力范围,但朝鲜并不甘为日人傀儡,因此又引强俄为援,朝俄签订密约,朝鲜发生重大事件时,俄国将提供军事援助,而作为回报,俄国取得训练朝鲜新军以及管理财政和海关税的权利。日本当然不甘靠流血换来的成果让俄国人轻易攫取,因此对俄国恨之入骨。

俄国人不但染指朝鲜,对中国东北更深怀野心。他们借甲午战后中国人憎恨日本的机会,诱使清廷签订了《御敌互相援助条约》,也就是《中俄密约》,如果遇到日本侵略俄国或者中国,"两国约明,应将所有水、陆各军,届时所能调遣者,尽行派出,互相援助,至军火、粮食,亦尽力互相接济"。为了便于运兵,"中国允于中国黑龙江、吉林地方接造铁路,以达海参崴"。这条铁路名称为大清东省铁路,简称东清铁路。当时俄国正在修建从莫斯科横跨西伯利亚至海参崴的西伯利亚大铁路。东清铁路与之相连后,莫斯科到海参崴的路程要大为缩短,更可以南下旅顺、大连,将满洲有效地控制在手。俄国财政大臣在报告中说,东清铁路修通,"将使俄国在任何时间、在最短路线上把自己的军事力量运到海参崴及集中于满洲、黄海海岸及离中国首都的近距离处,从而大大增加俄国不仅在中国而且在运东的威信和影响"。清廷的如意算盘是以此密约抵挡日本向东北扩张;俄国的如意算盘是借机盘踞经营满洲。只是中国的如意算盘很快落空,俄国人与德国勾结,德国占据胶州湾,而俄国强租旅顺、大连,引发了列国瓜分中国的狂潮。到了 1900 年义和团"扶清灭洋"后,俄国人又以黑龙江等地发生烧教堂、杀教民事件为由,出兵十余万人,从满洲里、黑河、伯力、珲春和旅大分五路进犯。俄国的势力迅速深入中国东北全境, 除了获得极大的经济利益外,取得了护路权、路区的警政大权以及林矿采伐权等。《辛丑条约》签订后,各国陆续撤兵,而俄国人则赖在满洲。美国、英国和日本都不愿俄国独吞中国东北,因此联合向俄国施压,尤其是日本已经和英国秘密结盟,对俄国十分强硬。俄国为了表示没有独占东北的意思,经过一年多的谈判,1902 年 4 月被迫与清政府订立《中俄交收东三省条约》,宣布在十八个月之内分三期从中国东北撤出全部军队。

但条约签订不久,形势起了变化。俄国在欧洲不但与法国结盟,而且德皇威廉二世也表示愿意支持俄国对付日本, 并答应在欧洲为俄国防守后方。俄国在欧洲没了后顾之忧,态度重新强硬起来,向大清提出了保障俄国权益的七条要求,其核心还是独占东北,并且在旅顺成立了远东总督府,俨然把东北当成了俄国的领土。清廷当然无力拒绝,于是采用当年李鸿章惯用的"以夷制夷"的外交策略,把俄国的七条要求透露给美、日、英,并与美国达成开放沈阳、大东沟的协议,目的是借力美国阻挠俄国独霸东北。

日本觊觎东北已久,当然不愿俄国独占,希望通过与俄国谈判在东北分得一杯羹。日本人提出的条件是,俄国承认朝鲜归日本,日本则承认满洲铁路归俄国。或者双方承认彼此在朝鲜和满洲具有对等的"优越势力"。俄国人当然不愿日本人来分享东北,答复日本的条件是"互相尊重朝鲜独立与主权,日本承认满洲在其利益范围之外"。俄国的意思就是,朝鲜咱们谁也别动,至于满洲,日本不要做任何妄想。这个答复太不把日本人放在眼里了。俄国太小看日本,照旧我行我素,半个月前本来是第二期撤兵的日子,非但不撤,第一期撤走的兵反而又运了回来,并拘禁了盛京将军,并明确向日本表示,俄国只同日本谈朝鲜问题,满洲是俄国的独家利益。清廷知道俄日之间在暗中角力,也在秘密谈判,但到底是什么情况一无所知,所以这才委托袁世凯设法打听。

这对袁世凯来说并非难事,他幕府中不缺日本人,所办的新政无论巡警、农工商还是新式教育,都聘请日本顾问或教员,尤其是军队中,帮助训练的日本军官更多。这些日本人都十分尽心,真正是兢兢业业。袁世凯知道这些日本人必定有人负有特殊使命,接近他、帮助他、讨好他,当然是为了日本的利益做铺垫。不过袁世凯以为,他们可以利用我,我何尝不能利用他们?所以与这些日本人关系处得很不错。

像今天这种事情,只能向军方打听最方便。他的北洋军中有个叫立花小五郎的日本中佐,帮助翻译各种章程,赞襄兵学,袁世凯打算奏请赏给宝星,正好可以找他来谈。日本驻华使馆武官重尾太郎正好也在天津,他与立花小五郎关系密切,因此也一起来拜访袁世凯。

袁世凯先说明打算为立花小五郎请宝星的事,小五郎表示谢意,并表示这是他职责所在。然后是"闲谈",由各国军事谈到俄国在满洲所为,谈到日俄关系。袁世凯原本以为要费一番口舌,没想到得来全不费工夫。

立花小五郎大发牢骚道:"俄国欺人太甚,久居满洲不还,最近又设立远东总督府,其狼子野心昭然若揭。我国必不答应俄国为所欲为。"

袁世凯摇头叹息道:"不答应又能如何,我为鱼肉,人为刀俎。"

立花小五郎又道:"我国已经向俄国提出了友好的劝告,但俄国十分傲慢无礼,我国的耐心已经耗尽,无论民间还是军方,为了中日友好,不惜与俄国一战。尤其军方,用中国话说,一忍再忍,已经是忍无可忍。"

"日俄都是大清的邻邦,大清有句古语,池门失火,殃及池鱼。大清愿日俄还是坐下来谈,不要诉诸武力。"袁世凯当然不会相信日本是为了中国。

这时,重尾太郎接话道:"日本当然愿意与俄国人谈,但要谈得下去才行。俄国人根本没有谈判的诚意。如今,我国朝野都下定了与俄国一战的决心,只待天皇召开御前会议。"

袁世凯闻言道:"日俄如果不幸发生战事,请不要在大清领土上交战。大清屡经战乱,实在经不起战火复燃。"

立花小五郎摇摇头道:"日本当然想如中堂所愿,但俄国人的军事根据地在贵国的旅顺、大连,若交战势必要在旅、大决战。日本是为中国出头,希望中国到时候能够站到日本一边,帮助日本战胜俄国。若中国肯助战,届时日本将旅、大之地完璧归赵。"

"俄国也可以说是为大清出头,也可以要求大清站在他们一边,他们也许会说,帮助俄国战胜日本,俄国将会把朝鲜、台湾都完璧归赵。"朝鲜和台湾都是甲午一战后日本从中国手中掠夺而去。袁世凯这样说是提醒日本人,老老实实说话,不要拿他当三岁孩子糊弄。

"台湾和朝鲜的情况,与俄国人强占满洲不同,宫保比谁都清楚。"立花小五郎又道,"如今的形势,就好比进行一番巨额的赌博,中国如果肯押宝到日本这边,必有厚利回报。"

"俄、日都是大清的邻邦,大清不愿失去任何一方的友谊。俄国毕竟是大国,实力岂能小视?"肯不肯站到日本一边,袁世凯不敢乱答应,而且这也不是他能答应下来的。

重尾太郎笑道:"稻田里的草人,徒有其表罢了!日俄若战,日本必胜,这一点请宫保务必看清。"

袁世凯语气平淡道:"贵国发展迅速我当然了解,但俄国毕竟是大国,其常备军一百余万,后备军近四百万,而贵国总兵力只有二三十万,可动员的后备兵不会超过两百万吧?"

立花小五郎分析道:"宫保说得有道理,但俄国的军队大部分布置在欧洲,在满洲不到十万人,与日本比优势何在?而且,日本是新生的帝国,朝气勃发,哪能是奄奄一息的俄国所能比?"

重尾太郎也附和道:"宫保也许不知道,俄国国内革命党闹得也很厉害,就是打起仗来,也恐怕无暇东顾。"

两人向袁世凯分析日本必胜的理由,几乎把他说服了。最后袁世凯表示,将尽快将这一新情况向朝廷奏报。

打发走两个日本人,袁世凯将自己关在签押房,不允任何人打扰。日俄将有一战的消息让他喜忧参半。忧好理解,因为日俄在中国开战,旅顺、大连将成主战场,与直隶近在咫尺,万一战事扩大,扰及直隶,直隶总督职责所在,如何应付?他手里的兵不足三万,能调动的也不过万把人,偌大的直隶如何布防?

至于喜,则是他在半年前就建议设立的练兵处可借此机会成立。而练兵处一旦成立,他则借机操控,加快北洋扩军步伐。北洋军力渐充,自己地位稳固不说,就是日俄开战,大清尚有自保的本钱,否则只能眼睁睁任人在大清土地上枪来炮往。

要说动朝廷同意设立练兵处,首先要说服奕劻。奕劻不是荣禄,要说服他并不难。仅说服奕劻还不够，还必须能够说服慈禧。这就必须进京面谈才行，函电往来没法说透，反而误事。于是袁世凯给军机处和外务部同时发电，报告日本人透露的情况，同时给奕劻发份密电，请设法让他进京。

奕劻正为俄国的事闹得焦头烂额。本来双方达成撤兵的协议，而且俄国遵约完成第一期撤兵，皆大欢喜，尤其是内务府制造舆论，要在明年慈禧七十大寿"好好地热闹一番"，突然俄国人不撤兵了，而且日俄又可能开战，慈禧十分扫兴，也非常担心。到底该怎么应对，奕劻实在疲于应付，他正巴不得袁世凯进京商议。从前恭、醇两王主政，遇事也是与坐镇北洋的李鸿章商议，他不过是萧规曹随。

袁世凯奉命进京，先递请安折，因为并非奉旨请训，太后皇上是否召见也未可知，因此不妨先拜访权要。首先要拜访的当然是奕劻，或者说，他要拜访的只有奕劻。亲王之尊，不赴大臣宴筵，但可以留大臣在府上用饭。所以奕劻传话给袁世凯，下午去他府上并用晚饭。

袁世凯在北洋公所睡过午觉，醒来时已快三时，稍作收拾驱车前往西城定阜大街北的庆王府。因为事涉机密，两人在书房密议。

一见面，奕劻就一脸愁容道："真是亘古未有的奇闻，两国竟然要在大清国的土地上开战，而主人却无力阻止。"

"总是力势太弱的缘故，如果国富兵强，谁敢如此放肆。"袁世凯也是无可奈何，"唯一的办法，就是有足够的兵力，陈兵山海关外，任何一方都不敢对京师有所觊觎。但现在最大的问题是兵力不足，如果要足敷分布，至少要新练六万人。"

"六万人，那一年的粮饷总要六七百万两。这不现实，何来六七百万两？"奕劻摇了摇头。

"王爷，国要自强，首先要兵强才谈得到其他。扩练新军，是宜早不宜迟。朝廷屡下谕旨练兵，可是至今效果了了，问题出在体制上。如今练兵，各省自行其是，营制不一，操法不齐，器械参差，号令歧异，平时声息不相通，应调指臂不相使，临敌胜败不相顾，如此岁糜巨饷，结果却不尽如人意，原因就在于此。"袁世凯做个五指攥拳的动作，"朝廷必须把练兵大权统一于中央，攥指成拳，军饷可聚少成多，兵勇可聚散成众，必将事半功倍。"

"你的意思，是不是半年前建议成立的练兵处？"

"除此一途，别无他法。成立练兵处，将练兵大权集于中央，将各省练饷统一使用，便于统一饷章，统一号令，是练兵取得实效的捷径。各国练兵也是如此，都在都城设有专管筹划兵事的大臣，英、法等国称总营务处，日本名为参谋本部。像大清这样各行其是的，从未听闻。"

奕劻听了有些为难道："话虽如此，不过现在有兵部，再设练兵处，会不会有人指责叠屋架床？"

"兵部担不起练新军的重担。兵部的职责是管理八旗、绿营等国家经制之师，如今八旗、绿营已经徒有其名，足以证明兵部于练兵、用兵无能为力。何况训练新军，全是西法、新章，那帮老爷子能发挥什么作用？再说，事急从权，当年中日开战，恭贤亲王复出就成立了督办军务处，负责练兵、调兵。如今王爷掌枢，如何不能成立练兵处？"

奕劻终于被说动，应道："好，慰廷，我接受你的建议，明天见起时我上奏。你也准备一下，以备太后叫起。说起兵事来你是行家，怎么向太后说，你要好好琢磨，言简意赅，一语中的才好。"

第二天一早，袁世凯进宫在朝房等候，果然叫起。

慈禧、光绪都在座，照例是慈禧问话，简单问了几句后就直入正题："日俄要在辽东大打出手，惊扰了祖宗该如何是好！如果他们把战火引到关内，袁世凯，你有没有办法挡一挡？"

袁世凯实话实说道："日俄真要在辽东动手，惊扰祖宗是难免了。这都是国势太弱，以致不能自保。如果日俄觊觎关内，无论有没有办法，臣都要去挡。"

慈禧又问道："你手里能用的有多少兵？要保证直隶无事，又该多少兵？"

"臣手里能用的只有三万人左右。三万人马，至少要抽调一万拱卫京师，臣所能调赴前线只有两万。而直隶处处紧要，非有六万人不足镇守。"

"各省防军是否可以征调？"

"调当然可以调，但恐怕于事无补，因为各省练兵自行其是，平时不能集中训练，临时聚集亦不能有效指挥，人数虽多，近乎乌合。甲午一战，我军在人数上占绝对优势，最终却兵溃如山倒，就是这个原因。"

很少说话的光绪插话道："甲午已经过去了快十年，庚子西狩也已经快三年，朝廷屡屡下诏要各省练兵，如今除了直隶和湖北稍有可观，各省练兵仍然一无所成，每念及此，太后忧心如焚，不能成眠，真不知这些封疆大吏良心何在！"

袁世凯以头碰地道："练兵不著成效，原因出在体制上。朝廷只有把练兵大权统归中央,才能改变一盘散沙的局面。"

"奕劻说你极力主张成立练兵处,成立练兵处果真就能练好兵吗?"

"成立练兵处,核心是敛各省兵权归于中央,聚各方练饷集于朝廷,唯有如此,练兵方有成效。也只有如此练出的兵,才能号令统一,以一当十。"

"聚各方练饷集于朝廷"的说法很能打动慈禧。当年修颐和园,采取的就是挪海军军饷的办法。经八国联军一役,颐和园、西苑破坏都很严重,内务府早就鼓动这里重修那里改建,她早就动心,无奈钱无所出。如果能将各省练兵的饷银集中到中央,到时候挪点儿用用未尝不可,于是说道:"你出宫后去找奕劻,你们好好议议。如果这个办法可行,朝廷没有不支持的道理。"

袁世凯出宫,派人去庆王府送信,约定下午见面。到了下午赶到庆王府,旗营翼长铁良也在,奕劻也不回避,直说道:"太后已经拿定了主意要成立练兵处,今天咱们就议一下章程,劳慰廷大驾,到时候拿个稿子出来。"

袁世凯一听心中大喜,脸上却是一副不胜其任的神情:"那就劳王爷费心交代得仔细些,我起草稿子也好有所遵循。"

# 第十三章

## 弃尊严局外中立　筹军饷铁良南下

袁世凯奉庆亲王之命拟定练兵处的章程。他闭门谢客，先起草一个纲要，把最关键的东西理清楚，具体的细节和文字润色则交给张一麐等文案人员去斟酌好了。

袁世凯拟定的章程纲要包括两大部分：一部分是练兵处机构章程。按他的设计，练兵处设总理大臣一员，当然是奕劻；会办大臣一员，他要设法确保自己出任；襄办一员，十有八九是负责训练京旗的铁良出任，奕劻让他参与商议练兵处成立事宜，大约就是此意。当然，朝廷也可能派一名兵部堂官兼差。三大员下面，设提调一员，负责具体事宜的协调。他心中的人选是徐世昌，因此量体裁衣，对提调的要求特别说明要既善理文牍又懂兵事。

练兵处的办事机构分为三司，即军政司、军令司、军学司，三司都设正副使各一员。军政司负责考察官兵，筹备军需，下面设考功科、搜讨科、医务科和法律科；军令司负责运筹机宜，策划防守，掌握用兵号令等机密事项，下设运筹科、向导科、测绘科、储材科；军学司负责各军操法训练，管理武备学堂，下面又设编译、训练、教育三科。另外，甲午之战后，大清水师名存实亡，并无专署管理，但毕竟也是一个重要军种，因此在军学司下又单设水师科，临时负责水师的统筹、规划。这三司的正副使，袁世凯的计划是将北洋三杰王世珍、段祺瑞、冯国璋以及刘永庆等亲信安排进去。

袁世凯同时还制定了《练兵处办事简要章程》，首先强调军政命令的权威性："嗣后提镇以下各武职遇有顽抗号令，训练不力，或狃于积习，纪律不严者，由臣处查明，先行撤差，一面参奏惩办。其有缺额蚀饷者，尤当从重治罪。"不仅

244

可以惩处武职,对各省文职地方官员也有奖惩权,"倘地方督抚以下各文员,遇事掣肘,迁延贻误,或别存意见,有意阻挠,均足败坏戎政,即由臣处据实奏参。其有不分畛域,顾全大局,实心任事,竭力维持者,亦当随时奏请奖励"。

其次练兵处有人事任免权。"所有隶属臣处各武职,均由臣处分别注册,咨行兵部另立档案"。"武职除提镇副将大员考拟正陪请旨简放外,其守备以上各缺,由臣处考察才具资格分别奏请升调补署,千总以下由臣处酌量叙补,随时注册咨行兵部另立档案"。

其三则规定练兵处有独立的财政。"原拨新军各军饷项及续筹专饷,均解由臣处饷局收放,所有各项支发,按年由臣处核议奏销,毋庸由各部核销,以免纷歧,其续筹各专款,统由臣处催办经理"。袁世凯的意图很明确,就是把军饷抓到练兵处手中,不受户部、兵部掣肘。

他不仅要将军饷抓到练兵处手中,对军械、军工厂也要纳入掌握:"各省原设制造军械各局厂,本系专供军实,各军命脉所关,应由臣处督饬妥办,随时委员考察整顿,并明定赏罚,分别奏请惩劝。"

通过这些规定,袁世凯将训练新军的财权、人事权便都抓到了练兵处手中。为了确保练兵处及新军将弁素质,章程还特别规定,"凡新练各军除现充将弁各员照旧供职仍由臣处随时考察外,嗣后遇有添派将弁之处,必须在曾经学习操法、通晓兵法人员内选充,其未经学习、毫无历练者,一概不准充补,以杜幸进而免滥竽。臣处所设各司科,均在曾历营务人员中选补,各军营遇有将领缺出,亦可在司科中酌选接替,以其内外接洽"。这一条看上去完全是为提高练兵处及新军素质,其实也为袁世凯安插私人留下方便,因为学习操法、通晓西法练兵的人他手下最为集中。

他与徐世昌密议后,经张一麐润色,将两份章程呈给奕劻,同时还有一份练兵处司科人员建议名单。因为这一章程明显是夺了户部和兵部的权力,因此建议奕劻一定密而又密,最好太后同意后再对外公布,那时候即便兵部、户部有意见也无济于事了。

奕劻深以为然,对袁世凯提供的建议名单无可无不可,只要他希望的银子到手,这些人的任命无不支持。

事情很顺利,光绪二十九年十月十六日(公元 1903 年 12 月 4 日)清廷发布上谕:

谕内阁:前因各直省军制、操法、器械、未能一律,叠经降旨饬下各督抚认真讲求训练,以期画一。乃历时既久,尚少成效。必须于京师特设总汇之处,随时考查督练,以期整齐,而重戎政。着派庆亲王奕劻总理练兵事务。袁世凯近在北洋,着派充会办练兵大臣。并着铁良襄同办理。该王大臣等,受恩深重,务当任劳任怨,认真筹办,以副朝廷力图自强之至意。其应办事宜,着该王大臣等随时妥议具奏。

这就表明练兵处已经正式成立。办公的地方,设在东安门外的锡拉胡同。练兵处的职守及机构设置,提调及各司正使的任命,当然要等练兵处正式成立后奏报公布,所以晚了二十天。这二十天内,自然有许多人钻营,但大局已定,袁世凯所谋皆如所愿,朝廷上谕中说:"命商部左丞徐世昌开缺,以内阁学士候补,充练兵处提调。直隶即补道刘永庆充军政司正使,直隶补用道段祺瑞充军令司正使,候选道王士珍充军学司正使,均赏给副都统衔。"

徐世昌以内阁学士候补真正称得上是平步青云,因为半年前他还不过是六品的国子监司业,商部成立他出任左丞,跃升为正三品,而不到两月又以内阁学士候补,已经是从二品的红顶子大员。副都统是正二品的旗缺,本是驻防八旗中一旗的最高军政长官都统的副手,授予汉人这是首次,刘永庆、段祺瑞、王士珍由此也都成为红顶武职大员。三个副使不必朝廷下谕,而由练兵处奏请委任,军政司陆嘉谷、军令司冯国璋、军学司陆建章。陆嘉谷是袁世凯任山东巡抚时所赏识,当时他是分发山东的候补道,袁世凯督直后随调直隶。陆建章则是北洋武备学堂出身,袁世凯小站练兵时就追随。可以说,练兵处三司全为袁世凯的人把持。

但如果抛开派系而从实际考察,练兵处三司正副使,算得上位得其人,因为这六人的确都是新军中的翘楚,深谙新式操法、具备专业素养。不但三司正副使如此,十余科的监督来源及出身,有一多半毕业于日本陆军士官学校,其余的要么是天津武备学堂毕业,要么是水师学堂学生,再就是兵部员外郎,也是名副其实的新式人才。

练兵处成立的目的之一就是集各省兵饷于中央,而袁世凯早就有北洋至少编练六镇新军才资敷用的奏议,自然要先筹划保证这六镇的饷项。每镇的军饷,一年需要一百多万两,再加军械棚帐等就要近二百万两,要练六镇总要有一千万两才能应付。如此巨饷从哪里来?当然不能全由北洋出,而且,北洋实在无此力量。

袁世凯早让幕僚们精心筹划,给奕劻提出了两条聚财的路子。一是在烟酒项下摊派各省练饷。清廷入关后,一方面担心酿酒消耗粮食,另一方面也是为了专营谋利,自康熙开始禁止民间私自酿酒。但到了咸丰年间,战事不断,禁酒令逐渐废弛,酒税日渐成为地方军饷的重要来源。烟草税的情况也大致如此,大有腾挪余地。他建议从烟酒税中增加提成,分派数额。直隶当然要做表率,与奉天各八十万两;江苏、广东、四川各五十万两;山西四十万两;江西、山东、湖北、浙江、福建各三十万两;河南、安徽、湖南、广西、云南各十万两;甘肃、新疆各六万两,这样算下来,总计为五百六十多万两。二是从各省丁漕及田契房契增收中解决。漕粮征收中浮收很多,不过多为地方官吏贪墨,督抚亦睁一眼闭一眼,留为调剂差缺的余地。房田征收契税,潜力也很大。所以袁世凯建议朝廷下旨,责成督抚彻底确查,酌量归公,作为新派军饷的又一来源。也是按各省经济情况摊派,江苏、广东各三十五万两;直隶、四川各三十万两;山东二十五万两;河南、江西、浙江、湖北、湖南各二十万两;安徽十五万两;山西、陕西、云南、广西、福建各十万两,以上算下来,总计三百二十万两。

以上两项合计大致九百万两。奕劻无不答应,朝廷很快下旨,责成各省"切实整顿,岁增之款,各按省分派定额数,源源报解"。不过,可以预见各省肯定要千方百计抵制,能拖则拖,能少则少,一千万两之数何时可以到手,根本无从估计。而袁世凯当务之急,有先添募两镇的奏议,请奕劻出面奏请由户部先拨二百万两,直隶负担一百万两,先凑三百万两应付。奕劻亦是支持,朝廷很快下谕,户部先行筹拨二百万两给练兵处。

军饷大体有了着落,袁世凯又给奕劻发电报,建议练兵处尽快制定新军的营制饷章,以便各省遵循,如果有必要,他可以进京与各司筹办。奕劻回电表示自己身体不好,练兵处的具体事宜由袁世凯负责,是否进京商办,或者请三司的人员到天津,概由袁世凯视情而定。袁世凯巴不得如此,他给铁良发电,让他及三司正副使到天津,一起商量制定新军营制饷章事宜。

好在天津与北京、保定都有火车可乘,众人很快就齐聚天津。三司正副使都是袁世凯的部下,不必说自然十分维护,而襄办铁良,感激袁世凯的大力提携,也是毕恭毕敬。所以袁世凯主持起来便相当有权威,毫无顾虑,尽可畅谈他的设想。

"如今的世界形势,恰如春秋战国,列国争雄。国不可无兵,兵不可无制,制尤不可不一。我们今天所议,就是画一天下军制的大事。"袁世凯开门见山地说道,"北洋新军营制饷章已粗具规模,但要作为全国的画一军制,还显粗陋。我们要参酌各国军制,尤其是借鉴日本军制,加一再造和完善。总之,从招募、训练、立军、分军、征调、奖惩到武器、运输、营舍、卫生等,都要有详细的规条,有章可循,并且可以操作,可以查核。"

铁良接话道:"一部营制饷章,可以说是全国练兵的根本。其内容十分庞杂繁复,制定起来颇费时日。为了少走弯路,请宫保将大的原则明示,以便将来遵循,以收事半功倍之效。"

"我呀,没你们明白。你们出洋的出洋,翻译兵书的翻译兵书,才是真正懂西式兵法的人。"袁世凯指指王士珍、段祺瑞他们,"我谈几点想法,供你们参考罢了。我首先要说的就是我们到底为什么要制定营制饷章。自古没有一成不变的兵法,也没有一成不变的兵制,一代有一代的兵制,一时又有一时之兵制,用旧法治不了新病,就像夏天时不能穿裘皮衣服。如今大清的兵制已经落后,甲午之败在一定程度上就是败在兵制。如今先进的兵制在东西洋,尤其我们的近邻日本,最值得我们效法。我们制定新的营制饷章,归根到底,就是要使大清军队从传统中走出来,就是为了最终训练出能跟上这个时代的新军。这一点一定要弄清楚。否则,有人说一句:打仗靠的是勇气,靠的是忠心,你们纸上谈兵弄这些章制有什么用?你可不能犹豫。总之一句话,制定新的营制饷章,不是纸上谈兵,是训练新军的基础。"

段祺瑞出过洋,又是学的最难的炮科,平常不大把人放到眼里,行事果敢而专断,说话耿直而显无礼道:"宫保所说道理再明白不过,有人顽固不化,就不必去管。"

"芝泉,话不能这样说,办任何事情,不但要自己明白,最好让更多的人明白,这样才能事半功倍。"袁世凯继续自己的思路道,"我刚才说了,制定新的营制饷章,目标是训练出能跟上这个时代的新军。仅有这一条还不够,还有一条比这更重要,你们且说说,是什么?"

这实在没处去想!有时候大家的脑子又的确跟不上袁世凯的思路。向来以办事圆滑著称的王士珍接话道:"我们这些人,办具体事情行,要论看得远,想得深,非宫保莫属。我们洗耳恭听。"

袁世凯有新想法的时候,在下属面前总是先引而不发,而是让下属先去想,想不出来,他再说不迟。他的目光从每个人的脸上扫过后道:"我要说的第二点,就是要通过制定、施行新的营制饷章,使军队真正成为国家之军队,而非一人所能私,一隅所能限。大清军队的问题,尤其是湘淮军制,兵为将有,一旦换将,便指挥不灵;各省之间,又存畛域之分、派系之别,因此临阵时难免败不相救,胜则争功。我们敛各省练兵之权、聚天下练兵之饷于中央,绝非权宜之计,而是为了最终训练出国家的军队。这一点,诸位在制定营制饷章时不能不特别注意,如果离开这一目标,你们的努力就白费,你们制定的营制饷章就成具文。"

袁世凯这一观点的确非一般人所能想到。铁良也是暗自点头,觉得无论可行性有多大,袁世凯这一观点的确一语中的。

"所以,将来练兵饷银要统归朝廷,练兵规模、次第要由朝廷决定,操法、军械、军服、军衔、军律无不要达到全国统一的目标。你们只有在这上面多动脑筋,才算功夫下到了正道上。"

众人是心悦诚服地频频点头。袁世凯受了鼓励,兴致更高道:"第三项,咱们应当通过制定营制饷章,来确保新军的战斗力和延续性。北洋常备军、续备军、后备军的分军之制,应当考虑借鉴到新营制饷章中,如何让入伍的兵在军营中安下心来,家中无后顾之忧,伤亡能得到抚恤,聪颖上进者升学有道,干好了升迁有望,这些具体的事情,都事关战斗力的保持和延续,必须考虑周全详细。"

说了这三大条,袁世凯又就办学、辎重、后勤等具体事宜,与众人相商。一直商议到五时多,天已经黑透了。

众人散去后,段芝贵才小跑过来附耳道:"宫保,青木来了,还有一个日本人,已经等候多时。"

青木就是日本驻中国使馆的武官青木宣纯,与袁世凯是老相识。

"哦,肯定要与俄国人撕破脸了。稍等领他到签押房,我方便一下就去。"

袁世凯回到签押房,很快段芝贵将青木带了过来。青木一见面就道:"我此次前来,是奉命与大人沟通日俄开战的事宜。我国已经决定向俄国宣战,我国的意思希望中国能够'局外中立',英、美等国也都希望中国能够局外中立。"

袁世凯想了一下道:"局外中立,我也赞同。但中立归中立,只是表明大清不偏助任何一方,并不表示大清弃满洲于不顾。将来无论战局如何,大清必须收回满洲的主权。"

将来满洲如何交接,那是将来的事,眼前不妨满口答应。于是青木接话道:

"大人放心,我已经说过多次,帝国与俄国开战,完全是为了帮中国索还满洲,对中国领土绝无私心。"

袁世凯当然不相信日本人的话,他从驻扎朝鲜起就与日本人打交道,对日本人太了解了。但目前的局面,局外中立的确符合大清的利益,而且也是大清唯一的选择,于是应道:"好,我会建议朝廷保持局外中立。至于朝廷会不会俯纳,那就没法说了。"

"大人在中国之地位举足轻重,大人的建议,朝廷一定会采纳。"青木送给袁世凯一顶高帽。

送走青木、坂西,袁世凯立即给军机处、外务部发电,希望能够表明大清局外中立的立场。但过去了十几天,迟迟没有动静。徐世昌给袁世凯来信,告诉他朝廷迟迟不能下决心的原因。一是有人主张,应当联日抗俄。贵州巡抚李经羲上奏说,"俄、德、法,虎狼也,英、美、日,狐兔也。狐兔得肉可止,虎狼则无饱餍。故俄胜势必吞并,日胜无非索酬。两害相形则取其轻,与其畏俄而不许,何如亲日而获成。"他这一建议得到许多人的认同,湖广总督张之洞尤其附赞,他建议朝廷"借助于日本以御之,以日本之将校,率我之兵,庶几可与俄人一战"。京城舆论也颇以"联日拒俄"为然。二是朝廷有顾虑,宣布中立,不能守卫疆土、保护民众而招致举国痛骂尚在其次,最为担心的是,"中立"会造成自愿放弃满洲的口实,将来无论日胜还是俄胜,如果他们说,你们都宣布中立了,这块地方哪还是你们的?满洲是清廷的龙兴之地,盛京又有祖陵,战火连天,怎么向祖宗交代?据说,慈禧在与军机大臣议及局外中立时,曾说失满洲即失祖宗,失祖宗则不孝,不孝则不能够为人,不能够为人,安能立国乎?宣布中立,向来是两国交战,第三国中立,日俄在大清的土地上开战而主人却宣布中立,还真是闻所未闻。如何能够局外中立避免得罪任何一方,而又能保证战后大清的主权,这个结解不开,局外中立便行不通。

袁世凯曾经对慈禧说过,日俄鹬蚌相争,大清要渔翁得利。"渔翁"怎么得利?说起来容易办起来难!与众幕僚商议,不得要领。最后唐绍仪叹道:"我们要兵没兵,要饷没饷,空口白牙,恐怕只能靠'以夷制夷'的老办法。"

也只有如此了。这其间,美、英、法、德等国外交人员频频来见袁世凯,表达本国希望中国局外中立的立场,袁世凯则提出局外中立可以,但列国必须干预日俄两国,保证将来的主权不能受损。这种保证当然不是轻易能下得了的,所以谈来谈去没有切实结果。

然而,时间不等人。光绪二十九年腊月二十三,也就是 1904 年 2 月 8 日夜,日本海军突然向旅顺口的俄国舰队发动突袭,日俄战争爆发。两天后,两国同时宣战。清廷接到电报,十分着急,立即召袁世凯进京。

"袁世凯,日俄已经打起来了,若陵寝受到惊扰,将来我有何颜面去见祖宗?"慈禧召见袁世凯时,省去了一般召见时的寒暄。

袁世凯回奏道:"国势太弱,邻居太强,这怪不得太后,都是臣下无能。"

慈禧长叹一口气道:"这时候怪谁也没用,你就说吧,到底该怎么办?"

"臣还是从前的办法,局外中立。"

"局外中立太丢脸面,难道就没有其他更好的办法吗?有人主张联日抗俄,京中舆论也都是如此。"

"应对的办法,臣与幕僚们议而再议,不外四个方案。一是大清独立作战,打走俄国人,讨还满洲,这样最有面子,但根本行不通。"

这是显而易见的,慈禧又问道:"这一条行不通,还有其他呢?"

第二条,则是联合日本,打败俄国,把握较大。但中俄边界迢迢上万里,如果俄国出兵西北, 则大清重新发生内乱的可能极大。两宫仓皇出逃西安的苦头,慈禧哪敢再吃一次?这还是其次。此时南方革命党人屡屡闹事,康梁为首的保皇党又在国外痛诋慈禧,策动光绪复位,慈禧最怕的就是内乱引起大规模的造反,满人失去天下。

第三条,则是中俄联手,对付日本。按照《中俄密约》理当如此,但俄国已经占据满洲不还,根本没把大清当作盟国,其贪心不足,联手打败日本后更会肆无忌惮,那时候不要说讨还东北,恐怕京津也将受到威胁。

"所以,行得通的只有最后一条:局外中立,不得罪日俄任何一方。这一条是大清不得已的选择,也是最现实的选择。"

"俄日两国都是豺狼,他们任何一家胜了,都可能据东北为己有,大清中立又有何益?"

"臣这些天一直在与美、英等国周旋,让美国出面约集各国,一起向日、俄两国施压,保证战事结束后,归还我东北。"

"这我知道,奕劻他们也在与英、美等国谈,却迄无结果。你以为美国人会出头吗?"

"会的。如今在亚洲,有两大结盟集团。一个是日英同盟,背后支持的就是美国。另一个俄法同盟。美国人在我国的商业利益日重,美国出口的棉花有一半销到了华北和东北，中美又签订了东北通商协议，美国人当然不愿俄国独享满洲之利。其他各国都不愿中国动荡，那样一来，不但辛丑赔款得不到，对他们的商业也是个打击。美国已经答应向各国发照会，希望一起保证大清在东北的主权。"

这时，光绪插话道："中立有中立之法，也应当有中立界限，总不能由两国任意蹂躏。"

慈禧罕见地赞同了光绪的话："皇帝说得对，袁世凯，你是北洋大臣，东北的防务你也是责无旁贷，你是怎么打算？"

"臣与庆王商议，以辽河为界，辽东为交战区，辽西不予战事，我须派兵驻防，两国军队若进入辽西，我则可以开兵见仗，不能视为不守中立。驻守辽西，再扼要驻扎设防，至少要六万余人。但臣部只有三万余人，一万守京师，马玉昆一万臣打算派他去驻守辽西，还余一万仅供弹压地方。臣原本有练成六镇人马的奏请，每年正饷加军械，总要千万两左右。朝廷饷款艰难，臣此前与庆王商议，直隶挪借一百万两，再请部拨二百万两应急，先添募两镇，只是部拨二百万两至今已逾两月，尚无的款在计。于今募兵购械，已觉为时甚迫，如再延宕时日，虽有巨款而乌合之众不足御敌，远购之械难应急需，势将束手坐困，即使臣粉身碎骨，亦不足塞责于万一。"

慈禧回道："我知道了，户部也有难处。"

袁世凯磕头出宫，立即去找奕劻商议。奕劻拿出美国的照会道："你看，美国人已经照会中日俄三国了。"

袁世凯接过来，美国人照会上说："美利坚合众国政府鉴于各方友谊及利益，已经建议交战双方声明它们将不派遣军队进入直隶，中国的中立和它的行政完整得受双方尊重，军事行动的区域得以局部化和有所限制，俾可防止中国人民过分激愤和骚动，而致中国陷于无政府状态，并使世界商务及和平交往尽少遭受损失。"

"如果美国的照会能够得到各国的响应和承诺，则大清局外中立同时保证主权不受侵犯，应该是最好的结果。"

奕劻说道："美国公使还说，罗斯福总统早就下令美国驻英、法、德、俄、日等国公使，向驻在国申明美国的态度，各国到底是何态度最迟今明两天就该有个结果。如今世界各国，美国人还算能够主持公道。"

"这是王爷以夷制夷见效了。美国人也是无利不起早，它为了在东北的利益不能不出头。"与英、法等国相比,美国是后起之秀,等它进入中国的时候,列国已经划定了各自的势力范围。美国人采取了一个既见好中国、又于己有利的"门户开放"政策,简而言之,就是美国承认列强在华"势力范围"和已经获得的特权,这些特权美国都要"利益均沾";各国要共同维护中国的领土和主权完整,保持中国的稳定,以实现稳定开放。美国商业利益进入东北后得到快速发展,仅牛庄一个口岸,销售的细竹布就占整个美国细竹布出口的一半。美国不但希望继续扩大在东北的通商口岸,而且还希望能够分享东北的铁路筑造权益,这必然与俄国的利益产生冲突,因此一直受到俄国人的抵制。美国人不愿与俄国开战,但他精通"外交太极",特别善于借力打力,看到日本与俄国矛盾日益尖锐,就鼓动日本人直接与俄国对抗,打算借日本人的手赶走俄国人后,他们再趁机扩大在东北的利益。因此美国极力促成中国局外中立,同时又力劝德、法、英等国不要参战,避免战争扩大。

奕劻对此次以夷制夷外交成功深感欣慰,对袁世凯说道:"慰廷,当年李文忠坐镇北洋,最擅长的就是以夷制夷,那时候我真有些不以为然。现在轮到我来掌枢,这才发现自己拳头不硬,可不就得靠以夷制夷嘛。"

"是啊,这是没办法的办法。不过单靠以夷制夷是行不通的,王爷就像您说的,还要让自己的拳头硬起来。大清必须忍辱负重,抢抓几年的时间,推行新政,编练新军。北洋兵力空虚,募军计划不能再拖了,可是目前户部应的两百万两还不见踪影,万一日俄觊觎山海关,我两手空空,如何对敌?"

奕劻打包票道:"慰廷,这两百万两银子你放心好了,一定拨给你。只是年底了,户部捉襟见肘,调拨起来有些困难。你北洋先垫一垫,把人马招募起来,过了年两三月内一定拨到北洋。"

到了第二天,英、法、德、意、日等国都明确表示,支持中国局外中立,支持中国行政权力的完整。俄国也有回音,主要是担心中国暗助日本,因此提出的条件是中国必须真正严守中立,并且把整个东北作为交战区,不同意中国驻兵辽西。但,毕竟也同意中国局外中立了。

得到各国"支持中国局外中立且中国行政完整得到交战双方的尊重"后,清廷立即连发三道上谕,就局外中立作出部署。第一道是表明大清的中立态度,是发给各国看的。

谕内阁:现在日俄两国失和用兵,朝廷念彼此均系友邦,中国应按局外中立之例办理。着各直省将军督抚,通饬所属文武,并晓谕军民人等,一体钦遵,以笃邦交而维大局,毋得疏误。将此通谕知之。

第二道、第三道分别就地方治安和军事作出部署。同一天,外务部照会各国:

> 东三省系中国疆土,盛京、兴京为陵寝宫殿所在,责成该将军等敬谨守护。该三省城池之衙署、民命财产,两国均不得损伤。原有之中国兵队,彼此各不相犯。辽河以西俄已退兵之地,由北洋大臣派兵驻扎。各省及沿边内外蒙古均按照局外中立例办理,两国兵队勿稍侵越。倘闯入界内,中国自当拦阻,不得视为失和。东省疆土权利,两国无论胜负,仍归中国自立,两国均不得占据。

这是腊月二十七的事情。各衙门已经封印,往年都已经不予公事,安心放假过年。如今局势如此,这个年注定要过不安定了。袁世凯匆忙赶回天津,有一大堆事情等着安排。

按照中国向各国的照会,以辽河为界,辽河以东为"局内"交战区,以西即是"局外"中立区,双方军队都不能擅入。但俄方所谓的远东总督却发来电报,不承认这一界定,而是认为整个满洲都应为局内交战区,态度十分强硬,说"华俄利益相连,客军犯境,理宜同攻,乃华守局外,本留守要求满洲各官,所有俄军行驻购办粮草一切,不唯不应拦阻,尤宜竭力相助。本留守深盼尔等居民与俄同心,倘华仇视俄军,俄政府定行殄灭民人,绝不姑容。尔时,俄必自设法以保本国利益。东清铁路中国官民宜妥为保护,铁路两边六十俄里内,概不准有中国军队"。

袁世凯看罢俄国人的照会,拍案大骂道:"真他娘的不是东西,硬占我满洲不还,还说什么华俄利益相连,理宜同攻。铁路沿线都驻俄军,凭什么让大清保护,真是岂有此理!"

牢骚归牢骚,但对俄国人的警告不能不重视,以俄国人蛮横的办事风格,他们派兵到辽河以西不是没有可能,必须切实防备。防备的办法,除了电告直隶提督马玉昆尽快布防、不可大意外,又有几项措施:一是铁良所部旗营由三千人扩到六千人,负责京师防守。这是他孜孜以求,其中自然有扩充自己实力的心思,袁世凯十分清楚。二是扩充北洋常备军的实力。北洋常备军左镇已经成军,袁世凯将之改为第一镇。右镇仅有马队四营,添募步队十二营、炮队三营,工程辎重各一营,改为第二镇。此外再添练一镇,为第三镇。所需军饷、军械先从部拨二百万两及北洋垫拨的一百万两内动用。第二镇、第三镇添募兵丁事宜一个月前早就着手,年后已经募齐。袁世凯立即奏请朝廷,第二镇统制官(也称翼长)由北洋督练公所(也就是原来的北洋军政司,练兵处成立后改名)总参议王英楷出任,他是北洋武备学堂出身,小站练兵时就任执法营务处总办,也是袁世凯的心腹。第三镇统制官由军令司总办段祺瑞兼任,平时驻保定练兵,军令司有事则随时入京。

日俄战争一开始,俄国人就吃了亏,原因是太过麻痹大意、小瞧日本。俄日两国1904年2月5日就已断交,2月8日夜日舰进攻旅顺,但此时俄太平洋分舰队还停泊在旅顺外港,舰艇警戒仍执行"平时规定"。夜间不打开防雷网,却以军舰上的探照灯把旅顺港的出入口照得通明,总督阿列克塞耶夫及其亲信还认为战争打不起来。

当天夜里,日本联合舰队八艘驱逐舰开往大连方向,主力舰队则在旅顺海岸灯塔和俄舰探照灯照射下,近距离发射了十六枚鱼雷,其中三枚命中目标,重创俄国最好的舰只三艘,爆炸声和炮声惊动了整个旅顺。当时俄国舰队军官正在城里举行晚宴,庆祝舰队司令将军夫人的命名日。要塞内不知道港湾里出了什么事,司令部查问,下面回答说是实弹射击。直到黎明时发现港口附近被击中的船骸,才知道战争已经爆发。

俄军舰队司令被撤职,新的舰队司令一个多月后到职,雄心勃勃带舰队出海挑战日军舰队,日军舰队未找到,却在回旅顺途中触鱼雷毙命。再任舰队司令从此株守旅顺,很少出海主动作战。

俄军失去了制海权,日本第一军三万余人开始大规模登陆朝鲜,再开往鸭绿江边。防守鸭绿江的俄军"东满"支队拥有近两万人、六十多门炮,占领阵地已经一个半月却只构筑一道绵长的堑壕,几乎不加伪装,炮兵阵地完全暴露。部队万余人分散配置在宽大的正面上,占总兵力约半数的预备队却配置在十公里以外。4月30日夜间,日军第一军三万余人发动进攻,在九连城展开激战。俄军以炮火和反突击抵抗日军的进攻,但日军兵力占优势,其火炮又从隐蔽阵地上发射,压制了俄军炮火。激战不到两天,鸭绿江防线崩溃,俄军撤往辽阳。东西伯利亚第十一步兵团陷入优势日军的包围圈,三千余人被歼。日军立即前出凤凰城地区,准备向辽阳、盛京方向进军。

此时日本第二军四万余人两百多门炮在辽东半岛东南貔子窝登陆,很快占领金州,防守大连的俄军不战而走,退守旅顺。日军随即南下,对旅顺形成大兵压境之势。

去年袁世凯与严修约定,以半年为期,严修处理完手头事情就出任直隶学校司督办。所谓手头的事情,就是搞新式学校的试点。严修在家里搞新式私塾,毕竟只是一家之私,能否在直隶推广,实在没有把握。这半年时间,他主要精力就是劝捐助学,他自己也捐出了三千两,前后举办了民办新式小学堂八处,官办小学堂三处,每周的课程历史、地理、教育学、教育制度各四节,体操三节,理科二节,最多的是日语,每周十二节。为了教好日语,他聘请了七名日本教师。为了提高新式学校的教学水平,他还成立了研究所,每周末集合小学教师及有志教育者,研究如何改进课程及教学方法,并从国内外搜集课本,实在搜集不到的,则组织学识较高的教师自行编辑,誊印出版。结果效果极好,家长纷纷送子弟入学,每校都达到三百余人,人满为患。

袁世凯听说后十分高兴,让候补道王锡瑛去劝严修践诺。严修亲自来见袁世凯,希望先赴日本考察后再出任学校司,袁世凯则要求他先出任学校司再出洋考察。

直隶学校司设在保定,于是严修从天津坐火车过北京,再南下保定,到站时已傍晚。第二天冯国璋第一个来访,中午直隶布政使杨士骧宴请。因为他急于访日,不能久留,其余在保定的四十余名司道官员集体在莲池书院设宴。学校司除督办外,还设参议、专门教育处、教育处总办各一人,附属机构有排印局、编译处、大学堂、农务学堂、师范学堂、东文学堂、校士馆、查学官等。严修与各位同仁也是集体会面,在保定前后只待了四天,就乘火车北上,过京城回天津。回家稍做收拾,就准备起程南下。

袁世凯担心道:“范孙,如今日俄交战,此时去日本,我担心你的安全。”

严修则回道:“宫保放心好了,我们咨询过轮船招商局,此次航线从上海直航日本,不到朝鲜靠岸,安全问题不必过虑。而且宫保以学校司相托,要办新式学校,非取法日本不可。”

严修与张伯苓等十一人从天津乘轮船南下上海,四天后到达,住在长发客栈。客栈大堂备有《申报》,有日俄战争的专栏,其中有一则消息说,日军已经在辽东半岛登陆两个军,六万余人。其中第二军已经抵达金州,驻守金州、大连的俄军几乎没有抵抗,就撤回到了旅顺。严修对张伯苓道:"伯苓,这情形与甲午中日之战何其相似!"

张伯苓在北洋水师当过兵,参加过甲午之战,叹道:"日军的登陆地点与甲午时一样,俄军竟然没有趁日军登陆时予以打击,真是不可思议。"

"俄国莫非要步大清后尘?"

张伯苓也难下结论:"很难说。从军事实力来讲,日本不及俄国。"

他们在上海等了四天,然后乘永生号轮船赴日,海上航行两天,到达长崎。从长崎到东京用去了三天。到东京的当天先去拜访驻日公使,次日就开始参观。先后到了十余家小学堂参观听课,到高等师范学校听演讲,参观早稻田大学,到文部省听官员介绍日本教育情况,访问专家请教教科书的编纂问题,还赴女子职业学校参观裁缝、编织、刺绣、造花、图画等手工科。又专程听文部省官员介绍设手工课的必要性,还专门参加了工业学校、早稻田大学的毕业典礼。在日本五十余天,天天行程紧张。

日本小学生在听讲时肃然端坐,给严修留下深刻印象,更让他深感意外的是,这些小学生对日露之战(日本人翻译俄罗斯为露斯)竟然也十分关注,而且放学后、节假日都有小学生端着募捐箱为战争募捐。年轻人则在新兵招募处排成长队,等待体检。日本征召退伍兵复役,一时云集东京,营房当然不够,大部分分散居住在民家,每日三餐,民家总把最好的食物留给士兵,彼此和睦,恍若家人。出征之日,家家户户,集体欢送,手持大旗,旗上写的都是"光荣战死""为国捐躯"等字样,很少哭哭啼啼、不想让儿子、丈夫出征的事情。

8月初,传来俄军撤入旅顺、外围工事全被日军占据的消息。所有的报纸都几乎在头条刊登,日本人纷纷涌上街头庆祝,手挥国旗,振臂高呼,那份骄傲和狂热真是令人惊叹。严修当天前往文部省听松本讲实业学校甲乙两种概略,听完介绍后,他谈到街头所见大发感慨。松本高兴道:"自明治以来,我国开化三十余年,我以为最大的成就是教育。教育不但开发了民智,使百姓乐于创造、善于革新,更重要的是唤醒了日本民众的信心和国家意识。一个国家的民众有信心,才能敢于挑战一切;有国家意识,才能万众一心。"

严修感慨道:"一言以蔽之,教育可救国。"

严修一行于8月10日乘轮回国,辗转回到天津已是十余天后。他在家闭门谢客七八天,完成了考察报告,提出了直隶变通校士馆、选士子游学、检定教科书之概要、订立学校学年制及定制各学堂服色等具体建议, 这才来见袁世凯。

袁世凯看着那厚厚一摞考察报告后道:"范孙,你的大作容我抽空细看。你先说说,此行最大收获是什么?"

"一言以蔽之,教育可救国。或者说,欲救国,非大力振兴教育不可。"随后,严修讲了自己的见闻和感受。

袁世凯不置可否道:"现在都在谈论如何救国,有实业救国论,有强兵救国论,还有变法救国论,如今你又提出了教育救国。"

"这些说法都有道理,但与教育救国相比,教育是本,其他皆是末。比如实业救国,要办实业,是不是先要办实业学堂,让人掌握振兴实业的本领?要强兵救国,是不是要先办武备学堂,养育将弁?维新救国,更需要靠教育开化民智。"

袁世凯听了连连点头道:"有道理,有道理,有大道理。直隶这几年各项新政都有起色,回头一看,无论哪一样,警政也罢,工艺也罢,商业也罢,都得益于各类学堂的培养。"

严修见袁世凯俯纳他的建议,便进一步道:"所以,我给直隶教育制定的宗旨是十个字:忠君、尊孔、尚公、尚武、尚实。"

"好好,尤其后六个字,最与当前形势切合。人人都能急公近义、尚武强军、尚实求实,大清才有希望。"

讲完这些,严修话锋一转道:"宫保,我不懂军事,也不了解前线的情形,但据我在日本的观察,日俄之战,日本胜算更大。"

袁世凯笑了笑反问道:"范孙该不是从日本的教育得出的结论吧。"

"还真是从日本的教育做出的判断。宫保没见到日本小学生端着募捐箱、年轻人排队体检、民众上街欢呼的情形,宫保如果身临其境,也一定会做出这样的判断。"

"你的判断没错,我刚接到电报,日俄辽阳会战,日军十三万人,对阵俄军十六万人,俄军竟然溃败,已经放弃了辽阳,退往盛京以南沙河一带。"

严修分析道:"《左传》说:'夫战,勇气也。'我没去过俄国,但我肯定俄国人的士气不如日本,这是大家都看好俄国,获胜的却可能是日本人的原因。"

"你说得有道理,我也看好日本,除了士气,还有国家制度等方面。我从朝鲜起就研究日本,它与俄国的政体不同,俄国是君主专制,日本是君主立宪。都设君主,但日本要听取民众的意见,所以民众更关心国家,有大征伐,是真正的举国一致。"袁世凯又压低声音道,"我从报纸上看到康梁有个比喻,认为日本虽小，但如生机勃勃的孩子，俄国虽大，却是步入衰弱的老朽。他们据此认为，日本必胜。别的制度我不懂，但军制我还是留意了，日本的军机饷章的确要比俄国更好。所以，这次练兵处制定军制饷章，我就建议多多参考日本。"

这时，戈什哈在外面报道："大帅，张先生来见。"

"张先生好几位，哪位张先生？"

"是仲仁先生。"戈什哈回道。

仲仁先生就是去年成立经济特科后袁世凯挖来的张一麐，他曾经对下面人吩咐，张先生来见，不拘何时，都要随时向他报告。

见此，严修当即告辞："宫保，既然仲仁先生来见，我就不耽误你的时间，我的条陈还请宫保阅示。其中有一件当务之急，就是尽快派开明绅商出访日本，让他们开开眼界，对办新式学堂大有裨益。"

"范孙放心，军事的事情我要做一半的主，因为我还算略知一二；新式教育的事情全由你说了算，你的建议我会一概照准。"

袁世凯有如此表示，大出严修意外，他情不自禁拱手过额，深揖一礼。

严修前脚出门，张一麐后脚进来，怀里抱着一摞书稿，正是练兵处制定的《陆军营制饷章》，十几天前，他受袁世凯所托进行润色。他这些书稿放到袁世凯的案子上道："宫保，我奉命改完了。"

袁世凯看到书稿中夹满了签条，知道张一麐确实用心改过，便道："仲仁先生看一遍，我就放心了。"

真是无巧不成书，袁世凯刚收到张一麐修改的《陆军营制饷章》，就接到奕劻电报，让他立即带着进京，练兵处有要事相商。需要面商，可见必是大事。会是什么大事呢？袁世凯百思不得其解。

袁世凯应约在奕劻府上相见，在座的还有练兵处襄办、刚兼任户部侍郎的铁良。奕劻将一纸电文交给他道："慰廷，这是张香涛昨天发来的电报。"

电报是说湖北新军的编练问题，也涉及营制饷章："练兵处章程尚未奏准通行，只可暂就湖北向日所操营制，参酌北洋现行营制及本省饷力、人才、地势、民风，先行酌拟章程，及早开练。"

袁世凯把电报扔到案上道："王爷，香帅这是要自行其是，不愿统一营制。"

奕劻点点头道："就是喽，说到底是不愿交出军权。他是江南督抚的首领，江南数省都唯他马首是瞻，他这一闹，练兵处的差恐怕就难办了。"

自从太平天国起事,曾国藩创建湘军,成为朝廷赖以平定叛乱的主力,军权便为地方督抚把持。以湘、淮为代表的勇营制度,营制上兵为将有,军需上就地筹饷,器械上设局自造,因而不但兵权落入地方督抚之手,就是政权、财权也连带下移,形成了督抚专政的局面。由此政局发生了两个突出的变化:一是地方权威日重,中央权威日轻,就是所谓的"内轻外重";二是汉人权力加强,而满人权力日轻。平定太平天国和捻军以及后来收复新疆,都是以汉人将领为主,大量汉人以军功而授职,汉进满退越来越成了满族权贵的心病。尤其是八国联军攻打北京的时候,东南数省搞东南互保,直接挑战了中央的权威。最终朝廷还要嘉奖他们保住了东南半壁,但心中芥蒂极深,一直在想重新集权的办法。

袁世凯提议成立练兵处,是想挟天子以令诸侯,聚各省之饷练北洋之兵,这是他从不向人透露的打算;但练兵处的章程所规定的统一全国营制,统一练兵之饷,统一军械制造,却极合朝廷上收军权的胃口,所以从慈禧到奕劻等满洲亲贵都极力支持。但要从督抚手中收权谈何容易!年初分派各省一千万两军饷,各省一直推诿,张之洞在给两江总督魏光焘的信中说,"练兵处派各省款项八百八十万两,骇人听闻,众论皆不以为然!方今天下商民疲困,人心涣散,偿款万难久支,岂可再滋扰累?"结果湖广、两江都没有动静,其他各省也都装聋作哑,半年过去,尚无一两到账。如今张之洞又要挑头抵制统一军制。

"张香涛与魏午庄一唱一和,处处与朝廷唱反调。魏午庄派人回他老家湖南,按湘军旧制招募了三千人,编为六营,交给他的族亲魏荣斌统领,而且不顾练兵处提议的次第练兵计划,将他所辖的两江营伍编为四镇,换汤不换药,营制饷章仍然是湘军旧制。如果任由他这么胡闹,我看练兵处非关门不可。"铁良恨恨地说道。

"万事开头难,头三脚最难踢。慰廷,设立练兵处的提议是你最先提出来的,你的办法又多,今天到了这个局面,到底该怎么办,我和宝臣是没办法了,所以把你约来商议。"奕劻解释道。

袁世凯最为关心的是军饷问题,如果各省协饷不能落实,他练兵六镇的计划就化为泡影,就是目前已经练成的三镇将来如何解决军饷也是个大难题,于是便语气强硬地说道:"各省一提到筹款就哭穷,可都有自己的生财门路,我就不信派的那点军饷竟然没有办法。中央要收权,地方要专权,双方必然有一番较量。第一次较量至关重要,如果朝廷松了口,接下来便一无所成,正如宝臣所说,练兵处只有关门大吉了。"

奕劻感叹道:"关门决然不行。太后对练兵处寄望很深。有一次她回忆銮驾西行的苦况,对我说:'连日奔走,又不得饮食,既冷且饿,途中口渴,命太监取水,有井却无汲具,或井内浮有人头,不得已,采秫秸秆与皇帝共嚼,略得浆汁,聊以解渴。夜里与皇帝仅得一板凳,相与贴背共坐,仰望达旦。现在回想,如果军权能够统一于朝廷,如何会出现东南互保的局面!'慰廷,太后寄望通过练兵处,把军饷、军制一统于中央的意思再明白不过,此时我们打退堂鼓,太后那里如何交代得过去。"

"内轻外重的局面已非一日,徒费口舌无济于事,必须瞪起眼来与他们较较真。"袁世凯这样提议。

奕劻又问道:"那又该怎样较真,总不能一省一省去督促。"

"所谓擒贼擒王,如今事事出头的是两江和湖广,只有先拿他们试刀。不过,湖广张香师资望太高,动他不易。不过,还有敲山震虎一说,不妨拿两江的魏午庄做做文章。"袁世凯建议道。

"这篇文章不太好做。既要得人,又要得法。"奕劻听了有些为难。

"人不难得,宝臣是满洲亲贵,身份够格,又特别能干,对付魏午庄绰绰有余。"

奕劻道:"宝臣毛遂自荐,早有此意。已经得人,那又该如何得法?"

"宝臣那就要辛苦一趟,到南边走一走,查一查两江的账,如果魏午庄能够领会朝廷的决心,幡然改计,那就放他一马;如果还与朝廷对着干,一点面子也不给,王爷就要下决心走马换将。"当初魏光焘得以出任两江,是走了奕劻的门路,狠花了一笔银子,所以袁世凯提醒奕劻,要他能够狠得下心来。

奕劻打包票道:"这包在我身上,如果魏午庄不看头势,非要与朝廷唱对台戏,那就把他调开。"

铁良却有些犹豫道:"直接去查账好像不太好,有个其他的由头下去,然后出其不备,查他个措手不及。"

袁世凯却有异议:"既然是敲山震虎,不妨先把朝廷的意图亮给他们,朝廷就是要逼你们拿钱!不然,你以其他的由头到了地方却突然查账,好像是你无事生非,临时变计,反而不够光明正大。朝廷此举就是要向江南的督抚示威,不妨正大光明地示。"

"慰廷说得有道理。要说由头,还就有一件。"奕劻也表示赞同。

原来,半月前张之洞、魏光焘联衔上奏,要求将江南制造总局迁建之地由安徽湾沚改为江西萍乡。江南制造总局是当年在曾国藩手上筹建,在李鸿章手上建成的著名军工厂。江南制造总局位于上海,遇有海警则军火制造、转运皆不得自由。早在荣禄主政时,就有迁建内地的动议,但多事之秋根本顾不上。今年初张之洞、魏光焘提出将江南制造总局迁到安徽湾沚,经费预算为五百万两。如今又提出改建到江西萍乡,预算则增加到六百五十万两。

"这就是很好的由头。练兵处办事章程有规定,各省原设各局厂应由练兵处督饬妥办,不允许地方各行其是,为的是统一军械制造,避免军械五花八门。宝臣就以考察新址南下好了,新建局厂正好涉及经费问题,查察江南财政也就名正言顺。"袁世凯建议道。

奕劻两手一拍道:"此计甚妙!"

对袁世凯而言,此计更妙处在于,他这北洋大臣可以借机恢复对江南制造总局的控制。江南制造总局是在李鸿章手中建成,后来他调督直隶,却未放弃对制造局的控制,因此虽设于南洋,但北洋大臣对该局之权尤高,尤其人事变动,几乎为李鸿章一手掌握。然而,张之洞借两次署理两江总督的机会,扩大了对江南制造总局的影响,即便他回任湖广,依然对江南制造总局颇有建言,袁世凯反而无从插嘴。新任两江总督魏光焘以湘军元老自居,对袁世凯不太放在眼里,与张之洞函电交驰,打得火热,这次移建新局就是两人联衔。袁世凯嘴上不说,心里的火却是从不曾熄。如今铁良南下,正可给张、魏两人添堵,如果时机凑巧,也许会有扳回影响的机会。因此,他又鼓气道:"宝臣,你此行不但是为练兵处正名,也是为朝廷树权威。我忝居练兵处会办大臣,全力支持你。"

"我这边也没说的。就是军机上那班人,瞿子玖不知会不会从中作梗。"奕劻有些担心军机大臣瞿鸿禨,他外结两广总督岑毓英,对奕劻颇形牵制。而且他是清流出身,任过几任主考,门生颇多,势力不可小瞧。

铁良对日渐受到慈禧信赖的瞿鸿禨不以为然道:"练兵处的事务与他何干?何况他连纸上谈兵也不会,何劳他多嘴多舌?"

第二天,朝廷将派铁良南下的上谕就颁了下来:

谕军机大臣等:前据张之洞等奏江南制造总局移建新厂一折,制造局厂关系紧要,究竟应否移建,地方是否合宜,枪炮诸制若何尽利?着派铁良前往各该处详细考求,通盘筹画,据实复奏。并顺道将各该省进出款项,及各司库局所利弊,逐一查明,并行具奏。所有随带司员均毋庸驰驿，着户部酌给往返川资，不准地方供应。该侍郎务须破除情面，实力办理，以副委任。

铁良南下前慈禧再次召见，除了要他好好筹饷外，又让他顺便查看江南营伍，以为将来切实整顿。所以铁良动身南下的当天，又有一道上谕：

> 谕军机大臣等：前有旨派铁良前往江苏等省察勘移建制造局厂事宜，并查各省进出款项。现在武备关系紧要，屡经降旨饬令各省切实整顿，痛除积习。着铁良于经过省份，不动声色，将营队酌量抽查。兵额是否核实，操法能否合宜，一切情形，据实具奏。

铁良南下的真实目的，地方官心知肚明。人未到上海，《警钟日报》已经刊出一篇题为《民穷财尽何以堪此》文章，指责铁良此行是为了"收刮东南之财富以供北京政府之挥霍"。杨士琦当时正在上海，报章的动向及时向袁通报。袁世凯已拿定主意策动奕劻换掉魏光焘，因此不怕南边反对声大。但接下来的一则消息，则令袁世凯兴奋。据杨士琦报告，魏光焘已经安排两江三省巡抚藩台及江南制造总局等伪造账目，以应对铁良的罗掘，这性质就严重了。袁世凯立即将这一消息电报奕劻，奕劻则表示空口无凭，如果南边报纸上能捅出此事，他则有把握调开魏光焘。

这并非难事，杨士琦在上海结交甚广，找个把记者写篇文章小菜一碟。所以江南造假账的消息很快在报纸上登出来。奕劻拿着载有报纸文章全文的电报让慈禧看，慈禧震怒道："真是岂有此理！魏光焘不能在两江待了，给他挪个地方，不然铁良没法着手调查。"

因此，铁良到上海的当天，魏光焘调任闽浙总督，署闽浙总督曾任过江南制造总局总办的李兴锐署任两江的上谕已经明发。这一任命不但魏光焘措手不及，就是张之洞也被吓到了。他这才知道这次朝廷是下了大决心，也意识到由袁世凯把持的练兵处不可小觑。

铁良得以放开手脚。一到上海，先是考察江南制造总局、龙华镇火药局，他带去精通账目的人员则调来历年账簿一一核查，七八人同时下手，算盘珠噼里啪啦，在陪同的地方官听来心惊胆战，而铁良听来却胜比弦管。

五天后又到苏州，清查江苏藩库及粮道库、牙厘局、淞沪厘捐局、善后局、沙州公所,同时校阅驻扎苏州的续备军、巡警军及武备学堂。在苏州前后查了二十天,然后转往吴淞、江阴、镇江检阅炮台及营伍,前后又耗去半月。阅完兵,又转到仪征,稽查两淮盐务。查完盐务,又转到南京。在南京事情颇多,考察江南水师、陆师学堂,校阅驻南京的南洋常备右军、续备护军及江南武威新军、江宁八旗常备军及续备军;考察城外炮台、金陵制造局各厂。他四处考察,手下的人则埋头清查江宁藩库、银元局、机器局、筹防局、支应局及厘捐局等所有账目。

在江苏一省,铁良可谓收获颇丰,最大的收获是查清了两淮岁入未报部的巨额款项。光绪二十九年,实查报收银一千二百余万两,而自行报部则仅为五百余万两。他又在上海江南制造总局查出余款八十余万两,饬令如数封存。此外在支应局、筹防局、银元局、江海关等发现少则十余万两,多则数十万两的余款,他干脆以代收两江军饷的名义,直接提款合计一百零二万两。

江苏被这么切实一查,江南数省都紧张起来,因为他们都经不住铁良这样真刀真枪的清查。被戏称为"江南诸省总统"的张之洞见机行事,照练兵处原分派数额解足五十万两,又就冗员靡费尽力节裁认解三万两,又率司道厅府州县报效五万两,听候部拨。敲山震虎的目的已经达到,朝廷明发上谕,着铁良毋庸再察查财政。这表明朝廷已经决定在清查财政上放江南诸省一马。

铁良于12月9日离开南京,进入安徽,考察东西梁山炮台,而后到位于芜湖的湾沚,考察江南制造总局新址,而后到安庆、马当以及江西的湖口、九江等地,都是考察炮台,校阅营伍,未再察查任何账目。在萍乡考察前后七天,因为这里也是打算作为江南制造总局新址。等他到湖南省城长沙时,已经是1905年的1月15日,光绪三十年腊月初十。按铁良的计划,还要考察武昌、开封,年前无论如何是回不了京了。中国人最讲究过年一家团聚,随员们都以不能回京而遗憾,但在铁面无私的铁良面前,无人敢流露任何不满。

而此时,铁良却意外获得了一个极妙的筹款办法。

湖北有个颇能干的候补道叫孙廷林,办事精明,很得张之洞的赏识。后来他谋到了川盐督销局的差使,但干了不及半年,开支大增,而收入锐减,张之洞大怒,断定此人必定贪墨甚巨,于是派人饬查。孙廷林四处借款,总算把窟窿堵上,张之洞才放他一马。孙廷林真是赔了夫人又折兵,对张之洞十分憎恨,但又无可奈何,等到铁良南下,他盼到了报一箭之仇的机会,打算把湖北的底子都抖搂给铁良。不想铁良奉旨不再察查财政,让他顿觉英雄无用武之地。但后来还是想到了一个恶心张之洞一下的办法,就是密告四省土膏统捐的巨额收入,为铁良谋了一个筹款的妙策。

鸦片有生熟之分。罂粟花的子房内沥出的汁自然凝结成块,略施人工以便包装及载运,这就是生鸦片;生鸦片通过溶解、滚沸或者煎熬,经次第加工炼成净质,就可供吸食之用,这就是熟鸦片。生鸦片称之为土药,或者简称为土;熟鸦片则习惯上称烟膏,简称为膏。原来土膏征厘税,是由各厘卡层层征收,不但各省税厘标准不一,就是同省当中也标准不一。为了吸引土膏经销商,各厘卡又采取打折等办法,导致税厘流失。又加侵蚀严重,因此虽屡加整顿,效果却不甚明显。后来湖北和湖南联合在宜昌设立土膏总局,择要再设几个分局,两省统一税厘标准,一次征收后给予凭证,就不再重复征收。这样极大地方便了商户,也防止了税厘偷漏,结果两省土膏税厘大增,不到一年时间比从前两省收入多出一百三十多万两。按照两省的协议,各取上年土膏收入后,增收的部分两省平分,结果两省都分到了六十多万两。安徽、江西两省与两湖紧邻,土膏交易也是往来不绝,也加入统捐办法中,于是成为四省土膏统捐。孙廷林把打听到的土膏增收情况密报铁良,并建议他可把两广、闽浙纳进来,推行八省土膏统捐,按各省上年的土膏税厘收入额度分留各省,增收部分划归中央作为练兵经费,这样就可轻轻松松筹措两三百万两。

铁良如获至宝,立即上奏朝廷,建议推行八省土膏统捐,在宜昌设总局,朝廷派员办理,所收厘税,均照光绪二十九年收数分解各省,溢收之数则上解练兵处,作为练兵军饷。"如此,则商民可免沿途苛累,于各省进项亦复无损丝毫,而国家有此进款似于大局不无裨益。"这种说法显然是明欺地方,因为实行统捐后各省收入必大增,而却以光绪二十九年的定数给各省,余款均上解,怎么能说"于各省进项亦复无损丝毫"呢?

奏折上去,朱批让户部、练兵处筹议。

袁世凯奉命入京参加奕劻主持的会议,铁良的奏折节略已经抄了数份,发给众人。奕劻把铁良提议的八省土膏统捐的建议向众人做一简单介绍。会议很难得的高度一致,唯一担心的是八省是否同意。

"同意不同意都要推行,练兵筹饷的数额分派下去,各省都喊穷,都说得款无着。如今宝臣找到了这样一条稳固的路子,他们要是再不同意,那就是有意与朝廷作对。"袁世凯首先表明态度。

户部尚书赵尔巽道:"恐怕留给地方的数额上,还要有一番争论。"

袁世凯表示反对:"最好不发生争论。宝臣说得明白,先试行一年,既然是试行一年,以二十九年的各省实收数为基数留成给各省,他们也不算太吃亏。如果推行的时间久了,再调整分配数额也不晚。"

"慰廷说得有道理,朝廷说朝廷的办法,地方有异议时再与他们议论不迟。"临近年关,铁良从江南查出大笔银子,而且又突然有这样一个筹款的确切办法,众人都极为轻松欢快,奕劻兴之所至,邀请大家到他府上小聚。

袁世凯回到天津,八省土膏统捐的上谕已颁:

> 土药税捐,统归一处抽收,既为商民省累,又于进款加增,着财政处、户部,即行切实举办。其统捐收数,除按各省定额,仍照旧拨给应用外,其余溢收之数,均着另储候解,专作练兵经费的款,不得挪移。至此项统捐,应如何遴派妥员,通筹办法,期于推行尽利之处,并着财政处、户部会商各该督抚,从速详定章程,奏明办理。原折均着抄给阅看。将此各谕令知之。

虽然八省肯定要讨价还价,但分派各省总计大约九百万两的军饷筹齐已经有八九成的把握。袁世凯立即把督练公所的人召集起来,安排尽快募练两镇常备军的计划,他的要求是年前做好各项准备,年后立即动手,上半年前必须正式成军。

袁世凯在关注东北的时候,又出现了将势力直达南洋的机会,这个机会是署两江总督李兴锐去世带来的。李兴锐从闽浙调往两江时,身体就不好,又加北上时正是天寒地冻,南京比福州冷得多,因此病势加重,未等到过年竟然去世了。当初铁良挤走魏光焘,袁世凯就曾经打算乘机有所作为,不过朝廷采取两江与闽浙对调,他就无能为力了。如今两江出缺,他立即密电奕劻,推荐山东巡抚周馥署理两江;周馥缺出的山东巡抚,则推荐直隶布政使杨士骧署理,这两项人事任命在年前就明发了上谕。

袁世凯的势力扩展到两江的另一个机会,则源于江淮省的旋设旋废。清代设漕运总督,专责南漕北运。但后来随着漕粮海运以及漕粮折色(折为现银征收),漕督几无事可做,无公可办。光绪二十八年,陈夔龙出任漕督,他以名实不符,建议裁撤。数月前,有位御史旧事重提,建议裁去漕督。被称为状元商人的南通人张謇通过江苏巡抚也呈递条陈,建议漕督裁撤后,在江北建江淮省。其范围包括苏北四府及二直隶州,安徽颍、亳两府州,还有河南归德府及山东曹州府,这些地方风俗相近,历史上本就联系密切,而且这一带民风强悍,伏莽滋繁,地当要冲,合为一省,改设巡抚,以便镇抚,极洽民情。但朝廷认为,如果从安徽、山东、河南地方划入府县,事涉四省,太过纷更。最后意见是撤去漕督改设巡抚,只割苏北的四府二州设为江淮省。漕督就地改为江淮巡抚,衙门属吏均仍其就。

没想到年后上谕一颁,立即引起江苏籍京官不满,以工部尚书陆润庠为首上折反对。理由是朝廷新政正在议减数省巡抚,却又将江苏一分为二增设巡抚,未免政令纷歧。两省划江而治,江苏仅存四府一州,地形平衍,形胜全失,几不能自成一省。其他理由尚有四五条。而新署理两江总督周馥也反对江苏分割,原来支持此议的江苏巡抚端方又调任湖南,而且京中各衙门上了七十余件说帖,支持江淮建省的只有七件。于是朝廷下旨撤销江淮省,只增设江北提督一职,以镇守苏北冲要之地。

练兵处办事章程规定,地方武职大员出缺,由练兵处提供人选请旨简放。袁世凯以练兵处的名义推荐军政司正使刘永庆出任江北提督,很快获准。

此事对练兵处襄办大臣铁良刺激颇大。他南下数月,从江苏查出数百万两瞒报收入,又采取了八省土膏统捐办法,为练兵处筹到了稳固的饷源。可是这些军费全都直接解到了北洋,练兵处只作往来账记录,袁世凯全拿去练了北洋六镇常备军。这六镇中有五镇为袁世凯党羽把持,只有旗营一镇在铁良手上,而且中层将领还多系袁世凯部属!尤其是想到自己搜刮江南引起地方憎恨,竟然有人在彰德府车站要暗杀他,虽然自己躲过一劫,却受惊不小,以致半夜噩梦不断;而自己履险,袁世凯得好处,这口气如何咽得下!

铁良回京的当天,练兵处军学司训练科监督良弼就对他说,袁世凯是借日俄战事练兵,借练兵而大练北洋兵,借大练北洋兵而巩固北洋势力。铁良如今一看,到头来自己全是为袁世凯做了嫁衣。

"赉臣,你我得携起手来,不能让本初在练兵处一手遮天。"这天,他把良弼叫来说话。本初是袁绍的字,京官常借指袁世凯。

良弼回道:"练兵处三司副使以上皆是本初党羽,我们是胳膊拧不过大腿。"

"话虽如此,不过各科监督多是日本留学士官生,我看他们都很服你,应该善加笼络。"

爱新觉罗·良弼寄籍湖北，被张之洞派赴日本陆军士官学校留学四年，回来时恰逢练兵处成立，被铁良推荐当了军学司训练科监督。各科监督留日士官生占了十之七八，良弼以满人身份而在各位监督中颇具资格，又加幼年丧父，经历与铁良相似，人又精干，因此深得铁良器重，在练兵处引为援手。

"赉臣，军学司副使陆朗斋已决定到第四镇任职，他遗出的缺我打算让你替补。"陆建章要到第四镇去任协领，是最近确定的事，消息尚未公开。铁良已经向奕劻力荐良弼接任，奕劻特别给面子，已经答应，"赉臣，只要我在练兵处一天，就会全力提携你。"

良弼立即离座行礼致谢。

铁良拍拍他的肩膀让他坐下道："赉臣，我不要你谢，我并非为了私人恩怨，而是为了满人的未来，也是为社稷着想。自从洪杨叛逆，湘淮军崛起，八旗、绿营地位一落千丈，咱满人的大权也渐为汉人所夺。难道咱们满人都只配提笼遛鸟？我不信！像你这样留学日本的高才生比之汉人毫不逊色，说句不谦虚的话，我比袁本初也差不到哪里去，只是这些年我们满人自甘没落，有点才能的也不得大用，所以人才更加凋敝。我们必须振作起来，不仅仅是谋我们个人的富贵，而是要为恢复满人的神器而抗争。赉臣，你我肩上责任重大，你懂不懂？"

良弼回道："从前不懂，如今听了大人教诲，终于明白了，大人心中是有天大的志向。"

"为咱满人争地位，可以说是天大的事。你既然明白了我的苦心，以后就要多多用心。"

# 第十四章

## 平冈游说摸底线　世凯谈判维国权

铁良与良弼密议的时候,袁世凯也正与詹天佑商议京张铁路修筑事宜。

袁世凯叫着詹天佑的字道:"眷诚,你考察京张铁路线已经数月,对这条铁路的重要性恐怕比我还清楚。这条铁路必须得修,而且要尽快。从北京到张家口这一路为南北互市通衢,每年产自蒙古的皮毛、驼绒都由这条线运抵京津,然后出海;而蒙古由内地运销的货物更多,茶叶、纸张、糖线、煤油等需求量非常大,但因道路难行,总是受阻,修通京张铁路对北方商务发展关系重大,这还仅是其一。其二则与国防关系极大。铁路修通,运兵到塞外就方便得多。各国都是看到了这条铁路的经济和军事价值,所以竞相控制。他们要控制,无非就是以为大清一没有钱,二没有人,要修这条路必得与他们相商。今天我们倒要全凭自己的力量把这条铁路修起来,让洋人看看,死了张屠夫,照样不吃带毛猪。"

詹天佑回道:"蒙宫保信任和提携,我主持修筑了西陵铁路,积累了经验。这几年又参与了京汉铁路桥梁建设。我可以给宫保打保票,派几个得力助手给我,一定能够把京张铁路修起来。"

"英国《泰晤士报》有位记者叫莫里循,他对你好像不大看好。"袁世凯把一张报纸递给詹天佑道,"这是驻英使馆给我寄来的一张报纸,上面有记者写的一篇文章。"

重要的内容袁世凯已经用洋铅笔勾了出来,上面写道:"中国只有一位工程师,一个姓詹的广东人,他从来没有独自做过一件工程,他在外国监工下所修的北方几条路,都必须彻底返工。我们在南口曾遇到他和他的随行人员,詹天佑骑着一头骡子,他的两个助手骑着驴,苦力们携带着经纬仪和水平仪。这些人并没打算测量,而且事实上他们也不会测量。他们的主要任务就是让载着货物的大车和骆驼免费通过厘卡运到张家口去赚钱。"

詹天佑看罢气得面红耳赤道:"宫保,他们这是血口喷人,我修的铁路哪有一条彻底返工过?我们有时候难免与商队同行,哪里是自己运货物到张家口去销售赚钱?"

袁世凯点上一支雪茄,深吸一口后道:"眷诚,我当然相信你。我让你看这张报纸的目的是让你明白,洋人根本不相信我们自己能修京张铁路。所以,这条铁路不修则已,要修的话必须确保成功,不然,会让洋人笑掉大牙。"

詹天佑打保票道:"宫保放心,技术上我有把握。现在难的是资金,我初步估算了一下,这条路全长三百七十余里,中间有数十里山路崎岖,尚需开凿,包括买地、填道、购料、设轨、凿山、建桥等,总要有五百多万两银子。"

"银子的事我已经筹划好了,每年能筹到百十万两。"这几年关内外铁路盈利大增,去年已经达到一百八十余万两。因为修路时借了英国人的债,因此英国人要求铁路盈余必须全部存到汇丰银行,用以归还每年借款本息八十万两,但这一百余万两盈余英国人仍然不让动。这就没有道理了,但英国人的理由是以备盈利不好时还款。袁世凯把杨士琦调回来,专门去与英国人交涉,最后双方商定,只要续存半年的借款本息,余额部分就可由大清关内外铁路公司动用,"六个月的本息不过是四十多万两银子,这好筹划,余额就可拿来修铁路。一年百十万两,有五年时间就可筹足五百万两。"

"每年有百十万两银子撑着,那就随时可以开工修筑。如果银子凑手,不耽误工期,大约四年就可以完工。"

"好,眷诚,我马上奏请修筑京张铁路。这条路咱们不蒸馒头争口气,要坚持两个不用。一是不用洋人,这一条全靠你,让洋人看看,国人能不能自己修路。二是不用洋资,用洋人资金除了利息盘剥外,往往附带不少要挟条件,譬如京汉铁路,我们损失利权太多。如果这条路能修得成,以后照此办理,何必看洋人脸色行事?"

詹天佑列了一张十余人的名单,让袁世凯帮忙调到京张铁路上来。袁世凯收下名单后道:"你专心修路,人员和银子我来想办法,就好比打仗,你只管在前面冲锋陷阵,后勤辎重只管交我负责。"

这时,电报房送来密电,从欧洲远道而来的俄国舰队已经在新加坡加满煤,将要驶往海参崴,日俄海战不久就要打响。

"谁胜谁负,就看这一仗了。"袁世凯又对詹天佑说,"眷诚,日俄打他们的仗,咱们修咱们的铁路。"

到了5月底,日俄战争彻底见了分晓。

先是在3月份,三十七万俄军与二十五万日军在盛京一带决战,结果俄军伤亡十二万人惨败,日军虽胜损失也达到七万余人。

到了5月底,航行了近三万公里的俄太平洋第二分舰队与第三分舰队在越南金兰湾会师,然后浩浩荡荡进入日本的对马海峡。不过,这是一支仓促拼凑的舰队,一些舰只尚未完全建成就出海,边航行边安装。官兵战术水平低,有的甚至缺乏起码的训练,通信联络靠德造无线电台,德国技术员一走,电台即形同废物。官兵矛盾很深,士气低落。特别是听到日军连连胜利的消息,恐日症弥漫整个舰队,有时把外国商船当成日本舰队而盲目开炮,甚至相距较远的自家舰艇也发生误会,互相开炮。根据国际公法,交战国舰只不能在中立国港口取得补给,三万里航程俄海军没有一处基地,为了解决燃料问题,只得在海上拦截运煤船高价收购,有机会就尽可能多装,以致甲板、机房、洗澡间、军官卧室等一切空地都堆积煤炭,严重超载使本来航速就不占优势的舰队行动更为迟缓。

日本舰队在对马海峡附近以逸待劳,对俄舰队发动攻击。俄舰队严重缺乏斗志,只想尽快逃到海参崴,但因为刚刚加完煤而航速比日舰慢。结果从5月27日13时开战到28日晨挂白旗投降,俄舰队二十一艘战舰被击沉,九艘被俘,逃到其他地方的也被日本宣布为战利品。俄方人员死亡四千八百余人,被俘近六千人,而日军仅损失三艘鱼雷艇,一百余人阵亡,受伤不到六百人。对马海战以俄军惨败日军完胜而结束。

按照战前的承诺,日俄无论谁胜谁负,都要将东北交还中国,如今胜负已决,日本会不会践诺?这是举国都十分关注的问题,袁世凯亦不例外。就在此时,他收到奕劻的电报,说日本众议员平冈浩太郎已经在京中遍访权要,奉太后口谕,外务部建议平冈来津与袁世凯会谈。

第二天中午,平冈乘火车赶到天津,袁世凯派坂西和段芝贵到车站迎接,午饭也由两人作陪,告诉他晚上袁大人将宴请。

袁世凯睡了午觉起来,到客厅会见平冈。本来准备了翻译,没想到平冈中文很流利,根本用不着。

平冈开门见山道:"我此来贵国是因为日露战争接近尾声,东三省的善后问题出现了。对此问题,日本各个政党以及报纸出现了各式各样的论调,不胜枚举。他们基本上认为,日本丧失了十几万人的生命,耗费了很多军资,最终的目的是保全东亚,在贵国能够自卫之前,日本应代其管理。地方上的少壮派人士中存在这样的言论:列强趁此时机想瓜分贵国,为了防止此野心,日本应该事实占领福建,延长长江沿岸的铁路,和贵国共同管理。我认为这种舆论应该停止,于是特地来到贵国,主要目的是述说自己的主张并听取被访者的意见。我已拜访庆亲王、户部的荣庆、兵部的铁大人,还有军机处的瞿大人。贵总督聘用了许多日本人,十分了解日本的事情,而且具有很高的名望,得到同僚的认可,我想向您述说我的主张,彼此敞开胸襟地交谈。"

"在我国也有一部分人认为,日本是为了朝鲜问题而同俄国交战的,战争中,满洲全境成为战场,当地居民遭受战争迫害。这是民间的舆论。我国政府对贵国厚义饱含感激之情,希望在满洲善后问题上能协商彼此的意见。对于贵国想将东三省暂代管理的舆论,在日俄战争之前,贵国皇帝曾向世界宣布,战后会将满洲交还大清。如果贵国有人主张不还给大清,这违背了最初的宣言,贵国不怕失信于世界?"

在与京城的权贵论及这个问题时,无论庆亲王还是瞿鸿禨、铁良,都没像袁世凯这样针锋相对地反驳,平冈立即表态道:"我国政府绝不会违背战前的承诺,日露战争的主旨是为了保障东亚的和平。为了和平,需要防止俄国的卷土重来。所以,在撤兵的时机到来之前,日本代贵国管理,这对两国都有好处。俄国的东侵策略由来已久,现在并吞满洲的希望挫败了,可以预见,不久之后很可能会对蒙古、伊犁进行侵略。所以,贵国应该迅速发展军备,以应对东西方的压力,进行自卫性的防御。目前贵国最重要的事情在于壮大兵力,至少需要五十万。"

"养兵是急务,对此我有同感。但是贵国维新以来,三十年锐意扩展武备,至今不过仅有十三师团而已。按照我国眼下的情况,急速练兵五十万,实在是非常困难的事情。至于俄国,此次元气大伤,五年或者十年之内当无力侵略中国,大清正可趁此时机练兵。所以,贵国目前交还满洲,绝不存在大清守不住的问题。"袁世凯针锋相对。

"我在京中与瞿军机和铁大人都谈到这一问题,瞿军机认为练兵五十万很容易,铁大人的说法与贵总督一致,认为是非常难的事情。"

袁世凯听了笑道:"练兵五十万谈何容易?一则教育尚未普及,将校之才非常难得;其二财政困难,需饷甚巨。这两大要素,短时间无法具备。"

"贵总督的两点理由,与铁大人的意见也完全相同。可见,大清国中只有两位大人还算明白人。"

"阁下谬赞,大清明白人并不少。"

平冈又道:"教育问题十分重要,这次日露战争之际,在我国的士兵之中,来自京阪地区受过教育的士兵,比其他地方没受过教育的要勇猛。所以,培养人才是很重要的事情。可是,北京的科举还存在,大量的人才想通过科举进入仕途,而进入新式学校的人却未成风气,如此实在让人感到叹息。贵总督应当建议朝廷取消科举,大办新式教育。"

"阁下的建议很好,我会考虑向朝廷建议。直隶学习日本的教育,已经取得了一些成效。"于是袁世凯向平冈介绍直隶的教育情况。

"如果贵国各省都能像直隶这样办事就好多了。"

两人又谈到如何筹饷,平冈笑道:"这也并非难事,中国地方很大,矿产丰富,只要实业发达,财富可甲全球。在这方面,中日值得合作之处甚多。"

袁世凯则又趁机向他介绍直隶派人赴日本参观大阪博览会,回来后开办直隶工艺局,兴办实业的情况。平冈由衷地赞叹道:"贵总督真是了不起的人物,只可惜你这样的明白人太少。贵总督想过没有,贵国开始效法西方,比鄙国还早,可是为什么贵国的成效没有日本卓著?"

"我国要办一件新事情,反对的力量总是太大。"

"我以为贵国与我国效法西方最大的不同,是我国效法了西方的立宪制度,而贵国却抱残守缺。日本在明治维新以后,发布并实施宪法,君民上下,遂成巩固不摇之势。欧洲除俄、土以外,各国皆为立宪,而以英、德之宪法最完备,所以能俯视列强巩成大国。十年前中日一战,日本打败看上去极强大的中国;十年后,日本又战胜看上去更强大的露斯国。这与其说是军事上的胜利,不如说是宪政的胜利。"

"这种说法,我国朝野近来也十分流行。"

"中国应仿日本之制,定为立宪政体之国,尽快宣布中外。如此不出十年,中国面貌可巨变。"

"阁下的美意,我也将如实奏报朝廷。"

"今天跟您这么长时间地交谈,非常满足。北京的大员比起总督来差得实在太远。他们不敢承担责任,我提的每个问题都说事关者大,需要奏请。在国家生死存亡之际,政府存在这样的当局者,实在是让人感慨。"

袁世凯将与平冈会谈情形密电朝廷,平冈传递出的日本要为大清代守东北的信息让朝廷十分紧张,向各督抚下达密谕,让他们就满洲善后问题各抒己见:"日俄两国已有和意,闻有在华盛顿两国直接开议之说。朝廷现在应如何因应,及将来接收东三省,应如何善后办法,着政务处传知各衙门,悉心筹画,各抒所见,密行具奏,以备采择。"

此时,袁世凯又收到了张謇的信,劝他策动朝廷立宪改革。张謇当年在吴长庆营中时曾当过袁世凯的老师,后来因看不惯袁世凯对吴长庆忘恩负义而绝交,二十余年不通音信。甲午惨败让他觉得当官无味,奉行实业救国,弃官经商,陆续在南通、海门等大办企业,而且极其顺利,很快形成了以大生纱厂为核心的大生企业集团,被誉为"纺织大王",1904 年盈利五十多万两白银。经济之外,还创办了南通纺织专科学校、通州师范、通州博物苑、南通图书馆等,名震大江南北。他因为曾经参观日本大阪博览会,对日本三十年的巨变感受颇深,主张大清应当效法日本,实行君主立宪。从去年开始,他就鼓动湖广总督张之洞、两江总督魏光焘等人支持大清实行宪政。张之洞说此事重大,还是先听听袁慰廷的意见,所以去年他就给袁世凯写信道:"公今揽天下重兵,肩天下重任矣,宜与国家有死生休戚之谊,顾亦知国家之危,不变政体,而为揖让救焚之迂,图无及也。日本伊藤、坂垣诸人,共成宪法,巍然成尊主庇民之大绩,论公之才,岂在彼诸人之下?"袁世凯当时对宪政所知了了,认为大清实行宪政并不具备条件,因此回信称此事需缓以时日。

而这次的来信,仍然是策动袁世凯支持宪政,采取的仍然是"激将"法:"万几决于公论,此对外之正锋,立宪之首要。上年公谓未至其时,亦自有识微之处。日俄之战已见分晓,日俄之胜负,立宪专制之胜负也。""万世在后,历史在前,今更为公进一说:日处高而危,宜准公理以求众辅。以百人辅,不若千;以千人辅,不若万;万人不若亿与兆。""且公但执牛耳一呼,各省殆无不响应者;安上全下,不朽盛业,公独无意乎?及时不图,他日他人,构此伟业,公不自惜乎。"

袁世凯是极其敏锐的人物,他已经感觉到立宪之说正在兴起。他是最善于抓住变化寻求机遇的人,但像这样更改国体的大事,上面到底是什么想法? 在摸不准的情况下不能贸然表明态度,但又不能不痛不痒说一通无用的官话。到底怎么回奏朝廷?最后,他想了个变通的办法,发一封电报给军机处代奏,电报的好处言简意赅,可留下将来解释的余地。

> 鄙意自庚子以来,外人咸盼我变法自强,朝廷亦屡诏行新政,而起视京外,实效寥寥,外人因亦疑我轻我。现筹办法,宜对症投药,亟须雷厉风行,革弊兴利。应饬王公大臣分班出洋游历,又遣专员分赴各国考察各项专门政治,以资采访,而减阻力,使外人咸晓然知我发奋修政,非从前粉饰敷衍可比,庶有以阴服其心,而杜其借口。至东三省必须改设行省,参以各国治理成法,改良政事,扩张军备,以免人硬行干预,否则我不能守,人将代守,我不肯办,人将代办,实逼处此,无可闪躲。

过了几天,袁世凯收到奕劻的电报,让他速赴京城,有要事面商。两人见面时已经是下午,地点在奕劻的书房,因为天太热,书房里堆了冰块降温,茶几上摆着冰镇的西瓜、荔枝。奕劻把一摞稿子交到袁世凯手上说道:"慰廷你先看看,立宪如今成了顶时兴的词了。"

奕劻交给袁世凯的是要求立宪的奏折节略,按时间顺序都排好了。最早提出立宪建议的是驻法公使孙宝琦,他在去年就上书政务处道:"中国欲求所以除壅蔽,则各国之立宪政体洵可效法。宜仿英、德、日本之制,定为立宪政体之国,先行宣布中外。""饬儒臣采访各国宪法折中编定,饬修律大臣按照立宪政体参酌改订,以期实力奉行。"

今年春,出使美国大臣梁诚与新任出使英国大臣汪燮联合前出使英国大臣张德彝、前出使法国大臣孙宝琦和新任出使法国大臣刘式训、前出使比利时大臣杨兆鋆、前出使德国大臣荫昌、新任出使德国大臣杨晟在联衔奏折中说:"立宪制度滥觞于英伦,踵行于法美,近百年间,环球诸君主国无不次第举行,唯俄罗斯处负隅之势,兵力素强,得以安常习故,不与风会为转移,乃近以辽沈战争,水陆交困,国中有识之士,聚众请求,亦将宣布宪法矣。""我国东邻强日,北界强俄,欧美诸邦,环伺逼处,岌岌然不可终日,唯有立宪能转弱为强。臣等反复衡量,百忧交集,窃以为环球大势如彼,宪法可行如此,保邦致治,非此莫由。"

御史言官提议立宪的也有好几份。袁世凯最关注的是湖广总督张之洞,他在奏折中说:"世运进化,前日专制政体必不能久存于竞争之日者也,今日俄之役既明示以立宪之利、专制之害,是以中国亟应议立宪政。"

"香帅这次得风气之先了。"张之洞曾经电询袁世凯,希望两人联衔奏请立宪,袁世凯婉辞了,如今见立宪在京中已经是人人可谈,不禁有些后悔自己的保守。

奕劻听了问道:"慰廷,你在电报中说得有些含糊,你是支持立宪还是不支持?"

"当然支持,除开他们说的这些理由还有一条,立宪是对付革命党、消弭革命的办法。我得到情报说,孙文领导的革命党正在日本诱惑留日学生,其势十分猖獗,最近更是提出要'驱逐鞑虏,恢复中华'。"

"慰廷,外有强敌,内有宵小,局势真是令人担忧。"奕劻听到"鞑虏"两字,身子禁不住一抖,因为他就是掌枢的"鞑虏"。

"革命党蛊惑人心的最大借口,就是朝廷专制政体,专务压制,认为官皆民贼,吏尽贪辈,民为鱼肉,无以聊生。如果朝廷能够顺应潮流,改行宪政,他们欲造言,而无词可借,欲倡乱,而人不肯附。朝廷或可因此化解革命党人的危机。"

"宪政如果真有此妙用,当然很好。慰廷,我对宪政不甚了了,你说说宪政到底是怎么回事?"奕劻又问道。

"其实我也不甚了了。我听别人说日本的君主立宪多一点,大约的意思就是,凡是国家大政,要让大家广泛讨论,然后责任内阁拿出办法来,最后请天皇圣裁。这样的好处是,皇权保住了,而民众的意见也听取了,可以解决官民隔阂的问题。国家制度上,最重要的是讲立法、行政和司法三权分立。"

"实行宪政,君主的权力是不是就要少了,受到限制了?"

"是会受到限制。宪政的根本,就是万机决于公论,而不是一人说了算。但国家大政,最后还是要君主来裁可。"

奕劻小心翼翼道:"慰廷,这就要小心了。上面最担心的就是权力被夺走。戊戌年的时候,皇上要设立懋勤殿,不过是设一帮顾问,都引起轩然大波,要万机决于公论,上面会怎么想?所以,你模棱两可的说法未必不是好事。你只要想一想,戊戌年的时候变法叫得多响,闹得多么热闹?结果呢?"

袁世凯一想结果,又勾起自己的心病,不禁脸色大变。

"我如今是没摸透太后到底是什么意思,所以如果见起的话,太后问到立宪问题,你不妨虚晃一枪,只提议让大臣出去看看,看完了再说。"奕劻这样建议道。

"王爷,我真是受教了。"

时值盛夏,慈禧和皇上在颐和园听政,召见袁世凯的地方是仁寿殿。

袁世凯跪下,将凉帽端下来放在地上,坐在左侧的光绪先开口了,问道:"袁世凯,这次日本人平冈进京游说大臣,又去天津见你,你以为他此行的目的是什么?"

袁世凯回奏道:"平冈此行,虽然自称是以民间身份访问,但依臣看来,应当是替日本政府打探我朝廷对东北的态度。平冈一再说明日本民间颇以为日本应当代守东北,大约日本政府也有此想。"

光绪鼻孔里哼了一声道:"日本人当初承诺没有占领大清领土之意,大清之地,何劳他代守?"

"日本人虽然获胜,但牺牲也不小,尤其陆军伤亡十几万,所以国内会有代守满洲的说法,无非是想多要些利益。"

光绪恨恨道:"如果任由日本人代守,岂不是前门驱狼,后门进虎?"

"臣估计日本人的想法未必能够得逞。现在日俄两国请美国人调停,美国人持的是门户开放政策,反对一国独大,当年反对俄国人独占满洲,当然也不会任由日本人赖着不走。听美国驻津领事之意,美国将力劝俄国,将从前获得的东清铁路及旅大租借权让与日本,其他地方则完全交还大清。如果日本兵不撤,俄国人大约也会有意见。以臣对日本人的了解,他们肯定还要提出其他要求。"

闻言,慈禧此时才说话道:"要把日俄干干净净从东北赶出去,看来是不太可能了。朝廷已经向美、日、俄三国声明,日俄议和条款内,倘有牵涉大清事件,未经与大清商定者,一概不能承认。如今日本接手俄国人在东北的特权,怎么着也得获得朝廷的认可不是?刚才你也说了,恐怕日本人还会额外提要求,到底该怎么与日本人谈,朝廷叫你来,就是要听听你的想法。"

太后也知道"要把日俄干干净净从东北赶出去"不可能,可见奕劻平日的劝谏起了作用。太后不存妄想,能从实际出发,将来就不致太坐蜡,于是便回奏:"日本人贪心不足,如今又是新胜,恐怕在南满铁路、旅大租地之外,会提出商务等方面新的要求,将来谈判时自然应当竭力阻止。"

"都知道谈判难,和日本人谈更难。当年李鸿章是会谈判的人,就是外国人也都服气。可他与日本人谈判受尽了屈辱,结果赔了两亿多两银子,割了台湾。如今举国上下,能谈判的恐怕还要依靠北洋,尤其是唐绍仪,当初收回天津,今年与英国人谈西藏问题,都是他主导,是不错的外交人才。"

"臣实在无法与李文忠相比,尤其与洋人谈判更是难望其项背。若将来谈判,还请庆王或军机大臣中有资历和威望者参与,以免臣有疏漏造成损失。"袁世凯当然不愿自己和唐绍仪独当大任,因为这样难免独戴其罪。如果当年马关谈判李鸿章把翁同龢一起逼了去,何止被清流骂个狗血喷头!

京中已有袁世凯亲日的说法,军机大臣瞿鸿禨尤持此说,已经表示愿意参与谈判,以免国权沦丧,所以慈禧痛快答应了:"让瞿鸿禨出任全权大臣好了,到时候你们商量着来。"

袁世凯磕头"嗻"了一声。

说完此事,慈禧话锋一转又问道:"日俄如果如期撤兵,我们接收东北后,该如何经营,朝廷下诏求言,结果大多数人都说朝廷应该行宪政,好像宪政是一服灵丹妙药。袁世凯,你也认为朝廷应当实行宪政吗?"

"对宪政臣所知了了,只知道是宪政发端于欧洲,日本效法欧美,实行宪政,不数十年而国力大增。但宪政是否适于大清,不是纸上谈兵就能确定的,臣建议朝廷派出大臣去欧美各国考察一番,再下结论不迟。"

"你这个建议很好,行与不行先考察一下再说。我年纪大了,可是脑子并不糊涂,有富国强兵的好办法我当然要支持。可更改国体这样的大事不能不慎而慎又慎,仓促行事,闹得怨声载道,不但于事无补,反而惹来乱子。这样的教训我们不是没有。"这样的教训当然是说戊戌变法,光绪面无表情,低头无语,慈禧接着道,"东北接收过来该怎么经营,你有什么好想法,说说看。"

"臣建议在东北实行行省制,设督抚以加强治理。当然,该不该设,怎么设,臣还是建议到时候朝廷派重臣去考察一番,再做结论。"

"八旗从龙入关后,满洲人烟稀少,而且又是龙兴之地,所以朝廷实行军府制。这些年来闯关东的人屡禁不止,如今又被俄、日这么一闹,看来要想和当年一样实行封禁已经不可能了,实行行省制看来是势在必行。等与日本人谈出结果了,就派人去做一番考察。"说完这些,慈禧又问道,"你还有要回奏的事情吗?"

这是要袁世凯跪安的意思,若在平常,此时磕头退出就是,但袁世凯并未跪安,接话道:"臣的确有事要奏,臣建议废除科举。"

光绪身体很差,脸色灰暗,精神头不好,今天坐了这许久已经很疲倦,听袁世凯如此说,精神稍又振作道:"废除科举,这与你们前年的奏请不符。"

袁世凯对科举制度很不以为然,三年前与张之洞一起奏请朝廷废除了八股,两年前两人又联衔上奏请递减科举中额,以期逐渐废除科举。平冈这次到天津也谈到科举与人才培养的话题,让袁世凯改变了主意,策动朝廷立即废止科举。

"直隶学校司督办严修,曾经两次赴日本考察教育,感触极深。他曾对臣说,日本明治维新三十余年,最大的成功在教育,教育不但开通了民智,使万民皆可兴实业,更增强了万民的国家意识,举国同欲,故能三十年国势大变。他对臣说,一言以蔽之,教育可救国。日俄之战,无论兵力还是国土远远倍于日本的俄国惨败,更让臣夜不能寐。臣以为,培养新式人才,非大兴新式学校不可。而科举一日不停,士人皆有侥幸得第之心,学堂绝无大兴之理。十年树木,百年树人,就目前而论,纵使科举立停,学堂遍设,亦必须十数年后,人才始盛。如再迟十余年,学堂有迁延之势,人才非急切可成,又必须二十余年后,始得人才之用。强邻环伺,时不我待。转瞬日俄和议一定,大清大局益危。科举素为外人诟病,学堂最为新政大端,一旦毅然决然,舍其旧而谋其新,则风声所树,士子绝意科举,一心向学,留学外洋者,亦知晋身之路归重学堂一途,益将励志潜修,我大清何愁人才不兴?且设立学堂者,并非专为储才,乃以开通民智为主,使人人获有普及之教育,具有普通之智能,上知效忠于国,下知自谋其生。其才高者足以佐治理,次者亦不失为合格之国民,兵农工商,各完其义务而分任其事业。"袁世凯这番话几乎是一口气说下来,殿中又密不透风,背上大汗淋漓。

光绪重复着他的话道:"教育足可以救国,这话极有道理。"

"这次平冈到天津与臣也谈到了科举问题,他认为要培养新式人才,非废止科举不可。"

于是袁世凯将平冈浩太郎谈及科举的话题简要奏陈。他的奏对直白浅显,慈禧也听得十分明白,问道:"当年废八股,闹得沸沸扬扬,如今要立即废止科举,你不怕惹出大乱子,招天下士子痛骂?"

"今昔形势已有不同,近年来到日本留学人员每年都有数千人,日本新式教育的成就通过他们而令国人广为所知,尤其此次战争,日本全胜,培养新式人才更为国人关心。臣以为只要妥善安置,当不至于引起大波澜。"然后袁世凯谈善后办法。

"你回去后写个折子来看。新式学校既然这样重要,朝廷也应该有专门衙门办理才好。你直隶有学校司,专管新式学堂是吧?"慈禧这样问,不但表明她对袁世凯的意见完全赞同,而且已经在考虑如何大办新式教育。

袁世凯回道："回太后话,直隶设学校司,专司新式学堂的举办和新式教育的推广。"

"回銮后,朝廷设了学务处,又设管学大臣管理京师大学堂。将来真要废了科举,朝廷也应该设个衙门,专门推广新式教育。"

袁世凯回天津不几天,派大臣出洋考察的上谕就明发下来:

> 谕内阁:方今时局艰难,百端待理,朝廷屡下明诏,力图变法,锐意振兴。数年以来,规模虽具,而实效未彰,总由承办人员,向无讲求,未能洞达原委。似此因循敷衍,何由起衰弱而救颠危? 兹特派载泽、戴鸿慈、徐世昌、端方、绍英等,随带人员,分赴东西洋各国,考求一切政治,以期择善而从。嗣后再行选派,分班前往。其各随事谘询,悉心体察,用备甄采,毋负委任。所有各员经费,如何拨给。着外务部户部议奏。

出洋大臣的人选,奕劻与袁世凯通过德律风密议过。宗室人选,开始是想派载振,但奕劻怕言路上攻击他们父子揽权,因此作罢,改派康熙的六世孙、镇国公载泽。军机大臣中想派的是瞿鸿禨,他兼外务部大臣,出洋考察理所当然。出国考察总要半年以上,奕劻的如意算盘是借机把他排挤出军机,但瞿鸿禨以年老请辞,因此改派军机大臣中最年轻的徐世昌,他是二十几天前王文韶年老罢军机后入军机上学习行走。户部右侍郎戴鸿慈则是代替户部尚书张百熙;湖南巡抚端方是极力提倡宪政的地方督抚的代表,商部右丞绍英也是京官中力倡宪政者。

出洋的经费,户部最初议筹五十万两,但此数招致"甚啬"的指责,袁世凯建议八十万两。袁世凯既然这么积极,外务部、户部干脆致电"望先迅筹巨款,以资提倡"。袁世凯当仁不让,发电给湖广总督张之洞、两江总督周馥,倡议各筹十万两。在三人倡率下,大部分省份也都伸出援手,十几天后八十万两便有了着落。

同时,袁世凯幕府起草的与张之洞、周馥、盛京将军赵尔巽、署两广总督岑春煊、湖南巡抚端方联衔的《请立停科举推广学校并妥筹办法折》,很顺利得到朝廷旨准,"着即自丙午(公元 1906 年)科之始,所有乡会试一律停止,各省岁科考试,亦即停止"。朝廷担心的激烈反对并未出现,让慈禧、光绪都很欣慰。这得益于袁世凯为埋头举业的士子们妥筹了出路。年壮者一律入新式学校，而将来通过学校考试毕业后，可授予举人、进士的出身；年老者则入速成师范学堂，毕业后执教，一方面保证了新式学堂的传统经义教育并未缺失，另一方面也为老士子们谋一饭碗。一个延续了上千年、牵涉到千百万读书人的古老制度就此终结，没有冲突、没有对抗，出人意料地顺利完成了科举到学校的转型，各报章都纷纷盛赞，《申报》甚至认为，如果戊戌年由张之洞、袁世凯这样有行政经验的人来推行变法，或许就会成功了。

朝廷随后成立学部，管学大臣、户部尚书张百熙任尚书，而追随袁世凯不到一年的直隶学校司督办严修出任侍郎，成了红顶子大员。

直隶、湖广、两江认筹的三十万两银子先期解到，出洋五大臣及随员如期起程。

1905年9月24日上午，北京前门车站岗哨密布、戒备森严。今天是五大臣出洋的日子，他们及随员十二人将乘火车到天津，然后由天津乘船南下上海，再由上海出洋赴欧美。铁路局预备的专列一共五节，前面两节供十二名随员乘坐，第三节是五大臣的包厢，第四节是仆人护卫，第五节是行李车。

上午十时左右，五大臣及其随从登上了火车。此时，一个穿戴秃顶红缨官服的年轻仆从也挤出人群上了火车，怀里还抱着个蓝包袱。上车后他应当与众仆从一样乘坐第四节车厢，但他却急匆匆往第三节即五大臣包厢里挤。在两节车厢之间的过道上，卫兵拦住了他，并询问道："你是跟哪位大人的？"

"泽爷！"他操着南方口音回答。

卫兵再问道："泽爷的长随我都熟悉，怎么从来没见过你。"

"我是新进府的。"那人说罢，就要硬闯。

卫兵则伸手拦阻。这个仆从往包袱里伸手，像要摸什么东西。正在这时，机车与车厢挂节，咣当一声，车身猛地一退，年轻仆从抱着包袱碰在门框上，只听轰的一声巨响，三、四节车厢相接处被掀去了车顶。挡在过道的卫兵和抱包袱的仆从当即被炸弹炸死。五大臣有人受伤，车厢内一片混乱。最年轻的出洋大臣载泽一摸脖子，摸出一手血，他慌乱地问身边的徐世昌道："菊人，我脑袋还在不在？"

徐世昌镇定地回道："国公放心，脑袋还在。您手上的不是您的血。"

五大臣中绍英受伤最重，右股被一块弹皮炸伤，端方、戴鸿慈受了轻伤，徐世昌仅官帽和袍带被弹片刺破。载泽并未被炸弹炸着，却在慌乱躲藏中擦破了头皮。刺客本人当场毙命,五大臣的仆从及护卫有四人被炸死。

五大臣仓皇逃回各自府中,京城戒严,慈禧令步兵统领、顺天府尹限期破案。京城工巡总局管理事务大臣肃亲王善耆在京城也组建了巡警,此时也参与到案件的调查中,但调查了三天却茫无头绪。慈禧十分不满,令袁世凯从天津巡警中抽调人马进京帮忙破案。此事自然交给赵秉钧,袁世凯对他说道:"这可是真正钦点的大案,是个好机会,也是个关口,你要是破了案,我保你换顶戴;你要破不了,你这几年办巡警就是浪得虚名,以后再保你,太后说一句,这个赵某人连个案子也破不了,袁世凯还有脸保他升官? 你懂不懂?"

赵秉钧回道:"按理说,天下没有破不了的案子,只有功夫到不到。凶手已经被当场炸死,只有撒出人手去捞线索。卑职得请宫保允准,把'杨梆子'的侦探大队全带去。"

杨梆子原名杨以俭,山东人,十几岁时跑到天津在盐商王锡瑛家里打更,得外号"杨梆子"。后来老龙头火车站通车,王锡瑛把他推荐到站上卖票。他为人机警,有见人一面过目不忘的本事。火车站的小偷,他打眼一看就能从人群中认出来,以致有人在车站丢了东西,就请他帮忙与小偷沟通讨回。赵秉钧听说车站有这样一个奇人,就把他招到了侦探队。当时天津正被一个叫张立三的飞贼闹得鸡犬不宁,此人会飞檐走壁,来去无影,从无人识其真面目。赵秉钧对他说:"你要是抓住了张立三,我立马升你为侦探队长。"

杨以俭调阅卷宗,发现张立三也算得上侠盗,除了偷盗金银首饰,从不为非作歹。他分析认为,张立三偷了金银首饰,必定要到当铺去兑现银,因此必与当铺有勾结。所以他从当铺下手,软磨硬泡,威胁加利诱,终于迫使几家当铺答应与他合作。结果有一天,张立三前来销赃时被抓个正着。

杨以俭欣赏张立三的一身功夫,便道:"你有此本领,何不到巡警队里来帮我办点正事,总比做贼强。"

张立三身上没有命案,赵秉钧同意招抚,成了杨以俭的得力助手。

赵秉钧带着杨以俭及他的侦探队到了京城,先到步军统领衙门停尸房去看凶犯尸体,胸口已经炸烂,幸好脸面还完整。问问近几天来的破案办法,在赵秉钧看来简直是无头苍蝇,唯一靠点谱的是请客栈老板来辨认,是否是自己的住客。但老板怕担责任,就是在自己店里住过,恐怕也会拒不承认。他和杨以俭商量办法,决定把凶犯拍了面部照片,到客栈、妓院等处请人帮着认。既然凶犯是南方口音,必定在京城住过,这种不要命的差使肯定不会住在亲友家里惹祸,住处必定是客栈或妓院。

杨以俭把他侦探队的人放出去,这些人最大的特点就是善于与街面上的混混打交道,请他们帮忙,结果第四天就有了结果。有一位姓马的侦探在前门外西顺城街口请一个小女孩辨认,小女孩说道:"这是吴叔叔。"

马侦探大喜过望,连忙给小女孩买了一把糖葫芦,带她去了见过"吴叔叔"的客栈。小女孩把他们引到不远处的桐城会馆,找到一个中年男人道:"爹爹,这些人找吴叔叔。"

中年男人是桐城会馆执事吴士禄。

赵秉钧立即亲自审讯吴士禄,吴士禄知道瞒也无用,将他所知道的和盘端出。照片上的人的确在会馆住过,叫吴越,是安徽桐城人,著名学者吴汝纶的侄子。事发前他到会馆来,说是有事公干。等出事后吴士禄到步军统领衙门停尸房认尸,一眼就认出了他。但怕受到牵连,因此没有承认。回来后立即搜检吴越的住处,发现了他留下的《意见书》。吴士禄以为人已经炸死,侥幸期望官府会不了了之,没想到会因自己小女儿一句话而泄露。同时他又供出,吴越应该还有个同伙,事发前一天晚上,两人谈至深夜。第二天一早,两人告别时说过事后天津见。

赵秉钧问同伙姓什么,哪里人,吴士禄只听吴越介绍说叫张榕,具体哪里人不知道,听口音应该是辽宁一带。

赵秉钧和杨以德立即带侦探回到天津,密查辽宁口音、二十岁左右的男子,结果第二天半夜就在侯家后的妓院中将隐藏在那里的张榕抓获。张榕是辽宁抚顺人,家资巨富,曾在北京俄文馆学习,认识了吴越。据他说,吴越参加了革命党组织的"北方暗杀团",到北京本来是打算刺杀铁良,正遇到朝廷要派五大臣出洋,因此改为暗杀五大臣。张榕配合吴越于当天潜入前门外火车站,但因为人潮涌动,两人被挤散了。事发后按照约定他逃到天津躲藏,等着吴越前来会合。他也听到过刺杀五大臣"凶犯"被炸死的消息,但不能确信,又怕回家连累家人,因此一直躲藏在天津妓院中。

赵秉钧将案情向袁世凯汇报,同时将吴越所遗《意见书》呈上。吴越为什么要暗杀五大臣,《意见书》给出了答案。《意见书》中说:"予西观欧洲,东观日本,见其革命之先,未有不由于暗杀而布其种子者。""暗杀虽个人而可为,革命非群力即不效。今日之时代,非革命之时代,实暗杀之时代也。暗杀为因,革命为果。""我同志诸君,苟持此暗杀主义以实行之,满族虽众,而杀那拉、铁良、载沣、奕劻诸人,亦足以儆其余。满奴虽多,而杀张之洞、岑春煊诸人,亦足以惧其后。杀一儆百,杀十儆千……"

在袁世凯看来,五大臣考察政治,是为了大清能够借鉴欧美日本的先进政体,举国都是抱以很大希望,吴越刺杀他们实在没有理由。《意见书》中也给出了答案。原来,吴越开始也深信康梁的君主立宪为救中国之途,但后来受到革命党的影响,"于是思想又一变,而主义随之,乃知前此康梁之说几误我矣。此辈皆为半睡半醒之满洲走狗"。"立宪主义徒堕落我皇汉民族之人格,侮辱我皇汉民族之思想。吾辈今日非极力排斥此等谬说,则吾族无良、死心塌地归附彼族者必日加多。敢以区区之心,贡献于我汉四万万同胞,必能协心并力,抱持唯一排满主义之团,建立汉族新国,则某虽死犹生"。

吴越的暗杀名单,竟然包括慈禧、载沣等人,此事非同小可,袁世凯立即进京面见奕劻,奕劻听了之后叹道:"怪不得自去年以来连发暗杀事件,原来是革命党的预谋。"

去年广西巡抚王之春在上海遭遇暗杀,躲过一劫,凶手万福华被捕;今年春,铁良回京前在河南彰德遇刺,长随替他挡了枪子。

袁世凯分析道:"王爷,吴越这一案有两件事情值得我们留意。一是康梁和革命党不是一回事。从前我们认为,康梁就是革命党,革命党也就是康梁余孽。如今看来,两者不是一回事。康梁支持君主立宪,还是希望维护大清的帝制,而革命党的目标就是推翻朝廷。他们手段分两步,第一步就是自去年开始的暗杀活动,通过暗杀让人人自危。第二步则是推行革命,也就是组织叛军,直接与朝廷对阵。"

"对对,如此看来,康梁还不算丧心病狂。"

"第二件值得留意的是,推行宪政是与革命党争夺民心的办法。革命党就是怕朝廷推行宪政,他们失去了蛊惑民心的借口,所以才暗杀五大臣。所以,大臣出国考察政治不但不能退缩,反而应当尽快成行。"

"是,此事我可以鼓动太后。"

"王爷,您不是外人,我说几句不能对外人道的话。如今外有强敌环伺,内有革命党人兴风作浪,大清形势岌岌可危。推行宪政可能是大清国祚得以延续的最后机会,如果宪政成功,各项新政推行有效,国力增强,百姓维护,外敌不敢觊觎,革命党人敛手,大清或者可能像病重的人得以康复,幸得人生第二春。如果宪政不能推行,百姓对朝廷失望,革命党人争取到了民心,那时候趁势作乱,星星之火,可以燎原,大清难免再次陷入内乱之中,就是曾文正再生也无济于事。更怕的是列国以保护侨民、教民、维护商业利益为名派大军前来,大清被瓜分豆剖,便有灭国灭族的危机!我们这些人有无葬身之地不去说,绵延数千年的中华文明断送在我辈手中,这是多大的罪孽!"

奕劻想想自己在外国银行的巨额存款,想想眼前的锦衣玉食,再回想当年义和团大闹京津、八国联军进北京的情形,禁不住倒吸一口凉气道:"慰廷,你我可要好好维护,这种情形千万不能出现。"

袁世凯也是急得焦头烂额:"我是心急如焚,之所以在直隶推行各种新政,就是期望能让人看到大清的希望,能够得以维护延续。可是,又难免让人说我揽权。我如今是体会到李文忠公当年坐镇直隶的况味了。"

"我又何尝不是!这些不去说它,慰廷,革命党如此丧心病狂,把太后及亲贵大臣以及地方督抚都列入暗杀名单,你像我天天要上朝,防得了今日防不了明日,躲得了初一如何躲过十五?慰廷你得拿个主意。"

袁世凯正在等着这句话,回道:"王爷,除了加强防卫,实在没有更好的法子。但还以老办法靠步军统领等来维护,恐怕难以胜任。天津自推行巡警制度以后,治安大为好转,抢盗案件大为减少,绅商洋人无不交口称赞。不但京城应该实行巡警制度,就是各省也应当实力推行,严查户口,分别良莠,既维护治安,又预防革命党人潜伏,这既是治标之策,也是治本之策。"

"我也正有此意。善耆管理的工巡局也设有巡警,但效果了了,这次如果不是赵秉钧前来帮忙,恐怕破案无期。我有个想法,朝廷成立巡警部,调赵秉钧任侍郎,兼管京师治安。"

"直隶巡警还要靠赵秉钧,可我拎得清轻重,王爷要调人,我当然要放手。再说,到王爷手下也是他的造化,我回去就把王爷的提携之意告诉他。"

袁世凯这句话奕劻是这样理解的——赵秉钧得信,必有一份"心意"表达。

巡警部宣布成立相当迅速,袁世凯回到天津当天,旨意已下,此时五大臣被刺刚过去半月。巡警部尚书是徐世昌,侍郎两位,左侍郎是镇国将军毓朗,右侍郎就是赵秉钧。按慈禧的要求,赵秉钧交代完直隶巡警事务后立即上任。上任前他带杨以俭来见袁世凯,袁世凯知道杨以俭在这次破案中立了大功,问他有没有功名,结果什么也没有。袁世凯反问道:"你没有功名底子,我怎么保你做官?"

杨以俭仔细想了想道:"家兄捐过同知衔,但一直做生意,没什么用场。"

"那好办,你们兄弟俩换换名,你家兄的同知衔就有用了。"

杨以俭的哥哥叫杨以德,兄弟二人就将名字换了过来,杨以俭就成了杨以德,很快被袁世凯保为知府任用。

大臣出洋的事并未因为吴越刺杀而放弃,革命党反对立宪,在慈禧看来说明立宪对朝廷的确有好处。而上海等地的报章连续发文,支持继续派大臣出洋考察,推行宪政。《申报》刊登《论五大臣遇险之关系》一文,认为炸弹案的发生无异于警示清政府宪政改革万不能缓:"今日爆裂弹之一掷,实不啻以反对党之宗旨大声疾呼于政府,俾知立宪之有大利于皇室,而不可不竭力以达成之……慑于彼党之一击而踌躇,不定其政策,日后危险之爆发将有百倍于此者。"

身历其险的考政大臣一反此前对宪政改革缄默之态,以端方为首联衔奏请两宫明降谕旨,宣布立宪改革。端方,字午桥,号陶斋,满洲正白旗人,以思想开明著称。戊戌变法时出任农工商部尚书,曾经一天连上三折,深受光绪的赏识。变法失败,农工商部被撤销,他的尚书一职也被革去。等两宫西狩后痛定思痛,推行新政,端方得以复出,代理过湖广总督、两江总督,去年出任湖南巡抚。署理两江总督时创建暨南大学,大批派留洋学生,任湖南巡抚半年内又创建小学堂八十多所。他本来是内召出任闽浙总督的人选,正赶上朝廷要派大臣出洋,就被选为五大臣之一。如今他提出了以十五年为期实行宪政的方案,并征询督抚意见。两江总督周馥、盛京将军赵尔巽复电支持,两广总督岑春煊不但极力支持推行立宪,而且认为十五年太长;久经宦海而老成持重的张之洞却复电认为降旨立宪未免过早;袁世凯讥讽"香帅此时又要起模棱两可的惯技",但他自己也只是回电"表示同情"。同情不是同意,可以理解为并不支持,也可以理解为并不反对。他比张之洞,其实更模棱。

端方对袁世凯在直隶的新政十分赞赏,在两江、湖南巡抚任上都曾经派员前往学习。他已经从慈禧口中得到将继续派员出洋的确信,只是何时起程尚未确定。他要在走之前了结一桩心事,与袁世凯结为亲家。

此事端方托袁世凯的亲家、两江总督周馥牵线,想把他的小女儿嫁给袁世凯的第五子袁克权。袁克权是二姨太——朝鲜李氏所生,极为聪明,而又敦厚,深得袁世凯喜爱。袁世凯接到周馥的电报有些犹豫,他对满人怀着一份轻视,而且端方不知藏锋敛锐,难免将来倒霉。不过,恰好来探望袁世凯的杨士琦却不以为然:"宫保到了目前地位,无论是固位还是求百尺竿头再进一步,都必须广结奥援,尤其满人亲戚很值得结两个。至于午桥的性情,会不会招祸暂且不论,就是招祸,只要不是大逆不道,也不至于败到哪里。宫保可以先答应下来,先做个约定,至于正式定亲,不妨以孩子尚小为由拖一拖。"

袁世凯还在犹豫,杨士琦又劝道:"宫保要与瞿子玖之辈争短长,有一项无法与之相比:他是正途出身,又做过多次乡试、会试主考,真称得上门生遍天下。官场上特别重视师生关系,说是尊师重道,其中真正缘故,无非是师生结奥援,互相提携。当年李文忠公坐镇北洋,却斗不过纸上谈兵的翁同龢,原因就在于此。"

这话一下打动了袁世凯。的确,瞿鸿禨有一批得力的门生,平时好像没什么,但一到关键时刻,瞿鸿禨便有一呼百应之势,门道就在这里。

杨士琦见袁世凯已经入耳,继续劝道:"宫保没有门生,但子女枝繁叶茂,好好经营,儿女亲家也不失为得力奥援,未必就比瞿子玖势孤。"

"受教,受教。"袁世凯当即拟定电报回复周馥,很愿高攀这门亲事。

出洋考察依然是五大臣,不过人事稍有变更。徐世昌因为出任巡警部尚书,百端待理,不能出洋;商部右承绍英受伤未愈,两人均不能成行。补进来两人,一个是曾经出使日本、如今任太常寺卿的李盛铎,一个是山东布政使尚其亨,两人都较早主张推行宪政。

五大臣起程前,奕劻在府上宴请各国公使兼为五人送行,这次宴会酒馔并用中西,席间还以军乐伴奏,相当洋化,这要在从前,非被清流交章弹劾不可。但如今京师的舆论和风气已经相当开化,不但无人攻击,且报章是以赞赏的口气来报道。

袁世凯也受邀赴宴,他倒不是专程从天津赶来,因为他人就在北京,正在与日本人谈判。

日俄对马海战后,双方都迫切希望尽快和谈。俄国因为惨败,国内局势相当不稳,继续战争十分困难;而日本虽然取得胜利,但损失也相当大,而且欠下巨额战争借款,实在无力继续打下去,也愿意见好就收。日本秘密向美国总统罗斯福提出调停的要求,罗斯福乐于接受,条件是日本承认维持满洲的门户开放,并且把满洲的领土交给中国。当然,美国并非是为中国着想,而是满洲在中国人手中,美国的门户开放政策较易实现,美国资本也能够不受限制地进入。而满洲如果完全落入日本人手中,对美国未必是好事。

日俄双方于 8 月 10 日开始在美国新罕布什尔的朴次茅斯正式谈判。日本的胃口相当大,不仅要沙俄在朝鲜和满洲让步,还要求割让库页岛,赔款十二亿日元,把在中立港口避难的俄国军舰移交给日本以及限制俄国在远东的武装力量等等。这激起了俄国主战派的反对,坚持"不赔款,不割让俄国领土",否则将与日本再决胜负。俄国虽然战败了,但并未损失一寸土地,在满洲的军队人数上仍然占据优势,如果彼此死磕下去,后果对双方都是灾难。谈判陷入僵局后,美国从中调停,促使双方都做了让步。二十多天后,日俄正式签订了《朴次茅斯和约》。和约规定,俄国承认朝鲜为日本的势力范围,把旅顺、大连租借权和东清铁路南端支线(长春到旅顺)的权益让给日本;把库页岛的一半(北纬50度以南)割让给日本,日本享有在俄国水域捕鱼的权力。为了兑现战前尊重中国主权的承诺,条约中规定,两缔约国互约,涉及中国的内容,须商请中国政府允诺。

日本国内舆论对战争的胜利已经作了铺天盖地的宣扬,吊起了国人的胃口。十年前的中日甲午战争,日本获大清赔银两亿三千万两,折日洋三亿四千多元,同时还有朝鲜独立和割让台湾、澎湖。而此次日俄之战,日军损失及战争经费都十几倍于甲午之战,却未得任何赔款,就是俄国人在满洲的铁路权益也未全部让与日本。《朴次茅斯和约》中规定:"俄罗斯政府允将由宽城子(长春)至旅顺口之铁路及一切支路,并在该地方铁道内所附属之一切权利财产,以及在该处铁道内附属之一切煤矿,或为铁道利益起见所经营之一切煤矿,不受补偿,且以中国政府允许者均移让与日本政府。"而由长春向北到哈尔滨,由哈尔滨往西到满洲里,往东到绥芬河段的东清铁路权益,仍然归俄国人。

日本谈判代表团最初提出的是整个东清铁路权益,但俄国人不答应,认为割让铁路的范围应以双方交战范围划定。在奉天会战时,日军派出了一支不到两百人的骑兵部队和两百人的所谓马队(即招抚的红胡子骑兵)长途奔袭,打算到哈尔滨去炸掉松花江上的大桥,以截断俄军的后方供应。但哈尔滨实在太远,路上又遇到俄军大兵团的增援部队,于是临时决定炸掉了宽城子(长春)南的新开河大铁桥,以阻滞俄军增援兵团的行军。因此双方的交战区最北就划定在宽城子,俄国转让给日本的东清铁路权益,也就以宽城子(长春)作为起点。

对这个谈判结果,日本人相当失望、愤怒,谈判代表团回国时,车站发生骚乱,代表团团长小村寿太郎险些被愤怒的浪人殴打。但和约已经签订,违约再战并不现实,日本朝野所希望的,就是在接下来的中日谈判中,能够获得新的权益。

中日之间的谈判,是从 1905 年 11 月 7 日开始的,地点在北洋公所。中方的谈判代表为:全权代表军机大臣兼总理外务大臣庆亲王奕劻,军机大臣兼署外务部尚书瞿鸿禨,直隶总督兼北洋大臣袁世凯。随员为署理外务部右侍郎唐绍仪、商部右参议杨士琦、外务部右丞邹嘉来、翰林院检讨金邦平、商部主事曹汝霖。日本全权代表为外务大臣小村寿太郎、驻中国公使内田康哉,随员为外务省亚洲局长山座元次郎三人。

艰难的谈判,一直进行了一个多月。最后双方于 1905 年 12 月 22 日签订《中日会议东三省事宜条约》。日本最初提交的十一款,其中三款于中国有利未修改,其他的八条或者删除或者修改,就连瞿鸿禨也不得不承认,代表团已经尽了全力。然而,日本通过这一条约还是从中国获得了新权益,中国允许凤凰城(今辽宁凤城)、辽阳、新民屯(今辽宁新民)、铁岭、通江子等十六个地方开埠通商;中国允许日本政府继续经营安奉铁路;在营口、安东、奉天划定日本租界;中日合营公司采伐鸭绿江右岸地方森林。尤其是以护路为名,日本获得在东北驻兵权,以此条约为借口,逐渐形成规模庞大的关东军,埋下了巨大的祸患。

# 第十五章

## 预备立宪顺潮流　改革官制寸步难

直隶工艺总局督办、天津道周学熙带着厚厚一摞文稿来见袁世凯。

"宫保,我想在秋间举办直隶工业品展览会。"周学熙开门见山说道,"模仿日本大阪博览会的办法,一则可为直隶工业品谋求扩大销售的机会,二则可以开阔绅商眼界,促进直隶工商业的发展。"

闻言,袁世凯则有些担心道:"缉之,你的想法我支持,只是能不能办得起来? 如果届时参展的商品寥寥无几,面子可就不好看了。"

周学熙笑道:"宫保放心,自从宫保总督直隶、创办直隶工艺总局,直隶工业真称得上雨后春笋。宫保总督直隶前,直隶只有贻来牟机器磨坊、天津自来水公司、北洋硝皮厂和天津织呢四家商办工厂,资本不到百万元。如今直隶资本十万元以上的绅商办厂十家,万元以上的有十一家,五千元以上的有六家,共计二十七家;另外,还有不少五千元以下的工厂,工艺总局最近做了统计,直隶大大小小的局厂有八十余家,从事机器织布、瓷器玻璃、皮革、洋火、烛皂、制碱等等,总资本九百多万元。"

"这都是你们的功劳,工艺总局劝导有方,功不可没。"袁世凯听了满面笑容。

直隶工艺总局成立后,立即成立了实习工场,作为高等工业学堂的实习基地,而且招收学生,传授技术,保送来学习的,除直隶省外,奉天、蒙古、察哈尔、山东、山西、河南、陕西、四川、广东等省都有,总数不下六百人,自费者又有两百余人,两年多的时间,从实习工场毕业的学生近七百人。当然直隶最多,有四百余人。这些人要么进局厂成了技术人员,要么与人合资举办工厂,按周学熙的说法,成了"工业火种"。今年春天,周学熙又派劝工人员选带工师、机匠和纺织铁木机前往天津、河间两府,遍历五州县十三村镇,现场演示,谆谆劝导官绅讲求实业。

周学熙感慨道:"原本以为,穷乡僻壤,头脑不开化,不抱多大期望,没想到此行效果出乎意料,乡间的土财主已经有一百余人到实习工场参观。高阳李氏已经派子侄十余人到实习工场学习机织,并由铁工厂代购织机十架。如今好多人跃跃欲试,此时举办工业品展览会,邀请城乡有志实业者参观,对发展直隶工业大有好处。"

"中,你只要觉得有必要,我无不支持。"

"直隶的实业者都愿拿自己的商品到展览会上展览销售,不过他们有一项请求,希望能够免纳税捐。"

"展览会本是为了开阔眼界、养成风气,与平常的经营不同,那就免纳税捐好了。"

"我代直隶实业界感谢宫保支持。推行实业,养成风气最为重要,工艺总局打算发布《劝兴工艺示文》,鼓动绅商投资实业。"周学熙没想到袁世凯如此痛快,便把示文呈给他。

"中、中。"袁世凯接到手里,阅到精彩处禁不住读出声来,"人之有财如鱼之有水,水涸则鱼枯,财去则民困,此自然之理也。吾国幅员之广,生齿之繁,甲于环球,而财力则异常缺乏。此由实业不振,而游民滋多。凡日用所需之物,莫不取给予外洋。民穷财匮,日甚一日,循是不改,贫民受困固不待言,即富者亦安有独全之理。"接着又讲投资的意义,"须知一乡有工场,则族姻子弟,乡里少年得以就近肄习;将来由一乡推之一县,由一县推之全省,人人闻风兴起,实力讲求,可使地无弃利,国无游民,贫者固不至终贫,富者亦永保其富。余资或存号生息,则虑倒闭;或远道经商,时虞拆阅,莫若以此项成本兴办工艺,不出村里,坐收厚利,启无穷之益而且拯救贫寒,潜除芜恶。论本人之名誉,则一方受惠;论地方之公益,则比户可封。此理甚显,何乐不为?"

周学熙打算在《北洋官报》上发表这个示文,袁世凯则建议不仅要在官报上发表,最好通过各府县工艺局广为散发,还可以通过各小学堂教师讲给学生听:"缉之,你一直说实业可以救国,我也是深以为然。这个思想应当从小学堂就开始灌输,我听范修说,日本小学堂就是这样。你不要以为小学堂多是孩子,对他们讲实业没用。不几年他们就长大了,转眼就是办实业的生力军,你说,这是不是事半功倍的事情?"

"宫保的办法,真正是事半功倍的妙招。"周学熙听了也由衷地佩服。

为了鼓励举办实业,周学熙还有个提议,就是评选模范工厂,到直隶工业品展览会时予以表彰,分别颁发金奖牌和银奖牌。对这个提议,袁世凯也是一个字——中。

周学熙还有一个更大胆的想法,道:"宫保,我想把唐山细棉土厂重新启动起来,就叫启新洋灰厂。"

唐山细棉土厂是二十年前时任开平矿务局总办的广东人唐廷枢集股举办的厂子,生产的是洋人称为水泥、中国人所称的洋灰。当时唐廷枢的老家广东一带,开风气之先,进口水泥用于造桥、筑屋,他认为北方也有需求,因此聘请洋技师帮他开办了唐山细棉土厂,以为可以大赚一笔。没想到惨淡经营数年,赔累甚巨,后来只好弃之。袁世凯对唐山细棉土厂也略知一二,他对周学熙的计划并不看好,疑惑地问道:"缉之,当年唐景星赔进去了好几万两银子,你如今要接手,怎么有把握不会赔?"

周学熙很有把握地说道:"今昔形势不同。当初细棉土厂赔累甚巨,主要是用于造洋灰的石灰石全从广东北运,仅运费一项成本就很惊人。我请洋技师对唐山一带的石灰石进行化验,完全可以用作原料,无须从广东北运。其二,当年从外洋引进的立式转窑生产效率低,如今日本已经出了卧式旋转窑,价格便宜,而生产效率却倍于旧机。其三,当年洋灰无用武之地,如今正在大修铁路、港湾,洋灰需求量极大,就是民间也正在形成用洋灰建屋的风气,产品必供不应求。尤其是关内外、京张、京汉、正太、汴洛、道清、沪宁各铁路正在次第修筑,宫保以督办关内外铁路大臣的身份,知照各局,无须进口,只从北洋购进,既可以保障利权,又可扶持北洋的洋灰厂,其前景十分可观。"

听周学熙这样一分析,袁世凯也觉得大有可为,赞同道:"缉之,你只要能保证质量不比进口洋灰差,我就可让京张铁路全用你的洋灰。至于其他的铁路,将来可以通过商部来协调,商部是振贝子主政,问题应当不大。到时候如果盈利可观,让商部的堂官及各铁路局的总办入股分红,那时候不用你去动员,他们就主动购买你的产品。"

周学熙信心更足,接下来详谈投资计划。他的计划是集资两万股,每股洋五十元,共计一百万元,于是说道:"招股总需要时间,如果待股本招齐才动工兴建,则难免迁延时日。听说日本人也有投资洋灰的提议,所以启新洋灰厂必须赶在前头。天津官银号已经在直隶打出了信誉，今年已经吸收私人存款六十多万两，我想禀请宫保批准，由天津官银号先借给四十万元，以一年为期，商股招齐后归还官款。这四十万官款，还请宫保能在利息上稍予优惠，比如可否五厘或者六厘。"

天津官银号向外贷款，利息一般是八九厘，五六厘的优惠也能说得过去，袁世凯也痛快地答应了。

这时，电报房送来电报，周学熙于是告辞。

电报是出洋五大臣之一的端方发来的：

此次调查欧美各国政治，无不以宪法为其国本，故诸政可因时制宜，唯宪法则一成不变，是以上下相维，虽有内忧外患，而国本巩固不能摇也。鄙意拟奏请先行宣布立宪谕旨，以十年或十五年为期，颁布实行。一面规画地方自治、中央行政，以求民智之发达，而为立宪之预备。我公公忠体国，虑远谋深，必能观古今中外之变，为宗社人民之计，祈指示。

这封电报是发给各督抚征求意见，同时端方还有一封私电给袁世凯，说他即将离沪北上，届时望在津门一晤。

8月6日，端方、戴鸿慈到达天津。袁世凯设宴相请，席间说道："考政团出国半年，今日平安归来，想必也是满载而归。鄙人略置薄席，以示祝贺和欢迎。"

康有为的同乡、户部右侍郎戴鸿慈回道："要说到满载而归，绝非虚言。此行收获颇多，感慨颇深。"

五大臣考察团其实分为两路，戴鸿慈、端方是一路，他们从上海乘轮先到日本，而后到访美国、英国、法国、德国、丹麦、瑞典、挪威、奥地利、匈牙利、俄国、荷兰、瑞士、意大利，经埃及赛得港、亚丁、锡兰(斯里兰卡)、新加坡、中国香港再回到上海。载泽、李盛铎、尚其亨一路也是由上海先到访日本，再乘轮到访美国的旧金山、纽约，然后访问英国、法国、比利时，然后经苏伊士运河、吉布提、科伦坡、新加坡、西贡、中国香港最后回到上海。这些国家中，丹麦、挪威、瑞典、荷兰、瑞士都是在考察团出发后，听说了此事，临时邀请来访。中国考察团所到国家，一律都是最高规格接待。

考察团在上海的时候有过一次集议，确定考察的重点，就是各国的宪政。

到了日本,考察团随员湖南人熊希龄建议,既然是考察宪政,应当找个对宪政有研究的人帮忙提供参考文件,其实就是找个枪手帮助准备考察报告,这一建议五大臣无不赞同。熊希龄有此建议,当然是心中已有合适的人选,他推荐的是老乡杨度。三年前朝廷举办经济特科,他第一场取一等第二名,但因为策论中有不满清廷的议论,被怀疑是革命党,不但未被录取,还有传言要被通缉,所以再度出洋到日本留学,入法政大学,专门研究各国宪政。孙文欣赏他的才气,曾经邀请他加入同盟会,但他不赞同暴力革命,对孙文道:"吾主君主立宪,吾事成,愿先生助我;先生号召民族革命,先生成,度当尽弃主张,以助先生。努力国事,斯在今日,勿相妨也。"

熊希龄找到杨度,他笑着道:"你且不必开口,我让你看样东西。"说罢出示一张纸,上写三个大题目:《中国宪政大纲应吸收东西各国之所长》《实行宪政程序》《东西各国宪政之比较》。

熊希龄拊掌大笑。

"诸位考察完后,三篇文章必定寄到上海,只是润笔费不知付不付得起?"当时已近年关,杨度囊中羞涩,而《东西各国宪政之比较》他要请梁启超来写,梁启超也正需要银子。

熊希龄听到梁启超的名字十分紧张,说道:"一万两润笔费不成问题,只是不能与康梁沾边。"

"康梁也主张君主立宪,与你们考察目的相同,何必闹得势如水火?"

最后商定,梁启超可以写文章,但不能向外人透露。

"你告诉五位大人,放心到各国玩玩,回来后三篇文章必定如期寄到。"

考察团心里有了底,放心登轮赴美。宪政是考察团的首要考察目标,所以每到一国必参观议院、考察议会制度,让他们大开眼界。

戴鸿慈介绍道:"美国议院中的议员们,争论得不相上下,面红耳赤,及议毕出门,则执手欢然,无纤芥之嫌。英国的议员则分为政府党与非政府党两派。政府党与政府同意,非政府党则每事指驳,务使折中至当。意大利国任命大臣的权力操诸国王之手,但不称职的大臣,下议院可以提出控诉,上议院可做出裁判,或去或留,国王无能为力。各国都行宪政,又不尽相同,但有一点都是一致的,就是将立法、行政、司法分开,即英人所讲的'三权分立',如此政制相维,其法至善。"

"光孺兄真是一言中的,我最近也向英法美等国驻津领事请教过宪政,他们也说宪政的核心,就是三权分立。光孺兄是翰苑前辈,又数次充任考官,称得上门生遍天下,却不抱残守缺,倾心外洋宪政,真正难得。"

戴鸿慈是考察团一行中最年长者,时年五十有二。他科举十分得意,二十三岁就中进士点翰林,此后任过福建、山东、云南等省学政,又多次充乡试主考、会议阅卷大臣,像他这种经历的官员,大多思想守旧,因此袁世凯有此感慨。

"所谓百闻不如一见。从前我也对外洋国家不以为然,认为他们机器制造或长于我们,典章制度怎么可能与我们泱泱中华相比?这次出游,真是大开眼界,感觉从前不过是井底之蛙、夜郎之辈。"考察团的行程安排得很紧张,但再紧张也不至于错过"优游休闲",所经过的著名都市都要趁机一游,不过这也有收获,"这次考察的国家,无论东洋日本还是美英法德,每至都会繁盛之区,必有优游休息之地,或公园,或万牲园,或图书馆,或博物馆,一即往游观,辄忘车马之劳,又可增益见闻。我在轮船上就和午桥商量,京城也应该建博物馆、图书馆,最急需的就是建个万牲园,从国外购买一批珍奇动物,供众人观赏。"戴鸿慈说完,又转头对端方说道,"是不是午桥,我在轮船上是不是说过这话?"

端方一边吃菜一边点头,有点调侃地说道:"是是,光孺兄说美国人能把澳洲的袋鼠弄到美国,大清为什么不能?"

戴鸿慈却是一本正经道:"宫保,别看是只小小的袋鼠,可以让国人认识到世界之大,无奇不有,不能夜郎自大,更不能做井底之蛙。"

"光孺兄见微知著,颇有道理。"袁世凯又对端方道,"午桥,你有何高见,不妨说来听听。"

"光孺兄所言,正是我所言,所以无须赘述。我和光孺兄起草了份折子,我们这一行的见解和建议,尽在折中。想请四哥帮忙看看,还有什么补充完善的。"端方入席后,一直没怎么说话,只听戴鸿慈侃侃而谈。

"好,我一定认真拜读,不懂之处再向两位请教。"

散席之后,端方打发人将他和戴鸿慈起草的《请定国是以安大计折》送到袁世凯的签押房。袁世凯小睡一觉,醒来即阅端方的奏折。这份奏折先回顾数十年来大清屡次战败的事实,而后分析原因,"通计此数十年外交之事,中国无一不处于失败之地,此其何故哉?自稍有识者论之,则曰,我之兵强不如彼,我之国富不如彼而已。然概观各国之土地人民,殆无一能及我国者,甚或土地小于我数十倍,人民少于我数十数百倍者。此其兵何以能强,国何以能富,必有其不易之道焉，而非论者之言所能尽也"。

这个奏折开篇以问题入手，容易引人思考，开笔不错。接下来论述根本原因，"盖世界政体，厥有两端，一曰专制，一曰立宪。专制之国，任人而不任法，故其国易危；立宪之国，任法而不任人，故其国易安"。然后再以俄、日为例，分析专制为何国易危，而立宪何以国易安，得出结论："臣等以考察所得见，夫东西洋各国之所以日趋于强盛者，实以采用立宪政体之故。因而推之于俄国，其所骤然弱败者，实以仍用专制政体之故。更进而观于我国，数十年来之未臻富强，而外交无不失败者，亦与俄国有同一之理由，专制政体之国，尤无可以致国富兵强之理也。""中国今日正处于世界各国竞争之中心点，土地之大，人民之众，天然财产之富，尤各国之所垂涎，视之为商战兵战之场。苟内政不修，专制政体不改，立宪政体不成，则富强之效将永无所望。"

不过，端方并不主张立即实行宪政，"中国数千年来一切制度文物虽有深固之基础，然求其与各立宪国相合之制度可以即取而用之者实不甚多。若贸然从事，仿各国之宪法而制定颁布之，则上无此制度，下无此习惯，仍不知宪法为何物，而举国上下无奉行此宪法之能力，一旦得此，则举国上下扰乱无章，如群儿之戏舞，国事紊乱不治且有甚于今日"。

大清非立宪不可，而速立宪又不可，该怎么办？参考日本自明治维新到实行宪政预备期二十三年的情况，他们提出大清应有十五年至二十年的预备立宪期。预备立宪期间，应当早定六事。一是举国臣民立于同等法制之下，即法律面前人皆平等。二是国事采决于公论，中央与地方都设议会，以顺民意而收舆情。三是集中外之所长，外国好的东西要吸引，中国传统中好的东西也不能丢掉。四是明官府之体制，五是定中央与地方之权限，六是公布国用及诸政务。

袁世凯阅完这份奏折，第一印象就是行文太过啰嗦，洋洋万余字，其实主要就是说明了一件事，宪政优于专制。而预备宪政期间应当举办的事项，奏折列了六条，袁世凯认为并未抓住关键。他在日本宪政上已经下了一番功夫，幕府中又有不少日本人，近水楼台，经常向他们打听日本宪政情况。尤其日本宪政的官制，他更为关切。日本设责任内阁总理一名，各省（相当于清廷的部）的长官同时又是阁员。所谓责任内阁，就是对自己决策的事情要负责任，要向天皇负责，也要向日本国民负责。袁世凯钟情的就是日本内阁制，已经让张一麐准备了几份说帖，谈他对宪政的主张，说帖好几份，而其中最关键的一份就是实行责任内阁制。之所以准备好几份说帖，就是为了掩盖他的真实目的。

他让人把端方请过来说道:"午桥,今下午我拜读了大折,全系真知灼见。尤其直言专制必致国危,宪政必致国富,真正是有胆量,有担当。"

"四哥谬赞,不但是我们这一路,泽公那一路也是如此想法。"

"我完全支持你们的建议。这一年多来,我一直在观察,凡是有点头脑的无论士还是绅或者商,都在吁请朝廷立宪,尤其是江、浙、粤的绅商,与洋商接触得多,参照自己的经历,更觉得宪政有利于保护实业、促进实业,也只有立宪才能加快发展实业。不但实业界,就是各级官员,也无不把立宪作为改革官场风气、富国富民的希望。我还有一点认识,我听说在日本的留学生分为两派,一派是立宪党,认为实行君主立宪是救大清的良药;一派是革命党,认为满人朝廷已经不可救药,主张暴力革命,他们以'驱除鞑虏,恢复中华'为号召。据日本人说,这部分人目前尚未成气候,但气势汹汹。如果朝廷不尽快实行宪政,立宪党也可能与革命党合流,那时候,朝廷可真就是万劫不复。所以,尽快实行宪政,也是消弭革命的最急切有效的办法。"

端方回道:"我在日本见过皙子,也就是杨度,他与四哥的高见不谋而合。他也认为如果不尽快宣布立宪,像他这种人也会投入革命党。"

"午桥,我是反对革命党的。为什么?因为革命党就是要搞叛乱,就像历史上历朝历代的造反。造反能够改朝换代,但对社会的发展破坏太大,受损最大的是老百姓。回头想想洋人打开国门后,洪杨造反、捻子造反、西北变乱、义和团闹事,洋人统计说,这几场变乱大清死了八九千万人!可怕不可怕!我主张朝廷应当顺应民意,通过政治变革实现社会变化,而不能走百姓造反改朝换代的老路!从前百姓造反,无非改朝换代,如今列强环伺,觊觎已久,百姓造反,内忧足引外患,那可真有亡国灭种之忧。"

"四哥所虑极是,所以我与泽公他们一路都主张朝廷诏定国是,宣布立宪,也是为了消除革命党蛊惑百姓的借口。虽然事情已经燃眉之急,但是又不能仓促行事,所以我提了十五年或者二十年的预备立宪期。"

"必须有预备立宪的期限,我也持此观点。预备立宪期间,大折中建议应当推行的六事,我也十分赞同。不过,午桥,我还有点补充,请你参考。"

"四哥请讲。"

"宪政有两种,一是民主宪政,一是君主立宪,你们认为哪种更适合大清?"

"在日本曾向伊藤博文请教,我国宜采用哪种宪政。他说,贵国数千年来为君主之国,主权在君而不在民,实与日本相同,似宜参用日本君主立宪政体。日本国家的法律必须经过议会议决,呈君主裁定,然后公布;国家行政、外交、战和等大事也需经广泛讨论,最后呈请君主裁决,这样不像专制国,事事皆君主一个人说了算,但君主又有相当的权威。因此,君主立宪对中日这样长久专制的国家而言最为合适,我也是主张应当仿行日本的君主立宪。”

“中,我们又想到一起了。正如你所说,日本预备立宪的时间长达二十余年,在这二十年间,首先推行的就是官制改革,最主要的就是采用责任内阁制。设内阁总理大臣一员,各部行政长官充阁臣,代君主而对人民负责任,其行政善,则得固其位;行政不善,为人民所怨,则是阁臣之责任。所以责任内阁制,可增强臣子的责任,而巩固君主的地位。这个意思, 似乎应当在奏折中有所体现。”

“四哥所言极是,四哥的意思有没有现成的稿子,我改起来方便。”

袁世凯早有所备, 把几份说帖交给端方道:“这是西席的老夫子们准备的几条建议,我看唯有责任内阁的说帖还有些意思。你们带回去也让光孺看看,能采用则采用,不能采用则不必勉强。”

“四哥放心好了。”端方明白袁世凯的意思,是不要让戴鸿慈吃醋,以为两人一番密谈, 就决定了奏折的修改。既然袁世凯说责任内阁那份说帖有点意思,他就专挑那份说帖看。说帖不长,建议设内阁总理大臣一员,副大臣两员,各部尚书同时为阁臣。端方稍一用心,内阁总理大臣当然是奕劻,而有望成为副大臣的,一是瞿鸿機,再一个就是袁世凯。而袁世凯与奕劻关系非比寻常,一旦如此组阁,则瞿鸿機将成伴食,袁世凯则左右局势,“我看这个说帖的提议很好,不如照搬进折中。”

“目前不宜说得太明白,你只把设责任内阁的建议补充进折中,且看看朝廷的反应再说。”袁世凯知道端方已经明白其中的深意。

年不及四十的宗室载泽, 是慈禧弟弟桂祥的女婿, 也就是慈禧的内侄女婿,与光绪是连襟,这次出洋考政,朝野认为这是他将大用的先兆。载泽也很用心,考察期间写了一万五千余字的《考察政治日记》。而且参考行间购买的外洋图书,计划编辑书籍六十余种,并将其中三十余种撰写了提要,进呈光绪和慈禧御览。另将购回的四百余种外文书籍送交考察政治馆备考。戴鸿慈、端方也带回许多书籍、资料,正在赶写介绍欧美各国政体制度的《欧美政治要义》供朝廷采择。可见考政团是下了功夫,慈禧十满意,期间召见载泽四次,召见端方三次。

　　载泽与端方所上奏折，都是吁请仿行宪政。然而朝中大臣反对宪政的也不少，满洲亲贵大臣担心实行宪政会影响他们的富贵，以荣庆、铁良等为代表反对最为激烈；部分守旧大臣，则担心推行宪政会使中国礼仪尽丧。他们认为立宪有"八大错""十可虑"，五大臣此行违背君命，所奏并无裕国便民之计，却有削夺君主之权。若实行宪政，则足以乱国、乱政、乱兵、乱民、乱朝、乱制。尤其是推行宪政，将使"男不尊严父，女不敬父从夫，纲纪崩坏，怪变横出，将使天下土崩瓦解。"建议朝廷掷下严旨，再有渎请者，付有司严治其罪。

　　年轻气盛的载泽又上《奏请宣布立宪密折》，针锋相对大谈立宪的好处。开头就说："旬日以来，夙夜筹虑，以为宪法之行，利于国，利于民，而最不利于官。若非公忠谋国之臣，化私心，破成见，则必有荧惑圣听者。"只此了了数词，把反对立宪者归于"保一己之私权而已，护一己之私利而已"。

　　接下来，他以日本宪政为例，罗列君主的十七项大权，得出结论："凡国之内政外交，军备财政，赏罚黜陟，生杀予夺，以及操纵议会，君主皆有权以统治之。论其君权之完全严密，而无丝毫下移，盖有过于中国者矣。"然后针对立宪削夺君权、乱国、乱朝、乱政的指责，认为立宪有三大好处，一是皇位永固，二是外患渐轻，三是内乱可弭。最后他表明自己的忠诚和苦心："奴才谊属宗支，休戚之事与国共之，使茫无所见，万不敢于重大之事鲁莽陈言。诚以遍观各国，激刺在心，若不竭尽其愚，实属辜负天恩，无以对皇太后、皇上。"

　　与载泽旗鼓相呼，端方、戴鸿慈又上了《请改定全国官制以为立宪预备折》，参考杨度的文章，采用了袁世凯提供的说帖内容，开宗明义提出"中国非急采立宪制度，不足以图强"。而立宪首要的任务，就是改革官制，因为中国官制"有官而无法，认人而不认法"。奏请仿照日本的君主立宪制撤销内阁和军机处，建立责任内阁制。内阁设总理一人，副总理二人。中央各部也进行调整，设为内务、财政、外务、军、法、学、商、交通、殖务九部。各部尚书又是阁部大臣。内阁之外，再设会计检查院、行政裁判院、集议院三个独立的检察机关。地方各级机关则实行自治制度，各级长官由民主产生，取消简派任命制。

　　此时报纸舆论，多是呼吁立宪，尤其江浙绅商纷纷通过报纸发声，支持立宪。张謇除直接写信给袁世凯劝他支持宪政，又给他的江苏老乡、袁世凯的文案张一麐写信，让他劝说袁世凯。张一麐受人所托，借送稿之际相机进言道："现在各国潮流均趋重宪政，大清若不改革，恐怕难以自立于国际地位。而且满汉之见深入人心，革命党提出'驱除鞑虏，恢复中华'，内乱正在逼近。若实行内阁制度,皇室退处于无权,或可消去隐患。如今朝中争执不下,这件事情,非有像宫保这样的疆吏领袖大力主持,才能推动朝廷向前一步。"

袁世凯却仍有疑虑道:"仲仁,现在全国都嚷嚷立宪好,可是我还是有所疑虑。我国人民教育未能普及,程度幼稚,若以专制治之,易于就范,立宪之后,权在人民,恐画虎不成,发生种种流弊。"

"宫保所虑当然有道理,但如今专制几乎成了过街老鼠,民气之不可遏抑。宫保向来是善于顺势而为,此时怎能逆流而上?"

袁世凯闻言有些不悦道:"仲仁,听你的意思,我不支持宪政,倒成了百姓的罪人?难道非要逼我就范不肯罢休?"

张一麐见袁世凯真有些不耐烦,连忙道:"我哪里敢,只是知无不言。"

下午袁世凯再到签押房,案上有一封来信,一看笔迹就知道是徐世昌。他在信中说,如今京中立宪问题争持不下,慈禧夹在两派之间一时难以决断,已经连续几天夜不能寐,又兼天气炎热,以致患上腹泻。写者无心,阅者却别有会意。太后已经七十有三,俗话说,七十三八十四,阎王不叫自己去。万一太后先崩,光绪复位,那时候第一个被清算的就是自己。以光绪天天拿箭射"袁"字靶的深仇大恨,绝不会是革职那样简单。袁世凯只觉得脖颈发凉,眼前闪过自己的一妻八妾及十几个儿女,痴呆良久。

第二天一早,他叫人把张一麐请过来说道:"仲仁,我昨天听了你的劝告,思之再三,觉得我应该上个折子,吁请朝廷预备立宪。"

睡了一觉,袁世凯态度就来了个大反转,这实在太出乎意料。张一麐有些不敢相信,问道:"宫保的意思,是支持朝廷仿行宪政。"

"当然!这是救命的法子,岂有反对之理?"袁世凯看张一麐一脸疑惑,补充道,"仿行宪政可以消弭革命,足以救朝廷一命;消弭革命便是消弭内乱,百姓免于内战之苦,又是救了千家万户的生计和生命。你说是不是?"

"是,按季直的说法,如今谁支持宪政,谁就将青史留名,谁反对宪政,必将遗臭万年。"

袁世凯难得地咧嘴一笑道:"季直先生说得也太吓人了,哪有那么严重?仲仁,如今你成了宪政的行家里手了,我倒是要请教你,日本是君主立宪,如果君主非常强势,要事事过问,又当如何?"

张一麐回道:"断然不会,君主的权力有明确的界限,行政有内阁,立法有议会,司法有法院,三权分立,互相制衡,君主更不能事事过问。"

"那也就是说，一旦实行君主立宪，君主就不可能每天召见军机，秋决人犯这样的琐碎事情，更无须君主朱笔勾决。"

"一点不假。"

"那好，你就给我准备个折子，奏请厘定官制，预备立宪。端午桥当时留下的几本书中，好像有一本专门谈日本宪政，你把里面日本官制的内容，好好吸收进去。"

其实张一麐不必再准备，折子早就写好了，当天下午就交给袁世凯。张一麐的文笔没得挑剔，而折子的内容从仿行立宪入手，重点建议改革官制，也正符合袁世凯的意思，一字未易，准备拜发。而此时却收到军机处急电，召袁世凯立即入京，与醇亲王载沣、军机大臣、政务处大臣、大学士集体会议考政大臣所上条陈。

袁世凯带着张一麐起草好的奏折，于次日乘火车进京。当天下午慈禧就在颐和园召见，征求他对立宪的意见。袁世凯态度十分明确，认为若不及早宣示立宪，则国事不堪设想。在诸王、大臣会议时，袁世凯当然也是认为非推行宪政不可。闻言，铁良反驳道："外国宪政都是由百姓要求而推行，而我国百姓无此要求而将权授之，恐怕画虎不成反类犬。"

"宝臣何以认为大清百姓不愿朝廷推行宪政？各报章连篇累牍，都是赞成仿行立宪，宝臣何以视而不见？"袁世凯诘问道。

铁良笑道："报章何足为凭，不过是一帮跳梁文人信口开河而已。"

"此言差矣，在报章上发文章的，倒是像张季直这样的状元巨商为多。堂堂状元，怎么可视为跳梁文人？江浙一带绅商皆抱定实业救国的思想，他们可不是信口开河，而是为大清社稷着想。"

铁良冷笑道："到底为什么着想，各人心里自清。最近《申报》有篇文章，宫保不妨奇文共赏。"

袁世凯接过铁良递过的《申报》，文章说："或云设置内阁之日，袁慰帅必自北洋转入于中央政府，充为管理内阁事务大臣或副大臣之要职，而端制军亦必应占内阁之一席也，何则？决定实行立宪，袁、端制军尤与有力，是以其责任又甚重大，故曰两制军入中央政府就权要之重职无疑也。"

袁世凯把《申报》还给铁良道："宝臣的意思，我赞成立宪，是为了我头上的顶戴？真是笑话！我袁世凯官可以不做，宪法不能不立！宝臣若不信，我们两人都辞职回家抱娃子如何？只怕我这北洋大臣舍得，宝臣这户部尚书放不下手吧！"

这时奕劻咳嗽一声打圆场道："慰廷，有意见说意见，不可意气行事。"

当天的会议不欢而散。第二天慈禧再次召见袁世凯，见面便道："铁良今天参你，赞成宪政是为了揽权。这话我当然不信，你们难道就非闹得这样势如水火？"

"揽权的正是铁良。自从他当了户部尚书，在北洋军饷上处处为难，百般挑剔。臣不愿给太后和皇上添忧，从未告他的状，他反倒告臣揽权。铁良一意阻挠宪政，又毫无道理可讲，只是一味纠缠不清，若推行宪政，非去铁良不可。"铁良本是袁世凯极力推荐提携，本想多一条臂膀，没想到成了劲敌，处处与他为难。如今实在没有什么情面好顾惜了，袁世凯将一年多来铁良为难北洋的情形狠狠告了一状。

"你们都是朝廷肱股之臣，这样子闹意气，像什么话！"

会议开了三天，两派舌来齿往，毫不相让。但反对者的理由能搬到桌面上讲的并不多，所以最后奕劻建议以袁世凯的意思上奏。铁良表示绝不苟同，他要单独上折。

袁世凯亲自捉笔，修订了回奏稿交给奕劻，他本人则回到天津。次日就将天津知府凌福彭、金邦平两人叫来，告诉他们三两天内要将天津自治局开设起来。

凌福彭、金邦平今春曾率天津士绅五十余人到日本考察地方自治，回来后又在天津初级师范学堂内设地方自治研究所，天津府所属七县都派人进所学习。这批人最近已经毕业，凌福彭已经拟定等层，准备发放毕业文凭，但袁世凯一直不太热心。今天忽然安排自治局开局，众人颇感意外，袁世凯解释道："推行宪政，上面在于改革官制，下面则在于推行地方自治。改革官制的事情我们说了不算，地方自治我们且不妨先行一步。天津府先成立自治局，各县也要在两月内成立，分别培训人员，鼓动百姓，明年春天争取各州县选举议会。"

袁世凯入京一趟，已经看得出，推行宪政，阻力不小，而慈禧似乎也颇有疑虑。因此，他估计一时不会有结果，甚至到最后折子有可能留中，不了了之。但出乎袁世凯的意料，他回天津第三天，刚刚出席了天津府自治局开局会议回到签押房，就收到徐世昌发来的电报，朝廷已经颁布预备立宪的明发上谕。上谕先说五大臣出洋考察归来，陈奏中西贫富强弱的原因，就在于是否实行宪政，接下来说明朝廷决定仿行宪政及举措次第，这也是袁世凯最为关注的：

时处今日，唯有及时详晰甄核，仿行宪政，大权统于朝廷，庶政公诸舆论，以立国家万年有道之基。但目前规制未备，民智未开，若操切从事，涂饰空文，何以对国民而昭大信？故廓清积弊，明定责成，必从官制入手。亟应先将官制分别议定，次第更张，并将各项法律，详慎厘定，而又广兴教育，清理财政，整顿武备，并设巡警，使绅民明悉国政，以预备立宪基础。着内外臣工，切实振兴，力求成效，俟数年后规模粗具，察看情形，参用各国成法，妥议立宪实行期限，再行宣布天下，视进步之迟速，定期限之远近。着各将军督抚晓谕士庶人等，发愤为学，各明忠君爱国之义，合群进化之理。勿以私见害公益，勿以小忿败大谋，尊崇秩序，保守和平，以豫储立宪国民之资格，有厚望焉。将此通谕知之。

袁世凯感慨万千，实行专制数千年的中国，今天也效法外洋，"庶政公诸舆论"，这真称得上翻天覆地的变化。不过，真正仿行起来，恐怕还要好事多磨。因为宪政的根本，就是限制君权，大权统于朝廷不假，却并非统于君主之手，而是统于内阁及立法、司法机构。精明的太后是真的不了解宪政的根本，还是另有所谋？但不管怎么说，有了这个开头，文章总要硬着头皮做下去。而且先要从改革官制入手，内阁制得以推行，他入阁为副总理大臣就非妄想，而奕劻也六十有九，近来老态宜显，等他一退，自己便有望成为内阁总理大臣。那时候，即便光绪复位，一个"虚君"还有什么好怕的？袁世凯只觉得心情无比舒畅，鼻孔里禁不住哼了几句荒腔走板的京戏。

次日又有上谕，谕令厘定官制，委派奕劻、孙家鼐、瞿鸿禨总司核定，载泽、世续、那桐、荣庆、载振、奎俊、铁良、张百熙、戴鸿慈、葛宝华、徐世昌、陆润庠、寿耆、袁世凯共同编纂。这十七人中，要么是宗室亲贵，要么是军机、尚书，只有袁世凯一个是地方官，可见朝廷倚重之意。两江、湖广、陕甘、四川、闽浙、两广六总督，只能派员来京随同参议。

袁世凯奉旨再次进京，当天下午端方来访。端方去年由湖南巡抚调署闽浙总督，进京请训，尚未赴任，就受命为出洋大臣。数天前又有旨意，他改任两江总督，而署两江总督周馥实授闽浙总督。袁世凯的两位亲家都得实授，对这一任命，他当然很高兴。两江总督因兼南洋大臣，地位又高于闽浙，因此袁世凯见面先给端方道贺，而后问他太后何以这么快就决定仿行立宪。

　　这事真问对人了,因为端方正是玉成此事的策划人。此前,他找到载泽说道:"我们一行数十人,耗时半年,费去国帑八十余万两,难道就不了了之,所提奏议束之高阁不成? 这实在心有不甘。"

　　"午桥有何高见,说来听听。"其实载泽比他更着急,他第一次奉到这样一个正经差使,却毫无结果,他脸面何在?

　　"谈不上高见。前年太后七十大寿,正赶上日俄战争,大为扫兴。去年又赶上中日谈判,也是操心劳神,不得痛快。今年中日和约已签,既无战事,又无天灾,正宜再兴一样善政,给太后的生日锦上添花。仿行宪政,正如泽公所言,既巩固皇权又可消弭内乱,一旦宣示中外,必欢欣鼓舞。"端方出主意道。

　　"这些道理都已经说得再明白不过,无奈太后还是不能断然下定决心。"

　　"还有一条理由,应当向太后阐明。改革官制可借机将督抚的兵权、财权等集于中央,以解尾大不掉、内轻外重之忧。这一条或能打动太后。"

　　慈禧这些年,最烦恼的就是多年来形成的内轻外重隐忧,却苦于找不到良策。去年铁良南下,将八省的土膏统捐收归中央,解决了军饷问题,今年如果再借改革官制把军权、财权集权于中央,则肯定能打动她。

　　"这肯定能打动太后,但要收地方实权没那么容易吧?"载泽对收地方实权心存怀疑。

　　"事在人为。比如中央可以参照日本设立军部,全国军队统归军部调遣。练兵处成立后,已经把练兵权集于中央,不过再向前迈一步罢了。如果成立责任内阁,袁慰廷若能入阁,则北洋六镇收回绝无问题;我到两江赴任后,先把军权交出来,有南北两洋表率,全国行之何难?"端方分析道。

　　载泽大受鼓舞,深以为然。端方又建议不妨走走"福晋路线",动员载泽的福晋也就是慈禧的侄女进宫趁机进言,效果没想到立竿见影。

　　因此,端方致歉道:"四哥,借改革官制裁抑地方实权的说辞,未与四哥商议。不过,如果实行责任内阁制,四哥必定能够入阁,那时候收不收地方权力也无所谓。如果四哥要一直留在北洋,我这一建议就有些弄巧成拙了。"

　　袁世凯摆摆手道:"你起的这个由头很好,看来是打动太后了。至于地方实权,事在人为。"

　　第二天,奕劻主持第一次官制编纂大臣会议,他首先声明道:"今天我们会议,不讨论具体官制问题,只议定将来如何办事。上谕说,'目前规制未备,民智未开,若操切从事,徒饬空文,何以对国民而昭大信?'我理解,这里面有两个关键要求，一是不能操切从事，二是不能涂饰空文。官制改革，既有中央官制，又涉及地方官制，尤其地方官制，从督抚到司道再到州县，何其繁杂。若不操切从事，则恐怕一年半载议不出结果。但拿不出个结果，又无异于涂饰空文。所以我建议，先易后难，这次先集中厘定中央官制，今天是七月十八，以两月为期，九月十八前议出个结果，在太后万寿节前颁布实行，为太后万寿锦上添花。各位以为如何？"

众人都点头表示赞同。

"我冗务太多，身体又不好，编纂大臣会议，不可能每次都参加。而且如果事事都要大家坐下来议论，七嘴八舌，议而不决，徒费时日。"武英殿大学士孙家鼐身体不好没有出席，所以奕劻问瞿鸿禨道，"子玖，咱们十几位编纂大臣，办事的方法不外两条，一是轮流入值，二是推定专人负责，你看哪一条更合适？"

瞿鸿禨回道："轮流入值似乎不切实际，你参与了甲，我讨论了乙，他又审核了丙，支离破碎，难成其事。似乎定专人负责，遇到大事再集议更妥当。"

奕劻听了赞同道："我同意子玖的说法。从编纂大臣中推选出可以专下来负责其事的，一项项编纂，完成一项或者遇到要紧事情时，再召集编纂大臣会议集议。大家就公推一两位专责其事的，我们三位总核大臣是指望不上。"

这时候发言，照例是按官职地位大小排序，载泽是新任御前大臣，并非权要，却地位尊崇，说道："我是刚到御前，一切规矩都需要学习，所以我实在专不下来。"

东阁大学士、内务府大臣世续道："内务府的事情太多，我更专不下来。"

去年刚晋体仁阁大学士、九门提督那桐是奕劻死党，两人已经有过密议，便道："京城治安要紧，万寿节将近，我也专不下来。"

这几位都不能专下来，后面的人即便能专下来，也不好发言了。那桐见时机成熟便道："我看在座的各位都有差使，只有慰廷是专为编纂官制而来。既来之则安之，不如就由你专负其责好了。"

"我怕担不起这副重担。"袁世凯这是谦辞，而非拒绝。

瞿鸿禨与铁良怀疑这是奕劻与那桐、袁世凯密议好的，心有不满，却摆不到桌面上。其他人就无所谓了，反正自己不必负责，到时候还可指手画脚批评一番，所以都无异议。

因此，奕劻拍板道："慰廷，那就偏劳了。你再物色十来个对宪政有研究的人做你的帮手,至于办事机构嘛,就叫官制编纂馆,地点在哪里合适?"

"那就在朗润园好了,那里离园子近,开会集议也方便。"

朗润园在海淀,是三进院子,离颐和园很近,军机处、内阁经常以此为议事之地。

奕劻点头表示同意:"朗润园地方宽绰得很,你们不妨就住那里,无论议事还是太后召见都方便。外洋宪政,讲究立法、行政、司法三权分立,如今成立议院立法还谈不到,你们先就行政、司法官制分别编纂。"

"编制馆除了懂宪政的起草委员,最好再设两名提调。"

"你看谁合适,物色好了列个单子。"奕劻又扫视了众人一圈说道,"诸位有合适的人选,不妨向慰廷举荐。"

会议结束后,袁世凯立即筹划官制编纂馆的人员。两名提调,一个是浙江杭州人孙宝琦,曾任驻法兼驻西班牙公使,是最早提议实行宪政的官员,去年才回国,如今担任顺天府尹,他是奕劻的姻亲;另一个是杨士琦,此时任商部左参议,刚被袁世凯推荐接替吴重熹,出任会办电政大臣。具体官制编纂人员,袁世凯列名的有二十五人之多,新旧派人物都有,但实际捉刀起草的不超过十人,都是日本留学归国人员或者曾任驻外使馆人员,其中尤以日本早稻田大学毕业生汪荣宝、陆宗舆,东京政法大学毕业生曹汝霖,东京帝国大学毕业生章宗祥最为活跃,人称四大金刚。而其他的编纂人员,不过是奉命修饰文字而已。袁世凯如此布局,就是给人一个编纂馆新旧兼蓄、包容博采的印象罢了。

这些从国外大学毕业的留学生年轻气盛,以为宪政必行,兴致很高,全部住在朗润园,通宵达旦,参照外洋三权分立的精神,起草说帖,随时交给两提调,两提调修改后立即呈给袁世凯。袁世凯则亲自捉刀,最后核定。

第一项大的改革,就是取消军机处,设立责任内阁。内阁之名在中国并非新词,在明代及清前期是行政中枢,但自从雍正设立军机处后,内阁沦为摆设,大学士成为荣誉性的职衔。军机处虽然成为实际的中枢,但其作用也很有限,按照规定,封奏由奏事处直达御前,军机大臣不得事先寓目,尤其是密折,更不能与闻。每天太后或皇上阅折后,分为留中、该部知道、该部议奏、依议、知道了各种,发交军机处。军机大臣快速阅处,分别交代办理。见起的时候,虽军国要政,根本也来不及从容讨论,真是万机决于俄顷,所以其作用仍然不过是帝、后的高级顾问而已。编纂馆拟定的责任内阁,则是各种要政,先由内阁阁员筹议,最后内阁总理决策,除非战、和等国之大政才需向皇上(其实是太后)奏请裁决。这实际将君权移给了内阁,君权受到限制和制衡是再明显不过。所以第一次召集集议的时候,意见就非常大,尤其是入值军机不到一年的铁良反对最为激烈。他认为军机之制,其权属于君,内阁则其权属于臣;内阁官制设总理大臣一人,迹近专擅。袁世凯辩解,内阁设总理大臣一人及副大臣两人,此外各部尚书均为内阁大臣,分之则为各部,合之则为政府,入则参阁议,出则治部务,内阁既总集群卿协商要政,情无隔阂,事可贯通。如此则中央集权之势成,而政策统一之效著,何来专擅之说?

编纂大臣十七人,孙家鼐以病为由没有参加,对取消军机处设置责任内阁有意见的当然不止铁良一人,但都冷眼旁观,以为此时争议也无用;没有意见或者并不关心的当然更无话可说。所以铁良说完,会场趋于沉默。奕劻见状便道:"厘定官制我无成见,务请诸公各抒己见,详慎厘定,总求尽善尽美。今天的稿子并非定案,将来还要反复斟酌,然后才奏请圣裁。各位若有意见,像宝臣一样当面指陈最好,或者事后写说帖都可。"奕劻的意思是想让大家说话,但他这样一说,众人反而更不说了,第一次集议半天不到就散了。

接下来编纂各部官制,参照日本,实行专任分职,每部设一部长、两次长,不分满汉,凡为部长,皆是专职专任,不能再兼任其他与部务无关的事项。再就是对现有的各部进行裁并更设,厘定名称。"巡警为民政之一端,拟正名为民政部;户部综理天下财赋,拟正名为度支部,以财政处、税务处并入;兵部徒拥虚名,拟正名为陆军部,以练兵处、太仆寺并入,海军部暂时隶属于此;刑部为司法、行政衙门,徒名曰'刑',义有未尽,拟正名为法部;商部本兼农工商,拟正名为农工商部;理藩院拟正名为理藩部;太常、光禄、鸿胪三寺,同为执礼之官,拟并入礼部。工部所掌半已分隶他部,而以轮船、铁路、邮电并入,拟改为邮传部。"厘定归并后的内阁,计有外务部、吏部、民政部、度支部、礼部、学部、陆军部、法部、农工商部、邮传部、理藩部十一部。

消息传出,一时人心躁动,尤其是太常、光禄、鸿胪、太仆四寺,戊戌变法时就曾经下旨撤销,后来慈禧出面训政,一概恢复。如今袁世凯却又要撤销,国家机构裁设竟是视为儿戏,怎能不令人愤慨!而且又流出谣言,袁世凯对言官成见极深,要借官制改革之际撤销都察院而后快。这下御史言官们都坐不住了,纷纷到瞿鸿禨、孙家鼐门上讨说法。瞿鸿禨亲自到孙家鼐府上拜访道:"中堂,你我忝居官制编纂总司核定,此时不说话不行了。袁慰廷要取消内阁,咱们这些阁臣无非失去个大学士的虚名,无所谓;可是都察院专属纠察、弹劾百官,事关纲常风纪,如果也被取消,岂不贪诈奸雄之辈横行？"

孙家鼐拍着床板道："子玖,你给我传句话,只有巨贪大奸才憎恨都察院。谁要撤都察院,谁就是巨贪大奸之辈！"

朗润园的袁世凯对外面的风声略有所闻,却不以为意。清流言官最成气候的时候就是甲午战前,以翁同龢为旗帜,交章弹劾,指责李鸿章避战求和。后来如愿以偿中日开战,却以大清惨败告终,清流声誉大受影响,不少人闭门自省,也不再风头尽露。戊戌年反对变法,又出了一阵风头,但两年后两宫逃往西安,朝廷又下旨推行新政,被推翻的不少新政又得以推行,因此守旧的清流言官又受一次打击。袁世凯初任山东巡抚时,曾受到清流交章弹劾,结果是朝廷更加信任,改署理为实授,由此袁世凯对清流言官更形轻视。

"四弟,外面对你意见可不小。"这时徐世昌前来拜访。

"什么意见？既然要行宪政、改官制,当然不能换汤不换药。"

徐世昌把坊间的种种传闻说给袁世凯听。

袁世凯听了之后笑道："太常、光禄、鸿胪、太仆的确要撤掉,但是把他们归并到新部中,并未像当年那样要砸掉他们的饭碗,何必如此过激？真是不可理喻。"

徐世昌猜道："怕是双目在后面煽风点火,还有没有挽回的余地可想？"

"不必去想。这些纸上谈兵之辈,只配玩笔头子文章。我不去理他们,让他们闹去,我是奉旨厘定官制,如果这样一点更改都不允许,还推行什么宪政？太后总会有决断。"

徐世昌见袁世凯太过大意,劝道："四弟,你不要太不当回事,谁知道双目他们会在太后面前怎么说？听说寿州相国也很生气。"

寿州相国是孙家鼐,安徽寿州人,清咸丰九年(公元 1859 年)的状元,与翁同龢同为光绪帝师。如今是武英殿大学士,已取代翁同龢被视为清流领袖。

袁世凯听了则有些惊讶道："寿州相国当过北京大学堂的总办,思想并不守旧,何以会与双目混到一起？"

"关心则乱。四弟要取消内阁和军机处,他们这些殿阁大学士当然不高兴。"

"等我递牌子请训,向太后进言。"

徐世昌见袁世凯已经听进意见,就转了话题道："四弟,最近有人上折弹劾赵次珊,我想请四弟和大佬策动太后派我去查办事件,正好借此机会,到东北走一走。"

盛京将军赵尔巽,号次珊,奉天铁岭人,为人干练清正,任过湖南巡抚、户部尚书,去年底才任奉天将军。日俄战争前后,袁世凯等不少人上折,建议改行省制,慈禧派赵尔巽任奉天将军,就有让他出任东三省总督的意思。他到任后清理东三省积弊,派任过广西巡抚的史念祖整顿税厘,颇著成效。这一来便断了一帮人的财路,因此进京"买参",雇了一位御史参劾赵尔巽,说他办事操切,苛税病商。几天前参折下到军机处议复。徐世昌认为如今推行宪政,又议及改革地方官制,不妨借查办事件为名,到东北考察一番。

袁世凯对台谏的力量还是低估了,他还没来得及向太后进言,就奉旨递牌子。在仁寿殿他刚跪下,慈禧就指指御案上的一摞折子道:"袁世凯,你是怎么回事,编纂官制惹来这么多批评。十来年了,还从来没有这么多白简同时弹劾一个大员。"

白简就是弹劾官员的奏章。

袁世凯从容不迫,打算做一番辩白。慈禧打断他的话道:"你不必说了,这个样子你怎么还能留京办事?你立即回任吧。"

慈禧如此不留情面,这对袁世凯还是头一遭,他头"轰"的一声就蒙了。

"练兵处不是上过折子计划再搞一次秋操吗?你就回直隶先去准备秋操好了,这样出都面子上也好看些。届时铁良和你都去阅操。"

"谢太后保全之恩。"的确,兴冲冲而来,灰溜溜出都,实在太狼狈。太后以准备秋操的名义让他出都,是在顾及他的颜面。

"你跪安吧。"慈禧仍然有些生气。

# 第十六章

## 段芝贵献妓谋官　振贝子被劾辞职

金秋时节阅兵,古来如此。因为此时秋高气爽,又是收获季节,容易筹措粮秣,战马又正是膘肥体壮,正适合拉出来"遛遛"。新军大规模的秋操并非第一次,去年已经在河间搞过一次,不过当时只有北洋新军参加。这次的秋操计划,是湖北新军第八镇北上,与河南新军第二十九混成协组成南军,由第八镇统制张彪任总统官;北洋新军则从驻扎济南的第五镇和驻扎直隶的第四镇抽调人马组成混成第五镇,张怀芝为统制,从京旗抽调人马混成第一协,由曹锟出任统制官,袁世凯的爱将段祺瑞任北军总统官。双方将在河南彰德(今安阳)进行攻防演练。

按秋操计划,参与秋操的新军计有马、步、炮、工、辎重各兵种三万三千余人,北军驻安阳城南,南军驻汤阴城北。湖北新军从武昌北上到汤阴,一千四百余里,北洋新军分别从保定、济南到彰德,也有六七百里。而阅兵处下达命令时离秋操时间只有四天。在这样短的时间内,远距离调动大军,在从前根本不可能。相当多的人心存怀疑,云集彰德的外国记者也以为有笑话可看。袁世凯和他的助手们却胸有成竹,阅兵处下设递运司,专门掌管铁路运送军队,又专设传达司,掌管阅兵处所属电报、电话、递信并统辖电信队。南北各军大部通过铁路运输,命令下达有电话、电报,结果秋操的部队全部按时到达,中外记者无不赞叹。

秋操第一天,先由北军总统官段祺瑞背诵演习总方略和特别方略,他声音洪亮,章法熟练;轮到南军总统官张彪背诵时则出了丑,面对袁世凯、铁良等大员及中外记者,他一开始就紧张,根本背诵不出来。背后的黎元洪提示一句,他在前面背一句,众目睽睽,满面流汗,相当窘迫。不过他有自知之明,随后就举荐黎元洪代替他指挥南军。

秋操一共举行了三天。第一天南北两军马队在汤阴县东南演习冲锋战法,第二天两军马步炮队在汤阴县东北演习遭遇战,第三天全军在彰德府城东南演习攻防战。总体上北军占了优势,但南军名不见经传的黎元洪镇定自若,干脆果断,大出风头,让北军吃了不少苦头,风头几乎要盖过早就名声在外的段祺瑞。

第四天在彰德举行阅兵式,南北两军抽调各军种精锐组成阅兵方阵,依次通过检阅台。检阅台上下,翎顶辉煌,再加中外记者及各国外交人员五百余人观操。当天晚上,袁世凯举行盛大的招待晚宴。

这次秋操获得中外记者的交口称赞,除军事上的成就外,当时的西方媒体对北洋陆军军纪严明尤其称赞。《纽约时报》的美国记者在报道中说:"抢劫、强奸等旧式军队里司空见惯的行为,在新军中很少发生。老百姓刚听说即将举行军事演习时,他们担惊受怕,疑惑重重。袁世凯感到有必要消除他们的疑惧,张贴了安民告示,说明演习部队并无不良动机。部队到达后,民众惊喜地发现军人纪律严明,买东西一律付钱,因而感到满意。"

袁世凯于次日一早就乘火车赶回天津,因为商部尚书载振和军机大臣、巡警部尚书徐世昌奉旨到东北查办事件,乘专车路过天津,要在天津住一宿。袁世凯下午赶到天津北站,天津文武大员早在车站等候。因为载振的专车再有半个多小时就到站,所以袁世凯不再回衙门,在车站贵宾室等候。

载振一走出车门,西洋乐队立即奏起欢迎乐曲,北洋新军仪仗队军服挺括,手持崭新的洋枪,列队欢迎。载振被这阵势激动得合不上嘴,摇摇手道:"四哥,这阵势可太过了。"

袁世凯笑道:"你们是奉旨出关,我这是一壮行色。"

载振随袁世凯上了一辆西洋马车,沿着一条宽阔的大路向西南方向走,便问道:"四哥,咱们今天是从天津新站下的车吗?几年前我到过老龙头火车站,不是这样啊。"

"不错,老龙头火车站我早就不去了。本来是和俄国人闹意气,没想到还闹对了。"

八国联军占据天津后,乘机扩大租界区,老龙头火车站也划进了俄国租界。结果中国人进出车站非常不便,就是袁世凯进站也要看俄国人的脸色,而且护卫还不许带枪。袁世凯一怒之下令天津道在老龙头火车北四公里处铁路边新修一座火车站，从新站到金刚桥头的北洋大臣衙门之间修一条笔直的大道，并限当年完工。这条路和新站一修成，有眼光的人立即到金刚桥往北一带抢建住房，很快繁荣起来。俄国租界的老龙头火车站，凤凰变草鸡。

载振看着马路两边鳞次栉比的房屋，连竖大拇指道："四哥一出手就非同凡响。"

当天晚上，袁世凯在利顺德饭店请载振一行。段芝贵奉袁世凯之命，专门进京迎接载振一行，不到一天工夫，已经与载振到了熟不拘礼的程度："贝子爷，津门最红的名伶杨翠喜今晚在大观园演《拾玉镯》，我敢说天下这出戏，没人比她演得更好。贝子爷要不去，那可真是枉来津门一趟。"

载振被段芝贵这样一鼓动，劲头就起来了。他本来就是风月场中的老手，看戏逛胡同乃是家常便饭，于是欣然前往。大观园戏楼最好的几个座位从来不安排人，是专门留给段芝贵和盐商王锡瑛，两人一贵一富，是杨翠喜的护法。

振贝子一落座，身后立即坐上四名巡警，是段芝贵专门安排的排场。戏已经开始，正是《拾玉镯》中的精彩段落。剧中讲述了一个芳龄小姑娘边做刺绣边在门口等山上进香还愿的母亲，恰巧年轻男子付鹏打门口经过，便产生了爱慕之情。付鹏在门口假意失落一只玉镯，小姑娘孙玉娇扭扭捏捏，三起三落才把玉镯拾起来。孙玉娇的扮演者正是杨翠喜，她身材极高，又极苗条，把小姑娘春心萌动、娇羞扭捏的情态表现得惟妙惟肖。载振是京剧的行家，看到精彩处情不自禁鼓掌，又打发人将五十块大洋送到后台点名赏给杨翠喜。戏间，杨翠喜下场后急赴前台给贝子叩头谢赏请安。载振大悦，令杨翠喜起身说话，并情不自禁伸手去拉。杨翠喜抬头，美目流盼，正与载振目光相对，真正是一顾倾城。载振看呆了，伸着双手愣了老大一会儿，这一切都被段芝贵看在眼里。

回利顺德饭店途中，载振一再打听杨翠喜的情况，段芝贵回道："说起来，也是个苦人儿。"

杨翠喜是直隶通县人，小时就送给人家当童养媳，婆家是小康之家，因此她从小得以读书。但可惜后来比她还小的丈夫溺水淹死，她又回到父母身边。十几岁时随父母迁到天津谋生，家境贫穷，迫于生计，父母把她卖给了一个姓杨的人。此人家境并不算富裕，但头脑颇灵活，是个京剧票友。他看到邻居收养了两个养女，一个叫翠红，一个叫翠凤，到天桥唱戏谋生，每月都能挣三四百元大洋，收入相当可观。于是养父把她送到邻居家里，与翠红、翠凤一同学戏，取艺名翠喜。杨翠喜因为小时候读过书,学戏特别快,不出一年就小有名气。有一个出洋留学生擅书法、工诗词、达音律、善演艺,是真正名副其实的才子,他对杨翠喜情有独钟,经常给翠喜说戏,每天晚上在后台等她,提着灯笼送她回家。他知道当时津门伶界大多唱戏的女子亦伶亦娼,他希望翠喜能够免俗,盼着两人能续一段良缘。但他有一次南下上海月余,回到天津时杨翠喜已经被人捷足先登。才子万念俱灰,剪掉长发,出家为僧。这成为当时津门的大新闻,杨翠喜由此一夜成名。人们这才发现,她唱功俱佳,堪称绝色。津门有捧伶人的风气,伶人要红非有贵人捧不可,而自以为是"人物"的,也都以捧红某伶而津津乐道。杨翠喜一出名,就引来两个大人物,一个是盐商王锡瑛,是天津巨富;一个是天津北段警察局总办、袁世凯的亲信段芝贵,人如其名,是津门的权贵。两人又是好友,同作杨翠喜的护法,碍于情面,都没有对她下手,真的只是看戏捧场。

如今,段芝贵见载振对杨翠喜一见倾心,真是求之不得,他看到了一个巴结载振的好机会,谋划着好好利用。他奉命送载振一行到奉天,一次采买了貂皮五百张,还有珍珠蟒袍一件,专弄了一节车厢运到天津。他又找到王锡瑛,告诉他两人捧杨翠喜捧到头了,因为"振贝子有心插柳"。王锡瑛心有不甘,但何敢得罪振贝子和段芝贵,因此与段芝贵一道商议如何把杨翠喜买下来。最后段芝贵派探访总局总办杨以德出面,花了一万两千两银子给杨翠喜赎了身,并由王锡瑛专门备了一个小院让杨翠喜住进去,又专门买了一个伶俐的丫头侍候。

载振、徐世昌出关不久,官制改革也有了结果,赶在阴历九月底公布,为的是给十月初十的太后万寿节锦上添花。但对袁世凯来说,是真正的添堵。因为他所期望的内阁制被太后一笔勾销,军机处、内阁一概照旧。上谕说:"军机处为行政总汇,雍正年间本由内阁分设,取其近接内廷,每日入直承旨办事,较为密速。相承至今,尚无流弊,自毋庸复改内阁。军机处一切规制,着照旧行。其各部尚书,均着充参与政务大臣,轮班值日,听候召对。"

各部的归并裁撤,基本按袁世凯当初拟定的方案,此外还增设了资政院、审计院,"资政院为博采群言,审计院为核查经费,均着依次成立"。但他曾经动议裁撤的一些闲曹,一概照旧,"宗人府、内阁、翰林院、钦天监、銮仪卫、内务府、太医院、各旗营、侍卫处、步军统领衙门、顺天府、仓场衙门,均着毋庸更改"。

袁世凯入阁的愿望由此完全落空,而且根据当初提出的专任分职的意见,各部尚书不再兼与部务无关的差使,结果新任的吏部尚书鹿传霖、学部尚书荣庆、民政部尚书徐世昌、陆军部尚书铁良全部退出军机,但唯有外务部事涉外交,关系紧要,不受此限,军机大臣只剩了外务部管部王大臣庆亲王奕劻和尚书瞿鸿禨。随后又新补了两个军机大臣,一个是内务府大臣世续,一个是广西巡抚林绍年,这两个人全与瞿鸿禨关系密切,林绍年还是他的门生。这样整个军机处奕劻虽然是领班,却势单力孤。

更糟糕的是新任陆军部尚书铁良以统一军权为由,逼迫袁世凯交出北洋六镇。新任邮传部尚书张百熙也亲自到天津来与袁世凯谈他所兼的督办电政、督办山海关内外铁路、督办津镇铁路、督办京汉铁路等兼差交归邮传部的事宜。同时他捎来奕劻的一句话:"既设专部,部中应有全权。"这表示奕劻也无力支持袁世凯所揽的诸项权力。

袁世凯知道这次官制改革自己全输了,而且连带着奕劻也被束缚了手脚。与其被人逼迫,不如自己识趣。所以张百熙回京的当天,他就上了一折一片。一折是《恳准开去各项兼差折》,辞差的理由当然冠冕堂皇,"心虽有余,力常不足,臣之才识,不逾中人,臣之气体,本甚羸弱,自近岁叠膺艰巨,精力益逊于前。天下之事理无穷,一人之智能有限,若纷纭并骛,必罅漏之丛生。窃维数年以来,臣之负咎当已多矣。国步方艰,大厦非一木所能支,巨川赖同舟之共济……此则非止为臣一身计,兼为大局计而不得不沥陈于君父之前者也"。他恳请开去所兼的参与政务大臣、会办练兵大臣、会议商约大臣、办理京旗练兵大臣、督办电政大臣、督办山海关内外铁路大臣、督办津镇铁路大臣、督办京汉铁路大臣八项兼职。

一片是《陆军各镇请分别归部留直统辖督练片》,他奏请朝廷将北洋六镇中的四镇归陆军部,"第一镇本系京旗兵丁,应归部臣专管。第三镇驻扎保定府暨奉天锦州府一带,第五镇驻扎山东济南府暨潍县一带,第六镇宿卫官门并驻扎南苑、海淀一带,各该镇均拟请归陆军部直接管辖,毋庸由臣督练"。当然六镇不能全部交出,他留下两镇,"第二镇驻扎永平府暨附近山海关一带,第四镇驻扎天津附近之马厂、小站一带。值此客军尚未尽撤,大局尚未全定,直境幅员辽阔,控制弹压,须赖重兵,所有第二、第四两镇,拟请仍归臣统辖督练,以资策应"。

袁世凯曾经多次请辞兼差,但那时候他慈眷正隆,朝廷每次都是极力挽留,不准他辞差。这次其实他也希望朝廷能够挽留,但慈禧万寿前的朱批是:现在改定官制,各专责成,着照所请,开去各项兼差。对于他将北洋四镇交给陆军部的朱批是:现在各军,均应归陆军部。第二、第四两镇,着暂归由该督调遣训练。

这一折一片的朱批,让袁世凯心里发凉。这不仅意味着他已经失去一些权力,更意味着慈禧对他已经不像从前那样信任。他可以操纵奕劻如左右手,也有信心应对瞿鸿禨、铁良的挑战,唯有对慈禧他心怀畏惧,唯恐慈眷不再。御座后面的这个女人实在非同一般,无论多么复杂的朝局她操纵起来总是游刃有余,无论多么精明的亲贵权臣都抵不住她翻手为云、覆手为雨。

一个多月后,载振、徐世昌考察结束,段芝贵奉命到奉天迎接。回到天津正赶上1907年的元旦,租界区内灯火辉煌,十分热闹,袁世凯劝载振和徐世昌在天津稍作逗留,考察一下天津的实业和教育,载振欣然应允。元旦晚上,载振提出到大观园看戏,去了却没有杨翠喜演出,载振于是问道:"那个名角叫杨什么的,怎么没有上场?"

段芝贵不动声色,把老板叫来询问,老板说杨姑娘一个多月前就脱去贱籍,可能已经嫁人了。载振听罢脸色落寞。

当天晚上,袁世凯和徐世昌都没有陪载振去看戏,两人闭门密议。徐世昌虽然近两个月不在京中,但对官制改革的结局和朝局的变化了如指掌,便道:"四弟,我这些天一直在梳理这次官制改革的前因后果,我怎么觉得这分明是太后布的一个阳谋?"

"嗯,怎么说?"袁世凯望着徐世昌问道。

"我觉得太后既不真心喜欢立宪,也未打算真正改革官制。她之所以同意,一是可以顺应舆情,以消弭内患,二是可以借机收权。让四弟主持厘定官制,各方争持不下,她却不动声色,从中寻找她所需要的机会。四弟想以内阁制取代军机制,以限制君权,限制君权无异于限制她的权力,所以她无论如何不会同意,对内阁制一笔勾销。但专职分任的提议,她却采纳了,所以很轻松地把四弟的各项兼职收回中央;派铁宝臣主持陆军部,逼迫四弟把北洋四镇交了出去。这次立宪、改革官制,涉及各方的利益,明争暗斗何其激烈,各方都在争自己的利益,但最后最大的赢家仍然是太后。"

袁世凯听后想了想,点头道:"大哥看得透彻! 真是一语点醒梦中人。可惜当时我以为太后已经站在宪政一边,以为正可趁机建立起内阁制,没想到让太后当了枪使。更糟糕的是，她有可能拿官制改革考验我，结果我考砸了，对我起了戒心，所以支持了铁宝臣，支持了双目，用以对付我和大佬。我现在想，彰德秋操，北洋军表现不俗，我还有些得意，现在看，倒不如让湖北新军出出风头，太后对北洋的提防可能还会轻些。铁宝臣本有夺取北洋新军的野心，回去在太后面前把北洋军说得如何如何了得，太后怕不怕？越怕，越要交到自己人手上。铁宝臣敢于一逼再逼，其实是太后的默许。"

"四弟也不必过于担心。铁宝臣虽然拿去了四镇的指挥权，但四镇的将军全是四弟的人，他一时也找不到替手，太后何其精明，当然明白这一点，所以不会逼四弟太甚。北洋幕府人才极盛，这是四弟最大的本钱，无论军界还是地方，四弟的局面已经布开，哪能是想推就推得倒的。"

"这话对头。不过，要比起当年文忠公的布局，我还差一大截，最盛的时候，淮军的势力真是遍布大江南北。"袁世凯话头一转道，"我有个想法，你在中枢混实在没有意思，倒不如设法到地方去。"

徐世昌以拳击掌道："真正是心有灵犀！我正想请四弟运动大佬，让我去总督东北。这次出关一看，东北真是大有可为。如果东北能抓到北洋手中，北洋的势力谁能撼动得了。"

"我早有打算。大佬的生日快到了，正好给他一笔让他心跳的寿礼，估计东北的问题就能解决。大佬爱财，倒是好办了。"

"四弟可不要小看了大佬，他是贪而不庸。"

袁世凯一双炯炯大眼盯着徐世昌，意思是何出此言？

"大佬曾上了一份密折反对立宪，四弟可知道吗？"

"不能够啊！"袁世凯闻言十分惊讶，"大佬一直支持推行宪政，他若当上总理大臣，那可真是一人之下万万人之上，他为什么反对？"

"我是无意中听振贝子说的，大佬的意思，军机见起总是全班，是为了避免领班军机专擅，好处是出了毛病，也不必自己一人担责。如果实行责任内阁制，他当上总理大臣，反而容易成为众矢之的，也容易为太后所疑心，何苦来哉。当然还可能有另一个原因，大佬已经预见太后对立宪是叶公好龙，所以不动声色上个反对的密折，为自己将来转身留余地。"

"啊，如果是这样，那真是老奸……"袁世凯可能发觉对自己的亲密盟友用老奸巨猾太不敬，改口道，"那可真是老谋深算，我从前反而是看轻他了。"

"岂止是你，我们都看轻他了。其实只要想一想，看上去他并没有出色的才能,可自从恭忠亲王之后,他就慈眷不衰,这就足以证明绝非泛泛之辈。”

“这可真要引起警惕了。”袁世凯感慨道,“人失去朋友,有时并非因为利益,而可能是因为看轻了朋友,而又被朋友觉察。大佬有此密折,提醒我以后万不可轻视大佬。”

“四弟在人情世故上无人可比。我一辈子也学不来,我们这些天子门生,大多是迂腐之辈。”徐世昌也附和道。

“大哥这么说,真是要让我无地自容了。振贝子那里也一样,不能拿他当个纨绔子弟。”

段芝贵陪同载振又是参观工艺局,又是参观工业品展览馆,还在河北公园会见了各界学生代表。不过,载振为杨翠喜嫁人的事而意兴阑珊,到了第三天下午,表示明天一定返京。晚上,盐商王锡瑛备了家宴,邀请载振、徐世昌一行到家中“吃顿便饭”,算是给两人送行。

盛情难却,载振、徐世昌到了王锡瑛府上,进了西路的一个小跨院。两人正在疑惑王锡瑛为何如此不敬,在偏院招待贵客。这时段芝贵叫道:“新娘子还不出来迎接新郎官?”

这时,一个身量极高而苗条婀娜的女子被一个丫头扶持,迎到门口。其时花烛初上,天色半昏,佳人站在门口,背后烛光摇曳,更加温馨动人,前来迎接的人正是载振朝思暮想的杨翠喜。段芝贵故作姿态,跨到载振面前说道:“贝子爷,两月前一面,翠喜对贝子爷一见倾心,竟至思念成疾。我与益孙感念她的一片痴情,决意成全,没经您同意,私下将翠喜赎身,希望贝子能纳为侧福晋。贝子爷若有不满,不要责备翠喜,怪我和益孙好了。”

载振喜出望外道:“感激不尽,何敢责备!”

徐世昌笑道:“香岩,你可真不看事,还不赶快躲一边去,让贝子爷佳人携手入席?”

“对对对,快入席。”众人都附和。

这桌宴席,吃喝成了点缀,众人分别向载振敬酒贺喜后,徐世昌说道:“春宵一刻值千金,我们不能不懂事,让新郎官和新娘子心里骂我们。香岩、益孙,咱们走,你们找个地方,好好请我吃一顿。”

第二天上午十时,段芝贵到王锡瑛府上接载振。一对新人依依难舍,身量比载振看上去还要高一点的杨翠喜一副小鸟依人的样子,不顾众目睽睽,趴在载振肩上梨花带雨道:“贝子爷不会一回京就忘了贱妾吧?”

"怎么会,怎么会。"载振又指了指段芝贵说道,"过几天就是我阿玛的生日,那时候香岩一定会去祝寿,就顺便把你带去。我回京先向阿玛禀明。"

"王爷不会嫌弃我吧? 如果那样,我就跳海河好了。"杨翠喜说罢又哭。

"决然不会。我阿玛最开通,何况是我纳侧福晋。我二弟年前还刚娶了八大胡同的'红宝宝',我阿玛都没辙。"

庆亲王奕劻生有六子,三、四、六子都早夭,只有载振和二子成年,老五一副病歪歪的身子,不知能否成人。所以他对儿子都很娇纵,以至于闹了不少笑话。

袁世凯也到车站送行,在贵宾室等专车添煤加温的时候,仿佛不经意道:"贝子,听菊人兄说,朝廷有意在东三省实行行省制,督抚人选全在贝子夹袋中。行省初设,无异开疆,巡抚人选最好对东三省有所了解。香岩与东三省颇有渊源,当年日俄战争,他在辽河两岸驰驱年余,侦探敌情,联络中日,对东北风俗人情,将来要稳定地方,他有得天独厚的优势。"

载振见段芝贵如此巴结,早就估计会有所求。不过,段芝贵目前是四品的道台,要升为从二品的巡抚,那是连跳两级,他略有些迟疑道:"我试试。"

"贝子多费心,我这些属下的前程,我看得比我自己的还要紧。贝子也不必过于为难,先给他运作个署理巡抚过渡一年半载就容易水到渠成。"

"四哥放心,我会尽心的。"

"贝子在津门这些天,我瞎忙,没好好陪。过几天我就进京给王爷祝寿,那时候再请贝子赏杯酒。"这话的意思是,袁世凯和段芝贵还有厚礼。

"那京中再见。"载振心领神会。

到了庆亲王生日前一天,段芝贵持袁世凯手条找到天津商会会长王竹林提走十万两银子,只说有项要紧支出,半年内他定会还上。王竹林既然能当上商会会长,当然也是手面很漂亮的人,笑道:"段大人何须解释,有袁宫保的手条,又有段大人的面子,我还怕您不还银子吗?您快忙正事去吧,哪天得空的时候,我请您。"

袁世凯与段芝贵带着十万两银票进京给奕劻祝寿,另外还有五百张貂皮和一件珍珠蟒袍。到了庆亲王府,袁世凯吩咐段芝贵拿貂皮和珍珠蟒袍去登记寿礼,十万两银票则交给在王府帮忙办寿的杨士琦。

庆亲王府内外车马络绎,翎顶辉煌,贺客盈庭。贝子载振代寿星款客,他看到袁世凯就小步跑过来,便道:"四哥,阿玛让您去他书房。"

"你忙去吧,我自己去就行。"

袁世凯话虽如此,载振还是安排一个小厮飞跑着去报告奕劻。到了"约斋"门外,奕劻已经在滴水檐下迎接。两人进了书房,奕劻叹道:"咱们费了那么多功夫,责任内阁还是没弄成,真是窝心。"

袁世凯劝慰道:"王爷,来日方长。宪政是大势,没人可以阻挡。"

"我是按咱们商定的方案复奏,当时子玖也是同意的,岂料他又单独上了一个折子。"瞿鸿禨上折子,并非自作主张,而是太后就责任内阁制专门征求他的意见,"他在折子中说,军机处'立法精密,实为千古所无'。又说'今中国官民程度俱有未及,议院未能遽立,地方未能自治,而先行立宪之官制,其势必多窒碍'。这是不仅反对内阁制,连宪政也反对。他这么一说,太后就改了主意。后来上谕中关于军机处的那套说辞,全是子玖的主意。"

袁世凯又问道:"王爷,听说岑三至今还逗留在上海,以养病为由不肯到云贵去?"

岑春煊外号"官屠",走到哪里都辣手治吏,往往一个折子,就参掉上百个贪墨庸劣官员。他以清官自居,与京中的清流互相标榜,尤其与瞿鸿禨的关系极密切。为了减少他的影响力,杨士琦出了个主意,以云南片马发生边案需派知兵大帅坐镇为由,把云贵总督调任闽浙,闽浙总督周馥则调任两广,而岑春煊则出任云贵。云贵远离京师,虽然都是总督,地位比两广低得实在太多。岑春煊知道这是奕劻和袁世凯有意要把他支开,因此以生病为由,逗留上海已经一个多月。

"他帝眷太深,实在不能操之过急。有一次我说应当发电催催岑老三赴任,太后说,'他身子骨不好,等他在上海养好病让他赴任不迟。云贵也太远了点,要是召他进京实在不方便'。看来太后也不愿让他去云贵,将来还要调剂个近一点的地方,尽快把他打发走。"奕劻也有些为难。

"千万不能让他内调,他要与双目一唱一和,那王爷就更难了。"

奕劻叹道:"谁说不是,如今军机四人,他们三个是一家,我是孤家寡人。"

"王爷不会是孤家寡人,北洋、两江、两广都唯王爷马首是瞻。如今东三省改制,这个机会不能错失,王爷要派自己人去看住。"

"是,我也正有此意。你是什么打算,不妨先说说。"

到了年底,岑春煊仍然不肯到云贵赴任,奕劻也没办法再催,但想了个辗转的办法,调四川总督锡良转任云贵,去处理片马边案,四川总督则说动太后让岑春煊补缺。川督因为兼管盐政,是有名的肥缺,而且下面又无巡抚掣肘,让岑春煊去也算不错的安置。正月十八上谕就颁布了,而且特别说明毋庸入京请训。岑春煊知道这又是袁世凯鼓动奕劻施的诡计, 所以仍然以病为由不肯西行。

出了正月,东三省官制改革方案出炉。盛京将军着改为东三省总督,兼管三省将军事务,随时分驻三省行台。奉天、吉林、黑龙江各设巡抚一缺,以资治理。徐世昌着补授东三省总督,兼管三省将军事务,并授为钦差大臣。奉天巡抚着唐绍仪补授,朱家宝着署理吉林巡抚,段芝贵着赏给布政使衔,署理黑龙江巡抚。一时舆论大哗,因为东北督抚四人,三个是铁杆袁党。就是吉林巡抚朱家宝,也是在直隶为袁世凯赏识,四五年间就由知县升到了江苏按察使,署理吉林巡抚也是破格;而直隶候补道段芝贵也一跃而署理巡抚,更为史所罕有。

此时,瞿鸿禨的得意门生、浙江钱塘人汪康年刚创办不久的《京报》突然刊登一篇《庆亲王七十生辰特别赐寿记》,爆出奕劻借办寿为名大收礼金的情况。据称,奕劻寿庆暗备账册,现金一万以上及礼物三万金以上入福字册,现金五千以上及礼物万金以上入禄字册,现金一千以上及礼物三千金入寿字册,现金一百以上及礼物数百金入喜字册,整个寿庆共计收受礼金五十万之巨,礼品折银亦不下百万。《京报》则直接讽刺奕劻为"老庆记公司"。文笔十分辛辣,斥责奕劻"问之当世,实无可纪之功,笔诸史编,更无可书之绩。值国家危亡之时大办寿庆而不觉,但固已位则易,箝人口则难"。

奕劻知道必是瞿鸿禨授意汪康年所为,恨得牙疼却无办法。因为当时预备宪政,开放报禁便是措施之一。更让他担心的是,恐怕这只是一个开始,在御史台谏中瞿鸿禨颇多门生,一呼百应,如果他们乘机发难,真不知如何招架。更让他惊讶的是,西赴四川的岑春煊突然乘火车来到了京中。

"上谕不是说毋庸请训吗?他怎么进京了?"奕劻这一惊真是非同小可。数日前他得到上海方面的电报,说"大谋"已经乘轮西上赴川。当时还松了一口气,认为岑春煊去了四川,瞿岑不至搅到一起,就好对付些。现在看,《京报》发难,岑老三北上,皆是两人提前预谋好的。

岑春煊一下火车,就到宫门递请安折子,很快宫中传出话来,第二天一早递牌子。

第二天一早,岑春煊进宫,太后第一起就召见他道:"岑春煊,不是有旨说,不必进京请训吗?"

岑春煊以头碰地道："臣原也不敢忤旨，但乘轮到了武昌，见京汉铁路已通，虽是天涯却如咫尺。臣已经多年不见太后，念巴蜀道远，此后觐见无日，恋主心切，竟不能自抑。因此忤旨前来，请太后皇上治罪。"

"我和皇上都视你如家人，你来了也好，哪里会治什么罪。当年西狩路上，夜宿破庙……"慈禧年老也是恋旧之人。

八国联军进北京的时候，岑春煊正在甘肃布政使任上，朝廷发出各省进兵勤王的上谕，他向陕甘总督魏光焘毛遂自荐要求带马队进京勤王。但马队也不能立即出发，他等不及，带着十余骑亲兵先行进京，两旗马队随后跟进。他是第一个奉旨进京勤王的，但慈禧一听他只带来了十余骑，真是啼笑皆非。联军进京前一日，两宫仓皇出宫西逃，路上正遇到岑春煊的两旗马队，成了护驾的主力。有天夜里两宫住在破庙里，既无被也无褥，太后皇上背靠背坐着过夜。岑春煊彻夜环刀立庙外，太后梦中数次惊呼而醒，岑春煊每次都朗声答道："臣春煊在此保驾，太后勿惧！"慈禧对此念念不忘，到了西安有一次哭着道："如果祖宗保佑能得以复国，必无敢忘你的忠心护主。"

忆及旧事，岑春煊也是涕泪交流。

"经此大难，我和皇上是一心求治，又是推行新政，又是预备立宪，就是期望朝野上下能够和衷共济，共度时艰。如今看，真是太难了。大清这辆大车，我真觉得拉不动了。"慈禧闭着眼睛连连摇头，眼角含着泪。

岑春煊也趁机进言道："近年亲贵专权，贿赂公行，以致内外效尤，纪纲扫地，皆由庆亲王奕劻贪庸误国，引用非人。若不力图刷新政治，重整纪纲，臣恐人心离散之日，虽欲勉强维持，亦将挽回无术矣。"

"何致人心离散？你有何证据，可详细奏明。"慈禧闻言颇有些怒容。

岑春煊又问道："天下事人同此心，事同此理。假如此间有两御案，一好一坏，太后要好的还是要坏的？"

"当然要好的。"

"此即是人之心理。臣请问，今日大清政治是好是坏？"

"因不好才改良。"

"改良是真的还是假的？"

太后紧皱眉头问道："改良还有假的？此是何说？"

"太后固然真心改良政治，但依臣观察，奉行之人实有蒙蔽朝廷，不能认真改良之据。前奉上谕，命各省均办警察，练新军，诏旨一下，疆臣无不争先举办。

但创行新政,先须筹款,今日加税,明日加厘,小民苦于搜刮,怨声载道。倘果真刷新政治,得财用于公家,百姓出钱,尚可原谅一二。现在不唯不能刷新,反较从前更加腐败。从前卖官鬻爵尚是小的,现在内而侍郎,外而督抚,皆可用钱买得。丑声四播,政以贿成,庆亲王被人讥为庆记公司,中枢如此,天下可知。此臣所以说改良是假的。"

"你说奕劻贪,有何凭证?"

岑春煊回道:"纳贿之事,唯恐不密,一予一受,岂肯以凭据示人?但曾记得臣在两广总督兼粤海关任内,查得出使比国大臣周荣曜系粤海关库书,侵蚀洋药项下公款二百余万两,奏参革职拿办。当时奕劻方管外务部,周犯系奕劻所保,非得贿而何?"

"奕劻太老实,是上了人家的当。"

"当国之人何等重要,岂可以上人之当自解?此人不去,纪纲何由整饬?"

"懿亲中多系少不更事,尚有何人能胜此任,你可保奏。"

岑春煊回道:"此乃皇太后皇上特简之员,臣何敢妄保?此次蒙皇太后皇上垂询时政,是以披肝沥胆,不敢一毫隐瞒。唯启程之时,因应奏之事极多,而牵涉奕劻关系重大,不得不入京面陈,故特冒昧前来。"

"你先在京住下,慢慢回奏。"

到了第二天,太后再次召见岑春煊,岑春煊所谈依然是奕劻贪墨弄权,卖官鬻爵。这样的故事实在太多,真的假的,朝野传闻多的是。慈禧是第一次听到,深感震惊。即将跪安时,岑春煊又道:"臣在京数日,尚觉所怀未尽,又须远赴川省。臣不胜犬马恋主之情,意欲留在都中,为皇太后皇上做一看家恶犬,未知上意如何?"

慈禧回道:"你言过重,我母子西巡时,若不得你照料,恐将饿死,焉有今日?我久已将你当亲人看待。近年你在外间所办之事,他人办不了,所以未能叫你来京,你当知我意思。"

"臣岂不知受恩深重,内外本无分别。只是譬如种树,臣在外,系修剪枝叶,树之根本,却在政府。倘根本之土被人挖松,枝叶纵然修好,大风一起,根本推翻,树倒枝存,有何益处?故臣谓根本重要之地,不可不留意也。"

太后点头道:"你说得极是。好在外边现已安靖,四川的乱子由锡良去料理,你先下去吧,明日可有旨意。"

第二天,关于岑春煊的任职上谕颁布,"着授邮传部尚书"。

岑春煊奉到旨意，一面请人办谢恩折，一面递牌子请见，参劾邮传部侍郎朱宝奎，"以市井驵侩，工于钻营，得办沪宁铁路，勾结外人，吞没巨款，因纳贿枢府，得任今职。若该员在部，臣实羞与为伍"。

朱宝奎是常州武进人，盛宣怀的同乡。他与詹天佑一样，都是曾国藩派赴美国的留学生，归国后参加中法马尾战争、中日黄海海战。后来大造铁路，被盛宣怀推荐到铁路局任职。盛宣怀有个美婢，朱宝奎欲纳为妾，被盛宣怀拒绝，因此怀恨在心，结果将铁路局的种种积弊、累年洋商交涉案偷偷抄录，叛归袁世凯。袁世凯当时正垂涎铁路、电报、招商三局之利而不详其底蕴，如今得此密件，据之参倒盛宣怀，尽撤其差，把铁路局交唐绍仪，招商局交杨士琦，电报局交吴重熹，而朱宝奎今日终为邮传部侍郎。岑春煊参他，既有示威袁世凯，又有替好友盛宣怀报仇的意思。

慈禧还有些顾虑道："朱某既然不肖，可即予罢斥。但总要有所凭据，以什么罪名罢斥他？"

"就说是臣面参好了。"

这样的例子不是没有，但近乎欲加之罪。慈禧对岑春煊深信不疑，竟然点头同意，当天就有旨意，"谕内阁：据岑春煊面奏，邮传部左侍郎朱宝奎声名狼藉，操守平常，朱宝奎着革职。"

侍郎乃堂堂二品大员，竟然只凭岑春煊一句"声名狼藉，操守平常"而被夺职，当时都中人士"群相惊告，诧为异事"。官场毕竟有官场的规矩，岑春煊未到任先参劾属下，且是欲加之罪的方式进行，真不愧"官屠"的恶名。这一招的确给袁、庆党徒一个下马威，但也犯了急躁操切的毛病。京官们开始觉得岑春煊比袁世凯更可怕，都怕这个"官屠"要拿京官动手。

瞿鸿禨当然知道京官们的担忧，所以他与岑春煊商议，风纪败坏的根源在奕劻，参倒奕劻，袁世凯才能失去内援，庆、袁为首的浊流才能敛手，整肃吏治才能有效。所以此时不宜再参劾其他官员，而应将矛头直接对准奕劻。

岑春煊叹道："无奈他帘眷太深，太后不肯发话。"

瞿鸿禨鼓气道："树大根深，怎么可能一下就能扳倒。不过，经过你的面劾，他这棵大树已经松动，如今再加一把力不难连根拔起。"

岑春煊下决心道："我既然自喻为太后皇上的一条恶犬，不妨再咬一口。"

瞿鸿禨连连摇手道："这次不劳你亲自出马。"

第二天，《京报》刊出一篇题为《特别贿赂之骇闻》的文章，披露的是段芝贵购妓杨翠喜献给载振，又以祝寿为名行贿奕劻父子十万两的事情。此文立即成为京中最大新闻，街头巷尾、茶肆酒楼，无不津津乐道。

议论归议论，但此事不但涉及段芝贵，更涉及亲贵大臣奕劻，也涉及势力强大的袁世凯，所以台谏御史也束手。此时，有铁面御史之誉的赵启霖具折参劾。赵启霖与赵炳麟、江春霖早在四年前就曾经共同具折参劾奕劻贪墨纳贿、卖官鬻爵，因查无实据而被降职，不过却名声大噪，人称"三霖"。这次赵炳麟、江春霖都不愿冒险，赵炳麟还劝赵启霖道："此案若只涉及段芝贵尚可参奏，但事实上既牵连亲贵又涉及重臣，妄奏则殃及自身，有性命之虞。"

赵启霖反驳道："维护纲纪、弹劾不法是我辈职责，如今朝中出了如此荒唐的丑闻，我辈却不置一词，岂不有愧职守？大不了丢掉一颗脑袋。"

赵炳麟闻言又劝道："我是没有老兄的浩然正气了，不过，你我都是瞿相国的门生，如今瞿相国与庆王相斗，难免让人指责参与党争，是非混淆，难以辩污。"

"清者自清，浊者自浊，何须辩污？"

赵炳麟听了，只好摇头告辞。

赵启霖参折当天递了上去。第二天军机见起，即将跪安时，慈禧从御案上拿起一份"白简"道："奕劻，赵启霖有个参折参你们父子，你怎么说？"

自从《京报》发表段芝贵获官的丑闻后，奕劻就料到必有御史参劾，他接过参折，战战兢兢看完，硬着头皮道："奴才父子绝不至于如此荒唐。"

"京中万口喧腾，你当我不知道？东三省不得已而改置督抚，我破格用人，原为振作三省起见，没想到你们如此狠心欺我！"

奕劻跪倒在地，磕头道："奴才不敢欺太后！"

慈禧震怒之下要立即严谴载振和段芝贵，此时瞿鸿禨不能不出头说话："太后息怒。事之有无，未可预定，遽加严谴，恐非所以体恤亲贵之道。"

"那就让孙家鼐和载沣彻查。段芝贵声名如此狼藉，无论事之有无，都不宜出任封疆。"

出宫后，奕劻忧惧羞愤，自觉无颜回军机处，出宫回府，绕室蹀躞，午饭也一口未吃，午睡也睡不着。到了下午，让人去给醇亲王载沣和孙家鼐送信，相约在醇王府相见。两人上午就已奉到上谕，当然知道奕劻所为何事。三人见面，奕劻说道："此事吾父子名誉不足惜，可是事关国体，非我父子一己荣辱，还望两位秉公确实查办。如其事属实，予甘认面欺之罪；如无其事，亦应将查办之详情宣布天下,毋使吾父子贻笑于全球也!"言之泪下。

载沣见奕劻如此难过,不知如何劝慰,便道:"庆叔放心,一切有我和孙中堂。"

这话一听就有毛病,仿佛他拿定主意要袒护奕劻父子。

孙家鼐也道:"王爷不必如此忧心如焚,清者自清,浊者自浊,我与醇王一定一秉大公。"

奕劻的目的已经达到,多言无益,便道:"两位即已奉旨,我就不好多说了,以免连累两位落下袒护亲贵的口实。"

奕劻告辞,孙家鼐并未立即回府,而是与载沣商议如何查办。孙家鼐自有主张,但不知载沣是何心思,因此没有贸然抖出自己的打算,而是先问道:"王爷觉得应当如何查办妥当?"

载沣回道:"赵启霖说段芝贵购戏子以献,到载振家中一搜有人无人,便就真相大白。"

孙家鼐斟酌着说道:"办法倒是简单有效,不过王爷,我们直接去庆王府搜人,便是表明我们已经相信确有其事。如果查得出人还好交代,如果查不出,以王爷与庆王同为亲贵的关系,到时候脸上怕是不好看。"

载沣恍然大悟,心中羞愧,说话就有些磕巴了,道:"中堂说得,说得极是,我欠考虑。怎么办合适,我听中堂的。"

孙家鼐分析着说道:"王爷言重了。我先不说庆王父子的事,先说点题外话。如今大清国的形势比任何时候都严峻,想必王爷也心中有数。咱们关起门来说话,我也就知无不言。如今外患不至于遽发,但内忧却相当严重。大清仿佛是一个身患重病的人,只宜慢慢静养,耐心调慑,或可能渐复元气,不致竭厥。所以,任何的急躁操切都是大清的灾难,所谓猛药治重疴,不是治病,而是送命。这就是我之所以戊戌年反对操切变法,今年又反对责任内阁的原因。我听说南方革命党提出要'驱除鞑虏,恢复中华'。分析这句话的深意,他们蛊惑民众的核心,就是满人已经荒唐得很不像话,无资格秉政。我倒希望赵启霖所参是子虚乌有,若查实了,庆王父子果然如此荒唐,革命党人会不会说:'大家看,满人如此荒唐,中国还有希望吗?'"

载沣听了恍然大悟道:"中堂一心为满人着想,为朝廷着想,真是忠心可嘉。"

孙家鼐却不承认:"王爷,我不是为满人着想,我是为天下百姓着想。我这一生,经历了洪杨之乱,捻子造反,拳匪患乱,联军屠城,哪一场乱子都是百姓遭殃,人命贱如草芥。我老了,只想看到国家能够平静,百姓不再遭乱。"

"中堂的苦心真是感人至深。中堂就说吧,这案子怎么查,我无不附赞。"

"我们查案,应当从天津入手。核心两条,一是说段芝贵买戏子献给振贝子,那就到天津去查一查,有没有这么个戏子卖给了段芝贵,或者卖给了什么人;二是说段芝贵从商会会长处借款十万两贿赂庆王,那就去商会查查有没有这笔借款。这两项基本的事实查清了,接下来的事情才好办。"

"就听中堂的,先去天津,那咱们什么时候动身?"

"当然是越快越好。不过,我身子骨不好,恐怕去不了天津,只能派个忠实可靠的人代我去查办。王爷大驾亲临当然好,如果实在太忙,派一个办事认真的人去也一样。"孙家鼐建议道。

载沣再忠厚,用心一想也明白孙家鼐的苦心,到时候万一有什么纰漏,两人都有转圜的余地。因此也决定派人代他去天津查办。

听说查案的人员已到了天津,袁世凯再次把杨以德叫来询问道:"老段现在陷于是非中,此时他无法出面,一切由你来应付。怎么样,都准备好了吧?"

"宫保放心好了,保证出不了纰漏。"杨以德如今已是探访局总办,很得袁世凯赏识。

"该花的钱就花,总之要给老段洗洗清楚,尤其不能让振贝子蒙受不白之冤。"

"实事俱在,就是谁来查也是子虚乌有。"

两人一本正经睁着大眼说假话,袁世凯知道已经弥缝好了,稍稍放心道:"你对他们两个说,他们是查钦命案子,我不方便出面,不然会让人说我为下属弥缝,请他们谅解。查完了案子,让他们在天津好好玩一阵,耍钱还是吃花酒,随他们喜好,一切开销都由你想办法好了。"

杨以德领命而去,到利顺德饭店见满洲印务参领恩志、内阁侍读润昌,他们两人分别代表载沣和孙家鼐查案。等酒足饭饱,三人商量查案的要领,润昌首先说道:"既然杨总办对一干人等十分清楚,明天就先提杨翠喜和王益孙问话,下午如果来得及,再去商会查账。"恩志是大老粗,但因为是载沣所派,润昌不能不特别尊重,因此转头问他,"恩兄,你看这样妥当不?"

恩志附和道:"妥当,妥当。"

"咱们是初次见面,但行家一伸手,就知有没有。我干巡警几年了,像两位这样精于查办事件的,不是巴结两位,还真是第一次见到。我受宫保所托,也受当事人所托,一定要给他们洗清不白之冤。而且说句实话,我是第一次直接从宫保那里接差使,所以办得好不好,关系我个人前程,还请两位兄弟多关照。"杨以德说罢,从怀里掏出两张银票,一人一张,各两千两,"这是我个人的一点意思,请两位收下。这可不是收买两位,两位也不是能收买得了的人,是兄弟的一点敬意。这与明天的调查无干,明天该怎么查就怎么查。"

两千两银子,在恩志看来不是小数,他拿眼睛只看润昌,润昌会意道:"这是杨总办的个人心意,咱们既然是兄弟,当然不好见外。恩兄,我看恭敬不如从命。明天咱们查案照样一秉大公,不徇私情,想必杨总办也能理解。"

杨以德回道:"咱们都干这一行,当然理解。"

于是恩志欢天喜地收下,塞到贴身的衣袋里。借恩志出门方便的时机,杨以德又拿出一张银票对润昌道:"宫保对老兄早有耳闻,对老兄的能干很是欣赏,特别交代我别致敬意。"

恩志随时会回来,不容推让,润昌从容收下道:"请转告宫保,清者自清,浊者自浊,我们受王爷和中堂所托,当然要查个水落石出。"又低声道,"恩参领是第一次办事,很不懂道,不过放心好了,一切有我。"

杨以德拱手道:"全都拜托老兄。"

第二天先提审杨翠喜,她一脸茫然道:"我出班子不假,但一直没离开过天津,更不认识什么贝子。我是什么身份,哪有嫁给贝子的福分。我家老爷姓王,大名王锡瑛,字益孙。我嫁他做妾已经好几个月了。"

润昌又问道:"有何凭据?"

"我家老爷与戏班子有契约为凭。"

于是再提王锡瑛,王锡瑛是候补道,又是世代盐商,身价不同,润昌和恩志都起身致意。

"我喜欢看戏,也捧红了不少角,对杨翠喜那可真是一见倾心。"于是王锡瑛讲了如何捧杨翠喜,又如何不惜重金娶回家。

润昌问道:"口说无凭,你娶小妾,应该有见证人或者什么凭据吧?"

"当然有,花了三千五百两银子。契约我都带来了。"

润昌接过看了一眼,递给恩志,恩志看过复又递给润昌。润昌又问道:"这是重要证据,我怕要暂时借用一下。王观察不会有异议吧?"

"没有,我还是懂一点规矩的。"

不到午饭时间,杨翠喜的身世就弄清楚了。

到了下午,润昌突然说道:"我看不必让商会拿账本来,我们直接上门去查,给他个措手不及。恩兄,你看如何?"

恩志当然没有不同意的道理。

一行人到了商会,立即封存账簿,把去年以来的流水账查了个底朝天,的确没有十万两银子的出入。于是再提审会长王竹林,王竹林一副惊讶的表情:"借给段总办十万两银子?数字如此巨大,商会哪里筹措得来。再说,商会往外借银子都要与各位商董会议,然后再立有合同,哪能我说借就借?"

找了几个商董来问,都说从没会议过借十万两银子的事情。

润昌又道:"这流水账我也要借用几日,等我交了差,一定派人奉还。"

当天晚上,杨以德陪两人吃饭,润昌道:"王观察有点荒唐,官员纳妓为妾,大干律例,他难道不知?"

王锡瑛是候补道,但若严格按律例追究,纳妓为妾也要革职。杨以德求情道:"我只知杨翠喜唱戏,应该未入娼门吧。两位,我立即着人让王益孙过来面禀,此事关系个人前程,不能出差错。"

第二天上午,润昌对杨以德道:"杨总办,我们兄弟两个昨天商量了个稿子,今天打算先发给王爷和中堂,先请你看一看,是否妥当。按规矩这是不应当请你过目的,可谁让我们是兄弟呢?恩兄也同意请你看一看,规矩是规矩,兄弟是兄弟。"

"承蒙两位信任,感激不尽。"杨以德接过来,仔细阅看,是以恩志的名义上的说帖——

奴才恩志与润侍读到天津后,即查访歌妓杨翠喜一事,天津人都说杨翠喜被王益孙买去。奴才等当即面询王益孙,王益孙名王锡瑛,系兵部候补郎中,于二月初十日,在天津荣街买杨李氏养女杨翠喜为使女,价三千五百两,并且立有字证。王益孙称,杨翠喜现在家中服役。

奴才等面询杨翠喜,杨翠喜说:先在天仙茶园唱戏,于二月初,经由中间人梁二说合,父母同意将身卖与王益孙充当使女。奴才等找到梁二与杨翠喜父母,后者称他们的养女确实被王益孙买去,充任使女。

至于王竹林借十万金一事,据王竹林称,他名叫王贤宾,系河南候补道,充当天津商务局总办,与段芝贵并无来往。现虽充盐商,并无数万之款,所办商会,年终入款七千余两,本局尚不敷用。商会事件,系各商共同办理,并非一人专理。奴才等人调阅了商会的账本,没有发现这笔款项。商会的人也作证,给段芝贵十万金一事,不但未见,而且未闻,他们情愿具名甘结。天津其他商人也都称,王竹林没有向段芝贵借款一事。

杨以德看罢,放心道:"两位老哥辛苦了,我建议暂到明天给王爷和中堂发电报。今天两位老哥就好好玩一玩。商会王会长感念二位为之辩污,早有一份孝敬,被我阻拦下来,怕的是影响两位老哥办案。今天案情已白,这份孝敬无论如何两位要收下。"杨以德送出的,每人又是两千两。

晚上怎么玩,两人又生分歧,恩志有心猎艳,润昌手痒想赌。于是杨以德派随从分成两拨分别陪同,他则亲自去陪润昌。润昌临下场前,杨以德又奉上一张两千两银票充赌资。赌到深夜,结果润昌输掉了恰好两千两。他倒很看得开,立即收手,笑着对杨以德道:"杨兄,看来这银子命里就不该有。"

第二天发回电报,很快就有回示,要带杨翠喜、王锡瑛、王竹林及商会账房、杨翠喜的养母等人到京由醇王面审。

醇王面审结果与恩志、润昌的调查完全相同,第二天复奏后,当天就有上谕,在简述调查结果后,便是对御史赵启霖的处置,"该御史于亲贵重臣,名节所关,并不详加访察,辄以毫无根据之词,率行入奏,任意诬蔑,实属咎有应得。赵启霖着即行革职,以示惩儆。朝廷赏罚黜陟,一秉大公,现当时事多艰,方冀博采群言,以通壅蔽。凡有言责诸臣,于用人行政之得失,国计民生之利病,皆当剀切直陈,但不能摭拾浮词,淆乱视听,致启结党倾陷之渐。嗣后如有挟私参劾,肆意诬罔者,一经查出,定予从重惩办"。

虽然调查有了结论,却未能服众,江春霖为赵启霖抱打不平,上疏指出载沣、孙家鼐查复的案情有六大疑点:

买献歌妓之说,其于天津报纸,而王锡瑛系天津富绅,杨翠喜又系天津名妓,若果二月初即买为使女,报馆近在咫尺,历时既久,见闻必确,何至误登?可疑者一;使女者婢女之别名,天津买婢,身价数十金至百金而止,更无昂者,以三千五百两而买一婢,是比常价增二三十倍矣。王锡瑛即挥金如土,如此虚掷,愚不至此,可疑者二;翠喜色艺倾动一时，白居易琵琶行所谓名在教坊第一者，无过是矣，老大嫁作商妇，尚诉穷愁，岂有年少红颜，甘充使女，可疑者三；王锡瑛称在天津荣街买杨氏养女，不言歌妓，而翠喜则称先在天仙茶园唱戏，经过中人梁二与父母说允，又不言养于李氏，供词互异，捏饰显然，可疑者四；既为歌妓，脂粉不去手，罗绮不去身，其不能胜操作也明甚，谓在家内服役，不知所役何事？可疑者五；坐中有妓，心中无妓，古今唯程颢一人，王锡瑛而曰买为使女，人可欺，天可欺乎？可疑者六。臣以情理断之，出名顶领之说，即使子虚，买妓为妾之事，更无疑义。

奕劻原本并不希望将赵启霖革职，但起草上谕的瞿鸿禨坚持如此，显然是以牺牲赵启霖激怒清流。奕劻一看台谏不肯放手，这样僵持下去，或者再有人追根究底，案情有了反复，太后想护他也护不住了。所以，他把载振叫到面前道："你闹得这场荒唐事，看来不好收场，你请辞吧。"

载振心有不甘，但知道不如此则不能保住老子的禄位，所以只好答应。但调查结果自己是"清白"之身，却又请辞，这措辞实在太难，于是找杨士琦商量。杨士琦的文笔十分厉害，并不输于他的四哥杨士骧，安慰道："贝子爷且闭门读一年半载的书，过了风头便可复出。"

"可惜了小振这孩子。"慈禧阅到载振的请辞奏折后又道，"这折子难为他写得出来。"

这奏折写得的确不同凡响，"臣系出天潢，夙叨门荫，诵诗不达，乃专对而使四方，恩宠有加，遂破格而跻九列。倏因时事艰难之会，本无资劳才望可言，卒因更事之无多，遂至人言之交集。虽水落石出，圣明无不烛之私；而地厚天高，跼蹐有难安之隐。所虑因循恋栈，贻衰亲后顾之忧；岂唯庸懦无能，负两圣知人之哲。不可为子，不可为人。再四思维，唯有仰恳天恩，开去一切差缺。愿从此闭门思过，得长享光天化日之优容。倘他时晚盖前愆，或尚有坠露轻尘之报称"。

奕劻上朝时，也再次向慈禧面请准载振开缺，于是当天就有准载振开缺的上谕。但这份上谕对载振自出任农工商部尚书以来的功绩大加赞赏，且寄予厚望，"现在时事多艰，尔年富力强，正当力图报效，应随时留心政治，以资驱策，而有厚望"。

然而舆论并未平复，御史赵炳麟又上奏折，请朝廷收回成命，将赵启霖官复原职。汪康年主办的《京报》继续穷追不舍："近年来政府屡经弹劾,而竟悉置不问,只见言官数次遭谴,难道被劾者真的无瑕可摘吗?近五年来,国事之进步如何,民生之休戚如何?任由一二大臣搅乱朝局,其利害波及全国,政府竟不能加以制止,难怪招致天下谴责。"

奕劻看到这样的文章,恨得直拍桌子。在他看来,《京报》无异于瞿鸿禨的喉舌,这些文章都是瞿鸿禨所指使。他把杨士琦叫来,指着《京报》上的文章道:"杏城,我本想退一步海阔天空,无奈人家要赶尽杀绝。你辛苦一趟,去天津和慰廷商议,有什么办法把这些蛇蝎请出朝堂。"

# 第十七章

## 丁未政潮获大胜　入值军机丢实权

杨士琦回到北京,当天下午就去了庆王府,奕劻吩咐下午概不见客。等杨士琦坐下后,奕劻急切地问道:"杏城,慰廷怎么说,可有良策?"

杨士琦笑道:"袁宫保让我转告王爷不必过虑。瞿、岑两人无非是想以所谓的丑闻做文章搞臭王爷,继而再扳倒北洋。但两人忘了一个词——"

"哪个词?"奕劻问。

"疏不间亲。王爷是宗室亲贵,瞿、岑二人发动台谏再三攻击王爷,太后未必就真高兴。何况这些年来,从恭忠亲王到醇贤亲王,再到各位亲贵以至军机大臣,谁能做到一清如水?不过是五十步笑百步。王爷这些年小有积蓄不假,可贡献给太后的也不菲,袁宫保在太后那里也隔三岔五有所贡献。瞿、岑二人如此行事,连投鼠忌器的道理都不懂,所以宫保以为不足虑。"

"慰廷说得当然不无道理,但如果帘眷一衰再衰,就难保不生意外。"

"当然不能坐以待毙。宫保建议,不妨分三步走。"

第一步,就是要用好太后的身边人为奕劻说话。奕劻的四女儿嫁给裕禄的儿子,不料结婚不久女婿就死掉了,年轻轻就守寡,经常进宫陪伴慈禧,很得宠信。恭忠亲王的长女被慈禧封为荣寿公主,人称大格格,说话行事极顾大局,慈禧对她是又敬重又信赖。两位格格关系极好,通过她们可以向太后传递一个意思,瞿、岑联手攻击亲贵,无非是靠败坏皇家名声沽名钓誉。

"还有一个人王爷要善加利用,大总管对岑三也有看法。"杨士琦又道。

奕劻闻言,有些不相信道:"不会吧,两个人当年西狩的时候都是太后面前的红人,岑三一口一个老叔。"

"此一时彼一时。当年岑老三刚得帘眷,要拼命巴结大总管固宠。可是后来官运亨通,又和清流混在一起,视交结内监为耻,所以有意与大总管拉开距离。这次进京以扫除贪腐为己任,一脸正气,不仅对大总管无所馈赠,而且宫中相遇连招呼都懒得打。我听说大总管为了联络旧情,曾送一桌酒席给岑三,也被拒而不纳,很让大总管丢面子。"

"哦,还有这么一出,那真是太好了。岑三这是自找不痛快。"

"第二步就需要王爷亲自出面,把瞿、岑两人与康梁的旧事翻腾出来。太后最恨的是康梁,而戊戌年双目曾经上折保荐康有为,两宫回銮后又上折建议赦免戊戌年的罪臣,当然也包括康梁。这些折子军机档中都有录备,王爷不妨都找出来。"

奕劻若有所思地点了点头道:"我明白了,把这些折子交给太后,依太后的性情定然有所疑心。"

"岑三与康梁关系更非同一般,而且还加入了保国会,很捐了一笔钱,太后对此恐怕还一无所知。这次进京后,岑三还向太后力荐盛杏荪、郑苏戡、张季直。"盛宣怀、郑孝胥、张謇这三个人见解都很新潮,可视为新派人物。

奕劻疑惑道:"岑三举荐这三个人也并没什么不妥。"

"文章就在这里。瞿、岑揪住不放,非要扳倒王爷,为的是再扳倒袁宫保,接下来就要为戊戌翻案,然后引进新派人物,最终目的是逼迫太后归政。"

"啊,文章妙处在这里。"奕劻恍然大悟,因为太后最憎恨的是康梁,而最怕的是归政皇上。如果把瞿鸿禨、岑春煊的动机向这上面引,太后哪怕稍有疑虑,奕劻便有反败为胜的可能,他禁不住赞叹道,"真正是妙不可言。"

"第三步则是设法把岑三赶出京去。双目精于筹划,而岑三敢于出手,这两个人一文一武合到一块太难对付,把岑三赶出京去,双目失去臂膀,或可以有所敛手。"

"我是恨不得岑三立即滚蛋,无奈帘眷正深,且没有合适的由头。"

"由头没有可以找。我和宫保已经想了一条,可惜先要自断臂膀。"

原来,近来广东革命党数次闹事,中外报纸都有所载。袁世凯想的办法是让两广总督周馥夸大其事,上奏朝廷,以自己不懂兵略为由,请朝廷派知兵重臣前往,奕劻则乘机推荐岑春煊。

"好不容易把岑三从两广调开,如今又再让他回任,实在心有不甘。而且兰溪坐镇两广不久就再调开,实在对他不住。"奕劻有些不忍道。

"两害相权取其轻，先把眼前这一关过了再说。如果天遂人愿，把两人调开，然后再进行第四步，能扳倒双目最好。扳不倒他，至少也该让他大伤元气才行。这一步怎么走，实在没法预想，只能等待时机。"杨士琦最后道。

因为慈禧有话，岑春煊可以随时递牌子进见，所以他是三天两头进宫。进宫就是老生常谈，谈奕劻贪庸误国，慈禧已有些不胜其烦。这天散朝后，她闷闷不乐，又加最近腹泻的毛病发作，心绪很差。

大格格见了问道："额娘心绪不好，这是谁又惹您生气了？"

慈禧一脸的不悦："还有谁，岑春煊。奕劻爷儿俩的事他揪着不放，小振已经辞差了，真不知他还想怎样！"

"不过是要看皇家的笑话罢了。他们只顾自己沽名钓誉，不为皇家脸面着想也就罢了，平白给额娘增添苦恼，一点也不为额娘着想。"

慈禧制止道："不许你这么说他们，岑春煊当年那是有恩于我和皇上。当年你也一起吃过苦，不是不知道岑春煊的忠心。至于瞿鸿禨，也是难得操守好的臣子。"

"光操守好有什么用？看不清大势，分不清轻重缓急。他们揪着庆叔不放，把宗室亲贵的脸面都撕掉了，岂不正如了革命党的意？"

"这话怎么说？"慈禧见今天大格格话里有话，不禁起疑道，"你是不是听小四说了什么？你向来是顾大局的人，怎么不明白小四是在替他阿玛当说客？"

"我当然知道她是说客，但说得是实在不无道理。革命党提出要'驱除鞑虏，恢复中华'，朝堂上却把宗室亲贵揭得灰头土脸，是不是让朝野上下都认为，宗室亲贵都已经是无用的草包？"

这话让慈禧脸色一变，许久没有说话。大格格知道她的话已经起了作用，因此也闭嘴无语，只是拿扇子轻轻在慈禧面前扇。

接到周馥关于两广革命党猖獗请妥派知兵大员坐镇的密电后，奕劻递牌子请求独对。军机大臣向来是全班召见，请求独对必是有机密面奏。瞿鸿禨、岑春煊都知道奕劻独对必有所密陈，却无从打探。结果到了第二天，就有两道旨意，一是调林绍南为度支部侍郎，二是粤省变乱，事关重大，周馥人地未宜，恐不堪事。岑春煊前在两粤讨平柳州贼寇，功勋赫炳，尚在耳目。着岑春煊为两广总督，即刻赴任。岑春煊未到广州前，两广总督着周馥署理。

这番人事变动，必是奕劻独对的原因，瞿鸿禨与岑春煊都十分清楚。岑春煊知道这是奕劻和袁世凯要联手将他挤出朝堂，不过他以为，以他在慈禧面前的帘眷,当面陈情,不难再令朝廷收回收命,于是递牌子请见。

不过,一见面慈禧的话风就不对:"旨意让你即刻赴任,你打算何时出都?"

岑春煊回奏道:"臣老病浸寻,请太后体恤,留在太后皇上身边,以效犬马之劳。"

慈禧无奈道:"我也不愿放你出都,可是两广、闽浙都不安靖,饶平、黄冈、钦廉等地匪患难平,正赖你去弹压。这些事情别人办不了。"

"臣还有事上陈。"

光绪这时插话道:"皇额娘,我腹痛厉害,要告退。"

"那你先去歇着。"慈禧说完,又对岑春煊道,"有事你写个折子好了。两广之任,不容迁延。"

岑春煊没想到慈禧忽然如此冷淡,只好磕头跪安。出宫后岑春煊就去见瞿鸿禨,瞿鸿禨见他脸色难看,便问:"慈意如何?"

"慈意已决,连我的话都不肯听完!"岑春煊重重叹一口气,"朝廷无复振作之意,江河日下,时事可知,断非一己所能挽救。我要上疏病辞。"

"云阶千万不可如此。你已经面辞,若再上疏请辞,无异于闹意气,惹怒慈圣,那可不是闹着玩的。我们堂堂正正,一心只为肃清贪腐、维护纲常,忠心苍天可鉴,以你的帘眷,不久慈圣当可回心转意。你先到两广,处理完革命党的事,再疏请回京也无不可。"瞿鸿禨劝道。

岑春煊也知道事已至此,徒闹意气无益,叹息道:"朝廷用人如此!既有今日,又何必移我滇与蜀?"

岑春煊在瞿鸿禨的劝说下出京南下,先乘火车到武昌,然后乘轮船直下上海,本来应当继续南下赴两广,却又像年前一样,以就医为由在上海住了下来。

奕劻经过这番折腾,夜里睡不好,饮食也减半,终于病倒了。这天瞿鸿禨独对时,慈禧突然问道:"奕劻老了,如果一病不起,你看谁可继其任?"

瞿鸿禨与醇亲王载沣关系较密,而且醇王又是慈禧的内侄女婿,因此回禀:"近支宗亲中,唯有醇王办事老成,可当重任。"

慈禧点点头,话题又转到奕劻身上:"奕劻人倒是忠心,无奈物议太盛。他是我一手提携起来的,这几年他也该知足了。叫他卸肩调养几年,该不会有怨言吧?"

"雷霆雨露均是皇恩,奕劻何能有怨言?太后圣明,如罢其权,正可以保其晚节。"瞿鸿禨回道。

"我自有办法，你暂且等等吧。"

这实在是个天大的喜讯，以稳重、谨慎著称的瞿鸿禨竟然也没有按捺住与人分享喜悦的心情，把这个消息告诉了夫人。夫人有个无话不谈的姐妹，就是《京报》创办人兼主笔汪康年的夫人。瞿鸿禨曾经叮嘱夫人此话勿对外人道也，他的夫人也曾叮嘱好姐妹，此话不要对别人讲。但这种喜讯要埋进心底实在太难，汪康年的夫人回家就告诉了丈夫，而汪康年则透露给了英国《泰晤士报》的新闻征集人曾广诠。在报纸眼中，这是天大的新闻，这一消息立即电告总部，《泰晤士报》很快刊发电讯。

这天，慈禧在颐和园宴请各国驻华公使夫人。从前慈禧是十分憎恶洋人的，连皇上接见公使这样的国际惯例也不愿遵行。但自从庚子八国联军进北京后，她对洋人的态度来了个大转弯，一意媚外，其中手段之一就是经常宴请公使夫人，她希望借机改变列国对她的看法，希望洋人眼里不要只认光绪。各国夫人也都很乐于参加这样的宴请，因为除了各种美食之外，慈禧兴致所及，还会挥毫作画相赠。

一帮女人聚到一起，要比召见军机轻松有趣得多，慈禧此时也难得满面笑容。她不懂英文，全靠曾跟随父亲出使英国的德龄、容龄两姐妹居中翻译。自从这两姐妹进宫，给太后带来了许多变化，比如经常照相，比如允许洋人女画家给她画像。她经常对两姐妹道："你们不要以为我这个老太太是个老脑筋，什么新鲜东西都反对，不是那样的。洋人好的东西，我也完全愿意接受。"

午膳后，太后照例要睡午觉，各国公使夫人及各陪同的格格命妇们，也都有休息的房间。但这时美国驻华公使夫人却要求独见太后，请德龄、容龄两姐妹转达她的要求。两姐妹怕被太后拒绝，因此约上四格格一起去见太后。慈禧应道："好吧，我也不好驳了她的面子。可是你们告诉她，顶多给她十分钟的时间。"

德龄、容龄两姐妹陪着公使夫人进来，慈禧主动伸出手来与她握一下，满面笑容地回道："听说你要独自见我，该不是要我给你画一幅画儿吧？"

公使夫人也笑着道："我当然有这种奢望，太后如果能赏我一幅，那真是太好了。不过今天来见太后，是想问一下太后，中国的政局是否要有大的变动，比如，庆亲王要被罢职？"

"这是没有的事，你是从哪里听到的消息？"慈禧闻言吃了一惊，站在她身边的四格格更是惊得合不上嘴巴。

公使夫人解释道："伦敦的《泰晤士报》发表了一个电讯，是记者从贵国朝廷大官口中得到的消息。"

"这是谣言，你千万不要相信。"

德龄、容龄两姐妹送公使夫人，殿里只剩下慈禧和四格格。慈禧满面怒容，一拍御案道："瞿鸿禨真是混账！"又对四格格说道，"洋人听到风就是雨，这是没有的事。你阿玛虽物议喧腾，但我相信他的忠心。"

"女儿替阿玛谢恩。"四格格跪下替奕劻谢恩。

这件事非同小可，四格格一出宫立即催着轿夫快走，回府告诉奕劻。奕劻沉吟着说道："洋人报纸说我要被罢职，而太后说瞿鸿禨混账。那就是说，太后怀疑消息是瞿鸿禨透露给洋人的，可见太后的确与瞿鸿禨说过这话。"一想到这里，奕劻只觉得脊梁发软，两腿无力。

四格格安慰道："太后说，她相信你的忠心。"

"我也就只剩下这点本钱了。"

女儿告退后，奕劻立即打发人去找杨士琦，让他无论如何立即赶过来。到了晚饭前杨士琦才赶过来，原来今天他陪一个英国人到西山去拍照。等他听完奕劻的话后立即出主意道："王爷，先不必发愁，忧中有喜——太后对双目不满，正可用此机会，好好教训教训双目，也让他尝尝被人弹劾的滋味。"

"我也做此想，不过只此一端，恐怕力量不够。"

杨士琦出主意道："这当然要好好想想。暗通报馆这一条，首先已经坐实。而暗通报馆，目的又是为了树立外援，最终便是结党营私，双目通过《京报》大放厥词，误导舆论，又策动台谏，交章弹劾，以遂其私。这些罪名，够他好好受用一番。"

"得找个笔头子好的上个白简。"对奕劻来说，要找个能上白简的却并不容易。大部分御史言官都视奕劻、袁世凯为浊流，不屑与之为伍。所以在瞿鸿禨极容易的事情，在奕劻这里却难如登天。

"王爷勿忧，大不了咱们也'买参'。"杨士琦说得很直白。

御史言官是清要之职，来钱的门路实在有限，而撑门面又需要不小的开支。有人能保持清流本色，有人则"卖参"赚银子——上折弹劾某人，先讲好价钱，心中已无是非，眼里只有银子。

"只要笔头子功夫到家，银子花多花少无所谓。"

这件事包在杨士琦的身上。他隐在幕后，托人奔波了两天，毫无结果。因为稍有点良心的台谏一听说要参清廉自守的瞿军机，都婉拒了。

奕劻听了杨士琦的报告，十分失望，机会稍纵即逝，如果等太后对瞿鸿禨的怒气烟消云散，那时候再多白简也没用。两人愁眉相对，奕劻忽然说道："这两天恽薇孙要随顺天府尹去天津，与慰廷商讨京津铁路事宜。"

恽薇孙叫恽毓鼎，光绪十五年进士，人很有才，却很不得志，一直在清水衙门里混，如今不过是侍读学士。他与大部分清流一样，不屑与奕劻、袁世凯这样的浊流交往，所以奕劻想到他后，又自己否定了。

闻言，杨士琦却眼睛一亮道："王爷，所谓清流，往往心口不一，所谓清，不过是他们的招牌，不少人其实想浊而苦于无机会罢了。恽薇孙身上值得一试，王爷或许不知，他与端午桥是同年举人，午桥对他多有关照，两人关系极密。薇孙每年过年，都靠午桥的一份年敬才能过关。"

"啊，真是天无绝人之路，让午桥出面该有五六成把握吧？杏城，这件事要快，更要机密，你最好亲自去天津一趟，与慰廷好好筹划。"奕劻听后则是喜出望外。

"好，部里正好有事要与直隶商议，我借机去一趟。"

刚过了端午，朝廷突然发布了一道上谕，而且不是军机处奉旨，而是交由内阁明发。

> 谕内阁：恽毓鼎奏参枢臣怀私挟诈，请予罢斥一折。据称协办大学士外务部尚书军机大臣瞿鸿禨，暗通报馆，授意言官，阴结外援，分布党羽。余肇康于刑律素未娴习，因案降调未久，与该大学士儿女亲家，托法部保授丞参等语。瞿鸿禨久任枢垣，应如何竭忠报称？频年屡被参劾，朝廷曲予宽容，犹复不知戒慎。所称窃权结党，保守禄位各节，姑免深究。余肇康前在江西按察使任内因案获咎，为时未久，虽经法部保授丞参，该大学士身任枢臣，并未据实奏陈，显系有心回护，实属徇私溺职。法部左参议余肇康着即行革职，瞿鸿禨着开缺回籍，以示薄惩。

这道上谕对瞿鸿禨而言不啻晴天霹雳，因为数天前太后还对他说，将罢斥的是奕劻。根据他的建议，醇亲王载沣将接替奕劻的地位。而载沣素性庸懦，虽然不至于玩弄于股掌，但总比奕劻要好对付得多。奕劻一倒，袁世凯便失去靠山，以载沣对袁世凯的憎恶，把袁世凯赶出北洋也并非难事。然后以袁世凯的劲敌岑春煊或铁良代之,都无不可,北洋乌烟瘴气的局面不难改变。而且载沣少年新近,一意求治,自己好好引导,肃清吏治,上下同心,再造一个中兴也并非没有可能。然而一觉醒来,被罢的竟然是自己。

对朝野而言,瞿鸿禨被罢也都觉得不可思议。瞿鸿禨毕竟是难得的清廉枢臣,刷新吏治、惩治贪腐的期望都寄托于他身上。而且他帘眷颇深,稍懂朝局的人也都知道,太后是拿他做平衡朝局、牵制庆袁的棋子,怎么突然间就被罢了呢?

不过,仔细想想,也并非没有预兆。岑春煊当了二十多天的邮传部尚书就被外放两广,不就是一个信号吗?都知道岑春煊与瞿鸿禨互相标榜,互为奥援,岑春煊外调,瞿鸿禨早该有所警惕。

大家所不能服的是罢斥他的罪名。瞿鸿禨与《京报》关系密切,尽人皆知,御史台谏多视之为领袖也非一日,所以暗通报馆,授意言官,阴结外援,分布党羽,几近欲加之罪。至于余肇康靠瞿鸿禨复起也不是新闻,何以现在拿出来说事?

更让大家不服的是,就靠这么点可轻可重的罪名,未加调查就直接罢斥。奕劻被御史弹劾,几次罪名都很重,从来没有不经调查就做出处分的情形。一比可知,慈禧对奕劻何其宽容,对瞿鸿禨又是何其刻薄?

军机大臣世续递牌子求见,希望派人彻查瞿鸿禨被参的罪名,然后再予处分,方显公正。慈禧倒是从善如流,立即令大学士孙家鼐、陆军部尚书铁良调查。以孙家鼐不愿朝局动荡的心愿,当然也会对瞿鸿禨极力维护,而且被参罪名,实在也经不住推敲。所以两人三天后复奏,结论是"曾广铨、汪康年借瞿鸿禨之势力在外铺张,恐所不免;瞿鸿禨择交不慎,防闲未能周密,或亦有之;若云用人行政大端,敢于预为泄漏,恐瞿鸿禨断不致糊涂至此。如以平时偶有往来,即指为暗通消息,似尚未为允协"。提出的建议是,"瞿鸿禨业经奉旨开缺回籍,可否免其置议之处,恭候圣裁"。

瞿鸿禨的罪名已经立不住脚,但孙家鼐和铁良并未奏请让他复职,并非两人不想,而是留下太后示恩的余地。此时已经有御史上奏,请求对瞿鸿禨免予开缺。但太后都是留中,瞿鸿禨只好洒泪收拾行囊,回籍去了。他出都那天,送行的有数百人,不过多是台谏清流。

当初赵启霖被革职,恽毓鼎前来送行,而且表现相当活跃,可是不到一月,他却突然参劾瞿鸿禨,无异于助纣为虐,其变化实在出乎众人的意料,也实在为清流所不耻,所以为瞿鸿機送行他不会来,也不敢来。恽毓鼎何以从清流变为浊流? 坊间很快传言,他是被北洋花了两万两银子买通了。为了两万两银子而甘为出卖灵魂,实在为人不齿,他的同乡数人甚至在《京报》上发文,质问他参劾瞿相到底得了多少银子。恽毓鼎成了过街之鼠,闭门谢客,偶有客至,也只能谈谈风月,无脸像从前一样放言高论。

瞿鸿機罢职回籍,他空出的军机大臣也就为朝野所瞩目。是清流派还是北洋派人马出任,坊间有种种猜测。如果从整顿吏治、有利社稷的角度来说,清流派应当补此要缺;但北洋实力雄厚,又与当枢的奕劻关系极密,由北洋派人马出任也有可能。

慈禧当然更加关注,她曾经打算也罢了奕劻,让孙家鼐入值军机,孙家鼐一心只求一个稳字,认为一动不如一静,而他自己老病浸寻,不宜入值。奕劻曾经推荐杨士琦入军机,慈禧也征求孙家鼐的意见,他回禀称:"士琦小有才,性实巧诈,与臣同乡,臣知之最稔。盖古所谓饥则依人,饱则远飏者也。"有了这番话,杨士琦入军机便彻底告吹。

慈禧又征求去年官制改革后出军机的老臣鹿传霖的意见,他也认为奕劻虽然贪名在外,但实在没有可替代的人选。再征求军机大臣世续的意见,也是不赞同罢斥奕劻:"太后不久前刚对美国公使夫人说,罢斥奕劻是谣传,不出一月却又罢斥,于太后面子上不大好看。"慈禧如今很看重洋人的看法,世续这一说让她最终改变了主意,但作为培养替手的考虑,令鹿传霖复入军机的同时,又让载沣"军机上学习行走"。鹿传霖七十有二,垂垂老矣,只要载沣羽翼丰满,随时可以取奕劻、鹿传霖代之。鹿传霖缺出的民政部一职,则由肃亲王善耆接任,镇国公载泽则出任了度支部尚书。鹬蚌相争,渔翁得利,清流与浊流相斗,最后沾光的却是宗室。慈禧已经预感到自己没有几年的万寿,开始着手让宗室掌实权。她觉得无论清流还是浊流都不可靠,可靠的只有宗室而已。

岑春煊是到上海的第二天,才知道瞿鸿機被罢职的消息。这让他十分震惊,忧心如焚,坐卧不宁。他急召心腹幕僚、时任上海预备立宪公会会长郑孝胥前来商议。郑孝胥给他出了个主意,让他继续以养病为由滞留上海,以待时机。岑春煊此时才发觉,自己只顾猛冲猛打,根本不是袁世凯的对手。为了避免自己再受到奕劻、袁世凯的打击,他决定向袁世凯示弱,授意郑孝胥立即起草一封电文发给袁世凯。这封电文,其实就是岑春煊祈求袁世凯的"投降告饶书":"枢府更易,两宫忧劳。公素持组织新内阁之政策,似宜乘此机会,亟建大议。万一小人伺隙,窃据要地,必将有意外之奇变。拟请由公主稿,邀同泽公及张、端诸公联衔沥恳,迅筹设立新内阁,以定大计。煊忧愤交迫,病将益剧,愿以垂死之身从诸公之后,虽获重咎,亦所不悔。"

袁世凯明白像岑春煊这种一个折子就参掉几百人的"官屠"不可能真正向他低头,很快回了岑春煊一封电报,说得很客气又显得很诚恳,为的是暂且安抚住他。打蛇不死,反遭蛇咬。岑春煊滞留上海,成了袁世凯的心病,如果太后万一再念旧情,召岑春煊回京,那可就大大不妙了。他和奕劻都授意杨士琦,赶快设法将岑春煊彻底扳倒,永除后患。

杨士琦老调重弹,买通一位陈姓御史参劾岑春煊"屡调不赴,骄蹇不法,为二百余年来罕见",并列举了他"贪、暴、骄、欺"四大罪,还有多处牵连到盛宣怀,说岑、盛倚仗权势合资经营企业。折中最为用力的是,说岑春煊与"逆党"康有为、梁启超、麦孟华等有关系,并且多次"礼招"麦孟华"赞幕府"。孟麦华何许人也?康有为的女婿,保皇党的干员。杨士琦以为此折定能打动慈禧,但折上后,慈禧只是将词连盛宣怀的两条摘出交端方密查,而把弹劾岑春煊事项一概留中。以岑春煊在太后面前的帘眷,这种闻风而奏的参劾,根本起不到作用。

要彻底扳倒岑春煊实在太难,杨士琦辗转反侧,无计可施。正在愁肠百结时,却有人献上奇计。

此人姓蔡名乃煌,广东番禺人,时年五十二岁。他年轻的时候就已经才名远播,学问、诗文俱佳,被人称为粤省文坛"四大金刚"。但德不胜才,性贪,经常为人考试作枪手,且每考必中。后来入福建藩司唐景崧幕府,甲午战前唐景崧升台湾布政使、署理台湾巡抚,蔡乃煌随之入台。甲午战败台湾割让给日本,他以护送库银回大陆为由,卷走了数十万库银而成为阔佬。他捐了湖南候补道,入湖南巡抚幕中,经常来往长沙、汉口之间,专办教案事宜,在湖南名声大噪。他还主持编纂了一大套《约章分类辑要》共三十八卷,成为办理交涉的指南。如今他寓居京师三个多月,一心要谋取上海道的肥缺。无奈此缺需要太后点头,实在不容易运动。如今他巴结上杨士琦,希望这位常有奇计的杨五爷能够帮他如愿。

杨士琦以为他此来又要说上海道的事,已经不胜其烦,因此要先堵上他的嘴,叫着他的字道:"伯浩,我已经探问过大佬,现在不是银子多少的事,关键是没有缺。"

"五爷,我此行不为上海道,专为您解忧。"

据蔡乃煌说,官屠岑春煊在两广总督任上,先后参劾一千余名官员,因之去职的有四百余人,尤其是曾经捕拿巨绅黎季裴、杨西岩等二十余人入狱,籍没其家,令广东官绅谈岑色变。听说岑春煊复临两广,广州绅商筹集十万两银子放出话来,谁能有奇计阻止岑三临粤,便以十万金相酬。蔡乃煌的一个小老乡,人称陈三少爷,自负奇计,揽下瓷器活道:"先交三万,事成,补交剩余七万。"

"自负奇计,他有何奇计?"杨士琦心里大起波澜,语气却很平淡。

"要弄一份岑三勾结康梁的确凿证据。南边的人都知道,岑三通过康有为的女婿孟麦华,与康梁一直保持密切关系。岑三到上海前,据说康有为派梁启超专门从日本赶到上海,要与岑三见面,但因为走漏消息,上海道追查甚紧,两人是否见面并未可知。"

"伯浩,连两人是否见面都未可知,又何来确凿证据?"杨士琦听了有些失望。

"奇就奇在这里。陈三少设法弄到了岑三与梁启超、孟麦华的合影,五爷请想,这是不是确凿证据?"蔡乃煌反问道。

"当然是确凿证据,既然岑梁是否见面都未可知,又如何能弄到合影照?"杨士琦大惑不解。

"五爷先不必问这个,你且看照片上的人,是否是岑三与梁启超。"蔡乃煌把一张照片递给杨士琦。

杨士琦认识岑春煊,也认识梁启超,并不认识孟麦华。他接过照片一看,上面居中的正是岑春煊,左边广额大眼的是梁启超,右边的一个想必就是孟麦华。

蔡乃煌指了指照片的背景问道:"后面就是《时报》社。五爷请看,这三个人是不是像在商量事情?"

《时报》是三年前由康梁策划,委托其弟子在上海创办的报纸,也是上海第一份摆脱书页式、双面印刷的四版报纸,紧跟时政,专辟《时评》,文笔犀利,敢于直言,所以创刊虽晚,影响却很大。保皇党是《时报》的幕后支持,上海几乎尽人皆知。

"这照片是什么来头?"杨士琦又问道。

"五爷不必问什么来头,您只说,如果太后看到这照片会作何感想?"蔡乃煌这样问道。

杨士琦笑了笑道："岑三的帘眷就算到头了。"

"这还不够,五爷必须保证能够让岑三不再复临两广,不然陈三少没法向广东那边交代。人家也是冒了很大风险才弄来这样的照片。"

"那他献出这幅照片有什么要求,或者,伯浩兄有什么要求?"

蔡乃煌笑道："那边无论有什么要求,我去对付他好了。我这边,还是从前所求五爷,让我过过上海道的瘾。"

杨士琦翻着眼,盯着天棚想了一会儿才道："这件事我得回禀大佬,我实在不敢回答。"

"那就拜托五爷了。不过这张照片只此一幅,那边叮嘱不能离开我手上。"

杨士琦晃了晃照片笑问道："现在不就离开你手上了?伯浩,你连我也信不过,那何必来找我?你想想看,大佬看不到这张照片,你的上海道不还是在云彩里?"

"五爷责备得有道理,不过受人所托,忠人之事。我就在五爷府上坐等,也可以算没离开我手上,这样如何?"

"这也行,你且耐心等等,我立即去见大佬。"

等了近两个时辰,杨士琦回来了,一见面就道："大佬对你的能力很赞赏,上海道肯定要放你去做。但你须耐心等等,不然太着痕迹,反而不妙。"

奕劻的说法有道理,但在蔡乃煌看来,却难免有口惠实不至的隐忧。杨士琦是何等人,当然能看穿蔡乃煌的心思,安慰道："伯浩兄放心好了,大佬说了,半年内若不能放你上海道,你尽管把这事的来龙去脉向各报新闻访员通报好了。"

蔡乃煌尴尬地笑道："王爷说哪里话,我怎么能办半吊子事。这张照片是给王爷还是给您?"

"当然不能给王爷,王爷不能与此事沾边。你且等我的信,到时候或许你要与恽薇孙去谈谈,由他上折子最好。"

过了两天,杨士琦打发下人持他的名帖去请蔡乃煌,蔡一到他就说道："伯浩,我已经把你向薇孙引荐了,我对他说,你有件绝紧要的事情要与他谈,他说随时恭候。"

"我与薇孙向无交往,交浅言深,怕会误事。"蔡乃煌有些不愿意。

"伯浩兄不必过虑。你拿这张照片给恽薇孙看,可以提醒他三点,一是岑三的确与康有为、梁启超、麦孟华早有勾结;二是保皇党专程从日本来,频频密议；三是一定提醒太后，日本近年以排满革命之说煽惑我留学生，使其内离祖国，为渔翁取鹬蚌之计，狡狠实甚，如果万一岑三与保皇党借日本以倾朝局，则大清危亡立现。"

蔡乃煌连竖大拇指赞道："我对五爷真是佩服得五体投地，五爷所言，真正是透彻骨髓。"

"你少给我灌迷魂汤——你最好今晚就去见薇孙。"

当天晚上，秋雨滂沱，雷电交加。蔡乃煌冒雨来到恽毓鼎家中，密商一个多时辰，夜深后才冒雨离去。恽毓鼎则连夜起草参折，第二天一早爬起来誊清密封，当天就递进宫去。

奕劻、杨士琦、恽毓鼎还有蔡乃煌都在密切关注着慈禧的反应。当天晚膳后慈禧就看到了密折，但次日并未发下枢府，显然是留中。

初三这天军机奉慈禧面谕，密电张之洞进京面询要事。

奕劻与杨士琦闭门密议，太后密召张之洞进京，十有八九是商议恽毓鼎参折的事。可见太后对岑春煊背叛她是将信将疑。而太后不询奕劻而专召张之洞，说明太后对奕劻也不能相信。两人认为最值得担心的是张之洞，他对岑春煊的清廉果决向有好感，而且郑孝胥又曾是张之洞的心腹，万一张之洞拍着胸脯为岑春煊担保，那就前功尽弃。

但随后传来一个喜讯，张之洞回电，因病不能北上。

初四，慈禧单独召见奕劻，她把奕劻早就见过的照片递过来道："我真没想到，岑春煊这么忠心的人竟然也背叛我，这比往我心口扎刀子还痛。"

奕劻回奏道："奴才觉得岑春煊受恩深重，不至于如此糊涂。"

慈禧哼道："我知道你们两人有过节，你能这么说他说明你心地还算坦荡。"

"奴才是就事论事。"奕劻怕弄巧成拙，成了为岑春煊辩污，所以立即补救，"如果岑春煊当真如此背主，那应当是受了康梁的蛊惑。康梁都极擅刀笔，又巧舌如簧，听说康有为在集会上经常泪流满面，以此骗取信任，以帮助皇上复位为名，诓人钱财。"

听到帮皇上复位的说法，慈禧立即满脸盛怒："做他们的春秋大梦！有我在一天，他们休想！就是我万年之后，也断不容他们得逞。"但很快又平复了情绪，"虽然岑春煊负我，可是我不负他，可准他退休。"

到了下午，军机处奉上谕，岑春煊着开缺养病，以示体恤。

同一天，还有一道上谕，瞿鸿禨引入军机的林绍年毋庸在军机大臣上行走，出任河南巡抚。

自此，瞿鸿禨为首的清流势力在朝中彻底凋零。奕劻、袁世凯代表的浊流与瞿鸿禨、岑春煊为首的清流半年多的政争终于落幕，这一年是旧历的丁未年，史称"丁未政潮"。

政潮后的军机大臣，除领班奕劻外还有世续、鹿传霖、载沣。四位军机大臣，三位是满人，这在军机处成立以来颇罕见；而且军机大臣中必须有一人文笔要好，称为秉笔军机，起草上谕，要有立马可待之才。四人中，唯有鹿传霖是翰林出身，但已七十有二，耳朵有些背，当秉笔军机也不合适。慈禧身体不好，近来实在有些倦政，所以让奕劻考虑再引一两个人入军机。

奕劻回奏道："奴才推荐张之洞。张之洞文笔很好，做秉笔再合适不过。关键是他有地方行政经验，可补奴才等人的不足。"

"好啊，那就让张之洞入军机。"慈禧似乎早有考虑，欣然同意，"要论地方行政经验，袁世凯比张之洞也不逊色。而且军机当中，最好有人在外交上帮你一把，袁世凯在这方面好像不比李鸿章逊色。张之洞是同治二年的进士，才气是出色的，不过，不免空疏的毛病，袁世凯正可补他不足。"

慈禧似乎对引袁世凯入军机也早有考虑，说出的理由也都在理上。奕劻对袁世凯是否入军机有些犹豫，入军机自己多一条臂膀；但又失去一个强有力的外援，而且听袁世凯的意思，对入枢并不热心，所以他的态度是无可无不可。如今听慈禧的意思好像非袁不可，也就附和道："朝廷如今有练兵三十六镇的计划，此事断非袁世凯不可。"

"这一条也很要紧。"慈禧点头应道，她并未表态立即让袁世凯入军机，"先让袁世凯进京，我想听听他打算怎么处理列国间的关系。"慈禧如今对外交十分上心，几乎当作头等事情。

袁世凯奉旨入京，当慈禧问到他对处理列国关系的见解时，他的回答令慈禧深感意外："如今中外关系，联美以制日、俄是关键。"

慈禧问道："这几年你一直主张联日制俄，怎么又成联美制日、俄？"

"形势变了。如今日、俄有互相勾结谋我东北的意图，东三省总督徐世昌、奉天巡抚唐绍仪，也都主张扩大东北开放，以美国抑制日、俄的觊觎。"

"李鸿章当年主张联俄拒日，结果引狼入室；后来又联日制俄，结果你说日、俄又勾结到了一起；如今你主张联美制日、俄，又怎能不落入美国人的掌握？"

袁世凯解释道："中国古已有训，远交近攻。相邻的国家，利益交织，实在难以安然相处，一强大，必然令另一方不安。所以结强邻以自卫，有违中国古训，因此结果是引狼入室。像美国远离中国本土，只有商业联系，而无领土野心，与之联合，既可自保，又可牵制日、俄。"

慈禧连续两次召见袁世凯，最后认为他说得有道理。袁世凯回到天津不久，光绪三十三年七月二十七日（公元 1907 年 9 月 4 日），军机处奉上谕：命外务部尚书吕海寰开缺，充会办税务大臣，以直隶总督袁世凯为外务部尚书。同时还有一道上谕：命大学士张之洞、外务部尚书袁世凯为军机大臣。

这番安排，慈禧与奕劻商讨过，奕劻是一副淡然的表情。世续、鹿传霖是一副事不关己、唯命是从的反应，唯有刚入军机学习行走的载沣听到这番任命直皱眉头。慈禧老而精明，载沣的这番表情难逃洞鉴，所以军机跪安的时候慈禧抬了一下手道："载沣你留下，我有话问你。"

载沣庸懦，不知太后要问他什么，不免惴惴不安。

慈禧问道："刚才宣布上谕，你直皱眉头，怎么，你不想奉旨？"

"奴才不敢。"

"那你皱什么眉头？"

"袁世凯的势力很大，遍布中枢与地方，北洋六镇虽然收回四镇，但军官都是他的部属，如今让他入值军机，奴才担心他会内外勾结，搅乱朝局。"

"你这么想问题，说明你是用心了。"慈禧欲抑先扬，"可是，他既然势力强大，不是正应该把他放到眼皮子底下看住他？"

载沣嗫嚅道："奴才愚蠢，没有明白老佛爷的圣意。"

"如今的新军首推北洋，次之则湖北。把张之洞和袁世凯调离地方，便是调虎离山，这两支新军将来都好调遣。而且，像袁世凯这种人，如今只有张之洞能够牵制得了。张之洞是翰苑前辈，狂傲得很，骨子里瞧不上练兵出身的袁世凯。他文笔又好，正补军机粗率的毛病。"

"老佛爷圣明。"

"你也不要以为这样安排就是为了他们互相牵制，他们两个都有地方行政经验，又与朝野力请宪政的人多有联系，如果好好辅佐你庆叔，有些难题就比较容易解决。你且用脑子想想，光凭你们几个未出都门半步的人能够刷新朝局吗？"这番人事更动，原来里面有这么多的道道，载沣真是佩服得五体投地。见状,慈禧继续说道,"我留下你,不是为了跟你说这些。我要提醒的是,军机大臣,职涉机密,怎么可以像你一样喜怒形于色? 一听袁世凯入军机,你就不高兴,一不高兴就皱眉头,这般没有城府,将来你怎么和袁世凯、张之洞这样的人周旋? "

载沣只是皱一皱眉头,没想到招来这番切责。他匍匐在地,连连叩头。

慈禧语气又缓和了些:"我让你入军机学习行走,自然是对你寄予厚望。你可得上心学习,别辜负了我的一番苦心。咱们满人人才凋敝,宗室更是如此。载字辈的,只有你和载泽、载振还有点出息,可是载振今年又被人家弹劾,不得不去职。你和载泽肩上的担子多重,我真是担心你们不明不白,稀里糊涂,不知上进。"

载沣又叩头回道:"奴才明白,一定好好上进。"

"你跪安吧,今天我说的这些话,都烂到肚子里好了。"

袁世凯在当天就接到军机处转发的电谕,他立即找张一麐商议,代他起草《吁恳恩准收回成命折》。袁世凯屡次获赶擢,多次上过这种折子。但那都是做表面文章,这次他是真想请朝廷能收回成命。入军机虽然是位极人臣,但在他看来无异于名升实降。坐镇直隶,他可以说一不二,大刀阔斧,而进了中枢,蜷伏在太后脚下,实在难有作为。何况他与奕劻一内一外,许多事情办起来方便得多,如今他再入军机,可供两人腾挪的天地反而小了,何况还受到张之洞、载沣的牵制!所以他交代张一麐一定好好费心,找几条像样的理由。第二天一早,张一麐前来交差。折子很短,穿靴戴帽后才说请辞的理由:

伏念臣以菲材,渥荷朝廷特达之知,擢膺疆寄,圣恩稠叠,未酬万一,遇有任使,虽赴汤蹈火,亦绝不敢辞。唯枢府为政令从出之区,外部为交涉总汇之地,必须才识敏捷,熟谙治体,洞悉邦交,方足以仰赞万几,旁联与国。如臣才虑粗盲,智计短浅,近年来屡撄疾病,精力日逊,尤易健忘。且臣向服外官,虽蒙恩曾补侍郎,仍系在外治兵,并未到部,京曹故实,素未谙习,何况枢要巨任,国际重责,萃于臣身,讵能担荷? 时艰方棘,图效尤难,若不自审驽庸,驯致贻误大局,何以副圣明委任之重,何以对中外责望之奢。再四踌躇,万分悚惕。合无吁恳天恩,俯准收回成命,俾免陨越,出自高厚鸿施。

袁世凯还是觉得有些美中不足,道:"仲仁,文章是好极了。不过,好像还是篇虚辞的官样文章。"

"宫保,我写的就是篇官样文章。宫保请想,太后既然拿定了主意,能是一篇文章就能改变得了的?除非宫保有与朝廷撕破脸的决心。何况宫保入枢,虽有所失,亦有所得。"

"嗯?愿闻其详。"

"去年宫保主持官制改革,结果差强人意。如今天下人都知道宫保支持宪政,宫保入枢,天下有志宪政者必视宫保为领袖。而宪政较之专制,是浩荡潮流,势不可挡。宫保若趁势而为,或可立不朽之功绩。从小处说,如果推行内阁制,宫保以军机大臣而任副总理,似乎也是天经地义。"

袁世凯早已动心,尤其是"乘势而为"一词最让他心头跳跃,他几次超擢,都是"乘势而为"的结果。而位极人臣的军机再有势可乘,那将怎样的前程?不过他也有担忧。问道:"仲仁,如果朝廷的囊是调虎离山呢?"

"虎走了,山还在。宫保经营有年,北洋的根基已经扎牢,巍巍然一大势力,朝廷不可能轻举妄动,尤其老太后精明透顶,只能借力宫保,绝不会搬起石头砸自己的脚。"

真是当局者迷,旁观者清,袁世凯恍然大悟道:"受教得很,那就劳驾仲仁亲自到电报房,一字不易发给军机处好了。"

袁世凯要入值军机,他缺出的直隶总督兼北洋大臣必须由自己人顶缺,而且非有自己人顶缺不可,因为他在直隶大办新政,铺开的摊子极大,花销当然也十分惊人,而且他手面"漂亮",无论是孝敬太后、奕劻、李莲英这样的关键人物,还是普通京官,都是大手大脚,所以直隶已经积下了五六百万的亏空。如果继任者有意让他出丑,把这天大的窟窿捅出来,那可真就颜面无存。官员离任,有"做亏空"的说法,就是要把亏空弥缝好。

袁世凯理想的接班人物是山东巡抚杨士骧。他是自己人,自然会千方百计维护彼此的体面,这件事当然只有找奕劻才能有把握。如何说服朝廷,袁世凯与张一麐密议,杨士骧在山东举办新式教育,办煤矿、玻璃厂、轮船公司,这番新政成就很搬得上台面。尤其治理山东有两难的说法,一曰治黄,二曰外交。山东位居黄河下游,黄河挟带的泥沙在山东平原的河道中淤积最严重,黄河也最容易泛滥,自 1855 年在铜瓦厢决口后,几乎年年都溃口成灾,甚至一年数次。这是一难。所谓外交难,是从德国驻兵青岛后开始的,尤其是借口保护铁路,在胶州、高密驻兵七年之久不肯撤出。杨士骧到任,就从这两难措手。一手治黄河,他到任后考察黄河泛滥决口原因,一方面是河高堤薄,另一方面则是赏罚不明,有的官员明明是在任期间治黄不力,黄河决口,却照样升迁。他制定章程,如果黄河安澜,为相关官员请赏,如果出现决口,则不准相关官员升调。一到汛期,他亲自登堤巡视,使得河工官员不敢懈怠,结果上任以来,两年未发生一次水灾,这在历任山东巡抚中,已经是罕见。另一手则是在外交上下了一番功夫,一到任就将德国从胶州、高密撤军作为自己的一大目标。他认为要让德国人撤兵,先让他们失去借口,所以到任后,整饬曹州一带治安,严厉督捕"盗贼",又与袁世凯商量,把杨以德派到山东帮助训练巡警,沿胶济铁路分段拨驻,按站稽查,结果中外称便,行旅相安,连德国人也觉得继续驻兵实在于理有亏。杨士骧与德国人交涉撤军,诀窍就是对德国人"隆以殊礼"。他本人平日就很随意,又生性风趣,在德国人面前根本不摆巡抚的架子。他亲自去青岛拜访胶澳总督,对到济南谈判的德方人员又极其热情。所以拖了七年之久的驻兵问题,在半年内双方就签订协议,德军如期撤出,杨士骧因此得到擅长外交的名声,张一麐当然要在折中将这些成绩大加渲染。

袁世凯进京前与家人一起吃了顿饭。平时吃饭只有当值的姨太太相陪,每周日晚上,是全家人一起吃。当时他已经纳了六房姨太太,子女也有十余人。用一张特大圆桌,全家人都上桌吃饭。此时袁世凯在家人眼里,也最可亲近,不像平时那样严肃,有时候还逗逗年幼的子女,子女们也都敢说听到的见闻,发表意见。这时的菜也特别丰盛,除了他每顿必不可少的清蒸鸭子、肉炒韭黄、红烧肉以及高丽白菜外,各位姨太太也都带几样自己的拿手菜。除了大厨房的供应外,听说什么饭店有哪道菜出名了,就会叫进来。今天有一道烤乳猪,据说是利顺德饭店西洋大厨的手艺。

晚饭吃了一半,下人报告说二爷回来了。

二爷就是袁世凯的二儿子袁克文,是三姨太金氏所生,因为大姨太沈玉兰没有生育能力,所以他一出生就过继给大姨太。大姨太对他十分娇纵,结果袁克文从小养成了荒诞不经的性格,十五六岁就有诗酒风流的名士个性。他不认真读书,但因为人很聪明,有过目不忘的本领,赋诗、填词样样精通,毛笔字风流俊逸,别有风格。袁世凯对他很偏爱,比较重要的私信有时就让他代笔,有时候得到好的古玩,总是把喜欢古玩收藏的袁克文叫来,当面赏给他。袁克文自小养成了花钱如流水的习惯,花光了就向养母要钱,大姨太沈玉兰从不驳回;

他最近经常夜不归宿,旅馆、戏班子,甚至最低级的"老妈堂"他也光顾。此时他已经结婚,妻子与他吵,他只哈哈一笑。养母不仅不管教,反而替他隐瞒。他的生母实在看不下去,把他痛打一顿,结果养母找上门来,两个"妈"差点打起来。沈玉兰扬言道:"谁要敢在他爸爸面前告状,我就和谁拼命。"所以袁世凯对袁克文的荒唐行径几乎不知情。

十几天前,两江总督端方老母生病,袁世凯派人探望。袁克文要求同行,到南边"开开眼界",这样的要求就是袁克定也不敢提,没想到袁世凯竟然答应了。他这一去先是在上海磨蹭了三天,到南京办完差后又不肯北上,流连了七八天才回津。袁世凯听说他回来了,便道:"好,好,让他进来一块吃饭。"

袁克文进来先给袁世凯鞠躬,再给大太太、养母大姨太、生母金姨太及各位姨太太鞠躬。袁世凯拿筷子指着他的位子道:"你先坐下吃饭。这次金陵一行,依你的性情必定四处游玩,见闻想必不少。"

"不愧是六朝古都,可玩的地方实在太多了。"于是袁克文边吃边讲见闻。

袁世凯十几岁时跟随养父袁保中曾经在金陵生活四五年,那时他与袁克文一般性情,不喜欢读书,喜欢骑马四处闲逛,对金陵的名胜遗迹颇为熟悉。父子两人边吃边谈,所以这顿饭吃得比平时长不少。大家都吃完了,袁世凯挥手道:"你们先去吧,我和老二说几句话。"

袁克文已经吃饱了,袁世凯却又递上一个热馒头,他不敢不接,接过来不敢不吃。他掰一块咬一块,趁袁世凯看不见,塞到袖子里。馒头太热,疼得他直咬嘴唇。等听到袁世凯说"你吃饱了那就去吧",袁克文如蒙大赦,退后几步,鞠个躬准备走。可是袖子里的馒头掉出来一片,他连忙蹲下捡起来塞进袖中。馒头收好了,藏在口袋里的照片又掉了出来。

见状,袁世凯问道:"那是谁的照片?"

袁克文回道:"我在金陵遇到一个女子,觉得不错,想请她来照顾父亲。可是又怕父亲相不中,不敢贸然带人北上,就照了张相带给爸爸。"

"难为你一片孝心,拿来我看看。"

照片上的女子,一张圆脸蛋,两个浅浅的酒窝,一双大眼睛,人不能算很漂亮,却很讨人喜欢。袁世凯拿着照片端详良久,若有所思道:"真是太巧了,这么像。"

袁克文问道:"爸爸说什么?"

"她太像我在金陵时认识的一个女娃。"

袁世凯跟养父母在金陵时,盐道衙门的右边是首县衙门,首县有两个女儿和一个儿子,儿子比袁世凯小一岁,两人是形影不离;他还有个妹妹,十来岁,叫菊香,也经常跟着两人到处逛。有一天在秦淮河边看戏,看的是《长生殿》。菊香竟然看得津津有味,催了好几遍也不肯走。等戏唱完了,已是亥初,回家路又远,菊香走累了,袁世凯和她哥轮流背她走。等袁世凯背她的时候,她趴在袁世凯耳朵边说道:"四哥哥,你长大了要当唐明皇。"

袁世凯一哂道:"咦,我才不当唐明皇,我要当唐明皇他爹。"

菊香小声道:"我是说真的,你要当唐明皇,我就当杨贵妃。"

袁世凯此时十五六岁,已经混迹于青楼之间,对背上情窦初开的小姑娘心思当然十分明白,但他在她身上从来没动过歪心思,故意打岔道:"你当不成杨贵妃,你长不到她那么胖。"

"我长得胖,我长得胖。"菊香就拿拳头在他胸脯上捶。

袁世凯从此才注意到,菊香看他的眼神不是一般的痴情。不过,那时候他正被一个叫粉荷的女子迷住了,心思根本不在菊香身上。

半年后,首县因为得罪了按察使被革职抄家,菊香来向袁世凯告别:"四哥哥,我要走了。"说罢强忍着不哭出来,但眼泪却汩汩淌满两腮,自此再也没有她的消息。袁世凯脑中偶尔会冒出那张圆脸来,那两个浅浅的酒窝,还有她强忍着不哭的样子,就像衣服里藏的一根针,不经意间会扎一下。

袁克文见父亲走神,就问道:"爸爸,你看她还中意吧?"

"不错,那就让人去接过来看看。嗯,她要进了门,就是小七了。"

"是,爸爸安排好了人,我亲自去金陵一趟。"

袁克文哭丧着脸出门,正遇上唐天喜,一见面他就问道:"二少爷,怎么了,谁惹你不高兴了?"

"完了完了,叶姑娘被我爸爸相中了。"

唐天喜是袁世凯家里下人的孩子,特别善于巴结人、侍候人,袁世凯小时候就由他照料。后来袁世凯在朝鲜站稳了脚跟,他就跟到朝鲜,做了袁世凯的仆从,专门侍候金姨太。袁世凯创建北洋新军后,唐天喜被送进北洋武备学堂学习,如今已是第三镇第十标统(相当于团长)。这次袁克文南下,袁世凯不放心,特意让唐天喜带上两个兵便装护卫。袁克文从小与唐天喜熟悉,一直叫他唐叔,唐天喜则叫他"二少爷"。"二少爷"在金陵迷上了一个姓叶的青楼姑娘,答应她回到天津就派人来迎娶。临别时叶姑娘留一张照片给他道:"你要把照片随时揣在胸口上,我不让你忘了我。"

唐天喜听了之后道:"二少爷,你可真是的,平时聪明透顶的人,怎么一着急竟然乱点鸳鸯谱,而且是把自己的心上人点出去了。"

袁克文扇了自己一巴掌道:"我当时一着急,头就发昏了,谁知道老爷子竟然动了心。"

"二少爷,那你是怎么个打算?宫保以为你一片孝心,你这时再改口可就不好了。不如将错就错,反正天下好女子多的是。"

"真是聪明一世糊涂一时。"袁克文又扇自己一巴掌,"只有忍痛割爱了。"

唐天喜笑他道:"二爷有的是女人缘,你这个痛,也痛不了多久。"

袁克文一副玩世不恭的表情,自我解嘲道:"我要为每一个女人都痛不欲生,那我得死几回了?"

# 第十八章

## 风光大寿遭弹劾　太后有恙谋对策

光绪三十四年八月十九日，也就是 1908 年 9 月 14 日这天，东华门往东的大街上，车马络绎，路两边停满了官轿和两轮篷车或四轮马车。步军统领衙门的兵沿街放岗，还有大批巡警也前来帮助维持秩序。

从宫中出来一溜队列，前面是护军开路，接着鼓乐队，接下来是礼部官员、内务府大臣，后面则是七八乘由太监抬的黄色肩舆，肩舆上是皇太后、皇上、皇后赏赐的礼品。这支长长的队列，走了一里多路，过了御河桥，向北一拐，就到了锡拉胡同。胡同的西口就是他们此行的目的地，军机大臣、外务部尚书袁世凯在京中的府邸。

锡拉胡同曾经聚集了一批做锡器和蜡烛台的匠户，原名锡腊胡同，传到今天早已不是匠户居住地，名字也以讹化讹成了锡拉胡同。这里因为离东华门近，上朝十分方便，因此成为京中大员喜欢租住的地方。袁世凯进京后，就在胡同西头租赁了一个坐北朝南的院落。

袁世凯进京当军机大臣兼外务部尚书，是慈禧调虎离山之计，和张之洞入军机一样，把他们调离地方，剥夺了他们掌握的兵权，以便培养宗室亲贵在新军中的势力。但慈禧十分明白，要加强皇权，既要防备汉人，又不得不依靠汉人。尤其像袁世凯这样的能臣，虽然夺了他的军权，却对他十分倚重，凡事都很尊重他的意见。明天是袁世凯四十九岁的生日，按传统的算法，是五十岁。逢十整寿中国人特别看重，十几天前慈禧召见军机时，表示她要为袁世凯庆寿，而且要皇上、皇后都要有所赏赐。太后为重臣祝寿并不鲜见，但向来是大臣年至六十始有赐寿之典，像袁世凯这样过五十整寿而获太后如此恩遇，实在少之又少。有太后带头,袁世凯的五十大寿便出乎寻常地排场和热闹。

袁世凯的寿辰是明天,前后各增一天,连做三天大寿。京中亲贵、各衙门大臣、顺天府县、亲朋故旧、各省督抚,都送礼物、寿金,还有寿联、寿屏,所以锡拉胡同是人满为患,而袁世凯的府邸几乎到了摩肩接踵的程度。御赐礼品到来的消息,早有人飞报,袁世凯亲自到大门口跪迎。

这一行人昂然直入院内,直接将御赐的礼品抬进正厅。正厅内早就备好铺了黄绫的条案,太监把礼品一件件摆上去,无量寿佛、金佛两尊、御书福、寿各两幅,寿额两悬,玉如意四柄,内库纱八卷,江绸八卷,蟒衣一套,御酒两坛,双龙贡蜡两对,带寿字的银锭两千两,道光用过的翡翠朝珠一挂,康熙用过的霁红瓷瓶一对,珍珠带头一件,银器一套,锦缎二十匹等一一摆放好了,礼部和内务府官员站到条案后面,袁世凯跪下行三跪九叩的大礼。然后请圣安,请完圣安,这才与诸位官员打招呼。这些人里面,打头的是内务府大臣增崇,其人温顺平和,与袁世凯关系亦不错,笑着说道:"宫保,听说因为宫保五十大寿,北京四九城的寿屏都卖光了,我可要好好欣赏。"

袁世凯要陪同,增崇却不肯道:"你老是寿星,是今天的主角,你还是去招呼客人好了,我随便走走。"

话虽如此,但毕竟是等同于钦差的身份,袁世凯当然不能让增崇"随便走走"。北京四九城的寿屏都卖光了,的确不是夸张,虽然是做寿第一天,寿联已经有三百余幅,寿屏则近百架,三进院子,几乎都摆满了。最令人瞩目的,是庆亲王奕劻的寿联,上联是"有猷有为有守",下联是"多福多寿多男",署名为庆亲王奕劻。按规矩,亲王送寿联,只署爵号,不署名字。增崇见到后赞叹道:"庆王爷与宫保的交情,那可真不是泛泛。"载振的对联是"相我国家尚书北斗,锡公纯嘏天保南山",署名为"如弟载振"。最堂皇的是张之洞送的八扇寿屏,内容据说是张之洞亲自捉笔。增崇是科举出身,肚子里颇有墨水,对张之洞用典极多的四六骈文,不但能看得懂,而且能领会其妙,连连点头:"张中堂的一支笔,真是无人可比。"

待转到二进院里,厢房里的一副寿联却让众人大出意外,上联是:"戊戌八月戊申八月",戊戌八月当然是指十年前的八月,世人都认为袁世凯政变告密,导致光绪被囚瀛台,这是他的心病。戊申八月当然是指眼下,袁世凯正做风光大寿。皇帝被囚而臣子风光无限,这真是诛心之联。下联是:"我佛万岁我公万岁"。我佛当然是指老佛爷,老佛爷称万岁固然可以,而"我公"袁世凯又何敢称万岁？袁世凯见状顿足道："真是荒唐，这样的寿联也挂出来！"

"下人不懂文墨不足为怪，倒是送联的人居心实在叵测！"增崇一看联末却无落款，显然是有人有意让袁世凯出丑。

袁世凯对下人道："去把老二给我叫来。"

老二自然是指袁克文，一会儿就跑过来了，穿一件蓝湖绸的衬绒袍子，里面是一袭白绸裤，完全是一副风流倜傥的名士相。他对增崇作了个揖说："峻叔好。"

增崇字峻山，故袁克文称他为"峻叔"。"峻叔"则是一副欣赏的目光："二少爷真是风流脱俗。"

"我倒愿他俗气些，省得他在外面胡闹。"袁世凯说完又对袁克文道，"你把所有的寿联、寿屏仔细看一遍，有不合适的要随时撤下来，不要闹笑话。"

袁克文虽然荒唐，但诗词歌赋却是长项，他垂首应了一声："是，爸爸。"

忙了整整三天，第三天晚上，庆寿活动接近尾声，袁世凯宴请前来帮忙的亲信。曲终人散，独把民政部侍郎赵秉钧留了下来。赵秉钧负责巡警，手下有一批侦探，无论宗室亲贵还是贩夫走卒动向或者青楼茶肆所议，他都门清。袁世凯问道："智庵，这几天我忙得脚后跟踢到后脑勺，什么也顾不上，没什么不妥吧？"

这话问得范围太大，无从回答。不过一想，肯定是问做寿的事，他回道："府内府外我放了数十个便衣，无论是混混还是小蟊贼，都没人敢来捣乱。倒是江仲默先后来了好几趟，名为看寿联寿屏，我看他没安好心。"

江仲默就是监察御史江春霖，仲默是他的字。他好酒量，饮数斗不醉；更有好胆量，专与权贵过不去，以包公自誉，亲贵、权臣、疆吏、军机、督抚，无不敢参，袁世凯在直隶总督任上，就被他先后弹劾八次。袁世凯对闻风而奏的言官向来不大看得起，尤其近年来盛行"卖参"，更对他们的人品不以为然，因道："让他来看好了，反正是太后提议让我做五十大寿，他总不能连太后也参。"

"是，宫保有太后的慈眷，他们上再多的折子也不过是留中。"

但赵秉钧这话在袁世凯听来，却别有体味，他陡然而惊，太后已经七十有三，且身体一直不好，如果没了太后慈眷呢？于是便问道："关于太后的身体，你听到些什么？"

"外间的说法很多，但比较靠谱的是洋人医生的观点，他们认为太后看上去精神不错，但不过是在强撑着，身体许多器官已经严重衰老。"

"皇上的身体好像也很不好,外间都有什么说法?"

"皇上身体弱已经很多年了,外面反而习以为常。据说,当然主要是洋医生的说法,皇上毕竟年轻,而且并无大病,只要好好调养,一定能够恢复起来。中医也有这样的看法。"

"前个月向天下征医,最后六人被推荐入宫,一个多月了,好像也没有好效果。可见所谓名医,也往往是浪得虚名。"

"名医是真名医,无奈有人叶公好龙,不希望他们的医术见效。"

袁世凯天天入值,当然对此亦有耳闻,但他不动声色问道:"哦,原来外面还有此一说,何以见得?"

"六位医生分了三班,半月一轮,就是方子有效,刚见成效又换人了,怎么可能治得好病?据说第一班广东推荐的杜郎中,开的药很对路,皇上也很高兴。可是,如今又换了班次,他调到第三班。而轮班的时间也改为一个月一轮,要再轮到他总要到三个月以后,而且——"据赵秉钧说,皇上所用的药经常发现有生了虫的,皇上捡出过几次,勃然大怒,但天子之怒竟然也无用处,药照样还是生了虫子,以后他就默默忍受着,"皇上如今只有一个忍字,他这一生就学会了一个忍字,忍到太后先他而去,忍到他重登龙位。"

这话犯了袁世凯的大忌,皇上忍到重登龙位,那么对他从前一忍再忍的人和事恐怕要算总账。

赵秉钧见袁世凯脸色阴沉,这才意识到自己只顾说,却忘了忌讳,连忙补充了一句:"恐怕他未必能如愿。"

在赵秉钧面前,袁世凯的真实心思是不必隐瞒的,而且也瞒不住,因道:"智庵,你也不必安慰我。这不过是自欺欺人,以皇上的年纪和身体,能不能长寿不好说,但熬得过太后绝无问题。这一天早晚要到,现在看来,也许这一天今年就能到。真到了那一天,我该如何自处?何止是我,还有你们这些在外人眼里的'袁党'又该如何自处。"袁世凯长叹一声,茫无头绪。

"只能不让这一天到来。"这也是赵秉钧所担心的,真到了这一天,根本无解。

不过这话近乎谋逆,不让这一天到来,难道要弑君不成?袁世凯瞪了赵秉钧一眼道:"智庵,这种话你也说得出口?戊戌年的事世人对我的误解已经够深了,你这话说出去,让我们如何为臣?"

赵秉钧解释道:"宫保误会了,我是说,有人不想让这一天到来。"

"这话怎么说？"

赵秉钧分析道："首当其冲的就是崔玉贵。当年珍妃怎么死的？虽说是太后下旨，但动手的却是他。皇上要重登龙位，以他对珍妃的感情，不把崔玉贵千刀万剐才怪。崔玉贵为人太张扬，不知收敛，宫中恨他的人不知多少。听他的徒弟在外面说，崔玉贵最近很紧张，喝醉了酒说老太后是他的护身符，太后在一日，他就活一日，太后要没了，他也就活到头了。"

袁世凯点了点头道："这倒也是，不仅皇上恨他，珍妃的娘家人也恨他。太后一撒手，就是皇上不杀他，瑾妃恐怕也饶不了他。不过，要说他敢害皇上，恐怕他还没这个胆子。"

"他没这个胆子，要是有人给呢？"

"你是说太后？"袁世凯又连连摇头，"太后已经夺了皇权，总不至于会要皇上的命，毕竟是她一手带大的亲外甥。"

"我也是一种推测。宫保知道，太后这一生，最不讲的就是个情字，关键的时候，她杀人何曾眨过眼睛？当年杀肃顺，诛胜保，十几年前杀六君子，智谋兼备的老恭亲王辅政二十余年，也被她玩弄于股掌之间，曾经以爽直敢言自诩的老醇王，在她手里也被揉成了面团。太后主政近五十年，翻手云覆手雨。可是宫保请想，在大政方面，太后可曾经认过一次错？"

袁世凯想了一想之后道："的确没有。"

"太后是越来越顾及她的政声了，戊戌年的事太后会容别人翻案吗？而皇上如果重登龙位，必然要翻案的。"

"哦，"袁世凯恍然大悟，对赵秉钧洞察人心的能力暗自佩服，"你说得也不是没有道理。"

"当然，我也是根据外面的传闻来推测。还有一个佐证，皮硝李正在失宠，而且好像是故意为之。"

"崔玉贵与他争宠，皮硝李又连犯几次错，所以慈眷不及从前。"

赵秉钧却大摇其头道："皮硝李何等人物，怎么可能让崔玉贵骑到他的头上，除非是他有意为之。宫保，你听没听说过，八国联军进城、两宫出宫前，皮硝李为太后找头巾的事？"

据赵秉钧听来的消息，当年慈禧出宫前，要把珍妃扔到井里，这事本来要让李莲英去办，却找不到李莲英，只好打发崔玉贵去作恶。等崔玉贵把珍妃推进井里，李莲英也回来了，慈禧很不悦，问他干什么去了，他抖着手里一块蓝头巾道:"奴才从外面弄了条村妇裹头的头巾,太后裹上才像逃难的百姓,不然,就太后的玉容很容易露出行藏。"

袁世凯闻言恍然道:"哦,你的意思是皮硝李让崔玉贵爬到他的头上,也像当年找蓝头巾一样,在回避一件难办且不愿办的差使。这也很有道理,西狩路上,李莲英对皇上十分关照,皇上叫他李谙达,他向来是回护皇上的。"

"所以太后只能靠崔玉贵这样的恶人。太后是何等人物,她大约也能洞悉皮硝李的用心,所以也就默许崔玉贵得势。"

闻言,袁世凯竟然发出一声俗不可耐的感叹:"悔不该生在帝王家!"

赵秉钧的这番分析,很让袁世凯欣慰,有人替他解除生死攸关的危机,而又不劳他费心劳神,这份心情舒畅是他人无法体味的。

赵秉钧又建议道:"宫保,如果朝廷再为太后或皇上征医,宫保不妨从北洋推荐个医术好的,那样对太后、皇上身体的病情才能得到确信。"

袁世凯却连连摇手道:"万万不可,我避嫌还来不及,何必做此瓜田李下之举。"

光绪的病的确在加重。九月初,连续停讲经史。到了初九,两宫召见军机的时候,时间稍久,光绪支撑不住竟然趴在了御案上,连说腰疼。但他又不愿让人认为他已经病得不能问政,因此硬挺着。但挺了一会儿,光绪又垂首趴在御案上,双肩耸动,竟然当庭哭起来。

慈禧见状又道:"你们看皇帝今天这副样子,是没法议政了,让皇帝先下去歇息。"

于是有两个太监进来,扶光绪出了仁寿殿。慈禧看着皇上的背影,连连摇头:"皇上这个样子,可怎么办。"一脸忧戚,竟然为之堕泪。

奕劻带头,也哭起来。

慈禧擦擦泪道:"光哭也不是办法,再下诏荐医吧。"

奕劻建议道:"从前荐的都是中医,这次不如荐西医试试。"

慈禧也赞同道:"不妨荐西医看看,不过请洋医生不妥。袁世凯,你在北洋新鲜花样最多,北洋有无医术好的西医?"

当然有,北洋医学堂总办、广东人屈永秋医术就很不错,在天津时袁世凯家有病人,总是请他诊治,如今袁世凯的家庭医生就是屈永秋的学生。但袁世凯却回奏道:"北洋西医倒是有,寻常百姓求医问诊尚说得过去,要说给皇上瞧病,好像还不够格。"

闻言,奕劻有些讶异道:"慰廷,屈桂庭医术不是蛮好吗?去年我的病就是他医好的。"

张之洞也附和道:"屈桂庭医术的确不错,我今春胃不好,吃了他几片药就好了。"

"既然你们都说好,那就给杨士骧发电,让姓屈的医生立即进京。"这件事定下来后,慈禧又道,"你们跪安吧,奕劻和袁世凯留下。"

众人都以为是询问西医的事情,奕劻和袁世凯也这样认为,不料等其他几位军机退出大殿后,慈禧扬扬手里的一份白简道:"袁世凯,你五十大寿闹得太不像话,江春霖参劾你十二条大罪,连奕劻父子也参了。"

两人一听,大惊失色,连忙跪地磕头请罪。

"你们都起来吧,袁世凯,你拿过折子去看看,江春霖参你的罪状是不是冤枉了你。"

袁世凯弓着腰接过折子,他看折子工夫,慈禧用拇指按着太阳穴闭目养神。

折子的题目是"奏为枢臣权势太重,列款上陈,恭祈圣鉴事"。开篇先说,"自古权奸窃弄,始未尝不以忠顺结主知,及之威名日盛,疑忌交乘,骑虎既已难下,跋扈遂至不臣。岂尽其本心然哉?利之所在,势之所趋,而一时衔恩进款之士,又相与翼佐而拥戴之。即欲终守臣节而不能耳。臣于军机大臣外务部尚书袁世凯权势太重,前在直督任内,已屡言之,均皆奉旨留中。上月世凯生日,又荷渥赏寿物,恩礼逾常,大小臣工献颂贡谀,以百千计。臣备位谏垣,何能缄口结舌?不避冒渎,谨就耳目所及,再为我皇太后、皇上列款陈之"。

第一条罪状,是交通权贵,"亲藩之重,冠绝百僚。向时亲王书款,皆称某王,无称名者。至结拜兄弟,则更未之前闻矣。乃世凯寿辰,庆亲王奕劻去爵署名为祝,贝子载振则称世凯为四哥,而自称四弟,对联两合,为众目所共瞻。熏灼一时,几炙手可热"。

第二条罪状,是引进私属,"荐贤为国,非以为私。桃李公门,古人弗受。而世凯前后之所保举,莫不执贽而称门生。但举显者而言,内则有民政部侍郎赵秉钧,农工部侍郎杨士琦,外务部侍郎梁敦彦,右丞梁如浩,大理院正卿定成,顺天府府尹凌福彭之徒;外则有直隶总督杨士骧,出使大臣唐绍仪,吉林巡抚陈昭常,安徽巡抚朱家宝之属,荐跻通显,或有合于同升,认作师生,谓无私其私信"?

第三条罪状则是纠结疆臣，"安徽巡抚冯煦之开缺，河南巡抚林绍年之调仓场，皆奉上谕，外议谓世凯以不附己挤之。初未敢执以为据，而代冯煦之朱家宝，为其门下，代林绍年之吴重熹，为其世交，则滋人疑窦。他如三省总督徐世昌，两江总督端方，江西巡抚冯汝骙，山东巡抚袁树勋，或谱兄，或契友，或亲家，或宗姓，综计直省大吏多半与之有连。同寅协恭，固属谊所应尔；联盟树党，不知意欲何为"？

第四条罪状，是遥执兵柄，"北洋新军，为直省冠。世凯既入军机，又恐兵权削夺，于是引其门生杨士骧代为直督，诸事不得自专，悉皆受其节制，名曰开府，实则如当家不做主之门神。战功卓著之臣，投诸闲散，奉令维谨之辈，寄以干城"。

第五条罪状，是骤贵骄子，"为政不用子弟为卿，富贵且讥其垄断。世凯之子克定，年未三十，即以候补道营入农工商部，旋由右参议历署左右丞，是己方柄用，子弟已为卿矣。垄断为何如耶？用人正当破格，内举固不避亲，借势而得美官，受爵究嫌不让"。

此外还有把持台谏、阴收士心、归过圣朝、潜市外国、僭滥军赏等，正是十二条罪状。这十二条罪状，有些是牵强附会，却都不是空穴来风，尤其前五条，可以说事实俱在，而且罪名可大可小，如果慈禧有意要收拾袁世凯，仅凭前五条罪状即可把他下狱。联想到改朝换代之际，为了给后继者扫除障碍，权臣往往被裁抑，甚至被治罪，袁世凯就冷汗直冒。这一切都逃不过慈禧的眼睛，她所要的就是这样的效果，要说真的收拾袁世凯，她真无此打算。北洋六镇除了铁良掌握的第一镇外，其他五镇都是袁世凯的嫡系在掌军，如今革命党闹得越来越凶，她还需要袁世凯来保大清，怎么可能冒险把他逼反？因此道："袁世凯，你可真是糊涂至极，我让你热热闹闹办个寿，是看你这些年为朝廷忠心耿耿，办了不少事情，以示朝廷的体恤之意，让天下知道朝廷不会亏待忠臣。你倒好，北京四九城的寿屏因你做寿都卖光了。本来早就有人参你跋扈，你不知戒惧，反而给人提供把柄。有我在，没人敢把你怎么样，有一天我不在了，你这个样子，谁还能保得了你？"

慈禧对袁世凯的责备是高高举起，轻轻放下，到了后来，完全是关怀备至的语气。袁世凯激动得再次跪倒，号啕大哭，嘴里呜里哇啦哭着说道："臣愿把自己的阳寿献给太后，臣只盼太后慈躬康健，万寿无疆。"

"你的忠心我明白，可是，哪里有什么万寿无疆，各人有各寿，谁也给不了谁。你只要忠心耿耿保大清，保社稷，一切有我呢。"

"臣对太后对皇上对大清，忠心耿耿，绝无二意。"袁世凯头碰在金砖上，砰砰作响。

"这样就好，你起来吧。"慈禧说完，又对奕劻道，"奕劻，你一大把年纪了，做事还这么欠思量。你视袁世凯为知己，非要这样在众人面前表现出来不可？连体制尊卑也不顾了？"

奕劻连忙请罪道："奴才荒唐，没顾虑到这一层。"

慈禧叹了口气道："你们父子啊，可让我怎么说你！小振蛮聪明的孩子，让一个杨翠喜闹得名誉扫地。人家说袁庆是一党，我还不信，你非要在袁世凯做寿时弄这么一出，这不是授人以柄？"

"奴才虑事不周，但奴才从无结党之心。"

袁世凯也连忙表白道："臣全力支持王爷，为的是朝廷各项大政能够顺利推行，臣有时行事可能出格，但绝不敢有结党之心。"

"你们也不必急赤白脸地表白，有则改之，无则加勉。我累了，你们也下去吧。"

两人跪安，然后唯唯退出。快到门口的时候，慈禧忽然大声道："你们要是敢有不臣之心，无论将来我在不在，总有办法治你们，那时候生死无常，可别怪我没提醒你们！"

袁世凯刚刚收回胸膛的心又悬到嗓子眼，以致他下台阶的时候，一脚踏空，跌坐在地。奕劻听到身后扑通一声，回头一看，见袁世凯疼得龇牙咧嘴，忙问："慰廷，怎么了，伤着了？"

袁世凯强忍着疼道："没大碍，大约扭伤了脚踝。"

奕劻向两个太监招招手道："你们两个快扶慰廷回军机处，再去太医院请太医给瞧瞧。"

袁世凯嘴里丝丝抽着冷气，强忍着疼痛道："不必这么麻烦，冷敷就行。"

北洋医学堂总办屈永秋奉命来见直隶总督兼北洋大臣杨士骧。他还以为杨士骧有恙，谁料一进督署仪门，就听到有人在唱京剧。大上午在督署敢唱戏者，也只有杨士骧。人人都知道他好京戏，最近新得一个琴师，不但能拉曲，而且能模拟人的唱腔以及鸡鸣狗吠，无不惟妙惟肖。屈永秋像侍候当年直督袁世凯一样，无异于杨士骧的家庭医生，督署上下，只要有头面的人物生病，他无不亲诊。

两人熟不拘礼，杨士骧又是不拘小节的人物，此时他手腕上搭一条长毛巾，聊充水袖，正咿咿呀呀唱得兴浓。他指指座椅，示意屈永秋先坐。等了五六分钟他才唱完，摇头晃脑憋着戏腔说道："桂庭老兄，机会来了。"

屈永秋笑着回道："我还以为是大帅有恙，一进仪门听得曲声悠扬，便知大帅康健着呢。莫不是府上有人抱恙？"

杨士骧大摇其头："不不不，这回的病号，是真真正正天字第一号。"

"莫不是袁宫保来电话，给皇上瞧病？"屈永秋问道。

"你都知道了？那就好。"

"我猜的，大帅说天字第一号，当然只有万岁爷，那么必定是出于袁宫保的建议。"

杨士骧加重语气道："岂止袁宫保，庆王爷也打电报来。"

"大帅答应了？"

"瞧你问的，我岂有不答应的道理，这是你扬名立万的机会。"

"大帅可不要害……"屈永秋欲言又止，改口道，"大帅可别让我出丑，我医术实在有限。"

杨士骧瞧他欲言又止的样子，知道他必有不宜当外人说的话，所以对琴师道："你先去歇息，我和桂庭说几句话。"

琴师提着京胡，向两人一鞠躬退了出去。

杨士骧疑惑地问道："桂庭，刚才你好像说我要害你，何出此言？"

屈永秋解释道："大帅有所不知，皇上久病成医，又极其烦躁，脉案稍不对症，就不肯服药，而且严厉诘责，据说批陈连舫的脉案'名医伎俩，不过如此，可恨可恨'。西医用药，不像中医多一味少一味无大碍，多一克少一克也无不可，西医最讲剂量，尤需谨遵医嘱，否则不但救不了人，反而有可能带来危险，我何必去冒此险？"

"皇上当然不会像对付中医一样对待西医，而且西医见效快，一剂药下去就见效验，那时候皇上必有恩赏。"

屈永秋摇头道："不然，皇上病了这么多年，哪有一剂药就见效的道理。这里面干系太大，史上因给皇家治病送掉脑袋的大有人在。"

"桂庭，京中有袁宫保，还有庆王爷，两位军机大臣保驾，你怕什么？而且，王爷亲自打电报如何能够回绝？难道你非要朝廷下一道旨意，着屈某某即刻到京才肯动身？那可真有些敬酒不吃吃罚酒了。"这话有些重了，见屈永秋一副为难的情形,杨士骧又道,"你也不必为难,先到京见了宫保和庆王再说,把你的担心说给他们听听,那时候再做打算也无不可。实话说,劝你进京我也是有私心的。"

"大帅有何私心?"屈永秋问。

"你去给皇上瞧病,太后一定召见,问起直隶的行政来正好托你美言。"

"大帅抬举了,我一个瞧病的,太后怎么会问我政事。"

"不然不然,正因为你是瞧病的,太后对你的话才更相信。"

话说到这份上,屈永秋不能再拒绝:"那大帅认为,我何时进京?"

"明天一早就坐火车去,给你派我的专车。"

屈永秋在前门火车站一下车,早就有袁世凯派来的马车把他接到奕劻府上,奕劻和袁世凯并站在滴水檐下等他。他要对奕劻行叩拜大礼,早被奕劻伸手阻止,顺势拉着他的手道:"不必见外,不必见外。"

三人进了书房,奕劻屏去下人,听屈永秋说了他的担心后道:"你放心好了,无论效果如何,保你无事。"

袁世凯也在一旁道:"有王爷担保,你把心放肚子里好了。你给皇上瞧了病,病情到底如何,一定要实话对王爷说,不必讳疾。"

"这是一定的。只是西医瞧病与中医不同,中医仅靠把脉就能断病,西医有西医的诊病办法,如果皇上不能遵从,我实在没本事能够断出病情。"屈永秋有自己的担心。

奕劻问道:"你需要怎么治,我奏请太后。"

"一是要拿听诊器听皇上的胸腹;二是要皇上脱去上衣我要观察;三是要给皇上验尿。"

"好,待明天早朝时我奏明太后皇上。这几项要求不过分,想来太后皇上会答应。"奕劻说完又嘱咐道,"桂庭,给皇上瞧病,有两样忌讳,你可要留心。一是倘若皇上腰子有毛病,你不要直说;倘若肝有毛病,也不宜直说。"

"这又是何故?"对此屈永秋略有耳闻,但不知其详。

袁世凯看奕劻一眼,奕劻并不反对,因此直言相告道:"皇上的病因,有两种说法。一种是皇上这些年不得志,积郁伤肝,皇上就是这样认为,但太后深为忌讳;另一种说法是皇上肾水先天不足,自幼体弱多病,并非后天积郁所致,太后深赞此说,而皇上深忌。"

"我记下了,到时候斟酌病情小心回奏就是。"

隔一天,屈永秋奉旨到颐和园给皇上瞧病。到了宫门口,早有太监等候,把他带到朝房稍等,这一等就等了近半个时辰。之后,内务府大臣继禄进来道:"屈大夫,跟我走吧。"

继禄人很和气,边走边对屈永秋道:"今天太后皇上召见军机,原说没什么大事,没想到一议就议了个把钟头,见驾的仪注你都请教了吗?"

屈永秋回道:"已经向礼部官员和宫中的公公请教过。"

继禄赞许地点了点头:"那就好,我教你一个小门道,你跟我进殿后,先不要急着行礼,站稳了,稍定定神,殿内光线不比殿外,等眼神适应了,向上面看清了,再磕头不迟。"

"谢大人指教。"

继禄带着屈永秋进了仁寿殿,说了一声:"你稍等。"

东暖阁门口挂着帘子,有两个太监一左一右站着。他们打起帘子,放继禄进去,一会继禄出来了,招招手示意屈永秋进去。屈永秋进了东暖阁,按继禄的提醒,先站稳了,定定神,正对面西向坐着的是太后,七十多岁的人,看容颜只有四五十岁的模样,大约是听政时间长了,脸上满是倦容。北面南向而坐的是皇上,两手撑在御案上,仿佛不胜其重。屈永秋先向太后再向皇上三叩首,等他行完了礼,慈禧很和气地说道:"你就是屈永秋,奕劻、袁世凯还有张之洞,都说你医术很不坏。"

屈永秋再向慈禧这边侧侧身子,叩头道:"谢太后夸赞,臣学的是西医,略懂一二,但肤浅得很。"

慈禧道:"你不要总是叩头,给皇上瞧病吧。听说你们西医瞧病与中医不同,你要怎么瞧?"

屈永秋回道:"中西医瞧病有相同处也有不同处,中医的望闻问切,西医只有切这一项与中医不同,看病人脸色、问病人哪里不舒服,都是一样的。中医的切诊,西医不懂,西医要用听诊器来听。"

慈禧看一眼屈永秋手里的听诊器,问道:"这个洋玩意,是不是用来听病人的脉象?"

当然是两回事,但屈永秋回道:"道理差不多。"

屈永秋让太监帮忙掀起光绪的上衣,拿听诊器在胸部、肋骨处以及后背听了一遍,然后又让光绪脱掉上衣。这些要求都是提前奏请过的,但在慈禧面前露出上身,光绪还是略有些尴尬。光绪十分消瘦,肋骨突兀毕现。慈禧见到后叹道:"皇帝自小身子弱,食欲又不振,人实在消瘦得厉害。"

屈永秋右手掌贴在光绪的肋骨上,然后左手屈起食指轻叩。光绪问道:"屈永秋,朕病了两三年,病却不见好,这是何故?"

"俗话说病去如抽丝,皇上身子弱又操劳国事,病愈得就慢。"

"最近六七天来,腰痛异常,有时候俯仰皆不利,稍一转动,其痛如裂,而且耳鸣的毛病又加重了。嘴里嗌酸串麻,干咳的时候,口渴发苦。中夜醒时,胸腹微疼,大便溏糟。朕的病根究竟是哪里的毛病,你打算怎么治?"

"皇上的病根,其实就是自幼身体偏虚。又加食欲不振,拖累肺肝肾都有些虚弱。舌燥口苦,大便溏糟,都是脾胃气化不和所致。"

"你也懂中医?我听你的说法与他们差不多。"

"臣不敢说懂中医,只是为了方便与患者沟通,臣中西医参照,把西医的说法变通一下,更容易理解。"

"嗯,中西兼备才好。按你的说法,这么多地方有毛病,到底该怎么治?"

"臣的意见,身体虚弱的人能够增进食欲最重要。臣先开几剂药,把皇上胃治好了,食欲增进,各个脏器都得营养,自然会日见起色。"

光绪又问道:"我的脊背总是疼,有时候直腰都困难,很是让人烦躁,你可有好办法?"

"皇上的脊背并无毛病,按西医的说法,是神经性疼痛,只要胃口开了,饮食增进,脾胃肝肾都得滋养,脊背自然不会再痛。"

光绪还是第一次听到这样的说法,很高兴道:"好好,你快开脉案来看。"

屈永秋回奏道:"西医没有脉案,只有药方。而且药方都是洋文。臣开了药方,请皇上派人到西医医院或者西药房去取。"

慈禧问道:"那他们看得懂?你直接把药配好多省心。"

开方配药都一个人经手,这里面关系太大,万一有什么不妥,自己实在担不起这个责任。屈永秋却说出的是另一番理由:"西医是如此规矩,开方的只管开方,自己并不带药,非到药房配齐不可。"

慈禧闻言便道:"既然西医是这样的讲究,那就按西医这一套办吧。"

屈永秋又道:"臣还要取皇上的尿一小杯,送西医用仪器检测。"

"已经备好,你出宫时带上就是。尿能检出什么?"

"西医的仪器,可以通过检测尿液的成分,辅助判断人的肾是否健康。"

屈永秋一出宫,就去锡拉胡同见袁世凯。袁世凯尚未回府,等了近一个时辰,袁世凯才回来,第一句话就问道:"桂庭,皇上的病到底怎么样?"

屈永秋回道:"皇上浑身都是病,却并无大碍。"

"此话怎讲?"袁世凯颇为不解,"已经两次向全国征医,皇上有一次都当庭哭泣,你怎么说并无大碍?"

"皇上的本原病大约就是肾功有亏,相当于中医说的肾虚。听说皇上有遗泄的毛病,正是这个原因。但皇上最大的病根不是器官毛病,而是精神问题。皇上常年不如意,心情抑郁,对什么也没兴趣。西医称为抑郁症,是精神疾病的一种。"

袁世凯对精神疾病的说法还是第一次听到,望文生义道:"精神病那就该主要是精神问题,可皇上却是一身的毛病,最近又添了脊背疼痛的毛病,这不大像精神的问题。"

"抑郁症既有精神不振、易怒等精神方面的症状,也有失眠乏力、食欲不振、消瘦、便秘、阳痿、遗泄等症状,还有一个颇为奇特的症状,就是身体任何部位都可能疼痛。有人是偏头疼,有人是胸口疼,有人是肩背痛。因为精神不振,还会影响到各脏器,然后出现恶心、呕吐、心慌、胸闷、出虚汗等。皇上现在浑身都是病的症状,其实最主要的只有一个病,就是抑郁症。"

"依你的判断,皇上春秋几何?"

"抑郁症并不致命,如果按西医的办法治疗,皇上有七八成治愈的把握。皇上如今不到四十,再活几十年都无问题。"

"哦,"袁世凯点头道,"那依西医的办法该怎么用药?"

"用药是次要的,关键是静养。现在西方时兴的办法是把病人送到一个环境优美的地方,因为换了环境,病人容易产生兴趣,有了兴趣,食欲就增,多让他做喜欢的事情,很多人会不药而愈。"

"这一条是万难办到,太后不可能让皇上离开她的眼皮底下。皇上幽居瀛台,早就厌烦了那是肯定的,但决然无人敢向太后提出给皇上换地方。皇上天天不如意事常八九也是无法改变的,看守瀛台的太监面目可憎不必说,就是陪太后看戏,在皇上也是一件苦差。"还有一条袁世凯没有说出口,他这个军机大臣,皇上还要硬着头皮几乎天天见面,当然给皇上添堵。

"啊,如果是这样,那我就是开药也无用。我开的开胃健脾药都是辅助,还开了樟脑药酒一瓶用于外敷,不过是为了舒筋活血,更是治标不治本。不对症治疗,只能日坏一日。如今给皇上治病已经有六位名医轮流施治,这样反而更不宜见效。对病人而言,久治不愈,更加烦恼,心情更加抑郁易怒,华佗也束手。"

光绪的病竟然有治愈的可能,对袁世凯而言绝非喜讯。如果万一太后先崩,光绪重掌大权,他又该如何自处?这实在是个严重的问题。不过,他还隐隐觉得有一线生机,那就是两个月前颁布的《钦定宪法大纲》。那是他调任军机后,极力推动君主立宪的一大成果。当然他更明白,一纸空文到时候未必能救得了他的命。不过,毕竟是根救命稻草,他还不死心,着人把杨度叫来作一次长谈。

杨度是宪政专家,袁世凯去年调军机大臣的时候,他也正巧从日本返回老家湖南,原因是嗣父去世,他回国奔丧。他回国后还是热衷于搞宪政,成立湖宪政分会,并亲任会长,起草《湖南全体人民民选议院请愿书》。袁世凯当时也极力推动清廷推行宪政,就和张之洞一起推荐杨度到宪政编查馆任提调,职务是四品候补京堂。《钦定宪法大纲》以及附属的《议院法选举法要领》《逐年筹备事宜清单》便全部出自杨度之手。袁世凯对杨度之才十分赏识,极力扩大他的影响,向慈禧建议,朝廷应该延揽精通宪政的人士,向皇亲国戚、朝廷大臣讲解西方宪法。慈禧深以为然,命年仅三十三岁的杨度担任讲师,在颐和园向皇族亲贵演讲立宪精义。

袁世凯赏识杨度,杨度也很看重袁世凯。杨度进宪政编查馆后,与袁世凯直接交往日多,对袁世凯更加佩服,认为袁世凯不但政治见解开明,政治操控能力也是极其强悍,尤其是解决实际困难的能力,军机中无出其右者,他私下认为,袁是可以担当宪政救国责任的"卧龙"。

两人惺惺相惜,经常就宪政问题促膝而谈,袁世凯今天是一副请教的神情:"皙子,你说君主立宪的根本是保留君主的权威,但对君权有所限制,民权有所保障。我没亲自去过日本,日本的宪法,对君权真的能够限制得了?"

"当然。"然后杨度滔滔不绝,谈日本宪法对君权的限制。

袁世凯又问道:"那么我们的钦定宪法,对君权的限制又如何?"

"形同虚设。一则我当初起草时借鉴了日本宪法中对君权的限制条款,但最后颁布时都删除殆尽。二则朝廷中不愿行宪政的人实在太多,挂羊头卖狗肉,不过是把立宪当成对付革命党的手段,所以是借宪政之名,行集权之实。三则宪法虽然颁布,但预备立宪尚有九年,缓不济急。"

其实,这些道理袁世凯心里早都明白,但听杨度说出来还是让他十分灰心:"那照皙子的说法,我极力推动的宪政,竟然是百无一用?"

杨度大摇其头道:"不然,不然。宪政仍然是救中国的一剂良药。"

袁世凯有些迷惑地望着杨度,不明白他为什么说出这样矛盾的话来。

"目前救国的道路有两条,一条是孙逸仙主张的暴力革命,我们曾争论三天两夜,谁也说服不了谁。为什么我不赞同?暴力革命对国家破坏太大,五十多年来,中国经历了数次暴力革命,先是洪杨的太平天国,后是捻子,同时还有西北、新疆的叛乱,随后又有装神弄鬼的义和团,中国积贫积弱,几乎被瓜分,与这几次暴力革命关系极大。如今俄日觊觎东北,德国占据山东,法国虎视南粤,英国隐踞长江、窥视西藏,宫保请想,中国若再来一场旷日持久的暴力革命,自顾不暇,列国趁机动手,中国会不会被肢解?"

"皙子所虑极是。"袁世凯点头称是。

杨度接着说道:"我开始也是倾向暴力革命的,但后来改了主意,是因受到梁任公的影响。当初梁任公在日本……"

梁启超在日本生活清苦,靠边写作边教书糊口,在日本留学的杨度常去听课,生性好辩的他对梁启超的学识和辩才十分佩服,两人关系日渐密切。后来,杨度应和梁启超的《少年中国说》,写了一首《湖南少年歌》,这首长诗洋洋两千言,慷慨激昂,气势磅礴,开篇唱道:"我本湖南人,唱作湖南歌。湖南少年好身手,时危却奈湖南何?"接下来叙述湖南的地理历史以及湘军的征战史、湖南人敢于抗争的精神,号召国人尤其是湖南人奋起卫国,"中国如今是希腊,湖南当作斯巴达。中国将为德意志,湖南当作普鲁士。诸君诸君慎如此,莫言事急空流涕。若道中华国果亡,除非湖南人尽死。尽掷头颅不足痛,丝毫权利人休取"。梁启超对这首诗十分推崇,在《新民丛报》上发表,并称赞说:"昔卢斯福(即美国总统老罗斯福)演说,谓欲见纯粹之亚美利加人,请视格兰德(南北战争时北军统师,曾任美国总统);吾谓欲见纯粹湖南人,请视杨皙子。"《湖南少年歌》让杨度一举成名,其中的名句"若道中华国果亡,除非湖南人尽死"被广为传诵,梁、杨两人也因此惺惺相惜,成为知己,杨度深受梁启超君主立宪思想的影响也就再自然不过。

"立宪国体有两种,一种是美利坚、法兰西的共和立宪,一种是英、日的君主立宪。我主张君主立宪更适合中国。中国自始皇帝起,就形成了大一统的国家意识,中国数千年的历史事实,一旦中央失去权威,地方闹独立,必致国家陷入混乱,三国如此,南北朝如此,唐代的藩镇割据如此,五代十国如此。美国的宪政是给地方高度自治权,这样的宪政如果移植到中国,必然导致地方割据,其结果与暴力革命无异。而君主立宪,君权受到限制,但君主的权威在,国人对中央的认同在,则中国可有望渡过危机,进而求存求强。"

杨度善辩,几近演说癖,滔滔不绝,就是袁世凯也无置喙的机会。

"但目前中国的君主立宪,不足以救中国,因为各有各的算盘。朝廷是想借宪政的名义,行集权中央之实;宗室则是要通过宪政达到揽权的目的,只要看看官制改革后满人、宗室据要津,再看看去年以来,宗室少年如载沣、载涛、载泽、载洵分掌兵权、财权,就知道如今的形势,是满人排汉,宗室排满,这样下去,必是满人自绝于汉,宗室自掘坟墓罢了。各省宪政叫得山响,但其目的多是借宪政、民权之名,达到地方大权独揽甚至割据自雄。而东南的绅商,如张季直等辈奔走呼号,不过是想借宪政谋一官半职。中央与地方、满人与汉人、满人与宗室各种矛盾纠结,所以我说当前宪政不足以救中国。"

袁世凯又问道:"那么皙子认为,什么样的宪政能够救中国?"

"只有让宫保来主持宪政方能救中国。"

这近乎玩笑了,袁世凯连连摆手道:"皙子不要开玩笑,我是真心求教。"

"我并非开玩笑,也是真心给中国开药方。宫保是北洋新军的创始人,这一点非常重要,目前也只有北洋新军能够解决得了革命党的威胁,也只有宫保主政才可能震慑得住地方各自为政的倾向;宫保是推动宪政最积极的中枢大员,同时又是富有地方宪政经验的军机大臣;还有,宫保是目前最得国际认可的中国官员,被誉为李文忠公第二;我认为最重要的,是宫保的行政能力,解决实际问题的能力无人可比。张中堂虽然封疆二十余年,但仍然有书生气,鹿中堂老矣,世中堂才力不济,醇亲王少年新进,懦弱而又固执,庆王爷贪婪平庸,不足为大国领袖。环顾朝廷,唯有宫保可掌舵中国。"

"皙子,你这些话,千万不可对外人道!"袁世凯心里不得不佩服,杨度虽然进京不足半年,却已摸准了朝廷虚实,"你有没有想过,如果皇上有朝一日回到乾清宫,完全可能请回康梁,康梁也是宪政的行家。"

杨度不屑地一晒道:"康南海一心保皇,谈不上宪政。至于梁任公,博览群书,绝顶聪明,但终究是书生意气,就像我一样,佐人成事可,主政则难胜任。比如政闻社一事,完全是他们办砸了。"

政闻社是去年由康有为、梁启超主持成立的组织。当时朝廷下旨编纂宪法,又筹设中央资政院为议会预备,并谕令各省成立谘议局,先行制定章程。

康、梁看到国内宪政形势大有可为,便将设在海外的保皇会改为帝国宪政会,同时又在上海设立政闻社,其实就是帝国宪政会的国内分支,并派员分赴北京及各直省,联络亲贵及地方大员支持尽快开设国会,颇得支持。本来袁世凯对政闻社的行动也不反对,因为双方都希望宪政往前迈一步。但康梁见政闻社影响很大,野心也随之膨胀,改变了最初争取袁世凯支持宪政的计划,而是与肃亲王善耆合谋,要参倒奕劻和袁世凯。他们的策略是鼓动各省派员赴京请愿,请求早开国会,而趁请愿团在京之时,鼓动言官上弹章,而后组织请愿团请愿革除庆、袁。

俗话说没有不透风的墙,何况这些进京请愿的人又太过张扬,不知严守机密,结果他们的密谋被赵秉钧手下的密探探知。袁世凯十分生气,与奕劻一商议,干脆解散政闻社,一箭三雕,一则解除被弹劾的危机,二则解除早开国会的压力,三则敲山震虎,给康、梁和善耆一点眼色瞧瞧。袁世凯的办法极其简单,他对慈禧说政闻社就是保皇党的国内机构,他们所谋就是为戊戌翻案,保皇上出来主持立宪。慈禧一听勃然大怒,于是下旨道:"近闻沿江沿海暨南北各省,设有政闻社名目,内多悖逆要犯,广敛资财,纠结党类,托名研究时务,阴图煽乱,扰害治安。若不严行查察,必将败坏大局。着民政部,各省督抚、步军统领、顺天府严密查访,认真禁止,勿稍疏纵,致酿巨患。"

民政部尚书正是善耆,得到消息后立即着人给请愿团的人员备好车票,在赵秉钧的巡警行动前乘火车逃出京城。各省参加了政闻社的人,被上谕中的"悖逆要犯,广敛资财,纠结党类,阴图煽乱"等指责吓坏了,纷纷要求退社。康梁好不容易建起的政闻社很快就作鸟兽散,而且连累湖南宪政会这样的团体也纷纷解散,气得杨度直跺脚,恨康梁书生误事。

"皙子,我不明白,康梁为什么做事总是这样急躁妄动,戊戌年如此,如今过了十年了,他们还是没有长进。鼓动这么多人进京逼宫,成事不足,败事有余。我更不明白,我是极力赞同立宪的,他们何以又容不下我?没有我们在京中推动,中国的宪政何能走到眼前的地步? 没有你皙子,《钦定宪法大纲》又如何能够得以颁布? 他们突然跳出来弄个政闻社,在各地上蹿下跳,仿佛中国宪政的进步全是他们的功劳,其行径真如跳梁小丑!"

"所以中国推进宪政,非有宫保这样的人主持不可。"

"谈何容易!"袁世凯摇摇手又说到,"皙子,今天的话,不足为外人道也。"

"这何须宫保叮嘱,我知道轻重。"

　　杨度告辞,袁世凯被鼓动得心旌飘摇,不能心静。的确,如果能够让他当内阁总理大臣,他必定能把中国打理得井井有条。不过,一转念这完全是痴心妄想,看看一年来的人事安排,宗室亲贵是不断地排挤汉臣,近乎疯狂地揽权,总理大臣又怎么可能落到他的头上? 而且,万一光绪复位,他命且不保,何论其他! 一想到这一点,就觉得脖子发凉。再想到慈禧那天的严厉警告,他的心头禁不住一颤。

　　袁世凯情绪低落,一直到晚上归寝时依然振作不起来。这一周侍寝的是老七,就是袁克文从南京给他"物色"的叶姑娘,酷似他少年时的玩伴。他对七姑娘特别宠,胜过对其他任何姨太太。七姑娘读书不多,只能算略识文字,但见识却并不差,问道:"老爷,瞧你愁眉不展,多大的事啊? "

　　"官场凶险,你不懂。"袁世凯并不想多说话。

　　"官场的事我不懂,可天下的理我可懂。如今你都做到军机大臣了,官够大了吧? 大不了不让你当官了,不当了有什么了不得? 反正天下最大的官你都当过了,回家做个老百姓自由自在,也不是什么坏事。"

　　袁世凯笑道:"我哪里是怕丢官做老百姓,做老百姓有什么好怕的,如你说的,自由自在。"

　　"那还有什么怕的,莫不是还有人敢要我家老爷的命? 谁那么大胆子? "

　　"上有太后皇上,还有皇亲国戚,我怕的人多着呢。"

　　"哼,我就不信。我要是老爷,就对他们说,你们谁敢逼我,你们试试,我的北洋军不把你们灭了才怪! "七姑娘站在床上,一手抆腰,一手往前一指,仿佛面前就是不知好歹的皇亲国戚。

　　袁世凯被七姑娘的神气逗笑了:"七姑娘,你这话要是传出去,那可真招杀身之祸。"

　　七姑娘不以为然地一哂道:"瞧老爷这点胆子,我说的是大实话。北洋军里那么大的官,来见老爷,哪个不是规规矩矩,一口一个'四哥',一口一个宫保。我都看得出,他们唯老爷之命是从。我不知道老爷有什么好怕的,真是。""真是"二字从她口中说出,几乎有些不屑的意味。

　　袁世凯知道七姑娘是劝他,不过这劝竟然很有效。对,北洋军就是他最大的本钱,不论是谁想要他的命,都要掂量掂量。这样一想,心里就宽多了:"七姑娘,先别睡觉,让下人给我弄点吃的。"

　　七姑娘问道:"老爷要吃什么? 来一碗鸡丝面? "

"好,就来碗鸡丝面。"

皇上脉案,从六月份就开始每天抄给军机大臣、御前大臣、各都统衙门并各省将军、都统、督抚等阅看,为的是有精通医学之人迅即保荐来京,而且这些脉案准许各报转载。所以,光绪病势日重的消息外面十分清楚。当然,也有人悄悄说,这样的做的目的就是为了让外界以为,皇上身体越来越差,根本没有秉政的能力。

从脉案上看,进了十月份,皇上的病更重了,十月初四的脉案是:

> 张彭年、施焕请得皇上脉沉细无力、尺部更弱,两关左弦右滞。腰胯疼痛如旧。三日不更衣,麻冷干咳,口渴耳响均重。夜半醒来,口干身热。先天不足,后天尤宜调护。肠胃阻滞,外而经络不和,内而气机上逆,久虚之体,勿再夹实。谨拟通润之法上呈。
>
> 火麻仁二钱、川贝母去心一钱五分、冬瓜仁三钱、瓜蒌仁一钱五分、杭白芍三钱、细生地三钱、油当归一钱五分、大麦冬一钱五分、广陈皮一钱、饮用白蜜三钱。

袁世凯对屈永秋道:"桂庭,皇上脉沉细无力、尺部更弱,是不是说明身体更弱了?"

屈永秋回道:"是的,皇上不能静养,心烦气躁更重,进食日少,哪有不加重的道理?"

"从症状上看,腰胯疼痛、口渴、耳鸣的毛病又加重了。夜半醒来,口干身热的毛病好像是最近新增的。张、施两位认为,先天不足,后天尤宜调护,与你的静养之说有异曲同工之妙。"

"是,其实中医也明白,皇上要心情好,要能静养服药才能见效,无奈这一点在皇上竟是奢望。"

"中医开的方向来是万金油,吃不死人,反正也没多大作用。桂庭,已经快十天了,好像你一直没再给皇上诊治?"

"是,我已经说过,皇上病根是精神抑郁,开的药也是辅助,而且几天就换一次医生,有时一天就换几次,这样治病,就是华佗也束手。皇上大约觉得我的方子没用,所以不用我了。我是不是请假回北洋?那里有更多病人等着我。"

袁世凯摇头道:"既来之则安之,上面没说让你走,你当然不能主动求去。"

屈永秋沉默了一阵后道："宫保,现在朝野上下都在关注皇上的身体,其实太后的身体倒是更令人忧虑。"

屈永秋是无意中听到太医的议论。太后夏天的时候患过一阵痢疾,前后近两个月,一直没有完全治好,偶有复发。太后要强,一直挺着,其实她的身体很虚。

袁世凯惊诧道："昨天见太后,她神气很好,脸色红润。"

屈永秋摇头道："神气好, 有多半是装出来的;老年人脸色红润并非好兆头,有可能是虚火上浮。眼看太后万寿要到,她更不愿传出身体不好的消息扫大家的兴。"

"也是。"闻言,袁世凯点了点头。

# 第十九章

## 两宫病重政局变　醇王监国世凯忧

袁世凯最怕慈禧生病，更担心她一瞑不视。从前还只是隐忧，如今已经摆在面前。于是，他召心腹谋士杨士琦密商道："如果万一太后先一步走了，那真是其糟无比。如果真有这一天，我是必定倒霉，这是个死结，无法可解。"

杨士琦安慰道："宫保是不是多虑了？外面都知道皇上身体不好，都在议论皇帝驾崩后谁够资格当皇帝。"

"都怎么议论？"

"议论多得很。有人说是醇亲王，有人说是载泽，还有人说是载洵，当然也有人议论是溥伦，还有的人认为应当是小恭王溥伟。"

袁世凯摇头道："皇上驾崩，应当从他子侄辈里选，怎么这么多人选载字辈的，难道还要再来个兄终弟及？"

"可不是嘛！大家都认为老太太一辈子热衷权柄，如果从溥字辈里选皇帝，她就成了太皇太后，再想听政或训政就轮不到她了。"

"都七十三了，我就不信老太太还那么迷恋权力，非要再谋听政。这几年老太太明显有些倦政了。"

"倦政不等于不恋权。一个大半辈子说了算的人，怎么可能真正放得下。依我看，载字辈里最有可能的是醇亲王。"

"何以见得？要论才具，载字辈里他最差。"

"但他有一条别人无法可比，是当今皇上的同父异母兄弟，也算太后的娘家人。从太后为他指婚娶了荣文忠的女儿，就已见端倪。"

荣文忠就是荣禄。杨士琦认为让载沣娶荣禄的女儿，荣禄成了他的岳丈，就是防止他将来为戊戌翻案。而今年初让他入军机，就是为了培养他的人望，为将来大用做铺垫。

"让他当皇帝也是其糟无比。即使不为戊戌翻案，也不会给我好果子吃。"

杨士琦建议道："宫保，如今众说纷纭，我们不妨好好谋划一番，推一个于我们有利的皇上出来。"

"谈何容易！没人算计得过老太太。"

"谋事在人，成事在天，试一试总比束手无策要好。"

袁世凯心中已有人选，却不动声色地问道："杏城，你想推谁？"

"振贝子。振贝子虽然荒唐，但人却很聪明，老太太也很喜欢他。快两年了，杨翠喜的事大家也基本忘了。更重要的是，人人都知道宫保与庆王的关系，振贝子有宫保的支持，便是有北洋数万精锐新军的支持。那样，北洋军就相当于大清忠心耿耿的御林军。老太太是最讲实际的人，也许她会想明白，支持振贝子。"

"卷入皇位之争是为臣者大忌，多少人为此家破人亡！我们轻易不要做冒险之举。"袁世凯有些犹疑道。

"这种事做起来当然如风过浮萍，不落痕迹。即便太后问起来，也完全可以说是小人有意陷害。"

袁世凯沉默无语，盯着天棚陷入深思。

"这件事，必须向大佬透露一下。"

袁世凯默默点头，不知他是同意还是反对。

慈禧早在青年时期即有月经不调之症，以后又陆续患过喘咳、痔疮、面风、腹泻、肠胃不和等病症。她平时进膳，喜食油腻厚味之品，尤爱吃肥鸭，恣意口食，脾胃必伤。所以她的病根主要在脾。至光绪三十年，亦即其七十岁以后，身体日益衰弱，经常消化不良，御医们常用的方法便是益气理脾。后来又增加肝胃郁热，气道欠舒的症候，御医们常用的是"舒肝平胃之法"治疗，效果甚微。今年六月里，因为吃冰镇西瓜，添了腹泻的毛病，但慈禧要强，也不太把这些病放在心上，照常视朝听政。

十月初，太后皇上由颐和园移驻西苑。十月初十是太后生日，照规矩，各部院皆推班不奏事，外省折奏亦暂时压住不报。上午八时，太后皇上在勤政殿召见军机，但只是礼节性的接见，并不议政事，赐军机大臣念珠各一串。然后太后回到仪鸾殿，自大学士以下百官皆齐集仪鸾殿内外，由光绪率百官行三跪九叩大礼。当天有好几场宴会,晚上又要演戏,太后喜欢看戏,一直忙了一天。

第二天军机大臣照例见起,估计仍然是礼节性的见面。不料却传出话来,慈躬、圣躬不豫,不见军机。

"昨天慈圣身体还好好的,今天怎么就病了?"张之洞这样发问,但无人能答。

于是派人去找内务府的官员来问,当值的是增崇,他回道:"各位王爷、大人,我已经问过太医。昨天晚上太后看戏着凉,又吃了两个苹果、一杯乳酪,半夜里就肚子不舒服,急召太医,据太医诊断,是痢疾复发。"

老年人体弱,痢疾不易治愈,是比较凶险的病。张之洞跺脚道:"是谁侍候在身边,怎么不提醒太后少吃凉物!"

增崇回道:"张中堂,太后愿吃,谁又能拦得下。"

张之洞发觉自己的失言,尴尬道:"我不是怪你们,实在上了年纪的人,不宜吃生冷之物。"

载沣问道:"太医治疗效果如何?"

"现在还看不出来,一个时辰总要一次如意桶。"这就是说,两个钟头太后就要腹泻一次,不要说上了年纪的人,就是年轻人也受不了。

载沣这时又问道:"皇上那边怎么样?"

增崇回道:"也不太好。皇上昨天大概也累着了,夜里腰疼,腿疼,早晨起不了床。"

"拿脉案来看。"

张之洞当然是指光绪的脉案,增崇预计到必有此问,因此已经将脉案抄件带过来,张之洞递给载沣。

"张中堂读给大家听,听就行。"载沣口吃,因此轻易不做诵读这种露短的事情。

张之洞吟诗作赋,又是直隶人,做京官多年,京片儿很地道,朗声念道:

> 吕用宾请得皇上脉数大缓小,随寒热为进退。昨晨请脉,身已发热,脉体弦数。今晨请脉,四肢发冷,脉象缓小,咳嗽气喘未减,大便未行,步履维艰。亟宜退寒热、止喘嗽、行大便为主。其余腰痛、耳响、食少化迟、肌肉赢瘦、皮肤不润、夜不能寐各症,乃脾虚不能生肌肉,肾虚不能运筋骨所致。仍当脾肾双补,缓调自安。先宜止嗽定喘、退寒热、通大

便。谨拟青蒿鳖甲汤合清燥润肺汤加减。

开的药包括青蒿、枇杷叶、火麻仁、鳖甲、冬桑叶等。张之洞读完,载沣心焦道:"皇上病又重了,大便未行、夜不能寐又是新增症状。"

闻言,张之洞便对奕劻道:"王爷,我们几位恐怕要轮流入值了。"

奕劻赞同道:"对,咱们六个人,三人一班,各位都吩咐家人,把被窝取来。"

按军机次序,奕劻、载沣、世续为一班,张之洞、鹿传霖、袁世凯为一班。

众人正要散去,太监却来传旨,说太后召见。于是六人赶到仪鸾殿,太后独自一人在东暖阁升殿。她身体看上去还不错,尤其衣饰,一丝不苟,与平日无异:"皇上身子今天不好,让太监传话,说他不能前来请安。我昨天晚上吃了一个苹果,大约着凉了,不过没什么大不了的,多年脾虚胃弱的老毛病,稍微注意下就没事了。医生开的脉案我看过了,还是像从前一样,调理脾胃罢了。你们都放心好了,不要张皇失措。"

众人见太后说得轻描淡写,悬着的心稍稍放下了。好像为了证实身体如常,接下来的几天,白天的庆典及宴筵活动,慈禧都要参加,而且接连三个晚上,都在西苑颐年殿看戏,直至散戏才还寝。每天都照常召见军机,每天批下的折件都在十四五件之多。

十二日这天下午,太后睡了一觉起来,还特意叫崔玉贵去问话:"这些天典礼太多,都没来得及听你们拉呱。最近,外面又有什么新鲜事?"

崔玉贵有的是市井新闻,连讲了五六个。慈禧制止道:"你也不必老是讲这些家长里短的,关于朝廷的事情,可有什么传闻?"

"奴才是听到了些说法,说了怕老佛爷生气。"崔玉贵料到必有此一问。

"少啰嗦,你说就是。"

"外面都知道万岁爷圣躬不豫,都在议论谁当皇帝。"

"都是谁在议论?"慈禧立即警觉起来。

这下崔玉贵有顾虑了:"奴才也不知道谁在议论,反正是有人说。"

慈禧怕把崔玉贵吓住了,问不出真话,就话锋一转道:"市井传闻,当然不好说是谁在议论。我的意思是,都议论谁当皇帝?"

"各种说法都有,但议论最多的,一是醇亲王,二是振贝子。"

"哦,竟然还有小振,他前年被迫辞职,弄得那么狼狈,还有人议论他?"

崔玉贵回道:"有人说,袁世凯在背后支持。"

慈禧陡然心惊,但不动声色,接着问道:"都知道袁世凯与庆王关系近,这是胡乱猜测罢了。还有别的什么人?"

"还有载洵、载泽、溥伦、溥伟,啊,对了,还有善耆。"

"咳,可真是,这么多人想当皇帝,也不拿镜子照照。"慈禧又说道,"你出去后这些话一个字也不能往外露。"

"奴才只给老佛爷说,绝不敢向别人提一个字。"

到了十四日,太监传出话来,太后只见庆王一人。众人都十分疑惑,等了半个时辰,奕劻才回到值房。众人见状都问道:"慈躬怎样?"

"没大碍,太后让我到普陀峪查看万年吉地。"

众人心中都有不祥的预感,太后打发奕劻去看她的陵墓工程,说明她已经预感到自己身体不好。慈禧的陵墓在普陀峪,已经修了几十年,中间一改再改,新开的工程不断,如今尚未完全竣工。

奕劻好像为了打消大家的顾虑,又道:"西藏喇嘛要来觐见,贡献了一对佛像,太后让我去安奉,顺便查察工程。"

而皇上那边传来的消息很不好,皇上已经六天没有大便,肢体酸软,耳朵几近失聪,子时后即不能寐,医生的诊断是阴阳两虚,标本兼病。

张之洞听后问道:"王爷,我们几位是不是从今天起就要全部入值?"

奕劻回道:"不必,太后说一切照常,不要张皇。皇上圣躬不豫,如再传出慈躬不豫,会引起人心慌乱。太后的意思,有内务府和太医入值就行,有事再召军机。"

奕劻去东陵,要乘明天一早的火车。当天下午,袁世凯就到庆王府密商。

袁世凯问道:"王爷,太后在这样关键的时候把你打发走,是不是她预感到大限将至?"

"看太后的神气,病情并未增加多少,好像不必如此仓皇。"

"如果纯是为了供奉金佛,似乎打发别人去亦可,没必要把首辅派去。是不是太后要行什么大计?"当年罢黜恭亲王,就是打发他去查看普陀峪工程。结果还在路上,罢黜他的上谕已经明发了下来。

"慰廷,吉凶难测。现在觊觎我这个位子的,不知有多少人。"

"王爷,有野心的不少,但够格的我看没人。"

"善一久有此意,就连载泽、载涛这些年轻后辈竟然也野心勃勃。"

善一就是肃亲王善耆,他排行老大。亲贵间私下称呼的习惯,往往取名中一字再加排行。

"王爷,肃亲王的确是个有本事的人,口碑也还不坏,是王爷的一大劲敌。不过,他可是铁杆的帝党,太后未必不知,不太可能让他来领枢。至于载涛、载洵、载泽等少年亲贵,恕我直言,志大才疏,成不了大事。王爷,非常时刻马上就要到了。"

奕劻当然知道袁世凯的意思,郑重地说道:"慰廷,你听我的话,别人怎么说不去管,咱们要稳住阵脚。千万不要弄巧成拙,一切听老太后安排吧。"

太后的病又有反复,本来十八日那天轻快多了,也想吃东西了,膳后又贪嘴吃苹果,才吃了半个,就感觉肚子里不舒服,连忙招医,结果当天夜里就又连续起夜。十九日袁世凯等人进宫,太监传出来话来,太后夜里受凉,有事写奏片来看。

慈禧太后要强,好几次生病,只要能见军机,都硬撑着召见。如今传出话来写奏片,可见已是不能支持。张之洞担心道:"老年人生病,就怕反复。我们这样干等也不是办法,总得找人来问问。"

载沣也赞同,于是袁世凯道:"那就找内务府的人问问。"

因为日夜当值且能接触到宫中秘密的,只有内务府的大臣。太监和御医也都归内务府调遣,要打听宫中实情,只有他们最方便。

昨天当值的是增崇,此时尚未出宫。一会儿他来到军机值庐,向各位军机见礼后,不待大家开口就道:"各位大人必定是问太后的慈躬,我已经问过太医,他们说法都是含混其词。但可以确定,比前一次严重了。"

"严重到什么程度?"张之洞问道。

"这实在不好说,太医也不能下断语。诸位大人请想,一夜起了四五次,就是年轻力壮的身体也吃不消,何况太后是七十多的人。"

载沣又问道:"皇上那边怎样?"

增崇回道:"皇上那边也不太好,已经多日不大解,心绪更坏。"

闻言,张之洞便问载沣道:"王爷,两宫都在生病,是否请庆王回来?"

因为庆王领枢,在这样关键的时候,他不在的确不妥。但他是奉懿旨去看陵工,非请懿旨不可。

"那就写奏片进去,请懿旨吧。"

于是写奏片进去,很快传出话来:"太后懿旨,请庆王爷回京,要快。"

"要快"两字,足以让军机大臣惊慌,可见太后已经知道自己大限将至。

"要发电报,请马兰峪总兵即刻转递。"东陵在直隶地盘上,怎么办事最快,袁世凯清楚。

电报立即发往马兰峪总兵。众军机枯坐到午后,张之洞对载沣道:"王爷,咱们不必请旨,我看开始分班入值吧?"

载沣赞同道:"好,散值后回家预备预备,把被窝带来。"

正准备散去,李莲英小跑着过来道:"各位大人留步,有懿旨。"

于是众人跪下,听李莲英宣布懿旨:"有要紧的折子,由醇亲王代批。"

"这副担子我可挑不起来。"载沣这话说得不伦不类,大约他也觉得这好像要抗旨不遵,又转脸对张之洞说道,"张中堂,到时候你们都帮帮我。"

张之洞回道:"王爷放心,我们一定从命。王爷先谢恩吧。"

载沣这才醒悟过来,自己一激动连谢恩也忘了。等他谢了恩,李莲英才道:"王爷、各位大人请起吧。太后那边离不开人,奴才要去了。"说罢小跑着回仪鸾殿。

载沣望着李莲英的背影感慨道:"李总管也老了,走路都有些拖拉脚了。我第一次见他时,嘿,那脚底下像安了弹簧。"

按上次说法,三个人一班,袁世凯和张之洞都不当值,走到门外,张之洞叮嘱道:"慰廷,晚上你可要交代好下人,随时可能有电话。大事当前,咱们得帮着拿主意,年轻人没经过大事,怕是醇王到时候会手足无措。"

袁世凯回道:"中堂放心,我会随叫随到。不过太后忽然让醇王代批折子,这里面可有什么说法?"

张之洞仰着脸想了想道:"庆王领枢,他又不在,亲贵里头,就只能是醇王合适了。"

袁世凯心里别有想法,嘴上却道:"中堂说的是,醇王亲贵而兼军机,庆王不在,当然排到他了。"

回到家,袁世凯找纸笔写了一张纸条,上面写着——奉懿旨,有要紧的折子,由醇亲王代批。然后把管家袁乃宽叫过来交代道:"你找一个妥当的人,把这个条子送到庆王府,亲自交给王府管家。"袁世凯估计,如果没有意外,奕劻晚上应该能到京。

"是,老爷放心。"袁乃宽突然想起了什么,"啊,段军门派人送来一封信。"

袁世凯拆开一看,只有一句话:"第六镇昨奉陆军部令调防天津,以防洋人。今晨已奉令开拔,防务已由第一镇接替。"

袁世凯这一惊非同小可，通常军队换防尤其是京畿军事调动，必由军机奏请，而这次竟然瞒着军机，可见太后对军机大臣已经生疑，确切说是对袁世凯生疑！第一镇是铁良亲自训练的旗营，替换段祺瑞的第六镇，意图再明显不过。奕劻临走时一再叮嘱，不可轻举妄动，幸亏自己没有任何妄动。

到了晚上，屈永秋来了，对袁世凯道："宫保，皇上今天病情突然加重，而且十分可疑。"

"怎么可疑？"袁世凯问。

"恐怕是中毒。今天内务府派人接我去瀛台，皇上躺在床上，抱着肚子疼得来回翻滚，脸色发黑，浑身大汗。皇上的病都是慢性病，器官会逐步衰竭，但绝不会突然就重到这个样子，这是典型的中毒症状。"

"桂庭，你是怎么给皇上诊治的，没用药吧？"袁世凯听了也是大吃一惊，此时给皇上用药，将极有可能代人受过，甚至被人嫁祸，那可真有性命之忧。

"如果是中毒，西医也有解毒的药。可这种时候，我哪敢用药。"

"这样最好，当时继禄大人也在吧？"

"在。当时继大人还问我，有没有能够见效快的西药。我说没有，这时候最好的办法就是上上热敷。继大人就安排太监去找热水。"

"怎么，瀛台连热水都没有现成的？"袁世凯听后十分惊讶。

"是。"屈永秋突然哭起来，"宫保不知道，皇上实在太可怜了。瀛台含元殿里到处破败不堪，窗纸破了都没有糊新的。皇上睡的龙床还不比老百姓的舒服，一床破褥子也是脏污不堪。倒是有个太监在跟前，皇上疼得那样，他却面无表情，无动于衷。这要是寻常百姓家，此时父母子女都围在身边，至少会帮他擦一擦脸上的冷汗。"

"桂庭，我们做臣子也没有办法。"袁世凯也被屈永秋说得有些悲伤了。

"是，我难过的是本来有西药可以救皇上，至少止疼药是有的，可是我却不敢用。"

"你也不必自责。桂庭，看现在的情形，是有人不愿皇上死在太后身后。这种时候，你不但不能给皇上用药，就是以后再有招医，你也最好不要去。你也知道，我是最不担是非的，我怕到时候会连累你。"

"是，宫保，我打算从今天起开始生病，不进宫了。去一次难过一次，何苦来哉。当初我不愿进宫，杨大帅非要我来。"

袁世凯劝慰道："你来也不错，毕竟算是尽心了。桂庭，依你看，皇上还能活多久？"

"挺不过三两天的。我还听说，太后的病也很凶险，大约也没几天了。外面都在剃头，剃头匠都忙不过来了。"国有大丧，百日内不能理发，所以民间要抢着剃头。

第二天一早，袁世凯赶到西苑，正巧庆亲王奕劻的轿子也到了。袁世凯赶过去扶奕劻下轿，问道："王爷，您是昨晚回来的？"

"昨天十一时多才回来，那时候宫门已闭，今天早晨一早赶过来向太后复旨。"

袁世凯又问道："王爷，昨天我送去的条子您看到了吧？"

"看到了。"

"这有点奇怪，要说代批折子，应该由王爷来批；如果说因为王爷不在跟前，可是明明已经有旨要王爷速回，不过半天多的时间，难道也等不了？"

"这是醇亲王地位要有大变动的前兆。"奕劻看了看周围小声说道，"也许要当太上皇了。"

奕劻的话证实了袁世凯的猜测，他"啊"了一声："原来如此。"

已经到了军机值房，两人不宜再窃窃私语。醇亲王载沣、鹿传霖都迎了出来，奕劻问道："太后和皇上圣躬如何？夜里没什么事吧？"

载沣回道："没事是没事，可是王爷不在，我心里总是发虚，王爷回来就好了。"

奕劻又问道："皇上的脉案你们看了吧？"

"还未递过来。"

真是说曹操曹操到，内务府大臣继禄带着浙江推荐的名医杜钟骏过来了。杜钟骏，字子良，江苏清江人。出身于医学世家，二十岁即悬壶于扬州弥勒庵桥，善治疑难杂症，名气很大。去年被浙江巡抚冯汝骙请入巡抚幕，今年夏末朝廷为光绪征医，被推荐入都。光绪久病成医，对御医开的药经常不服。杜钟骏的药他竟然连服三剂，再次请脉时道："你的脉案开得很好，我连吃了你的三剂药，感觉清爽了很多。要是早让你开方，朕何至如此？"

但不知为什么，杜钟骏很快被调整了班次。当时各地推荐给皇上治病的有六名医生，两人一组，五天一班。半个月就轮到一次。这次调整班次为一个月一轮，杜钟骏被派到末班，所以两个月来未得给皇上请脉。昨天晚上光绪感到不好，大发脾气，非要杜钟骏来请脉。杜钟骏连夜进宫，光绪看到他问道："前两班的药服了没用,问他们又无决断之语。你的脉案很好,你有何方子救朕?"

杜钟骏问道:"臣已经两月未给皇上请脉,皇上大便如何?"

光绪愁眉苦脸道:"已经九天不解,痰多,气急,心空。"

"皇上之病,虚虚实实,心空气怯,当用人参;痰多便结,当用枳实;不过,还需要臣下去细细斟酌。"

杜钟骏回到内务府值房,认为皇上的病已经很重,在脉案中有一句话说皇上的病"虚虚实实,恐有猝脱"。继禄问道:"杜大夫,你这么写不怕皇上害怕吗?"

杜钟骏回道:"皇上的病不出三四天,必有危险,我这次来未能尽技治愈皇上,已属惭愧。到了病坏依然看不出,何以自解?大人不让写原无不可,但此后变出非常,我不负责,不能不把丑话说在前头。"

同值的内务府大臣奎俊也道:"杜大夫说得有道理,我们也担当不起。不如去回明军机,两不负责。"

于是由继禄带领杜钟骏,来见六位军机大臣。

听继禄说罢,奕劻还以军机领班的身份道:"我们知道就行了,我看就不必写了吧。"忽然想起来醇亲王已经代批折子,虽然没有明谕,但自己的地位已经屈居载沣之后,因此特意问道,"醇王以为如何?"

载沣望着张之洞道:"这样写的确会,会吓着皇上。我们六个人都知道了,就不必写了吧。"

张之洞和袁世凯都附和道:"不必写为好。"

听说光绪只有三四天的万寿,袁世凯心里暗自欣慰。但也只是瞬间,因为慈禧身体也很不好。万一慈禧先崩,光绪没了牵制,首先下一道赐死袁世凯的上谕,自己又该如何自救?所以他对慈禧的病情更加关注,问继禄道:"太后慈躬如何?"

继禄回道:"前几天还好,听太医说,今夜有加重的迹象。"

慈禧的脉案不同于光绪,可以公之于邸报、见之于报纸。除了写脉案的太医、当值的内务府大臣及慈禧本人外,一般人根本看不到,当然军机大臣除外,所以袁世凯建议道:"太后慈躬到底如何,最好叫郎中来仔细问问。"

张之洞说道:"先去看看这几天的脉案,再问太医不迟。"

奕劻附赞。于是六个人一起到内务府公所,由继禄打开抽屉,取出十月以来的脉案。醇亲王载沣、庆亲王奕劻对中医不甚了了,而张之洞可称半个医生,所以载沣自动让贤道:"张中堂,你来看。"

张之洞接过来,一页页翻看,前面看得很快,越到后来越看得仔细。大约十分钟后,他合上脉案道:"从脉案来看,太后进入十月份后,就现脾胃不和的症状,但并无大碍,到了十四日后,病情有所发展,新增了头痛目倦、烦躁不安、口渴舌干及咳嗽,到了十五日又增周身疼痛、面目发浮的病象。这主要是万寿期间,太过操劳。医生的处方,是缓肝化燥之法,也算对症施治,一直到十八日,病情较为稳定。但从十九日开始,病情加重,张仲元、戴家瑜入诊后认为,'皇太后脉息两寸软,两关弦滑进躁。浊气在上,阻遏胃阳,是以烦躁口渴;清气在下,肺无制节,所以便泻不止。燥热熏肺,时作咳嗽,顿引肋下窜痛。谷食不多,身肢软倦乏力'。他们拟定的是轻扬化燥之法。"

奕劻听了又问道:"今天的脉案如何?"

张之洞回道:"今天与前两天情形差不多。"

袁世凯补充道:"只看脉案不行,他们下笔时多有顾虑,或者不能尽实来写。"

太医治病,顾虑极多,都不敢下"虎狼药",习惯写"太平脉",开"太平方"。像杜钟骏那样爽直的医生实在少见,所以只看脉案有可能把病情看轻。载沣表示赞同道:"慰廷说得有道理,把当值的医生叫过来问问。"

"夜里当值的是张午樵,还没走,我叫他来问问。"张午樵就是直隶人张仲元,精于内科,当太医已经二十三年,刚升太医院院使。

载沣直直地问道:"午樵,昨夜是你给太后请的脉?脉案已经看过了,但大家觉得未必如实,太后慈躬到底如何?"

这话问得实在欠妥当,张仲元回道:"别人写脉案我不知道是不是如实,我入太医院二十余年,向来都是秉笔直书,从不敢欺罔。"

奕劻补充道:"醇王的意思是怕你们有所顾虑,我们六位军机都在,是想对太后的病情了解得更详细些。太后皇上都圣躬不豫,我们军机上也甚为焦灼。"

"太后的脉案我是一字不虚,从脉案上看,太后病情与十九日比并无明显加重。但各位王爷、大人,这放在平常人身上算不了什么,但太后是七十多岁的人了,连续几天吃得极少,而泻痢不止,慈躬自然十分虚弱,弱不禁风说的就是太后这样的情形,一有风吹草动……"张仲元不再往下说,但意思已经十分明确,太后的病也很凶险。

回到军机值房,奕劻对醇亲王道:"是不是该让香涛准备皇帝的哀诏?不然到时候手忙脚乱,恐怕来不及。"

载沣并无主见,尤其是这种大丧更是第一次经历,而且是两宫同时接近病危,他此时早就有些惊慌失措了,因道:"对,对,张中堂,你就辛苦辛苦吧。"

"这总要等皇上吩咐,才好动笔。我实在不愿动笔写这样的文字,一想到皇上正是春秋鼎盛的时候,却……"张之洞哽咽着说不下去,弄得一把花白的胡须上涕泪纵横。

张之洞入值军机,曾经私下里对袁世凯说,他不敢奢望有什么大作为,只期望能够调和两宫,弄成一个母慈子孝的局面。他认为慈禧与光绪误会颇多,就是因为中枢缺乏善于调和的枢臣。他进京努力了一年多,这才发现母子已经势如水火,他实在难有作为。如今,竟然到了母子都将崩亡的局面,他怎么能不难过?他这一哭,把大家的泪都引出来了。不管真假,六个人都眼睛发红,拿袖子抹泪,引得远处的护军和太监交头接耳。

"各位王爷和大人,现在不是哭的时候,而且要传出去,外人会妄加揣测。"

袁世凯这话极有道理,奕劻立即制止大家道:"慰廷说得对,咱们都先别难过,有许多事情要做。"

张之洞去写哀诏,奕劻帮着载沣批折子。好在没有什么大事,批起来没什么犯犹豫的。

到了下午三时多,皇上大便时竟在便桶上昏厥过去,十几分钟才醒过来。可喜的是皇上十几天没有大便,今天竟解了出来。然而张之洞私下里却对袁世凯嘀咕道:"慰廷,这可不是好兆头。病重的人腾空了肚子,往往就……"

太后也得到了消息,传懿旨召见宗室亲贵、御前大臣、军机大臣。奕劻等军机大臣得旨,稍一用心,就知道大约是要为皇帝立嗣,不然何须招宗室亲贵。宗室亲贵散布内城,要招齐总要有个把钟头。等太监跑来说人差不多了,六位军机这才鱼贯而行,前往慈禧的寝宫仪鸾殿。

殿外已经跪满了宗室亲贵及御前大臣,殿前两侧有着黄马褂的侍卫肃立,殿门前有四个太监把门,李莲英站在殿阶上,等六人走近了,哈一哈腰道:"太后懿旨,殿内地方太小,只请军机大臣入内。"说罢亲自打起帘子,奕劻在前,载沣继之,鱼贯而入。六个人都是第一次进慈禧的寝殿,都有些紧张。进来的这一间,并非寝室,而是换衣间,北面墙上一面一人高的西洋玻璃镜,此外还有梳妆台、衣柜。第二道门口站着两个宫女,她们弯腰掀起半边帘子,做个请的手势。扑面而来的是一股药味。

六个人进去，就在大床前跪下。慈禧半坐在床上，身后靠着两床锦被，穿戴得一如她上朝时一样，光光鲜鲜，一丝不苟。最大的变化是瘦，两块颧骨更高，眼睛和嘴巴都有些下陷的样子，她抹一抹鬓角道："我一定瘦得厉害，别吓着你们。你们不要担心，我还没事。"

奕劻带头磕头道："奴才等盼太后早日康健如初。"

"年龄不饶人，康健如初不可能了。"慈禧顿了顿，咳嗽了一声说道，"不过今天我感觉清爽多了，但愿如你所言，能够好起来。没想到皇上病得这样厉害，听说今天终于大解了。这不是好兆头，咱们都不必讳疾忌医，该为皇上的身后事想想了。"

皇上的后事很多，当然最重要的是空出来的皇位。但慈禧不明确说，众人都不敢贸然接话。

"当初皇上继位时说得明白，将来有阿哥要承嗣穆宗，兼祧皇上。自康熙年间起，本朝无立太子的例，今天你们就议议，谁合适来当这个大阿哥，将来承嗣穆宗，兼祧当今。"

穆宗就是年纪轻轻就生了一场天花早逝的同治帝。当初本来应当从溥字辈里选一位继承皇位，但那样一来慈禧就成了太皇太后，再垂帘就说不过去，所以她以溥字辈里没有合适的人选为由，将她妹妹的长子、同治的堂弟、四岁的载湉立为皇帝，这就是光绪，她得以继续以太后的身份垂帘。当时特别说明，将来光绪皇有子，是继承同治的帝位，而非继承光绪的帝位，也就是慈禧所说，承嗣穆宗，兼祧当今。

奕劻从载沣获得批折的权力已经明白慈禧的心思，是有意要立载沣的儿子溥仪为帝，但向来有国赖长君的说法，而且宗室亲贵都跪在外面，他不妨表示出以国事为重的意思，同时也可见情于宗室，所以说道："国赖长君，溥字辈里，溥伦、溥伟都已成年，要论才具，溥伦更为合适。"

溥伦是乾隆的五世孙，过继给道光的长子为嗣，袭封贝子，人称伦贝子，时年三十四岁。四年前曾经率团参加美国圣路易斯世界博览会，归国后受到重用，出任农工商大臣。去年与大学士孙家鼐共同筹建资政院，担任总裁。小恭亲王溥伟是恭亲王奕訢的孙子，时年二十八岁，担任禁烟事务大臣，爵位高，但资历不如溥伦。

慈禧不置可否，问载沣道："载沣，你的意思呢？"

载沣已经知道慈禧太后有立他儿子为帝的心思，但绝对不能毛遂自荐，道："奴才的意思,与庆王一样,也是推荐溥伦和溥伟。"

慈禧听载沣也是如此意思,不待他说完,目光便移向世续："世续,你的意思呢?"

"奴才附议庆王的意见,国赖长君,请太后从溥字辈中选成年者为君。"

慈禧不满地将目光转向鹿传霖,鹿传霖重听,根本不知道太后在问什么,所以连忙磕头道："奴才谨遵慈谕。"

于是,慈禧将目光转向张之洞问道："张之洞,为皇上立嗣,是家事,也是国事,你的意见呢?"

张之洞回道："虽是国事,但毕竟首先是家事。太后所选,必是万民所愿。"

袁世凯不待太后垂问,附和张之洞道："这等大事,太后必有深思熟虑,臣无成见,请太后宣布懿旨,臣等无不谨遵。"

慈禧算是征求完了军机的意见,便道："国赖长君不错,但溥伦和溥伟,论德才还不够当皇上。我的意思是把载沣的儿子接进宫来做我的孙子,找几个德高望重的师傅好好教导几年,不愁德才不备。"

慈禧说的是接进宫来做她的孙子,完全是当家事来办,别人都不好说什么,其实早都心知肚明,实在无话可说。唯有载沣必须说话,但如何说实在难住他了,说自己儿子不够格当然不行,坦然接受也不妥。他本有磕巴的毛病,一着急便把脸憋红了,吭吭哧哧没说出一句完整的话来。慈禧见状就说道："你不必多说了,如今你的身份不同,我看就给摄政王的名号。"

摄政王的称号,顺治年间多尔衮得到过,但后来不得善终。同治年间恭亲王辅政,有人建议封摄政王,被慈禧否决,封的是议政王的称号。载沣的父亲老醇亲王,同样是皇上的生父,也未封摄政王。论才能和威望都不出色的载沣,如今父因子贵,被封摄政王,实在出乎他的意料。所以他愣怔着竟然忘了谢恩,亏身边的世续扯扯他的衣角提醒道："摄政王谢恩。"

他这才着实磕头下去道："奴才载沣谢恩。"

慈禧又道："外面的亲贵大臣们都等着呢,立即写旨来看。"

张之洞进军机当了秉笔,这种时候不待吩咐,他立即起身退出殿外,早有太监备好纸笔。他就着殿外的石磴,两道上谕一挥而就。

谕内阁：朕钦奉慈禧端佑康颐昭豫庄诚寿恭钦献崇熙皇太后懿旨：醇亲王载沣之子溥仪,着在宫内教养,并在上书房读书。

又谕:朕钦奉皇太后懿旨:醇亲王载沣授为摄政王。

慈禧看罢,一字未改,就对奕劻道:"奕劻,你把这两道上谕的意思和亲贵大臣们说一声,上谕很快就明发。让他们早点儿回去吧,天冷了,跪在凉地上容易受寒。"

慈禧没有让军机们跪安的意思,大家也就跪着不动。等奕劻回来后,慈禧问道:"皇上的遗诏准备了吗?"

奕劻回奏道:"上午让张之洞准备一稿,皇上也没谕示,不知是否合适。"

"皇上这样子,恐怕不会有什么表示了。张之洞说说你写的意思,趁我还明白帮你们拿拿主意。"

听了这话,袁世凯最为欣慰,他最怕的就是皇上会在遗诏中对戊戌政变有所表示;而慈禧说光绪不会有所表示,其实就是说即使皇上有所表示,也不会采纳。而张之洞起草的遗诏,绝对不会有一字涉及戊戌。

张之洞回道:"臣因太后和皇上圣躬不豫,心乱如麻,起草了一稿,还未及与大家商议,恐多有不妥。"

"不要紧,你先读来大家听听。"

于是张之洞从衣袋中掏出他起草的遗诏,朗声读道:"朕自冲龄践祚,寅绍丕基。荷蒙皇太后帱育仁慈,恩勤教诲,垂帘听政,宵旰忧劳。嗣奉懿旨,命朕亲裁大政,钦承列圣家法,一以敬天法祖、勤政爱民为本。三十四年中,仰禀慈训,日理万机,勤求上理。"

张之洞停顿一下,观察慈禧的反应。这几句其实是把光绪年间三十四年的劳绩,均归于慈禧,垂帘听政自不必说,即便亲裁大政后,也是"仰禀慈训"。慈禧点头道:"这几句话很公道,你往下念。"

于是张之洞接着往下读:"念时事之艰难,折中中外之治法,辑和民教,广设学堂,整顿军政,振兴工商,修订法律,预备立宪,期与薄海臣庶,共享昇平。"

"这几句也很好,把新政的大端都说到了。"

张之洞得到鼓励,声音更加洪亮:"朕躬气血素弱,自去年秋闲不豫,医治至今。而胸满胃逆,腰痛腿软,气壅咳喘诸症,环生叠起,日以增剧,阴阳俱亏,以致弥留不起。岂非天乎!"

"皇上病由,气血素弱固然不错,但只顾之一点,似乎不够妥当。"

光绪的病由当然不仅仅是气血素弱!有志未伸这才是最重要的病因,但朝野上下尽知的原因，却都是讳莫如深，张之洞如何敢写进遗诏。人之将死，其言也善，莫非慈禧要为光绪说句公道话？众人都在猜测，慈禧便开口了："去年以来，直隶、东三省及湖广、闽越等省，先后被灾，皇上为之忧心，也是病情加重之一端。"

"是臣疏略，皇上忧心民生，是致病大端。臣想加这样几句，是否合适，请太后圣鉴。"张之洞有倚马可待之才，边想边说道，"在共享昇平后加：本年顺直东三省湖南湖北广东福建等省，先后被灾。每念吾民满目疮痍，难安寝馈。后面再接朕躬气血素弱，就更顺理成章。"

慈禧点头赞道："不错，这样一改前后气理更顺。"

张之洞继续念道："顾念神器至重，亟宜传付得人。兹钦奉慈禧端佑康颐昭豫庄诚寿恭钦献崇熙皇太后懿旨——"嗣皇帝必是载沣之子无疑，但毕竟尚未下旨，因此张之洞插话说道，"等太后懿旨明确嗣皇帝后，臣再补笔——入承大统，为嗣皇帝。在嗣皇帝仁孝聪明，必能仰慰慈怀，钦承付托，忧勤惕厉，永固邦基。尔京外文武臣工，其精白乃心，破除积习，恪遵前次谕旨，各按逐年筹备事宜，切实办理。庶几九年以后，颁布立宪，克终朕未竟之志，在天之灵，藉稍慰焉。丧服仍依旧制，二十七日而除。布告天下，咸使闻知。"

遗诏的末段，一般是讲将来的施政方略，因此往往颇多争议。张之洞解释道："最后几句涉及新君施政方略，臣未与大家商议，妄自揣测，很不妥当。"

"张之洞说得有道理，你们有什么意见，都说说看。"

奕劻是军机首辅，照例应当先说话，但如今载沣已经是摄政王，所以他沉默不语。慈禧当然明白奕劻的心思，点名道："载沣，如今你是摄政王，大家等着你先说话。"

载沣回道："奴才觉得，张之洞的稿子很好。只是，如今革命党是朝廷的心腹大患，一语未及，似乎不够味道。"

众人都不吱声，慈禧毫不客气地回绝道："你这话真是糊涂，革命党这样的大患宜消弭于无形。遗诏要诏告天下，把革命党写进去，岂不是自树强敌？再说，也太抬举他们！"

载沣吓得不敢再开口了。慈禧接着道："我看这样就很好。推行宪政是朝廷的大政，九年预备立宪也已广告天下，将来自然要按所定事宜逐一推广。这也是皇帝关心的大政，我看其他就不必画蛇添足了。"

这次召见费了近一个钟头，慈禧有些疲倦了，摆摆手道："你们出去后，先把溥仪抱进宫来,让我看看我的孙子。还有,你们六个人不必都守在宫里,排排班,也稍得歇息。我今天感觉轻快多了,你们不必太担心,跪安吧。"

几个人鱼贯而出,奕劻把载沣让在前面。载沣一出门,院子里的太监、宫女都跪下贺喜。等回到军机值房,载沣便道:"我真是想不到,太后会把摄政王的重担交给我。以后有事,咱们还是商量着来。"

"摄政王放心好了,我向来是禀旨而行。"奕劻心里酸得很,语气也有些酸涩。

气氛有些尴尬,载沣背着手在屋里转了一圈,像是在思考什么,等他想清楚了,走到奕劻身边问道:"张中堂起草的遗诏固然很好,可如果皇上留下什么御笔,那时候又该怎么办?"

这个问题最令袁世凯心惊肉跳。皇帝的遗诏,除非是突然驾崩,大都是遵照皇帝的意思起草,皇帝如果留有朱笔遗旨,当然更要写入遗诏。袁世凯最怕的就是光绪临死前,留下"诛袁世凯"之类的遗旨。

众人也都关心这个问题,所以都望着奕劻,听他怎么说。只见他慢吞吞地回道:"摄政王,太后不是说得很明白吗?不必画蛇添足。"

"对对,"载沣连连点头,"不必画蛇添足。"

袁世凯的心落回肚子里。奕劻当着军机大臣的面这样说,将来就是光绪真有什么遗言,也都将不足为训。

此时,奕劻又话锋一转道:"咱们商量一下入宫的事情。"

这是指接溥仪进宫,虽然知道是将来的皇帝,但毕竟没有旨意,且光绪还在,因此不能称为"万岁爷";又不能称为大阿哥,因为上谕中并没有这个说法;直呼其名当然更是犯禁;称摄政王之子,也不合适,所以奕劻干脆避开称呼,只说"入宫的事情"。

载沣道:"我带内务府的人去就行。"

"这当然不妥,我们六位军机都去,内务府大臣带着具体办事的人同去。"

于是内务府大臣增崇率太监在前,载沣等几位军机大臣在后,到醇亲王府接溥仪。醇亲王府原在西边太平湖畔,因光绪生于此府,成为潜邸。光绪继位后醇亲王迁出,在后海北沿建新王府。太平湖畔的旧王府称南府,后海边的新府称北府。他们一行就是去北府。

府中已经得到消息,但载沣的生母——老醇王的侧福晋却舍不得孙子,死活不同意,人哭得几乎昏厥。侧福晋生子三人,老五载沣、老六载洵、老十载涛,载涛自幼聪明可爱,最受她的疼爱。可是载涛小时候就被慈禧指定过继为钟郡王奕诒嗣子。慈禧原是好意,因为载涛过继出去不仅可以袭爵,而且可继承钟郡王的一大笔财产。但侧福晋却大受刺激,从此神经有些不正常。等载沣生了儿子溥仪,她视若掌上明珠,心情这才好了些,无论如何没想到,今天又要把她的掌上明珠夺到宫里去,便大声道:"载沣,你难道还让你的儿子走你哥哥的老路?"载沣急得直跺脚,而不满三岁的溥仪无论怎么哄,趴在奶妈的怀里不肯下怀。侧福晋心疼孙子,竟至哭晕过去。载沣吓得脸都白了,但府里请来的郎中却道:"王爷放心,福晋一会就好,您正好趁此机会把老爷子带走。"

"老爷子"就是指溥仪,此时仍然趴在奶妈怀里哭得上气不接下气。内务府大臣增崇出主意道:"王爷,干脆让奶妈一块进宫不就得了!"

"对对对,一块进宫。"载沣立即同意,内务府的一帮人簇拥着出了北府。

回到西苑,载沣带着溥仪去见慈禧,其他军机则回到值房。过了大约两刻钟,载沣回来了,吩咐道:"太后让把、把孩子抱进皇后、皇后宫中了。太后说,我们还是排班入值,家中反正都有电话,有事电话通知。"

按排班,张之洞、鹿传霖、袁世凯当天入值,奕劻、载沣、世续回家。晚上无事,内务府专门安排御膳房送来几样精致的菜肴,让三人值班时小酌打发时间。鹿传霖呵欠连连,先去休息。军机值房只剩张之洞与袁世凯,值班的军机章京在南屋里,袁世凯关照他们不必到北屋来照顾,有事会叫他们。军机章京们也很知趣,知道两位军机所谈不宜打扰,所以乐得轻闲。

袁世凯很想与张之洞做一番推心置腹地长谈,但他知道必须先摸准人家是不是愿意与你推心置腹,所以他先要试探着开口道:"中堂的大笔,真是佩服之至,几乎是一字未易!"

张之洞回道:"只是委屈了皇上!不过慰廷,我所说也基本是事实。近五十年来,大清真正掌国的不就是女主嘛!"

"是,这是中外尽知,中堂如果非要数说皇上功绩,反而会落下不切实际的诟病。"

"岂止是诟病,就是太后这一关,恐怕也过不了。"

"尤其是最后几句,只说宪政,可以说抓住了未来大政的要端。"

张之洞喝一口酒,"吱"的一声,品得有滋有味,放下杯子道:"慰廷,要说皇上真实意思,必有诸多心志要伸。但大清如今已如风烛残年的老人,经不起任何折腾,朝野对宪政寄予热望,朝廷又发布九年宪政预备期,这是大清得以苟延的唯一希望,所以我只说这一条。"

在袁世凯听来,光绪"必有诸多心志要伸",当然就包括为戊戌翻案,张之洞的意思,为了大清的前途,他反对翻案。当然,这话张之洞并未明说,袁世凯也不必挑明,只道:"中堂用心良苦,好在太后看得明白,因此才有除中堂之意外,皆为画蛇添足之断语。"

"太后是英明,但毕竟还是女人。"

张之洞如此评价已是犯禁,可见他愿意推心置腹。袁世凯一双大眼睛诚恳而又殷切地望着张之洞,待他的下文:"太后立储,并未从大清的前途着眼,还是脱不开她娘家人门上。将来嗣皇帝得名师教导,未必不是好皇帝。但在皇帝亲政之前,辅政之人何等重要。可是摄政王的能力,实在不敢恭维。"

"民间有一种说法,同光以来的辅政王爷,是黄鼠狼子生老鼠——窝不如一窝。同光年间的恭忠亲王,开明而有主见,所以能够平定洪杨之乱、捻子之乱,并能收复新疆大片国土。中法战事后,恭忠亲王被罢,醇贤亲王辅政,他没有恭忠亲王的才识,却有爽直、廉洁的美名。到了庆王爷掌枢,只落了'庆记公司'的说法。但说句公道话,庆王爷贪则贪矣,在宗室亲贵中资历还够格,且还能知道用有本事的人。如今的摄政王,除了宗室亲贵的身份,还有什么?如今的宗室亲贵中,出色的又在哪里?所以,太后也实在是无人可用。说实话,肃亲王论才能论操守,都是相当不错。可惜他不是太后的至亲。"

善耆不贪财,八国联军进京后,肃王府被毁,两宫回京后派他担任崇文门监督。崇文门管着进京课税,是个肥缺,慈禧派他这个差使,就有让他捞几个钱的意思,也算是对他的补偿。但他不贪一文,全都上交内务府,而且制定了规范税制的办法。据称慈禧还曾说:"善耆这样干,将来谁还愿去当崇文门监督?"要论才能,他是京师巡警制度的创始人,比袁世凯在天津大办巡警还要早。担任民政部尚书后,学习洋人办法,极力推行警政、户口、卫生、市政,最令人称道的是整修王府井大街。庚子年以前,王府井一带路面很窄,凹凸不平,常常是晴天一身土,雨天两脚泥,街道两边的店铺很少。《辛丑条约》签订后,王府井南口的东交民巷成了使馆区,出入的洋人增多,善耆奏请在王府井大街路东建成了"东安市场",又拓宽王府井大街,结果这一带成为京师商业繁荣之地,大有超越大栅栏之势。然而,在袁世凯看来,他与铁良等人交往密切,尤其是与康梁有了结交后,已成不得不时时提防的劲敌,便笑道:"中堂,他要是当了皇上,召见军机时突然来一段京戏,那可真是千古奇观。"

善耆好京戏,府中搭有戏台,戏瘾又大,与人正谈话时,会突然以京戏接腔,让人哭笑不得。

"我也只是就事论事,肃亲王的爷爷可是当年的顾命八大臣之一,就凭这一条,太后也不可能选他。至于摄政王,无用有无用的好处,只要他到时候不乱出主意,能够听得进忠言劝谏,咱们好好辅助,大清转危为安,甚至再造一个中兴,也未可知。"

张之洞竟有这样的雄心壮志,这让袁世凯很惊讶,如今危机四伏,要转危为安已经相当不易,何谈中兴!但他不愿给张之洞泼冷水,顺着话道:"中堂有此雄心真令人佩服。我是不敢妄想。太后在,大概还能容我为大清效力,太后万一撒手去了,别人未必容得下我,能允我回家种青菜萝卜,就感激不尽了。"

"绝对不会出现那种局面,有我和庆王在呢。再说慰廷,说句犯忌的话,你去了,又有谁能约束得了北洋新军。有好好的力量不依靠,却要搬石头砸自己的脚,谁会那么不明事理?"

"中堂,你这话真让我惭愧了。你我都离开地方,无论北洋还是湖北的新军,都不在我们手上了,还何谈依靠不依靠。"

"慰廷你误会了,我的意思是你训练新军真是有一套。虽然你我都调离了地方,但北洋新军依然遥尊你为帅,湖北新军就不行了,我一走茶就凉,我是真心希望向你讨教的。你训练新军的秘诀,到底是什么?"

"哪有什么秘诀?如果有的话,说起来也极简单。我们一手拿着顶戴,一手拿着刀,遵令者升官发财,不听招呼者请他吃刀,就这样简单!"

"不简单,我枉读了几十卷兵书,反而没有你明白。"

第二天上午,慈禧传出话来,她感觉很清爽,请大家勿忧。但皇上病情从夜里加重,杜钟骏、张仲元、全顺、周景涛轮流给皇上请脉,这时一起来见军机,皇上已经弥留,问是否还写脉案进药?这意思其实是在告诉军机大臣们,皇上时刻都有驾崩的可能。

载沣拿不定主意,望着奕劻,奕劻问张之洞道:"香涛,我看有用无用,还是要写脉案进药,咱们尽人事,听天命。"

张之洞回道:"是,脉案还是要写,药还是要进。"

世续问道:"这时候是谁在侍候皇上?"

杜钟骏回道:"是皇后,从今天早晨起,皇后就一直没离开涵元殿。"

光绪讨厌皇后,几乎到了避着走的程度。皇后竟然亲自侍疾,实在出乎意料。张之洞闻言叹息道："毕竟夫妻一场，有皇后送皇上最后一程，也算尽了夫妻之道。"

于是四位医生开始写脉案。杜钟骏写的是：

> 得皇上脉象，左三部细微欲绝，右三部若有若无。喘逆气短，目瞪上视，口不能语，呛逆作呃。肾元不纳，上迫于肺，其势岌岌欲脱。谨拟贞元饮合生脉法，以尽愚忱，而冀万一。
>
> 人参一钱，五味子五分，大麦冬三钱，大熟地一钱五分，炙甘草五分，当归身五分，引用胡桃衣一钱。

张仲元、全顺共同商议的脉案是：

> 请得皇上脉息如丝欲绝。肢冷，气陷，二目上翻，神识已迷，牙关紧闭，势已将脱。谨勉拟生脉饮，以尽血忱。
>
> 人参一钱，麦冬三钱，五味子一钱，水煎灌服。

周景涛写的脉案是：

> 请得皇上左寸散，左关尺弦数，右三部浮如毛，若有若无。目直视，唇反，鼻煽，阳散阴涸之象。勉拟补天丸法，以抒血忱。
>
> 紫河车二钱，黄檗三钱，龟板四钱，肥知母二钱，杜仲二钱，五味子一钱，广陈皮五分，人参二钱。

太后也听到皇上病危的消息，李莲英前来口述懿旨道："以天气渐寒，赏闲散宗室觉罗人等一月钱粮。其孤寡者，除恩赏外，加赏半月钱粮。赏八旗绿步各营官兵半月钱粮。"

本来张之洞、鹿传霖、袁世凯按排班下午就可不必入值，但如今皇上病危，三人也都留了下来。到了快五时的时候，瀛台方向的乌鸦忽然聒噪起来，哇哇大叫，张之洞心惊道："不好，是不是皇上宾天了？"

仿佛验证他的担忧，从涵元殿方向传来太监尖细的声音："万岁爷驾崩了！万岁爷驾崩了！"